冯积歧评论集

李继凯 \ 主编   苏敏 \ 选编

文化艺术出版社
Culture and Art Publishing House

图书在版编目（CIP）数据

冯积岐评论集 / 李继凯主编. —北京：文化艺术出版社，2013.4
ISBN 978-7-5039-5565-5
Ⅰ. ①冯… Ⅱ.①李… Ⅲ.①冯积岐—小说评论—文集
Ⅳ. ①I207.42-53

中国版本图书馆CIP数据核字（2013）第047930号

冯积岐评论集

著　者	冯积岐
责任编辑	齐大任　谢　阳
装帧设计	顾　紫
版式设计	玲　子
出版发行	文化艺术出版社
地　址	北京市东城区东四八条52号　100700
网　址	www.whyscbs.com
电子邮箱	whysbooks@263.net
电　话	（010）84057666（总编室）　84057667（办公室） 　　　　84057691—84057699（发行部）
传　真	（010）84057660（总编室）　84057670（办公室） 　　　　84057690（发行部）
经　销	新华书店
印　刷	国英印务有限公司
版　次	2013年4月第1版
印　次	2013年4月第1次印刷
开　本	880毫米×1230毫米　1/32
印　张	18.25
字　数	400千字
书　号	ISBN 978-7-5039-5565-5
定　价	32.00元

版权所有，侵权必究。如有印装错误，随时调换。

目 录

冯积岐：背石头上山的人（代序）……………………方　宁（1）

第一辑　看冯·他者评说

写历史和道德的错位………………………………肖云儒（3）

多一点时代的投影

　　——《舅舅外甥》得失议……………………莫若言（6）

悲剧性冲突和冲突的悲剧性

　　——我读《舅舅外甥》…………………………李国平（10）

压抑欲望

　　——关于冯积岐…………………………………李国平（14）

午后之死

　　——冯积岐和他的小说……………………………夏　子（19）

压迫与解放：冯积岐小说论………………………李建军（27）

超越苦难

  ——冯积岐小说读后感·· 李　星（41）

热血铸就的生命笔墨

  ——论冯积岐和他的《沉默的季节》······························ 李　星（45）

《沉默的粮食》与沉重的责任·· 李鲁平（52）

苦难历程　生命不息

  ——解读冯积岐的《沉默的季节》································· 王　愚（56）

论《沉默的季节》·· 张　曦　葛红兵（61）

写出生命的痛感

  ——读冯积岐长篇小说《沉默的季节》······················· 杨乐生（72）

沉默的和被损害的

  ——读冯积岐小说《沉默的季节》································· 夏　子（75）

《沉默的季节》不沉默

  ——论冯积岐长篇小说《沉默的季节》

    的艺术表现手法·· 冯天海（84）

讲述和描述之间

  ——浅论冯积岐小说的叙述特点································ 马玉琛（92）

执著的追求：对于人的求证及其叙述

  ——冯积岐论·· 韩鲁华（100）

超越者的抗辩

  ——读冯积岐小说《大树底下》《敲门》············ 葛红兵　任亚荣（117）

村子,乡村的浓缩和结构

  ——读冯积岐长篇小说《村子》 ········· 陈忠实(126)

忧伤疼痛的乡村书写

  ——评《村子》 ························· 周燕芬(131)

怎一个沉重了得

  ——《村子》读后 ····················· 雷　电(138)

聚焦被压抑的世界

  ——论冯积岐的松陵村故事 ············· 史　娟(143)

我的2007书单 ································· 邵燕祥(225)

乡村人物和乡村命运

  ——读冯积岐的长篇小说《村子》 ······· 邢小利(226)

农村现实的深度描写

  ——论《村子》 ······················· 曹　斌(235)

惨败的英雄,胜利的杰作

  ——冯积岐长篇小说《村子》读后 ······· 寇　挥(250)

柔韧冷硬的人性之光 ··························· 禅香雪(253)

做一个时代的记录者 ··························· 贾平凹(260)

一位难得的孤独者

  ——读《两个冬天,两个女人》致冯积岐的一封信 ····· 畅广元(265)

读冯积岐的《村子》 ··························· 於可训(267)

在边缘处彰显自我

　　——论冯积岐的小说创作………………………………吴妍妍（271）

我为《一顶草帽》叫好………………………………………邰科祥（285）

从精神分析视阈读解冯积岐的《刀子》………………………邢红静（294）

冯积岐与红柯

　　——浅论陕西文学新一代实力派两位代表作家…………杨柳岸（303）

人性的深刻剖析

　　——读冯积岐长篇小说《粉碎》…………………………郑金侠（308）

第二辑　冯看·自述与评论

坚持个性化写作……………………………………………冯积岐（313）

我的孤独……………………………………………………冯积岐（316）

作家要有耐心………………………………………………冯积岐（318）

作家的劳动…………………………………………………冯积岐（321）

在自己的地里开挖…………………………………………冯积岐（323）

从经典中汲取营养…………………………………………冯积岐（326）

一家之言……………………………………………………冯积岐（330）

谈读书………………………………………………………冯积岐（340）

关于小说家的笔记…………………………………………冯积岐（356）

关于小说艺术………………………………………………冯积岐（373）

小说的介入 …………………………………… 冯积岐（394）

读菲茨杰拉尔德 ……………………………… 冯积岐（396）

面对福克纳 …………………………………… 冯积岐（399）

两个人的战争

　——读托马斯·马伦的《人世间的死亡小镇》……… 冯积岐（402）

夭折的欲望

　——读乔伊斯·卡罗尔·奥茨的《约会》………… 冯积岐（407）

第三辑　交流·对话与访谈

麦田守望者

　——访著名作家冯积岐 ………………………… 若　星（413）

面对文学　面对自己

　——《草原》杂志访谈 ………………………… 娟　子（422）

好作家要能表达边缘的东西

　——冯积岐访谈录 …………………………… 邰科祥（433）

《逃离》：一部剖析人性的力作

　——冯积岐访谈 ……………………… 《文化艺术报》（446）

复杂人性的探询和文学生命的建构

　——关于冯积岐小说创作的对话 …………… 李继凯（453）

写作是一种生存方式

　　——冯积岐访谈录························吴妍妍（485）

用汗水和灵魂铸成的文字

　　——冯积岐文学创作三十年访谈···········张　立（496）

恰当而完美地表达和揭示

　　——冯积岐文学创作三十年·········《延河》杂志社（505）

好的作家要有坚守和操守

　　——答《西部时报》记者问············《西部时报》（520）

附录一　印象记

积岐小记····································刘　谦（529）

冯积岐印象··································徐　岳（537）

一个用生命写作的人··························郑金侠（541）

附录二　冯积岐简历及作品年表

冯积岐简历·······································（547）

冯积岐作品年表···································（549）

后记··李继凯（565）

冯积岐：背石头上山的人（代序）

方 宁

看着眼前的这部《冯积岐评论集》，总觉得这是来得太迟的关于一个人和一段历史的记录。但令人欣慰的是，该来的终于还是来了，尽管感觉有些晚。

与希腊神话故事中那位推石头上山的西西弗不同，想起冯积岐，我一直有个摆脱不掉的幻觉，总觉得眼前的这位以九部长篇，二百多个中短篇小说著称的作家，自己就是个可以被写进故事里的角色。这不仅因为论写作的勤奋，估计他算得上当代中国作家中单篇创作产量最多的作者（或许都无须用"之一"这样的字眼来限定），论写作的实力，他在小说中对于多种文学表现手法的尝试和运用也有着相当程度的自觉和近似炉火纯青的功底；若论阅读的丰富，冯积岐也许更出人意料，他读过的外国文学作品足以和那些在大学里教授同一专业的行家相抗衡，只要你提得出哪位世界文学排行中的作家或并非见于经传的作品，他都能立即进入文本分析的状态，如数家珍如叙家常，其感受之细，用心之深，解铃系铃，洞烛幽微；这也许恰好证明了他在小说中能用多种手法娴熟塑造人物的原因。当然，这些其实都还不足以构成冯积岐所独有的价值，因为就作家的身份和具有相当专业的鉴赏力而言，他所表现出的都还是在正常值的范围之内。谁不知道,一旦儒林序齿,虽说古往今来自有排行与定论,但那无疑都是些人中之精英、世间之龙凤。用曹子建的话说:人人自谓握灵蛇之珠,家家自谓抱荆山之玉。哪个不是读书万卷下笔有神的稀罕物呢!

而我想要说的是,冯积岐属于另类,正是在另类的意义上,他自己也许更适合成为一个作家笔下的人物。

我在2012年夏天第一次和冯积岐相见的时候,他的形象和他的小说一样让我印象深刻。深棕色的皮肤,偏瘦弱的身体,沉静木讷,不善言词,眼神也似乎习惯性地向侧面滑落,像是在谦卑状态下养成的一种习惯,尽管后来我才知道他那柔弱谦卑的表情里其实隐藏着坚硬的力量,那似乎是陕西人性格里特有的执拗。说来惭愧,我平生第一次到西安,已经是五十多岁的年纪,陕西之行,虽说有诸多愿望,但最主要的还是想去拜访这个叫冯积岐的人。老冯如约而至,陪同他的,还有我的两位多年不见的朋友,一位是《小说评论》的主编李国平,一位是陕西师大的教授李继凯(国平和继凯还是这本评论集最积极的推助者)。回想着和老冯的初次会面,就有彼此相识了几辈子那样的感觉。才一落座,我迫不及待地说起读他的小说时的那些感想,听我讲述着,老冯依旧像他的性格那样沉静,似在听我聊着他太熟悉的一件农具或一桩农活,他谦虚地笑着,偶尔还会显得有点无奈和感伤。后来聊多了,渐渐地知道老冯的骨子里其实还是个对世界、对社会有着很强烈看法的人,这和他的小说里所表达出来的"悲观情绪"多多少少有些关联。在我看来,他太擅长写那些挣扎在传统观念与现代生活中的农民身上发生的悲情和悲剧，尤其是那些喷薄而出的情感，最后都如烟花散去落得苍凉的结局，读了会让人五内如焚、坐立不安。

但是想想，如果一个作家心里只怀有对于人性的美好的认识，显然也是成不了什么事的，在老冯的作品中，我越来越相信，对世间美好事物的感受在很大程度上要取决于对悲剧的认识所能达到的深度。身为作家，他必须能狠下心去表现生活中的悲剧——记得好像是前辈夏衍不止一次地说过：一个杰出的作家必须是能够狠得下心来的人，那样的人才能写出大东西、大悲剧。他还列举过很多的人，说他们作品的伟大就在于他们的心狠（大意）。依我看，冯积岐也是这样的一个人。他对于日常生活中的悲剧性不仅有着天生敏感的触角，还有着足以形诸笔墨的能力和承担悲剧重量的勇气。他常说自己就是陕西岐山的一个农民，从小在地里头长大，家里成分高，土改的时候被划成了"富农"，由于出身不好，在他成长的年份里，遇到的各种坎坷就像影子一样地跟从着、牵绊着，好像至今都还是比别人多着一些无辜与不顺。而正是这些不顺，让他发奋去写作，想着去改变自己的命运。

他说自己因为出身的原因，从记事的时候起就一直和苦难相伴。但是在我看来，他的苦难也许更多地来自他的性格，源于他的天性中始终挥之不去的悲观心结。这些年，他对于自己，似乎越来越强化着宿命般的认识，无论写出多少文字，都不要想着世俗意义上的成功。那种附着在当代一些作家身上的大红大紫，虽然也令人羡慕，但是那些都不属于冯积岐命里所有的东西。

与其说冯积岐是个作家，倒不如说他更像一个不断地把生活锻造成为文学的修行者；他的修行课程包括用石头般的文字垒起社会精神的形象历史，表达着他对于历史中沉重悲剧的感悟。在我看来，三十多年，冯积岐像个每天按时出工的农民，背石上山，负重前行，他除了吸烟，并无其他的嗜好，在兀坐读书写作之外，全无娱己娱人之乐。他的小说中有着太多的场面，或描摹人性之善美，令人心向往之；或呈现贪吏之邪恶，足以令人扼腕。其写男女之情性，虽然或俗或艳，颦笑之间妖娆万千，但在背后丝毫掩饰不住作者对于生活中巨大的悲剧性的透彻体验。也许正是因为这样一些敢写爱恨、敢触现实、洞达历史、直面悲剧的文字，使他的长篇小说《村子》能够在网络上获得了数以六千多万的点击率。他的其他几部长篇也同样拥有众多的读者。

在今天的社会，许多聪明的作家，已经不再把"历史"、"责任"与"良知"视为写作的底线，与时俱进的社会心理，似乎也昭示着审美与文学的趋时逐利的方向。大家操练着同一类语言，追逐着同一种欲望。而那种热闹从来不属于冯积岐。从这个意义上看，他肯定不是一个懂得迎合时代的角色，面对五光十色的社会，冯积岐依旧像每天出工的农夫，与三十多年前从田垄里出发一样，依旧背负着沉重的石头，只管向高处行走，用文字的块石去垒就他心里的精神长城。

读英国小说家毛姆晚年写的随笔，常常会有感于他说过的几句话："尽管整个世界、其中的每个人、每处风景和每个事件都是你的素材，你自己也只能处理与自己天性中的秘密涌泉相呼应的部分。"他还说："艺术家，特别是作家，是在自己思想的孤独中建造一个不同于他人的世界。"对冯积岐而言，他太熟悉和了解当初给了他生命的土地、同时也给了他历史创痛的乡村,这些都构成了他与生俱来的生命的印记,也是他不断写作不断拿出力作的源泉。他的笔背负着沉重的历史,他用文学思考着人的命运,这是他身为作家所能讲述出来的打动人心的故事。

我敢说,他笔下的每一个人物,他所写的每一段历史,都有着石头一般的重量。

(方宁,著名学者,《文艺研究》杂志主编)

第一辑 看冯·他者评说

写历史和道德的错位

肖云儒

《舅舅外甥》给我的印象是：朴朴实实的，挺耐嚼，挺有味道，而且是那种三两句话不好说清楚的味道。

作者看来熟悉生活也尊重生活，故而有倾向却善于控制倾向，溢于言表者少。一味从生活画面中来显示，对共生于人物身上的对立的精神因子，能够尽量如实地写出来。作者不想用形象的提纯来给某些生活现象作鉴定，而想用人物的原汤原汁去牵引、启动读者对生活的思考。

小说前半写的是农村经济改革中的事，作者要说的则是经济改革过程中道德观的变异、倾斜，以及所引起的冲突。小说的后半写的是守法违法范围内的事，作者要说的则是法律判决不了的道德的美丑。思想道德评价——小说的核心。

外甥的勤苦、孝悌、老实、善良中，无疑有金子在闪光，那是我们这块土地上劳动者的优秀精神传统。这种传统融进了中华民族的精神。当时间的长河流进一个新的历史阶段,它们便会自然地(而不是自发地)和社会主义精神文明衔接起来。从这里,外甥和历史的进步联系在一起。"只是",小说又明白无误地点出,他的这些优良的质地,都又莫不和愚昧无知相连,"拴狗知道的事儿少得可怜;他只知道,干活儿——挣钱——养儿育女——孝敬父母"。他老实到缺乏新的、更高的知识追求。他孝顺到可以听母亲的话违心地去偷舅舅的辣椒。而当自己的善良遭到愚弄,他不知世界上还有经济法庭、道德法庭,还有晓之以理、动之以情,只会用自己抡了半辈子的镢头和铁锨,去作直线的、原始的、也是违法的报复。这些,又明明和那沉缓而潜在的历史惰力联系在一起。

  舅舅的能干、精明、铁石心肠、铁腕手段,由于无一不明显地和自己口袋里的钱、心里的私字有瓜葛,自是惹人厌恶。作品侧重从思想意识上揭了他一点底,交代他如何在搞活农村经济中拐骗坑人。这种品质上的强调,寄寓了作者的倾向。这个倾向的正确是没有疑义的。只是我又依稀感到被小说写活了的舅舅的精明能干,有时竟超出作品对这个人物思想设计上的倾向性,显示出一种活力,一种生气来。这也许是作者始料未及的,也许是复杂而又有生命的人物对作者构思的一次小小的胜利。

  耐人寻味的是:小说并没有缠住舅舅的品格问题一直往下"深挖",而是用几乎和写外甥对称的文字,点出了他的愚昧无知:"他见识的尽管很多,可是知道的事儿比拴狗多不了多少斤两,他只知道:赚钱,大把大把的赚钱,先盖楼房,再买摩托。还有,喝啤酒,青岛的最好;穿牛仔裤,听流行歌曲,人生在世,就是这样,本该这样。"这样使我想到,揭示农村新的经济生活背景面的道德贬值,恐怕只是小说部分的意图,更深的意图,是不是想揭示:愚昧无知如何从两个方面(扩而言之,各个方面)阻碍着社会的进步。愚昧无知是历史留在中国农民身上的阴影,它既使得外甥这样勤劳厚道的人赶不上改革发展的步伐,又使得舅舅这样精明强干的人在时代新潮之中私心膨胀。小说最后描写到外甥和舅舅的值夜者大打出手时,推出这样一个评价:"黑夜间,一场愚蠢的混打开始了。""一场愚蠢的混打!"这说明作者不想简单地站在哪个人物一边,而是站在新的生活所要求的新的文明一边,呼唤经济改革和道德建设同步,物质文明和精神文明共建。要不然,就会出现道德和历史在多重意义上的错位。这才是小说更深一层的题旨!

作者机智地把这个可以说是严肃的问题,安排在舅舅比外甥小四岁、而且从小由外甥带大的特定关系中,给强化人物性格提供了条件——小舅舅在大外甥面前的颐指气使,和大外甥在小舅舅面前的毕恭毕敬,比正常的甥舅关系更有利于表现他俩性格的强烈反差。而且通过童年时甥舅之间纯真的感情,反衬了成年后心灵的疏远和陌生、动人,也融进了作者的倾向。自然,这种特定的人物关系,也增强了生活情趣和可读性。

我是喜欢这篇小说的。也有不满足,也感到它的一些不足,请原谅我这里有意不谈了。

原载《延河》1986年第1期

多一点时代的投影

——《舅舅外甥》得失议

莫若言

《舅舅外甥》这篇小说,选材、立意都不一般。从小说中可以看出,当前农村搞活经济,为广大农民开辟了致富之路,但确有个别人用旧思想看新改革,"利欲熏心"、"见钱眼开",丢掉了人际关系间的温情厚谊和平等相待。以此显示改革形势的复杂曲折,人心变化的艰难反复,应该说是在生活中有自己的发现和自己的思考的。

从现实生活发展的总趋向看,鼓励一部分人先富起来,带动更多的人共同富裕,是符合历史进程的,会推动生产的发展和生活的提高。尤其在农村生活中,过去片面强调穷过渡,搞平均主义,妨碍了生产力的解放,挫伤了农民的积极性,也影响到人们的精神世界,贫乏而狭隘,从体制上加以改革,使人们的生产积极性发挥出来,生活改善了,教育文化水平提高了,人们的精神世界也会发生较大的变化。这是具有历史转折意义的。但如果丧失了生活的目标,忘记了所处的时代,用老的发财观念来对待当前的致富号召,以聚敛为目的,视金钱为命根,甚至冷酷无情、六亲不认,那就不仅缺乏起码的为人标准,而且也必然成为生活变革的阻力。笼统地谴责"为富不仁",未必妥当,富的光明,富的正大,富起来而有兼济之心,富起来不忘前进的目标,不但没有"不仁"可言,而且会成为推动生活前进和生产发展的积极因素;但是,以"不仁"之心去"为富",终必会被现实生活唾弃,则是毫无疑问的。作者在生活急剧变化的时刻,不被生活的表象所迷惑,能以清醒的目光,注视利欲对个别人灵魂的腐蚀,显示了作者对生活的底蕴有了深一步的把握。

从选材上看,作者选择了舅甥关系的变化来加以表现,这种关系在孩提时期又是那样情深意切,这就便于开掘出不正的社会风气的影响之深,也是很有一点艺术眼力的。小说中对舅甥之间幼小时纯真之爱和体贴之情的描绘,对舅舅后来锱铢必较,寡然薄情的贪婪心胸的刻画,写得纤毫毕露,显示了作者对生活中人与人关系观察的细致。

但是,小说的重点所在,是揭露舅舅那贪婪成性、冷酷寡情的灵魂,他为了一己私利,翻脸不认亲戚。自己的三嫂,可以当众辞退;自己的外甥,而且是幼小时情意深切的亲人,可以耳提面命、拳打脚踢;自己的姐姐,可以斤斤计较、毫不留情,完全是利欲熏黑的肚肠,金钱迷住心窍的无情无义之辈。作者的揭露,也是淋漓尽致。而这个人为什么会变成这样,性格的依据何在,作者似乎没有作过认真思考。

人之不同如同其面,这种不同自然有个人的因素,但人际之间主要是社会生活的联系,性格的构成必然会有社会和时代的投影,否则我们就无法理解人们行为的动机，也无法评判人们行为的是非、美丑、善恶。我们过去对理想的理解，偏重社会的和阶级的因素，出现了不少千人一面的雷同化和类型化的所谓"典型"，不符合生活的复杂性和人物的完整性。但这主要是忽视了社会的和阶级的因素渗透在人们不同个性特点中，才构成一个人的性格特点，而不是说人的个性特点和社会的、阶级的、时代的影响全无干系。一个作家，尤其是一个小说作家，把握现实的深度，往往表现在如何从个别性的复杂状态中，折射出时代的投影，这在文学史上已为不少大师们的艺术实践所证明。今天的作家，即使是一个初学起步的作者，对社会和时代的认识，对人们性格的体察，应该有更清醒的头脑，当然应该在这方面有所追求。正是在这一点上，《舅舅外甥》的弱点比较明显。

舅舅其所以成为一个冷酷无情、贪婪成性的人，应该从他所处的生活地位，他的人生信条，他的追求目标上去寻找，而这一切又不能不镌刻上时代的烙印。就当前的时代看，新的人际关系正在逐步形成，新的道德风尚正在逐步确立，人们的精神风貌和个性特点也正在向新的方向转化，但旧的观念，旧的偏见，特别是旧生活遗留的垃圾，诸如"人不为己，天诛地灭"、"上下交得利"之类极端个人主义和拜金主义的市侩意识，还羁绊着人们的头脑，腐蚀着人们的心灵，因此在体制改革过程中，固然会推出许多新型的、走在时代运动前头的人物，也会出现一些用旧的观念，旧的手段去投机侥幸、歪曲改革本义的畸形人物，只有从这个角度去写舅舅性格的复杂内涵，写他既不能不在生活的新变化面前有所顾忌、有所收敛；又死抱着过时的陈腐的发财观念，爱钱如命、寡情薄义，做出一些既与传统道德脱节又和新的道德标准抵触的龌龊行为，才能写出一个真实可信的生活在现实条件下的贪婪之徒的形象，也才能引起人们对革除陈腐观念和市侩意识的关注，提醒人们净化自己精神境界的必要。像现在这样，单纯地罗列人物的坏品质，尽管写得活灵活现，也只能引起人们的厌恶，而难以引发人们的思考，有些地方，漫画式的夸张，还会使人感到虚假和做作，这也许是作者所始料未及的吧！

看来，小说作者对有些人利用改革之机营个人私利的行为，有一腔义愤，这自然是很可珍视的感情，但仅仅从感情出发，对自己的生活感受缺乏进一步的剖析和思考，尤其是不能从时代发展的背景上来观照某些生活现象的深层含意，作品中的人物就经不起推敲。人物身上时代的投影薄弱了，形象的内蕴就比较平薄了。这或者不只是《舅舅外甥》的作者应当引起注意的课题，对整个小说创作来说，恐怕也是值得引起关注的问题。

原载《延河》1986年第1期

悲剧性冲突和冲突的悲剧性
——我读《舅舅外甥》

李国平

正如当代中国的改革最早在农村展开并且日益被实践证明着发展与成功一样，农村题材的小说创作，也一直敏锐地感应着生活的步伐并且不断强化着参与变革的功能。进入80年代初期以来，随着农村生活由农业生产向商品生产的交织、过渡，中国的播种和收获的土地上，出现了多种生产方式和生活方式，多种文化心理和价值观念交错渗透、碰撞冲击的状况。改革的深化必然会触及生活的更深一层隐蔽着的矛盾冲突，在具体的文学作品折射下，比如在《舅舅外甥》中，生活的某一方面呈现出的是矛盾的悲剧性。

尽管这篇小说疏远了乐观的气息和昂扬的主题，尽管它由于艺术上显而易见的不平衡导致了容量方面的大起大落，但是这个作者不动声色的、质朴的描绘的关于外甥和舅舅的故事，却以其特有的内涵使人震惊的同时也进入了思索。外甥和舅舅本来纯净的伦理关系由于经济因素的加入而变得复杂起来，对于他们各自的意愿、要求以及彼此的冲突都不应作出简单的褒贬判断。关于外甥这个本分、淳朴勤劳的农民形象，小说有着比较充分的揭示。他那承继着祖辈血液的农民健壮的身躯和自幼练就的"做庄稼活的本事"，他那"如今这世事，有智的吃智，有力的卖力"的朴素的生活观念，他对于母亲的孝顺和在舅舅面前的怯懦，他对于舅舅一些言行的不解和不满，他那时常涌起的对儿时和谐生活的眷恋之情，都显示着他执著于土地和伦理传统的中国农民的秉性。偷辣椒与其说是为了宣泄对舅舅的不满，毋宁说更多地体现着为了安慰老母亲这种善良的心愿。外甥善良、忠厚、淳朴的道德品性和舅舅相比，无疑是中国传统文化积极方面的闪射。舅舅的形象让人突出地感觉到农村古朴的伦理关系的疏淡和破裂，他的精明谋算有时走得过火，以至于损人利己而遭到人们的唾弃。他对于农民的刻薄，他在关于金钱问题上表现出的冰冷无情，有时令人联想到初期的资产阶级。但由于这一切都发生于农村社会变革的运动中，因而都具有着特定的现实内容。舅舅这个形象的复杂性在于，正如不能改变对他丑恶一面的批判一样，我们同样也无法否认他的一些作为的合理性，比如他的雇工的作为是否在现阶段有着现实的合理性；他不遗余力的致富要求，是否包含着竞争对中庸、创造需求对保守心理冲击的积极因素？包括他对偷辣椒事件的处理，人们可以说他处理得太残酷无情，但却无法否认他维护自己经济利益的合理性。这样的情况，不可避免地导致了外甥和舅舅之间伦理观念和经济利益的抵牾冲突，"在这样一种冲突里，对立的双方，就其本身而言，都是合理的，可是从另一方面来看，双方只能把自己的目的和性格的肯定内容，作为另一个同样合理的力量的否定和损害予以实现"（黑格尔《美学》第四卷 P286）。外甥和舅舅同样合理的愿望、要求之间的冲突是历史运动过程中某一环节、特定阶段上不可避免的现象，而呈现于作品构筑的具体情境之中的无疑是悲剧性冲突。

悲剧性冲突根源于冲突本身的悲剧性，这种悲剧性依然隐含在外甥和舅舅各自的意愿、要求以及相互矛盾的复杂性中。

从作品的描写中不难感到，构成外甥老实本分、淳朴忠厚另一面的则是目光短浅、心胸狭窄。外甥并不是一个走在改革前列的叱咤风云的青年，而是一个普通的农民，因而在他身上，更多地积淀和烙印着千百年来建构于农业社会小生产的经济基础之上的农民特有的小生产的保守意识。在他善良忠厚的言行中，时常暴露出小生产者怯懦卑屈、忍让安分的心理。"他只知道，干活儿——挣钱——养儿育女——孝敬父母。"这种狭小的经验世界和短浅的生活观念，限制了他对传统观念的维护、信仰，也只是一种小生产者的心理需求。就连他偷辣椒的行为，也是小生产者特有的愚蠢的表现。同样，舅舅也并未反映出改革生活的流向，尽管"他比外甥能得多，精明得多"，但他的胸襟和抱负也十分有限，"他只知道赚钱，大把大把的赚钱"，然后是"买摩托"、"穿牛仔裤"、"人生在世，就是这样，本该这样"。舅舅的追求向往烙印着农村文明基础上形成的小生产意识的另一方面，在他身上，深刻地体现着农民小生产者的狭隘心理。他对于致富的追求，也是一个小生产者的追求。同外甥一样，他们都没有超越出自身的限制。

恩格斯曾经说过，历史变革"最终的结果总是从许多单个的意志的互相冲突中产生出来，而其中每一个意志，又是由于许多特殊的生活条件，才成为它所成为的那样"（《马克思恩格斯选集》第四卷 P478）。当代农村变革运动的错综复杂性至少表现在这样两个方面：社会变革的总体进程和局部环节的不平衡；历史进步趋向和传统文化心理的不平衡。当外甥和舅舅带着农业文明这种"特殊的生活条件"形成的小生产的狭隘意识的局限，不自觉地参与在改革中的时候，他们的冲突客观上揭示出的正是上述不平衡现象，而他们自身意识的局限，本身就反映着变革的农村矛盾运动。这样，外甥偷舅舅辣椒的事件这个最为激化的悲剧性冲突实际上是整个冲突的外在形式。而作品对时代矛盾的揭示也就由伦理观念和经济利益的冲突的表层，深化到了小生产者落后狭隘的个人欲望和历史发展相矛盾的深层。冲突的焦点是他们的生活观念、文化心理和社会改革、农村现代化的关系，冲突的悲剧性则在于他们自身文化心理的局限。

历史的悲剧性运动常常是历史前进的一个必经的环节。当代农村的变革不仅仅是一个教育农民的问题，而是整个民族文化观念如何在现实中衍演、更新，如何和历史的发展统一的问题——我以为，这篇小说艺术画面所负载的正是这样的蕴意。

当然，这篇小说也有着明显的局限，作品后半部分，悲剧性的冲突被一种表面的"闹剧"式的搏击所代替，艺术上完整性的破坏直接削弱了内容上的容量，这是令人遗憾的。

原载《延河》1986年第1期

压抑欲望
——关于冯积岐

李国平

我曾经读过冯积岐的短篇小说《舅舅外甥》,这篇小说写人和人之间、欲望和欲望之间的冲突,进而由此折射出鲜明的时代色彩和历史演进过程中的永恒内容。我记得这至少是四五年前的事了。在当时这个文学大省轰轰烈烈的蜂拥中,冯积岐的这篇小说有点像一个刚刚进入城市的农村青年,带着更接近人的本质的质朴,又像这个青年怀揣着的一包泥土,散发着浓郁的生活气息。一些陌生的同行也看到了冯积岐初露的才华的闪光,但是这道光并没有迅速燃烧起来。尽管冯积岐后来的几篇小说以地道刻刀般的笔法对农业生活的雕刻使人信服地感到他的创造潜力,但潜力终未变成炫目的现实。后来我发现冯积岐不止一次说到或写到《舅舅外甥》,仿佛一个人面对自己处女作的兴奋,在自己有限的创作生涯中《舅舅外甥》便有了里程碑的味道。其实冯积岐知道,它只是和时下印刷的许多更平庸的小说相比,比较好一点而已。此后冯积岐就遇到了机遇的难题。时代的短暂的喧嚣折射到冯积岐身上，写成了苦闷。沉默构成了嘲讽。其实许多深知这条道的悲剧意味的同行，还是理解敬畏这个沉默者受挫者忧愁的面孔的。

后来我见到冯积岐的时候，发现了纤细柔弱，天生的忧愁和痛苦，真诚的卑琐和压抑，以及一些无奈的充满怀才不遇和自怨自艾的话语。这个形象的切入陡然给我以强烈的伤悲和亲切。在这个时代"假冒伪劣"几乎充斥骗取了心灵的本质的时候，冯积岐的不乏高尚的内心生活恰恰是用最真诚本色毫无矫饰的方式表现出来的。我猜想冯积岐晚上走在这个城市灯红酒绿的大街上，一定会感到一种强烈的格格不入和无所适从。冯积岐崇拜凡·高们，凡·高们在巴黎的穷苦工人进出的小酒馆里大声喊着："泥土之中比巴黎的所有沙龙中有更多的富于诗意的东西"，"痛苦比漂亮更重要，赤裸裸的严酷现实比法国全部财富的价值更高"。性格不允许冯积岐有发宣言的勇气，冯积岐从刺痛心的混杂着污浊与傲慢的城市图像中走回来，只会咽咽唾沫，用精神折磨来显示自己的桀骜不驯，来抵抗这个世界。

如果这个时代还承认渺小的苦斗者，冯积岐便可以添列其后。冯积岐曾经说："我做文章首先是一种自娱。"这正应了文学是一种逃避一说，但冯积岐的全部行动都在反驳着冯积岐自己。冯积岐内心深处必定有着一个情结。不必说破。我所知道的是，冯积岐目睹着这些年文学潮流的涨落起伏，惊讶之中也在急切地左冲右突，寻找着实现自我的可能性。我读过冯积岐若干不错的也许今后也发表不了的小说，感到他有时候抓住了自己生命的存在，有时候则被流行的时尚挟裹走了。冯积岐曾经告诉我,他想写得和陕西作家不一样一些。作家的话里有时埋藏着更深的思考,冯积岐也许是想说他对随波逐流的反对,对陈陈相袭的厌恶,但这表述至少表面并不大气。在人们的欣赏趣味越来越苛刻的时候,在人们对冯积岐的期待中,即使冯积岐陆续拿出真货,也不易引起人们的惊异和惊喜。

事实上,冯积岐的追求一直处于真正的文学层次,区别心志高远者和庸常之辈的不在于表面的目标,而在于对人类生活感知的深度和写作者具有艺术素质的纯洁与正直。从表面看,冯积岐的笔触仍然没有离开农村,没有离开深重的背景,但是背景从前台向后站了,变得名副其实了,重大的社会事件以及事件直接的辐射失去了位置,对于现实生活的关注、对于乡土的炽烈的爱恋的情感也已退居幕后,随之而来的是人的存在的显示代替了激动人心的故事,鲜明的描写里增加了奇异、荒诞和隐喻,宛若冬日里黄土地瑟瑟抖动的树干。冯积岐的有些笔法使人想到干燥和冷峻,单调的话语的编排和某一些生活空间、人的精神本质构成了奇异的统一。小说的制作过程是一次欲望的宣泄,读小说的时候最重要的在于体悟,当意义揭示出来的时候,人便变得无聊。

在冯积岐的这一组小说里,古老沉重的村社文化的压力无处不在,因此欲望的实现采取了节制的甚至于压抑的方式,规范成了天性中的自然,男女之间的纠葛采取了暧昧和忽隐忽现的形式而不是轰轰烈烈,性的憧憬转换成了压抑中的抗议。精神的匮乏和精神的渴望互为因果。《烟》便是如此。对男人来说,性的诱惑带来的是难言的忧怨,对女人来说,忧怨中包含着抗议和善良。这篇小说在写了人性的矛盾的悲凉之后又说:"烟其实什么也不是,烟就是烟。"在《断指》中作者也揭示道:"含混比明朗更具有意味,不少真实的东西是在模糊中包藏着的。"就如同冯积岐把竹竿、木棍作象征性的道具使用一样,恰切、自然等等之后仍留着技术层面上的痕迹,此类提示并不高明。作者似乎是要急切挣脱具象的限制而升华人类存在的普遍意义,其实这一组小说的价值恰恰在于写出了人的具体境遇。有一则消息说,上海国际电影节上《凤凰琴》未能评上奖是因为外国人对中国的民办教师、公办教师一说不可理解,实质上这是这个国家赤裸的涉及人之鸿沟、人之地位、人之尊严的现实。冯积岐小说中人物的生活方式和心理欲望,也是无法摆脱特定现实的阴影。冯积岐把他们展现出来的时候,爱恋和愤慨都挤压其中。落后、闭塞的生活空间是不是限制着人的追求和境界?有限的欲望和向往里是不是常常爆发出人性中最闪光的光芒。冯积岐困惑得简直无法判断。单调、匮乏的精神生活以及封闭的环境造就出了一种特定的生活,造就出了《一种生活》中的李岸,人的摆脱贫乏的努力和人的劣根性形成了对照。《一种生活》是这一组小说中最显示活力的一篇,对人生的认识牵引着冯积岐即使写这种寻求激动和激情的心理,也采取了平静的方式,批判的锋芒并不是世俗的有着道德尊严的老行长,而是那个可怜的也在寻找新鲜的其乐无穷的李岸。看待根旺和大燕由离婚到复婚的过程,李岸的评价很有意味,"人就是这个样子了,你两个过去不是常说再不能这样生活了,现在还不是这样生活着?"是写出了人的境界的差异,还是文明的悲剧?李岸的认识很可怕可卑,还是李岸说出了生活的真谛?冯积岐不知如何把握的,恐怕冯积岐会说,你读出了什么就是什么。《烟》也是如此,《烟》中的"发乎情止乎礼义"的压抑方式,似乎也在展示着黄土地上痛苦而无奈的人生。在这一组小说中,《断指》是最具有普遍的人性意义的一篇,在出人意料和荒诞的文字底下,人的原罪意识是用沉默的方式表达出来的。这是一个深刻的主题。它最为明显地说明了冯积岐已经开始直逼人的本质。

也许可以说冯积岐全部的用心都在接通着20世纪中国文学改造国民性的主题,冯积岐艰苦的磨砺也在为内心中的气象做准备。冯积岐这一组凝重的篇什使人丝毫不怀疑他对文学本质的认识已达到了相当的深度。使冯积岐感到困惑的是如何找到自己最恰当的表述方式。因为明显的事实是,生命的张力并未淋漓地释放,冯积岐还有一些困惑。其他的困惑并不重要。个人的痛苦有时不一定要扩大成忧国忧民的气度,纤瘦的身躯也是人类一分子,自卑的心灵也能感悟人类本质的一部分,对于已经把握住了文学的本质的冯积岐来说,当紧的是,树立自信。

原载《延河》1994年第1期

午后之死
——冯积岐和他的小说

夏　子

1. 人

《午后之死》是海明威写斗牛的名著之一。斗牛士在海明威眼里是一种硬汉风度，一种人生信仰。面对命运、人生、死亡的残酷，斗牛士以勇气和鲜血甚至生命相抗争。注定要失败，一无所获，就像西西弗斯推上山的石头注定要滚落下去，这是上帝跟人类开的玩笑。人在这荒诞境遇里有两种选择：一是绝望，如行尸走肉活着，满怀哀怨地再把石头推动；二是勇气和信心，享受痛苦，折磨，嘴角露出微笑一而再，再而三地推动石头上山。斗牛士所做的是第二种选择，这是海明威的选择，这也是写小说的冯积岐的选择，这中间是一种在庸才遍地中的英雄主义，一种在喧嚣狂欢中的沉重孤独。在后现代们解构一切意义的企图中，这种选择是令人崇敬的，它显示了对庸俗时尚的叛逆，一种高尚的叛逆，从这个意义上说，嘴角显露的微笑就是最后的胜利和荣耀，不管结局如何。这使我感动。这是我对冯积岐做人和作文的第一印象。

也总使我想起张承志,那个写过《心灵史》的崇拜凡·高的回族汉子。冯积岐也不止一次地满怀崇敬地说起凡·高,"阿尔的烈日,神魂颠倒的向日葵,燃烧的黄花,流动的空气,颤动的阴影,疯狂的色彩——这画面,只能出自凡·高之手。因为他是一个发疯的画家,一个饥饿的画家,一个受苦受难的画家。画家在艺术的祭坛上曾经献出了自己的健康,幸福,生命。这才是最好的人生图画"。(冯积岐散文集《将人生诉说给自己听》P68)

艺术在这里成为一种宗教,而不是其他。宗教情感有如燃烧的纯洁精神之火。这火使艺术和庸俗相隔绝,和向往金币光泽的人群相隔绝。特别在这个以"人为财死,鸟为食亡"为广告词汇的时尚里,人与人的感情也无处藏身了,宗教情感恐怕被视作异端、怪物,只能这样孤独地燃烧着。

孤独得很悲壮。

2. 小说

冯积岐的小说很有味。很有小说味。这是我对好小说常用的一种说法。我判断小说优劣是凭感觉是否有味。"味"其实是说不清的东西。对好小说,能说的往往也少。冯积岐也如是说:"要说的都写在小说里了。"要说出对小说的感悟,我觉着是很笨拙的做法。"味"只能凭感悟,不是不能"说",而是"说"出来已不是"味",总显得捉襟见肘。但"说"的欲望也是不可抵挡的,"说"成了一种印证存在的方式。我"说"故我在。拈花微笑的悟性是我望尘莫及的。

短篇小说《舅舅外甥》曾引起小说界、评论界的关注，这是1986年的事。此后，冯积岐突然沉寂了。这和社会背景有关，80年代后期至今，商品大潮愈来愈高，把文学艺术挤到了心灵边缘，通俗消费文化占据中心。同时冯积岐的沉寂正是他在深入思考，艰苦磨砺，寻找突破自己的途径。这显示了他的深刻和成熟，也是孤独使然。

我读过一些冯积岐的小说，主要是近两年来发表的和未发表的小说。给我的感觉是很有小说味，是小说，而不是其他。我又一次感到词语的匮乏，我只能这样说，因为各种报刊上所登的某些"小说"不是小说，只是一些拙劣的故事和平庸的文字符号。这就是说，冯积岐的小说是一种本体意义上的小说，冯积岐写小说是把小说作为一种艺术。这种追求使冯积岐可能成为小说大家，一些人却不能。

小说味在冯积岐小说中表现为鲜明的叙事个性，包括在叙事视角，叙事语言，叙事结构诸方面的独具匠心。也就是在"怎么写"上，冯积岐显露出独立的个性，有一种小说本体意义上的追求。在"写什么"上，冯积岐也有更深的挖掘，使小说有一种内在的东西，使小说避免成为一种语言能指游戏。这两方面的和谐整一使冯积岐的小说味纯正耐嚼。

我这里要说的是冯积岐去年和今年发表的几个短篇，有《延河》1994年第1期上的《烟》、《一种生活》和《断指》，《五月》1993年第4期上的《想起那一天颤悠悠》，《朔方》1994年第3期上的《红拖鞋》和《那天晌午》。这几个短篇很有特色，很拙朴，也深藏着不露痕迹的艺术匠心，很耐咀嚼。正是这几个短篇使我深信冯积岐很有才气。

《烟》写性的压抑。欲望的压抑和升华是人普遍的生存境遇。小说中作为性的象征的炕眼洞、木棍使人想起弗洛伊德关于性的学说。从这一点上说，冯积岐写了人的生存本质上的东西。背景在小说中是很淡的。我更感兴趣的是叙事视角在这个短篇里的两次转变及其艺术效果。一开始以全知全能的第三人称叙事，显得平静冷峻，而且短句的单调使用形成的语感范围与男女主人公的精神压抑很和谐。到麻进回公社时又转入"我"的第一人称叙事。这样使小说的叙事结构显得丰满充实，提高了小说品位，这是冯积岐在小说艺术上的追求。

　　《一种生活》写一种富有激情的生活。根旺和大燕的离婚、复婚全凭内心激情，充满喜剧色彩，这是冯积岐所憧憬的理想生活。这篇小说有多种解读。若从另一个角度看，小说的主人公应该是李岸，他被日常生活的平庸乏味所围困，陷于其中不能自拔，他对充满激情的生活是麻木的。他跟大燕和根旺说："人就是这样子了，你俩个过去不是常说再不能这样生活了，现在还不是这样生活着？"这显出了李岸的可悲和狭隘。生活的滋味是在离婚又复婚的过程中品尝的，李岸却只看到结果。若再想一想，这难道不也正是我们大多数人所困于其中的平庸的生存境遇吗？耐人寻味的是小说结尾：

　　　　对于根旺和大燕的离婚和复婚我们银行里的人比你看得更清，根旺和大燕在我们的生活之中，而你在我们生活之外。

小说本来是以第三人称叙事，这里突然又出现了个"你"，"你"是指读者？还是李岸？还是读者的一部分？含混在这里丰富了多种解读性。这看来是突兀的一笔，正是冯积岐在小说结尾上的匠心独具，它打破了叙事人、主人公、读者在传统小说中的界限，给人以峰回路转发现新天地的感觉，让"你"回味再三。

　　《断指》写法上很含蓄。小说一开始悬念重重，到最后出现了荒诞场景，依然给人一个半隐半现的悬念，这样使现实和荒诞水乳交融丝毫不露斧凿痕迹。这是叙事技巧上的高明之处。

　　《想起那一天颤悠悠》也写性。写合乎性的东西却被礼俗毁掉。是对"发乎情止乎礼义"传统的反讽。这也是人类籍以炫耀的"文明"的悲哀。人的本能健康无邪，粗陋却显出一种野性魅力，这是"大自然赐予的这么好的景致"；最后却被礼法毁掉了。男人阿銮"被人扭着送向了镇政府"，女人哭着喊着，"摇摇晃晃着，真像风地里的一棵嫩蒜苗"。这是小说最后一句话。往深里想，我有时候真怀疑人类的"文明史"在"进步"吗？"文明"在更多时候是捆绑人性的枷锁。这也许正是冯积岐的意图。叙事很干净利落，使人想起海明威的某些短篇风格，比如《在密执安北部》。

　　《红拖鞋》写欲望的压抑所导致的暴力。这篇小说很会蓄势，像古人书法和棋道讲究蓄势一样，在平静客观的叙事中渐渐孕育着使人压抑的东西，直到最后爆炸，老大抡起木锨"劈头向老二打下去了。老二再也不会喊了。一声艰涩的响声从木锨下传过来了，老大的脸上和身上溅了糨糊状的东西"。冯积岐对叙事节奏的轻重缓急把握得很有分寸，对叙事技巧颇为讲究。小说结尾是这样的：

太阳毒毒的，刺人。
一双红拖鞋小狗似的蹲在晒场外边。

我很喜欢这样的结尾。你在感到暴力的紧张之后，冯积岐再给你这个风景式的缓冲。在小说节奏形成的"气势"上显出一种悠长意味。红拖鞋其实是这场暴力的主凶，它就是一直压抑着老大的性的欲望，它现在竟"小狗似的"蹲在那儿，旁若无人。老大三十岁未婚，性的压抑使他对已婚的兄弟产生嫉妒，最后欲望扭曲为暴力的宣泄。这篇小说很沉重。

《那天晌午》写人的残酷，写人性的麻木和泯灭带来的可怕的残酷。我想人有时候真不是东西。这样说不是贬低人，而是说出来了一个事实，人为万物灵长，这实在是一个自夸。这是我读过小说后的感觉。三老汉做主把女儿嫁给有元，女儿被丈夫虐待跑回家给三老汉诉说，三老汉勾下头去，说："我锄地去呀"。在村道上，侄子多多给三老汉说："我二姑没有多少日子了，我二姑想你。叫你来看看她"。三老汉又说："我锄地去呀"。在地里，三老汉听见了两个侄子多多和太太打架，却"把脊背给了那苍白的喊声"，出了人命。公安干警问三老汉，三老汉只说："我锄地来"。小说结尾，女儿喝毒药死了，三老汉也只是"勾下头去，拿手在锄头上抚摸着。锄头很亮，放着光"。这光很毒辣，残酷。它就是三老汉泯灭的人性。两条人命女儿贞和侄子多多，都毁在三老汉手上了。这篇小说写得更简洁,把两个事件(贞喝毒药与多多被打死)以三老汉为主线贯穿在一起,时间也浓缩为短短的"那个晌午"。短小的篇幅和深刻的内涵形成一种震撼人心的张力,这是小说艺术独有的魅力。冯积岐的叙事技巧游刃有余,确实高人一等。叙事语言简洁传神,兼以方言,更显拙朴;有"返璞归真"之妙。

这几篇小说的背景很淡,甚至淡到虚无。正是这样,才形成内涵的丰富饱满,表明冯积岐对人性的深刻把握。淡化背景,才使这种把握带有更大的普遍性,小说中的麻进、小风、根旺、大燕、老大、阿奕、三老汉、他、李岸等人物,在某种程度上不就是"你我"吗?另外,背景的淡化与内涵的深刻也形成叙事学上所称的结构上的张力,张力使小说充满生机。

说了这么多,我想不能对小说再"聒噪"了。话语有时是暴力,"聒噪"会伤害小说,也会伤害你的耳朵。你最好去读这些小说,而不是听。

3. 人和小说

我问冯积岐,你写过诗没有?

他说,没有。

我这样问是因为我感觉冯积岐小说中某些语句和氛围都很有诗意。冯积岐的小说语言很有个性。这种诗境主要体现在冯积岐一些很不错的尚未发表的小说中,对小说语言本质的把握,给小说语言以本体论意义上的地位,这就为冯积岐日后的大气象作好了坚固的辅垫。但愿你有一天能读到它们。

熟悉冯积岐的人都会感觉到，冯积岐本身就是一篇有内在力量的小说。刘谦先生这样说道："积岐是那种忧郁得让人一见便想大哭的男人。他的忧郁痛苦，使人一见他便会生出些许宗教般的情愫。一个男人，一个需要养家糊口的农民，在那样的时候，却又坚守着心底的圣地，表现出那样的宁静与超然，他内心的意志力当是多么的顽强。他在痛苦地挣脱着一切俗世的虚华，在一片厚重的黄土之中寻觅一种属于上帝的、达于茫茫彼岸的途径。"（刘谦《积岐小记》,《小说评论》1991年第1期P79）

读过冯积岐的散文集《将人生诉说给自己听》,你就会感到冯积岐心路历程中的种种坎坷带来的忧郁和痛苦。他在为生存苦斗，他的妻子和两个儿子在离他谋生的城市很远的乡村。他要养活四口之家，凭他爬格子。他在为艺术苦斗，他在孜孜追求中滋养着孤独，他把写作当作生存方式。这样的人现在很少了。

冯积岐之于小说就像庄周之于蝴蝶，人和小说已是血脉相通，筋骨相连。我也总会想起《午后之死》,冯积岐就是斗牛士，手挥利刃，在奔突而至的命运挑战中拼命搏杀。

但愿他能赢。

我也说不出他怎样才能赢。只能这样祝福他，愿他活得好一些。然后写出好小说。

原载《小说评论》1994年第5期

压迫与解放：冯积岐小说论

李建军

冯积岐的小说，如月夜中悲诉着的板胡，其声怨悒而优雅，仿佛梦幻中的抽泣，营构出的意境，则依稀似斜晖里山外的秋山，在凛冽的西风中，昏暗、荒凉，令人生出彻骨的寒意。可以说，悲苦与抑郁，压迫与解放，是冯积岐几乎所有小说的情感特征和中心问题。这些特征和问题是作者独特的生命体验烙印在作品上的纹章。真正的创作总是基源于作者的心灵世界和人生体验。冯积岐的小说确证了他创作时情感投入的真诚和强烈，同时也显示了他宣叙某种体验的固执和偏狭。冯积岐的小说常常取一个被疏离、被放逐、被压抑者的角度来展开叙述，这是他在非人的时代被打入"另册"的屈抑心理的一种化释策略，这使他的创作成为一种外在于秩序的真正的创作，最终使之具备了对历史和现实的深刻把握和有力的解构力量，喻示出重建某种生活的必要。

一、对主宰群体论的解构

在人性的许多弱点中，有这样一种弱点，即常常愚妄地以自我为中心和重心。这是一种病态的优越感和偏狭的情操。这一弱点若在个人，则表现为极端个人主义；若在民族，则表现为主宰民族论；若在文化，则表现为文化绝对中心论；若在群体，则表现为主宰群体论。所谓主宰群体论，往往先验地对人群进行绝对的群体划分和定性，虚妄地认定某一群体绝对地具有优秀的品质，而另一些群体则天然地具有贪婪、自私、残酷、好逸恶劳的品质。这自然是为了构造一个悖乎人性的社会乌托邦，而先验地预设的一个难以验证也不能否证的绝对"真理"。它显然忽略了人性如下方面的性质和特征：首先，人都具有自然性甚至兽性的一面，这一点警示我们不能以任何理由把任何个人任何集团任何群体神圣化，从而赋予它一种抽象的先天固有的品质；其次，人性又是一个具有具体差异性的非衡定性范畴，穷人可以变为富人，善人可以变为恶人，贞女可以变为荡妇，英雄可以变为走狗，公仆可以变为老爷，领袖可以变为暴君。仅此两点，就足以启发我们确立基于人性弱点的以法理为基石的公正而独立的制度和契约，并置一切人一切"群体"于这一法理规范的制约与监控之下，这样，始可建立一个真正人道、和谐与文明的社会。冯积岐小说的一个主题就是以细密甚至絮烦的叙述，对人性的卑劣和复杂进行展示，从而揭示主宰群体论的非人性、反人道的绝对性本质。中篇小说《山魂》中的"我"是一个"黑五类"，是属于被专政"阶级"的人，于是，便理所当然地被发配到远离人群的"山吊庄"——桃花塬。小说通过"我"对自己孤寂、屈辱、忧郁的情感世界的宣抒，批判了主宰群体论对人性的无情扭曲和压抑；又通过祖队长这一形象的塑造，进一步从人性的层面上否定了主宰群体论和荒谬。病态的家庭环境和扭曲的生活经历，使祖队长变得残忍、无耻，对一切都充满仇恨，他凭借手中的权力满足自己的私欲，对逃荒的河南女人缺乏丝毫的怜悯，还差点杀死自己的父亲。与祖队长同属一"阶级"的两个民兵，也毫无人性，强暴地轮奸了逃荒的山东女人。这些都可以看作是对荒谬的主宰群体论的解构，说明人性绝不随"群体"分野的简单划分和确定而有什么奇迹般的完善和升华，人自身也并不因此而意味着被解放，相反，"阶级"的护符倒为人的兽性的恶性释放提供了制度化的保证，从而滋生出新的压迫和掠夺，侵犯和伤害。这篇小说还讲述了一个朴实得近乎平淡的爱情故事，细致地展示了"我"的复杂、痛苦的情感世界。当云云大胆地用各种方式向"我"传达着爱的信息，"我"却陷入深深的矛盾之中："我多么渴望在人生的每一个陡坡处有这么一只小手拉我一把呀。理智像一股狂风刮走了我那冲动的感情，我似乎看见就在那一片白雪上写着两个硕大乌黑的汉字：阶级。……我不能，我决不能给云云的生活里带来痛苦和创伤。"荒诞时代两个"阶级"间的爱情故事注定只能有一个悲剧结局。《断指》是一篇具有神话意味和荒诞色彩的短篇小说，它以超现实、超逻辑的情节形式，承载着消解主宰群体论的命意和力量。"他"祖宗三代都是贫农，政治上也没问题，当过先进，受过表彰，是主宰群体合乎标准的一分子。但"他"却极端固执地站到那些受批判的五类分子的行列中，似乎毫无因由地陪他们忍受凌辱和人格的撕裂。这令属于主宰群体的"黑脸队长"、路线教育工作队的"老练"们大惑不解。在后来的调查中，人们才得知"他"曾经给地主刘二扛过长工，吆过车，有一次，刘二的极其水灵年轻的三姨太坐"他"的轿车去看戏，看毕戏回来后不知为什么就失踪了。作者冯积岐并没有像《白鹿原》那样对"他"与刘二及三姨太之间的主仆关系和情爱故事作任何渲染，甚至连比较明确的评价和交待也没有。我想作者在这里是故意制造着一种空白和不确定，因为他在这篇小说里有这样一句议论："含混比明朗更具意味，不少真实的东西是在模糊中包藏着的。"在"老练"们看来，他与刘二的三姨太之间必然地"不会有多大联系"，因为，这是两个"阶级"，但小说情节的含混与模糊处却轰毁着这一关于阶级绝对分野的神话，喻示出它的荒谬和不可靠。我们可以推想他们之间完全有可能确实发生过很大"联系"，一种是基于伦理原则的和谐主仆感情，一种是基于自然天性的铭心刻骨的男女之爱。至于小说中的荒诞情节（"他"、"老练"及村干部们的手指的断落，由此使得那年冬天松陵村人完成土方比哪个村都多），就更具意味地喻示出这样一个真理：主宰群体论是引发人性混乱、制造仇恨、产生新的压迫、消损人的创造力的最终根源，拆除这一强行设置的悖乎人性的篱藩，便意味着人整体的最终解放的可能，意味着人性全面升华性展开的可能。我以为这是冯积岐这类主题的小说最深刻最有意义的地方。

二、对人的生活意义及道德现状的省思和批判

冯积岐是位对生活的意义和人的道德状况特别关注的作家。他的小说充分表现出他对人的生活意义和道德情操的巨大兴趣，显示了他

对缺乏充分意义和道德色彩的生活现状的指斥态度，包蕴着他对农村发展走向及农民生活前景的隐忧与思考。

短篇小说《日子》中的屠夫和他的女人，在龌龊的环境中，过着一种缺乏意义的生活。女人笑嘻嘻地任"高的"和"低的"调戏自己，丈夫则"装作没看见"，"高的和低的皆满意而去了"，女人和她的丈夫则陶醉于占了三角三分的便宜。到了夜晚，夫妇二人轮流在洗过猪的大锅里洗身子，接下来依然是灰暗和无聊的生活场景。在这里，人还只配用"高的"、"低的"这些可以用来描述一切事物的语词来指代，人的生活依然停留在粗鄙和低下的原始阶段，生活的目标除了金钱，便是满足原始的欲望。末了一段的环境描写，含蓄地宣示了作者的情感态度——对一种低级的生活状态的否定态度。短篇小说《雨雨》也是一篇旨在确立生活意义的道德批判小说，它塑造了一个典型的青年享乐主义者形象。雨雨十七岁就做人工流产，而且不知道是谁的，因为她同时和三个男朋友玩。她见异思迁，追求的唯一目标就是快活："我就是图一时痛快。人活在世上能痛快一时就是一时；哪怕一时，只要能痛快……"她"不论那痛快是什么样式、什么色泽，只要痛快"，在她的心目中没有什么真正的爱，"爱是粪堆"。丈夫大狗与她以前的几个男朋友打架，出了人命，被关进了监狱，雨雨转身改嫁给豆腐客，结婚那一天，砖头砸伤了她的脚，而且"伤得不轻"，作者的道德劝谕意图再显豁不过了。可以说，雨雨的生活态度，代表了这个物欲、腐败和罪恶共生互动的转型时期相当一部分青年的生活态度：没有什么值得信任，没有什么值得追求，除了自己，除了当下的享乐，他们很少想别的什么。这是价值失落时代一幅令人心忧的道德颓败图景。如果说《日子》和《雨雨》中的人物是因为愚昧与麻木、无知与幼稚而陷入一种缺乏健全意义和道德基础的生活，那么，《丈夫》的丈夫、厂长、"女人"则表现出一种令人厌恶的无耻、淫荡和苟且。厂长"对付女人和经营企业一样的有心计，和赚钱一样的肯动脑筋"，他终于占有了"女人"，而卑琐的丈夫则利用手中的把柄一边从厂长那儿大获其利，一边继续容忍妻子与厂长保持不正常的关系。"丈夫"为金钱和物欲的满足，不惜出卖妻子的贞操，是一个典型的无耻之徒。"妻子"显然是不幸的，她一直过着没有爱情的平庸生活，被动地陷入不正当的情感生活之后，也曾表现出微弱的抗拒、些许的不安和淡淡的愧疚，但她终于苟且地顺应着生活，无奈地忍受着来自"丈夫"与厂长两方面的凌辱。《戏子》在冯积岐整体上显得沉重、悲郁的小说格局中，表现出少有的轻松和包含着讽刺锋芒的悲剧色彩。精神空虚的"总经理"想组织一个唱秦腔戏的戏班子，农家女子王兰兰被选中了，虚荣、无知、好逸恶劳的弱点使她一步一步沦为"总经理"的玩物，可笑的是，她最后竟被县上任命为精神文明标兵，当她抱着证明获奖的大镜框回到家中，见钱眼开的娘说："那东西能当饭吃？能当钱使？"蒙在鼓里、观念陈旧的爹说："我娃这才把真东西拿回来了。"《舅舅外甥》则讲述了深厚的伦理亲情如何在物质时代猛然断裂，揭示了转型时期伦理原则与价值原则之间的冲突，揭示了农民的自私本性恶性膨胀后导致的生活悲剧。中篇小说《地下水》叙述的也是转型期农民价值观念的急剧变化和天然的伦理关系的迅速解体，透视出作者这样的识见：经济的发展和物质财富的积聚，并没有改变农民身上根深蒂固的劣根性[1]，生活的意义指数并没有增加，而物质丰富与精神贫困之间的巨大间离，还是罪恶的欲望四处泛滥和无情的伤害普遍发生的原因之一。在这篇小说的结尾，"地下水"上涨，使地面上基础坚固的建筑物迅速倾斜，而且出不了两年，松陵村这个一直令人骄傲的地方，将成为一个大水洼，整个地泡在地下水里。这显然蕴含着这样的意思：人的最沉重的压迫来自人自身；人的内在解放，是实现人根本解放和全面解放的前提条件；中国农民素质根本提高和农村生活的实质性变化，仰赖于一种更为本源的东西，这种东西潜含在人的精神世界、道德领域和文化资本里。

冯积岐对农民生活的批判性展示，继承的是鲁迅批判国民性的精神。他哀其不幸，忧其不悟，一颗挚爱农民的拳拳之心灼然可见，表现出他作为一个农民的儿子对农民命运切切实实的忧患和关怀，显示了制度外创作者固有的独立、清醒、深刻和冷静。

三、乡村干部：纳入体制或疏离于体制

除了农民，冯积岐小说塑造得最好的人物形象便是接近农民的乡村干部。冯积岐写出了他们生活的艰难与尴尬，写出他们作为一个主宰人又主宰于人的官阶最低的阶层的特点。写出了他所承受的生存迫压与期待解放的渴望。《乡政府人物》中的宋乡长处处显得有些迂执和古板，天快晴了，他不知道该穿什么鞋；规定机关干部和女人说话都打开门窗；他给来乡政府告村长的老人做主，毫不含糊甚至有些不讲方式地撤了村长的职；县上要乡里组织农田水利基本建设，精壮的劳动力都出

去打工，只有雇佣了几百人给领导作样子，但最后在介绍经验的总结会上，他却说出了实情。他迂执中含着朴诚和良知。他明知道他那样做会付出什么代价，但他还是做了。他终于在换届选举中落选了，被派到城关镇副食品公司当又苦又累的"经理"。他又固执地选择了良知，最后被体制所疏远和抛离。《团委书记》讲述的是一个有个性的青年如何最终泯灭个性被环境所同化，同时描述了底层政府机关存在的等级秩序以及与之相应人特殊的心理状态和行为方式。在乡政府机关里，姓氏前冠以"老"、"小"的依据不是年龄，而是官阶，官阶高的即使年轻，也可以称年龄大的下属为"小某"或直呼其名，相反，官阶低的，即使年龄大，也要称年纪轻的上级为"老某"。[2] 新来的团委书记不习惯，他对乡政府中地位最低的"八大员"之一王志和说："老王，你日后就叫我小白好了。"王志和第一次听见有人叫他老王，好像被谁猛推了一把，忽地站起来对他说："你叫我王志和，我叫你老白，都在理儿上，你还推让啥？"他反而被王志和弄得很尴尬。

白争气还保持了他在省团校当学生的习惯，比如爱拉小拉琴和坚持早上跑步等，这与乡政府通行的三种娱乐方式——看电视、下象棋、打麻将——是很不同的。一天晚上，胡书记老输棋，而他的琴声却像一条带子在胡书记眼前头飘来游去，让胡书记心烦意乱，胡书记径直走到他的房间，没有喊他老白，也没有喊他小白，而是直呼其名："白争气！"他还在拉琴。胡书记大喊一声："白争气你！"他手中的弓从琴上滑落下来扯了一个颤颤的音。胡书记说："白争气，这是乡政府，不是省团校，不是歌舞团，你拉！叫你拉！我叫你拉！……"他还没有从音乐中清醒过来，胡书记就噔噔噔地走了。

后来，他终于不拉了，他跟着大家打麻将，跟着大家下棋给胡书记鼓劲，跟着王志和学会了镇定自若地看为了逃避节育手术谎称来例假的女人解裤带……"生活就像一渠水，这水悄悄地冲刷着他，改变着他。"他像一片叶子被风吹落到了地上，"叶子还很嫩，只是风干了"，小说末了的这个意象，显然隐含了作者对一个被拧曲的青年的同情和悲哀：面对严密的组织和森然的秩序，渺小的个体常常怀着唯恐被体制所漠视和排挤出来的恐惧而卑怯地活着，微弱的个性力量和微末的尊严感是那样微不足道，以至于纳入体制的个性毁灭过程，竟如一片树叶随风飘落，静默无声而轻盈如飞。——他被体制容纳了，但同时也被吞噬了。

中篇小说《乡村干部》是《乡政府人物》的扩写和改写，其中的李乡长便是宋乡长的延续。"李乡长刚走进乡政府大门，一条黑狗就扑过来随心所欲地朝他'汪汪'。李乡长一惊，不觉向后退了半步。"后来，李乡长曾专门召开乡政府会议研究放狗的问题，终因一半以上的人不同意而没有放成。到小说的结尾，他从武装干事老巨那儿要来一把手枪，将那条名叫黑子的狗打死了，狗死了，李乡长却沉重地坐在花坛边上喘着气。他的结局必然是要被体制所推拒和疏离出来，他能不喘气吗？

四、叙述、语言、象征及其他

冯积岐的很大一部分小说所取的并不是客观型的叙述策略，它们在叙述上往往具有抒情性与评价性相混合转叙性特征,换言之,在这些小说的情节中总是流贯着一种悲郁、屈抑的意绪,这与作者冯积岐的性格、气质及情感特质有关,他内向、谦卑、敏感,有着天生的忧愁和痛苦,真诚的卑琐和压抑,这些都使他的小说在叙述上常常带有很鲜明的主观评价色彩和宣抒性特征。

《断章》是两篇短篇小说的总题,其中《没有屋顶的房子》翻检和祖呈的显然是作者自己心灵深处尘封已久的断章残简。"他打开了尘封了近三十年的记忆释放出了1964年老秋的气味:发霉的气味十分惨淡,它们从天空飘落而下,从古老的槐树上纷纷而跌,从街道上的大墙中悄然渗出来,拧成一根绳索捆在秋天最后的日子里。少年的嗅觉、味觉、视觉全被这霉味俘虏了。"被压迫已久的生命,打开了自己全部的感觉器官,领受着、细味着孤独、侮辱和痛如切肤的伤害,以异乎寻常的敏感,体验着生命惶惶然的战栗。一声"开斗争会了"的喊声带来的恐惧,造成了天雨人泣的压抑气氛,长久地折磨着少年的心灵。被扒去了屋顶的房子,在深夜里"结结实实地黑,一塌糊涂地黑,黑了少年的眼睛黑了少年的心"。直到了三十五岁,"少年抬眼一看,似乎看见了天上的星光在闪烁着,似乎看见无数双眼正在盯着他"。在这里,主观的心意状态,成为一种比情节和事实更为重要的东西,并被显豁地凸示出来。

《我的农民父亲和母亲》是冯积岐晚近创作的一部不可低估的优秀中篇小说,它不仅对当前农民困窘的生存状况,作了尖锐、真实、令人心酸泪涌的展示,而且在艺术上也达到很高的境界。它在叙述上的一个特点,就是一反时下流行的诸种"新"字号小说的那种"冷眼放洋看世界"式的冷漠、超然、装腔作势的准贵族习气，而是运情人文，选择了第一人称的参介性叙述视点，毫不遮掩地显示了它在叙述上的宣抒性、评价性倾向。对往事的忧伤追怀、对现实的愤怒指斥、对公正生活的热切期许之中，包蕴压抑、悲辛、屈辱的身世之感。"眼泪"、"苍凉"、"伤感"、"悲怆"、"煎熬"、"难堪"、"残酷"、"黯淡"……这些高强度地显示情感态度的语词，被冯积岐毫不吝啬地用来宣抒自己的情感，传达人物的感受，从而引发起读者"叹息肠内热"的悲愤和共鸣。

冯积岐的小说在语言追求上也显示了苦心孤诣的努力。冯积岐小说语言的变化是有一个过程的。他早期的语言板平滞实，如《丈夫》、《眼镜》、《舅舅外甥》、《乡政府人物》等；但从《断章》开始，中经《断指》、《一种生活》，最后到《我的农民父亲和母亲》，冯积岐小说的语言逐渐趋于具有独特的修辞策略和稳定的语言风格的境界。

冯积岐小说语言的一个特点是善于大跨度的比喻，它积极地凌越普通比喻的初级原则，以通感为介质把两个同质性并不强的物事缀合到一起，产生出极好的修辞效果。如："以后几天老汉像害了一场大病，整日的少言欠语，连骂牛的声音也瘦得像高粱秆儿一样。"(《山魂》)"一个院子里挂满了她那破布絮一样的说话声。"(《我的农民父亲和母亲》)"胖年轻人将肥胖的目光压过来压在一个老人身上。"(《我的农民父亲和母亲》)

夸张是冯积岐常用的另一种修辞手段。他的夸张也是以通感为中介，并具有很强的想象性和内在体验性。如："下过四十八天淫雨之后，房屋霉了，树木霉了，连最干净的石头也开始发霉。天晴之后，街道上那恶狠狠的味儿经久不衰。"(《烟尘》)这种富有很强的评价性的拟人夸张手段,显然是受了拉美大师马尔克斯的影响。"母亲悲怆的哭声将冬天的日子染成灰一样的颜色。"(《我的农民父亲和母亲》)将悲哀的放大和夸张,与冬日灰暗的天空联系起来,意味隽永。

通感是冯积岐运用得最好的一种修辞技巧,想象丰富,复合度高,内容丰富。"牛鬼蛇神的白袖章在残秋的太阳中有些颓败并且散发出了枯枝败叶的气味。"(《断指》)"阴影仿佛是土崖下的嘴唇和土崖连接在一起:阴影凉飕飕的,有一点清甜而美妙的味道。"(《土崖遮出的阴影》)

象征是艺术表现不能言说或无法言说的尴尬处境的途径之一。象征也是冯积岐使用的一种表现方法,他在小说中利用这一方法来隐喻自己的情意和思绪。《地下水》中的"地下水"是巨大的消解力量的象征,它深藏在地下,但一旦冒出地面,便有着难以遏阻的毁灭力量,作者以它指涉人性深处无节制的自私和欲望;《杂姓》中的"华夏",则以作为个体的人物的名字,象征着中华民族的整体生存状态;《山魂》中岌岌可危的"敞窑"和从天而降的"蝗虫"、《断章》中"没有屋顶的房子"都象征着危惧可怖的压迫力量和生存现实;《寻找父亲》中遭雷劈的"松树"则象征着极端自私的个人生活原则必遭代表着普遍原则的巨大力量的否定。

值得指出的是,冯积岐近期小说的语言在修辞上是显出一种复合性特点。这是他寻求语言上新的表达方式的有效尝试。这一尝试的成绩集中地汇拢在他的引起很大反响的中篇小说《我的农民父亲和母亲》

之中:"我记得父亲是掂着一把老镢头走进厨房的,他一镢头就砸烂了锅底,锅底的高粱面糊汤眼泪一般从灶眼里流出来,流在我童年的早晨,补缀着我记忆中的一些空缺";"父亲和母亲是来到县城粮站卖玉米的。父亲和母亲来到粮站的时候好多个卖粮食的农民已将悬悬着的心排了一长串在粮站的院子里堆积着善良的渴盼。排队宛如一把刀子削剁着父亲容易暴怒的脾气;父亲将他的脾气接在长长的队伍后任凭时间去揉搓";"在饥饿中煎熬过的母亲特别痛惜粮食,她将她的眼泪洒向了粮食洒向了牛马般的劳作";"父亲跪下了,父亲真的跪下去了。我没想到十分自尊的父亲会这么轻而易举地跪在残酷的冬日。"这些语言将描述和抒情融为一体,将想象、借代、拟物、夸张、比喻、象征、时空的大跨度组接等修辞技法和表现方式糅合使用,从而构设出耐人寻味的审美空间,充溢着今天良心未泯的人子凄然泪下的情感力量。

  作为一个纯洁、执著、勤勉的文学探索者,冯积岐的前路依然遥远而崎岖。在取得更大的创作成功之前,他似乎还须解决这样一些问题:砍削语言上过于稠密、纷乱的蒙络;避免情节上彼此参夹的过度互文现象;伸拓和开掘更丰富的对象世界和更深刻的意义领域。总之,否定和超越自我,是获得新的审美视境的前提条件。滞留于现状,满足于重复,势必要萎缩一个人的创造机能。这是一个无须赘论的规律。

原载《小说评论》1996年第5期

注释:

1.《我的农民父亲和母亲》中的"父亲"是一个有知识有见识的农民,因此,他对农民的认识就更容易鞭辟入里,当他听说石灰窑主正祥打麻将,"一晚上要输10吨石灰款",其子"一年换了三个女娃娃"后,慨叹道:"农民到了啥时候都是农民,有了钱就赌就玩女人,终究成不了大气候。"

2.《阿Q正传》第七章写"革命"以后的阿Q回到未庄,意气风发,飘飘欲仙,正当他且走且喊地经过赵府的时候,"赵太爷怯怯地迎着低声的叫'他'老Q",阿Q料不到他的名字会和老字联结起来,以为是一句别的话,与己无干,只是唱。"阿Q大概做梦也没有想到,五分之四世纪以后他的一个"阶级兄弟",会因为别人将他的名字与老字联系起来而惴惴不安。历史的进步和社会结构的深层变化,远比人们想象的要艰难,要迟缓。

超越苦难

——冯积岐小说读后感

李 星

冯积岐这组短篇粗看起来面貌大相径庭,《去年今日》写一种丑陋的民俗,《手》写饥饿带给人的难忘记忆,《树上的眼睛》写少年生活所留下的良心责备,然而仔细读来它们还是有一些共通的东西。这共通的东西一个是批判意识,第二是苦难意识。

冯积岐过去的一些中篇、短篇,大都有尖锐的批判锋芒,但那锋芒所向,基本上都指向外在的社会,尤其是社会政治,如极"左"思潮所造成的人性的荒谬,如阶级斗争扩大化、绝对化所造成的人生苦难,如社会恶势力所造成的人间悲剧,而这几个短篇上述种种却成为一种淡远、昏暗的背景,它们仍然是批判的对象,但进入叙事前景的却是以往在他的小说中不大能见得到的东西,如《去年今日》中善良大众的愚昧和不觉悟,如《手》中的审父,在饥饿折磨着一家时,没有看到他为子女承担着什么,却与年幼的子女争食,如《树上的眼睛》中所有的对自身怯懦、自私、逃避的自审。可以用一句话来概括冯积岐艺术思维的变化，这就是由外审转向内审，由审外在社会到审内在灵魂，由审他人到审自己。这"自己"自然不是简单的我，而是我们，这些昔日自己笔下的被侮辱被损害者。我们也应对自己的不幸命运承担一份责任，而不应该只是怪社会，怪别人。

  冯积岐的小说总有一些让自己，也让读者刻骨铭心的东西，这刻骨铭心的东西就是生命及心灵的苦难的体验。还有比让一个十八岁的女子去借种生子更愚昧的行为吗？还有比让这女子和他的丈夫更严重的伤害吗？然而他们——婆婆、丈夫、女子却是那样安之若贻、处之泰然，像迎接盛大的节日一样欢迎那一天、庆祝那一天。哀莫大于心死，难道这些善良的农民就像被奉献的羔羊，全没有人的心肝吗！丑陋的民俗、麻木的灵魂，而造成这一切的却是几千年丑陋的家族文化。读到《手》我想到杨争光的《蓝鱼儿》，蓝鱼儿的那双出神入化的手记录了专制社会的罪恶，而《手》中的大（父亲）的手、娘和四四的手、我的手，却负载了苦难中的农民哀哀无告及他们的天性和人伦情感的丧失。父亲争食于幼子，忍着妻儿饿死而无动于衷，除了对社会的谴责就是对父亲的谴责了，而这谴责的被压抑，终于变成三十多年后"我"的死不瞑目，手指的不能并拢。于是这张开的手指，就成为一种深重苦难的意象和象征。在古朴的乡村社会生活中，童年的小偷小摸如同顽童的嬉戏，在许多人的笔下总是充满着天籁和情趣，但在冯积岐笔下，这种轻松美好的游戏却成为一种人生的苦难和心灵的苦难，成了对童心童趣的压抑和摧折。这不仅仅是因为同伴在槐树下被捆了一天一夜，而是因为逃避了肉体惩罚的人对自己心灵的惩罚，它终于成为一种阴影伴随了我一生，折磨了我一生，并将传给自己的子女。

在四十多岁的当代作家中，很少有像冯积岐那样的苦难人生经历，他饿过肚子，他被当作狗崽子饱受歧视，这精神和肉体的苦难经历，到今天已经成了他的创作财富，他因之成为写苦难的高手。他的心灵是被苦难之汁浸泡过的，他的艺术也成为一种对苦难的又一次回忆和再体验，曾经让他刻骨铭心的东西，再一次让读者的心弦战栗。然而正如我多次所说过的，苦难是一把双刃剑，它既可成就艺术、拯救心灵，又可败坏艺术，使心灵沉沦。然而这并没有导致冯积岐小说艺术的沉沦，给我们希望的是对这些各种各样的沉沦的拯救的欲望，有拯救的欲望就有希望的光明在，但是这光明究竟有些微弱，不能算作真正的超越。我希望着冯积岐在保持自己艺术个性的同时，能有些个人苦难以外更博大的东西。应该说冯积岐出于对人性和艺术的忠诚，在以往的作品和这组小说中都有一些让人亢奋的东西、深刻的东西，如《去年今日》中列列朦朦胧胧的自主意识，人性欲望和爱的觉醒，然而这究竟是虚幻的，让她难忘的男子又在另一个女人身上播种，但今年的列列究竟不同于去年的列列，她大概不会再像以往那样听话和驯服了，所以希望还是在的。相比之下，《树上的眼睛》对苦难的超越更要坚实，希望在于我的严厉自审，也在我的儿子。

冯积岐是很会写小说的，他的小说叙述有一种不同凡响的素质。《去年今日》把两个时间段的故事那么天衣无缝地结合在一起，既省俭了笔墨，又使叙述更加浑圆流畅，一个丑陋的故事竟然有了盎然的诗意。香火本来是愚昧的物件，但在冯积岐的叙述中却成了情欲和爱的代表，成为精神上追求自由天然的象征，具有了生命的灵性。叙述的美丽和故事的丑陋形成一种少妇怀春的生命张力，不露声色，而又发人深省。如果说《去年今日》是美丽的叙述，流畅的叙述，《手》则是丑陋的叙述，破碎的叙述，它将冯积岐痛苦的心灵记忆化成一种丑陋的言语意象，将一种有自己特色的语言艺术发挥到极致。请看："大的叫声像土墙上的泥皮一样陈旧而斑驳"，"一股死亡的气息争先恐后的向外逃逸"，"黄叶的响声破烂不堪"，"娘和四四的手月亮似的悬在天空，给天井里播下了一片温暖而亲切的光泽"，"黑夜像狗一样蹲在敞窑里的角角落落"……声音像泥皮，响声破烂不堪，手像月亮而且悬在高空，黑夜像狗，这些错位的词语搭配看似荒诞不经，但却是人物瞬间印象的具象化，具有强烈的主观感情色彩。从整体上看，《手》的叙述者就是小说的主人公自己，死人而能回忆，能说话，有感觉，决不是对拉美魔幻现实主义小说的刻意模仿，而是作者痛苦心灵的外化，是因内容而选择的形式，然而形式又不是被动的，它进一步强化了人物的迷惘和痛苦。比较起来《树上的眼睛》叙述上要弱一些，但只是比以上两篇而言，独立地看它的叙述仍然是有滋有味，枝繁叶茂，强烈而省俭的。

原载《延河》1998年第7期

热血铸就的生命笔墨
——论冯积岐和他的《沉默的季节》

李 星

在路遥、陈忠实、贾平凹等人之后,陕西已经形成了一个以叶广芩、高建群、杨争光等人为主将的中年作家梯队,冯积岐就是这支队伍中毫不逊色的一位。虽然在文坛的知名度上,他比上述几个人目前要小一些,但要论创作的实力和潜力,我以为他不比上述任何人差。

冯积岐在文学创作的道路上摸爬滚打了将近二十年,从1986年引起争议、并广为转载的《舅舅外甥》这一短篇小说开始,他已经发表了近三百万字的文学作品,其中《我的农民父亲和母亲》(中篇小说),《短暂失明的唢呐王三》(短篇小说),被权威的小说选刊、选集反复转载,并被名家评说。其实,在多年追踪阅读积岐小说的笔者看来,冯积岐的中、短篇小说虽在思想和构思、章法和布局、语言和形象上有这样那样的不同,有的甚至还表现出这样那样的缺陷和不足,但几乎是篇篇可读,篇篇都有耐人咀嚼和令人怦然心动之处。可以说,他的小说似乎具有一种与生俱来的魅力。我曾经认真思考过这缠绕读者心灵的魅力的来源,不能说有了最终的答案,但有几点却可供读者参考评判:一是他对自己要表现的生活和人物总是十分熟悉,千百次地经历过了,千百次地体验过了,所以表现出来,总能超越一般化的层面,给人耳目一新的独特感觉,这同有了预设的创作意图,然后深入生活,补充体验的创作方式不可同日而语。二是他总是将自己痛切地生命和人生体验,投射到对象化的小说之中。一般来说,成功的小说都有创作者的生命和人生体验在内,他们的差别仅在于这体验的深浅和质量,以及个性化的程度。同许多作家不同的是,冯积岐的人生经历十分曲折,可以说,历尽磨难,九死一生,他对命运的不平、压迫的抗争、突围也分外曲折而艰难,这里面积淀了太多的痛苦,充满了太多的不幸,他的抗争之路、奋斗之路也分外漫长。这些可以说是普遍的生之痛苦,生命的困惑,也可以说是企图改变个人境遇的平民痛苦,由此,成为他小说的一个显著特点。我们说,冯积岐你能否快乐起来,他自己也希望自己快乐起来,然而或许是个性气质的原因,或许是过于沉重的经历和苦难,他总是快乐不起来,愉快不起来,眉头永远紧锁,步履永远沉重。有微笑着生活的作家,有把写作当作生命的狂欢的作家,有信心十足、总以为自己的伟大作品可以全部或部分改变生活缺陷的作家,冯积岐似乎属于永远为自己、为人类、为人性,也为现实而痛苦的作家。在现实境遇中,人人都会拒绝痛苦,逃避痛苦,但对象化、艺术化、审美化的苦难经历、痛苦体验、悲剧故事、悲伤氛围,却可以产生巨大的艺术冲击力。三是冯积岐的感觉尖锐、犀利而独特,这种具有鲜明个人特色的感觉形之为叙述、语言。

在鲜明和暧昧之间生发出一种朦胧而捉摸不定的气息,具有一种陌生化的叙述效应。如他曾在一篇叫《手》的小说中写道:"大(父亲)的叫声像土墙上的泥皮一样陈旧而斑驳","一股死亡气息争先恐后地向门外逃逸";"西斜的太阳光穿过稀疏的枝叶在东边的崖畔下蜷成了一团。从黄叶上走过去,黄叶发出的响声破烂不堪";"娘和四四的手月亮似的悬在天空,给天空播下了一片温暖而亲切的光泽";"黑夜像狗一样蹲在敞窑里的角角落落"……声音像土墙上的泥皮,阳光蜷成一团,响声破败不堪,手像月亮悬在天空,黑夜像狗等等传达出的决不是物象的客观真实,而是在特定情境中主观色彩很浓的个人感觉,它们对于叙述者当然是一种刻骨铭心的体验,对于读者来说自然是一种印象深刻而新鲜的阅读了。正是在这些方面充分体现了冯积岐异乎寻常的文学气质和艺术才华。

《沉默的季节》是冯积岐的首部长篇小说,它动笔于1992年,先后在1993年和1995年作过许多重要的修改,仅从这个时间表上也可看出作者对它的重视和所付出的巨大劳动。实际上,它确实包含了许多冯积岐个人的生活经历和痛切的人生经验。也可以说它是至今为止,作者个人生命和人生体验的一次最集中的投入和最大面积的释放。在这样说的时候,决不意味着我认为或在暗示读者,这是一部自传体小说。我只是在强调它不是游戏笔墨,也不是肩负了什么重大社会使命之笔墨,而是眼泪和热血铸就的生命笔墨。从社会政治、社会历史的角度看,它是对阶级斗争扩大化、绝对化所造成的个人悲剧、家庭悲剧、人格悲剧、人性悲剧的深刻展示。关于我们命名为极"左"路线、封建专制主义的社会历史现实，二十多年来出现的文学艺术作品可以说汗牛充栋，它们在促进思想解放、改革开放、社会进步方面产生了不可估量的作用，在今天，这个过程仍然没有完结。"没有完结"的意思不只在牢记历史教训的层面，更在社会现实的层面。社会要进步，人类要发展，就得永远把批判的矛头对准形形色色的专制、愚昧、迷信，对准对于人的精神、灵魂、思想的压迫和扭曲。正是基于这种认识，冯积岐的《沉默的季节》所复制、重现的历史记忆、心灵记忆，不仅从社会认识，促进社会历史进步方面有自己的意义，而就其社会历史批判的深度和广度来说，也可见出90年代末，2000年之初，中国思想文化界认识的新高度、新水平。这是文学对人性理解的高度，也是社会对个人、对家庭、对婚姻、对性与性爱理解的文明高度。

当然，《沉默的季节》的立足点决不在于揭露、控诉，而在于发自灵魂深处的抗争、呼喊和思考：人怎么能这样活着？人应该怎样活着？这"怎样"里面，就包涵着作者的思考和理想。尽管作者并没有在作品中刻画出一个理想的生活、理想的人的样板，但从作者对先前寄予满腔同情的"哥哥"周雨人在成为农民企业家后的严厉批判中，都可以看出，他是怎样既反对专制社会对人的压迫，又强烈反对财富对人的扭曲。小说切入叙述的心灵和眼睛的周雨言显然也不为作者满意。在一定程度上，他可以担当良知与人性的代表的角色，然而他却什么也不能改变，甚至包括自己的生活和家庭，他的后来沉湎于文学和最后的出走，意义是一样的，这就是对于责任的逃避和对自己的拯救。也许他可以逃到天涯海角，那种深藏于意识的对于亲人，对于爱过自己的人的负疚感、罪恶感，却将永远伴随着他。换句话说，被作者作为主人公的周雨言，同那个制造悲剧，也制造罪恶的环境一样，同样是不可救赎的。对于外在的社会现实和这种现实压迫也被它扭曲的人的双向批判，是《沉默的季节》最具现代理性光芒之处，正是这一点，决定了小说的思想高度和艺术高度。

冯积岐是从社会底层走出的作家，80年代中期，在文学成长的关键时期，他有幸进入大学文科深造，加之他本身又是一个极为勤奋而孜孜不倦的文学创作实践者，系统的教育，古今中外文学典籍的熏陶，使他的思想视野、文学视野分外开阔。从《沉默的季节》来看，他的小说叙事达到了可以说炉火纯青的地步。这里有许多可以命名和无以命名的西方现代小说的艺术方法，如意识流、如心理分析、灵魂独白、感觉主义、意象主义、象征主义等等，但这些形态各异的东西在他的叙述中，完全有机地融合成周雨言的感觉世界、心灵世界，化成他痛彻心肺的呼号和叹息，变成他的控诉和抗争。冯积岐在谈到吉卜林、乔伊斯、厄普代克的小说时曾说："他们的短篇中暗藏的东西太多了，使你捉摸不透。短篇小说是很需要智慧的，智慧地输入象征、隐喻、反讽、暗示等等，从而使短篇小说枝叶茂盛，独有风景。这是我一直向往和追求的。"其实，冯积岐的长篇叙述同样具有非同寻常的智慧风貌，完全可以用"枝叶茂盛，独有风景"来形容，这里有许多一看就懂的东西，也潜藏着许多捉摸不透的东西，用他的话说，就是"什么都有，一时间总是说不清是什么，你只能品味，一遍又一遍地品味"。确实，"要做到这一点是很不容易的"。

应该特别指出,性的描写和表现在《沉默的季节》里具有比较突出的地位,它包括性心理、性意识、性行为等不同的层次。如周雨言多次回忆起在祖母怀中时,性意识的朦胧觉醒,如对姑姑的性幻想,如对宁巧仙的性渴望、性压抑、性放纵,对秋月的性爱,还有周雨人的性变态等等。所有这些既不是为了招徕读者,也不是图解弗洛伊德的性理论,而是为了更深刻地表现社会批判的主题,更深入地刻画人物。如在祖母怀中的感觉,不仅可以形成与苦难现实的反差,而且可以表现人物对保护和爱的温暖之巢的渴望;对姑姑的性幻想可以看作一种人的自然之性,也可以看作一种理想之性;而对宁巧仙既可看出他对"狗崽子"的屈从(这时表现为性压抑、性无能),也可表现出他对社会不公的仇恨与报复(这时表现为性宣泄、性放纵、性虐待等);至于与秋月之性则真正进入到爱的层次了,它的不能实现,则是由于贫穷,由于贫穷和受歧视的"妹换兄妻"。周雨人的性变态、性犯罪、性自残等,完全由于社会对一个绘画天才的扼杀。天才疯了,天才自残了,灵魂迎到终生难以逆反的扭曲,这是社会的罪恶。在对性的表现上,冯积岐是十分严肃的,完全服从并始终忠实于自己的叙述。与作品心灵性、精神性的展示相一致,性也大多在心理、意识、精神层面表现,即使写到性行为,也着重于表现人物的感觉,而决不以淋漓表现性过程为目的。只此一点,也足以同那些庸俗低级的小说划出了界限。

总之,冯积岐《沉默的季节》在当前文坛上,是一部思想品位和艺术品位都很高,并且审美风貌独特的小说,在当前长篇小说市场疲软的背景下,长江文艺出版社能够慨然决定推出,这不仅是积岐个人的幸事,也是读者的幸事,中国文学的幸事。它也说明了长江文艺出版社的眼光和责任,我相信,他们的决定是会得到丰厚的回报的,包括社会效益和经济效益。

原载《文学报》2000年第28期

《沉默的粮食》与沉重的责任

李鲁平

不久前我在一篇文章里提出过一个疑问：农村题材的创作能否再度火起来？读了陕西作家冯积岐的新作《沉默的粮食》，我以为我看到了些许希望，说得这样保守道理很简单，一个作家的努力和成功不能确保一种题材、一个领域里的创作繁荣起来。

就我所读到的冯积岐的作品来看，冯积岐是潜心农村题材创作，无论城市文化多么丰富和诱人，都愿意亲近土地和农民的作家。在《祖父之死》（见《小说选刊》1998年第7期）中，冯积岐曾经刻画了一个农民"祖父"的形象，作家塑造的为摆脱土地而深感艰难的"祖父"，事实上也代表了绝大多数农民的形象和理想。不同时代的农民都试图走出土地，但都或者付出了沉痛的代价或者以失败而告终。《祖父之死》的字里行间流露着作家对农民与土地纠缠不清的沉重而复杂的情感，在《种瓜得豆》（见《芳草》1998年第7期）中，冯积岐让我们读到了他对农村的另一种热爱，一种通过批判体现出来的爱。农民周运昌被堂兄周仁昌牵扯到一件本来与自己完全无关的债务纠纷之中。周运昌认为自己有理，有理可以走遍天下。决心与堂兄对簿公堂。结果是倾家荡产不说，还丢了性命。在周运昌和我们都明白今天的世界已经不是我们想象的、按照逻辑和理性展开和发展的世界时，在我们接受了"种瓜得豆"并不是一种偶然的现象时，我们同时也深深感受到了作家精神中的深沉批判和貌似冷漠却真挚如火的热爱之情。

《沉默的粮食》讲述的其实是一个很普通的故事。乡长于生祥私设公堂将交不起粮食的农民王来娃打断了几根肋骨和一条腿。乡里的通讯员毛安安在王来娃父亲跪地求情的感动下，决心冒不能转干的风险报道此事。省报的杨主任看了新闻稿之后很激动也很愤慨，表示一经调查核实立即发表。杨主任在调查过程中被县里的安排和招待击垮了，稿子不但没发，反而说毛安安的报道失实。稿子的事情捅的娄子才刚刚开始，乡里的任书记与于乡长的矛盾就公开化了，于乡长希望毛安安承认是任书记指使的，任书记希望毛安安坚持斗争到底。在这场权力斗争中，毛安安最终落入了一个事先已设计好的陷阱，被以强奸为名抓了起来。在今天的农村，这些事情都已经习以为常，司空见惯。与我们从媒体上读到听到见到的故事相比，这个故事也算不上典型和突出。

但这个故事在作家的文本中就有了不同于新闻故事的艺术感染力。不再是告诉我们农民负担如何沉重的新闻，不再是告诉我们一个小通讯员如何坚持正义又如何受到打击的新闻，不再是一个乡长如何利用手腕逃出旋涡并取胜于书记的平常事情。冯积岐在坚持过去的语言风格和朴实叙事的同时，在叙述结构上作了大胆的尝试。整个小说多次运用结构现实主义的手法，立体而真实地开掘人物心理和塑造人物性格。小说从毛安安进省城写起，却很快从毛安安躲避垃圾箱转到了毛安安在房间写稿子时与苍蝇的斗争。在写毛安安与任书记散步的时候，由毛安安闻到了粮食气味就兴奋转到了毛安安与妻子在打麦场上的对话。然后，小说的叙述方向重又指向毛安安在省城找报社送稿子的过程。

这种开放式的叙述充满了文本。正是这一叙述方式的成功运用，使这一读者习以为常的故事有了超出生活本身的真实感和立体感。比如，毛安安在杨主任的办公室等待杨主任看稿子时，小说写道："毛安安能听见自己的心跳自己的呼吸，他的呼吸声灌满了整个房间。他说，粮食也要呼吸的，不能捂那么严。妻子吭地笑了……"叙述方式的转换不仅恰如其分地表现了毛安安的紧张心理，也再次加强了"粮食"在小说文本中的象征意味。"粮食"在这个小说里是农民的象征，农民虽然谦恭朴实，沉默寡言，但也需要呼吸。又比如，毛安安坐车回家时，"车厢里十分沉闷，他真有点等不及了，他站起来，轻手轻脚地走到杨西秦的办公桌跟前去取了一张当天的《秦都日报》。卖报！卖报！请看《秦都日报》的特别报道：乡长私设公堂打农民，记者力主讨公道……"这里叙述角度从回家的班车转到报社杨主任的办公室再转到车上。并且，卖报一个细节纯属虚幻。稿子刚刚送到报社，发不发还是个疑问。但这个细节正好折射了毛安安此时的心理：他何尝不希望报纸已经出来了呢。

我们在强调《沉默的粮食》的叙述角度多变，使文本具有开放性、立体感的同时，还要补充的是，整个叙述角度的变化都是自然的，不留痕迹的。从而，使外在的形式的结构内在于内容之中，结构不再是单纯的形式或故事的叙述框架，而是作家对生活的把握，是具有实在内容的形式。

作家在借角度、层次、方位、时序的变化，开掘和阐发现实的深度和广度时，始终不偏离主题的渲染。"粮食"这个题材以前有过《狗日的粮食》等好几个作品，但冯积岐不是从饥饿，不是从卖粮难，甚至也不是从农民交粮这些角度表现农村。虽然，小说写了王来娃因交不出粮食被打伤，但作家真正要表达的却是农民身上"粮食"一样的品格。其实作家反复表达的对粮食的亲近、热爱，才是作家对农民的立场。作家希望唤醒我们对粮食的气味、粮食的热量、粮食的沉默、粮食的谦恭等等这些让人感动、让人贪婪的品质的尊敬和钦佩。王来娃因为粮食被打伤，毛安安因为粮食的报道陷入困境，而这些人就像粮食，因此，我们对粮食要重新认识，对像粮食一样的农民也要重新认识。

王来娃和毛安安的命运和他们对命运的态度也跟粮食一样："沉默如金"，这是绝大多数农民的写实，就如所有的粮食一样。《沉默的粮食》朴实地传达了一种沉重的责任，没有任何痕迹地传达了这种责任，就如粮食显示它们的品格一样。我们希望更多的作家关注农村和农民，使农村题材的创作再度火热起来。

原载《芳草》2000年第5期

苦难历程　生命不息
——解读冯积岐的《沉默的季节》

王　愚

如果说生存只有苦难，未免片面，但是，生在人间，没有经历过生存的苦难，就很难体会到生的挣扎是如何艰苦，自然也体会不到生的可贵和可贵的生。

也许冯积岐还不到"人生不满百"的份儿上，但却经受过太多的痛苦，他写的几篇小说不能说全是苦难的生涯，但渗透在苦难的心路历程中，使他的作品有一种沉郁、浑厚的内涵，虽然不是什么经国大业，却是人世沧桑，更可贵的是亲身体验，绝无假借。给人一种怦然于心的吸引力，然而这又不仅仅是冯积岐个人的一厢情愿，是社会的遭难，是人生的无奈，是人性的凋丧，是人情的冷暖，这就不是一般的控诉，就不是一般的泄愤，更不一般的个人私怨，大抵上是具有一般意义上的人类的处境。

因此，我才多少读懂了冯积岐的新作长篇小说《沉默的季节》，有那么多的苦难，有那么多无法排遣的沉重，有那么多非人的境遇，有那么多时代风云沉压下的重轭，作者并不讳言，甚至包括他自己的情感记忆，然而又绝非个人的自传，他是为了生命的奋进而剖开苦难的解脱，是为了生活的企望而剖开苦难的阴影，勾勒出一副含茹着苦难的人生怎样做人的历程，这也许正是《沉默的季节》提出一个并非轻松的重大的人生课题。

  作者以周氏兄妹为轴，展开了他（她）的爱和恨，萌动与压抑，人与非人的纠结，特别是在周雨言的身上，可以看出美好的情思，青春的萌动，然而处在荒唐的岁月中，不过是仅仅出身于地主家庭，就受尽了凌辱和人格的摧残，虽然他无数次的想摆脱噩梦的缠绕，却一次又一次地陷入悲惨的境遇。最使人痛苦的是精神上的折磨，逐渐忘记了人的尊严，人的热情，人的高尚，使得一个充满着青春似火的年轻人，充满着恐慌，充满着自卑，甚至充满着一种无名的罪恶感。看一看周雨言这样的一个清瘦精明的小伙子，在重压之下受到过多少折磨，受到过多少超负荷的被批斗，受到过多少超重的劳动，就可以体会到周雨言精神上所担负的重担，这就不仅限于肉体的苦难，而是精神层面上的磨难！

  周雨人的悲剧，更是精神空间的逼迫造成的畸形，他本来还是满腔热血画出人间的美好，甚至在狂热的岁月里也陷身其中画红太阳，画伟大形象，但他幻灭了，并没有特别的原因，只因为他是狗崽子，他是地主出身，画不成浑圆的太阳被成为攻击，更引申到对领袖的不忠被成为污蔑，一个充着希望、颇有才气的业余画家，就这样沦落了，就这样凋丧了，以至于成为疯汉，这又何尝不是在专制、迷信、盲目下对精神世界的扭曲。即使像宁巧仙这种近乎文盲的纯真的女人，却在暴虐和残酷的蹂躏下逐步蜕化，成为受人欺凌的弱者，这到底是女性本能的盲从，还是丧失良知的结果，不能不使人深思。冯积岐以忧愤的心情，来如实地层层剖析，实际是透视对心灵的践踏，以及对人性的戕杀。因此，这种畸形的变态，无疑是在一个非常的时期造成的对人性的玷辱。正像周雨言同宁巧仙的非正常的关系，是情爱还是淫乱，是依恋还是发泄，说穿了是对真情的亵渎和对人生的蹂躏，而放在社会历史现实的岁月里，更可以看出歪曲了正常的、健康的人际关系，注入了狂热的、盲目的迷信，必然会成精神家园的荒芜，造成人性良知的失落。这不是简单的控诉，也不是血泪的忆苦，是作者剖开人们心灵的创痛，剖开人们心灵的迷乱，用一种野性的审视，召唤着社会生活的文明高度，这就不单单是回顾往昔的痛苦，而是从苦难中提炼出一种境界，一种瞩目于现在以至于未来的瞻望，冯积岐从心理层面展示的心灵的苦难和苦难中对精神空间的萎缩，才不是平面的描画，是深沉的思索；才不是事实的记录，是激情的呼唤。这对于当前多少迷恋于平庸和尚物的时代，也未尝不是一服清凉剂。

而冯积岐在长篇小说里所闪烁的对生命不止的张扬，或者更为珍贵：一般说来，沉湎于苦难之中，常常会陷于悲苦，流于绝望，这也并不奇怪，经历了过多的苦难，不免麻木起来，似乎人间更多的美好的情思，很难纳入心灵的底层。然而，冯积岐尽管经受过那么多的苦难，甚至于熟识的朋友都说过，冯积岐很难有欢声笑语。但从小说里，冯积岐却是以执著的心情，力求从苦难中找出生命的顽强和生命的执著，这也许正是周雨言从祖母白玫的身上看到,即使天塌地陷,生活不会绝望,生命不会熄灭,这才是人生的真谛。

白玫曾经充满着朝气,但在战争的征途中,却受到那么多的折磨,以至于亲爱的恋人生离死别,毫无消息,一个沦落成几乎成为乞丐的弱女子,又碰到尚能发出恻隐之心的富豪之家,一夜之间成为财主的姨太太,这中间的屈辱,这中间的苦难,以至于她的泪水,她的伤心,恐怕都不是一个正常的女人所能经受的,然而她顽强地活了过来,这种生命不息的燃烧,可以体会到心灵的承受有多少重压。一旦有了驰骋的天地,白玫还是走进新的天地,在新中国成立后走进了革命阵营,这不能不看到白玫身上所积蓄的能量。作者能嘱意于此,也可以看出对苦难的磨难,归根结底是对生的留恋,是对生的呼唤。然而,在一种非正常的环境里,一种处处无视人性的岁月,简单地用对家庭成分贴标签,断送了人的追求,人的希望和人的尊严,白玫从此枯萎了,以至于到了老境,还是无休无止地受到折磨。但就在疯狂的"文革"风暴中,周氏兄弟经受残酷的批斗,白玫还是以孱弱的身躯自动背上沉重的小石磨,用哪怕是力不从心的微弱之力,去减轻并非是自己的亲孙子们的痛苦,这自然不是什么惊天动地的大事,但精神上那种生命不息的抗争,又未尝不是心灵里并未熄灭的一丝闪光。

无怪乎,周雨言受尽苦难,从未自馁,从未自罚,既使在受尽屈辱的生涯里,也没有绝望、也没有放弃自己的追求,这种追求也许不是那样崇高、那样神圣,但确是良知未泯,真正做人的有心人,放在是非颠倒的岁月,黑白混淆的时代,这种对生命不止的抗争,也许是更为珍贵的心灵的纯洁和执著,因此,我才说冯积岐的《沉默的季节》并非只是磨难的苦役,而是从磨难中开掘一种闪光的心灵,这才使这部作品充斥了一种力量,一种控诉非正义的岁月的抗争。

这当然是从冯积岐的构思着眼,从艺术的层面讲,尽管冯积岐的题旨还是脱不开农村的格局,但充满着现代的气息,主要是弥漫着心理历程的剖析。前不久,曾有人指出,局限于农村题材,常常会陷入狭隘的境地,缺乏现代的审美,从冯积岐的小说看,这已经是一种太侧重于题材的偏见,恰如同我们过去在那种教条的年代,把题材看成唯一、一定是非一样,都是一种偏见。不过,冯积岐的小说对心理历程的叙述,虽然不少地方有些繁琐,但整体是浑然一体的,在于他不是为心理分析而分析,是以细致的笔墨把时代的风云同命运历程结合在一起,因此,才起到一种使人意想不到的艺术魅力。这种写法也许并非是冯积岐自己的发现,但从整体看,仍是冯积岐自身体验的结果。

不能说,《沉默的季节》无懈可击,特别是这部长篇的后半部,也许作者急于完成一个结局,像周雨人的重返归里,又成为乡镇企业的有钱人,像周雨言的打官司,都不免落入俗套。当然这中间也未必没有一点批判的味道,但比起作者写苦难的历程,写生命不止的精神,总是相去甚远,正像画蛇添足的俗话一样,力求艺术上的全面,或者适得其反。这或者不是冯积岐一个人的弱点,在当代的作家们也会有一些败笔,我们又何必过多苛责呢。重要的倒是,冯积岐写出一部沉甸甸的作品,而且是一部不同凡响的作品。

原载《小说评论》2001年第5期

论《沉默的季节》

张 曦 葛红兵

陕西作家冯积岐《袒露的部分》、《我的农民父亲和母亲》等作品之后,最近推出了他的长篇新作《沉默的季节》。这是一部从个体生命出发反思"十七年"以及"文革"的小说,它以地主"狗崽子"周雨言和同村女子宁巧仙的情感纠葛为线索,以他生活中几次重大的情爱事件为主要情节,通过逼真地复制"人"在苦难生存境遇中的心理现实,再现了周雨言及其同时代人在那个特定年代所经历的物质和精神的双重贫困。这部小说始终贯穿着一种天问般的悲怆、庄严、凝重,审视着人的生存,探寻着爱的真谛,诘问着正义、责任、良知,对历史进行了深刻、痛切的思考,在对"人性"的发现和反思上,达到了一个新的高度。

小说给我们留下了一系列生动逼真、令人难忘的人物形象。首先是周雨言。"狗崽子"的身份使他的整个童年和青春受尽苦难,本该享受天真和浪漫的童年变成了一场酷刑。对这个无辜少年,地主出身给他带来的摧毁是全方位的。饥饿，毁灭他的身体和意志；惩罚性劳动，毁灭他的欲望和对生活的想象；不准读书，毁灭他对自我发展发挥潜能的渴求；而整个环境对他的敌对、批斗、凌辱，毁灭他的则是自尊和安全感。总之，对于周雨言，时代正通过对做人基本权利的尽可能剥夺，遏制着他的肉体，摧毁着他的精神，试图将他制造成"活的死人"："死去不就是放弃记忆放弃欲念放弃思想吗？既然活着也不准记忆，也压制着欲念，也不准思想，和死去有什么不同？"

这一切极端突出地表现在"性"这一问题上。性的扭曲与倒错，使他无法承受风流女人宁巧仙对他的真挚情爱。成熟的宁巧仙渴望去爱，她把女人的柔情寄托在周雨言身上，但她却是贫农的妻子，是生产队长六指纵欲的对象，她的身份和地位使她不可能给周雨言一份完整的爱，反而使这份情感显得变形和丑陋：年轻的周雨言渴望庇佑、渴望爱，但宁巧仙却使他感到恐惧。对于周雨言，这不是两个人的问题，这是两个敌对的阶级之间的问题，阶级之间的仇恨和对立使周无能甚至变态，他只能以践踏宁的激情作为报复和平衡自我的手段。

周的这种变态在他的婚姻上表现得更残酷。被人歧视的"贱民"身份使他父母只好用换亲来为儿子完成婚姻大事。但，面对用妹妹周雨梅换来的妻子吴小凤，他心中激起的不是一个男子的正常情欲，而是"睡你妹妹去"的伦理性恐怖和深深的屈辱。一个哥哥不能保护纯洁的妹妹，反而要用她来换取自己欲望的满足，这是怎样的耻辱和不幸啊，于是周雨言唯一能作的就是维护良心的虚假的平衡，就是反抗快乐和幸福，以自己的不快乐向同样不快乐的妹妹赎罪，以自己的不幸福向社会抗议。但这又伤及另一个无辜的女人吴小凤,她的身体、她的青春、她的爱、她对生活的所有期盼,在这场婚姻中被弃置被荒废。这是周雨言的困境,他在为自我良心赎罪的时候,却为他人带来了深重的灾难和不幸。

当然,对于这种生活,周雨言并不是没有反抗的,他不屈不挠地吸收着每一份光和热,从而在非人的生存境遇中顽强地保持了生之欲念与尊严。对他影响最深的,一是祖母白玫的爱,白玫是一个终其一生怀着绝望的爱情,并把这爱情升华为一种深厚的同情和广大的悲悯的女人,周是她最疼爱的孙子,她的身体的拥抱和心灵的抚摸对周雨言来说是铭刻于心的,在无休无止的饥饿、劳动、耻辱里,他把祖母当成了性幻想的对象,把她当作自己精神上的情人,这样一种看似变态的性心理,恰恰表现了生命的不可禁锢,表现了生命对爱与温暖与生俱来的渴求,对非人处境的本能的挑战。二是宁巧仙对他的爱。尽管她的贫农出身和妇女队长的身份时时令他感到恐惧,但宁的炽热大胆的爱欲,她的旺盛的生命活力,她对他尽可能的关照,对周的生命健全的意义仍然不可低估:"她身上仿佛携带着一种不懈的却又是顽强的满足能力,不仅满足了他的饥饿感,而且流淌进他的心田中,使他心中的枯树开始发芽。"尽管周在与她的交往中总是"越过生动的肉体……将'价值'凌驾于他和宁巧仙之上,毫无意义地探究虚弱的'价值'的意义",但正是她那句尖刻的"睡你妹妹去"的话语,唤醒了周沉睡的良知,使他对她心怀感激。小说结束时他为她竭力奔走,在她被押赴刑场途中幻想和她拥抱,他越来越深切的感受到"宁巧仙的人格完全可以和祖母白玫相媲美",这些都表现出他的良知正从当年卑劣的心态中恢复,曾经丑陋的情欲闪出了人性圣洁的光芒。这使他和漂亮姑娘秋月的爱情具有了某种象征意味,她似乎是代替她的母亲来和他完成被糟蹋了的爱情。此外还有他人生路上任何一份善意与关怀,在苦难的映照下,这些善意与关怀金子般闪闪发光,这正是生活的辩证法:越是苦难深重,平时看来微不足道的东西却越发重若千斤,它们顽强地铸成了一道坚固的人性防线,使生命免于毁灭和坍塌,人的良知始终没有完全泯灭。

　　小说中,与周雨言形成对比的是他的哥哥周雨人。这个有天赋的画家因为出身地主家庭被美术学院拒之门外。起先他没有彻底地绝望,作画还是他有力的精神支柱。"三伏天,画家趴在烫热的土地上画新割的麦茬画田野上的空旷画太阳的热烈,落在纸上的每一种色彩似乎都有活的生命,似乎都在猛烈地燃烧,他的兴奋和他的画面融为一体。当有人从他手中夺去那些画面撕成碎纸以后,画家才看见有一只狗和牛在旁若无人地交配,葱绿的玉米一刹那变成了雪白,瓢泼大雨来自无云的蓝天,田野上是一片洪流。他的画面和他眼目所触及到的是两个截然不同的世界。"雨人是在连私下里作画的权利都被剥夺之后才发的疯,联想到松陵村人对白玫"异样"和"特殊"的优雅气质没有理由的愤恨,六指对母亲与亲生父亲马绪安"偷情"的本能仇视,他无法理解这里也许还存在着一种叫做"爱"的东西——这使人想到,是否这个民族有仇视一切他无法理解的事物的本能,这个民族是否天生那种炽烈的、不受道德约束的情感缺乏理解力?而这恐怕才是促成雨人疯狂的最根本的缘由。他不是周雨言,他是个天才,使雨言免于毁灭的人间情爱和温暖。对他是不够的,他更需要一个能够自由地发挥他的创造欲望的环境。因此,他有形的生命能够为善良的夏有福营救而免于毁灭,但他的精神与灵魂却已经被摧毁。改革开放后的周雨人做了农民企业家,他的发迹凭的是对这个世界的报复心态,小说写道:"他采取的所有措施都是和人性相悖的,他明白:同情、怜悯和宽容是企业管理的死敌,和赚钱无缘。"他凭借着金钱成了这个时代新的权贵,肆意嘲弄、侮辱爱、美、正义,他已经与摧残他的力量同流合污,成了新的苦难的制造者。

六指是小说中"恶"的代表。但作者并没有把这个人物简单化,而是指出了苦难的制造者同样也是它的受害者这一真理。从宁巧仙与他初次交欢的回忆中我们能够感觉出这个人作为一个男子汉的力量,还有着人性的闪光点。但是,这份宝贵的人性闪光点却只找到了一个表现形式,那就是"仇恨"。对"地主阶级"的仇恨和对母亲偷情的仇恨相交织,使他把自己的生身父亲看作了不共戴天的仇人,直至把生父送上刑场。对于巧仙,他们初次交欢是出于男人与女人之间的相互吸引,具有一种原始粗犷的美。但当他成了手握权柄的生产队长后,他开始像分派牲畜和工具一样占有和支派宁巧仙,他失势后因占有不成而产生的仇恨和嫉妒则最终转变成了毁灭她的恶行。这个人物告诉我们,苦难的制造者,又更深刻地腐化了他自己的人性,以至于可能比苦难的承受者更成为苦难的牺牲品。

小说还塑造了一批感人至深的女性形象,她们无一不是处于社会最底层的苦难承受者。而且由于自身的性格,她们在承受时代苦难的同时往往还要承受来自男人的折磨,这使她们的命运更为不堪。例如"祖母"白玫"在坚硬的时间里我用一个痴情女人仅有的力气吹着希望的肥皂泡",她为绝望的爱情而一世悲凉;宁巧仙被邪恶的六指陷害又被无能的丈夫诬告,最后被判死刑;吴小凤因周雨言的冷漠而终身抑郁,秦改香因为丈夫的怯懦而承担了本不应由一个女人来承担的压力……然而,正是这些女人,她们以那种来自生命深处的爱、同情、善良,以及顽强的生命活力,为受难的男人,为受难的世界保持了希望,擎起一把温暖的大伞。小说中,所有的恩惠几乎都出自女人,所有的付出几乎都来自女人,所有的女人都美好善良,这里不难窥见作者某种女性崇拜的倾向。周雨言最后的出走,在恍惚中陪伴他的是祖母和姑姑,这似乎是一个暗示,暗示周雨言将怀着这两位悲悯女人的关爱开始他的逃离与寻觅。但是,富于牺牲精神的周雨梅沦落为妓,宁巧仙奇冤而死,吴小凤麻木被弃,年轻的秋月出国,表现出女性之受难者兼安慰者角色的无以为继,如果女人不能或不愿再继续承担她们作为美、爱、善……作为人间真情象征的角色,那么,谁为受难的世界提供希望、谁来庇佑脆弱的周雨言的寻觅?

　　从以上的分析可以见出,小说并不局限于对某一问题寻找社会答案,而是力图挖掘其中更深层的东西。当然,作品首先是淋漓尽致地昭显了某种显在的丑陋与罪恶:如果一种制度或政策不是试图以最大的可能来束缚、缓解和消除人性中的恶,鼓励人性向善、向上,而反是煽动、激励恶,使对人性的践踏、对生命的践踏、对人的尊严和人格的血淋淋的羞辱成为正常,美、善、爱反而成了人受难的原因,认真的人,美好的人反而要为他们的美好与认真付出代价——那么,不论它有着多么冠冕堂皇、多么崇高美好的名义，也是罪恶的，是对人的精神和肉体的凌迟。而且，它伤害的不是某一个人，某一类人，某一"阶级"，它伤害的是这个民族和国家的所有个体，在整个民族的肌体上留下难以复原的创伤。

作品更发人深省的地方在于，为什么极"左"思潮会在中国这块土地上越演越烈，直到演变为史无前例的十年浩劫？什么样的人民造就什么样的政府，岂不正是我们民族根深蒂固的封建意识，那种对人对生命本身的麻木、冷漠为极"左"思潮和个人崇拜提供了生长发育的温床？作品以个人体验出发反思时代的做法本身就标志了一种鲜明的个人立场，表现了对"个人"的重视，对个人生命、情感、欲望，个人的自由、想象、尊严的坚决捍卫，对一切无视甚至践踏个人的生命、情感、欲望、想象、自由、尊严的一切因素的淋漓尽致的展现和憎恶。事实上，作者是承继着"人的文学"这一"五四"以来最富生命活力的传统，跨越了时代，不同于以前的"伤痕"、"反思"文学只针对某一时代某一政策那种光明与黑暗截然分割的乐观与肤浅，而是始终从个人的生存（包括肉体和精神）状态来考察苦难时代，不仅对那个已有定论的时代进行新的剖析，而且对今天90年代以来的物欲文化也给予了尖锐的批判。如果说当年的苦难是由物质的匮乏与人性的扭曲二者合谋而成，那么90年代的物质主义文化仅仅只是解决了物质匮乏这一问题，却远未触及人性扭曲这一命题；如果说当年是以"出身"、"成分"来判定一个人的价值，90年代换成了以"金钱"来衡量一个人，个人仍然只是时代主导性潮流播弄下的一个符号，仍未取得他的独立的价值和意义。在作者笔下，物欲刺激造成了新的变态和扭曲（雨人的刻毒，六指的邪恶报复正是旧的罪恶在新的时代里发展的产物），罪恶依然存在，苦难远未结束，对某些人来说反而加深了（如雨梅、宁巧仙这样的无辜者），而雨言的困惑也没有得到缓解："他的生存境况的改变是在他没有任何心理准备的情况下进行的，因此，他觉得很突然，被人操纵的意味就很强烈"，"他理直气壮不起来，他觉得，他缺乏操纵自己的能力，他只能被别人操纵。"个人的生存境遇和个人本身的努力、品质……毫无联系，个人只是时代翻云覆雨手下的一个傀儡，这只能使个人丧失对自我的主导能力，丧失他的道德感、神圣和敬畏、他的责任感。它最深刻的后果就是摧毁个人的思想、个人的精神世界。也因此，周雨言最后以出走的方式表达了对物质主义文化的反抗和拒绝。应该说，作者忠于他的精神体验，超越个人利益，保持了一种永远警惕的态度，这种严肃、这种始终如一的批判精神，是难能可贵的，对纠正今天文坛的"失重"和媚俗倾向尤其有它重要的意义。

小说在写作上也是非常个人化的，作家做出了许多大胆的、富于想象力的创新和探索，突破了现实主义的表现手法，使作品具有浓厚的现代主义特色。

整部小说的视点处于不断变换的过程中。周雨言是中心叙事人，但就是对同一个周雨言，作者也不停地切换着叙事角度，有时候是以第一人称叙述，有时候是以第三人称叙述，有时候作者则以叙事人的身份与周进行内心交流，采用"你"的第二人称叙述，这使得作者可以忽而与周雨言同体，成为周内心世界的代言人，忽而又变成一个旁观者，客观地观察和描述周身处的环境。作者还常常让小说中的其他人物用自己的语言说话，使作品不只有一种单一的声音而是众声喧哗：周雨言是全书的主要声音，是犹疑的、痛切的，是一个正在成长的、烦恼的、动摇的、恐惧不安的，但始终没有丧失其良知的"人"的声音；宁巧仙与之最为接近，是一个和周一样在生活抽打下艰难而忠实地"活人过日子"的女人的声音；雨人的声音具有一个疯子加天才式的洞察世态残酷真相的冰冷与决绝，像尖刀一样刺入生存的最黑暗处，将痛不可遏的生存真相展示给人看；白玫的声音圣洁而深情，同样是洞察世态残酷真相，但却仿佛发自天籁的宗教音乐，是痛楚和绝望之后对人的深刻悲悯、爱，给人以巨大的安慰和体贴；秋月的声音清晰、坚定，具有她们那一代人的清醒、愉快和为自己而活的明确愿望。不同的声音把不同人物的灵魂世界展现得更为真实，并且互为补充、互为映衬，就像电影镜头的不断推进又不断拉远，使其反映的对象得到尽可能全方位的展示。应该说，这种视点的不断变换是非常大胆和无章可循的，有时在一个段落里就出现几次切换，作者遵循的是尽可能深切具体地揭示人物心灵状况、揭示人的身体与他的存在处境之间的关系的需要，因而看似无章可循实际上遵循着他特定的心灵逻辑。这种灵活不拘的叙述极大地解放了叙述者的手脚，使他可以更自由地游弋于每个人的内心深处，也使小说富于浓厚的现代主义色彩。

　　作者善于把抽象的、无形的思想、情感、心理、气氛具象化，他对客观景物、环境的描写无不渗透着丰富、微妙的主观感受。例如，被抄家的时候，"冰凉的太阳光在墙根下颤动着，院子里的响声猛不防像蛇一样蹿出来威胁着有生命的一家人",本该热烈的阳光变得冰凉,它的颤动与"蛇"的意象极为契合,一个"蹿"则描绘出人正处于无处不在、无时不在的威胁之中,这就把抄家的恐怖感形象的表现了出来;周雨言与宁巧仙互生微妙情感的"棉花包之夜",周对宁巧仙有了欲望的萌动,但仍然因阶级成分的束缚而恐惧,他的性压抑也是以富于暗示意味的感觉表达出来的:"棉花的气味尘土的气味和轧花机那压迫人的味道并没有从胸腔里咳出来……轧花机破败的声音依然在啮咬着他……动作极其干涩";无辜受劳教被拷打的劳教犯愤怒了,"这眼土窑根本盛不下他们不断鼓胀的情绪,庞大的情绪已触到了土窑的四壁,土窑被撑得沙沙地响";这完全是作者对客观世界的一种变形,但就在变形中,使一种情景变得生动逼真、可触可感,达到了个人的主观感受和客观外界浑然一体的境界,在小说中,这种句子很多,使作者从个人体验出发把握时代社会的努力获得了成功:"已经有两个年头没和丈夫在一块儿团圆了,吴小凤如同一只孤零零的寒鸦被人赶在了'过年'的树枝上依偎着枯枝啁啾。""浓郁的夜色无声地堆积在屋外,时间犹如漫无边际的沙滩……屋内黯淡的灯光闪动着一股苦涩的味道,小小的房间里有点敏感,仿佛弓弦,一触即发。"等等。作者还惯于把气态、液态的东西用动态、固态来比喻,显出泥土般坚硬的质感和油画般浓墨重彩的表现力,从而形象地烘托出生活环境的艰辛沉重,并具有一种特殊的富有个性的语言美,例如:"太阳的光线仿佛上足了釉彩的瓷器","花的香气像清澈的水一样漫流","那个深刻的冬天就像一棵枝叶茂密的树木在我的心里天天生长着","灰黯的光线织成了一道帘子布罩在棉花地里"。而文中一个多次出现的意象则是"太阳是扁的",这既有其具体的情景:在语录塔上画太阳,太阳的"扁",又直接影射那个年代的个人崇拜以至思想政策的错误,它的反复出现则使它具有了象征性,象征对一切主导性的社会思想的怀疑。

陕西这块土地的勃勃的人文生机着实令人吃惊又令人着迷,它给了我们一个有着士大夫遗风的贾平凹,把这块土地的美好与堕落展现得风姿绰约,具有迷人的艺术魅力;它也给了我们路遥,这个勤奋终生的作家把平凡世界平凡人生的恩怨悲欢、升华与浮华展现得力透纸背;陈忠实,他恢弘的眼光注视着黄土高坡的历史与现在,探索着民族的性格与民族的未来……和他们相比,冯积岐没有他们那种浓厚的地方色彩,没有那么庞大的叙事格局,但他始终坚持着从一个人的切身体验来进行描绘,这使他获得了一种意想不到的意蕴:从土地移向人,从群体移向个体,并在手法上也将逐步脱离现实主义传统而获得更多的现代性。

当然,《沉默的季节》也存在着一些缺憾,例如小说后半部分对90年代的描写似乎稍逊于前半部分,作者是否对90年代文化在认识上有某种偏颇?尽管今天的文化不是完美的,但与五六十年代相比毕竟是进步的,以金钱衡量人至少承认了个人能力对人的意义,这显然比出生论进步,承认物质欲望总比抹杀物质欲望更符合人性。由于视点的频繁更动和叙事时间的不断变化,有些地方稍显零乱,而易使读者产生审美疲倦,而小说,无论如何首先是一个艺术品,作者既要倾情投入,又必须保持一定的疏离感,能出能入,才能写出具有"美"的整体形式感的作品。

原载《小说评论》2001年第5期

写出生命的痛感
——读冯积岐长篇小说《沉默的季节》

杨乐生

冯积岐的作品,我大部分都读过,特别是他大量的中、短篇小说和几本散文集子,读后几乎给人都是清一色的沉重感,这几乎成了冯积岐永不罢手的一个贯穿所有作品的大主题,每部(篇)作品都不例外。在最近我读了冯积岐长篇小说新作《沉默的季节》后这种印象和感觉就更是益发突出了。

《沉默的季节》可以说是冯积岐多年艺术积累的集大成,是他孜孜以求、苦苦思索必然导致的创造力的总爆发。像冯积岐业已多次写过的大量小说一样,这部长篇依旧是农村题材,依旧是以他改头换面的生活过三十多年的故乡为背景,依旧是他生活中相伴的人物及其遭遇、命运等作了冯积岐的表现对象,这些无疑都依旧显现出了冯积岐一如既往地向中国最底层老百姓人性深层勇敢地掘进。在这里冯积岐本人就如农民装束的地质工作者一样,不分昼夜地向其笔下人物心灵最隐秘之处钻探。作者用一部长篇的篇幅，直观地勾勒出了五十年我们民族的心电图：利用其所能支配的一切艺术资源，层次丰富、针脚绵密地搞出了一部半个世纪我们生活于其间这个社会的生活史、生命史、人性史、心灵史、精神发展变化史！冯积岐这种富于表现技巧、甚至逼真得有点残酷的路数，使那些夸饰生活的浅薄之作，使那些五花八门叫人厌烦的"伪现实主义"的无聊玩意儿黯然失色！我最有兴趣的乃是冯积岐笔下所表现的个体生命的疼痛感、灼热感和痛苦感。什么在这个半个世纪作一个周期的季节中沉默？是人性，是生命，是精神！我们已经干了太多的假、大、空，也可以说荒唐、荒诞乃至荒谬的事情，唯独对于个体生命我们长时期地有意识疏忽大意，有目的地闭目塞听，有预谋地回避、压抑和毁灭！当我通过冯积岐这部小说笼统地看到和清楚地体味出当代人的生命历程的时候，我忍不住要向他从内心深处致以敬意。将生命和盘托出应该说是艺术起码要达到底线，遗憾的是我们大量各类作品往往却做不到。我们屡见不鲜的是层出不穷的这主义、那流派在精神文化领域内风行，然而，就本质而言，我们除了看到新潮、时髦、浅薄甚至虚伪而外，我们还看见了几个好作品呢？连生命都敢回避、都敢视而不见，又怎么能产生优秀的文艺作品呢？多年以来，冯积岐在创作中，特别是在小说创作中，始终注重生命情怀的宣泄、始终把自己的生命体验，把自己所经历和观察体味各种生命的感觉比较准确地投放到了笔下的各种人物身上，灌注在作品的字里行间。冯积岐清醒的苦难意识，对生命负荷从生活到精神全方位的叙述，特别抓住失败感、挫折感、痛苦感、沉重感的着力表现，无疑给我们打开了一扇认识生命的窗户，增加了欣赏生命的勇气和兴趣,引发了正视生命、敬畏生命的情怀。尽管每个人的一生各不相同,也可以说是林林总总,不一而足,但无痛感的生命肯定是一个没有质量的生命,这绝不是悲观还是乐观的看法问题,而是每个人必须面对的现实!

不能、也不可能要求每个作家都如冯积岐那样进行创作,我只是想强调,每个作家都应当努力去拓展自己的艺术领域,自己觉得有价值的方向就得竭尽全力地去跋涉。而且,我还要说,冯积岐创作上仅就目前论,还有许多刺眼的毛病和缺陷,我相信,也盼望他能在以后的创作中得到改进和弥补。

原载《三秦都市报》2001年3月20日

沉默的和被损害的
——读冯积岐小说《沉默的季节》

夏 子

冯积岐的第一部长篇小说《沉默的季节》几经周折之后终于出版了，从1992年9月动笔到1995年三易其稿，再到去年12月正式与读者见面，大概有整整八年的时间，这中间冯积岐倾注了很多心血，这部小说也是他多年孜孜不倦于小说创作的一个结晶，充分体现了他不同寻常的艺术才华和厚实的创作实力，对他来说是一个很重要的收获。尽管在此前冯积岐已发表了大量优秀的中短篇小说，也有短篇小说集和中篇小说集出版，但这部《沉默的季节》是他小说创作道路上一个有纪念意义的标志，因为对小说家来说，长篇小说是对创作功力的真正考验。同时也正如李星先生所说："它是至今为止，作者个人生命和人生体验的一次最集中的投入和最大面积的释放。"[1]这一点是非常难能可贵的，因为在今天很难看到这样融入真切的生命体验的小说了，最有价值的是，冯积岐这部小说以令人战栗的笔墨描绘了三十多年前那红色的"文革"岁月，深刻地剖析了那"沉默的季节"里人性如何被扭曲，被损害的"沉默的大多数"[2]在灵与肉两方面遭到何等的摧残。这些都是让人深思的地方，虽然"文革"已成为"历史"。但对"历史"的叙述不会结束，也不应该结束，"历史"的阴影还会在人们心头纠缠不去。冯积岐以自己独有的方式叙述"历史"，而且在小说的后半部分，更是把人物拉到了我们大多数人耳熟能详，身在其中的现实。显示了他作为一个作家的良知和对社会黑暗不公的批判。

《沉默的季节》以周雨言的心灵历程为主线，从他有记忆的五六岁起一直写到他三十多岁，这大概是从50年代到80年代，是"当代历史"中最动荡起伏的一个时期。小说一开始，十七岁的"地主狗崽子"周雨言和二十三岁的妇女队长宁巧仙在轧完棉花后一起坐在棉花车上回家，周雨言一方面感受到成熟女人的诱惑，一方面又被自身的"阶级成分"压得喘不过气来。在他的眼里，宁巧仙"是属于另一个阶级的，从满头的秀发漂亮的脸蛋丰盈的奶头到优秀的大腿都有阶级的印记的！阶级无时不在时时在，无处不在处处在，阶级比老虎更可怕，对于狗崽子来说。我毕竟十七岁了，我认识阶级就像认识一撇一捺的'人'字一样，这是鲜血和拳脚告诉我的，这是羞辱和自尊启示的结果"[3]。这里，周雨言内心的冲突就是在肉体的正常欲望和阶级身份的压迫中展开的，这也几乎是整部小说的一个主题，因此，小说里有关性的描写是至关重要的。冯积岐在这一点上处理得很出色；周雨言的成长可以说就是性的成长史：小时候在祖母怀中的朦胧感觉，十二岁时与年纪相仿的远房姑姑裸身相抱而睡，以及少男少女糊里糊涂的尝试和游戏；成年后与宁巧仙的性爱纠葛,宁巧仙给了他成熟女性的诱惑(在棉花车上),后来也是宁巧仙让他成为了一个真正的男人(经过几次疯狂的性爱之后,他才从无能的恐惧中摆脱出来);接着是与妻子吴小凤痛苦的情爱(妻子是以妹妹换亲的形式换来的,在他耳边总有一个冷酷的声音"睡你妹妹去!"这是他终生难以摆脱的心理障碍);后来又是与宁巧仙的女儿秋月的荒唐而真挚的爱情。这些性爱又远非单纯的肉体欲望,而是和周雨言内心的冲突纠缠在一起,就包含着丰富的社会和人性内容。周雨言的形象也因此变得血肉丰满,有更强的感染力。比如在棉花车上,周雨言一边受到宁巧仙的诱惑,一边又因为狗崽子的身份不寒而栗,"他想躲开那诱惑,努力的结果使他在棉花包子上越陷越深,仿佛陷进了一眼井里。他觉得,秋夜与他隔绝了,声音与他隔绝了,时间与他隔绝了,苍穹与他隔绝了。宁巧仙坐在井边如人类之母神态极其安详。我从井底里向上仰视,我看见了宁巧仙那双肥厚的大脚,我顺着脚向上看去视线中就有了丰满的大腿成熟的肚脐眼和味道醇厚的一双奶头。我不能放弃她那完美的下体以及通向下体的粉红色的感觉。假如我一跃就能从井里蹿上来我首先会进入她的下体再钻进她的子宫;假如人如果能再生,我一定会这样做的。那时候,也许我就像一朵火焰扭曲地燃尽等到在黑暗中熄灭之后变成一堆新鲜的冷灰而不需要这样强行压抑自己使自己困难地变形;那时候,也许通过宁巧仙的子宫的孕育之后,等我从她的下体里出来的时候,我的全身会流动着另一个阶级的血液使狗崽子发生一个质变。"[4]这里,周雨言对宁巧仙的肉欲与他感到的阶级身份压迫纠缠在一起,这种令人窒息的压抑竟让他产生了一个幻觉般的冲动,他想进入宁巧仙的子宫以获得新生，新的阶级身份。无疑这是很荒唐的想法，但却是那个年代里被损害的心灵的撕裂般的呻吟。冯积岐在这里不仅仅是在写性，而是以性的扭曲来揭露"沉默的季节"里对人性的扭曲，对人的灵魂的践踏。

　　小说里另外一个重要人物是宁巧仙。她不仅是周雨言生活中的一个重要角色，而且她本身也是小说中一个血肉丰满有棱有角的人物。她虽然有红色的阶级出身，但因为生活的艰辛，不幸的婚姻，丈夫夏双太在她面前的无能和卑微，她作为一个女人的正常欲望不能满足。于是她先与二十岁的马正年有过短暂的偷情，体会到了肉欲的欢愉，后来又为了借储备粮和六指队长有过长时间的苟且，为了在工地上多要几个土方与安克仁睡觉。她虽然有过羞辱感，但很快就"被艰难的生活洪水卷走了"。一直到她遇见了周雨言，她内心的爱情的火焰才燃烧起来，她不顾一切地投入周雨言的怀抱，她给了周雨言一个女人所有的柔情，甚至默许周雨言与她的女儿秋月的恋情，只要周雨言仍然跟她好。宁巧仙在这部小说中是一个最为复杂，最有原始生命力的人物，在她身上体现着人的生机勃勃的力量，虽然历经艰辛，但依然不屈不挠，她和六指队长的情欲之爱也是小说要极力表现的一个主题：她第一次和六指在山沟里的野合更是充满惊心动魄的力量，在某种程度上，这比后来与周雨言的情爱来得更为自然和健康，她给周雨言的柔情中有很多母性的成分。这部小说中充分体现着"恶的力量"的人物是六指队长，有意思的是，正是他给宁巧仙开启了情欲之门，她的生命激情才得以张扬，最后也是他投毒陷害宁巧仙，使她身陷牢狱，被判死刑。因此，宁巧仙也是一个"被损害者",虽然她一直在和生活抗争、甚至不惜以女性的肉体作为牺牲,但还是被现实的"恶"的车轮碾破了。在生命的最后时刻,"她哭得声嘶力竭",她在心里呐喊,"我只想见见周雨言:我一定要见到他,我要对他说,我对谁也没爱过,我爱过你,死心塌地的爱过你。无论你怎么看待我的爱,我是爱过你的。"[5]不过,谁又会听见她的哭泣呢?更可悲的是,她是以代表"正义"的法律的名义结束了她的生命,这让人不禁回想起哈代笔下的苔丝姑娘的命运。这两个心底同样善良的女人的悲剧是谁一手造成的呢?这恐怕不是一个简单的答案能回答得了的。但有一点是可以看清的,那"被损害者"往往是处在社会底层的"沉默的大多数",很少有人能听到这些"被损害者"的声音,那又是谁剥夺了他们的话语权?

当然,这部小说中还有"被损害者"和"沉默者"的群像。这里边有周雨言一家,从祖母白玫到母亲秦改香、妹妹周雨梅、哥哥周雨人,包括妻子吴小凤,都毫无例外地被阶级身份的烙印拖入到屈辱的深渊中。有一个情节是让人触目惊心的,当秦改香被饥饿所迫去讨饭时,有一家人竟把她的头按到猪食槽里,"秦改香抹了一把满脸满嘴的猪食,她站起来了,她没有流泪,她对年轻的主人冷静地说,我的儿子和你一般大了,你也是有娘的。她妄图用尊严的被践踏来换回人的良知道德。"[6]还有一个场景是祖母白玫在涝池里拉青泥时受到的侮辱:夏双太不让周雨言帮祖母推架子车,把他一下拎起来扔到青泥中,祖母来扶周雨言时,夏双太"拿脚在周雨言和白玫身上踢",接着又对白玫施以惩罚,由两个青年人挟持着她在一面坡上跑上跑下,"等那两个青年跑得大汗淋漓之后又换上两个青年挟持着她跑。轮番不停地跑上跑下使白玫的脸色由苍白而变为蜡黄,她顾不得喘气顾不得擦汗顾不得管束自己,她的自尊她的肉体她的生命完全操持在别人的手中。奔跑中的白玫披头散发,衣不蔽体,鞋落了,裤带掉了,长裤短裤一齐褪到了脚踝上,在生命中挣扎的白玫也不可能顾及自己的羞耻,她的下身无可奈何地裸露在残冬的无耻中。裸露的那么耀眼:这就是昔日的资本家小姐,这就是昔日的国民党官太太,这就是昔日的地主婆。她的白皙的大腿,她的尚还丰腴的臀部,暴露无遗了。白玫用裸露的胴体直逼冬日的残酷直逼人们的目光直逼人们的心:难堪吧!羞耻吧!为自己、为我们是人!"[7]在这里,人性中野蛮残暴的一面显现出来,这样的践踏却是以阶级斗争的名义进行的,人们动物般的兽性是常常贴着意识形态的堂而皇之的标签!小说叙事者也忍不住愤怒了,痛心疾首地呼喊"羞耻吧!"在小说的其他地方,叙事者也这样呐喊过,可以想见冯积岐写小说时激情的投入,从小说艺术的角度看有些直白,但比起时下那些苍白冷漠的作品,激情和愤怒是难能可贵的,因为这个时代"呐喊"的声音太少了。

说到小说的艺术,《沉默的季节》充分展现了冯积岐多年来在小说叙事上的可贵探索。我读冯积岐的小说,总感到像是60年代出生的人写的,因为从写法上来看,冯积岐比大多数50年代的作家有更多的新的尝试和追求。他的短篇小说形态各异,一直在不断地变化,取得了一定的成绩。在这部长篇小说中,他的写法上有更多的突破。首先在长篇小说的结构上显示了独树一帜的匠心,小说第一节到第三节,主线是周雨言和宁巧仙轧完棉花,然后坐在车上回家,这是主要人物的出场(这在长篇小说是至关重要的,往往是小说家艺术才华的展现,决定着整部小说的节奏),冯积岐在这一点上处理得很出色。以第一节为例,小说一开始,周雨言在轧花机房后面的黑夜中看见了半裸的宁巧仙的背影,激起了十七岁的周雨言的欲望和恐惧,当他被宁巧仙拉上车后,内心更是犹疑不定。这时,小说又转到小时候七岁的周雨言和哥哥周雨人在山沟里捡牛粪的情景,又由周雨言的"大口大口地喘气"转到夏有福训斥十六岁的周雨言犁地时的情景,然后又引出了祖母白玫和十二岁时对远房姑姑的记忆,引出父亲周志伟和母亲秦改香。这时笔锋又转回来写棉花车上宁巧仙对周雨言的挑逗,让他感到害怕;接着是十五岁的周雨言上初小的情景,学生对牛老师的批斗以及黑夜里枪声带来的恐惧,又转到夏双太在打麦场对黑五类的辱骂,让周雨言想起背诵伟大领袖语录的情景,然后是周雨言六岁上小学报名时的情景最后回到棉花车上,"现在的周雨言正坐在装着棉花包子的手扶拖拉机上凝望着天穹上的星群,沉默不语。"在这一节描写中,冯积岐巧妙运用了意识流的写法。虽然时间跨度很大,从周雨言的十七岁写到七岁,十六岁,十二岁,十五六岁。跳跃性很大,但冯积岐的转换和衔接很自然,把周雨言的内心世界和以往的经历交待得非常清楚。后边的第二节到第三节也是这样,围绕着棉花车,先后引出了三十岁的周雨言和秋月的情爱纠葛,少年时目睹自家的房子被生产队拆掉的情景,六指队长对母亲颐指气使的情景,等等。从中可以看出福克纳对冯积岐的影响,冯积岐很出色地借鉴了福克纳的写法,又很好地融化到自己要表达的东西上。这部小说可以看作是心理小说,基本上每个主要人物都有大段的心理独白,淋漓尽致地刻画了"沉默的季节"里社会底层的"被损害者"的内心冲突,这也是这部小说要表现的一个主题。从这一点说,冯积岐的这部小说达到了形式和内容比较完满的结合。

我觉得稍嫌不足的是《沉默的季节》的后边一小部分,从周雨人"复活"以后办企业开始,虽然对社会现实的黑暗有所揭露,但我认为与前半部分不大和谐,主要是小说前边大部分的"心理描写"的沉郁风格减弱了,心灵独白的成分越来越少,成了对现实生活场景和事件的描述,这也许是长篇小说最后要交待人物的结局所导致的。尽管如此,《沉默的季节》仍是近年来难得一见的优秀的长篇小说。

原载《小说评论》2001年第5期

注释:

1. 见《冯积岐和他的〈沉默的季节〉(代序)》,《沉默的季节》,第3页,长江文艺出版社2000年12月第1版。
2. "沉默的大多数"是已故小说家王小波的一篇文章题目:王小波在文章中说,所谓弱势群体,就是有些话没有说出来的人。古往今来最大的一个弱势群体,是沉默的大多数,这些人保持沉默的原因多种多样,些人没能力,或者没有机会说话;还有人有些隐情不便说话;还有一些人,因为种种原因,对于话语的世界有某种反恶之情。

3. 见《沉默的季节》,第15页、第22页、第37页、第167页、第82页,冯积岐著,长江文艺出版社2000年12月第1版。
4. 同3第22页。
5. 同3第375页。
6. 同3第167页。
7. 同3第82页。

《沉默的季节》不沉默
——论冯积岐长篇小说《沉默的季节》的艺术表现手法

冯天海

很惊喜地看到冯积岐为我们奉献了一本全新的艺术表现手法的作品，它就是作家耗尽四年心血的长篇小说《沉默的季节》。作品主要表现那个人人皆知的专制、愚昧、人性扭曲的时代。这类题材的作品自改革开放到今天可谓难以尽数，绝大多数小说作品的艺术表现手法大都是采用现实主义表现手法，难以摆脱传统的情爱小说的模式，而《沉默的季节》则大胆地、全方位地运用了后现代主义的艺术表现手法，把思想的锋芒直指人物的灵魂深处。其艺术表现手法的主要特点是时空的转换、意识的流动、灵魂的独白、心理的分析、象征的暗示、意象的营造。而这一切表现手法又是以作家犀利、清新、具有质感般的语言为载体而呈现给读者。

纵观当代中国小说之创作，中国作家已把关注的目光更多地、更理性地投向了人性的自由与人性的价值上。而传统的现实主义表现手法已使更多的作家力不从心。这里的"现实主义表现手法"只不过是一种从众的习惯称谓。对于现实主义表现手法的探讨与研究还有待进一步深入。就是说,什么是现实主义表现手法,还有待界定、匡谬。所说的"界定"是指艺术的、逻辑的界定,今天我们所说的"现实主义"表现手法,从其根本上来说,是柏拉图、亚里士多德和公元7世纪西方古典主义"艺术模仿说"的延续。18、19世纪"自我表现"理论的出现,强调艺术以表现情感为主。后现代主义理论层出不穷。而在我国,直至今天还有相当多的人仍将"艺术模仿说"奉为圭臬。所说的"匡谬"是指"极左"思想污附在现实主义表现手法上的灰尘还有待进一步的清扫。针对单一陈旧的表现手法,20世纪80年代初,王蒙、戴厚英等人就进行了大胆地、有意义地创新和探索,就其当初的表现手法今天看来还显得单一和稚嫩,但带给文坛的却是一股春的气息。

20世纪的今天,小说创作表现手法已成多元趋势,不少作家进行了大胆有益的探索和创造,如贾平凹、莫言、余华、残雪、阎连科、张炜等。还有些作者也运用了一些后现代主义的手法,但一些作品给人的是晦涩、呆滞的阅读感觉。然而,冯积岐的《沉默的季节》给人的却是一种新鲜的强烈的阅读欲望。他所营造的周雨言、宁巧仙、秋月、周雨人、六指等人的一幅幅灵魂独白,犹如一幢高楼上的一扇扇窗户,而周氏家族的兴衰、周雨言的命运又如同楼内的通道和阶梯,将你带进人物的灵魂深处。小说究竟要不要故事,这不能一概而论。海明威情境化的短篇小说《白象似的群山》带给我们的是另一种阅读喜悦。而作为长篇小说,在当今快节奏的阅读情景下,故事更会给人一种阅读兴趣。

《沉默的季节》中有一段周雨言的内心独白,笔者认为这恰恰是冯积岐自己的创作独白。周雨言的内心独白如下:"不错,作者的作品是写给读者看的,写作的时候作者不能不考虑到读者的层次问题,可是,作者不能给自己增添那么多的负担,负载着读者去写……艺术作品不是仅仅去满足大家的口味而是竭力去改变大家的口味。改变要比满足困难的多,因为满足有时候具有鸦片一样的魅力,而改变则像逆水行舟一样的困难。说到底,真正的艺术品不是大众化的,而是'化'大众的。把大众还没意识到的,还不可能接受的'化'开来。艺术品是属于少数人的,好的作家不是为了取悦读者而写作的。"笔者赞同冯积岐的创作思想,但同时要指出的是《沉默的季节》是会赢得不少读者的,它不晦涩,不迷离。反而,笔者认为作品有些地方写得直白,铺设得太实,缺少空白。法国作家阿兰·罗布-格里耶也曾说过:"我为自己而写作。我的小说由读者作自由选择。小说家创作小说,小说也要'创作'自己的读者,读者跟作品的关系不是理解与不理解的关系,而是读者参加创作试验的关系。"一个作家要彻底改变自己多年阅读积淀和创作习惯所赋予的那些无形的东西是非常艰难的,冯积岐创作思想是明朗的,但在实践过程中也难免在有些地方难以逃脱传统表现手法的束缚,而留给读者参加创作试验的空间不是很多。尽管如此,冯积岐在《沉默的季节》还是对传统表现手法进行了大胆的全方位的改变。

《沉默的季节》其艺术手法显著的表现在时空的无序和灵魂的独白及性心理的分析。时间和空间之所以重要,是因为无论是小说的外部形式还是内部体验,都离不开时间和空间这一带有终极性的根本问题。任何一个小说家都在小说形式中通过场景和人物隐含自己的时间哲学和空间哲学。时空的剪辑与粘贴永远是小说家苦苦思考的问题，无论理论家给它冠以什么名词和概念，在小说家那里总是在思考如何将记忆的碎片附着在一个个时间与空间里。普鲁斯特、乔伊斯之所以伟大，正是他们在时空的转换中获得了巨大的成就。《沉默的季节》主要展现的是一个人性扭曲的时代，一个灵魂无序的时代，作家对一个无序的时代选取了一个无序的时空，这样的选择无疑给人一种破碎、凌乱的情感和思维的强烈冲击，令人在文本扭曲的表述中不时地长叹追问。不同的时代、不同的文化背景、不同的创作环境，造就不同的作家。不同的作家又以不同的表现手法向我们展示不同的生活场景，揭示不同的灵魂世界。福克纳的约克纳帕塔法的故事核心图景是关于美国南方的家族颓败历史，其《喧哗与骚动》是一个关于家族女儿凯蒂"失落的天真"的堕落故事。时间在他的小说里是一种存在的无法摆脱的哲学命题。时间在福克纳笔下不是按时序排列的，而是随着某种冲动的情感的逻辑排列的。巴金的《激流三部曲》——《家》、《春》、《秋》也是写一个家族的腐败与堕落，它所赋予时间的哲学命题则是青年的希望、革命力量的发展和历史的进步。时间在巴金那里则是有序的。同样，冯积岐在《沉默的季节》里也是写一个家族的兴衰，但他不是把历史作为主线，而是在追寻展示历史人物的灵魂。他所表现的是特定的历史环境中人物的孤苦、寂寞、疏离、压抑、绝望、变态。《沉默的季节》中的空间与时间是伴随着人物的灵魂在跳跃。时间在冯积岐笔下犹如多头的麻线缠绕在一起，形成一股粗壮的绳索。祖母、周雨言、周雨人、宁巧仙、六指这些鲜活的人物就在这绳索上跳动，而这跳动始终以人物的灵魂独白为契机。如棉花包上的周雨言面对充满女人气息的性的挑逗，他的在假寐中的思绪进入了在中学的那段唯成分论的压抑时光。在同一时段，周雨言在宁巧仙的搂抱中，时空忽地又飞到多年后，周雨言与宁巧仙的女儿秋月并排躺在残秋一般苍白的玉米秸秆上，忽地，周雨言的思绪又进入了小时候与姑姑的赤裸裸的搂抱，那是孩提时代对异性的一种美好记忆。后来一段又跳到六岁时掉在井里对祖母的呼喊。短短两节二十五页，时空转换了四次，而所有的时空安排都建立在周雨言在灵与肉的诱惑下的苦闷、压抑、骚动、战栗、向往上。这一切又都源于："你是谁？狗崽子周雨言。"以上的时空转换，基本上是以周雨言的内心独白为主的，其中的周雨言和秋月的一段是作家有意的结构安排，而这一段也为后面的章节作了必要的铺垫，同时这一段也是对那个时代的调侃。《沉默的季节》整个时空的基本结构是按照这样的逻辑进行的。这个逻辑就是人物的灵魂独白逻辑，而灵魂的独白是无序的，因之，《沉默的季节》在时空的安排上呈现出一种无序状态。这种状态又极大地满足了作家创作的原动思想和情感。对时空的把握往往体现一个作家的艺术修养，而《沉默的季节》的时空安排正体现了冯积岐几十年来对小说创作的苦苦追求和创造。仅仅从时空的安排上来看，《沉默的季节》在当代也不失为一部难得的优秀作品。感到不足的是，这种时空的跳跃，意识的流动还显得跨度不大，小说所反映的新时期附着在小说的后半部，而没有流动于整个篇章，给人以沉闷仓促之感。

《沉默的季节》另一艺术表现手法的特点是，作家将灵魂表白植入性意识这一深层次中。食、色、性，这本来是一个极为平常的问题，而其中的性，千百年来却又是一个非常敏感的话题，但它又是作家力求表现的一个领域。人生的目的究竟是什么？有人说幸福，"幸福"这个词太宽泛、太虚。弗洛伊德说"以享乐为原则"，还是抽象。笔者以为是以满足人自身的欲望为目的。人的欲望主要表现在肉体和精神上，而性爱往往是两者难以分割的结合体。祖先所造的汉字"性"很有意思，是个会意字，从心从生。自从有了生命就有了性。然而千百年来人们讳莫如深。文学是人学，是以表现人性为目的的，性又是肉体和精深结合，它往往最能反映人性的最本质的东西。文学作品一旦有大胆的性描写，便被冠以诲淫之名。笔者此言排除那些自然主义的性状描写。1857年波德莱尔的诗集《恶之花》在法国被"有伤风化"而遭攻击，被罚300法郎，诗人死后才得以完整出版；乔伊斯的《尤利西斯》今天已被公认为现代派名著，荣格认为是"白色人种迫切需要一读的《圣经》"，而这样一本著作，在1920年以同样的罪名被美国当局罚款50美元，1933年才获准发行；劳伦斯的长篇小说《查特莱夫人的情人》1928年在英国被查禁，1960年官司了结，该书解禁。如此赘述，是说明性的问题往往是作家，而且是一些大作家关注的焦点。

要想将思想的锋芒和情感的匕首刺入人性的深处，冯积岐也难逃对性的思考。而选择什么样的表现手法则至为重要。冯积岐选择了现代主义的表现手法，《沉默的季节》大量运用了意识流、心理分析、感觉主义、意象主义、象征主义、灵魂独白等手法，通过对性心理、性意识、性行为的表述和描写，真实地反映了那个扭曲时代的社会的无序、压抑，人的痛苦、变态、反叛、报复和希望。性的描写和表述在《沉默的季节》占有了突出地位。周雨言对祖母怀中的回忆，是一个人的性意识的朦胧觉醒，对姑姑的性幻想是对美好情欲的幻想，对宁巧仙的性行为是性的饥渴与放纵，对秋月的性爱既有对美好爱情的追求，也含有对社会的反叛和对"唯成分论"的报复，对妻子吴小凤的性无能则是"妹换兄妻"带给他的伤害。小说对宁巧仙的性描写则深刻地表现了一个农村妇女的无奈、痛苦与追求。在秋月的性行为里，让我们看到的又是一个新时期女性对性爱的大胆追求、失落、迷惘与报复。六指的性行为则表现出一种无知的原始宣泄和变态的疯狂。总之，作家比较熟练地运用了后现代主义的艺术表现手法在性这一领域深刻地揭示了人的本性，这在当代中国小说中是不多的。

　　《沉默的季节》的语言除了质朴、流畅等特点外，那就是语言质感效果，作家往往将一些难以名状的心理行为通过比喻、象征、通感、暗示等修辞手法而形象地加以描摹，使读者更加形象地走进人物的内心世界。如37节中，多年后宁巧仙为了生存而求周雨言帮助她去工地打工时，周雨言见到宁巧仙时的心理活动，"不必张口，宁巧仙用明白无误的欲望曾经告诉周雨言她要说的话；不必猜测，宁巧仙雨雾一般的欲望曾经笼罩过周雨言的全部知觉和感觉，他明白她想说什么，她要干什么。欲望是激情代表作。欲望的枯竭使宁巧仙本身似乎也干枯了许多，她丰润的脸庞不再丰润，蓄满水的双眼把亮泽留在记忆中，特别是那双手，粗糙的纹路有如蛛网一般罩住了原来的光滑。如果不是眉眼里溢出的那一点仅有的风韵，如果不是白皙整齐的牙齿间露出的一点情谊，周雨言简直不敢相信就是这个女人曾经和他相拥相抱过,曾经和他有过肌肤之亲。周雨言只是觉得宁巧仙浑身沾满了疲惫不堪。"像这样精彩的句子在《沉默的季节》中举不胜举。即使状物写景,作家也不是客观的描摹,而是在特定情景中,糅进了丰富而多情的主观感受和生命体验。感到不足的是,人物心理语言过于书面化,人物本体语言文化色彩比较淡薄,不同人物的不同性格,必然有其不同的语言色彩,心理语言也不例外。对《沉默的季节》的语言分析是一块大文章,在此不多论述。

无论是表现手法还是语言,《沉默的季节》都不失为一部优秀的文学作品。

原载《陕西青年管理学院学报》2001年第5期

参考文献:

1. [奥]弗洛伊德著,《图腾与禁忌》,中国民间艺术出版社1986年版。
2. 崔道怡等主编,《"冰山"理论:对话与潜对话》,工人出版社,1987年版。
3. 李星著,《冯积岐和他的〈沉默的季节〉(代序)》,《沉默的季节》,长江文艺出版社2001年12月版。
4. 吴晓东著,《从卡夫卡到昆德拉》,生活·读书·新知三联书店2003年8月版。

讲述和描述之间
——浅论冯积岐小说的叙述特点

马玉琛

阅读完冯积岐的短篇小说集《小说三十篇》、《我的农民父亲和母亲》以及长篇小说《沉默的季节》之后,感觉到冯积岐小说的最大特点在其叙述语言。或者进一步说,冯积岐小说的叙述语言非常接近于西方意识流小说的叙述语言,再明确些说,是冯积岐在自觉借鉴和修正意识流的叙述语言。因为借鉴中有修正,冯积岐小说的叙述语言虽酷似意识流,却又带有鲜明的中国特色。意识流小说往往通过人物的意识来把握现实,以内心独白取代客观描述,合理运用叙述者的在场与不在场,打破时空界限,经常变换视点和叙述角度,从而增加人物精神的复杂性和丰富人物的内心世界。这些方法,冯积岐都用到了,但在用的时候又加以修正。用冯积岐自己的话说,他将意识流变成了语言流。我以为,冯积岐小说的语言特点是句式在中西结合中更倾向于西化;叙述处于讲述和描述之间;叙述者时而在场时而不在场。本文将对后两个特点加以简要论述。

先看长篇小说《沉默的季节》中父亲让自己的大女儿,也即叙述人"我"的姐姐嫁人的叙述:

"他想叫一清嫁个贫农跳出地主家庭的火坑来改变自己的命运。一清刚嫁过去那几年,那个叫杆杆的总是以贫农的身份出现在我们一家和一清面前,连说话的口气看人的神色甚至呼出来的气味也是很贫农的。一清和丈夫过日子只好忍气吞声。"

上面这段叙述无疑是讲述性的。即通过第三人称的历时性叙述,交待了父亲要一清出嫁的信息和一清出嫁后的经历,同时还刻画出那个杆杆趾高气扬的生动形象。叙述将事件、人物、历史背景和特殊年代特殊农民的言行神态融汇在急促的语言流里,一口气讲出,而不进行具体描绘。在传统小说里,必然会对杆杆这个贫农说话的语调、面部神态、看人时的眼色、呼吸时的动作及气息都会做出详尽的细节描绘,对一清在贫农丈夫面前忍气吞声的生活也会作出具体而形象的描绘。但冯积岐没有这样做,也不那样做,而是抽去诸多生活细节,将诸多细节因素抽象化地浓缩和熔铸进饱含激情的语言流里,一路宣泄而去,由此形成了冯积岐小说独自的叙述特色。这是一种西化得非常厉害又带有汉语特点的叙述语言。

再看《沉默的季节》中宁巧仙在工地上做饭,周雨言挑水,宁巧仙帮周雨言倒水的一段叙述:

"将一只空桶换在手中的周雨言等待着宁巧仙倒毕水即刻就走,从容的流水声和周雨言急迫的心不相融,和宁巧仙单独在一起的他觉得有些窘迫,幸亏,有这流水声的稀释,他才不至于很尴尬。宁巧仙一只手把着水桶,水流更加和颜悦色了,潺潺的水声仿佛是她的呼吸。她故意用细细的流水拉长着周雨言在窑内的时间。"

这段叙述无疑是描述性的。即叙述的事件不是历时性的,而是正发生进展的即时性的。叙述角度虽然还是第三人称,但叙述者已经退到人物和事件的背后,不再作全知全能的交待或发表议论,而是客观地描述事件的进程和事件进程中人物细腻的心理感受和情感体验,而人物细腻的心理感受和情感体验又是与环境紧密结合在一起的。自觉尴尬的周雨言想尽快离开当厨房用的土窑,而热爱和期盼着与周雨言相会的宁巧仙却不愿意周雨言立刻就走,叙述者没有直接叙述这对男女的心理变化和情感起伏,而是通过环境和活动来显示人物的心理和情感。水流的和颜悦色是宁巧仙当时的美妙心情,潺潺水声仿佛是宁巧仙的呼吸自然是周雨言的特殊感觉,而用细细流水拉长时间是宁巧仙对周雨言不要走的期盼。事件、人物、心理、情感都在描述性的叙述语言里得以完成,而且效果奇好。

描述性叙述成为冯积岐小说叙述语言的第二大特点。冯积岐正是用讲述性语言和描述性语言的组合,形成了自己独特的语言流。这种语言流再结合叙述者的在场与不在场,便形成了冯积岐小说叙述的总体特点。

冯积岐小说叙述的在场和不在场都有精彩的篇章,又都有不足之处。下面试举几例分析。

"我是正月十三回到故乡松陵村的。"

"夜里,我躺在父亲身边,躺在我曾经躺过二十年的土炕上,父子俩心对心,口对口地拉话。父亲就像一棵大树,我能够看清树上的伤疤,那一块一块的伤疤是父亲为生存而努力的结果。"

这段叙述语言,选自《我的农民父亲和母亲》之中。当父亲和母亲在生活中经受了难以言说的苦难之后,托人写信让在省城当作家的叙述者回来。叙述者回到家中看到父亲母亲,耳闻目睹一切皆在亲历之中,所以此时的叙述为在场叙述,语言流动得有姿有式,亲切自然。就连那句比喻也显得贴切如熨。在心对心,口对口的交流中,叙述者获悉父亲经历的所有磨难,那些磨难曾经真实而具体的发生过,但在心对心,口对口交流时已成"往昔",已成记忆。叙述者为将其形象再现,便将父亲想象成一棵大树,而那些苦难便是大树上的块块伤疤。一块块伤疤是父亲为生存而努力的结果,一句话将苦难与大树伤疤的对应内涵揭示得清清楚楚,这种既形象又能揭示对应内涵的语言才是地道的小说叙述语言。

意识流小说的叙述有一个法则,即叙述必须是叙述者的在场叙述。沃尔夫如此,福克纳亦如此,福克纳为了确保叙述者的在场,便不断变换叙述人和叙述角度。凡有小说创作体会的人都知道叙述往往会碰到叙述人不在场的问题,福克纳想到了自己的办法,冯积岐也在想自己的办法。

写我的农民父亲和母亲在家乡遭罪时,叙述者我尚在省城里,此时的叙述肯定是叙述者不在场的叙述。冯积岐写道:

"我恍惚看见,母亲在村巷一路小跑着,汗水沾湿了她那花白的头发,急急的脚步将她的生活踩得零乱不堪。……牛完了。母亲一听,趴在牛身上低低的啜泣。父亲长叹一声后就开始骂母亲了,他可以当着儿媳和儿子骂,当着村里的大人和小孩骂,他随意糟蹋着母亲的自尊和人格,他把自己的不幸和对生活的怨恨全都倾注在母亲身上。母亲悲惨的哭声将冬天的日子染成灰布一样的颜色。"

"听见母亲的哭声,坐在省城里的我再也写不下去了。我能看见,母亲的泪水挂在她尚还年轻的生命中,挂在那个饥饿的冬天。"

我恍惚看见,是一种真实的想象;听见母亲的哭声,是心灵感应,是通感。冯积岐以想象和通感来解决叙述者不在场的问题。即使我恍惚看见和我听见母亲的哭声,其实也是不在场的叙述,但因为想象和通感的加入,使得不在场的叙述取得了在场叙述的效果。读者在叙述中看到的是即时性的事件进展和人物正在发生的言行。人物和事件都在行进之中。环境、事件、人物、言行举止都令读者历历在目,仿佛亲见一般。冯积岐巧妙地将不在场的叙述变成了即时性的描述性叙述,其产生的真实效果如同在场的描述性叙述基本相同。

以上分析可以见出,冯积岐对讲述性叙述和描述性叙述的运用已到相当火候,对叙述的在场和不在场处理得也有巧妙之处。两相结合,形成富于特色的叙述语言流,并新生出相应的叙述美学特征来。

当然,冯积岐小说的叙述也有美中不足的地方,这不足恰恰地表现在叙述的在场和不在场上。

先看不在场叙述,仍然在《我的农民父亲和母亲》之中,父亲为了给孙女看病要去卖一头猪。父亲卖猪的时候,叙述者仍然在省城里,没有到卖猪现场，但其叙述却是在场的即时性叙述。"父亲的自尊心连根拔起了。他从墙角拾起了那条香烟（父亲送给验等级的而被扔掉的烟），抱头蹲在车跟前。父亲简直无地自容了……父亲跪下了，父亲真的跪下去了。我没有想到十分自尊的父亲会这么轻而易举跪在残酷的冬日……为了自己微小的利益，农民们只得昧着良心放弃了不该放弃的东西。"

光看文字效果，这段叙述亦属精彩之列，但细究之下，就有破绽了。叙述者远在省城，而省城之远，远到看不见父亲和母亲，远到不能使用第一人称在场的即时性叙述。而叙述者此刻浸沉在在场的即时性叙述之中，而忘记了想象和通感，从而造成了叙述者其人的不在场和叙述的在场的剥离。在这剥离中，叙述者还发出了"我没有想到十分自尊的父亲会这么轻而易举地跪在残酷的冬日"和"为了自己微小的利益，农民们只得昧着良心放弃了不该放弃的那些东西"的精确议论。读者不仅要问，这议论是发给正在卖猪的父亲听的呢？还是发给省城里的同事们听的？发给父亲，太远，听不着。发给省城里的同事，同事们知道父亲卖猪的经历吗？

再看在场叙述的不足之处。这点不足存在于《曾经失明的唢呐王三》之中。我以为，这篇小说是陕西青年作家中最为杰出的短篇之一，亦可以称为冯积岐小说的代表作。这篇小说具有深刻的哲理象征意义。王三失明到复明这一过程所发生的生活事件和王三的情感经历，都使王三处于一个理想状态之中，而理想的东西因为远离现实而始终是朦胧美好的，因而对王三的生命存在起到极大的鼓舞作用。一旦眼睛复明看到现实的丑恶,王三便跌入到死亡的深谷之中。联想到我们经历的那个年代,我们会猛然醒悟,在醒悟中审视我们的人生和社会,并由此而推及更深更远。小说对王三失明复明,对王三失明和复明时到坡上去吹唢呐的叙述堪称传神之笔。正是在精彩叙述之中,隐藏着美中不足。这不足便是叙述者不恰当的在场。王三的新婚之夜叙述者不恰当地在场了。"王三用想象补充他的女人,在他的想象中,属于他的媳妇虽不是光彩照人也该是端庄漂亮;瓜子脸,睫毛乌黑,端正的身段,修长的腿,皮肤白皙而光洁。王三只是否认他看不到的空间和物体,并不否认他的想象,他在想象中充实地生活着。"

新婚之夜,本应该是即时性的描述性叙述,让人物自己行动,去生动地演进事件的进程,从而表现出新婚之夜的情趣或者不和谐。而叙述者此刻偏偏插进来现身说法,来讲述王三?而且还开口评价王三。如果叙述者没有藏在床底下或者衣柜之中,就不能出来作以上讲述和评价。严格地说,新婚之夜除了当事者二人外,谁也不能在场。别的任何人在场都会造成生活和艺术的双层失真。冯积岐此刻偏偏犯忌讳地让叙述者在场了。如果是福克纳,福克纳肯定让王三或者王三新婚的妻子来出任叙述者,以此来使叙述者的身份合法化,使得叙述者的在场显得合情合理。

冯积岐如果采用的是传统的万能的叙述者的写作手法,我们便不会如此苛刻地要求他。

冯积岐小说叙述的另一个不足是写人物内心独白时语言过于书面化,而未将松陵村农民的独特个性语言发掘出来,使得人物和语言之间有所隔离。《沉默的季节》第7节写周雨人大段的独白，完全是西化的书面语言，这语言等同于作者自己的语言，而福克纳在《喧哗与骚动》中写弱智人小班吉的独白，完全是弱智人的个性语言，绝不选用一个超出班吉使用语言范围的一个词。这是冯积岐与福克纳的差距。周雨人是文化大革命期间的农民，爱画画，常以名人的事迹来鼓励自己，所举名人是凡·高。文化大革命期间，农民和农民的老师何以知晓凡·高呢？凡·高是什么时候进入中国的？所以，叙述者万万不能将自己的知识范畴强加给自己小说中的人物。这也必然造成小说深度失真。

我想，我们已经看清了冯积岐小说叙述的特色及其超人的地方，也看清了其美中不足的地方。我们期待冯积岐的叙述语言更加完善和更加纯正，并在此基础上创作出超越《曾经失明的唢呐王三》和《沉默的季节》的更加优秀的小说来。

原载《陕西文学界》2012年第1、2期合刊

参考文献：

1. 冯积岐《沉默的季节》，长江文艺出版社2000年12月版。
2. 冯积岐《我的农民父亲和母亲》，燕山出版社1999年2月版。
3. 冯积岐《小说三十篇》，东方出版社1998年8月版。

执著的追求：对于人的求证及其叙述
——冯积岐论

韩鲁华

[内容提要] 对于人的追寻确认与叙述，是中国20世纪文学创作及其发展史上的一个非常重要的主题。但是，这一主题在世俗化的文化语境下，正在被弱化着。陕西作家冯积岐以其特殊的人生经历与生命情感体验为基础，执著地求证着人的价值和意义，叩问着人究竟应该怎样生存。并在叙述艺术上作了积极有益的探索，表现出自己的艺术个性，进而与中国当代文学相融会，显示出了其文学价值。他的文学创作，对进一步思考中国当代文学创作存在的某种现象，具有着一定的启示意义。

[关键词] 陕西作家 冯积岐 人的求证与叙述

这是一个公式，这个公式可以用两种句式表述：一是人等于什么，二是什么等于人。前一种表述意在说明，人是什么，亦即人应该怎样生存；后一种表述是说，什么是人，亦即人在怎样的生存状态下才算是人。二者的区别是明显的。人等于什么，或者人应该是什么，言者在言说时往往是已经预设了一种人的定义、规范等，告诉你应该怎样生存，不应该怎样生存；什么是合理的，什么是不合理的等等。这是一种从上向下、由抽象到具体的思维方式，这种思维方式背后潜含的是言者对于人的清醒认识。什么等于人，或者什么样的生存才算是人，这是一种从下向上、由具体到抽象的思维方式。究竟什么是人，言者应该说并没有一种事先预设的统一的定义、规范，言者与听者一样，也在探索、叩问之中，在追寻的路途上。这就是笔者阅读冯积岐已经出版的散文集《人的证明》，小说集《小说三十篇》、《我的农民父亲和母亲》，长篇小说《沉默的季节》后，所引起的思考。冯积岐似乎用他的整个文学创作，在求证着什么是人，在叙说着人的生存状态，探悉着人的生命情感历程。这显然带有他自己人生历程个体的生命体验痕迹，但这种个体化的生命体验之中，却包含着一个人类存在的大主题。坦率地说，对于人类存在这一主题的探寻，冯积岐仍在进行之中。

基于对于冯积岐文学创作的上述基本感知，本文将以什么是人与人是什么为思维的逻辑基点，从中国当代文学文化语境与历史境遇角度，对冯积岐的文学创作加以考察。

一、人的探寻

对于人的求证或者探索，这不仅是文学创作领域一个古老的话题，也是哲学、社会学、文化学等等学科探讨的一个永恒课题。就自然科学而言，不论科学的理论或者技术的发明创造，也都具有着人性化的内涵。科学技术人性化，并非近年来人们才提出，实际上从科学技术诞生之日起，它就已经存在了。人所划分的人文社会科学和自然科学两大科学领域，只不过是从不同的视野对于人、自然和人与自然关系所作的探索与阐释。就人的生存而言，一个重要问题是，怎样的生存样态才是合理的，或者说，什么样的生活、什么样的生存状态才是人的合理存在。这中间自然有着巨大的思维空间需要我们去描绘各式各样的图本模态。就文学而言，恐怕是主要以艺术的创造，去建构人的图本模态。

人的呼唤与觉醒，是20世纪中国文学创作及其发展历史上一个基本主题。新文学的建立，就是从对于人的呼唤与探寻开始的。是对于人的呼唤、探寻、觉醒、确认与张扬，还是对于人的漠视、压抑、践踏、蹂躏最终造成人的失落，这已成为评价20世纪文学创作及其发展的一个极为重要的价值参照坐标。中国20世纪文学发展历史上出现的几个鼎盛时期，如五四文学、30年代文学、以及80—90年代的文学等，人及其人性得以充分张扬。特别是五四时期和"新时期"，是20世纪两次人的解放，人及其人性在这两个时期的文学创作上得到了充分的肯定与确认。当然，20世纪的中国文学中，也出现过人的失落，人及其人性被无以复加的践踏，特别是60—70年代，是中国20世纪文学史上最为暗淡的时期，所谓的"红色经典"将人简化抽象为观念符号，抹杀了人及其人性的丰富性和实在性，人被沦为阶级斗争的机器。所以，人及其人性的呼唤与复归、探寻与确认，就成为"新时期"文学创作的一个基本主题。90年代后，造成了又一次人的迷失与失落，文学创作的价值观念发生了极大的变化，再次造成人于文学艺术创作上的变异或者迷失。因此，对于人的呼唤与探寻，仍然是21世纪文学创作上一个不容忽视的问题。

　　冯积岐作为20世纪80年代步入当代文坛的一位陕西作家，一直致力于对于人的呼唤与探寻，用自己数百万字的文学作品，执著地表现着人，开掘着人性的内涵，描绘着人的生存状态，揭示出社会于非常态情境下人的压抑、抗争，追寻着人的尊严、价值和意义，表现的是一种从自身确认出发，进而对于中国20世纪60—70年代非人化历史文化语境下人的反思与批判的人文精神。正是在这里，他的文学创作自觉不自觉地与中国20世纪人的文学相交汇，并以执著的精神，抗争着世俗对于文学艺术精神的侵蚀，以保存人的尊严与独立。他对于人的探寻与开掘，是从对于人的非人化生存状态的否定开始的。他的作品，在对于人被随意蹂躏、人性被任意践踏的展示与批判中，隐含的是对于人的尊严、生存及其权利，人的良知、品格、情感等等的呼唤。

　　作家的文学创作，常常是与自己的人生历程和生命运行紧密相联结的。由此来观察冯积岐的文学创作，就不难理解为什么在他的笔下，最富有生命活力和艺术创造性的人和事，则是生活于中国西部乡村的农民，是西部乡村的生活图景。冯积岐出身于乡村，乡村的人和事曾经是他生命的建构形态。更为重要的是，在20世纪50—70年代，也就是说，在他来到这个世界之后，就被打入了社会的另册。他是在一种被剥离于社会之外的状态下而存在着的。特别是60—70年代，他过着比别人更为非人化的生活。佛罗姆提出的一个命题是：占有还是生存。冯积岐就经历了被占有而非真正意义上的生存。这在他的生命情感心理上，造成了一个生命的郁结，这个郁结规约着他的生命运行轨迹。当他以文学创作的方式，来实现自己的人生价值，并以此作为他的基本生存图本模态时，这个生命的郁结，就自然而然地熔铸于他所创造的文学艺术世界之中。正如他本人一样，他是在与这个社会的抗争中，一步一步从社会的最底层挣扎出来的，是在与自己的人生命运、生命情感的剥离与超越中，得以实现文化人格建构与自我价值确认的。因此，他笔下的人物，几乎都是在和社会与自己的抗争与超越中，探寻与叩问着这样一个问题：什么是人？什么样的生存状态才是人应有的生存状态？什么样的生存方式才是人应有的生存方式？因而，不论是曾经失明的唢呐王三、祖母、农民父亲母亲，还是作品中隐含的或者显形的"我"，都在以不同的方式言说着一句话："我是人"，用自己的人生历程证明着："我是人"。

散文《人的证明》，记写的是祖母孤独而悲剧性的人生。人与人之间是有差异的，比如人的能力、地位、对于社会的贡献等，毫无疑问是有区别的，而人的尊严、人生存的权利，以及人的情感等，应当是平等的。但是，由于人为的原因，人往往被分成了不同的等级，尊卑贵贱，人与人之间形成了一种互不相容的关系，一部分人总想无偿地占有另一部分人的生存权利，将其置于非人的境地。祖母就是被强行从正常社会人群中剔除出来，失去了作为人的权利。文章中的一个细节是震撼人心的："文革"中，祖母从一个纸包中，拿出一片纸，这就是1953年全国第一次人口普查时发给她的选民证，以此来证明她是一个中国公民。问题时，祖母自然仍在人的行列，但却被打入另册，即被"人民"与无产阶级专政可以任意践踏和蹂躏的另类人。小说《我们在山里活人》，粮子老汉、云云、云云的母亲，特别是"我"，生活在另外一种社会空间。"我"作为黑五类的后代——狗崽子，也只有在这个名为桃花塬的与外界隔绝的地方，才感觉到自己是一个人。

很显然，《我的农民父亲和母亲》中的父亲与母亲的生活，显然不是一种合理的生活。作者在这部小说中，倾注了他深厚而沉重的生命情感，他在为父亲和母亲的人生命运与生存状态疾声呼号，控诉与抗争。父亲被畸形的社会生存环境所挤压，其生命状态发生了变异，他内心的愤懑、自我的失落、情感的郁结，以及对于社会与现实的抗争等等，都以一种变异的方式，发泄在比他命运更为悲惨的母亲身上。我们在这部作品中，似乎可以听到作者在大声疾呼：父亲母亲他们也是人哪，他们为什么被迫如此生活着。人应该是有血有肉的，更应该有自己的尊严。但是，父亲母亲却在那种生存环境中，失去了自己做人的尊严，或者说是失去了作为正常人的资格。在20世纪60—70年代的中国，父亲母亲将人还原为生存本能存在，他们根本没有更高的需求欲望，只是为了活着而活着。本能似的生存方式，也就成为他们别无选择的选择。正因为如此，父亲母亲承担了更多的苦难与煎熬，与其说他们是在过日子，不如说他们是在熬日子。恰恰是在这里，冯积岐显示出与余华《活着》中父亲相似之处，但是又有着区别的地方。比较而言，余华的《活着》更为突出的是父亲在经历了人生从浮华到落魄，亲人相继失去后，对于人生的一种彻悟。冯积岐则更强调的是，父亲母亲在苦熬日子的历程中，支撑着人生，也支撑着社会。在《我的农民父亲和母亲》中，作者对于人——父亲母亲倾注了浓烈的生命情感,而非是理智抽象的阐释。当我们阅读冯积岐的时候,得到的是对于他笔下人物及其生活状态的否定,而对于人究竟应该怎样生存,或者说怎样的生存状态才是合理的,并没有做出更多地、更为清晰地回答。

短篇小说《曾经失明过的唢呐王三》、长篇小说《沉默的季节》,标志着冯积岐对于人及其人性探索的突破,特别是后者。《曾经失明过的唢呐王三》对于冯积岐的文学创作来讲,其价值和意义在于:它对于人的探索与思考,在相当的程度上超越着个人化的生命情感,从人自身及其更大社会人生、历史文化语境下思考人的价值和生存的意义,人从外在的存在走向了本体的存在。长篇小说《沉默的季节》具有着作者对于他此前关于人的思考的总结意义。毫无疑问,这部作品中仍然具有着作者自己人生历程的影子。在这里,作者不仅承续了以前创作中的基本特色,致力于处于逆境中人及其人性、人的生存状态等方面的揭示与反思批判,极力状写了人生的苦难、沉重与悲痛。而且,进一步对人及其人性作了深化思考,这就是对于人及其灵魂的救赎,这种救赎虽然还是那么样的朦胧与软弱。特别是其间渗透着一种忏悔意识,一种罪恶感。这自然还不是西方意义上的宗教意识,冯积岐也没有走向宗教精神的皈依。主人公周雨言这一人物形象,比此前同类人物要丰富深厚了许多。在周雨言身上,不仅仅存在着愤懑、抗争以及人格的某种扭曲等,更为重要的是,周雨言也在反审自己,剖析自己的灵魂,忏悔自己的自卑、懦弱、仇恨及其报复心理和在这种心理支配下的罪恶意识与行径等。难能可贵的是,在他的身上具有着一种宽恕精神。周雨言已经不再是纠缠于自身的苦难,而从人、人性、人的生存状态以及由此而生的种种精神向度,进行更深一步的思考。六指队长、宁巧仙们的生活方式是不可取的,周雨言的兄长周雨人式的生活方式也是不可取的。那么,怎样的生活方式才是可取的,或者说人应当采取怎样的生活方式,这是作者在这部作品中探寻的一个基本问题。很显然,周雨言没有寻到答案,他的出走,可能预示着对于新的生存方式的更高层次上的追寻吧。

二、对于人的叙述

对于叙事艺术的探索,冯积岐可以说是取得了相当的成功,这一点也往往得到人们的赞许,他本人也很看重这一点。那么,冯积岐在叙事艺术上到底做了哪些探索?它又能为当代文学提供些什么呢?

笔者在对冯积岐的文学作品进行阅读时,最为强烈的感觉是人始终处于他整个文学艺术建构的核心地位。与其说它是在叙述故事,不如说它是在叙述人及其人的建构过程。社会、现实、历史等等固然在他的作品中均有着较为深刻的反映,但是,这些在笔者看来,仅仅是人及其建构过程中的一种语境,其核心是人自身。而且,在建构人的叙事过程中,苦难是这个叙事建构框架的一个基本纽结。因此,冯积岐的叙事模式可以称作人生苦难模式。

人生苦难叙事模式,并不是冯积岐的发明,也不是今天才有的,在古今中外的文学作品中很多。就中国20世纪文学来看,鲁迅、老舍、曹禺等文学大家,在他们的作品中就隐含着一种深厚的苦难叙述模态。80年代如王蒙等"右派"作家,也是以生命苦难建构与化释作为艺术建构的一个纽结。或者说,王蒙们在20世纪的文学建构中,最好的作品是那些以他们的右派生活体验为艺术建构核心的作品。这正如王蒙们的生命运行在1957年发生了一次根本性的转化,其生命情感在这里形成了一个郁结,一生都难以将这个郁结彻底地化解开。冯积岐的生命情感在"文革"时期,也打了一个郁结,这个郁结不仅改变着他的人生命运,更改变着他的思想情感、思维方式、人生态度以及世界观等。冯积岐艺术建构上的特异性与成功,无不与他这种个体化的人生苦难情结紧密相联结。不论是叙述祖辈、父辈的故事,还是叙述他这一辈的人生历程,都是紧紧扣着人生苦难这个生命情感的纽结,来建构自己的艺术叙事模态的。在这种人生苦难的艺术建构过程中,融入了作者对于人的思考与剖析。当然,在不同的作品中,具体叙述的情节结构有所不同,人物的人生命运也各有所异。但是,几乎所有的人物都成为人生苦难的承担者,他们都经历着一种人生的炼狱过程。从叙事结构来看,一方面社会作为外部结构形态,为人物提供的是一种炼狱场境,政治风云、阶级斗争便是这个炼狱场的机器,造反派、"革命者"则是这架机器操纵者和构成部件。冯积岐以不同的具体叙事结构展示着这架机器运转的过程。另一方面,则是人物自身的炼狱过程,祖母、父亲、周雨言等等在被抛入炼狱场之后,也经历着自身的人生磨炼。特别是周雨言们在经历种种生命情感苦难中,进行着自我精神上的苦斗,寻求着人的生存价值和意义。可以说这一双重的叙事建构便成为冯积岐叙事的基本模态。从纵向发展来看,人物自身精神上的抗争与突围,越是后来越是明显。

最为被人们称道的恐怕是冯积岐叙事艺术上的另一特征,这就是主观感觉的独特叙述。毫无疑问，冯积岐的文学创作，带有强烈的自叙性色彩。我们自然不能简单地将祖母祖父、父亲母亲、岳父岳母，以及周雨言等等人物和作者的生活相联结，更不能将他们对号入座。但是，作者笔下的这些人物的思想情感等却的确与作者的思想情感存在着内在的联系，至少可以说这是作者精神情感的对象化表现。即便如此，我们可以毫不夸张地说，冯积岐的人生感受是独特而奇异的，是个人化的。这就决定了冯积岐的叙述具有强烈的主观性。我们在阅读中能够强烈地感受到作者对于叙事的积极参与，在相当程度上做着自己的情感与思考，不仅仅是主导，可以说是强有力地干预着叙事者的叙述，他常常是站在了叙述的前台，规定着叙事者的言说，作者的思想与情感始终笼罩着作品的叙述，甚至作者自己成为叙述者。

而且，在冯积岐的叙述中，更为看重的是人的主观生命体验和感受。坦率地讲，不论是以常态时空逻辑为序的叙述建构，还是采取一种解构式的时空逻辑叙述结构，外在的故事情节结构，在他的艺术叙事建构中似乎并不占有主导地位，处于叙事主导地位的是人物内在心理、精神情感。正因为如此，作者常常是采用内心独白、心理分析、意识流动、象征、变异等等叙述手法，将人的内心情感世界剖开来进行展示，而这一切似乎又统一在心理感觉之中。因此，笔者更愿以感觉式叙述来对冯积岐的叙述方式加以概括。在此，笔者并不否认冯积岐对于象征主义、意象主义、魔幻主义、心理分析等等文学流派在叙事艺术的吸收借鉴，而且认为这些极大地丰富了他的叙述，并成为其叙述艺术创造的重要因素。但是从叙事建构模态来看，感觉则是处于一种统摄地位。就此而言，将冯积岐称作感觉主义者并不过分。

这一方面，在冯积岐的叙述语言上表现得尤为突出。在他的作品中，随时都能够见到对于人物奇特感觉的叙述。这种感觉之中，蕴含的是一种于特定时代、特定人生境遇下的生命情感体验。可能是由于人被压抑到了极点，人性被极大限度地扭曲，造成了人对于世界感觉上的变形，比如幻觉就在他的长篇小说《沉默的季节》中不断地出现。也许是过于残酷的现实，让人难以承受，就只好进入自己的梦幻世界。比如这部作品关于语录塔上所画的红太阳的叙述，周雨言总是感觉哥哥周雨人画的太阳是扁的，可他将扁太阳怎么也改不圆，而且越改越扁。这部作品中叙述了周雨言变异的感觉、幻觉等等，使作品具有一种朦胧的幻境之美。

叙述语言上的感觉特征可以这么归结：抽象的具象化感觉、客观事物的主观化感觉、正常的变异化感觉、冷峻化感觉和硬涩化感觉。抽象的具象化感觉是指作者在叙述的过程中，将一些抽象的概念词语用具象化的词语加以叙述，这种叙述又是融会在人物的感觉之中的。更多的是感觉的变形，进入作者叙述感觉的语言表现出冷峻、硬涩的特征。《杂姓》开头叙述的黑夜是，"天黑得像冻实了的土疙瘩"，"星星被淡漠的云纠缠着"，又如"上官嘴里吐出来的话像麦面糨糊一样"。《手》中的黑夜是"像狗一样蹲在敞窑里的角角落落"。《我的农民父亲母亲》中有这样的叙述句子，"田野上空旷着寂静着难堪着"，"一辆十分艰涩的架子车"，"地平线的边沿上挂着一个很伤感的村子"，等等。

在叙事人称、叙事视角上，冯积岐作了积极的探索。阅读他的作品就会发现，在叙述人称选择上，他常常是采用第一人称。如《我的农民父亲母亲》、《我的岳母和两个岳父》、《我们在山里活人》、《露水草》等。《露水草》是将人物、叙述者和作者交织建构在一起，来共同完成故事的叙述。当然，作者也常常采用人称变换的叙述方式，即第一人称、第二人称与第三人称交替变换使用，最典型的就是长篇小说《沉默的季节》。与此相联系的是叙述视觉的变换。一般说来，是采用观察视角，即有一个故事的叙述者在向人们讲述故事，如《我的农民父亲母亲》就由"我"来承担故事的叙述。有趣的是，在叙述的过程中，"我"经常参与到故事之中，与其说是在叙述别人的故事，不如说是在叙述"我"所感知到的故事；与其说是在客观地叙事，不如说是在剖析"我"的内心情感世界，并由此与作家的精神情感世界相融合。也正是在这里，我们感觉到冯积岐的叙述走向了主观叙述，因为作品的内在叙事结构则是作家的精神情感结构。

　　叙事视角的变换或者建构，在冯积岐这里是与他对于人的感知与认识紧密结合的，是与他所建构的人生状态相一致的。因此，作品叙事视角的背后隐含的是作家的生命情感体验，也是他生命情感建构的叙述模态的外化显现。也就是说，作家特殊的人生经历和精神情感结构，决定了他在文学创作上叙事视角的选择。当然，我们并不否定作家对于他人文学叙事方式、叙事视角等方面的吸收借鉴。问题的关键是，作家将他人的叙事方式、叙事视角等进行吸收后，与自己的生命体验相融合，形成了自己具有相当独特性的叙事方式、叙事视角。这一点是应当给予充分肯定的。

三、困惑与突围

不论对于人的探寻而言，还是艺术探索来看，笔者认为冯积岐都处于困惑与突围之中。对于作家文学创作艺术价值的判断，不能以个人的情感或者喜好为尺度，应该从现时代所达到的思想高度和文学发展历史的角度，对对象进行审视。就此而言，笔者认为冯积岐的文学创作，并未达到与鲁迅等中国20世纪文学大家相提并论的高度，甚至与目前的张炜、陈忠实、贾平凹等也难以比肩。但是，他的确具有自己在艺术创造上的特异之处。特别是从长篇小说《沉默的季节》中，我们可以看到作家艺术创作上的突围，试图对自己进行一次新的超越。与目前充斥文坛的众多作品相比，冯积岐的文学创作，无疑属于严肃而具有独特个性的一类。但必须看到，冯积岐的文学创作，要达到更高的艺术境界，就必须突破自己已有的艺术局限，走向更为广阔的天地。冯积岐正处于困惑的突围之中。

困惑之一是，冯积岐必须面对自己，面对自己由于"文革"那一段历史所造成的生命情感郁结。冯积岐对于自己的父老乡亲、对于农民，特别是对于自己的生命体验，具有着特殊的情感与挚爱，这是非常可贵的。但是，如果他不能从这种生命情感的郁结中解脱出来，自己的文学创作就难以迈向一个更高的精神与艺术的境界。对于文学创作来说，作家的个体人生生命情感体验无疑是非常重要的，如果没有独特的个人生命情感体验，要创作出具有个性化的文学作品几乎是不可能的。但问题是，作家的个体生命情感体验，在进入文学作品的艺术建构时，必须进行超越，将个体的生命情感体验，融汇到国家、民族，乃至人类的生命情感之中，使其具有一种人类历史文化精神和生命情感的内涵。一个作家如果不能超越自己个人的人生经历及其所造成的生命情感郁结，那最终是无法达到更为博大的艺术境界的。我们甚至认为，冯积岐的文学创作，极大的得益于他那特殊的人身经历和个体化的生命情感体验，并因此为人们创造出了具有个性化的文学艺术作品。但是，我们还必须看到，也正是他的这种人生经历和生命情感体验，成为他向更高艺术境界超越的障碍。这不仅是冯积岐，就是如王蒙、张贤亮等一代作家，其创作之所以不能达到更高的境界，与他们的人生经历等所造成的生命情感郁结未能得以完全的化释，是有着密切关系的。近二十年的右派生活经历及其人生积淀和生命情感体验，成就了王蒙一代作家，但也制约了他们，甚至毁掉着这一代作家，因为他们始终未能彻底跳出这一梦魇般的人生境地。因此，冯积岐就此应该做更为深入地反省，由对于具体的、个体的人的追问与反思，进入到超越个人，乃至国家民族后，对于人自身的反思与叩问，对于人的历史与文化等价值终极意义的反思与叩问。雨果的《悲惨世界》，列夫·托尔斯泰的《安娜·卡列尼娜》《复活》，屈原的《离骚》，曹雪芹的《红楼梦》，直至鲁迅的作品等等，给人的心灵震撼是巨大的。在这些文学大师的笔下，几乎看不到人间的喜剧，人生的苦难与悲剧被揭示得淋漓尽致，但是，你却从中能够感到一种力量，一种超越了个人苦难的精神。当然，冯积岐已经开始了他的突围与超越，但是，生命情感的一些困惑仍需作进一步的深入思考。

困惑之二是，面对文学艺术市场化、愉悦化，自己所坚持的纯文学艺术创作面临着生存的挑战，冯积岐不可避免地陷入困惑之中。可能是冯积岐特殊经历的缘故,对于文学市场化所带来的冲击,他的感应比其他作家似乎慢了半拍。早在20世纪80年代中期,第一次经商浪潮袭来时,包括韩少功等一大批作家,都纷纷投入其中,作家们都在经历着一次洗礼。如今,可以说在又经历了市场经济的撞击之后,大家已趋于平静,各自在这个市场经济的文化语境中找到了自己的位置,已不再被市场经济这个怪物所困惑。现实世界永远是一个泥潭,任谁也无法将它搞得清清如水,关键是自己要确定好自己的位置,建构起自己的精神世界。这里有一个人生价值和艺术价值取向问题。不可否认,现在的确有一批作家玩文学玩得非常好,把文学当作一种求生的手段,生活的方式。但是,文学的历史,最终将目光投向的是那些具有开创性意义的艺术建构,而不会将目光停留在浮华的艺术泡沫之上。虽然也有像木子美等这样的准文学作家可以风靡一时,但很快就过去了。还有一些所谓的关注现实的作品,也可以激动人心,但也是不可能进入文学史的。因为这些所谓的文学创作,过于追求功利目的,功利的屏障已经遮住了他们的视野,他们只能看到眼前的一片天地,更大的世界难以进入他们的眼底,艺术建构也就难以具有更大的精神境界。虽有一些评论家趋炎附势,但更多的评论家首先将目光投向的还是具有文学史价值的作家作品。大众看重的是满足自己情感愉悦需求的作品,是一种实效的轰动效应,但大众也出现了分化。在这个需求多元化的审美情境下,任何一种文学艺术也不可能满足所有的读者需求。经典性创作和市场化的制作,这二者可能相遇合,但更可能相背驰。文学艺术更需要精神的坚守者。

困惑之三是,冯积岐在人的思考与非常现代的艺术表现方式上的叙事探索，是否达到了完美的艺术境界。在笔者看来，现代的艺术表现方式是与现代的艺术精神相一致的。20世纪初在西方世界出现现代主义的文学创作和艺术创作，根本在于包括两次世界大战在内的非理性欲望膨胀，毁灭着人们建构起来的理性价值世界，将人推向了绝望的境地，人们不得不重新反思自己。卡夫卡也好，毕加索、凡·高也罢，他们的艺术建构，完全是他们生命精神的对象化显现。乔伊斯、马尔克斯等，哪一个不是生命情感诉求和文化精神建构促成了他们艺术表现形式上的革新呢？不具备现代精神的作家是创作不出真正意义上的现代派文学作品的。中国当代文学中的所谓现代派创作，不论其艺术表现形式上怎样的花样翻新，但在骨子里总给人一种"隔"的感觉，这就更谈不上后现代主义了。中国连现代的问题都没有解决，哪里谈得上后现代呢？所谓的后现代主义者，只不过是一种自恋式的模仿而已。就此而言，冯积岐的精神建构是以他的人生体验为基础的，这种精神建构带有更多的传统印记，因而他还没有将其精神建构与其艺术表现方式完美无缺地融为一体。也就是说他还没有达到运用自如的境界，仍然留有苛求的痕迹。根本问题是冯积岐还不具备真正意义上的现代文化精神。这不是他一人的问题，在中国当代文学中，包括王蒙等人在艺术创造上，都存在着苛求或者有意而为的痕迹。

原载《唐都学刊》2004年4期

参考文献：

1. [德]费迪南·费尔曼著,《生命哲学》,华夏出版社2001版。
2. [美]埃里希·佛洛姆著,《占有还是生存》,北京三联书店1988版。
3. 朱狄著,《当代西方美学》北京人民出版社1984版。
4. [美]A.H.马斯洛著,《存在心理探索》,昆明云南人民出版社1987版。
5. 祁述裕著,《市场经济下的中国文学艺术》,北京北京大学出版社1998版。
6. 冯积岐著,《沉默的季节》,武汉长江文艺出版社2000版。
7. 冯积岐著,《我的农民父亲和母亲》,北京燕山出版社1999版。
8. 冯积岐著,《人的证明》,西安太白文艺出版社1998版。
9. 冯积岐著,《小说三十篇》,北京东方出版社1998版。
10. 洪子诚著,《问题与方法》,北京三联书店2002版。

超越者的抗辩

——读冯积岐小说《大树底下》、《敲门》

葛红兵　任亚荣

《大树底下》、《敲门》是作家冯积岐新近问世的两部小说,前一部反思1964年中国农村"社会主义教育"运动,后一部讲述一个生活于世纪之交的贫寒少年高考落榜的人生经历,两部小说对冯积岐而言在题材选择与叙事格局方面都有很大突破。

《大树底下》不像很多同类题材的作品那样,充满深仇大恨的控诉,而是娓娓道来,将20世纪60年代处于政治运动包裹下的中国乡土社会不平静的人和事放置在平静和缓的叙事氛围里。人物的命运都是在不经意中改变的,生活逻辑在点点滴滴的喜怒哀乐中推进,其间因果锁链被打破,人物与环境笼罩着偶然和荒诞色彩。"我既写出了特定环境下农村人的生活状态、生存状态,又写出了人性中难以克服的弱点和人处于两难境地中的无奈和痛苦。因为我采用了存在主义的观点,我笔下的一些人物的生活是'正常'的,'平静'的,这就和以往那些写'文革'

写'社教'的作品的主题大不一样。"（冯积岐语，引自新闻频道网）众所周知，六七十年代的中国社会弥漫着你死我活的斗争哲学，一切伦理纲常被压倒，整个日常生活似乎被一只看不见的大手随意揉搓。人们空前充实又空前压抑。当此之时，人的政治属性占据绝对控制命运的高位，被审视和处置的着眼点是"哪一类"而不是"哪一个"。小说中早已过世的"我祖父"曾经是地主分子，"我"一家人的血管里自然而然地流动着剥削者的血液，用尽一切努力终于没有逃脱"补定成分"，于是再次成为众人的惩治对象。"我父亲"、"我哥哥"、罗二虎等人作为1964年农村"四清"、"社教"运动的直接受害一方，终日笼罩在莫名其妙的"害怕"之中，可又实在说不清究竟害怕什么，这害怕既印证着他们天生被环境强加的胆小怕事的性格，又不失时机地对他们的软弱推波助澜。每一个家庭成员都被卷进惶恐、抱怨、飘摇、毫无安全感的命运。"越渴求宁静的生活，内心越不宁静越焦灼越躁气。"尤其是作为一家之主的"我父亲"，他与规训强权"较量"的历程，显示了一个精神和肉体双重意义上的渺小者应对外部积压时所能产生的绝望挣扎与苟且偷生。而看上去狰狞可憎的"害人"者——操控村里所有人命运的农村社教工作组组长卫明哲，也仅仅是借发号施令的风光以掩盖和逃脱自己童年畸形记忆所留下的阴影，由于他母亲在他年幼时屡次遭受掌握权力者的强暴，导致他那极度空虚脆弱充满仇恨的内心世界时刻需要乔装打扮，竭尽所能向权力靠拢以便秘而不宣地复仇。"他的心里好像塞进去了一大堆仇和恨，似乎他每天不发泄一些，就担心到死也发泄不完……""不是这个世界容不下他，而是他难以容忍这个世界，好像这个世界是他的债主,他生下来是专门来讨债的。"只不过在"失常"被权力话语宣布为"正常"、祖先的绝对贫穷转而成为后代兑换财富之资本的社会条件下,卫明哲的处境更有利一些。"要说借运动整人,也不是卫明哲的首创和专利。有运动这块土壤,卫明哲这棵草不过长得更茁壮罢了。"

如果再深究一层,"我父亲"等人固然饱受不义的摧残,以卫明哲为头目的另一群人又何尝不是荒诞世界的牺牲品?所不同的是,前者的牺牲通过被权力规训的显性方式,后者则通过与权力结盟的隐性方式。前者被迫无条件地退让,后者则坚持不停歇地索取。两者都距离人的自由越来越远。归根结底,个体的人可悲地充当了非人力量的手段。这就是日常生活的逻辑。乡土中国所赖以维持的质朴的伦理和"人情"全面崩塌。"世道是恶人的世道,人越恶越活得旺。……因果报应只是那些受欺负的人、那些软弱的人一厢情愿的愿望。作威作福一辈子,照样活的很长寿。"匪夷所思的是,超善恶的逻辑不仅可以凌辱人的肉体,窃取人的尊严,还最终同化人的思维、意志,帮助当事人彻底完成对自身的身份确认。地主少年罗大虎在经过了声浪凶猛的口号的洗礼之后,便逐渐"找到"自己的阶级位置和生活方向,即使是他渴慕已久的初恋对象许芳莲送给他一支钢笔,也会激起他牢不可破的警觉:"我不要。……你是'工作组',我是地主的娃。"此时,少年人初开的美好情窦远远不是荒诞世界的对手,社会的偶然事件转化成一个未成年人妥协的实际动力和"成熟"的催化剂。事实上,随着非理性规训力量的摧枯拉朽无往不胜,父子二人早已泯灭了原本属于个体的差异,思维步调以极快的速度合拍起来，祖父的养子、与哥哥感情深厚的伯父罗世堂背叛家庭改姓牛之后，"哥哥大概觉得，父亲对不起贫农牛世堂，他自己也对不起贫农牛世堂……"在这平淡的推进中，其实暗含了文本对读者的"召唤"：倘若生活如此不道德，人能在多大程度上理解这一事实，又能在多大程度上接受它、质疑它？人如何在这样的世界上有所作为？

冯积岐一再暗示读者：荒诞的世界可以对人任意处置。社教工作组组长卫明哲和组员许芳莲在田地里的苟且之事被罗大虎无意发现后，卫出于胆怯和愤怒说："明白了没有？你是个瞎子，从现在起，你的眼睛瞎了！"从此以后，罗大虎变成了一个奇特的瞎子：他的眼睛只能看清黑夜里的一切，日出以后什么也看不见，走路时常踩在牛粪上。后来在一次斗争父亲罗世俊的会上，为了让他亲眼目睹父亲被打骂的惨状，卫又说："我说你不瞎，能看见，什么都能看见。"他果然看见了，任凭吃药求神也无济于事的失明，竟然因为卫明哲一句简单的命令痊愈了，就像当初也是因为一句同样简单的命令而失明一样。这里，规训的强大力量得到了极为讽刺的抒写：瞎与不瞎全然受制于斗争和权力的需要，全然听命于超逻辑的力量，"当权者"甚至无须动用暴力就可随意达到蹂躏一个人身体的目的。与其说这是小说人物的奇特经历，莫如说是读者的一次不同寻常的阅读感受。荒诞氛围里造就的怪异人生，足以瓦解信心实足的阅读期待，足以挑战读者善意的猜测和怀想，促使后者不断调整以适应小说的层层展开。

另一部小说《敲门》里，主人公丁小春的苦难也是日常性的。他无时无刻不在感受着贫寒家境所带来的艰难窘迫与沉闷窒息，一双皮鞋，一件衣服甚至一顿像样的饭在他都是奢华的。他热切地渴望能经过个人奋斗考上大学而步入乡村以外的世界。然而,不合逻辑的现实似乎永远找得到与他作对的理由。这个人物的一系列价值态度,如痴狂追求自己的理想,爱与憎的信条不容亵渎等等,与当代消费意识形态之下正在失去坚守的读者期待视野是格格不入的,初读此小说的人甚至有可能对之投以奚落的目光,他的信念执著到了"犯傻",他的理想简单到了不足重视:考上大学,过有尊严的生活。

《敲门》里,连续四年拿到大学"敲门砖",而又无一例外地与大学擦肩而过的丁小春,似乎使习惯了有志者事竟成的读者颇为失望,阅读至最后一个字,丁小春的前途仍然明暗未知,生死难料。就在这"刻意"营造的结局中,小说刺激了人们陷入迟钝的感受神经,并促使人结合自己的生存经验追问:人的真实处境究竟是怎样的?善意的结局固然令人拍手称快,一笑了之。不如意的结局却让我们带着心酸反思存在本身。

可见,在冯笔下,人物品质与其命运并不构成简单武断的对等关系。人的价值也不必然体现在付出、回报想象性模式中,情况要复杂的多,多侧面的人性似乎永远受着煎熬,永远随着外在环境而摇摆。外在环境往往是偶然的,偶然的外在和多面的人性正体现了人的存在的真正面貌。由此,我们知道,小说的真实如米兰·昆德拉所说,是对人的生存可能性的不断接近,而绝不是潦草的道德上的投怀送抱。虽然小说家的美学追求和道德反叛早已有之,但冯的小说仍不失为有价值的探索个案。

《大树底下》遍布着血肉丰满的小人物的无奈和哀伤，面对无可抗辩的全民灾难和极度渺茫的生还可能，"我"一家人终于领悟当可以选择软弱地死去的时候，活着本身就是尊严的体现，就是活下去的动力。"既然父亲带头认同了，习惯了，家里就再也听不见叹息、抱怨了。每一张脸上的表情都是一样的，一样的平静，一样的麻木。尽管饥一顿，饱一顿，有一顿，没一顿，一家人照常活着，就像太阳每天照常升起一样。活着，只是活着。"不问缘由地活下去，忍辱负重地活下去，这是庸常之辈所能为自己的生活找寻意义的最大限度，支撑这一意义找寻的是小说中一个极为醒目的女性形象："我祖母"。我祖母一生信奉"爱"的力量，丰厚博大的爱是她与生俱来的本能，是她面对一切苦难的原动力。她倾其所爱给每一个熟识或陌生的、恶的或者善的人。冯积岐在此毫不掩饰自己的女性崇拜和理想寄托："祖母相信神，相信冥冥之中有一个叫'神'的主宰着人的命运，主宰着人的一生。""祖母身上的每一个毛孔似乎都在说，爱人吧，爱所有的人吧。祖母从很年轻时就全心全意地爱人，她爱祖父，爱那个宋连长，也爱短命的孙锁娃。她爱谁就全力以赴，绝不虚情假意，把自己全投进去，只是一味地爱，而不求回报。爱的感情在祖母那里仿佛成了本能的一部分。……能爱人会爱人的人，是祖母心目中的真人。"当大部分人都被迫放弃基本的是非价值判断时，"能爱人"的祖母便如一颗闪亮的明星照亮夜空。"我"一家得以存活下来，全因了祖母"爱"的拯救。"爱"已无形中被提升到了本体层面，被赋予了宗教色彩。在小说中它是唯一可以与道貌岸然的权力机制抗衡之物。读者也许并不尽然同意作者这样的意义诉求，但却可以在阅读过程中感受到获得了意义屏障的人生之充盈丰满和难能可贵。

《敲门》的问世，更是犹如一针强心剂，我们的脉搏为之一震。这部文本和情节结构并不复杂的小说最可贵之处就在于对意义的守护："我们讲文学既是人学，只有把人的、个体的生活，命运，奋斗，加以提炼和升华，才能确定作品的主题，也只有这样，主题也就有了深度。"（冯积岐语）

小说的大部分笔墨都集中在丁小春这个人物身上。这一人物的最令人难忘之处在于对意义的不断追寻，阅读至最后，丁是否最终进入了被敲开的门已经不再那么令人揪心，重要的是读者已逐渐与他心心相通。随着小说的展开，读者似乎不知不觉陷入一种阅读的焦虑状态，又仿佛被推入作者精心设计的一个"圈套"，阅读心理迟迟无法满足。不满足的心理引导人们进一步深入阅读，从阅读中探究隐藏在作品形式背后的"意味"。

丁小春是不自由的。在小说里他始终被抛入一个异己的障碍重重的世界。这个世界高高在上，对丁小春这样的拜访者毫无兴致。他在进入这个世界、争取成员资格时显得那么艰难。世界犹如一扇冰冷厚重的门，它以特有的所谓理性规则应对着这个弱小少年的"敲"，仿佛只为了向他宣告：无论多么努力多么优秀，你也休想进入大学，休想敲开生活大门。外部世界与丁小春的关系恰似暴君与子民。矗立在丁小春周围的强大力量总是通过种种方式与他"为敌"：信用社营业员拒绝贷款给他，大学老师拒绝批准他料理父亲后事的请假，招生办官员滥用本应属于他的名额，县公安局完全亵渎正义职责，以及等待他化解的父辈遗留下来的重重积怨……世界僵硬的游戏规则从不因人而异，理性的顽固和愚蠢已然将自身造就为非理性的面目，身处满目荒芜的乡土中国，贫穷和被轻慢是我们的主人公所拥有的全部财富。"揽钱的镰刀挂在城市里，挂在阳光照不到的地方；揽钱的镰刀上不会有青草的味道庄稼的味道劳动的味道土地的味道太阳的味道以及十分坚硬十分艰辛的味道。""在金钱面前，他没有分量可言，这使他有了深层次的沮丧，这打击对他来说是很沉重的。"

丁小春举步维艰，不自由的处境时刻愚弄着他的一切付出。正是借助于两者貌似悖论的反差，冯积岐向读者展示着丁小春一发不可收拾的"狂妄"——不自由最终彰显和助长而不是遮蔽了他的自由。丁的自由在于他用一股近乎痴傻的力量嘲笑了这个世界，用无休止的嘲笑消解了世界设置的苦难因素。屡屡的失败不仅没有剥夺他继续行动的能力，反而造就了他的主体信念。"他不愿意背负着很重的背篓弯腰曲背地站在人跟前，他要挺直胸脯和人说话。""可是，我们并不比有钱人低一等，我们的头顶同样有天空有太阳有星辰，我们的脚底下同样有大地有道路。我们有人格。""做一个有用的人"，过一种无论穷富也要与他人平等的生活是丁的追求目标，不管世俗怎样的不情愿接纳他，他都觉得，他怎么走，走什么样的路，是他自己的事，与别人无干。

丁小春的身上寄托了冯积岐对于年轻一代的体认与信念。丁四次考上大学，又因学费不够、父亲和弟弟离世、母亲和妹妹的身体被蹂躏等等而四次放弃了自己的梦，中国有句古话："事不过三"，四次敲开的门因为各种各样的原因而眼睁睁关上，这容易使读者陷入一种心理感受的疲劳。这正是作者叙事的良苦用心和高明之处所在。久而久之，梦想似乎淡漠了，能否实现梦想也已经变得既暧昧可疑又无关紧要起来。丁小春被世界"抛入"一个类似于西西弗的境地：结局已预先注定，你选择推，还是不推。当结局成为背景，人物的行动本身便得到强调，放射出耀眼夺目的光彩，小说的意义也已经突显出来。这一行为的重大意义在于它体现了丁的能动性：人无法选择世界，人却可以选择与世界对抗还是和解，而选择了对抗的丁小春无疑以最富有魅力的行动方式建立了与世界的亲和关系，读者也在这一关系里与人物达得了高度共鸣。对于当代人，意义仿佛已沦为一种记忆，既然重拾意义之于本真生存是不可或缺的，人生是一个不断的赋意过程，那么，我们就有足够的理由肯定小说《大树底下》和《敲门》的可贵探索。

除了以上两方面超越，这两部小说在艺术技巧的探索方面也有不容忽视的突破，如语言的通感："如铁一般坚硬的黑暗"；"黑暗像稠稠的小米粥"；"风很软活，就像咱家的那只大黑猫。"再如《大树底下》引入了奇特的灵魂全知视角，叙述声音可以随时与人物对话，叙述的自由度大大增加。相对于冯此前作品，象征手法的使用也更为娴熟。"敲门"隐喻了人生在世的过程性而不是目的性，"大树底下"亦有复杂的象征色彩，反复出现的"黑夜"使小说获得了难以穷尽的况味。我们期待着冯积岐在艺术创作道路上有更大的作为。

原载《小说评论》2005年第3期

村子，乡村的浓缩和结构
——读冯积岐长篇小说《村子》

陈忠实

我是以一种平静的心态开始阅读《村子》的。这是我无意识间形成的阅读比较熟悉的作家的新作时的常有心态，兴趣不由自主集中到一点，看他在这部新作里有什么新探索，玩了什么新的艺术招数。《村子》的作者冯积岐和我在一座楼房的同一层办公，真是抬头见了低头也能见，他的中短篇代表作和长篇小说代表作我都读过。对于正处于创作旺季的冯积岐，我近年间有一种切实的感觉，他在闷着头却又是义无返顾地进行着自己独特的艺术体验的实践，既不轻易吹牛式的表态，更不向任何时兴的流派靠拢，而是执意要创造出自己艺术理想里的长篇小说景观。我拿到《村子》并打开书页的时候，很自然地就着意在他的新探索上，以为以一种平静的心态才能保持较为专注而敏感的阅读。记得是读到100页的时候，我忍不住兴奋和激动，给冯积岐打了一个电话，我说《村子》写得好，真好。这种电话我是极少打的，即使真好的作品，我也是在读完全篇后才打给作者的。这回竟按捺不住了。

　　这是一部确凿令我感受到心灵震撼的长篇小说。震撼来自于作品丝毫不见矫饰的巨大的真实感。我被这种既呈现着乡村生活的真实和艺术描绘的精确和典型深为感动。这部小说最直接的阅读感觉是不能读得太快,对我这个老读者来说,发生这种阅读直感也不是很多。如果用一句话来概括阅读感受,《村子》展示给我的是,自公社体制解体到农民个体经营二十多年来,中国乡村社会生活演变的一部深刻而又真实的小说读本,可以透见生活深层运动过程里令人心颤的复杂和艰难的形态。我有过较长的乡村生活和工作的经历,作为一个纯粹的读者,对农村题材小说的真实性尤为敏感,往往成为我继续阅读或无奈舍弃的首要标志。真实才能获得读者的信赖,也是揭示生活深层运动形态的基础。《村子》首先以其巨大的真实感触发我的心灵震撼。

　　即使没有乡村生活经验的人也约略知道,生活发展到20世纪80年代初,公社化体制终于撑持不住而解体,其势如土崩瓦解,比合作化和公社化建立的速度更迅猛。土崩瓦解声中是数以亿计的农民的欢呼。最初反映这场变革的是何士光的短篇小说《乡场上》,成为名篇,随之潮起并持续多年的同类题材的小说是很多的,我也不甘寂寞写过不少这类题材的中短篇小说。二十多年后,回过头来看,农民获得土地的欢乐,很快被新的生活矛盾所引发的困惑所淹没,成了太过短暂的欢乐。《村子》把那场短暂的欢乐之后二十多年的乡村生活的裂变,浓缩为一个颇具典型意义的读本。我看到在这已不算太短的时空里,中国乡村的政治形态、经济形态、文化形态、家庭形态和道德形态,从旧的经济体制蜕变转换过程中，处在乡村各个生活位置上的人所经历的适应性变化，心灵世界的有适和不适，道德规范里的坚守和溃堤，由此而发生的得到的窃喜和失却的痛苦。冯积岐着重刻画的田广荣、祝永达、马子凯、马秀萍等人物，都呈现着从旧体制解体前业已形成的心理结构形态，在新的体制和新的生活秩序转换过程中所发生的异变；在原有的心理结构逐渐架崩、新的心理结构尚未立架的这一相对混乱的心灵历程中，利益和道德的判断发生的冲突所引发的撞击，在一幢幢或宽敞或曲窄的厦屋里的困惑和痛苦，似乎与现代城市或高或低的楼房里所发生的判断性选择，并无质的区别。这些人物以各自的人生经历和在村子里的不同位置，呈现着各具个性的新的色彩，却是只有在这段生活进程中，才会发生的丰富而又驳杂乃至畸形的心理映象。我从这些人物身上，感受到的是20世纪80年代初以来乡村生活发展和运行的脉动和脉象，包括病相。这几个人物已呈现出这个特殊的历史时段的典型性。

我尤其欣赏田广荣这个人物。在公社化时代，这是一个年岁不是太老却资深的村子的主事人，在乡村体制发生重大改变的颠覆性过程中，以及之后乡村社会以一种相对宽松散漫的秩序运行的较为漫长的过程中，这个人都能轻而易举地作出适应性变化，一如既往地处于村子权力的核心。冯积岐从外形到心理都把准了这个人的脉搏，也成功刻画了一个少见的人物典型，具有广泛的覆盖面，且不局限于农民身份和乡村地域。我不需赘举情节和细节，作者笔下的田广荣的大事小事和一举手一言语，都是一种特定的心理形态所制约着的突出的个性行为。我的阅读印象是，田广荣是乡村社会人群里的高智商，他的智慧主要用来巩固和加强他在村子里的权力地位,只用指梢撩拨着出众的事,撩拨的目的也仍是个人的权力的再巩固。他在村子里几十年来形成一种积久难改的意识,也是一种心理结构形态,这是由权力所附带的经济利益、个人荣誉以及声威所架构的一种特殊的心理结构,任何削弱和断裂,影响他的已不单是或大或小的经济利益,而是一种难以改易的生存理想的溃毁。失却了权力核心和声威的田广荣,肯定比村子里最不起眼的闲汉还难以生存下去。他很敏感地盯住了祝永达。祝永达是一个颇有书生意气和质地的理想主义者。他的理想越宏大性情越纯真,对田广荣构成的威胁就愈严峻,而田广荣正是从他的纯真穴上把他击败。田广荣不乱方寸更不动声色,最致命的出手可以做到不留声响。按乡村人的俗话说,这是一个摸准了共产党政策脾气的人,对乡村社会包括家族利益以及各色人物熟知自明的人,他按自己的手段和办法轻而易举地处置矛盾,不变的目的就是巩固自己。我很感佩冯积岐创造了这个典型性人物,深知这是不易做到的,没有对乡村社会的深层了解,没有穿透表层事相的眼光,没有强大的穿透心灵的思想,以及由此发生的敏感而又敏锐的体验,那是很难弄出田广荣这种人物个性的。

　　《村子》不是一个无足轻重的百十户人家的"村子",而是浓缩了一个特定历史过程乡村社会的变迁史的裂变记录。不凡之处在于作者直面这种裂变和变迁的深层脉动,确凿地把握住了令我惊悚令我搔掌的不曾见识过的熟识里的陌生,这才令我震撼。我尤其看重冯积岐在这部作品里面对生活和社会的姿态:直面。近年间就我有限的阅读和视屏,不少写乡村生活的文艺作品,似乎无意识里偏重于怪癖性猎夺,兴趣偏移到农民的种种愚鲁可笑的行为，甚至明显是作者生编的怪癖细节，企图以此见到深刻效应，也果真使远离乡村的读者和观众惊诧一回。我常想，这些经济贫困文化偏低的乡村人总还是人呀，多少总会有家庭传统教育和现代文化的一些影响吧，如何一个个都呈现着和野人无异的行为，供城里人一乐！我因此而钦佩冯积岐，他以执拗的个性和已具备的强大的思想，勇敢地直面乡村社会，以几近完美的艺术表述，把自己独特的乡村社会的体验呈现给我们，让我不仅认知到中国乡村社会的深层裂变，也为整个社会的发展提供一个可资信赖的参照。

就冯积岐的几部长篇小说而言，最具代表性的是《沉默的季节》和《村子》，前者是第一部长篇小说，起手便落在一种高品相上，这部小说是一个和几个人的心灵倾诉，尽管也以乡村为生活背景，着重在个人与社会环境下的心灵体验。《村子》则面对社会，浓缩了一个村子，解构了一个村子，也就浓缩和解构了乡村社会，视野开阔生活容量也沉重多了，不仅让我看到作者视觉的转移，也看到思想发展的力度。基于对《村子》的认知，我对冯积岐再后的创作更有期待的信心。

原载《长篇小说选刊》2007年第5期

忧伤疼痛的乡村书写
——评《村子》

周燕芬

《村子》是当代小说家冯积岐的第五部长篇小说,作家站在今天的认识和审美高地,对自己熟悉的乡村世界进行了全新的审视和艺术地表达,阅读《村子》,油然而生的是感动、伤痛、沉重等交织在一起的复杂情绪。

中国现当代文学有着非常深厚的乡土小说创作传统。20世纪以来,鲁迅、茅盾、沈从文、赵树理、高晓声等,包括陕西籍作家柳青、王汶石、路遥、陈忠实、贾平凹、杨争光等,都从不同角度,对乡村社会、农民,乡村风俗、民情,进行了形形色色的叙述,这些作家都以他们的乡村书写,建造了独特的属于自己的小说想象世界。冯积岐的新作《村子》,则为当代乡土小说增添了新一方艺术景致。回望一个世纪以来的乡村叙事,最能与《村子》进行对应比较的,应该是柳青的《创业史》,《村子》在继承传统和开拓创新两方面的特点,或许会在这样的比较当中呈现出来。

一、创作母题

柳青的《创业史》描写了发生于20世纪50年代,对中国社会历史进程以巨大影响的农业合作化运动;冯积岐的《村子》反映的则是70年代以降,土地责任承包制以来,农民生活命运的迁延变化以及思想情感、文化心态的内在变动,这两个阶段当然是有历史承续性的,而且同样都是触动了农民灵魂的社会变革。从对农村社会的历史变革的诗性记录这一点来讲,《村子》有等同于《创业史》的价值意义。如此全面、细致、逼真和深入地状写这一历史时期村庄和农民的命运变迁,表现由此而引起的农民心灵世界的剧烈震荡,填补了我们对于这一历史时期乡村叙事的阅读期待,为中国农村改革开放以来的壮举,留一鲜明的印痕。在这一意义上,《村子》这部小说无疑是成功的。与《创业史》一样,《村子》是一部乡村社会变革史,也是农民经过艰难的自省和批判,摆脱传统重负的痛苦,获得灵魂新生和解放的"心史",小说提出的关于摆脱精神负重,期待农民心灵解放的课题,依然震撼人心,具有现实警醒意义。

当代不少优秀作家在表现农村社会变革时,都各有独到的切入角度,相比之下,《村子》是更正面更直接地表现村庄的故事,表现农民的生存和精神状态,命中了"农民和土地的关系"这一本题,这一点上,《村子》显然更接近《创业史》。在讨论这一问题时,我们可以引入另一部小说——路遥的《平凡的世界》——进行比较,因为《平凡的世界》在1975年至1985年这十年的时间跨度之内，全景式地表现中国社会政治经济改革与农民心理变迁的过程，路遥截取的历史时段和冯积岐的《村子》是重合的，但路遥小说的主题内核好像并不在乡土本身，作家的情感焦虑点集中于孙氏兄弟这样的底层青年的人生拼搏，他们的艰难挣扎和痛苦忧伤，以及由此迸发出来的理想主义激情，这是路遥小说的独特性和感染力所在。路遥刻意强化着高加林和孙少平挣脱乡土的内在力量，而《村子》不同，《村子》的着眼点则正在乡土，主人公祝永达从出走到回归，他的魂在乡土。当然，《村子》的写作中没有《创业史》时代那种意识形态力量的操控，《村子》是平实的朴素的，但是《村子》对农民与土地关系的理解，对乡村社会权力构成和宗亲关系的剖析，对乡村风土民情的描摹，却是与柳青笔下的乡村社会分析相呼应的。

《村子》的不同，除了它已经摆脱了政治力量对作家的牵制，还有作家秉持的全新写作姿态。柳青写作《创业史》，既有政治强势的姿态，也多少带有知识分子俯视训导农民的姿态，冯积岐则完全融入乡土，以乡土中人的身份来叙述乡村故事，不是旁观者的冷静观照或者知识分子的精神怀乡。《村子》中见不到柳青式的激情议论，冯积岐将情感和理性思考都潜藏在体验性的温情的叙事当中，而客观叙事当中呈现出的乡村社会问题却是触目惊心，我们能够强烈地感受到作家对农民前途命运的痛楚关切和忧患思考。《创业史》和《村子》是两个不同时代的乡村书写，也是两个个性气质完全不同的作家的乡村书写，相比之下，《创业史》是理性的和激情的，《村子》却是更为感性的和忧伤的，这种文学格调是作家不同的身份认同和不同的个性气质所决定的。我们在梁三老汉身上读出的疼痛和忧伤，在《村子》当中被放大了强化了，作家关于乡村故事的叙述和对于农民命运变迁的诉说，始终弥漫着一种感伤的情绪之雾，这使得冯积岐的乡村书写既别具艺术格调，又格外地打动人心。

有评论家说冯积岐"是走在一条正道上的作家"(《村子》后记)，指的就是作家与传统文学精神的生命联系，以及作家书写乡村世界时采用的"正面强攻"的艺术策略和格局。虽然创作姿态和表现方式有所不同，但作品中饱含的对家乡农民的感情，却是一样的真纯炽热，那种融热爱、疼痛、忧思于一体的复杂感情，浸透在字里行间，非常的感染人。这种情感的投入程度，又莫不是柳青等前辈作家文学精神的血脉流传。

二、人物原型

《村子》中主要人物形象可以在现代乡土小说中找到原型。《创业史》和《村子》两部小说中可以找到一系列相对应的人物，比如：老农形象——梁三老汉和祝义和，农村资深干部形象——郭振山和田广荣，农村新人形象——梁生宝和祝永达，农村女青年形象——徐改霞和马秀萍等。

小说中塑造得最为成功的人物形象是田广荣。这是一个复杂性格，虽然有郭振山的影子，也让人感受《白鹿原》中白嘉轩的某些气息，但仍然是一个全新的人物，一个有深度的形象。这个人物集中国农民的优劣品质于一身，又带有特定时代政治文化风气的熏染，这个人物提供给我们言说的话题是太多太多了，作者对田广荣这样的村官、这样的"强者"，既持有理性的批判态度，又不止于简单的否定批判，田广荣不仅是一个个性化的艺术形象，并且作为特定时代的文化构成而存在。大凡成功的艺术典型，都是在个性塑造和文化蕴含的互动中完成的。作者在塑造这一复杂性格时，也有处理的不够理想的地方，比如田广荣和马秀萍的关系：田广荣是村里的强人、能人，又是一个恶人和坏人，有时还是一个好人和善人，这都很好，但是田广荣不是一个一般的坏人，他一定是一个有质量的坏人，他必须自信在道德领域能站得住脚，否则他修什么祠堂，当什么族长？他必须有自己的道德底线。作家现在的处理，破坏了这个人物的性格逻辑，人物行为的过线使性格显得有些混乱，假如将这些内容放在马秀萍的母亲薛翠芳身上完成，无论田广荣如何过分都将是合理的，读者也是可以接受的，而现在的这种分解开来的写法，既削弱了田广荣性格的统一力度，也使他和薛翠芳的关系简单化了。

祝永达的形象也很值得深入阐释。他是一个梁生宝式的农村新人形象在改革开放以来的继续，他和生宝很神似的地方是他与乡村与土地的亲缘关系，他是村子的未来和希望。另一方面，他是一个道德纯良的青年，特别是在他和马秀萍的关系上，甚至可以看出祝永达是个道德保守主义者，"他要求女人绝对忠贞于他，他要求马秀萍做贤妻良母"，这和生宝当年对改霞的要求如出一辙，而且更甚。从这两方面看，祝永达很难说是一个精神上的新人，或者说他只是一个传统意义上的新人。当年路遥的《人生》问世后，曾经发生了一场关于农村新人形象的讨论，有评论家认为，高加林"是农民母体经历十年动乱后诞生的一个

'应运而生'的新生儿,但总体来看,他在精神上是一个新的人物但不是通常所说的'新人'"(雷达《简论高加林的悲剧》,《青年文学》1983年第2期)。高加林形象的新异处在于,他要挣脱乡村土地这一母体,挣脱传统道德观念的束缚,去争取实现个人更大的人生价值,无论这种挣脱带来什么样的创痛,以多么惨烈的失败为代价,却是一种全新意义上的反叛,表现出农村土地上自身出现的文化裂变,因而形象具有深厚的社会文化内涵。新世纪出现的祝永达形象,则带给我们新的思考,这一形象寄寓着作家对当今农村社会人性建构的理想,而且作家试图在农耕文化传承的链条上塑造一个新式农民,虽然形象本身还未能说超越了同类典型,但形象提供给我们新的信息,作者对农村新人形象的重新考量和进一步的探索,也是意味深长的。

三、结构框架和叙事风格

对现实生活变革进程的依赖性状写和对农村社会结构关系的直接性模拟,是《创业史》这一类传统现实主义小说的基本创作思路,具体体现在"性格对立"这一叙事模式的建立上。《村子》在设置人物关系及其矛盾冲突时,与《创业史》有相似之处,这主要源自于中国农村社会的稳定性结构,但关系形式犹在,矛盾内容却发生了深刻的变化。祝义和与祝永达的父子冲突,代表着变革时代的新旧思想矛盾,最终也是父亲服气了儿子。梁三老汉曾对梁生宝的"忙集体"非常不满,祝义和也"对儿子窝着一肚子气,自从祝永达当了书记后,整天忙得不在家",但令父亲不解的是,儿子口口声声说是"为自己"。祝永达要同时通过集体工作来为自己"正名",实现自我价值,这种对"自我"的尊重和张扬,显然与梁生宝时代的人生理想有着质的不同。又如梁生宝与徐改霞、祝永达与马秀萍两对恋人关系的发生和变化也是有同有异,由于思想志趣的差距,导致爱情矛盾并最终分道扬镳。从祝永达这里固然可以看出他传统保守的一面,但根本上来说,祝永达离开马秀萍回到松陵村,是他清醒自觉的个人选择,他意识到自己的舞台在松陵村,"在松陵村这块土地上,他才能施展自己"。对自我位置的艰难探寻,对个人价值的执著追求,恰恰真实地体现了新一代农民精神世界的深刻变化。

冯积岐的乡村书写是别具艺术格调的。他笔下的松陵村,不同于其他作家,如柳青笔下的蛤蟆滩,路遥笔下的双水村等,一部《村子》,呈现出陕西西府农村特有的故事人情、风俗面貌,包括文学语言的民俗追求,都给了读者真切而新鲜的审美感受。由此可知,作家只有走入自己最熟悉的生活,找到最适合自己的表现对象,才能形成真正属于自己的"艺术世界"。

冯积岐新作走的是传统现实主义的路线。作家自己在后记中说,他是在经过前四部长篇小说的形式试验以后,回到写实的。作家写法的调整一定是与他所要表现的乡村世界密切相关的,这个调整回转过程本身就很值得玩味。无论面对当下还是预期未来,如何扬弃传统,谋求超越?依然是一个常说常新的话题,冯积岐《村子》的努力,或许能给我们某些积极的启示。

原载《教师报》2007年5月23日

怎一个沉重了得
——《村子》读后

雷 电

中国的改革,如今尽管取得了举世瞩目的成就,但当初的起步,却是从农村肇始的。"包产到户、土地到人"在那个年代的出现和实行,曾经使改革的设计者们满怀笑容,也曾使外部世界瞠目结舌,更使几十年一直被凝固和困死在土地上而吃不饱也穿不暖的农民欢欣鼓舞扬眉吐气。近三十年过去,目下的农村,以及目下的农民到底是一种怎样的生存状态,除了每年一个的一号文件,除了报纸广播电视里一年一年的农业丰收报道,文学的农村和农村的文学,几乎对一直生活在城市里的绝大多数人,还有那些从农村挣扎出来出人头地但根仍在农村的人,都是一个模糊甚至漠视的存在。土地虽然也显然早已无法满足农民的致富梦想,不计其数的农民离开土地出外打工,渴望成为城市的一员,然而,农村却仍然是现代中国的人口版图和文化版图里的最强烈颜色。文学农村到底怎样?作家冯积岐新出长篇小说《村子》,沉重也成功地再现了关中农村近三十年来步履蹒跚、疲惫不堪的改革轨迹。

沉重是这部长篇小说的主色调,从开卷到最后,作家都一直在用自己的笔力图为这沉重作准确的阐释,可以说这部长二十多万字的小说,将三十年来农村里的政治、经济、文化、教育各个方面的沉重经历和经验,典型地勾勒出来。如果以小说反映的时间顺序来看,可以说,《白鹿原》、《创业史》、《村子》基本可以构成一幅百年来关中农村生活的历史画卷。《村子》所塑造的几个主要人物栩栩如生活灵活现,他们聚集和代表着农村里新一代人物的特征和面孔,他们深受传统文化的影响,也在不同程度延续和反叛着传统文化,他们和《创业史》、《白鹿原》里父祖辈的形象既有相似处但更多的是不同。小说是从1979年,农村里地主、富农一夜间摘了帽子扬眉吐气之时又惶惶不安、农民分田到户土地承包无所适从也欢欣鼓舞开始的,这时间上的起始和事件上的切入,使得被"计划"了几十年的农村秩序面临着又一次巨大变化。巨大变化中各种人物瞬时的失重造成了开始的戏剧冲突。作为一个村子最高政治首长的人称"山大王"同时也是党支部书记田广荣,面对这新形势感到的落魄和失宠以及无所事事,恰好代表了彼时一类政治人物的普遍心态和感受;而地主儿子祝永达在这种巨变面前的张扬向上和乃父因多年受整谨小慎微也预示着往后的日子将会多变难测;从"历史反革命"又变成了县政协委员,马子凯的人生在大起大落中使人眼花缭乱恍如梦里。习惯了集体化和大锅饭的不仅有干部,社员群众也是如此,因此分田到户时的不解和不满,单干种庄稼时的势单力薄劳力紧张等,虽然都偶尔会使农民怀念过去的集体出工集体干活,但能吃饱和相对要自由了许多的现实终究使他们接受顺应了变化的时代和世道。只是农村里所有的问题被这种暂时欢乐表象遮掩的时间终究有限，小农经济很快就显示了它的局限和矛盾。随着小说的进展，曾经因为没了阶级斗争这个纲，觉得农民难管备感失落的党支书田广荣很快适应了新的时代和形势，也找到了新的依靠和权势；普通农民在吃饱饭后面临新的困惑和矛盾；农村新生代与土地的关系明显疏远和剥离，他们在这个巨变的时代里面临的问题是此前多少代祖先们所没有遇到的。价值观、人生观在农村的巨大变化既让老一代感到不解和揪心，也使新一代迷失和困惑。新的诱惑和生存问题使得农村人普遍感到前途的渺茫和无助。不断变幻身份的田广荣式的书记在农村里却永远都是活的最好的，而祝永达虽然勤恳正直助人为乐疾恶如仇，却在继任田广荣当了几年书记后黯然远走他乡。一个歪人强人比一个善人好人更能摸准农民群体的脉搏？理论上可能并不如此，只是现实世界里，似乎到处都有这样的事例，它所折射的是中国乡村政治、文化和伦理中最深层的问题吗？如果是，未来中国农村的改革到底该如何进行？这一系列的追问，没有一个不是沉重的。

　　小说的沉重是需要形象来表达和支撑的，这是小说艺术的根本。《村子》从结构而言没有特别新奇之处，但在塑造人物和故事情节上，冯积岐显示出了深厚的生活积累和过人的艺术造诣及长篇小说创作能力。祝永达、田广荣、赵烈梅、马子凯，还有马秀萍、薛翠芳这些关中农村里几乎村村都有的人物，他们的世俗生活世界和私密内心深处，他们在农村生活重压下的善恶美丑真假，尤其是围绕祝永达和几个女人爱情纠葛和离合分聚，所展现出的农民爱情生活在新时期的表现，无一不从沉重中展开。田广荣从失落到重新掌权再到成为乡村新富豪和"荣升"田氏宗族的族长，新的发家致富中的罪孽和丑恶及野蛮霸道、麻木不仁使得他成了文学画廊里刻画成功的新人物，在这个人物身上充分集中了作者的思考和忧虑。小说里，马秀萍更像是一种象征：代表美好的田园牧歌和理想农村社会，但却免不了黑恶人物的蹂躏和糟践，因此不免让热爱她的人痛心疾首无法释怀，最终成了猜忌与疏远的牺牲品。祝永达也是一种象征，他离不开农村却又不得不离开农村，他进入不了城市却又不能不来到城市，这个人物产生的沉重和沮丧是无数农民相当长一段时期内不能避免的境遇。

　　记得《白鹿原》里有过在白鹿两姓祠堂里审问并严惩白孝文的精彩场面，而搞农会的鹿兆鹏、黑娃们在白鹿原上刮起了"风搅雪"的革命运动，祠堂和族规首当其冲是冲击革命的对象，但是过去了八十多年，在《村子》里，松陵村的田家祠堂又重建了起来，并且是在曾为村党支书的田广荣的倡导和领导下实施的。在祠堂里田广荣还用家法族规狠狠教训了身为党支部副书记的田水祥和他的儿子。应该说这是作家冯积岐对现实农村最深切的洞察和思考，也使得《村子》迥然高于同类写农村当下生活的作品之处。它所折射和反映的是乡村中国千年以来所面临和无法回避的境遇，也是百年以来诸多仁人志士一直力图而又没能解决的农村问题：宗族文化真的是或者不是农村社会得以延续发展的根本？重要的问题不是如何教育农民，而是用什么来教育农民？几十年来的乡村政治建设所用之药不可谓不重：土改、合作化、人民公社、四清运动、文化大革命，直到后来的分田到户，只是所起作用为何总是有限？消失了半个世纪甚至更长时间的祠堂的再次伫立，难道是农村新的精神寄托或精神鸦片？

原载《教师报》2007年4月4日

聚焦被压抑的世界
——论冯积岐的松陵村故事

史　娟

引言　冯积岐小说创作概述

冯积岐，陕西省岐山县人，生于1953年，1983年开始发表作品，1994年加入中国作家协会。冯积岐的处女作是短篇小说《续绳》，发表在1983年第五期的《延河》杂志上。此后的二十多年间，冯积岐在《人民文学》、《当代》等数十种文学刊物上发表了短篇小说170多篇、中篇小说30多部。他的作品曾多次被《小说选刊》、《小说月报》、《中华文学选刊》、《小说精选》等选载。冯积岐的中、短篇创作在圈内外引起过一定的反响，并且获得过一些地方性奖项："双五"文学奖、吉元文学奖、芳草小说奖、青海湖小说奖、吐鲁番文联优秀小说奖等等。1986年，冯积岐发表的短篇小说《舅舅外甥》是他的成名作，小说从一个独特的角度切入市场经济浸淫下的农村，展示了金钱对亲情伦理的改变和扭曲，这篇小说以及关于它的3篇评论文章被《作品争鸣》转载后得到了广泛的关注。20世纪90年代中期,冯积岐的小说创作再一次引起了文坛关切:《我的农民父亲和母亲》入围第七届百花奖作品选,《短暂失明的唢呐王三》被选入1997年年度优秀作品选头条,这两个奖项是对作家的现实主义和现代主义创作方法的同时肯定。近年来,冯积岐的中短篇小说的笔法益发老道,以《我们村的最后一个地主》(2005)和《刀子》(2006)为代表。《我们村的最后一个地主》被《小说月报》选载并入选当年的小说排行榜,这部小说对人性的挖掘越发深入,对亲情伦理、阶级伦理以及世俗人情的艰辛,都有更为精到的揭示;在细腻而写实的风格中,却彰显了中国传统文化对于人生的支撑力。《刀子》,采用的是象征的笔法,在"物"的灵性中,对应出人的卑俗,现实、伦理、道德、美好的感情、肮脏的交易,这一切都被浓缩在短短几千字之中。《刀子》被《小说月报》选载,并入选短篇小说排行榜第二条。

在长篇创作方面,冯积岐从1992年开始发力,迄今已出版《祖露的部分》(1999)《沉默的季节》(2000)、《大树底下》(2005)、《敲门》(2005)、《村子》(2007)等五部长篇小说。《沉默的季节》写的是"文革"的故事,但是作家的兴趣和重点并不在讲故事上,而在于使用现代主义创作的方法开掘人的心灵。2007年,冯积岐最新长篇小说《村子》出版,有评论称,《村子》与柳青的《创业史》、陈忠实的《白鹿原》一起构成了中国北方农村的百年历史画卷。[1]这也许是迄今为止冯积岐所获得的最高的文学史评价了。

纵观冯积岐二十多年来的创作可以发现,冯积岐在小说创作上往往不拘泥于成法,博采众长:现实主义、现代主义、意识流、荒诞夸张、零度写作、情感介入、潜意识书写等等，都可以在他的小说探索中找到踪迹。他在多种写作方法的尝试与比较之中不断地寻求着最佳的表达方式。正如冯积岐本人所说的，无论是中短篇小说还是长篇小说创作，他一直在实验之中，200多篇（部）中短篇小说，面目各有不同；五部长篇没有两部结构雷同，就是叙述语言也各有不同。[2]由此可知，他是一位有能力不断挑战自我的文学跋涉者。他会认同这样的看法：一个作家，如果找不到对某一题材的独特的处理方式，如果缺乏自己的语言风格，将是一种悲哀。

　　冯积岐的小说创作大致可以分为三个阶段。从1983年到1993年为第一阶段：其时的作品所产生的影响更多是地域性的，以陕西省为主辐射到西部；在写作方法上，他采用的是现实主义，聚焦点落在松陵村的现实上；不过，在这样的"现实"中，冯积岐的笔法已经流露出一点不安于"现实"的气息了。第二个阶段，从上世纪九十年代中后期到2005年，在这一阶段，作家尝试了多种现代小说的创作技法，同时，也有少量的现实主义的作品。《延河》杂志发表的《烟》、《断指》、《一种生活》等一组小说表明他开始了现代小说技法的试验；他的长篇小说《沉默的季节》、《敲门》、《大树底下》等，也都带有很强的探索性。最近一两年冯积岐开始了他的第三创作阶段，小说再度向现实主义回归，但整个文本的意味仍然是现代的。这是冯积岐小说创作的成熟阶段，表明长达十年的小说文体实验告一段落，文本中已经看不到非常明显的模仿西方现代小说技巧的痕迹了，当然，这并不是说他完全放弃了现代小说技巧，而是表明现代小说技法已经融入他的创作中。正像老子所推崇的

"大音稀声，大象无形"，西方现代小说的技巧和中国本土经验的表达已经较为和谐地结合在一起了。《村子》正是这一变化的集中体现，它实现了一个转变，由单纯的心灵写作、人物内心剖析转变为将剖析心灵与直面现实的中国农村相结合，《村子》更写实了，采用了放大细部的写法，这些都是现实主义小说中常用的技巧；然而，与此同时，冯积岐仍在《村子》中大量采用了象征、暗示、隐喻等现代小说的技巧。

冯积岐是一个注重感觉经验的作家，也是一个文学的苦行者，并坚持自己对文学的理解："……每一次好的创作不是从责任或义务出发，而是从自己的感悟开始，是老老实实地整合自己的感悟的结果，而不是给本来很鲜活很准确的感悟负载本来就很难负载的东西。"[3]"我发表了将近200篇（部）中短篇小说，每写几篇，就要变一变，不断实验和尝试，变来变去，在现实主义那里我不'现实'，在先锋那里我不'先锋'。似乎，我什么也不是。用长篇'实验'那就更需要冒险，需要一股二杆子劲。也许，实验的结果是：市场不买账，一些人不认同。可是，我不能把自己固定住。用实验换取门庭冷落是需要勇气的。我崇尚加缪笔下西西弗那个'疯子'，我愿意像他一样，把石头一次又一次地徒劳地推上山。"[4]

冯积岐的写作从来没有被纳入任何一个写作流派，这种不在潮流之中的写作姿态以及他作品的独特性，是执拗地坚持自己对文学的理解的结果，也造成了他的一定程度的寂寞。二十年来，他的作品数量可观，并在一定地域范围内有着较高的知名度。2000年和2007年，陕西省作家协会分别为冯积岐的长篇小说《沉默的季节》和《村子》召开了作品讨论会，评论家李星、雷达、李建军、肖云儒、王愚、作家陈忠实、贾平凹等人对冯积岐的小说给予过很高的评价。著名作家贾平凹说，冯积岐的写作"是用心写的，事关痛痒，当众多人写作带上了职业性毛病，即油滑、写玩乐、乱调侃。他不是这样，他忠于责任，才华内敛，气质阴郁，性情沉稳，依然表现着一个作家的严肃和高贵。""是一个不断追求的人，写作到了他这个年龄和经历了许多之后，仍在学习，仍在吸纳。他的思维是开放的，意识是先进的，这是一个不原谅、不满足、不欺人也不反欺的作者。""他的思考不停止，包括社会思考、艺术思考。我概括一下，即，从他的作品中可以看出，他是胆怯而又勇敢的进行着一种探索，他是无奈的又怀有野心的在奋斗着。这是一个作家最重要的素质，这种素质才赢得我们的尊重。""他是有几套笔墨的人，写实写得很到位，人物刻画得细腻动人。议论则有哲理，闪动着泥土一样的智慧，抒情又出乎意料，有诗人气质。"[5]这些都是一个有才华的作家对另一个有才华的同行的肯定。

　　尽管冯积岐的创作受到了陕籍评论家和作家的赞赏，但是，以北京和上海为中心的主流评论界对他仍是陌生的，在全国文坛，他的影响并不大、知名度也不高。在我看来，冯积岐在文坛的地位以及他所受到的关注，与他的作品所创造的审美价值仍存在着严重的不相对称的情况。可以说，冯积岐代表了相当数量的一批像他这样的作家——他们有着深厚的生活经验积累，也有大量的作品发表，已享有一定知名度，但是，他们写作的价值并没有被文坛、批评界、读者所真正认知，他们所产生的影响还不够广泛。大量的像冯积岐这样的地方作家并未进入主流批评家的视野,当代批评主流对这批作家是隔膜的,在一种"共名"状态下,他们的创作与存在问题都被忽略或遮蔽。本文以冯积岐为个案,把一种地方性写作纳入自己的考察视野,其意义在于考察地方性的经验与记忆如何与人类生存的经验和记忆相链接。当然,主流文学批评之所以未能对这样一批作家有实际的关注,与现今文学批评的失责有着较大的关系。批评的潮流化倾向、学院化倾向以及以偏概全等倾向使不少批评家似乎更热衷于对名家新作的关注,更热衷于对社会问题小说的评介,而缺乏必要的耐心去发现和扶植那些地处僻远的"沉默者"。更为甚者,在利益机制及大众审美情趣的影响下,一些批评已不再是批评,而成了某种制造市场效应的工具和手段。

一、在回忆中凝视故乡

冯积岐的创作以农村题材为主,他将绝大多数小说——如长篇小说《大树底下》、《沉默的季节》、《村子》、《敲门》等等的背景安置在一个叫做"松陵村"的地方。童年、少年和青年时代生活过的村庄,成了作家取之不尽用之不竭的精神源泉,那里的一草一木、一人一物都储存在作家的大脑里。"松陵村"的生活给他的写作提供了丰富的意象和素材,作家以写作为方式静心凝望"松陵村"的生活和时光,反复咀嚼,咂摸出多重味道。(一头老牛对待食物,也是报有同样的态度。)松陵村对冯积岐是如此重要,重要到似乎一辈子也写不完。冯积岐在他的散文《我的第一个城堡》中,曾经深情地写到过:"我来到人世间的第一个地方是一个城堡。……我们的城堡就像一条小船拴在山脚下;乖觉,温顺。……在山的皱褶里就珍藏着一个凤鸣岐山的传说……其实，我们的城堡只有指甲盖那么大。住在城堡里的人也只不过二百多口。……我也同样带着我的第一座城堡走进了生活，步入了人生。"⁶福克纳说过，邮票大小的地方可以写一辈子。⁷对于冯积岐来说，这个小得在中国地图甚至陕西地图上无法找到的一个"指甲盖"大小的村庄，也是可以写一辈子的。将冯积岐的作品集中起来阅读，我们就可以感受"松陵村"里的人——亲人以及村里人，爱人以及敌人，爱人的或者被爱的，野性的以及柔弱的，痛苦的或者在痛苦中坚强的——他们是一群鲜活的人，鲜活在松陵村那一方小小的舞台上，鲜活在读者的头脑里。也许，对于年轻的读者来说，冯积岐所展示的时代有点久远了，然而，那些烙上时代印记的人物却栩栩如生；也许，对于城市读者来说，冯积岐所展示的农村和农民生活有点隔膜，然而在阅读中所获得的强烈震撼是不可抹杀的。

　　故乡给了冯积岐写不尽的灵感，正如绍兴之于鲁迅。那个在小说中叫做"松陵村"的村庄，是冯积岐放也放不下、带也带不走的一方所在。但它给他留下的，苦痛多于甜蜜。也许正因为刻骨铭心、直抵肺腑的伤痛，才造就了无法割舍的情怀。冯积岐对于自己的故乡，所采取的不是随意地一瞥、匆忙地扫视、轻松地观望，而是沉重地凝视，在凝视中细细思索。故乡的人与物、情与事，在他的凝视中不断绽放出新的意义。在对"松陵村"的一次又一次的书写中，他变换了一个又一个不同的视角，照亮了那些被压抑的或者被遮蔽的所在。在某种意义上，我们可以把他的写作看成是对于一个地域、一种文化的记录与保存。正如贾平凹在评价冯积岐的长篇小说《村子》时所说的:"如果这是一个没有大精神也没有大技巧的文学时代,如果我们的作品都可能是过渡性的、速朽的话,那么我们不妨把我们的作品写成这个时代的一份记录而留给历史……"[8]然而,如果说作家可以用笔来记录历史的话,冯积岐所记录的历史,当然不仅仅是"松陵村"的历史,而是中国北方农民的生活史、心灵史、思想史和文化史;而且,他记录历史的方法,不是用一架摄像机呆板而客观地呈现,而是将自己的经验和体验经过过滤,浓缩为思想的结晶,融入笔端,使他笔下的人物不仅独特,而且具有普遍蕴涵。

1. 打一口深井

松陵村,一个位于陕西岐山县的普普通通的北方农村,却镌刻着自己独特的历史胎记,这里是周文化的发祥地,是潜伏在古老历史深处的"礼乐之邦"。它是冯积岐的故乡。作为作家的冯积岐,不论生活在农村,还是生活在省城里,他所关注的永远是这个叫"松陵村"的村子。他曾经说过:"任何一个作家的创作,都离不开自己的乡土,离不开自己从小受到的本土文化的熏陶,都离不开自己在属于自己的那块土地上的生命体验和生活积累。岐山县,曾经是周王朝的国都,是古老的周文化发祥之地,历经几千年的延续,使这块厚土所具有的独特的文化潜质与别的地方大不一样。而这种牵制,也在生长、生活在这里的人们的骨子里、血液里繁衍、发展,从而产生了本能的表现的欲望。"[9]在某种意义上,一个人一生都很难走出他早期的生活世界和生活经验,或者说,一个人对世界的感受、判断以及价值的选择总是和他的童年和少年时光相连。智利作家略萨说过:"小说家只有从自己的个人经历出发,才能创作出故事来。"[10]而土地和故乡一直缠绕在冯积岐的创作中。

与此相关的另外一个问题是,作家的创作应该努力发展更多的题材或者展现更多样化的生活,还是致力于将一类题材写好写透,写到深刻与极致?也就是说,是打一口深井,还是挖百个浅坑?这个问题对冯积岐而言,答案是确定的。年轻时代在村子里的经历和经验,成为他写不尽的素材;冯积岐的写作,正是执著于打一口深井——一口乡土写作的深井。执著于打一口深井,意味着不去勉强进入不熟悉的生活领域,但并不意味着作家只能用一种眼光和一种笔调描写世界。相反,执著于打一口深井正是对创作主体精神的挑战,作品能不能向卓越一路发展和跃进,正是取决于作家创作精神是单薄还是丰厚,是单调还是复合?"打一口深井"意味着真正深刻地写出今日中国乡村的全部真实和喜怒哀乐,而这真实和喜怒哀乐不仅独特,同时也分外新鲜。冯积岐写故乡,既有对回忆中的故乡的描摹,也有对现实中的故乡的呈现。《沉默的季节》《我们村的最后一个地主》等是对记忆中的故乡的回望,而《村子》则是对现实中的"松陵村"的展现。从回忆中的故乡到现实中的故乡,冯积岐为我们书写了这个叫做"松陵村"的中国北方农村的历史变迁;这是"松陵村"的历史,更是中国农村和中国农民的历史。冯积岐对故乡的回忆,重点更多的不在构架那些历史中的故事情节的新奇和新鲜,而是对那段时期、那些历史事件的感觉的陌生化处理。对相当多的作家而言,创作总是意味着对往事的无尽追忆。对汪曾祺而言,写小说就是写回忆。对莫言而言，作家的创作其实也是一个凭借着对故乡气味的回忆，寻找故乡的过程。对周同宾来说，写作就是回老家，就是亲近故土亲人。与之不同的是，冯积岐对故乡的回忆，是带着他自己的体温的，他在回忆中突出的是感觉，是那段时光和那个年代留给自己的感觉。

简言之，故事可以永远言说乡土，作家的思想厚度却应该与日俱增，创作视野也应该日渐广阔。冯积岐所描述的，虽然是"松陵村"的故事，但是，他明确意识到这个"松陵村"与其他的人们、与这个时代有着千丝万缕的联系。也就是说，执著于乡土并不意味着冯积岐只熟悉一种生活领域而不清楚其他生活秘密；相反，对乡土的深度开掘正是建立在对整个社会和整个时代的全面把握的基础之上的。冯积岐的"松陵村"不是孤零零的"松陵村"，而是身处当代中国的、身处中国西部的、被不由自主卷入现代化进程中的一个小小村落。他笔下的"松陵村"是发展的、变化或被迫变化着的、流动着的村落，是历史的变幻的镜像。

冯积岐出身农村，并且当过多年的农民，所以有很强的底层意识，与农民有着天然的纽带，在他看来，为农民写作乃是一种使命。冯积岐在中篇小说《我的农民父亲和母亲》的"自序"中说："虽然，我现在生活在城市里，我写作的背靠点是我的故乡，是我在小说中虚构的凤山县南堡乡松陵村。……我力图从这个背靠点上透视我们的农民我们的文化我们的民族。"[11]冯积岐在叙写农民的时候，既表现出极为成熟的理性态度，同时也同情这些处于社会最底层的人们。他的《我的农民父亲和母亲》就对农民困窘的生存境况作了尖锐、真实、令人心酸的展示，并且运情入文,选择了第一人称的参介性叙述方式,毫不遮掩自己对人物的同情态度,从而引发了读者"叹息肠内热"的共鸣体验。尤其是他对"父亲"卖猪的情节叙述,给人留下极为深刻难忘的印象:"验等级的看也没看车架子上的猪",就要父亲把猪"拉回去";"父亲一听,扑通一声,跪下去抱住了验等级的腿,作为人之父,年老的父亲跪在晚辈跟前一声一声地叫老哥。父亲跪下了,父亲真的跪下了。我没有想到十分自尊的父亲会这么轻而易举地跪在残酷的冬日。"[12]冯积岐对农民身上的局限和问题也采取理性审视和冷静批判的态度。短篇小说《日子》中的屠夫和他的女人,在龌龊的环境中,过着一种缺乏意义的生活,除了赚钱和满足本能欲望,没有更高的梦想和追求。中篇小说《地下水》叙述的是身处社会转型期的农民,经济的发展和物质财富的积聚未能改变农民身上的某些劣根性,价值观念急剧变化和天然伦理关系迅速解体之后,也许需要一种更为本源的东西。总之,冯积岐对底层农民生活的批判,包含着更为理性的挚爱之情,既哀其不幸,又忧其不悟,充分表现出他作为农民之子对农民命运的切切实实的忧患和关怀,显示的是一种更为清醒和冷静的底层意识。

诚然,面对农村和农民的现实问题,每一个关注农村的作家可能都会有所思考,关键是,如何把自己的思考很好地表达出来?或者说,在怎样的一个层面上,在怎样的一个深度上去表达?正如贾平凹所说的:"如何去写这一段历史,怎样使现实生活中的历史事件既写出丰富性又还原成文学,使现实生活营造出虚构的艺术世界,把世俗的真实转化为文学的真实,将无常变成不灭。"[13]冯积岐的"松陵村故事",所持续关心的，不是北方农村所发生的宏大事件，比如"文革"、"包产到户"、"改革开放"等等；他的故事最为关注的是在宏大历史背景下人物的命运、人心的变化、伦理的变迁、道德的犹疑、美好的爱情，以及思索中的迷茫与不适。

总之，冯积岐的"松陵村故事"，是打一口深井，将"个人——群体——终极"一概囊括其中。从个人的感觉和生存体验到对社会历史的看法和解释，再到关于人生的形而上的思考，冯积岐想要在他的"松陵村故事"中探讨的就是这些问题，力图将这三个维度打通并贯穿在他的作品中。首先，个人维度在这三个维度中写得最为成功，冯积岐把自己几十年的人生体验和感觉，传神地转化为文字，转化为意象，转化为故事，传达给了读者。其次，作家在社会层面上的思考也是深刻的，只不过，这些社会思考显得有些滞后，比如，20世纪80年代，整个社会对"文革"的看法已经固定在文革中所信奉的阶级斗争对人性的压抑与摧残，而冯积岐在1995年完稿的《沉默的季节》中所传达出的对社会的看法，正是这样的，在这部小说中，作家竭力所表现的正是"文革"对人的异化和压迫。而这两者之间相差了十年左右。最后，在第三个层面即终极层面上，冯积岐思考了女人、性、时间、历史、语言、劳动等形而上的东西，然而，遗憾的是，作家的思考并没有化解到作品结构和情节中去，也没有化解到人物身上。这些关于人生的终极性的思考，只是作家内在的思考而已，作家还没有找到恰当的形式将这些思考不留痕迹地融会到作品中去。因此，出现在小说中的这些形而上思考，与小说的整个结构并不是完全和谐的。

2. 苦难记忆与潜意识书写

冯积岐在成名后的作品，基本上是一种心灵化的创作，写自己在长期现实生活中所积压的一种内心的痛苦和深刻的忧思。他的好多作品都有自己及家族的影子，在这里，他把苦难意识和心灵写作发挥到了极致，充分展示了冯积岐作为实力派作家的功底。《沉默的季节》就是一部苦难记忆和潜意识书写的最佳范本，揭示了异化的社会政治环境下人性所遭受的压抑与扭曲以及人所经历的苦难与不幸。《沉默的季节》写的是"文革"给人所带来的苦难，但是作者力图回避宏大的政治历史场景，把宏大叙事置换成了具体的生存境遇，这样，既赋予历史以生命性，又感性地还原了历史的原生态。

艾特玛托夫说过："谁记住一切，谁就心情沉重。那么就让我们心情沉重吧，但我们应该记住过去的教训。让这些教训来影响我们的一切吧：影响我们的操行，影响我们的意识，影响我们的举止，使我们趋向善良，趋向光明。"[14]毫无疑问，记住苦难是必须的。然而，苦难是一把双刃剑，反思苦难使人警醒和向上，过度沉溺于困难则可能使人消沉。而《沉默的季节》正是对时代、对人性所进行的深刻的、广泛的、非常现代的反思。冯积岐将人生的苦难变为营养剂；他书写苦难并不是为了把苦难展示给人看，从而赚取读者廉价的眼泪与同情；而是让后代人记住我们的民族历经了怎样一段历程，从而创建一种更加美好的生存环境，建立更加美好的人际关系和心灵世界。"苦难记忆既是一种主体精神的价值质素，亦是一种历史意识。作为历史意识，苦难记忆拒绝认可历史中的成功者和现存者的胜利必然是有意义的，拒绝认可自然的历史法则。苦难记忆相信历史的终极时间的意义，因此它敢于透视历史的深渊，敢于记住毁灭和灾难，不认可所谓社会进步能解除无辜死者所蒙受的不幸和不义。苦难记忆指明历史永远是负疚的、有罪的。""作为主体精神的价值质素，苦难记忆不容将历史中的苦难置入一个与主体无关的客观秩序之中，拒绝认可所谓历史的必然进程能赋予历史中的苦难。以某种客观意义，拒绝认可所谓历史发展之二律背反具有其合法性。苦难记忆要求每一个体的存在把历史的苦难主体意识化，不把过去的苦难视为与自己的个体存在无关的历史，在个人的生存中不听任过去无辜者的苦难之无意义和无谓。"[15]正如奥斯维辛是西方现代苦难的记忆，"文革"是当代中国的苦难，关于"文革"的记忆应该是苦难的记忆。仅仅将"文革"看成是一场政治事件是远远不够的，它更是一个关涉个人生存的事件，对"文革"的反思似乎应该回答，谁应该对历史负起责任，使"文革"不再重演？在理想与未来的旗帜下制造灾难，以解放人类与推动历史为由头发动斗争；被损害的人们在一方，而施加损害的人们在另一方。在冯积岐的小说中，"文革"所造成的伤害不仅呈现在人的意识里，而且呈现在人的潜意识里。可以说，《沉默的季节》进行的是苦难记忆和潜意识的书写；对于苦难的理解和独到的表达，使得《沉默的季节》成为一部尤为深刻的作品。他书写苦难的笔触不是停留在血淋淋的场面，并没有多少正面的描写，而深入到人潜意识中惊恐不安、无依无靠、性压抑和被伤害的心灵世界。他的笔紧紧地贴住人物，写人物感情世界的变化，写潜意识中人物的梦幻和思绪的犹疑与游移；看不见的内在世界能够被他写得逼真、形象。人们遭受了肉体上的苦难,他们挨饿,他们被难以承受的劳动所压榨……然而这些并不是全部;肉体的苦难固然严酷,精神上的苦难则更令人难耐—人的情感压抑、性饥渴,眼睁睁看着美好的东西被毁灭而无能为力……这些都是像周雨言这样的"狗崽子"所经受的苦难。周雨言的苦难的独特性还在于,其苦难是两难的——无论他做出怎么样的选择,都是错的!他被迫承担上了原本不该由他来负责的两难的选择。

《沉默的季节》中,对人的无辜负罪[16]及其对迟来的幸福的影响进行了较为深入的思索。无辜获罪以及对迟来的幸福的影响,正是周雨言最大的苦难。他无法选择自己的出身,一出世便被打上了"狗崽子"的烙印,所以,他的罪恶是外界强加在他身上的。"狗崽子"的烙印使他受歧视,使他挨饿,使他小小年纪就失学在家,使他幼小的肩膀扛起了难以承受的劳动的大旗,使他不能拥有作为一个人的尊严,使他自卑和害怕,使他眼睁睁看着自己的亲人被欺辱而无能为力,使他不能追求爱情也不能接受别人的爱情,使他在牺牲妹妹为自己换来媳妇和牺牲妻子为妹妹赎罪之间处于两难境地……从小说中可以看出,周雨言第一次见吴小凤时,对她是满意的,他很希望自己能够娶到像吴小凤这样的媳妇,我们可以推测,如果周雨言和吴小凤是在一种正常的情况下结婚的,那么,他们的婚姻将会是美满的。可是,换亲的事实改变了这一切。牺牲妹妹的幸福来换取自己的幸福,这不是周雨言所能承受得了的,深深的负罪感使得周雨言无法和妻子正常相处。在他的面前摆着两种选择,一边是对妹妹的负罪感,一边是对妻子的冷落,他该如何选择?在这里,周雨言的抉择并不是一种本体论上的自由的抉择,无论选择哪一个，都将是他的过错和罪恶。这是周雨言的苦难，然而，周雨言该去质问谁？究竟谁该为周雨言的苦难与不幸买单？他不能让父母为他的不幸福负责——尽管周雨言当初就不愿意用妹妹为自己换媳妇，尽管他是被父母逼迫才娶了吴小凤。没有人承受罪恶与苦难的，唯有他自己。

"文革"是周雨言的噩梦，那么，"文革"结束后，他就可以幸福了吗？不。苦难的种子业已种下，并不是那么容易就可以完结的。"文革"的结束并不代表一个事实——周雨言的媳妇是用妹妹换来的——的死去，这一事实以及它对周雨言的心灵所产生的阴影和障碍顽固地存在。如果说不幸的婚姻关系是"文革"留给他的灾难性的礼物的话，这个礼物在"文革"结束之后仍然紧紧尾随，在他被解放的日子里，不幸福的婚姻关系继续在进行。正是由于婚姻不幸福，周雨言试图在婚姻之外寻找自己真正的爱情，所以和秋月相爱了。然而，这样的相爱却又带来了伤害：伤害了周雨言的妻子吴小凤，伤害了曾经爱过周雨言的宁巧仙，甚至对周雨言自己和秋月本人也是伤害。所以，开初的无辜获罪所造成的苦难将长长的尾巴牢固地伸展在周雨言的人生里，迟迟不肯撤退，仍旧影响和伤害着周雨言去拥抱后来的幸福。

冯积岐笔下的苦难有着厚重感和震撼人心的力量，它不同于余华的苦难。余华的《活着》、《许三观卖血记》写的也是苦难，但是余华对小说中人物的苦难是不动声色的和欣赏的；在余华那里，苦难是人的亲密伙伴，苦难的黑色火焰换来人对苦难的黑色激情。然而，我以为，将苦难作为一种观赏或者馈赠，这不是苦难的本来意义。因为苦难并不是生活的必需，没有必要甘之如饴——尽管在面临苦难的时候，我们不能丧失原则地逃避——相反，苦难是人类应该最大限度地加以避免的东西。从减少苦难的出发点去反思苦难，在苦难中探询人性深处的某些罪恶或者非理性，这才是对待苦难的正确的态度。《沉默的季节》对待苦难的态度是严肃的。作家既没有礼赞、把玩苦难，也没有诅咒、愤恨苦难，而是展示了苦难的人为性，以及苦难背后的人的非理性的一面；小说不但写出了意识到的苦难，而且写出了潜意识中的苦难。与饥饿和超强的劳动相伴随的、是人性受压抑的苦难；"狗崽子"周雨言丧失了自尊的生活，他的恐惧哀伤，以及进退两难，已经深入到潜意识里。白天的意识让他远离贫农宁巧仙，黑夜的无意识使他对她的情欲蠢蠢欲动，然而潜意识里的罪感又使他自责。小说采用了意识流动的写作方法，更好地写出了在那个特殊的年代里，作为"狗崽子"的年轻人以及他的阵营里的其他人所遭受的苦难。

3. 施虐与受虐

冯积岐的小说中文本内部存在着一种张力，施虐与受虐之间就是一种二律悖反的关系。"松陵村"的小小世界为各色人等提供了一个生活、悲欢、斗争、妥协的舞台。在这里，一些人扮演的是施虐者的角色，他们借助外在的权力或形势，将内心深处的仇恨以暴力的形式强加在另外一些人身上。施虐与受虐，施虐者与受虐者构成了矛盾，施虐者妄图以拳脚来证明他对世界和对受虐者所拥有的至高无上的权力，但是，在另一方，受虐者未必全盘接受这样的控制与占有，有一些东西——比如自尊——是施虐者永远也无法从受虐者身上拿走的。也许，迫于当时的情势，受虐的一方无法明确表达自己的愤怒与反抗，但是，如果受虐者的人格不倒、自尊不倒，那么，施虐者就并未取得实质性的成功。在冯积岐的"松陵村故事"中，施虐者的施虐心理、施虐对象、施虐方式、施虐效果各不相同，然而，不同情状却有着相同的性质：施虐者仇恨整个世界，仇视所有的人，仿佛全天下的人都欠了他的，仿佛他要在暴力的发泄中将颠倒了的乾坤再扭转回来。权力与暴力相互支撑，承当了施虐者的帮凶，把善良、软弱打翻在地，再狠狠地踩上两脚。权力像一服药引子，将施虐者人性中所潜伏的恶充分地勾引出来了，恶的因子脱离了良知的禁锢，膨胀了，膨胀到无法收拾，毁了施虐者自己，更带给他周围的人以伤害与苦难。如果说人类所面临的有些苦难是自然所给予的因而无法避免的话，那么，施虐者强加给别人的苦难则完全是人为的，他们以自己的行为证明了人原来可以凶残到这种地步！站在施虐者对面的是受虐者，他们的力量是衰弱的，面对挥向他们的拳头，他们不能同样地伸出自己的拳头，唯一能做的就是抬起手臂来保护住自己的头颅，以免受到更大的伤害。面对残暴，有些受虐者倒下了——倒下的，有时候是肉体，有时候是精神。

在冯积岐的小说中，施虐—受虐关系有着不同的类型：有父子型、嫉妒型、情爱型、自卑型等。有些施虐，是儿子对父亲施虐；有些施虐，是向曾经高贵的、不可企及的、令人艳羡、然而现在已经落难了的、可以任人处置的对象施虐，这种对美的毁灭正是对美的一种变态的向往，将自己所不能拥有的美毁灭掉，是由对美的占有欲所导致对美的毫不留情的摧毁；有些施虐，是情爱到达深处的变态；还有一些施虐，像射出去的箭弹射回来,继而对施虐者本人造成更大的伤害。如果将小说中那些施虐者的暴力行为向潜意识的层次里深掘,也许我们可以发现,那里潜伏着一种与爱有关的东西,但是,它不是爱的正态,而是爱的变体或者爱的变态。

《沉默的季节》中,六指和马绪安之间是父子型的施虐—受虐关系。六指从他的狭隘的视角去看世界,觉得整个世界都对不起他。六指的母亲当年与保长马绪安有染,而且,六指本人也是马绪安的亲生儿子。然而,仇恨的种子早已扎根在六指幼小的心灵上,小说中写道:"六指在一个傍晚忽然明白了村里人骂他你是靠你娘的骚×养大的那句脏话的内涵之后,他第一次将前来娘屋里过夜的马绪安关在了院子外面,……在一个淫雨连绵的日子里六指对闹娃说,我长大后就把他杀了。……他脸上敷着的那层嫩嫩的杀气同他一起成长……"[17]"文革"来了,六指长大了,当了队长——在那个专制的年代里,队长的权力就足以生杀予夺——拥有了权力之后,六指将仇恨淋漓尽致地发泄在马绪安和其他人身上。他施虐的对象首先是自己的亲生父亲马绪安:"在第一次斗争会上,马绪安的一颗牙齿被六指打掉了……"打掉马绪安的牙齿,这仅仅是个开始,时光流转,六指对马绪安的施虐也变本加厉。"六指的满腹装的似乎都是火焰,喷散出来的火焰灼伤了马绪安,灼伤了所有的黑五类以及黑五类以外的其他一些人。六指的浑身都在说:我要报仇。……为什么我要靠吃我娘活下去?他的自尊被无情地撕掉了,露出了血淋林的羞辱。"[18]也许,从六指身上我们可以看出,施虐者之所以成为施虐者,并不是毫无原因的,往往是从前受到的某些伤害造就了今天的施虐心态。但是，毫无疑问，他们的罪孽仍然是不应该被原谅的。

和父子型的施虐—受虐不同，六指们对白玫的施虐则是另一种情形，是一种出于嫉妒对美的毁灭。夏双太、夏全华、六指们都明白，他们惩罚地主婆白玫是由于嫉妒她，在她面前感到自卑。她的高贵和美丽暴露了他们的低俗和丑陋。小说中写道："白玫的气派白玫的性格白玫的素养包括她说话的语气走路的姿势和为人处世的方式完全是白玫式的，而不是松陵村人所共同具有的。她和松陵村人截然不同，不论走到哪里都烙着一个十分清晰的白玫。她的'异样'和'特殊'使松陵村人暗暗地佩服，同时，悄无声息地树敌于松陵村，使松陵村人围剿的欲念蓄谋已久。"[19]施虐的手段是令人心寒的，六指还发明了的新手段："由两个年轻人搀扶着白玫在一面坡上跑下去又跑上来，如此无休止地反复着，等那两个青年跑得大汗淋漓之后又换两个青年挟持着她跑。轮番不停地跑上跑下……奔跑中的白玫披头散发，衣不蔽体，鞋落了，裤带掉了，长裤短裤一齐褪到了脚踝上……她的下身无可奈何地裸露在残冬的无耻中……她的白皙的大腿，她的尚还丰腴的臀部，暴露无疑了。……夏双太过来了，他一展脚在白玫裸露的臀部踢了踢……他在地上抓了一把青泥准确无误地抛向了白玫的阴部，然后，他将脏手在白玫裸露的白腿上擦了擦。"[20]施虐者的肮脏、猥琐与残酷让我们看到了人可以丑恶到什么地步。情爱型的施虐—受虐关系，往往发生在夫妻或情人之间，《村子》中马生奇与薛翠芳之间的关系就是例子。马生奇怀疑妻子薛翠芳对自己不忠，怀疑女儿马秀萍不是自己的亲骨肉，于是逼迫、审问薛翠芳,换着各种法子折磨她,给她嘴巴里灌尿水,抽打她,并且对她实施性虐待。马生奇施虐,实际上正是因为爱她,但他完全被怀疑与想象控制了而无法自已。作为受虐者的薛翠芳,面对暴力,她只能以逃避作为反抗。

小说《敲门》涉及的施虐—受虐关系属于自卑型的,并且具有特殊之处。丁解放原本是一个弱者,他并不具备欺负别人的力量与优势。因为从小腿瘸,他受尽了欺负,充满恐惧,但他最终选择了用拳头来捍卫自己的尊严,同时用努力学习来证明自己的优秀——事实上他也确实优秀。但他的优秀却替代不了内心的分裂:"生活已将他的内心劈成了两半,一半是孤傲,一半是自卑。他越是自卑,越要装出一副孤傲的样子来;越是孤傲,越要掩饰他的残疾。"[21]在这部小说中,作者虽然花费了很多笔墨去描写丁解放少年时候所受的侮辱,但是,整体来说丁解放身上更主要的部分是施虐。"文革"中,丁解放掌权了,当上了松陵村的书记,从此以后,在权力的协助下,他完全成了一个施虐者。尽管他有时候并不亲自动手,其手下的民兵小分队却充当了他的爪牙,他们的施虐正是他的间接施虐。他指使民兵整治他的朋友马汉朝,几乎将马汉朝打残;他用权力的"鞭子"抽打松陵村的农民,挖掉了他们的城堡,驱赶他们无休止地劳作;他强迫他们去修水库,结果水库虽然带来了一点粮食的增产,却造成了更大的灾难;他包庇强奸了马巧霞的三个罪犯,只因为那三个罪犯是民兵小分队的人,是他的左右手,他担心惩罚了他们就动摇了他的权力,动摇了他在松陵村里的威信和地位。然而,包庇坏人的人本身就是坏人,因为坏人被包庇了好人就要付出代价,马巧霞自杀了，丁解放的责任不可推卸。可以说，在冯积岐的"松陵村"故事中，丁解放是一个比较特殊的施虐者，他的特殊之处在于：他不仅是一个施虐者，同时也是一个受虐者，他的人生正是在"受虐——施虐——受虐"的变幻中度过的。在丁解放身上，施虐是主要的和直接的，受虐则是次要的和间接的。"文革"结束后，丁解放失去了村支书的权力，他的生活不那么自在了。面对新的形势，丁解放无能也无力，由此，他的受虐开始了。在这里，小说耐人寻味的地方在于，作家并没有写丁解放本人直接受虐，而是写他的妻子和孩子的不幸遭遇——他们之所以不幸，正是由于他从前的作孽。他的一个儿子考上了大学却没钱去读，另一个儿子十六岁就死于非命，十四岁的女儿和妻子同时被强奸，所有这一切，都是他的受虐的转嫁。他在斗争别人的时候有多强悍，就在保护亲人的时候有多软弱。小说将施虐与受虐同时安排在一个人物身上，还将施虐与受虐安排在同一个家庭中，让各个家庭成员分别扮演不同的角色，应该是有深意的。在这里，作家可能是在暗示读者，施虐者是不会有好下场的，将得到报应——如果不能报应在他自己身上，也很可能报应在他的亲人身上。这也许正是作家朴素的道德思想在颇具心理张力的人际关系中的投射。

二、农民生存境遇的呈现

冯积岐在一系列"松陵村故事"中展现了松陵村的过去和现实，直面农民生存现状。松陵村的历史正是中国乡村历史变迁的缩影，这种变迁说明了，中国农民在走出绵延了几千年的农耕方式后，又走进了一个很尴尬的时代。近30年间社会生活的巨大变化给农民的生活方式、精神世界注入了许多新质，他们确实解除了很多锁链，却并没有得到属于自己的、优美的世界。在时代的变迁与现实的流转中，农民依然无奈着、困惑着、卑微着；他们的生活呈现出了另一种惨淡——伦理变化，价值缺失。他们的精神世界出现了困境：究竟该由什么来支撑起人的生活和信仰？谁来掌握乡村的命运？这是些难以回答的问题。农民的精神和物质生活陷入了迷茫、混乱的状态，这是一种危机。以马志敬和祝义和为代表的传统中国农民，在新的现实面前无能为力；像祝永达那样的理想主义者，在复杂的乡村现实面前，处处碰壁了，最终失败；唯有以田广荣为代表的乡村强权派，过去和现在都在主宰着乡村的方向和农民的命运。谁是乡村的主人？显然，不是祝义和们，不是祝永达们，而是田广荣们。所以，对于当今绝大多数农民来说，他们的生存现状就是——不是自己的主人，也不是乡村的主人。他们离活人有多远？是什么导致了他们不能像人那样活着？是金钱？还是权力？冯积岐在他的小说中做出了自己的思索，这也是我研究他的小说的初衷之一。他的作品始终关注着"人"的问题，关心松陵村里的人如何应对急剧变化的现实，又如何被现实改变。他的小说《沉默的季节》生动而逼近地写出了"文革"时的中国西部乡村，而《村子》则真切地、残酷地揭示了1978年以来中国农民的命运。在几乎全部的作品中，他所关切问题一直是：农村的出路何在？农民的出路何在？通过考察冯积岐的"松陵村故事"系列，我想思考的也是这些问题，并试图寻找答案。

1. 我们离"活"人[22]有多远?

历史在发展,时代在前进,在近三十年间,中国农村发生了相当惊人的变化,生产力发展了,农民生活水平提高了,然而,改革开放并没有使农民获得应有的幸福和尊严,新的苦难和压榨横亘在他们面前,中国的农民依然过着没有体面、没有档次、没有尊严、物质生活粗糙、精神生活粗鄙的日子——这是一个触目惊心却真实的事实。我们离活人有多远?这仍然是一个大问题。冯积岐的长篇小说《敲门》中,哥哥丁小春考上了大学,因为家境贫寒,弟弟丁小青辍学外出打工,想要供哥哥读书。丁小青被黑中介卖到了河南的一个砖场—饥饿,鞭打,侮辱,没有人身自由,比猪狗还不如,几乎被打死。用砖场老板的话来说,"你是我花五十块钱买来的,你活着,就要给我干活,死了,我就喂狗。"[23]农民工比解放前的包身工强不了多少,不禁令人心酸。血的经历和教训使丁小青明白了,"不是所有的人都能挣到钱的,不是有力气就能换到钱的。……人和人是大不一样的……天下是他们的天下,现在是有钱的和有权的说了算,咱是穷人,和谁讲道理?"[24]长篇小说《村子》中,祝永达在工地上干活之后,老板不给工钱,祝永达据理相争,其他工友却毫不响应,像张小军那样的人甚至还站在黑心老板的立场上说话。农民马润绪到县政府告状时,一个大檐帽对他训斥:"你是人民,你是个屁,滚。"[25]乡政府收提留款的干部打伤了松陵村的村民,祝永达希望他们上告,找回属于自己的公道,可是,那些被打的村民却因为害怕而不愿意告状。

"咱一个庄稼人能告赢乡干部?"他(祝永达)去找田三签名,田三说:"兄弟,你的情我领了,这个名我不签,我只有一条好腿,难道你忍心叫我两条腿都断了吗?"他又找到田根根的女人,他将状告内容念了一遍,这女人倒是愿意告状,就是不愿意签她的名字,她问祝永达:"胡捏一个名字行呀不?"祝永达苦笑一声:"明明是你自己挨了打,为啥要胡捏个名字呢?"他当然明白,这女人也是害怕。[26]

如此等等的事情,令人悲哀。冯积岐在小说中提出了这样一个问题,农民究竟有没有胆量挺直腰杆活着?从作品中可以看出,中国农民似乎已经到了不会也不愿意挺直腰杆做人的地步,他们已经被生活的重负与灾难压弯了腰杆,并且心甘情愿地继续弯着腰杆过日子,尊严和胆量已经被他们或被迫或自愿地放弃了。

造成这样的状况的因素最主要的可能是金钱和权力。在商品拜物教与市场经济的席卷下,金钱和权力对人的生存境遇产生了极大的挤压。中国农民已经身不由己地被挟裹进金钱伦理之中,这是一种无奈的状态。冯积岐的"松陵村故事"大量涉及了这些尖锐的问题:金钱对农村原有伦理和秩序观念的挑战与颠覆以及人与人之间的关系被以金钱为准绳重新排列。在中国改革开放的进程中,在商品经济和现代化的大潮中,金钱对农民的生存意义产生了极大的冲击。

付出了多少劳动就能获得多少钱的说法已变成了故事,变成了童话。……钱对中国农民来说永远是黄柏树上的果实——不苦不得来,即使吃了苦,也难得到。他们永远也不会像一些人揽青草一样揽钱,因为他们是农民。他们的镰刀是用来割草用来收割庄稼用来劳动用来消耗生命的,而不是用来揽钱的。揽钱的镰刀挂在城市里,挂在阳光照不到的地方；揽钱的镰刀上不会有青草的味道。庄稼的味道劳动的味道，土地的味道，太阳的味道，以及十分坚硬，十分艰辛的味道。揽钱的镰刀上除了一股腥味儿臭味儿以外肯定还有腐败阴暗和其他极其恶劣的气味。[27]

除了金钱，权力也时时对农民形成压迫，使得他们不能像人一样活着。短篇小说《种瓜得豆》中，农民刘浩生和周运昌被诬告，法官赵之良前来为他们调节案件。赵之良说："我告诉你们，就是硬定，我也要给你们定上股东。"[28]在这里，判案的依据不是事件的真相，而是掌握权力的法官的个人情绪。法院和法官本该是公正的代言人，但是，他们把权力当作自己手中的工具与利器，想收拾谁就收拾谁。更可怕的是，不公正和徇私枉法的行为恰恰是在公正的名义之下进行的。这样的歪曲了事实的、极端不公平的审判结果使朴实正直的农民百思不得其解："咱是农民，农民是不是人？是人，我们应该有人的活法。"[29]正如小说中人物玉珠所说："你以为你穷得正派穷得干净？你睁开眼睛看看，啥东西是干净的？你还和人家打官司讲道理？道理是个粪堆！你到坟墓里去也不会明白，太阳照样每天从东边出来，这就是世事！"[30]生活在冯积岐笔下的中国西部乡村里的农民们，首先所缺失的其实是作为人的尊严，冯积岐的笔沉痛地写出了他们的辛酸遭际。

2. 群体心灵的诉说

如果说《沉默的季节》是周雨言一个人的心灵史，那么《村子》就是一群人的心灵史，是群体心灵的诉说。《沉默的季节》使用聚焦的手法，照亮了受压抑的"狗崽子"周雨言的内心世界，揭示了他的意识与潜意识；而《村子》则使用了散点透视的手法，将不同个体、不同阵营的人物的心灵——掌权者和压迫者、心术不正的帮凶、衰落了的乡绅、老实本分的农民、自尊自强的道德追求者，如此种种各色人等——同时展现在我们面前。从人物的身份上来看，《村子》中的人们可以分成两个阵营：田广荣、田水祥、祝永达、马志敬等村干部；祝义和、赵烈梅等农民。当然，仅仅使用阵营划分并不能概括群体的状况，因为，在每一个阵营里，人与人也是那么的不同！同为村干部，田广荣和祝永达虽同样能力超强，但是两个人从本质上是截然相反的，田广荣是实利主义者，祝永达则是理想主义者，他们的性格、思想方法、行为方式完全不同。两个强者同在松陵村的舞台上表演，究竟谁是最后的胜利者？从村子里所发生的故事来看，农村的现状正是田广荣的实用主义的胜利和祝永达的理想主义的失败。

《村子》中的田广荣，是一个从身体到精神都非常强悍的人，无论世事如何变化，他都要做松陵村的主人，将松陵村牢牢地掌握在自己手里。"田广荣做任何事情都有板有眼，对任何事情都不会轻率表态。"[31]松陵村三十多年来一直处在他的管理之下，他经历各种运动而不倒——从挥拳头斗地主到搞合作化，从批斗"三家店"到领导"四化"建设，从搞集体经济到分田到户、再到领导乡镇企业——几十年几十场运动都没有把他撂翻，田广荣像一个权力舞台上的"不倒翁"，他始终站立在时代的风口浪尖上，与权力血脉相连，将权力紧紧地抓在手里。他的见风使舵使得他的行为在有些时候显得缺少了一定的真实性：上面政策刚刚废除了地主、富农的成分制，他立马就向地主、富农伸出了"橄榄枝"——任命祝永达当会长、让他负责"人畜饮水工程",吸收他进村委会;去参加马子凯的寿宴——他这样做无非是想借此笼络从前被他当作阶级敌人的那一大批人,从而巩固他是松陵村的主人地位。他希望永远由自己来为松陵村制定规则,让松陵村在他的治理下显示出一种秩序来。他的意志非常坚强,一旦主意已决,就不可更改;做事情的时候,他不择手段,只求结果。田广荣拥有辉煌的个人历史,果决、有冲劲、勇气十足的他曾经为松陵村人立下了汗马功劳,小说中写道:"松陵村有田广荣这个当家人给大家弄来了粮食。灾难过后松陵村人对田广荣十分感激。"[32]对于松陵村的庄稼汉们,他既带给他们福音,也带给他们灾难——这灾难是他原本就可以预见到、可以避免的,然而,出于某种原因——或是为了巩固自己的权力,或是为了完成自己的私心——他有意识地让灾难发生了,或者让灾难潜伏下来了。虽然他很能干,但他的能干并不是出于对松陵村的庄稼汉发自肺腑的热爱与同情,相反,他的能干在很大程度恰恰是出于对权力的热爱和对别人的控制欲。因为并不是出于公心和热爱,所以别人的生命和疾苦在他的眼里轻如鸿毛:他家盖楼房时,淹死了一个小孩,他毫不同情;马润绪为了自己应该得到的一亩六分土地而寻死,他毫不关心,等到马润绪为此疯掉,马润绪的女人和孩子一起来求他,齐刷刷给他跪下,他才给马润绪的老婆孩子解决土地问题,以此来收买人心,赚得他们一家的感恩戴德……田广荣的内心深处,潜藏着浓重的私心:在松陵村的人畜饮水工程中,他徇私舞弊私吞建材;负责管理村办企业时,慷集体之慨而肥自己的腰包;他不惜为了政绩而摆花架子欺哄上级……在松陵村的小小王国里,他扮演着统治者的角色,谁敢对他的权威提出挑战,谁将为此付出惨重的代价。"这一生,他只有三个嗜好:爱粮食,爱女人,爱权力。这三样他都爱,都舍不得丢弃。如果说,要在这三者中叫他只选择一样,他只能选择权力了。不是因为有了权就有了女人,就有了一切;不是因为权力会给他带来好处,他才爱。这是对他的嗜好的浅层次理解,他的嗜好是一种瘾,就像抽鸦片的人上了瘾一样,你要问他抽那玩意儿有什么好处,真正的瘾君子概括不出来。田广荣对权力产生的'瘾'也处于这种状态。他对自己的那点权力不仅是使用,而是在把玩。对他来说,玩弄权力比玩弄女人更有味儿。"[33]醉心权术、善用谋略的田广荣是一个强势的人,无论是对待权力,还是对待女人。他首先要将松陵村的大权掌握在自己手中,让松陵村的几千号人归顺到自己旗下;其次,他要让他喜欢的女人尊敬他、佩服他、仰慕他。

田广荣非常善于经营自己的权力,在松陵村他广有羽翼,松陵村的党员中田姓占了多数,田姓人家几乎个个都是他的死党。田水祥那样的二流子,则更是充当了他的打手。小说中的田水祥也是一个比较值得注意的人物,他并不具备独立的人格和思想,只有鞭子是他的最爱,无论走到哪里总要带一根鞭子,在这里,鞭子更是成为田水祥的象征——他就是田广荣手里的一根鞭子而已,或者,像一条狗一样,田广荣让他去咬谁,他就去咬谁。马志敬也是松陵村里的干部。不同于田广荣和祝永达,马志敬不是强人,只是一个当着村官的庄稼人。"马志敬是把任何苦难都能担待起的庄稼人。""作为庄稼人,他活着,就是为了干活儿。解开了无数道生活的难题之后,他变得很大度了……因此,在处理村里的事务上渐渐变成和事老了。"³⁴ 他勤劳、孝顺，是松陵村人的楷模，然而，他却非常不幸，因为穷，他的儿子外出打工却死于非命，他本人最后也被人杀死，在某种意义上，马志敬的结局正代表了软弱的村官和良善的村民们在龌龊的现实中的不幸与毁灭。

和田广荣一样，祝永达也是一个强者，在松陵村的舞台上展示过自己的才华，表现出一个强者的优秀。但是，他的强者姿态不同于田广荣的实用主义的强悍，在祝永达身上，更多显示的是一个理想主义者的探索与追求；在一种极强的道德感与是非感的支撑下，他企图在松陵村的小小世界里主持正义与公平。祝永达执著地对抗田广荣在松陵村里一统天下的局面，然而，他个人的力量却是不够的，农民们也未必买他的账。同时，当他目睹了农民被逼迫被损害的现状，当他身处权力场必须昧着良心去做亏心事的时候，他看清了现实，承认了自己对于现状的失败和无能为力。所以，祝永达有一度退出了松陵村的舞台，离开松陵村外出打工。可以说，田广荣和祝永达都是能力超群的人，但是人生信条的不同导致了他们行事方式的差异。当今农村的现状和农民的心态，他们往往会选择田广荣那样的实利主义者，不愿意或者不能够选择像祝永达那样的理想主义者。这两个人物的较量，其实正是两种观念与信念的较量，祝永达的失败正是一个理想主义者在当今中国的普遍遭遇。马子凯是松陵村第三个强人，不过，在小说中马子凯活动的舞台更多是在松陵村之外，他是县政协委员。而且，在马子凯身上，更多地体现了落魄了的乡绅文化的延续与余韵。他能文能武，扛过枪，办过厂，当过农民，弹过三弦。"耕读传家"是他的人生理想，让后代有出息成为他最大的愿望，然而，他的儿子没能继承他的衣钵，孙子更是成为罪犯；马子凯的理想破灭了，他的失败其实正是几千年以来农村乡绅文化的全面溃败。

在松陵村的舞台上，除了活跃着像田广荣、祝永达、马子凯这样的强者，更大多数的是普通农民。祝义和就是中国几千年农耕文化培养之下的最合格和最典型的农民。他和土地有着天然的亲近，最为关心的是地里的庄稼和来年的收成，长势良好的庄稼能给他带来安慰与欣喜，他像爱人一样爱他的牲畜。他本本分分，胆小怕事，同时又具有天生的良知，有着自己做人的道德标准和底线，孔孟几千年以来的"中庸之道"更是深入到他的骨髓里。在他身上，那种与生俱来的善良与宽容令人动容：田水祥在"文革"时占用了他家的房子，"文革"结束后按照政策应该将房子归还给他。但是，因为田水祥没有房子住，他将房子无偿送给了田水祥。[35]因为他认为："他应当宽容他，原谅他，即使田水祥过去欺负他，他也不必再计较了。宽容别人就是宽容自己。让人一步，天宽地阔。他不能像田水祥那么小人那么狠毒那么狭隘。他要把事做长，以今天的长，压田水祥过去的短。即使田水祥有负于他，他也不必计较了。管他田水祥、王水祥、张水祥，只要有难，能帮就帮。"[36]儿子祝永达负责人畜饮水工程的时候，遇到了困难，需要将自己家的那棵中国槐作为赔偿，祝义和那么大度地让出了自己家的那棵树——并不是他不爱惜它，而是出于对儿子工作的支持。可以说，祝义和与其他这样的农民正是中国千百年来最正统的农民的代表，也许他们是胆小的、有时候甚至是软弱的，其身上所潜藏的人类最美好的品德（这样的品德如今正在一点点地从我们身边的人身上丧失）让你无法不感动，无法不向他们表示敬意。

在冯积岐的"松陵村故事"中，松陵村的下一代是怎样的呢？以马红科为代表的他们对土地缺乏感情与亲和力，一门心思想要离开祖辈了生活了多年的土地。但他们迷茫，不知道自己真正需要什么；除了顺应潮流梦想着发大财，他们没有任何人生目标；他们心气浮躁，羡慕不劳而获，做人缺少底线，乡村在他们心里彻底地沦落了。

除了以上论及的人物，在《村子》中还有许多不同个体的心灵的诉说，赵烈梅、薛翠芳、马秀萍……每一个人的心灵都有着独到的轨迹，我们在阅读中，可以进入他们的内心世界，看一看，听一听，想一想。《村子》正是借助这些人物，完成了对当今农村的叙写，完成了群体心灵的诉说。

3. 伦理的变化及其困境

农村社会的伦理问题一直是冯积岐所关切的，对伦理问题的探讨贯穿着他的松陵村故事。从处女作《续绳》到2007年的长篇新作《村子》，都涉及他对伦理问题的思考：金钱与伦理，良知与伦理，阶级伦理与生命伦理等等。

冯积岐的第一部小说《续绳》就是一篇关于伦理的小说。小说写的是一个捞桶匠的故事，主人公叫武三。一天，他被人请去捞桶。这家人和武三家在"文革"中是有过"过节"的，现在，武三受邀去捞桶，把水桶和连在桶上的半截绳子一起捞上来了，于是，武三坐在井边，将断了的井绳续接在一起。故事就这么简单。《续绳》是冯积岐对伦理问题的第一次触及，它写的是20世纪80年代人际关系的一种变化或者复苏。武三续绳的情节，其实象征着两家人关系的重修旧好，这是在新的历史背景下人与人关系的重新定位。随着农村的改革开放，"文革"中的阶级伦理关系被废除了，在新的时代里，伦理关系不再打着阶级的烙印，而开始回归自然，变得更人性化了。《舅舅外甥》写的是人际关系的另一种变化——人际关系核心的转移：由亲情伦理向金钱伦理的转移。"外甥和舅舅本来纯净的关系由于经济因素的加入而变得复杂起来……"[37]一般而言，"舅舅外甥"的关系之牢靠程度仅次于父母子女，而小说中的这对舅舅外甥比普通的舅舅外甥还要亲，因为他们年岁相仿，从小一起长大，有着浓厚的情谊。但是，"舅舅"为了发家致富，承包了村上科研站的五十亩土地种辣椒，并雇佣了几十人做务，甚至连"外甥"也成为"舅舅"的雇工。精明的"舅舅"对金钱斤斤计较，老实的"外甥"对此有所不满，两人发生了矛盾。于是"外甥"半夜去破坏"舅舅"家烧烤辣椒的烤炉，伤及人命，导致了血案。亲情伦理关系是中国几千年以来价值判断中的核心内容，但随着社会的发展变化，情况改变了。改革开放以后，商品经济和金钱观念深入农村，原本固有的伦理关系在金钱的介入下削弱了，金钱关系正在取代旧有的伦理关系，逐渐成为农村和农民的新的价值取向。小说里的"舅舅"所遵循的正是商品经济的新伦理，亲戚与乡情关系在他的观念里已经逐渐淡漠。他所要维护的首先是自己的经济利益。"舅舅"和他的雇工们——"三叔"、"三婶"、"外甥"等不是亲戚关系就是乡亲，然而，"舅舅"并不因此就对他们放松要求。"外甥"早晨迟到，受到"舅舅"的训斥；"三叔"没有按照划的线挖畦子，被"舅舅"苛责；"三婶"栽的辣椒苗，不符合"舅舅"所要求的五寸株距，被"舅舅"谩骂并开除。在这种雇佣关系里，"舅舅"对自己的角色意识很明确，他一心一意地遵循着他的金钱伦理，而"外甥"虽然也意识到自己的雇工身份，但是他更没有忘记自己是外甥，甚至可以说，他一门心思地遵照他的"舅舅外甥"的亲情伦理。正是由于不同的观念，导致了两人的矛盾与决裂，进而导致了血案的发生。如果"舅舅"在他的金钱伦理之外，能够更多地兼顾一下"外甥"的感受，把"外甥"不仅仅当普通的雇工来看，而是在雇工之外还记着他是自己的外甥，结局就不会是这样的。而"外甥"呢，如果他首先意识到的是他和"舅舅"是新型的雇佣关系，而不是首先把"舅舅"当舅舅来看待，那么，他也许就能够谅解"舅舅"的吝啬与刻薄。所以，故事中的血案其实正是20世纪80年代金钱伦理与亲情伦理的碰撞与较量，是亲情伦理的衰落以及失败，不，确切地说，是两种伦理同时的失败，小说的结尾的两败俱伤——"外甥"被捕了，"舅舅"躺倒了——即为证明。

发表于1998年的中篇小说《种瓜得豆》进一步探讨了亲情伦理怎样在金钱与权力的压榨下衰微的。刘浩生和周运昌被好友、堂哥周仁昌告到法院，他俩被要求各自赔偿3000元作为当年合股经营砖场的亏损，他俩对这事很吃惊，因为合股经营根本就是空穴来风。"周运昌觉得堂兄的告状荒唐而可笑：他们当初就不是合股经营，为什么要叫他们分担债务？刘浩生略略有些吃惊：周仁昌和他曾经是亲如手足的少年朋友，少年友情犹如一条红线贯穿了他们几十年的生活。他没有料到周仁昌会这样卑鄙,借用法院来敲诈他。"[38] "少年时的苦难生活曾把他们联结为兄弟,他们曾经分吃过一块高粱面粑粑,同睡过一张木板床,一夜之间,变成了被告和原告,分别站在对立的位置上。刘浩生只是觉得这件事太突然,太缺乏道理,太使他费解。"[39] 从小说的这个情节中可以看出,农村的伦理文化正在日渐衰微与瓦解,亲情和友情这些被传统伦理非常看重的东西如今日益被金钱和权力所践踏。兄弟和朋友为了金钱而翻脸,更何况,这压根就不是什么经济纠纷,只是一场丧失了良知的诬告罢了。从周仁昌和周运昌的名字来看,他们的祖辈所宣扬和赞颂的,应该是传统文化中的"仁"与"礼",是农耕文明所追求的仁义与昌盛。然而,在县城卖了几年老鼠药,受到了所谓商业习气的影响之后,周仁昌显然变了味,他昧着良心将他的亲人和朋友告上了法庭,仅仅是为了得到几千块钱。

当然,传统伦理文化的崩溃和金钱主义时代新伦理的确立也不是一簇而就的,这是一场复杂的较量,周仁昌看似赢了官司,但是,他的心里并没有那么轻松和愉悦,做了亏心事所受到的良心的叩问,并不是以抛弃亲情伦理为代价所获得的金钱所能够平复与满足的。在小说结尾,周仁昌前来看望被自己敲诈过的、生命垂危的堂弟周运昌:"周仁昌恍惚的眼神和如坐针毡的样子显示出了他心理上的贫困和虚弱。"[40] "周仁昌不再和周运昌争执了,他自言自语:不知道,你们谁也不知道。说着,潸然泪下。堂兄堂弟共同垂泪,以至哭出了声,哭得抱成了一团。"[41] 这哭声,是对伦理文化衰微的祭奠之哭,小说就是在哭声中收束的。

在完稿于1995年的《沉默的季节》中，伦理问题更为复杂地凸现出来，甚至可以说这篇小说是冯的小说中最为复杂的伦理冲突之展示。首先，是阶级伦理与生命伦理的冲突。当来自另一个阶级的女人宁巧仙爱上主人公周雨言时，是阶级伦理规定了他不能去爱她，阶级伦理规范制约着他的思想和身体，使得他无法自然而然地面对宁巧仙。所以，周雨言既不由自主地被宁巧仙身上浓烈的情欲气息所吸引，又有意识地抗拒着这样的诱惑。"你不是老虎，可你是一个只二十三岁的漂亮的贫农女人，你是给夏双太做了五年媳妇的生产队干部，你是属于另一个阶级的，从满头的秀发漂亮的脸蛋丰盈的奶头到优秀的大腿都是有阶级的印记的。"[42] 显然，"伦理已被阶级挤兑得只剩下阶级的内容了。"[43] 阶级早已深入到周雨言的潜意识里了，使他无法超越阶级去享受性爱，当他和宁巧仙在山坡上幽会的时候，他起先很害怕，因为害怕而无能；后来他剔除了自己的害怕，却还是无能，赤裸裸的情欲只能在心里，却无法表现在身体上。其次，是关于乱伦的意念所造成的障碍。周雨言结婚了，按理说，他的情欲应该有了释放的对象，然而，他的妻子吴小凤是用妹妹周雨梅换来的，亲情伦理妨碍了他与妻子的感情，使他害怕。"睡你妹妹去！"这句话是负罪的深渊和最具杀伤力的武器。他和妻子的亲密背负了乱伦的罪孽；而乱伦，在周雨言的意识里，是一种严重的性禁忌。小说中写到：

他颤抖着抹下了她的内裤，就在他要翻身趴上他的媳妇的身体进入她的身体的那一刻，一个冷酷的声音在呼喊：

睡你妹妹去！

周雨言即刻松弛下来了，他的精神和他的那个玩意儿一同疲软，正在酝酿的暴风雨悄然逝去。[44]

周雨言觉得，是他和其他人共同将妹妹周雨梅推到了祭坛上，让她做无谓的牺牲。"你对雨梅说，妹妹，即使你牺牲了自己，我还是不能对付吴小凤的，除非你从祭坛上走下来，重生一个完整的你。"[45]所以，周雨言告诉自己，不能和妻子吴小凤有亲密的关系，不能和吴小凤过幸福日子，否则，自己就是罪魁祸首。强烈的罪恶感迫使周雨言放弃了吴小凤——尽管吴小凤确实是他心目中所想要的女人——他故意冷淡她，其实是为了减轻自己的罪恶感。小说在这里为周雨言安排了一个两难的境况，如果他要对得起妹妹周雨梅，就必然冷落和伤害妻子吴小凤；如果他对待妻子好一点、做得像一个真正的丈夫，那么，他从心理上又会觉得对不起妹妹周雨梅。这是他的苦难，也是他的伦理困境。如果一定要为周雨言的伦理困境找一个罪魁祸首的话，那就是阶级，是阶级身份和焦虑决定了周雨言的矛盾心理。在周雨言身上，除了上面的这一种意识中的乱伦，他和秋月相爱才是真正的乱伦，因为秋月是宁巧仙的女儿（尽管是养女），这样的关系带给周雨言很多困惑，先后和母女俩有情爱关系，这种局面是周雨言所不愿意的。然而，秋月似乎并不在乎那一切。宁巧仙呢，似乎也不在乎，她有一次把周雨言堵在路上，只是为了警告周雨言不要在秋月还未满18岁的时候对她有非分之想；同时，宁巧仙在已经得知周雨言和秋月有染之后，还向周雨言发出了幽会的邀约，可见，宁巧仙也是不很在乎伦理的。不管宁巧仙母女怎么看待这件事，周雨言自己是不愿意被伦理问题所鞭挞了。他坚决地断了和宁巧仙的联系，只一心一意和秋月好，将这件事情上的伦理困惑如此地解决掉了。

出版于2005年的《敲门》一如既往涉及到伦理问题。《敲门》是两代人的故事，父辈丁解放的故事里，涉及到阶级伦理与情爱伦理、阶级伦理与友情伦理的冲突。贫农出身、担任村支书的丁解放，喜欢上了村里最漂亮的姑娘马巧霞，但是，他认为自己绝对不能向马巧霞求婚。如果说《沉默的季节》里的"狗崽子"周雨言不能接受贫农宁巧仙的爱是出于弱势者对阶级差异的害怕，那么，《敲门》中的丁解放不敢向马巧霞求婚，则是强势之人对阶级的拥护。丁解放对阶级伦理的拥护不仅表现在爱情上，而且表现在友情上。马汉朝是他从小到大的朋友，读书的时候，丁解放因为腿的残疾而被同学们欺负，是马汉朝一直像大哥哥一样保护他。马汉朝甚至救过他的命。那时候，他们谁也没有想到，长大以后，他们会被阶级分割在两个对立的阵营中，成为对头。丁解放当上了支书，第一个收拾的，就是马汉朝。在他的授意下，马汉朝被打断了腿。在这件事情上，丁解放也有过思想斗争，"他发觉，当他对马汉朝要发狠，要下手的时候，另一个叫做丁石头的他就站出来洞眼他，阻拦他。"[46]但是，最后，阶级之情战胜了伦理之情，这是《敲门》中所涉及父辈的伦理冲突。小说的另外一大半，写的儿子辈丁小春的故事。丁小春的故事涉及另一个伦理问题——师生之恋，作家对这对师生之恋是赞同的；这份爱情代表了美好和光明，是主人公丁小春灰暗的人生里的一线亮色与希望。2007年出版的《村子》中同样涉及了伦理问题，田广荣与自己的养女发生了性关系，然而，作家对这样的性关系态度是复杂和暧昧的。马秀萍从小没有得到自己父亲马生奇的爱，母亲改嫁后，养父田广荣对自己比亲生父亲还要好，父爱融化了马秀萍心底的坚冰，她爱自己的养父，就像爱自己的母亲一样去爱养父。然后，有一天，母亲不在家，养父田广荣爬上了她的床，尽管内心非常不情愿，但是她没有哭喊，甚至还在做爱的过程中揽了一下他的腰。那么，究竟该怎样看待这样的一种乱伦，这算不算丧尽天良的强奸？马秀萍那一"揽"改变了事情的性质，马秀萍对田广荣是有爱的，这份爱是对父亲的爱，也许还含有一点点对一个年长的男人的喜欢，毕竟田广荣给了她足够的父爱。尽管如此，田广荣的举动还是不道德的，虽然是在爱的名义下，他的行动在客观却毁灭了一个女孩子对未来的一切憧憬。

通过以上的分析可以得知，在冯积岐的松陵村故事中，伦理问题一直是作家所关注的，可以说，伦理正是作家所找准的兴趣、关注对象和关注点之所在。

三、关于两性的重新诠释

冯积岐的"松陵村故事"对两性问题有着独到的诠释，他对两性的认识和关照既有与中国传统文化相吻合之处，又存在与之相异的地方。他的小说瓦解了传统的男女符号，一般象征着刚毅与强悍的男人和象征着温柔与软弱的女人颠倒过来，在角色意义上，两者往往相互替换。

在对男主人公的父母一代的叙述上，"松陵村故事"呈现出恋母情结和审父意图两个重要主题。在冯积岐的小说中，女性一般承担着生活中不能承受之重，而男性——以父亲的形象为代表——则逃避了生活中的各种责任，他不愿也无能于肩负生活的重担以及对子女的责任。因此，他的作品流露出对母亲以及像母亲那样的女性的敬仰与赞美，而对冷漠、无能、自私的父亲则更多地采用了审视、审查，甚至审判的视角。在这一章里，我试图通过具体文本探讨冯积岐小说中的"恋母"[47]与"审父"主题。[48]我并不是在一般的西方精神分析学意义上使用这两个词。传统精神分析学意义上的"恋母情结"和"仇父情结"更多地指一种心理病症，是一种扭曲的两性心理。而冯积岐所要展现的"恋母"则与心理病症和直接的性指向无关，而是社会责任意义上的对母亲的认同与赞美。

在对男主人公的情爱关系的叙述上，男主人公与女性之间的角色依然是倒置的。在小说中，年轻的男主人公往往是不得志的、纤弱的、内秀的、自尊的、软弱却倔强的。而女性则洋溢着成熟的、母性的、热烈的、大胆的、好强的气质。男主人公往往处于被动地位，女人（往往较他年长）却经常是主动的。

这样的情感状态颠覆了传统男女关系中的男为"阳"女为"阴"的局面，使得两性关系呈现出新的特点。

1. 恋母与审父

在"松陵村故事"中，所谓"恋母"的情感对象不仅仅是母亲，其实很多时候是祖母，比如在《沉默的季节》、《村子》、《大树底下》等小说中，祖母才是真正的"母亲"。

我是在我的祖母的怀里长大的……母亲生我之后卧床不起，父亲整天忙于革命,我自然成了祖母的孙子和儿子了,我是吃着祖母没有奶汁的奶头长大的。[49]

祖母承担了母亲的角色,从男主人公出生伊始,三十多岁就守寡的祖母往往取代母亲照顾、疼爱、关心他。

我的童年的第一页上写的不是父亲不是母亲,而是祖母!……祖母毫不保留地将祖母的爱和超出祖母以外的爱全部给了我,尽管她不是我的亲祖母和我的父亲缺少血缘关系,但她对我的爱是没有水分的干货,是一个女人对一晚辈的爱,祖母在爱我的内容中注入了对少年的孤独和忧郁的排解,融进了对少年的不安和恐惧的抚慰。对祖母我可以情人般地诉说,包括对人的爱和怕以及遗精时痛苦的快感。[50]

在"松陵村故事"里,祖母的形象丰润而饱满。祖母的形象是大地的象征,具有丰厚的承载性和包容性,囊括着人类一切美好的感情。祖母经受了别人难以想象的苦难:她早年就失去了自己的爱情,嫁给祖父后生活并不幸福,后来又年纪轻轻地守寡,甚至没有亲生的孩子;她从资本家的小姐、国民党的官太太、地主的老婆,一直到沦为阶级专政的对象——所有这些苦难降临到她头上,她没有抱怨,也无从抱怨,在这个世界上,她所能做的,就是忍耐与承担。祖母的爱给了男主人公以活下去的勇气和力量,她是苦难和黑暗中的美好与光明。在男主人公眼里,祖母是完美女人的化身,也就成为他爱的对象,甚至是他眼里最圣洁的女人。

我从小在心中拥有了祖母身体的圣洁,祖母是最圣洁的祖母,如果女人没有我的祖母那样的圣洁,脸蛋再好看也不能说她漂亮。只有圣洁的祖母才漂亮。祖母的圣洁使我激动使我崇拜，使我忘记了祖母是我的祖母，只记住了她是一个女人，一个漂亮的女人，一个既能当祖母又能当情人的女人。"[51]

与温暖而感人的母亲形象相比，"松陵村故事"中的父亲则是苍白的、懦弱的、无能的、逃避的，有时甚至是冷酷的。《沉默的季节》中的父亲，为了维持他那一点点所谓的自尊，他无视家里的衣食上的困难，只等着妻子或儿子去解决：让他们向别人家去借或者外出去乞讨。《大树底下》中的父亲，只管自己的所谓的前途，不负责任地将二儿子捂死在被窝里，也不关心大儿子大虎。大虎双眼失明了，父亲同样铁石心肠、熟视无睹。小说《敲门》中的父亲丁解放则是一个外强中干的父亲。丁解放表面上是一个强人，在阶级斗争的年代里，他一直强悍地斗争着："与天斗，其乐无穷；与地斗，其乐无穷；与人斗，其乐无穷。"然而，作为父亲，丁解放却是软弱无能的，身体上的残疾使得他不能像别人那样劳动致富，日子过得很恓惶，同时，他为他的三个子女做着不合格的父亲——大儿子丁小春考上大学了他嚎啕大哭，因为没有钱供儿子去读书；二儿子外出打工被工头折磨将死，他束手无策；而女儿丁小丽恰恰是因为他从前的罪孽而遭受凌辱被强奸——他留给他的妻子、儿女的，除了灾难，还是灾难。虽然《敲门》中作家并未流露出对父亲的指责，但是，小说情节的走向，却无不暗示着对父亲的怀疑和质问以及对父亲的失望、审视和不满。如果说《沉默的季节》、《大树底下》、《敲门》中父亲仅仅是无能，那么，在短篇小说《手》中，父亲的形象简直就是邪恶而丑陋的。《手》是一个关于饥饿的故事，更是一个拷问父亲的故事。父亲[52]、黑丑和妹妹三三从老家甘肃讨饭来到松陵村；年仅四岁的三三讨得一碗玉米糁子，被父亲喝掉了；黑丑为生病的妹妹讨得的一块馍馍也被父亲抢去吃，黑丑在与父亲争夺馍馍的过程中失手将父亲掐死了。在严峻的生存考验下，父亲完全没有承担起自己应该承担的责任。在这里，懵懵懂懂的黑丑过失杀死了父亲，但这个"弑父"与弗洛伊德的"弑父"是不相同的：在弗洛伊德那里，弑父与恋母（或婆母）密切相关，而在冯积岐的故事里，黑丑的过失弑父，实在是由于父亲太不像父亲、太没有责任感。如果说《大树底下》等小说表达的是对父亲的失望和不满的话，那么《手》就是对父亲的拷问与鞭挞了，更是对父亲彻底地否定。父亲和母亲在一个家庭中应该承担什么样的责任、付出什么样的爱？我们似乎可以从冯积岐"松陵村故事"的"恋母"与"审父"情结中得到答案。在他的笔下，来自祖母和母亲等年长女性的爱，完全可以代表人类最美好的爱与情感，正是她们的无私的爱，才使得像周雨言这样的男子不至于对人生完全绝望。

2. 男与女，或"阴"与"阳"

缺失父爱的男主人公从母亲和作为母亲替代者的祖母那里获取庇护和爱，同时，他还从与他发生情爱关系的女人那里汲取慰藉。但是，和父亲与母亲的角色倒置一样，男与女在情爱关系中也是反常的，女人成为主动者，而男人变为被动者。极具代表性的是《沉默的季节》中的周雨言与宁巧仙、《村子》中的祝永达与赵烈梅。尽管这两对人物关系略有差异，故事的发展过程却惊人地相似。两篇小说中的男女关系在本质上是相同的，即女人主动，而男人被动。女人的主动关心和温情令他感到温暖，也使他那被外在世界深深伤害的自尊心获得了短暂的安抚；另一方面，女人的过分主动也骄纵出他的孩子似的倔强与矜持。在这两部最重要的长篇小说中，冯积岐对这种情爱模式进行了两次相似的书写，重复书写正反映了作家对这种两性关系模式的重视以及对它的深刻认知。

男与女的关系一般呈现如下特点：首先，作为"狗崽子"（在阶级关系中，处于弱势地位），"他"被剥夺了恋爱和结婚的权利，处于性压抑中，所以"她"对"他"构成了"性"的诱惑，在社会的权力关系中，这种"性"是没有实现的途径的。所以，本能上的向往和现实中的畏惧成为纠结他内心的一对矛盾；其次，"她"的社会身份是贫农（在阶级关系中，处于强势地位），"她"现身在社会权力的正面，因而在情爱关系中没有禁忌感，所以，在小说中，"她"步步紧逼，"他"节节败退。

在阅读中我们可以发现，在这样的两性情爱关系中，女人的身份和角色较为单一，她的目的很明确，出于爱情她要掳获这个年轻男人的心。除了爱情，她并没有别的理由——她不需要这个男人为他提供物质保障，也不需要这个男人来保护她——事实上，这个男人如此文弱，以至于他反倒需要她来保护。（事实上，她对他动感情，起先正因为他的文弱引起了她内心深处的同情与怜悯。[53]）这份情感在很大程度上仅仅是她的爱情"独角戏"得不到回报，有时候也不需要回报。《沉默的季节》中的宁巧仙，为了挽留周雨言对自己的微薄的感情，甚至默认周雨言和自己的养女秋月之间的爱情，尽管如此，这份不对称的情爱也不具有生命力。《村子》中，热情、强悍、能干的赵烈梅爱上了祝永达；她对祝永达的情感最初只是欲望的驱使，后来，在几次勾引祝永达受挫之后，她对他的感情就几乎变成了纯粹的精神爱恋了。她爱他，所以偷偷地将他晾在院子里的褂子拿回家，舍不得洗，只是为了在独处的时候将褂子拿出来闻一闻，借此想象一下他的温情。冯积岐所要着重渲染的，正是这种无怨无悔的主动的爱情状态。

但是，冯积岐在"松陵村故事"系列里所写的这样的情感方式并不是畸形的，恰恰是最真实的。勤劳、好强、热烈、大胆的她们处在农村的艰苦的环境之中，爱情也带上了某种粗砺的气息，她们原本就不是非常细腻的人，所以，爱上了就全心付出而不问回报。她们没有布尔乔亚的细微而缜密的心思，也没有能力在情感上做精确的加减乘除式的算计和衡量。她们的情感是热烈的、原汁原味的，带着生命原初的激情、赤裸裸地表达……这就是她们的情感，而且，也只能是她们的情感。这种粗粝的情感是包容的、博大的，甚至带有母性特征。母性的光辉与女性的爱恋统一在她们身上，对"他"而言，"她"像母亲一般带给他安慰——给他吃，给他性——为失意男人搭建起一方小小的避雨的屋檐。[54]

处于这种关系模式中的男性，大都白白净净、文质彬彬、一点都不像农民。他们聪明、善良、敏感、自尊，同时是失意、无助、任性和固执的。《沉默的季节》中的周雨言是"狗崽子"，他被夏双太、六指们所歧视与压迫，被剥夺了爱女人的权利并时时承受着性煎熬，所以，来自宁巧仙的成熟女体的诱惑使他几乎不能自已，他不由得沉溺在情欲里不可自拔。在这里，女人在男人眼里所呈现的，首先是"性"的意义。宁巧仙的漂亮和丰盈以及对周雨言采取的主动和大胆，都使周雨言几乎无法抗拒这份诱惑。但是他的阶级身份是设在这种诱惑之前的一道藩篱。他既想靠近她，又想远离她。他需要她的情欲，又逃避她的情欲。而且莫名其妙的自尊也总是让他犹豫不决：他常常追问自己，而这种追问恰恰成为否定令他深陷其中的情欲的方式——他总是问自己：到底谁是主动者？他是否掉进了她的圈套？总之，男人在这样的两性情感中，既得到了安慰，也得到了不安或者不情愿、不甘心。宁巧仙处于优势阶级（贫农），她的优势对周雨言造成了巨大的压力，阶级上的劣势使得周雨言内心上十分焦虑、丧失情感主动性。他在这样的情感关系中始终都未能得到对等的、自由的情感地位，他的主体性在这里被剥夺。这种不安的肇端是外在的社会身份，所以一旦"文革"结束他的社会身份发生改变，他就会变成爱情的主动者，他会舍弃旧有的让他感到压抑的情感模式而去寻找新的不受社会身份约束的情感寄托，并且爱上非常年轻的女孩子，然而他的新情感最终以失败而告终，这也从另一方面证明了上述情感模式对他的至关重要的影响。

3. 新女性的"游荡"特质

冯积岐的"松陵村故事"也讲述着这样一类年轻女性，她们往往不满足于当前的生活，向往远方，对她们而言，生活总是在别处，因此，她们的生活是不稳定的，缺乏目标。我用"游荡"来命名她们这样一种总是渴望离开的生存状态。小说《带小狗的女人》、《棉花》、《又是一年麦黄时》、《走来走去的女人》、《到孤岛去》等等，呈现了一系列"游荡"的新女性。

《带小狗的女人》，写的是"我"（达诺）在单位附近邂逅了一位带着小狗散步的美丽优雅的女子。年轻、冷艳的外表、修长的腿、浑圆的肩、柔和的脸部线条、经常更换的衣服以及和小狗玩耍时旁若无人的神情……所有这些片断组成了达诺对这个女人的印象：她是突然"游荡"到达诺的视野里的。对达诺来说，这个女人只是一个漂移的片断，没有过去和未来。并且这个女人最后谜一般地消失，作为故事的结尾仅仅是很久以后报纸上出现的一篇关于年轻女人卧轨自杀的新闻。《棉花》是一个农村女人"游荡"的故事。这个名叫棉花的年轻女人只是不停地在出走，她是一个有家不归的女人。第一次离家出走，她在西水市做妓女；两年后回了家，她被家人宽容而愉快地接受了。她的婆婆甚至高兴地在心里哼起了歌，丈夫也破天荒在那一天洗了三次脸，回家后的棉花变得异常贤惠，与她的婆婆、丈夫和孩子平静地生活在一起。但是，一年多以后，棉花再一次离家出走。"棉花这一次出走，使儿子和母亲都惋惜极了。这么好的一个棉花，怎么说走，又走了？这一次，二晃东拼西凑了些钱，去找棉花。他在西水市找过，在省城找过，在四川找过，还去了一次甘肃，他连棉花的影子也没找见。二晃就想，棉花如果能找见，他一定要问一问她，为什么又要出走？对此，母子俩百思不解。"[55]游荡——回归——再游荡，这就是棉花的故事。短篇小说《逃》中，桃子和杏儿俩姐妹，离开了生养她们的山村，在一家宾馆里当小姐，姐姐杏儿死了，妹妹桃子要求和作家达诺一起私奔——农村姑娘离开家乡做小姐,是另一种形式的"游荡"。《沉默的季节》中,妹妹周雨梅离家出走,"游荡"在城市的边缘,像桃子和杏儿姐妹一样讨生活。短篇小说《走来走去的女人》的主人公是一个叫桃叶的年轻女人。她在兰州的饭馆里当服务员时,和一个陕西小伙子认识了,嫁给了他,从甘肃来到陕西。然而,生活贫困而无聊,桃叶总想找一个更好的机会过上富裕的日子。于是,她带上儿子,两度出走。第一次被一个在逃罪犯、老男人骗到了山里,过了十多日后,她回家了,但她未死心。她再度出走,她和儿子被一户人家软禁起来,好不容易才只身逃回家来。这下她才死心了,不再去远方。但她并没有真正结束"游荡",结束了去远方"游荡",她却把目光转而投向村子里的富人田仁,选择在本村"游荡",即"游荡"在自己的家庭之外,给富人田仁当"二奶"。

这些女人的生活漫无目的,而且冯积岐在松陵村故事中只是单纯地描述这样一种状态,并没有明确给出她们选择游荡的生存的内在原因和意义。但是,在我看来,她们的"游荡"正是处在城市化进程中的当代中国乡村变迁的一个折射。浮躁的现代心理状态改变了乡村人对土地的固恋,土地不再能将他们拴住,她们开始向往脚下的土地之外的生活或者说别处的生活。女性不再愿意承担固守乡村的职责,而选择"游荡"。女性的游荡,也是女性对自身的前途和命运的无从把握。但是,别处的生活终归只属于别人,而不属于她们,所以她们注定要心无所托,她们注定要失败。最后,她们就被搁置了。对他们来说,生活不在此处,也不在彼岸;她们的生活被空置,没有根基,没有信条,没有意义,没有一切。但是,这种"游荡"本性正是遭遇城市冲击后的中国当代乡村出现的新女性的真实生存状态。

四、用最"洋"的技法写最"土"的经验

冯积岐笔下的松陵村是典型的西部乡村,"松陵村故事"所写是中国最本土的乡村经验。一般而言,农村题材的作品往往与现代主义相去甚远,农村题材所对应的往往是传统的写作方法。然而,冯积岐的松陵村故事更多所采用的却是现代主义的写作方法。什么是现代主义?冯积岐有自己的理解:"现代主义不是西方作家的专利,现代主义就在我的故乡岐山。我在岐山这块土地上生活、生长了那么多年,受到的启示、熏陶不少,从小就目睹过出土的西周的各种器物,各类青铜鼎,目睹过凤翔的木版年画,那些器物、鼎上的图案以及木版年画上的图形大都是扭曲的、夸张的、变形的,表现着民间艺人的主观意识。这就是传统文化对于我的影响,这种影响对于写作也是很有裨益的。我们常常说传统,我们的文学传统究竟是什么?这是我们要思考的问题!中国的文学宝库除了四大名著以外,还有《封神榜》、《聊斋志异》等一批非现实主义的优秀作品。西部并不是意味着传统、守旧,西部的文化实际是最开放的文化。"[56]冯积岐在写作方面的营养,更多地来自西方现代小说大师。在他看来,作家必须是善于学习的人,他曾大量地反复地阅读过欧美一些大师的作品,他以为大师们创造了一个文学高峰,他以这些大师为坐标,比如福克纳、卡夫卡、帕斯捷尔纳克、川端康成、海明威、加缪、乔伊斯、鲁尔福、厄普代克、波特、卡佛、菲茨杰拉德等等。[57]他希望从大师们那里学习各种各样的写作手法:写实的、虚幻的、荒诞

的、象征暗示的、意识流动的，包括多角度叙述、多线条叙述、多人称叙述等等。他并不把自己的写作固定在一种模式中。[58]为了进入艺术的自由王国，就应该不断地去探索。从他所列的西方作家名单可以发现，他所推崇的基本上以现代主义作家为主。所以，现代主义写作技法是他创作的重要手段。

在冯积岐长篇新作《村子》研讨会上，贾平凹曾对冯积岐的写作技巧谈到过一些看法。贾平凹说："他(指冯积岐)在陕西作家里是吸收现代小说成分较多的一位，而他又是极传统写作的一位，他的生存状况和经验以及走上文学之路受到的教育都是传统性的，年纪又不小，可以说是形成了自己固有的一套写法的作家。而怎样在吸收现代小说成分，如何在他身上发生化学反应，会反应到何等地步，这是我最关注的。他的个案对我们陕西、对50年代左右的人是有研究价值的。"[59]正如贾平凹所提及的，对于一个中国当代作家来说，如何处理传统与现代的关系？如何在两者之间找到一个平衡点？如何既不拘泥于传统，又不受制于现代技法？这些是作家常常要面对的重要问题。

1. 探索小说叙事与结构的新方式

冯积岐在小说结构方面进行过多种探索。他的中、短篇小说写法各不相同，比如《一个人的爱情》采用散文化叙事，抛弃了严密的结构，没有完整的情节。《逃》则采用多重结构，并有元叙事的特点。五部长篇小说的结构各有特点：《沉默的季节》和拉丁美洲的魔幻结构主义极为相近；《敲门》则是块状结构的，用A、B两条线索穿插叙事，《村子》

则以沿用传统现实主义手法为主,中间插入象征、隐喻等技法,《大树底下》采用了类似墨西哥作家鲁尔福的"亡灵叙事"。

对于作家来说,叙述者的选择和叙述人称的选择是十分重要的工作,体现着作家的叙述风格,只有合适的叙述方法才能将作家的思想感情和对生活的理解与感受恰到好处地传达给读者。冯积岐小说中叙述者"你""我""他"经常同时运用,轮番上阵,转化密集迅速,有时候同一个段落里的几句话,每一句所使用的人称都是不同的。其中以《沉默的季节》最具代表性,作家把发生在三个时间纬度里——过去,现在,未来——的事情杂糅在一起写。历时性叙述的中断与颠覆,更加突出了共时性描写的倾向,不仅改变了作品的文本形式,而且改变了作品与现实的关系,使作品呈现出印象主义的色彩。叙事者的变化其实就是叙事视角的变化。

下面以冯积岐的长篇小说《沉默的季节》为例,简单分析一下冯积岐在小说叙事和结构方面所做的探索、尝试与努力。《沉默的季节》是冯积岐的第一部长篇小说,也是"迄今为止,作者个人生命和人生体验的一次最集中的投入和最大面积的释放。"[60]《沉默的季节》涉及20年的历史背景,涉及几十个人物,涉及性、欲望、自尊、伦理、压抑、恐惧、伤害、道德等多个主题。要操纵这么多的头绪,把他们交织起来,就需要一个严密的艺术结构。现在,让我们像纳博科夫所做的那样,来仔细诊断这部小说的结构,来体会曲径通幽的美丽。《沉默的季节》不是按照传统小说所采用的以时间和空间的一般次序来推进情节的结构形式;在这部小说中,粗看之下时空是乱的,常常是这样的情况:这一段写的是50年代发生在某地的甲和乙之间的事情，下一段却是20年之后发生在另一个地点的丙和丁之间的事情了。当然，这样的两件事情也不是完全没有联系，它们之间存在着意象上的联系，或者说存在感觉上的联系。这种写法，在西方现代小说中，被称为"意识流"，如果采用电影术语，则可以被称作"蒙太奇"手法。《沉默的季节》开头几章特别密集地运用这种写法，这样的写法给习惯于传统时空结构的读者造成了一定障碍，然而，这样的障碍却正给有经验的阅读者带来一些阅读的乐趣。当然，如果小说从头至尾全部采用意识流或者叫蒙太奇的手法，就会使小说过分难以阅读，如果这样，它将不太符合中国读者的口味。《沉默的季节》里对意识流手法的一定分量的运用，对于读者的接受程度来说是恰当的。

同时，在《沉默的季节》中，作家还将人物塑造融进作品的结构中。读者将很难分清：究竟是为了塑造人物形象而如此结构作品呢，还是为了如此架构作品的结构而将人物设计成这样的形象？人物形象与小说结构的水乳交融可以造就小说的和谐。主人公周雨言个性敏感而多思，正因为这样的个性，当他面对一些场景的时候才会联想到很多，也才会发生意识的漂移。而小说中的大多数情节，正是通过他的意识的漂移引出的——随着他意识的流动，小说情节结构的时空切换得以实现。可以说，小说主要人物周雨言的性格决定了小说可以用意识流来组织材料，进而形成结构。反过来，正因为作家想要以意识流来结构情节，所以他需要一个周雨言这样性格的人物。人物性格和小说结构是鸡与蛋的关系，说不清是先有性格，还是先有结构。另外，在《沉默的季节》

中,许多句子、许多词语,都具有结构上的意义。在每一次意识的漂移和时空的转换上,都会有相同的词语出现。

具体来看,《沉默的季节》在小说结构上的特点,在第一章到第三章中明显地体现出来。小说第一章到第三章,主线是十七岁的"狗崽子"周雨言和二十三岁的贫农宁巧仙一起劳动,轧完棉花回村。就这么一个简单的事情,可是,在小说中,就没有那么简单了。秋天的夜晚,他们轧完棉花,坐同一辆手扶拖拉机回村——周雨言和宁巧仙坐在棉花包子上,棉花包子装在拖拉机上。在这样一个静谧的夜晚,深陷进棉花包子,又是身在摇摇晃晃的拖拉机上,周雨言在半梦半醒之间游移。他可以感觉到宁巧仙作为女人的诱惑,他的意识模糊了、漂移了,无数的往事来到他眼前。他的意识潜入过去:七岁的时候,和哥哥周雨人去雍山里捡拾牛粪;十六岁,和夏有福一起犁地;初中时,同学们闹革命整治老师;十五岁的"我"被迫离开学校;小时候的性幻想和长大后的梦遗;十二或十三岁时和远房姑姑的搂抱;家里被"分浮财"时拆房抢东西;童年和少年时代祖母对"我"的爱;娘受到的迫害;五六岁时候报名册上的"地主成分"。上面这些头绪繁多的内容,通过周雨言意识的流动镶嵌在小说的主线之中。同时,整个第一章的结构又是一个圆圈,始终未偏离叙述的主线——周雨言和宁巧仙一起去轧棉花。请看第一章的第一句:"走出轧机房,周雨言……"[61]第一章的最后一句:"现在的周雨言正坐在装着棉花包子的手扶拖拉机上凝视着天穹上的星群,沉默不语。"[62]

如此精致的结构显示了作家出手不凡的写作功底。这一章只用了短短的13页文字,就将周雨言的基本状况交代清楚了——从他五六岁,七岁,十六岁,写到十七岁。而且,也涉及到了小说中的大部分人物——周雨言、宁巧仙、夏有福、周雨人、祖母、父亲、母亲、夏全华、夏长贵、夏双太、六指队长、章昌龙。同时,在空间上也显示了丰富性——在雍山捡拾牛粪,在田地里耕田,在学校里报名、学习和批斗老师,在家里祖母的怀抱中,河滩放烟火,打麦场上的着火,修路劳动、轧机房轧棉花等等。如果没有这么密集的切换,是很难把这么杂乱的内容填塞进一个章节的。而且,如果没有这么密集的切换,也不能使读者很快就建立关于周雨言故事的大概的轮廓;如果没有这么密集的切换,也很难全方位地形成一种紧张的气氛,给读者带来密集的感觉冲击。同时,在第一章在结构上的特点还有——以回忆和插入为主;并不是以小说的主线为重点,作者似乎并不急着将故事和情节向前推进。第一章里小说站在周雨言的十七岁,将时间向前推溯,也将事件向远处推溯。在第二章和第三章中,意识的流动又有了新的特点。情节的构成不仅包括周雨言十七岁所回忆的过去,还包括十七岁以后发生的故事。前三章以周雨言的十七岁为"现在",在时间上向前和向后延展。所以,小说在结构上就以意识流为方法,通过密集的时空转换,搭建了小说故事的走向和轮廓,引出了小说几乎所有主要人物。

　　从以上的分析中可以看出,《沉默的季节》中的意识流和蒙太奇的手法,正是作家在长篇小说的结构上的一个有益的探索,小说的结构正与作家所要表达的意思相和谐。从这部小说中,可以看出作家对形式的重视,甚至可以说,作家是以形式为内容的。选择什么样的形式,本身就是内容的一部分。也许有些人会觉得，意识流和蒙太奇早已经不是新鲜的方法了，但是，运用这种舶来的技巧写中国最"土"的乡村故事，却并没有很多成功的先例，但冯积岐将这种方法运用得如此娴熟和严密，在中国的乡土作家中是不多见的。

2. 意象、象征、隐喻

冯积岐的"松陵村故事"意象繁复，并且遍布了隐语和象征。他的作品往往为读者提供密集的意象：松树、小麦、黑夜、白天、月光、扁太阳……

长篇小说《村子》中有这样一个情节：在一个宁静的月夜，祝永达和赵烈梅一起在地里收割麦子，作家将美好而纯洁的爱情借助月光的意象传达了出来：

这是一个月色融融的夏夜，皎洁的月光跟小麦花一样在细细的东南风中轻轻地摇曳，放着香气。吃罢晚饭，祝永达提着镰刀，拉着架子车，加夜班去了……祝永达抬起头来看了看，月亮周围罩着薄薄的晕圈，凉飕飕的东南风撩起了他的布衫，他觉得十分惬意，又挥起了镰刀，埋下了头……静夜里，他和赵烈梅割麦子的声音特别响亮，镰刀和麦秆相撞击发出的响声好像剃头匠给大地剃头发，那旋律跟河水一般清澈。……[63]

宁静的田野、成熟的庄稼、皎洁的月光、愉快的劳作、健康的女人、勤劳的男子……构成了一组意象，洋溢着农村诗意的美丽。"一个意象可以被一次转换成一个隐喻，但如果它作为重现与再现不断重复,那就完成了一个象征,甚至是一个象征(或者神话)系统的一部分。""象征具有重复与持续的意义。"[64]也就是说,多次使用的意象就变成了一个象征,同时,意象也只有经过多次使用才可以成为象征,象征是意象的重复使用。"经常可见的一个现象是,一个作家的早期作品中的'道具',往往变成其后期作品中的象征。"[65]冯积岐在他的早期作品中曾经苦心孤诣地创造过一些人物和事物的视觉意象,在他的后期作品中,这些意象都变成隐喻性的或象征性的了。其中松陵村的那棵白皮松是一个核心意象,在冯积岐的"松陵村故事"中,反复出现过白皮松的意象,它象征[66]了故乡和故乡的精神,甚至具有了宗教般的含义。当然,在冯积岐的作品中,具有象征意义的意象还有很多:太阳、蛇、鞭子、鞋子等等。

扁太阳是作家对"太阳"这一意象的变形运用。在传统文化中,太阳象征着光明、伟大、崇高,同时,在"文革"的特殊年代里,红太阳也常常被作为伟大领袖的代名词;然而在小说《沉默的季节》中出现的太阳不是圆的,而是扁的。小说中写到周雨人给语录塔上画太阳时,他想画一个圆圆的红太阳,可是,画出来的太阳却是扁的;接着,周雨言妄图将哥哥画扁的太阳改圆一些,却给改得更扁了;他们的妹妹周雨梅画的太阳也是扁的;若干年后,周雨人因为寻找妹妹去省城看画展,看到画展上别人画的太阳也是扁的。"扁太阳"的意象,本身就代表了反常与虚妄,小说中"扁太阳"的意象暗含了对伟大领袖的怀疑与一定程度上的否定。长篇小说《敲门》中反复缠绕着"蛇"的意象,作品中四次写到蛇,并且将蛇的隐喻与梦的隐喻交织起来,共同暗示了故事的走向和人物的命运。小说一开篇就写到一条蛇溜进了丁小春家的院子：

"那条蛇是丁小丽第一个看见的。……她对蛇的恐惧来自内心深处，尽管她还是个少年，这恐惧仿佛是与生俱来的，在心里扎下了根。她曾经在睡梦里和一条蛇相遇过。梦中的蛇比她见到的这条蛇凶猛多了，梦中的蛇通体发黑，双眼放光，它破门而入，不声不响，用光滑的身体缠住她，蛇头像木匠的钻子一样向她的身体里面钻，她疼痛难耐，向母亲求救。母亲只是在喘息，并没有来救她。她抬头看时，母亲身上也缠了一条蛇，母亲身上的蛇和她身上的蛇没有两样，也是那种黑乌梢蛇。那条蛇如同绳索一样，勒得母亲痛苦地呻吟。母亲也需要人救助。……她哭着给母亲说，她梦见蛇把她和母亲缠住了。那一年她只有八岁……母亲听她的母亲说过，梦见蛇并不是凶兆，女人梦见蛇必定生儿子。"[67]

无论在东方文化还是西方文化中，蛇都与性有关。在弗洛伊德那学说中蛇和鞭子一样，象征着男人的生殖器。在中国文化中，女人梦见蛇就是要生儿子的预兆[68]。年仅八岁的丁小丽梦见蛇，梦见她和母亲同时被蛇缠住，隐喻了故事后面的情节——丁解放去世后，丁小丽和母亲在自己家里同时被人强奸了，年仅十四岁的丁小丽因强奸而怀孕了。

在所有使用过的意象之中，冯积岐对"鞋子"的象征意义的把握和阐发最为丰富和细腻。《村子》中连续使用鞋子的意象，以鞋子来象征女性的贞操，通过描写薛翠芳、马秀萍、黄菊芬等各个女人的鞋子的状况和遭际，象征了她们本人在两性关系方面的各种遭遇和情状。小说写薛翠芳的鞋子的笔墨最多。小说第五章写到，薛翠芳的丈夫马生奇无端地怀疑薛翠芳背叛过他，所以常常向薛翠芳寻衅闹事。薛翠芳不理他：

"薛翠芳的目光在自己的鞋上:紫红色的方口条绒鞋干干净净,几乎是一尘不染;鞋是她自己做的,很俊样,穿在脚上挺合适。她弯下腰用手在鞋帮上弹了弹,仿佛马生奇那不怀好意的目光就粘在她那体面的鞋上,她必须弹掉。"[69]薛翠芳的鞋子干干净净的,其实是暗示薛翠芳的为人,暗示被丈夫怀疑和殴打的薛翠芳其实是纯洁的。在小说的第十五章,离婚后的薛翠芳和田广荣结婚了,当天晚上:"进了房间,田广荣弯下腰去给薛翠芳脱鞋。薛翠芳脚上是一双朱红色的新皮鞋,鞋很合适,惋惜的是鞋带子比鞋的颜色稍浅一点,仔细看,那鞋带子跟枯萎的芥草一样衰弱,鞋的色泽被陪衬得有点嚣张。"[70]用薛翠芳脚上的那双看似合适实则不和谐的鞋子,象征和暗示了他们夫妇二人今后的生活也面临着同样的问题。现在来看看黄菊芬的鞋子:"鞋是从黄菊芬的箱子里找出来的,一双是方口黑条绒鞋,一双是紫红色方口平绒鞋。两双鞋都没有楦开,都有点小。"[71]可怜的黄菊芬,因为先天心脏病而不能享受肌肤之亲的美妙,她的鞋子也是小的,没有楦开,正像几乎还保持着处女之身一样。最后来看马秀萍的鞋子:在小说的第二章里,有一段关于马秀萍与鞋子的描写:"秋天里,一个阴云密布的日子,父亲从县城里回来又和母亲闹事了。马秀萍从炕上下来……拼命地向村外跑。她一口气跑上了……钻进了路旁的玉米地。……她蹲下来喘着气,还没有哭出声来,抬眼一看玉米地里蹲着一个人,那个人撅着尻子在屙屎。马秀萍先是一惊,继而便被吓住了。她的一双眼睛盯住那个硕大的屁股盯住那个看不清面孔的男人一步一步地向后退。当她从一道塄坎上退下去,跌进塄坎下面那块低洼地里的时候如梦初醒了。秋雨在那块低洼地里形成了一个泥潭。她的浑身上下被污泥沾污了,跟伏天里在涝池的青泥中滚了几遍的猪崽一样,脏水像眼泪似的从身上向下滴。她这才哭出了声。她哭着从污泥中摸出了一双鞋,方口鞋的鞋口里灌满了黄而发灰的污泥。那双上了脚还没有几天的俊样的鞋面目全非了。她用手去抓鞋上的泥,结果越抓越脏了。她流着眼泪,提着鞋,进了村。"[72] 在这段描写中,小小年纪的马秀萍想要逃避生活中的不幸,然而,前有老虎后有狼,可怜的马秀萍无路可逃,最后免不了被污泥沾污。马秀萍的鞋口里灌满了污泥,正暗示了她日后的贞操之不保——长大了的马秀萍被自己的养父强奸——作家在小说的开头就为主要人物马秀萍日后的不幸埋下了伏笔。伤心欲绝的马秀萍离家出走了。几年后,祝永达和马秀萍在西水市的一个宾馆里再一次团聚,祝永达激情燃烧,而马秀萍却拒绝与他做爱,这使祝永达非常沮丧,小说中写道:"他的目光移向了那张沙发:沙发上堆放着马秀萍的衣服……她的一双鞋洗耳恭听般地放在沙发旁边,鞋很俊样,长方形的鞋口如同恍恍惚惚的目光。祝永达的目光插进鞋口里久久不肯拔出来。"[73] 在这里,鞋的隐喻就非常明显了,祝永达不能和马秀萍的做爱,他却用目光、用意念完成了和马秀萍的做爱。

3. 叙述语言

优秀的作家往往既懂得语言的奥秘,又善于将语言的各种手段运用到文学创作中去,使得语言既凸现自身的魅力,又与整个作品的其他方面和谐一致,共同完成作家的目的。一个成熟的作家,必然是一个有着自己独特的语言风格的作家。"语言风格是作家的个性气质、文化修养、美学趣味的总和,是超乎语法和修辞学之上的语言艺术。"[74]对于作家而言,语言风格往往会成为一个内在的明显标签,将他区别于其他作家。

冯积岐善于学习和运用现代西方文学的表达技巧,在有些作品中出现了比较欧化的语言。在冯积岐的一部分小说中,使用了意识流的叙述语言。意识流是一种现代主义的叙述语言,它是不计时间顺序的,尤其适合于刻画人物内心世界的精微。普鲁斯特、乔伊斯、福克纳、吴尔夫等人都用过意识流语言。"现代心理学家们发现,人的心理活动并不总是合乎逻辑的演绎,思想与感情,意识与下意识,意志与冲动与激情与欲望与任性等等,像一条幽暗的河流,从生到死,长流不歇,即使处在睡眠状态,也难以中断。而理性的思维活动不过是这条幽暗的河流中的若干亮着灯火的航标。"[75]"意识流语言不像白描的手法用线条来勾画,却用的是油画的技法,一笔一笔的颜料抹上去,近处只见色彩斑斑,退而远望,才见其轮廓。"[76]意识流语言在追踪人的心理活动的同时,又不断诉诸人生理上的感受。

同时,他又从生活中学习活的语言,吸收了一定数量的陕西方言进入文学作品中,增强了作品的表现力。比如,他在小说中不止一次地使用过动词"睇"。在陕西方言中,这个动词用来指人有意识地向对方眨眼睛,力图向对方传达一种不便言明的意思。"马绪安的眼神里含有愤恨和嘲笑,眼角里睇出来的那种蔑视使六指恼羞成怒。"[77]冯积岐在谈到写作时说过这样一段话:"我觉得一个优秀的作家必须有自己的文体形式,语言形式。可是,在市场经济社会里,市场始终在作为杠杆,始终在诱惑我们,出版商在引导我们向所谓的'好看'靠拢。"[78]从这里可以看出作家对语言形式的重视,以及对自己所固有的语言形式的坚持。

作家的语言风格在很大程度上表现为语言的调子:是长调,还是短调?长调有利于营造回环往复的气质,绵长而忧郁。短调则或明快,或暗含张力。一般而言,作家为自己的语言所定的调子基本上是统一的,然而,也不排除长调中夹杂的短调,或者短调中夹杂的长调;同时,作家的语言的调子,是建立在字句的感情色彩之上的。以《沉默的季节》为例,整部小说的语言的调子是长调,在同一个悠长的句子中,包含着密集的信息和感情,这样的长调是和整个作品所要表现的压抑的主题分不开的。然而,作品中的一些篇章则使用短调,这样的夹杂运用并不是要破坏作品语言风格的统一性,而是在错落有致、有张有弛中要调动读者的心绪,收到良好的阅读效果。《沉默的季节》中有这样一段场景描写,当时的情况是,秋月因为误解周雨言而放纵自己去和黄乡长睡觉,之后,秋月来找周雨言:

"……她(秋月)又要重复着一如既往的搂抱和亲吻。他(周雨言)对她的剥离很坚决。她用坚决的反剥离来实施她的意愿。……他恢复了大病未愈的衰弱和忧郁的威严说,我头很晕,你不要这样啊,夏秋月。他第一次给她的名字前面冠上了姓氏以示他的庄重也好把现在的她和以前的她进行严格的区别。这句话果然比强行剥离还有效,她无力地松开了他。

他和她都木然地站立着并保持着一定的距离,她在仔细地辨认他头晕的程度和真实性。

他在认真地审视她搂抱他的企图和意义。

她似乎看出了什么端倪却并未惊慌。

他似乎什么也分辨不清也并不茫然。

她依然用含情脉脉的挑逗性目光看着他。

他尽量地抑制着内心的愤怒和对她的鄙夷让目光大度一些。她决定先开口。他打算什么也不说。'你是怎么啦？谁惹你生气了？'她的言语和表情一样的柔和亲切。既然他有了打算，他就不说。'我知道你心里想什么，你不准备把你想的给我说出来？'她对他发起了进攻。他无动于衷。'你不想说，我就走了，永远不进这个门！'她的口气很坚决，身子按照一定比例的幅度向后拧。他耐不住她的进攻，还是开了口：'站住。'"[79]

作家行文中语言的重复是一种风格，一种节奏，是形式、音响、意境、情绪的需要。在《沉默的季节》中，写到周雨言长期待在乡政府不回家，妻子吴小凤怀疑周雨言和秋月之间的关系非同一般，她一直在等待丈夫回家："……吴小凤等待了数月之后周雨言仓皇地回来了。他给她带回来的是仓皇的神情仓皇的交欢和仓皇行事之后留下的仓皇的阴影。他从她的身上溜下来就开始仓皇的喘气。……第二天，周雨言仓皇地走了。……周雨言的仓皇使吴小凤也仓皇了，吴小凤在仓皇中冷静的想：……吴小凤为她感觉到的东西而仓皇。……吴小凤在周雨言给她带来的仓皇中拖着孤寂的日子向前走。"[80]这两段连用了12个仓皇，12个仓皇的连接使得读者的心也仓皇了，为周雨言和吴小凤的关系而仓皇。冯积岐的"松陵村故事"中,常常会赋予普通的词汇以新奇的意义,同时,字句的感情色彩体现了他对语言的微妙感受。在《沉默的季节》中,有这样一段描写:"两个人站在路面上,谁也不说话。宁巧仙的眼睛包抄过来像一张网罩住了周雨言……周雨言的目光从网罩的网眼里钻出去看远处的雍山山峰。周雨言感觉到宁巧仙的双眼像咀嚼什么似的发出了咔吃咔吃的声响……"[81]眼神暴露人的内心,宁巧仙的焦急与迫切从"包抄"和"罩"两个动词上即可看出,而周雨言的逃避,从"钻"这个动词上也可窥见。类似的例子还有很多:"那唧唧喳喳的说话声仿佛针线一样在他脊背来回穿梭。"[82]"咔嚓咔嚓作响的目光"[83]"三婶……脸上的笑容好像聚众闹事的农民,久久难以撤退。……那些哲学家对于生活的警示和作家们对生活的透析和理解,……不过是失了密的考试试题。"[84]

结语:当代文学视野中的冯积岐

在20世纪90年代初期,陕西作家的写作曾经一度特别受到文坛关注,即所谓"陕军东征"。陈忠实的《白鹿原》、贾平凹的《废都》、高建群的《最后一个匈奴》等都在当时的文坛产生了极大的影响;但是,冯积岐因为出道较晚,并未赶上这样的好时候。虽然,他的长篇小说《沉默的季节》所取得的艺术成就绝对不在这几部作品之下,但是因为小说出版之时全国文坛对陕西创作的高度关注业已落幕,所以,《沉默的季节》当时并未获得足够的重视。其后几年,冯积岐陆续推出了他的长篇小说《敲门》、《大树底下》等,也未得到文坛广泛的关注。一直到2007

年《村子》出版，局面才有所改变。20世纪90年代以降，城市写作和消费主义在文坛弥漫的时候，冯积岐仍旧固执地经营着他的乡村，一次又一次地书写着他的"松陵村故事"。他的乡土书写克服了世俗化与模式化的流弊，为读者呈现出一个真实而独特的乡村。冯积岐的乡村是一个中国西部乡村，如果将他的"松陵村故事"放在西部文学的坐标中考量，我们可以发现，冯积岐提供的是一个非主流意义上的西部，他所展示的西部丰富了我们对于西部的印象和想象。然而，冯积岐的"松陵村"又不完全是一个小小的西部村落，他所写的"松陵村"可以被看作衰落了的中国乡村的缩影。

1. 在西部文学的坐标中

20世纪90年代以来，中国当代文坛和文学批评界对西部文学在整体上是不够关注的，而且，即便在这样的并不充分的关注中，也还存在着一定的偏差与误解，西部文学创作的丰富性和多种可能被忽略了。正如李建军所说的："西部文学，在相当一部分人的想象中，是一幅凌乱、模糊的图景，常常被歪曲地等同于几个'著名'的作家和几部'有影响'的作品。"[85]沿海发达地区的比较活跃的文化圈以及集中于京沪两地的批评家们，对于西部文学的理解很大程度上只是一种对西部的想象，他们把西部作为东部或者城市的对照物、作为"他者"来看待，所以，他们更为看重的是西部文学中的那些能够引起他们兴趣的东西——相对于东部的文明，京沪两地的批评界更看重西部文学中描写野蛮的那一部分；相对于东部的有秩序，他们努力挖掘西部的无序、混乱、血腥；

相对于东部的先进的生产，他们更看重的是西部文学中的落后的劳作；相对于东部的现代化或者后现代化，他们更愿意把西部作为一个前现代的区域来看待……所有的这一切当然也没有什么错，而且西部确实存在着如上状况；但是，仅以把西部看成为一个野蛮、混乱、落后的前现代乡村，就是使西部蜕变为一个符号，将它简单化、歪曲化了。

还有一个问题是，现今学术批评的话语权基本被东部或者大城市掌握，而他们对西部的理解又在很大程度上决定了他们对于西部文学的评价，并以此来判断某一个西部作家在文坛的地位。正是在这样的状况下，一部分西部作家因为符合东部批评家对西部的想象，幸运地进入了批评家的视野，获得了批评家想要给予西部作家的关注与荣誉；而另一部分则没有如此幸运——尽管他们的作品也许更有现实感，写作更加成熟，也更能够反映西部的真正的状况，但是，由于他们的写作与批评界业已形成的对于西部的定位与想象存在差异而未能获得足够的重视。所以，文学批评界更能接受红柯、杨争光等"主流"西部作家，但更多地漠视冯积岐、老村、石舒清、雪漠等作家。

按照主流批评界对西部文学的想象与定义，冯积岐的"松陵村"写作并不属于典型的西部写作。然而，西部写作不应该、也不能够只有一种形态，冯积岐的乡村写作是西部多样化写作中的具有独特个性的一种形态。冯积岐本人也谈到过这个问题："我认为，西部文学不只是一个地域概念，如果只是从地域上来谈西部文学，就有可能有失偏废。所谓的西部，既是一个地域概念，也是一个文化概念。我这里所说的文化是大文化，是指人们的思想方式、行为方式和生活方式。如果把西部文学只简单的限定于边缘地域,只是写西部的风土人情,只是写雪山、大漠、戈壁、羊群和狼豹,那么,这样的所谓西部文学就只能吸引一些人、特别是陌生人的眼球,就会形成概念化或者是公式化,对真正意义上的西部文学是一种扼杀和阉割。"[86]李建军曾经称赞过这样一类西部作家:"……他们以刚健、清新的风格写作。道德态度和文学趣味上的积极和健康,敢于直面苦难和不幸的写作勇气,以及关注弱者及底层人的人道情怀,使这些年轻作家的写作成为一种在中国文学的整体格局中不容忽视的平衡力量。……"[87]将冯积岐放置在西部作家的坐标中,我们可以发现,他在年龄上属于第二代西部作家,和路遥、贾平凹一样是同一代人;但是他出道较晚,他的写作精神也呈现出第二代西部作家所没有的勇于探索的和富有朝气的特点,所以,从创作特点来看,他更应该被归为第三代西部作家。

冯积岐笔下的西部,不同于红柯[88]的带着血腥的、暴力的、散发着蛮荒气息的西部,也不同于董立勃所钟情的简单而清新的西部,冯积岐的西部具有更多独特的文化气息——他的西部就是自己的故乡,那是一个三百里秦川中的小小村庄,一个叫做"松陵村"的地方,但是这个村庄和一般意义上的西部存在差异性。冯积岐曾经说过,"我的家乡岐山县算不算西部?当然算。但是,我们故乡的文化和西部边远地区的文化又大不一样。我们那里的人们老实、敦厚、勤劳、聪慧,有自己独特的道德底线,有自己独特的行为方式,虽然缺少了西部边缘人的粗犷和坦率,但是又不失真诚和智慧。我想,每一个西部的作家,不论他生活在哪一个省、哪个地区,只要是把他所熟悉的人物写活,用一支笔把他们固定在纸上，当许多年以后，读者读起来，这些人物仍然是活的，那么，这就是作家对西部文学的贡献。"[89]冯积岐的小说创作主要将背景放置在"松陵村"，写出了这个村落几十年的历史，写出了那里与众不同的民俗以及生活在那里的独特的人群，为读者展现了一系列非主流意义上的西部的故事。当然，这是由他的生活和体验的环境所决定了的，也是由他对于文学的理解所决定了的。"我承认，我是西部的一个作家，但是，我也许和西部的每一个作家都不一样，因为我的文学观、价值观、世界观和我所受到的磨难、受到的教育以及艺术师承分不开，这也决定了我的创作个性。"[90]

对于当代文坛的潜在期望与市场需求，冯积岐是迟钝的，或许并不是迟钝，而只是不愿意去适应。他所做的一切，就是将记忆中的那个"松陵村"一次又一次地书写，在回忆中长久地凝视自己的松陵村，并且将他对松陵村——中国乡土文化之一种——的感受和思考传达给天南海北的读者。杨光祖在《西部长篇小说创作的缺失》[91]一文中写到过，"西部长篇小说领域有许多作家基本是写出一部比较好的作品，再就没有下文了。有些作家虽然还在写作，但永远不可能回到自己的起点，甚至越写越糟。"但冯积岐不是这样的。从1983年发表第一篇小说，二十多年来，冯积岐的创作一直没有停止，而且，他不断地做文体试验，一步又一步地超越自我，突破自我。他不像有些作家进行"自我寄生性的写作"（自己重复自己，中短篇是长篇的节选和缩写）和减法式的写作（一部不如一部，一部重复一部）。他不但在长篇小说的写作方面有所收获，更多的，他的中短篇小说更是充当了他思考与超越的先遣兵，他所发表过的两百多个短篇和三十多部中篇以及五部长篇小说，每个小说都具有新特点，这是他不断寻求变化和坚持的证明。

冯积岐以一系列的"松陵村故事"，为真切感人的西部提供了一个不可或缺的组成部分，他的笔墨所纠结的始终没有离开他的村庄以及村庄里的人和事。冯积岐在展示他的松陵村的时候，关注的不是暴力，而是苦难以及人的生存境况，是人心的冷暖和人性在急剧变化的社会中的境遇和迁延。作家笔下的农民们具有这样的特点——有点落后，但并不是完全落后；有点丧失了做人的标准和精神底气，但又不完全丧失；他们继承了来自祖先的周文化的血脉，然而这样的文化却已经被现实所风化和瓦解；人性中邪恶的部分在他们中的一些人身上被充分张扬出来，但是，大多数人身上依然流淌着、还是老实诚恳、遵从祖先遗训、坚持做人的道德底线。商品经济的发展给农村和农民带来了冲击，改变了他们的生活方式，旧的价值观念开始动摇瓦解，新的价值观念却尚未完全确立，他们不知道在祖宗祠堂被推倒之后、在乡绅文化被摧毁之后，该以什么样的标准去做人和做事？……所有这一切蕴含在冯积岐的"松陵村"里，"松陵村"才是他笔下的西部——一个充满着现实感与生命力并触手可摸的西部。这个西部显然与大多数人——包括大多数批评家和读者——对于西部的想象和期待不相符合；这个西部并不是完全野蛮的——尽管它有时候表现为野蛮，这个西部也不是完全暴力的——尽管它有时候也使用暴力，这个西部也不是完全农业的——因为商品已经渗透进村社的毛孔之中，无法也不可能回避。显然，正由于这些原因，冯积岐笔下的西部，一直未受到主流批评界的认可和赞誉。然而，我们无法否认，松陵村也是一个西部，而且是真正底层的西部。冯积岐的松陵村和陈忠实的白鹿原、贾平凹的陕南商洛农村、路遥的黄土高原上的平凡的世界，一起构成了这个西部——一个底层的西部，一个真正的西部应该生活着白嘉轩、高家林、孙少平，也生活着周雨言、祝永达，这个西部是奔跑着白鹿、生长着白皮松的深远的世界……

2. 在乡土写作的语境里

对城市题材的重视、对消费意识形态的表现以及对欲望的书写，构成了20世纪90年代以来中国当代文学的主流，此时文学写作注重表现生活表象，却放逐了对意义和形而上问题的追寻与探索，让文学成为一地鸡毛，成为分享艰难，成为现世主义。"消费意识形态对90年代小说的辖制构造了一种双向循环的图式。一方面，它使作家愈来愈注重现象的捕猎并愈来愈冷落对本质的探掘，视距的消失使历史意识被遥远地放逐，作家不再将融注着历史性的当下作为透视人生繁杂体验的审美对象，而是在割裂历史的前提下毫无保留地介入当下……是一种健忘式的叙事，另一方面，在消费意识形态笼罩下的受众将艺术作品也视成了瞬间、组合、用过即扔的消费对象，对历久弥新的经典的兴趣被风驰电掣的社会转换渐渐抹平。创作主体和接受主体的相互影响与制约将缺乏市场支撑的深度叙事逼向一条越来越崎岖的羊肠小道。"[92]作家放逐了文学的本质和意义，读者放弃了对经典的期待，在这样的健忘式写作与阅读的整体语境里，对人生进行严肃的思考、追问或批判，似乎是那么不合时宜。而中国乡土文学多年来所形成的对人生进行严肃思考的优良传统在这里受到了挑战与抛弃。周燕芬说过,"乡土文学现在已经不再被广大读者所喜爱和接受。在当下的阅读活动中,包括我自己在内,农村题材的小说所占的比例越来越小。"[93]同时,由于,90年代以来作家大都聚集于各类城市,而且小说的出版与传播是一种比较纯粹的城市商业行为,这就使小说创作不能不普遍受到城市文化的渗透与制约。在这样的整体语境下,文学与城市日渐亲密,与乡村日渐疏远。中国的乡土写作淡出了历史的舞台,相应地,中国文学批评界对乡土题材的关注也降低了。作家、读者、评论家对乡土文学渐渐疏远,而这三个方面的合力造成了乡土小说在近十多年以来的日渐式微。

尽管如此,仍有一部分作家——如冯积岐——怀着深沉的情感一往情深地经营着自己的乡村题材:在消费主义的"粉、色、娇、艳"堂而皇之地进入现今的写作并有颠覆中国文学的传统格局的危险之时,这些作家的扎根本土、呈现底层命运的书写,不仅丰富着当前中国文学的意义表述系统,同时,也为准确而优美地言说中国的乡土经验提供了某种值得研究的范式。当大多数批评家对当下文学的浮躁与浅薄不满时,他们是否忽略了像冯积岐那样的一些乡土作家所做的文学努力?从总体上来说,乡土写作比当代的都市小说更加坚守文学的精神传统,在现实批判、历史关怀、道德反思等精神层面上坚守得更多。但是,当代乡土小说的写作也存在着一些问题,乡土叙事本身也面临一定的困境。一旦哪一位作家能够很好地处理乡土写作的困境,他就能够对中国的乡土写作有所贡献。

乡土叙事的困境首先表现在写作的模式化倾向上。20世纪90年代以来，乡土小说创作就出现了模式化的倾向（当然，我们本身就处在一个同质化的信息时代，不可避免要受到影响）。乡土小说本身的创作风格的相对统一，加上主流批评对一些写作模式的推崇，使乡土写作的主题与叙述方法容易形成潮流，这导致了乡土小说的创新不够。

除了模式化问题，乡土叙事的世俗化倾向也非常明显。我们在阅读中可以发现，为了提高乡土小说的趣味性、时代性和可读性，迎合大众潮流，中国的乡土小说出现了世俗化的倾向。具体表现为：一，乡村不再是安妥灵魂、寄托情感的精神家园，沈从文、路遥式的乡村爱情渐行渐远。在描写当代农民复杂的精神世界时，乡村爱情已经被商品社会腐蚀变质，年轻女人的单纯美好的乡村爱情已经行将绝迹，代之以"妓女还乡"。但是，在冯积岐的"松陵村故事"中，美好的乡村爱情还是那么令人尊敬和向往。长篇小说《村子》中赵烈梅对于祝永达的那份简单、炽烈、不求回报、至死不渝的爱情令人唏嘘。二，乡土小说中普遍存在的幽默调侃、闹剧笑剧的喜剧风格有损于思想表达和价值追问。躲避沉重是现代人简单追捧轻松愉悦的结果，是对平面化思维的迎合，对文学和当代精神价值的思考十分不利。在这样的潮流下，冯积岐的乡土写作仍然坚持自己独具一格的思考与风格，不放弃对苦难与不幸的郑重反思，是难能可贵的。新近出版的《村子》，就是一部让人体尝痛感和沉重感的小说，他对中国农村和中国农民的痛惜构成小说的精神内核。三，由于程式化的媒体语言和流行语言的入侵，乡土小说的语言也出现粗鄙化的倾向。但是，冯积岐的"松陵村故事"的语言却依然灵动鲜活。一方面是因为冯积岐非常重视语言,如前所述,他的语言带着他自己的鲜明的个人烙印;另一方面也与他的严肃、认真的文学理念有着密切的关系。

在中国当代乡土小说创作整体呈现出模式化和世俗化的语境里,冯积岐的"松陵村故事"保持着另外一种别具一格的生动风貌,这是冯积岐存在于中国文坛的真正价值。假如将冯积岐的"松陵村故事"放置在乡土写作的语境中来考察,他的写作的独特个性将会立刻凸现出来。他在写作中虽然没有对中国农村几十年来的重大历史事件(诸如"文革"、改革开放等)进行直接的、近距离的、正面的描述,但是他将自己的写作聚焦于紧随那些重大历史事件而来的人性的变迁、社会关系的变动和人情伦理的流转,这使他拥有了一个更高的写作起点。他不是不关注宏大事件,而是如我们在第二章中所分析的,他关注宏大事件之下的伦理的变化:人与人的关系已经悄然改变,原有的支撑农村社会的道德体系和文化体系解体了,那么,农村和农村人将要靠什么来支撑?这是冯积岐的乡土写作的兴趣点、出发点和终结点。

3. 冯积岐写作的困境所在

冯积岐的独特性以及他对于中国当代文坛的意义与贡献应该放在西部文学和乡土文学的坐标与视野中来考察,如上所述,冯积岐的写作具有自己独异的秉赋。但这并不意味着他的创作已经达到了完美无瑕的境地。事实上,他的作品在某些方面还存在不足,他的写作在某些时候潜伏着一定的困境。由于他的写作技法更多地来自西方现代主义小说的传统,但他所选取的题材,却又是最具中国特色的、最底层的中国农村社会和农民的生活。那么在这两者之间就存在着某种需要认真处理的矛盾:如何处理好本土经验与西方技巧之间的关系、实现真正的本土化写作?如何用最"洋"的技法写最"土"的经验?这并不是一个简单的问题。当然,这个问题也不专属于冯积岐一个人,而是一批中国作家所面临的共同问题。

贾平凹在评论冯积岐的时候曾经说过:"他学了许多现代小说的东西,他一心想在写乡下生活题材中做一场革命;这难能可贵,也最有价值,但他骨子里仍是传统的东西。如果写一个短的东西,单独来写都会非常精彩,但在大的作品里,要在糅一起却相互抵制。"[94]贾平凹从一个作家同行的角度提出的这个问题有一定的参考价值。冯积岐的长篇小说《沉默的季节》的前半部分使用的是较为严密而完美的意识流的结构方法,但是到了后半部分,小说的结构就基本按照传统小说的时空组合进行下去了。如何坚持在一部较长的作品里保持风格的统一与连贯?这是冯积岐需要解决的另一个课题。另外,中国作家在学习西方现代主义表达技巧的时候,往往会潜移默化地受到西方的审美情趣和价值标准的影响,在书写中国本土情况、表现中国的乡土文化时,有时候会不由自主地按照西方的情趣和标准来衡量,在这个方面,冯积岐的写作也存在着一定的问题,他在创作中不能以一贯之地实现中国乡村的本土审美和价值。

除了以上三个方面的问题,在冯积岐的"松陵村故事"中,偶尔也会出现这样的情况:小说中的人物有时候会超出人物本身,变成作者自己，说出一些不符合人物身份和性格的话来，不像一个农民，倒是一个作家或知识分子。比如，《沉默的季节》中写到了周雨人对艺术的看法和分析以及周雨人和周雨言关于人生终极意义的思考和讨论等等。这些完全不像一个农村青年的想法，反倒像一个新时期大学生的腔调；对于一个吃不饱肚子、受到阶级专政的、被超繁重体力劳动所捆绑的农村青年来说，是不可能将心思放在那些形而上的思考上的。如何将作家的内在思考融会到作品中、变成作品的有机组成部分而显得不生硬，这也许是冯积岐应该考虑的一个问题。其次，在《沉默的季节》结尾，用了一章写周雨言对于写作的认识和理解，放在这部小说中有点不和谐。另外，冯积岐早期的作品偶尔也存在语言过于西化的问题。

尽管如此，但是总的来说，冯积岐的思考与写作始终还是围绕着乡土中国的历史现实进程的，保持着浓郁的地域文化色彩，追踪着社会的发展变动给中国农民带来的被动的变化与适应中的悲剧，传达着处在商业文明与农耕文化夹缝中的农村的痛感。同时，在他的本土化精神内核中，他又使用了很多西方现代小说技法——尽管这些技法有时候并不和谐于文本，他的小说在传统的表象下，隐藏着隐喻、象征、意识流等等现代小说的技巧。西方现代小说技法与中国传统小说写法的结合，为文学表达提供了更加充分的渠道。也许我们可以说，冯积岐的创作还走在路上，还没有达到理想的高度。但他（以及像他一样的具备扎实的实力，同时也已经写出了优秀的作品，然而暂时还没有得到更大程度认可的一批作家）之所以值得关注，并不是因为他的作品可以被当作普遍有效的经验模式，而是因为他的写作是一种有价值的启示，给我们认识自己时代的文学提供了一种参照。因此，不管冯积岐的写作存在多少问题，他确实是担得起人们的赞许和期待的。

4. 文学批评对冯积岐的遮蔽

对冯积岐的"松陵村故事"的分析显示了，冯积岐是一位有着独特个性的西部乡土作家，他的写作丰富了中国当代文学，也做出了一定的贡献。但是，迄今为止，冯积岐的作品并未在大范围内被广泛地接受与认可，也没有在中国当代文坛产生过较大的影响。其中的原因是多方面的，既有客观的原因，又有主观的原因。

从客观方面来看，这与近二十年来中国文学批评的特点——关注潮流、学院化以及以偏概全、以点代面等——有关。首先，纵观中国新时期以来文学批评的历史和现状，文学批评似乎更关注那些在一定时期内形成了一定规模与影响的潮流以及潮流化的写作。然而，在冯积岐创作的二十多年里，他没有进入过任何一个受到关注的潮流，他所采取的，更多的是一种独立的写作姿态，他的写作与某一时期正在流行的写作主流是疏离的。所以，像冯积岐这样身处潮流以外的作家，较少地受到文学批评的关注。其次，将冯积岐和陕西其他作家相比较来看，陕西的乡土作家中在近二十年来已经涌现过陈忠实、贾平凹等名家，他们在文坛获得了很大的声誉，从而成为陕西作家的代表。而如果某一个地域已经出现代表作家，按照惯性和惰性，文学批评一旦提到这一地区的创作，往往就会只关注那几个成名的作家，以少数名家为代表来说事，这样，必然造成对这一地区的其他作家的一定程度的忽略。冯积岐是一位严格意义上的陕西作家，然而文坛和批评界一提起陕西作家，就言必称陈、贾，其他陕西作家基本缺席。再次，随着中国经济的发展，文学市场化程度的深入，中国文化界的兴奋点也随着经济中心而转移。20世纪90年代以来，文坛和文学批评界更重视大城市和经济发达地区的创作。西部作为经济欠发达地区，文学创作似乎也常常不在批评家的关注焦点里。冯积岐作为一位西部作家，当然也免不了这样的命运。最后，冯积岐的作品所关切的，始终是农民和农村，他的创作是地地道道的乡土文学。但是，20世纪90年代以来，城市书写和消费意识形态上升为中国文坛和文学批评界的焦点和主流，冯积岐的作品又不很符合主流批评界对西部作品的想象和定位，所以，尽管冯积岐在90年代进入写作的丰收期，也有不俗的作品问世，但是，他的乡土文学作品基本上还是默默无闻。然而，冯积岐的"松陵村"确实提供了一个非主流意义上的真实的中国西部乡村，他在中国文坛和批评界的特殊位置也可以让我们反思我们的文学和批评体制，他的存在无疑是有价值的。

注释：

1. 2007年4月，在《村子》研讨会上，雷电在发言中如是说。
2. 冯积岐著：《村子》后记，太白文艺出版社2007年1月第1版，P329。
3. 冯积岐著：《人的证明》，太白文艺出版社1998年1月第1版，P267。
4. 冯积岐著：《村子》后记，太白文艺出版社2007年1月第1版，P329。

5. 贾平凹著,在冯积岐小说《村子》研讨会上的讲话,新华网陕西频道。
6. 冯积岐著:《人的证明》,太白文艺出版社1998年1月第1版,P204-208。
7. 福克纳一直把自己生活的小镇描绘成"邮票那样大小的",他说他一生都在写一个邮票大小的地方。
8. 2007年4月,《村子》研讨会上,贾平凹发言,见新华网陕西频道。
9. 《从<敲门>说开去——访著名作家冯积岐》,转引自新华网陕西频道,2007年3月29日。
10. [秘]略萨:《致青年小说家的信》,上海译文出版社2004年版,P54。
11. 冯积岐著:《我的农民父亲和母亲》,北京燕山出版社1999年2月版,P66。
12. 冯积岐著:《我的农民父亲和母亲》,北京燕山出版社1999年2月版,P34。
13. 贾平凹在《村子》研讨会上的发言中提出的,转引自新华网陕西频道。
14. 崔道怡等编:《"冰山"理论:对话与潜对话》,上册,工人出版社1987年版,P324。
15. 刘小枫著:《苦难记忆——为奥斯维辛集中营解放四十五周年而作》,《这一代人的怕与爱》,华夏出版社2007年3月版,P45。
16. 无辜获罪,指一个人原本没有罪恶,但是,现实的状况却令他陷入罪恶感。
17. 冯积岐著:《沉默的季节》,长江文艺出版社2000年12月第1版,P49。
18. 冯积岐著:《沉默的季节》,长江文艺出版社2000年12月第1版,P50。
19. 冯积岐著:《敲门》,山东文艺出版社2005年版,P83。
20. 冯积岐著:《敲门》,山东文艺出版社2005年版,P83-84。

21. 冯积岐著：《敲门》，山东文艺出版社2005年版，P25。
22. "活"人：北方方言，此处"活"是动词，词意是活得真正像个人，活得有尊严。
23. 冯积岐著：《敲门》，山东文艺出版社2005年版，P151。
24. 冯积岐著：《敲门》，山东文艺出版社2005年版，P161。
25. 冯积岐著：《村子》，太白文艺出版社2007年版，P302。
26. 冯积岐著：《村子》，太白文艺出版社2007年版，P222。
27. 冯积岐著：《敲门》，山东文艺出版社2005年版，P62。
28. 冯积岐著：《种瓜得豆》，《芳草》1998年7期，P22。
29. 冯积岐著：《种瓜得豆》，《芳草》1998年7期，P27。
30. 冯积岐著：《种瓜得豆》，《芳草》1998年7期，P27。
31. 冯积岐著：《村子》，太白文艺出版社2007年1月，第1版，P86。
32. 冯积岐著：《村子》，太白文艺出版社2007年1月，第1版，P89。
33. 冯积岐著：《村子》，太白文艺出版社2007年1月，第1版，P80。
34. 同上，P318。
35. 田水祥是他的冤家对头，在"文革"里，田水祥没少欺负和压迫祝义和。
36. 冯积岐著：《村子》，太白文艺出版社2007年1月第1版，P81。
37. 李国平著：《悲剧性冲突和冲突的悲剧性》，《延河》1986年第1期。
38. 冯积岐著：《种瓜得豆》，《芳草》1998年7期，P18。
39. 冯积岐著：《种瓜得豆》，《芳草》1998年7期，P25。
40. 冯积岐著：《种瓜得豆》，《芳草》1998年7期，P28。
41. 冯积岐著：《种瓜得豆》，《芳草》1998年7期，P28。

42.冯积岐著:《沉默的季节》,长江文艺出版社2000年12月第1版,P15。

43.冯积岐著:《沉默的季节》,长江文艺出版社2000年12月第1版,P23。

44.冯积岐著:《沉默的季节》,长江文艺出版社2000年12月第1版,P186。

45.冯积岐著:《沉默的季节》,长江文艺出版社2000年12月第1版,P187。

46.冯积岐著:《敲门》,山东文艺出版社2005年版,P97。

47.在弗洛伊德的精神分析学里,恋母情结,只的是以本能冲动力为核心的一种欲望。通俗地讲是指男性的一种心理倾向,就是无论到什么年纪,都总是服从和依恋母亲,在心理上还没有断乳。所谓"情结"是指情感上的一种包袱。

48.这里的"审父"也不是弗洛伊德意义上的"弑父",弗洛伊德意上的"弑父"往往和"性"以及"娶母"密切相关,而冯积岐作品中的"审父",则与"性"无关,只是因为父亲未能尽到对子女的责任,因而作家对于父亲进行了审视、审问与审判。

49.冯积岐著:《沉默的季节》,长江文艺出版社2000年12月第1版,P69。

50.冯积岐著:《沉默的季节》,长江文艺出版社2000年12月第1版,P23。

51.冯积岐著:《沉默的季节》,长江文艺出版社2000年12月第1版,P69。

52.小说中用陕西方言叫"大"。

53.《沉默的季节》中写到赵烈梅对祝永达最初的印象是:"那时候,祝永达大概有十四五岁吧,他刚从学校里回来参加劳动,瘦瘦的,白白净净的,在地里和大伙儿一起劳动时,一句话也不说,他长得单薄,一把活儿也不少干,常常累得满头大汗。"冯积岐著:《沉默的季节》,长江文艺出版社,2000年12月第1版,P51。

54. 落难男人受到伟大女性的拯救,这样的例子在文学作品中有很多。

55. 冯积岐著:《棉花》,见短篇小说集《刀子》,作家出版社 2006年版,P32-35。

56. 《从〈敲门〉说开去——访著名作家冯积岐》,转引自新华网陕西频道,2007年3月29日。

57. 《从〈敲门〉说开去——访著名作家冯积岐》,转引自新华网陕西频道,2007年3月29日。

58. 冯积岐著:《刀子》前言,作家出版社,2006年版

59. 贾平凹在冯积岐长篇新作《村子》研讨会的发言,转引自新华网陕西频道,2007年3月29日。

60. 李星:《冯积岐和他的〈沉默的季节〉》,《沉默的季节》,长江文艺出版社2000年版。

61. 冯积岐著:《沉默的季节》,长江文艺出版社2000年12月版,P1。

62. 冯积岐著:《沉默的季节》,长江文艺出版社2000年12月版,P13。

63. 冯积岐著:《村子》,太白文艺出版社2007年版,P143-145。

64. [美]韦勒克、沃伦著:《文学理论》,江苏教育出版社2005年8月版,P214。

65. [美]韦勒克、沃伦著:《文学理论》,江苏教育出版社2005年8月版,P215。

66. 象征,指的是某一事物代表、表示别的事物。韦勒克、沃伦在《文学理论》中认为:象征这一术语较为恰当的含义应该是:甲事物暗示了乙事物,但甲事物本身作为一种表现手段,也要求给予充分的注意。

67. 冯积岐著:《敲门》,山东文艺出版社2005年版,P2。

68. 按照《周公解梦》的说法。

69. 冯积岐著：《村子》，太白文艺出版社2007年版，P23。

70. 冯积岐著：《村子》，太白文艺出版社2007年版，P102。

71. 冯积岐著：《村子》，太白文艺出版社2007年版，P25。

72. 冯积岐著：《村子》，太白文艺出版社2007年版，P79。

73. 冯积岐著：《村子》，太白文艺出版社2007年版，P182。

74. 高行健著：《探索现代小说技法》，花城出版社1983年版，P50。

75. 高行健著：《探索现代小说技法》，花城出版社1983年版，P27。

76. 高行健著：《探索现代小说技法》，花城出版社1983年版，P29。

77. 冯积岐著：《沉默的季节》，长江文艺出版社，2000年12月第1版，P48。

78. 《从〈敲门〉说开去——访著名作家冯积岐》，转引自新华网陕西频道，2007年3月29日。

79. 冯积岐著：《沉默的季节》，长江文艺出版社2000年12月第1版，P291-292。

80. 冯积岐著：《沉默的季节》，长江文艺出版社2000年12月第1版，P207。

81. 冯积岐著：《沉默的季节》，长江文艺出版社2000年12月第1版，P162。

82. 冯积岐著：《敲门》，山东文艺出版社2005年版，P22。

83. 冯积岐著：《敲门》，山东文艺出版社2005年版，P78。

84. 冯积岐著：《如画》，《滇池》，2000年6期。

85. 李建军著：《时代及其文学的敌人》，中国工人出版社2006年12月版。

86. 《从〈敲门〉说开去——访著名作家冯积岐》，转引自新华网陕西频道，2007年3月29日。

87.李建军著:《时代及其文学的敌人》,中国工人出版社2006年12月版。

88.红柯,陕西作家,擅长写西部故事,作品充满想象力,但作品中涉及较多的暴力。

89.《从〈敲门〉说开去——访著名作家冯积岐》,转引自新华网陕西频道,2007年3月29日。

90.《从〈敲门〉说开去——访著名作家冯积岐》,转引自新华网陕西频道,2007年3月29日。

91.杨光祖:《西部长篇小说创作的缺失》,《文艺争鸣》2006年第2期。

92.黄发有:《模糊审美:九十年代小说的叙事风格》,《中国新时期小说研究资料(上)》。

93.2007年4月,周燕芬在《村子》作品研讨会上所说,新华网陕西频道。

94.贾平凹在冯积岐长篇小说《村子》作品研讨会上的讲话。

我的2007书单

邵燕祥

冯积岐这位陕西作家写的《村子》，从一个小村庄的政治舞台，写出了人们在20世纪80、90年代，在公社解体后经历了多少新的政治经济利益矛盾，更有心理上、观念上、道德上的困惑和摩擦。

我从小说里认识了一个活生生的村党支部书记田广荣，这个嗜权如命的人怎样"摸准了共产党政策的脾气"，而在不同的政治气候下应付裕如；也认识了一个有理想主义色彩的年轻村干部祝永达，看到他怎样在乡政府强行催收"提留款"的一场暴力事件后，因不能为受害群众争得公正而卸职出走（第26节）；另如第30、31节插入的一个农民为"一亩六分地"维权的风波，让我们看到了弱势群体的生存状态，触目惊心！

原载《南方周末》2008年2月21日

乡村人物和乡村命运
——读冯积岐的长篇小说《村子》

邢小利

冯积岐的长篇小说《村子》（太白文艺出版社2007年1月第1版）是近年来描写农村生活的一部力作和重要收获。《村子》有一种震撼人的艺术打动力量。能如此真实地展现农村现状，细致地描写农民生活的各个方面，深刻地揭示农村社会存在的问题，需要对农村生活有长期、深入的体验和考察，也需要沉着稳健的创作心态，这些都是冯积岐所具备的。他数十年来一直踏实地走着自己的艺术创作之路，被人誉为是"走正路"的作家，不急功近利，是一位沉默的人生行者，坚韧的艺术攀登者，《村子》是他攀及的一个创作新高度。

村子是中国农村最小也是基本的社会单元，解剖一个村子，可以深入透视中国农村的现状和命运走向。小说中的村子名为松陵村，位于秦地关中西部，是一个有着古老历史的村子。作者写这部长篇时，显然有着清醒的史记意识。写实手法，按编年依时序的方式结构情节，清新流畅的叙述中，间以关中方言来突出小说的地域特性，这些艺术上的追求都突现了作品史记的特点。作者特别重视时序，小说一开始，就标明时间为1979年，小说最后，又注明此时为1999年，中间若干节，也不时标明年份，提示时间进程。小说所写时间跨度为二十年。这二十年，正是中国社会改革开放重要的二十年，变化可谓翻天覆地。《村子》基本上写的是当下的农村现实生活，它以一个村子、三个宗族、六个家庭为切入点，深入地揭示人民公社解体前后中国农村社会关系的调整，因生产方式的变革和生活方式的变化而出现的新的社会问题和矛盾，各色人等在这个巨变中政治和经济利益的矛盾，农民心理上、观念上、道德上的困惑和冲突。冯积岐《村子》的创作延续了柳青、路遥、陈忠实等陕西作家创作的特点，在对一个时代特别是中国的乡村社会进行真实揭示的同时，也进行深刻的反思。《村子》在揭示人物的心理冲突和文化冲突中，也在思考中国乡村社会的去路和农民的命运前途，寻求农村的文化传统受到各种力量冲击后新的文化支撑之所在。

  传统中国是一个乡村社会，乡村社会由村子（也称村庄或村落）构成，村子的特点是一个或几个宗族聚居，支撑并影响一个村子的就是若干个头面人物。这些头面人物其实代表着几个不同方向或不同方面的力量。松陵村的头面人物主要的就是三个，田广荣、祝永达、马子凯，他们分别代表着聚居在这个村子里的三个宗族。田广荣是田姓宗族的代表，他在解放后一直担任村党支部书记，实际掌控着全体村民的政治、经济以及教育的命运，因此他也代表着村子里的权力力量；祝永达是祝姓宗族的代表，他的家庭在新中国成立后被划为地主，一直是被斗争和被改造的对象，改革开放后摘了地主帽子，入了党，两度担任村党支部书记，他以德服人，从一定意义上说是这个村子的道德力量的代表；马子凯是马姓宗族的代表，他在省城读过书，是这个村子也是全县闻名的文化人，可以说是村子里的文化力量的代表。权力力量、道德力量、文化力量是乡村里的三种基本力量，这三种力量分别集于村子里三个头面人物身上，在改革开放最初的二十年间交互影响，矛盾着，冲突着，也较量着，或隐或显地映现出村子真实的面影。

田广荣是松陵村的一个强人形象和霸道人物。之所以如此，与他长期执掌松陵村的权力有关。他从土改时就成为松陵村权力的代表，在数十年的政治风浪中"摸透了共产党政策的脾气"，积累了丰富的政治斗争经验，工于心计，精于权术。村党支部书记的职位和宗族中的高辈分使他成了松陵村的"土皇帝"，数十年颐指气使，为所欲为，培育了他"爱粮食、爱权力、爱女人"的性格和嗜好。这是一个因掌握政治权力而得到很多切实利益和各种生活甜头从而嗜权如命的人，他的一切心思和行为差不多都用在保护和维持权力上面，他也能在各种政治环境下应付自如。他对政治气候十分敏感，能跟上形势，是一个很识时务的人。他对上见风使舵、阳奉阴违，对下培植亲信、恩威并用。他最初起用祝永达为村子唱戏管账，此前祝永达因是地主出身，在生产队连个记工员都没有当过，就是想在给地主富农摘帽这个时势变化的社会环境下，把像祝永达这样优秀的农村青年拢在自己身边，同时也做出大度、仁慈的样子，使村子里几十户地主、富农出身的人团拢在自己身边，完全出于维护自己权力的目的。为了自己的权力，他敢于也善于同上级领导斗争。当公社党委决定祝永达担任村党支部书记而要他退居为副书记时，他不甘心，暗地组织村子的党员致信县委，状告公社党委书记江涛，控诉江涛打击老干部田广荣，而告状的党员全部姓田。江涛到松陵村看了党员花名册，发现田姓党员竟占了全体党员的百分之七十，不由得怒骂："他娘的！田广荣把松陵村搞成田家党了。"显然，这个由百分之七十的田姓宗族成员组成的党支部，实际上就成了田广荣和田姓的办事机构。在这样的铁腕权力统治下，农民在他面前，只能服从。马润绪为了要回他的一亩六分一等地责任田，求告无门，被他逼得寻死不成又被逼疯，他才给解决问题。这件事明明是他不给办，到最后他还要装好人，责问下属为什么不办。权力意识已经渗透在他的骨子里，这使他面对任何人和事，都以权力意志为转移。他家盖楼，石灰池淹死了别人家的小孩，小孩家人找他问责，他拒绝承担任何责任，甚至连个好态度也没有，冷漠而又蛮横。这种冷漠和蛮横，并非说明他就是一个极其无情的冷血动物，他完全是斗争经验使然。面对一个惨死的孩子和万分悲痛的家长，他首先想到的不是同情和安慰，而是先保护自己，免于担当任何责任，他不能因为担当责任而失去权力。因此，当他被养女马秀萍刺了一剪刀之后，他的第一个反应、第一个动作就是先关上院门，把见不得人的一幕关闭在院内，而不是顾及自己的死活。这样的举动只有田广荣这样富有斗争经验的人才能做出来，也才符合他的性格。

小说中的田广荣是一个有深度的人物，性格复杂，并非简单意义上的坏人。他也有主持公道的时候，也有过为老百姓办事的热情，也儿女情长，也知道好坏，是权力体制把他培训成了权力狂，失去了权力，他就一无所有，彻底垮掉。因此，当他在村子里的政治权力失去之后，他又在宗族势力上打主意，倡议并出资修建田家祠堂，顺理成章当上族长，又期望以宗族势力继续掌控新时代的村子。

松陵村的后起之秀是祝永达。他代表一种与老书记田广荣这些既得利益者相抗衡的新的力量。他人格的树立，不仅在于他是一个能人，更在于他是一个好人，有理想、正直、无私而无畏，对于村子百姓的事，他既热心又富于牺牲精神。他是村子的新人，也是道德力量的代表，恰好与老田广荣的邪恶相对比相对抗。祝永达由于出身的原因，长期遭受打击和屈辱，饱受苦难，性格敏感而坚毅、自制而勇敢，他同情弱势群体，敢于打抱不平。他的入党和担任村党支部书记，与田广荣为了私利而掌权不同，他首先是要证明自我，活出一个人样。他生活在关中农村这样一个历史文化积淀深厚特别是宋明理学影响深远的土地上，受文化传统影响，时时处处秉持传统做人的原则，道德观念极强。作为地主的儿子，人不愿嫁，好不容易娶上一个媳妇，却患有严重的心脏病，不能行房事，他就长期忍受生命的煎熬，无怨无悔。村里一个敢爱敢恨的女人赵烈梅一直炽烈地爱着他，多次制造机会，他却一直不为所动。即使在自己的病妻死去以后多年，他也不越雷池一步。赵烈梅骂他正经得像"佛爷的卵子"，是从另外一个角度对他道德人格的肯定。浦江清曾言："人之禀赋，有极强之理智，必有极强之感情；有极强之感情，必有极强之理智。有其一而不备其二者，则必非真理智真感情。"（《论王静安先生之自沉》）显然，祝永达有极强之理智，是因为他有极强之感情。他是一个道德保守主义者，他深爱马秀萍，但在感情上却不能接受马秀萍曾与田广荣乱伦的事实，这使他非常痛苦同时也很迷茫。他是农村一个有思想有追求的新人，也是一个传统意义上的农民。

祝永达道德人格的确立，也表现在个人利益与强权现实发生冲突时，他义无反顾的对正义的选择。他深知农民的疾苦和实情，对沉重的摊派采取抵制态度。乡政府为收一些欠交的提留款，由一位副乡长带领，组织一帮人冲进了松陵村，这些人中有从各村抽来的年轻农民，有乡政府的干部，也有带枪的干警。他们进村，不去村委会，不给支书和村长打招呼，直接奔向村民家中，夺粮要款，稍有反抗就打人，不问男女病残，一连打倒了八个人。祝永达气愤不平，要为这些被打者告状。开始大家还义愤填膺，但当真正要签名时，却没有一个人敢签，也没有一个人认为上告会有好的结果。不是大家懦弱，而是无数教训使他们绝望，因此只有逆来顺受。瘸腿田三的话最有代表性，他对祝永达说："兄弟，你的情我领了，这个名我不签，我只有一条好腿，难道你忍心让我两条腿都断了吗？"祝永达不愿意成为祸害农民的帮凶，辞去村支书离开村子到城里打工。在城里，他遇到同样的情况。为了维护农民工的权利，要回血汗钱，他孤胆拼命与工头斗争，但这些农民兄弟不仅不帮他，反而齐声反对他。残酷的现实使他最后有所醒悟。他第二次出任村党支部书记，要用他的实际行动使松陵村人明白，松陵村人的奔头，不是匍匐在权力脚下等人施舍，也不是宗祠，而是脱贫致富。道德的力量可以拯救自己的灵魂，也能感动众生，但它不能普救众生。贫穷境况下要改变农民的命运，经济的力量当是最有效的。祝永达的形象是梁生宝式的农村新人形象在改革开放以来的继续，他是村子的未来和希望。

马子凯是松陵村的文化人,是乡村绅士文化最后的代表。可惜这种绅士文化在这个时代已经消亡,已经没有任何影响力了。传统社会维系乡村生活和秩序的主要是绅士文化,绅士或是退职以后回归乡间的官僚,或是未曾入仕的读书人,总之,绅士是一些读过书而且在乡间有身份有地位的人,他们是乡土权威,村民相信他们。绅为一邑之望,士为四民主首,在老死不相往来的传统乡村社会,绅士直接影响甚至统治乡村,所谓"官于朝,绅于乡",就形象地描述了绅代官治的社会现实。

马子凯在省城念的书,喜欢弹三弦。他先参加的共产党。抗战时期,国共合作,他负责车队为前线运送粮食。他也因此从政,先后做过国民政府凤山县的教育科长和雍川乡的乡长。他在当乡长期间虽然没有什么恶行,暗地里还配合过中共领导的西府游击队,但解放后还是被打成历史反革命。尽管他小时候也是贫苦出身,但到临解放那一年,他家有土地二十多亩,厦房五间,被划为地主。地、富、反、坏、右五类分子,他既是地主又是历史反革命,双料,在1949年至1979年这以阶级斗争为纲的三十年间,他的女人被活活打死,二儿子自杀,他的命运可想而知。社会一变,两顶沉重的帽子"一"风吹,他还做了县政协委员,成了当地有政治身份的人物。县政协办的《文史资料》每期都要向他约稿。他也写了不少民国时期凤山县政治、经济、文化和民俗方面的文章。然而,尽管他成了松陵村也是本县一位不同凡响的文化人物,县上领导也常来村子看望马老,但马子凯本人却在村子里没有应该有的威权和影响。中国几千年的乡村社会,绅士及其所代表的文化力量是一种非常强大的力量,他们对农民有着巨大的影响力。但是这种文化力量在过去数十年间，被以田广荣为代表的社会政治力量所阻断，传统之流在这里凝滞。

然而绅士在，绅士文化的传承就有希望。绅士是讲究尊严的。马子凯曾经有过尊严，后来没有了尊严，现在又恢复了尊严。然而人活到一定的岁数，自己的尊严固然也由自己，但更多的时候也要看子孙，子孙后代有时就成为自己的一张脸了。马子凯的子孙特别是孙子辈并没有给马子凯赢得脸面，反而让他颜面尽失。马子凯是读书人，他的思想观念还是要让子孙读书。读书向善是他的人生追求，积极乐观是他的人生态度。大儿子马英年当年学习成绩很好，考大学时没有被录取，是因为受了家庭成分的牵累，政审不合格。而到了孙子辈，则完全是两个孙子都不争气。马子凯对两个孙子寄予了无限的期望，客观上创造优越的学习条件，主观上循循善诱，无奈时势变了，孙子马宏科和马林科不仅无心向学，甚至也无心向善。长孙马宏科连考三年都没有考上大学，而且是每况愈下；二孙子马林科干脆连高中都没有考上。儿子马英年没有上成大学，还能做个老实的农民，在泥土中讨生活；孙子辈则不一样了，土地上再也容不下他们了，身在农村，却三天两头在城里混，浑吃浑闹，先是成为社会的闲人，最后则一步一步走向犯罪，骗人，偷人，抢人，成了混迹于城乡之间的流氓无赖，两个宝贝孙子最后双双被关进监牢。更为可怕的是，小孙子马林科刑满释放不久，为还赌债，为了区区三十三元钱，竟然用斧头砍杀了当年救过他命的马志敬，杀了这个松陵村最正直的农民，一个地地道道的庄稼人。曾经给马子凯在困境中以慰藉的三弦再也无法抚慰马子凯破碎的心了。三弦吟出的是乡村绅士文化的挽歌。他悄然而死，死不瞑目。马家的毁灭和马子凯之死具有象征意义。中国几千年来乡村社会秩序赖以维系和发展的一个重要基础——乡村绅士文化传统断裂了，毁灭了。马子凯就是乡村绅士文化最后的绝响。他死后，松陵村再也没有这样的文化人了。农村此后产生的文化人，要么上学留城，要么进城谋生去了。

以马子凯为代表的绅士文化及其人格力量消亡了，以田广荣为代表的权力人格正在逐渐淡出乡村社会的政治舞台，而以祝永达为代表的道德人格尽管有其一定的感召魅力，但这种带有强烈传统色彩的道德文明，正在经受时代风雨的洗礼，它有太多的动人之处，也与现实有太多的冲突。经济力量固然是一条走向未来的必由之路，但物质的世界并不能代替精神的世界。中国二十年社会生活的巨大变迁，给农民的生活方式、精神世界中注入了许多新质，农民确实失去了很多锁链，但是他们还没有找到属于自己的美好的世界。《村子》里的农民还在承受着太多的压力和苦难，乡村社会各种不同的力量还在搏杀和整合，乡村社会的命运和前途还是一个不能预卜的未来。《村子》是沉重的，它的沉重让我们不得不沉思。

原载《扬子江评论》2008年第1期

农村现实的深度描写
——论《村子》

曹 斌

在日产长篇小说5、6部的当代文坛上,一部小说要引起别人注意变得十分不容易。在鱼龙混杂——高雅与低俗,严肃与戏谑并存的文学氛围中,能保持文学的纯洁,坚守文学家的使命和道德,用心血浇灌艺术之花的作家,更应该值得人们的钦佩和尊重。在读了冯积岐的《大树底下》、《沉默的季节》、《敲门》及他新出版的长篇小说《村子》后,我为冯积岐以世界著名文学家所创造的一个个文学高峰为目标,抵御金钱、权力、虚名的诱惑,收心敛性,潜心追求艺术的本质、人的本质的创作态度和创造的独特的艺术世界所深深感动。他秉持了当代陕西作家多以当代农村的变迁和关注农民命运为书写中心的传统,以个人的生命体验为血肉,创造了一个个鲜活生动的艺术形象,为当代文坛的艺术画廊添上了独具个性色彩的一笔,把新时期以来的反思文学提到了新的艺术高度。他对农村社会现象的关注和书写,对当代农民命运的思考，对传统文化在农村的消解的审视，对当代农民各阶层文化心理的透视，都有力透纸背的力度和艺术新颖感，令人耳目一新。他以正义、良心、善、爱、自由、民主等传统道德中的积极因素和现代道德的文明因素为价值尺度，丈量着农村从干部到普通农民的人心，在对农民无法摆脱苦难命运的书写中表达对社会批判的理性态度，在对农民正义、善良、爱的展示中，显示生命的美好，人格的伟岸和爱情的美好，透露出农民生生不息的内在动力。

《村子》是冯积岐关注改革开放二十年中农村社会变迁和农民命运的力作。与《秦腔》相比，它多了一些忧愤和沉重感。

一、触心动情的情感力量

艺术作品，可以吸引人的方法很多。但最高境界是能打动人心，能博得读者会心一笑或让读者（观众）流下泪水，或引发人们拍案而起的愤慨。《村子》的作者先动于情，再寓于言。小说中有许多动情点，有让人产生愤懑和让人唏嘘的艺术关节。如善良、正直、无私的赵烈梅患病无钱可医凄惨而死的情节和农民面对亡人所发出的对生活的绝望和倾诉等。

文学的滋味实际上是感情之味。感情的真假、投入的多少、酝酿的长短是文学之味有无及浓淡的根源。在一定意义上，文学是写感情的，作家是感情的制造者，许多作品不缺少丰富的技巧和华丽的语言，但独独缺少作家真诚的感情，所以这些作品都像纸人纸马一样，也可能栩栩如生，但无法触动人心。正如冯积岐所说："这个世界什么都有，就是缺少感情，苍白的感情虚假的感情每时每刻威逼着感情的真实，要吸吮一滴清澈的感情是很不容易的。"而作家自己在创作中，却力戒无情无病呻吟，"投入的是一颗善心和爱心"。[1]

《村子》的动情处，一是对中国当代最底层最弱的群体农民生存现状的关怀。农民在新时期的种地难，交粮交猪难，住房难，看病难，上学难，打工难等等问题都被作者尽收眼底，移于纸上。作为最弱势的群体，任何强权势力都可以在他们头上"弹烟锅"，谁都可从他们头上"翘尿臊"。在一定的意义上，《村子》是20世纪90年代农民的苦难史的记录。由于城乡差别，工农差别等体制性因素和政治上的集权，使农民在任何权力面前都表现得无助和无奈。从党支部书记、生产队长到收猪的屠夫、粮店的管理员都可以凭借着手中的权力在农民面前耀武扬威，把公理当作茅坑。面对哭诉无门的现实，农民在面临这些淫威时，只能屈从和忍受，把泪水强咽在肚里，把尊严揉皱装进口袋里。因为与权力抗争的人都落得疯和死的结局，如马润绪为土地问题上访无门喝农药自杀未遂精神分裂。小说让我们又一次回到了对农民来说不堪回首的90年代，感受到了农村真苦，农民真穷，农业真危险的时代特征，对作者在作品中表达的"农民还是个苦虫"有了更具体形象的感受。

二是写了感人的爱情，展示了农民丰富饱满内心世界。赵烈梅与祝永达之间爱情融合了贞爱、性爱等复杂因素，有情感和理性，灵与肉之间的紧张的搏击，显示了爱情的神秘性、复杂性。黄菊芬以生命为代价追求爱情的热烈和幸福，则显示了女性在性爱上的狂热和非理性的特征。祝永达与马秀萍之间的忘年之爱，也从不同方面对人的贞节观进行了映射。对爱情的书写，对农民的精神世界是一个丰富。劳动的艰辛，生活的困窘，并不能压抑人性中的爱欲之火，它仍然炽热地燃烧，放射出熠熠的光芒，照亮人的精神世界，给人生添加生存的希望和幸福的柴薪，让人生更丰富而诱人。

书写农民的爱情是常被我们的文字所忽略的一个方面。长期以来，爱情多为知识分子、公子小姐的专利，似乎与农民的生活相去甚远，在我们已有的作品中，农民的爱情常是粗粝的，我们的文化教育给了我们一个误区，使我们过多的把爱情的关注点放到了有知识的人物身上。而对知识贫乏的普通人的爱情较少去注意。而实际上，只要是人，对自己的爱情都是十分在意的，在爱情上都有美好的憧憬，只是表达的方式可能不同，赵烈梅得不到祝永达的肌肤之亲，偷去他的衬衣感受祝永达的气息，在她生命之火即将熄灭时，忍着病痛到她和祝永达一同劳动过、躺过的地方再回味一下自己的情感历程，都是人间至爱的表达方式。

二、直面现实的批判精神

冯积岐在散文集《没有留住的》中谈到小说的"介入"问题时，表达了这样一种文学立场："我们不放弃这样的观念：小说必须介入。可是小说的介入不是对政策的注释，不是给现实生活编织饰物，不是对普遍的社会心态的照录。小说家只有担当起现实生活的责任，用生命去体验现实生活，审度现实生活，责无旁贷地对人的勇气、自尊、自我牺牲精神等等优秀品质进行肯定，对人的某些丑陋的劣根性进行揭示和鞭挞，使人们看到人类的希望，为人类本身的缺陷而窘迫而羞耻，并不断修正自己，这样，才能写出比较准确的介入现实的小说。"[2]《村子》可以说很好地体现了作者的这种创作理念。

一个社会要健康地发展，离不开以人文精神为底蕴的善意的具有理性的批评。文学也是这种批评的一种方式，作家根据个人的生活体验，依据人类普遍尊崇的优秀道德价值，弘扬真善美，鞭挞假恶丑，引导人类向善、向美，这既是一种职业的责任，也是作家社会良心所然。

《村子》的批判意识，首先是体现在对造成农民苦难的现实体制的审视上。作家不是回避现实体制存在的问题，而是真实地再现现实体制的种种的弊端。松陵村是中国现实农村社会体制的一个缩影。在这里，以稳定为前提的政治需要决定了田广荣成了松陵村的"不倒翁"，他以党的领导在村子的体现者自居，又有宗族和辈分形成的在族群中的权威，在他的治下，松陵村的党支部是田家宗族的一个公开组织。这种千人之上的地位和组织上赋予给他的权力，使他能够要风有风，要雨有雨。多次的政治风雨的历练，使他在政治斗争中游刃有余，培养了他暴虐、阴毒、贪婪的性格，"爱粮、爱权、爱女人"概括了他人生的三大追求。他一方面在维护着农民的利益，另一方面在损害着农民的利益。他敢于在困难时期偷藏粮食，也敢于针对乡里的"摊派"煽动农民"缴农"。他也可以在新时期到来之际，顶住压力与被他整了多年的地富反坏右分子和他们的家庭成员握手言好。他重用祝永达，发展他入党，都显示了他的政治上的老谋深算。

但没有制约的权力也使他成为松陵村的土皇帝，他利用"二杆子"田水祥等人为打手，对农民实施统治。他的"脾气大"，可以任意打骂干部;他破坏了薛翠芳和乡干事的恋爱,明娶了薛翠芳,又暗里引诱了她的女儿马秀萍;他利用权力侵占钱财,又在关键时刻表现出疏财仗义;他的灰浆池淹死孩子,他说是"轻事";马润绪的好地被他为亲戚划了庄基地,他就是不另补给他好地,使马润绪一次次上访,要喝农药自杀,田广荣反骂他是"死狗一个","死一个埋一个,死两个埋一双",把马润绪逼成了疯子;马子敬的儿子在异乡被人打死,他信誓旦旦表示要为其讨个公道,却不了了之。"缴农"事件后,他被撤了村党支部书记,他又以族长的身份,整修祠堂,树立自己的权威,用另一种方式掌握松陵村的农民,以宗族权力抗衡对手祝永达的政治权力。

田广荣形象创造得是比较丰满的,他的性格内涵是丰富的。他的政治生涯的结束,也预示着一个时代的结束。

对体制问题的思考还表现在对祝永达政治上起起伏伏的描写上。祝永达的辞职打工,从一个侧面反映了体制对一个正直善良者的迫压。作为一个体制中的人,他不能不执行上级组织的指示,向贫困的农民强行摊派。作为一个不同于田广荣这样爱权如命,或阳奉阴违的正直的农民,选择"出走",是他的唯一的选择。在一定程度上,中国八九十年代的经济腾飞,是建立在对农民利益的过度的掠夺上。快速膨胀的投入,多数来之于对农民的摊派,以致引发了90年代不断发生的农民"以暴抗法"事件。从根本上说,"损不足以奉有余"的不公平不公正的体制和我们大多数干部身上存在的自古形成的官贵民贱的观念,使他们对农民的贫困和苦难视而不见,充耳不闻,以至于产生强收税赋,拉牛逮猪,拆房装粮,对不服者则拳打脚踢,绳捆镣铐甚至关押等暴虐行为。

小说对此细致的描写，为我们反思这一时期的体制弊端，提供了鲜活的材料。

《村子》的批判还来自于对市场化经济影响下农村传统道德的解体引发的农民朴素本质的褪色描写和农民自身弱点的关注上。

"五四"以来的新文学有一个显著的特征就是启蒙。提出以西方现代文明价值观来改良中国人性，以科学、民主、人道等思想来对抗中国的专制和愚昧。因为在专制条件下的"仁义道德"实际上是"吃人"的工具。但这个启蒙运动却由于民族战争和国内战争的影响，并未胜利地得到实施。新中国成立以后，我们一方面"缓行"了启蒙的步伐，一方面也中断了与传统道德的联系，将人仅看成政治的人。道德的缺失，使人既无宗教意识，又失去迷信控制，既放弃了民主、人道观念，又丢掉了"仁义礼智信"，中国人成了精神的孤儿，政治上的狂人。十年"文革"的发生，正是这种政治社会恶性发展带来的必然结果。

带着种种缺失，我们又很快进入了新时期，进入了市场化、商品化的时代。对于广大农民来说，他们面对现实，在道德上成为无所适从的人。老一代农民虽然还有些传统的道德观，中青年一代农民则既无传统的道德，又无现代道德观。他们只能凭着自己的本能和欲望生活，松陵村"绅士"马子凯的孙子马宏科、马林科逃学，未婚同居，偷人抢人，杀人，成为社会的敌人。他们把穷当作偷抢的理由，成为金钱的牺牲品。

道德的缺乏和利益的争夺，又造成了松陵村姐妹成仇、父子反目的悲剧的不时上演。赵烈梅姐妹为了界石大打出手，田广荣的儿媳妇给田广荣买的衣服里包豌豆，马志敬从不看重金钱到变得斤斤计较，狠心克扣短工的工钱。农村中传统的和谐，规矩，慷慨大度渐渐远去，农民的精神上再也没有了安逸感，而是被"紧张感和压迫感"所笼罩。

《村子》还关注了农民逆来顺受的性格，面对来自强权的压迫，他们只能像臧克家在诗中所描写的老马一样无奈地把头低下。他们有愤怒，也有不满，也有不甘屈辱所做的反抗，但结果只能是自己吃亏，受更重大的罪。正如小说中所写的那样，"不是他们的腰杆软，挺不住，而是他们一旦挺直就要挨打"。祝永达的爹祝义和为交猪给验猪的人下过跪，挨了打的田得安、田三、田根根的女人和祝万仓不告打人的乡干部，认为惹不起。他们只能以"权当叫骡子踢了狗咬了"这样的精神胜利法来安慰自己。祝永达在打工时讨要工钱，其他民工不愿参与，也同样显现了农民的弱点。这正是他们被祸害的根源。在启蒙的意义上，《村子》对农民现实精神状况的书写有了较深刻的认识价值和审美价值。因此，改造"国民性"仍是今后我们的社会和文学应共同关注的问题。

《村子》中马子凯作为中国传统文化的体现者有着独特的审美意义。他的"耕读传家"理想的破灭，让我们领略了世事的无情。他"隔代爱"，把马家重振家业的希望寄托在两个孙子身上，但却未曾料到，两个孙子丢尽了他的脸面，他带着愧疚辞逝，使代表着传统的三弦之音成了传统文化的绝唱，他的"方言"虽然留下了，但其中的传统文化的精魂却无法传承下去。

《村子》通过祝永达形象的塑造，体现了作者表现人类"自尊、正直、同情、善良、怜悯、富于牺牲精神"的光明面，为小说沉重灰暗的生活景色带来了亮色。祝永达是农村现代青年的理想形象。由于他的地主家庭出身,他失去了读书深造、脱离乡土过另一种生活的机会。成了一个有知识但又深受歧视的农民。不幸的生活让他学会了思考,让他过早地领略了世间的艰辛。由于出身,他的婚姻和爱情生活也变得苦涩,他娶了右派分子黄炳仁患有严重心脏病的女儿黄菊芬为妻,无法满足的男女情欲使他移情别恋,迫使黄菊芬为了"幸福"付出了生命的代价。

  当祝永达有了机会表现自己的才能时,他的公正无私、正直纯洁的诸种品性就得到了充分的展现。作者对祝永达的塑造,是想为"村子"找到一位不同于田广荣的领路人,让农民能得到善的惠顾和利益上的维护。看上去是田广荣在新时期为了拉拢几十户地富家庭人们的心而重用和提拔祝永达,但其中也有祝永达的才干和人品为基础。他把担任村干部看作是一种"为自己"的行为,看作证明自己能力和人品的机遇。而不是像田广荣一样把当干部看成是凌驾于众生之上,掌握生杀欲夺大权,为自己谋利益的手段。这就是他在无法阻拦对农民的无休止的摊派时,勇于放弃权力的精神动力。他在向党委书记李同舟汇报工作时说:"咱们不要说为老百姓解决多少问题,办多少实事,现在的情况是,我们已成为老百姓的祸害,老百姓的死对头,在老百姓的心目中,我们已经不是他们的干部,是他们要搬掉的石头。"他明知解决不了提留款问题,而李同舟却表示"困难再大,提留款也要交"。面对这样的蛮横指示和收款人的野蛮行为,他无能为力,而受害的百姓又无胆量去抗争,他只能请辞以表达不满。祝永达在这里表现了农民中的脊梁特征。

而当从城里打工几年重回松陵村时，他意识到，"世事再变，农民还是个苦虫"。要改变农民的命运，还要靠农民自己，而正确地使用权力，就会给农民带来福祉，他的人生境界从此有了新的升华。

祝永达形象的另一个特征是他对于美好爱情的追求，他有对于贞洁的认同，有对性爱分寸的把握。在与赵烈梅的关系上，他明知赵烈梅热烈地爱他，却不愿越过自己的道德底线，守住了自己的操守。他认为一个人应该讲德行，知道什么事该做，什么事不该做，他强调自己的人格和自尊。在与马秀萍的关系上，他是矛盾的，他一方面同情马秀萍的遭遇，但又不能接受她失贞的事实，他是一个理想主义者。对于千百年习惯于受人驱使的农民来说，祝永达是他们理想的领导者，就作者来说，要改变农村面貌和农民的命运，也只有依靠祝永达这样的人才能做到。《村子》的结尾，作者为读者透露了光明的信息。但是，如何使祝永达不会再变为田广荣式的人，恐怕不是单凭个人的道德自律所能解决的，还得依靠农村体制的进一步完善和农民自身文化素质的进一步提高。否则，仍会回到家族统治，神鬼扶佑的老路上去。

三、殚精竭虑的艺术探索

小说以1979年新时期到来作为叙事的开端，以祝永达萌发了想"有朝一日娶马秀萍为妻，从此甜甜美美地活人过日子"的想法，扯开了对两人关系描写的线头，结束于经过一段感情的历程后，两人再次相遇在松陵村的大树下，但事过境迁，他们的关系却陌生了，产生了深深的误解。这种刻意安排使小说在总体结构上表现了圆形，人生走了一个螺旋式的上升，似乎又到了起点。

冯积岐的长篇，很在意结构的实验。《沉默的季节》采用的是心理结构，时空不断跳跃变化，你、我、他三种人称交叉叙述，《袒露的部分》用的是多角度叙述，把不同时间段的故事浓缩在四天中完成。《敲门》是三条线并进，采用 ABAB 形式。一章写过去，一章写现在，但同时又将几个人的人生扭在一起。《大树底下》用一个出生不久被捂死的婴儿的角度进行叙述，把荒诞、象征、隐喻、暗示、反讽等修辞手法引入叙述。

这些手法的实验，并不是出于猎奇，而是适应了所叙述的人物和事件的需要。在中国 20 世纪六七十年代，本身就是一个充满荒诞的年代，许多匪夷所思的事情就发生在那时。为作家引入"先锋"的写法提供了条件。

《村子》在叙事的安排是颇具匠心的。他把时代的转折人们的心理变化通过两个事件传达出来。一是祝永达的妻子黄菊芬死后的"丧葬"，二是马子凯的"祝寿"。如同王蒙在《春之声》中用"蓝色的多瑙河"的交响曲和人们读外语的声中传达"春"的气息一样，冯积岐的《村子》以地主分子祝义和的儿媳妇死后，可以穿白戴孝、请吹鼓手，待客，而素不登地主家门的党支部书记田广荣也送了纸钱来显示世事的改变，小说中写道："好多年了，田广荣很少走进这个院门。松陵村所有的地主富农家的院门田广荣几乎就没有进去过。除非是抄家分浮财。就是偶尔进了哪个地主的家，他只是站在前院吆喝一声再不向前走一步。从年轻时当上村干部，田广荣的阶级界限就划得很清，在他看来，在松陵村，有地主富农，就没有他，有他，就没有地主富农，他是共产党在松陵村的代表，共产党和阶级敌人永远势不两立。"但共产党的政策毕竟变了，他心中虽然不满，但也得跟着变。他的送纸钱行为显示了一个新的时期的开始。而村人们则又恢复了传统的一家有事，家家相相帮工的古风。过去的尖锐对立、你死我活阶级对立的情绪开始消解。地主"狗崽子"可以享有同贫下中农一样的权利。马子凯的六十大寿的活动也是意味深长的。在新中国成立后的三十几年里，马子凯这个当过国民党县教育科长、乡长，又暗地里支持过北山游击队，解放后又当过干部的人，一直是被当作阶级异己分子，受到无休止的整治。新时期到来，地主、历史反革命的"帽子"被摘掉了。他通过祝寿要证明他和一直整治他的田广荣现在成了人格上平等的人。一对阶级冤家手握在一起，今天坐到了一条板凳上吃饭，其象征意义显而易见。

好的场景设计具有艺术上的巨大表现力，它可以充分将各种人物调动起来，使人们的性格有恰当的表现机会。作者对生活的体验和观察的深浅、粗细决定着他驾驭和开掘这些场面的能力。冯积岐久居农村，地主"狗崽子"的身份使他对新时期到来之际，长期受虐者得到解放的心情有不同一般的体验和感悟。因此在书写中，他特别突出了田广荣在两件事情的态度：从祝义和见到田广荣晚上送来烧纸的受宠若惊的神态中；从马子凯在等待田广荣前来为他祝寿时坐立不安的神情和田广荣到来之后两人手握一起的瞬间以及马子凯有些受惊失态的言谈举止中，作者把这个饱受蔑视和仇视的老人力求证明自己也是一个强汉子，和田广荣是平等的追求人格尊严的心理细腻地作了展示。在传达和谐信息同时,通过这些场面事传达出了田水祥这样的跟不上时代变化的人们的心理。他固守着多年接受的阶级意识观念,继承了他父亲的阶级意识,"见求不得马子凯那样的人,也更不要说去吃他家的饭。他将妻子赵烈梅从马家带回来的馍和肉倒到猪食盆里。"从他喜爱鞭子的性格,作者揭示了他的无知、粗鄙和蛮横,他做了别人的工具和政治的牺牲品却浑然不觉,是一个可悲可怜又可恨的人物。

《村子》中还有其他几个精彩的场面安排,如田广荣盖房请客及发生的孩子被淹死的事件,祝义和交猪的场面,乡政府派人收提留款的场面,赵烈梅临死前到麦田看望和安葬后众人见景伤情的场面等,尤其是这一场面催人泪下,让人揪心裂肺。好的小说,总是有这些好的场面和好的细节编织成的。在读了多无情节的小说之后,回头再看《村子》,小说情节的魅力是那么的动人,让人难以忘怀。

《村子》在艺术手法和另一个显著特色是道具的使用。在现代文学的大师鲁迅、茅盾、老舍等小说中,道具是他们丰富小说表达艺术、塑造人物形象、烘托人物性格的常用方法。道具可以更好地体现人物的性格,映现人物的文化品位。它是小说艺术中"精细"型的描写方式的一种。

《村子》中集中写了两个道具,一是马子凯的"三弦",另一个是田广荣的"鞭子"。两种不同文化类型的人物,各自喜爱自己的手中之物,文雅和粗野形成了鲜明的对照。他们都用自己喜欢的物什表情达意,抒发高兴时或失意时的情绪。

马子凯的三弦伴随着他的人生的起起伏伏。凄婉而幽长、洪亮而低沉、粗犷而细腻，柔和中交融着清淡和肃穆的三弦声，抒发的是他的坎坷不平但波澜壮阔的一生的弦律。在妻子被打死，二儿子马英俊跳井自杀，自己遭受到无数次的批斗的岁月里，三弦和书本成了他的人生的精神支柱。他用三弦驱赶着肉体上的伤痛和精神上的打击。新时期到来，他成了当地西府曲子队的第一把三弦，三弦在这里又成了传承传统文明的工具和象征。

《村子》对马子凯与三弦的关系，重点写了几笔，一是获得"解放后"，二是得知孙子学习成绩最差时，三弦都成了他保持镇定、抒发情绪的工具。马子凯最后一次弹三弦，是在得知孙子马林科杀了马志敬以后。这使他的精神被彻底击溃，真正感到了人生的失败。孙子杀的"是一个地地道道的庄稼人，是松陵村人很尊敬的马志敬"，这不仅仅是孙子要偿命的问题，而是意味着马子凯的教育和希望的彻底破灭，对家庭未来的彻底幻灭。他在深夜里从墙上取下三弦，坐在街道上的大石头上弹了起来，"在苍凉沉重的三弦声中，街道旁的梧桐树上一片一片往下掉叶子，马子凯的左手吃力地在三根弦上转动，干枯的右手颤抖着弹拨。枯瘦的脸庞上挂着泪珠。"哀莫大于心死，马子凯的心在三弦中死了，他的生命也走向终结。

《村子》中田水祥的鞭子，是作者精心安排的第二个道具。田水祥习惯手里拿根鞭子，"毫无道理地特别喜欢鞭子"。满月时，母亲拿来一根鞭子和一根笔，他把鞭子抓在手中，他父亲田绪娃说"看亮清了，咱的娃生来是打牛后截的"。他上学时带着鞭子，又喜欢自己拧鞭子，用他媳妇赵烈梅的话说："他手中不攥一根鞭子是尻子痒。"他到岳父家去探亲拿着鞭子，晚上开会拿着鞭子，上街赶集也拿着鞭子，妻子把他的鞭杆折断，扔进麦地里，他在集上又买一个新的。

水祥对鞭子的爱好，映衬着作为农民的驾驭欲望和虐待性格，田广荣重用他，就是看中了他的这种"二杆子"性格。他生在整治人的时代里，他的脑子里想的就是阶级斗争，因此，他反对淡化成分，对为地富反坏右平反摘帽子不满。他不能没有"抽打"的对象，他的历史使命似乎就是充当"打尹"。作者在对水祥的"爱好"的描写中，显示了他的性格。但"鞭子"意识也害了田水祥，使他虽是农民却并不精于种地，而且日子过得贫困不堪。在祝永达请求他做入党介绍人时，他内心的不满就想通过甩鞭子发泄一下。土地要承包到户，田水祥先是反对，后来阻挡不了，抓阄时，自己抓了块边地，回到家中遭到了妻子的大骂，又拿起鞭子要发泄。他的房子还是社教那一年分得祝义和的，自己多少年盖不起房子。田水祥和他喜爱的鞭子的渐远离，应当不是作者的失忽，而是生活渐渐地磨平了他的棱角。特别是他的妻子赵烈梅被查出得了脑瘤而他却无钱为她治病，只得让她回到村子等死时，"田水祥第一次学会了责备自己："我他妈的就是没本事，就是穷。"他在用无形的生活的鞭子在抽打自己。冯积岐把实写与虚写有机地结合起来，以实写表现田水祥的愚鲁和妻子赵烈梅的善良，以虚写暗示人物良心的自责和精神世界的改变。

原载《宝鸡文理学院学报》（社会科学版）2008年第6期

惨败的英雄，胜利的杰作

——冯积岐长篇小说《村子》读后

寇 挥

"那是1979年早春二月的一个晌午"，地主的儿子祝永达终于解放了，他"走在田地里，觉得明媚的春天仿佛是从他的脚底下生长出来的，解冻了的土地酥软而仁慈，从枯萎的色泽中挣脱出来的麦苗儿扑面而来。"这个时候，他二十六岁。三四年前，他由于地主成分，没有姑娘愿意嫁给他，只好娶了个"右派"的女儿"病罐罐"黄菊芬。黄菊芬患有先天性心脏病，严重到了与丈夫做爱就有可能死亡的地步，但面对解放了的祝永达，她内心里充满了对丈夫的愧疚，加上她对新的生活的向往，一再要求丈夫与她做爱，她在快乐中死去。"病罐罐"婆娘的死去，对祝永达来说似乎象征了一个旧时代的真正结束，祝永达轻装上阵，要求入党。村支书田广荣一方面迫于大形势，一方面想叫祝永达对他感恩戴德，压制住他的侄子、生产队长田水祥的反对意见，把祝永达发展成为党员。在后来的土地承包责任制的实施中，祝永达被任命为支部书记,取代了田广荣的地位。田广荣不想失去手中的权力,怂恿田水祥等一伙"贫下中农"到乡上闹事,高喊着"坚决走社会主义道路"的口号,结果被乡党委书记江涛降职为副支书。祝永达当上支部书记后,决心为松陵村的富裕拼搏一番。但是上级为了自己的政绩,大上乡镇企业项目,建大型水泥厂,导致村子债务缠身。乡政府因为收税,派人到下面残害村子。他们殴打农民,把农民家里的粮食、牲畜、家具抢走,把房子扒掉,祝永达不能容忍这样的土匪行径,决定辞去支部书记,出走他乡。

祝永达离开了村子,他对村子既爱又恨。"他自己有了强烈的惨败感,庄稼人心里有多么难受,多么委屈,他能体谅到。对于松陵村的庄稼人来说,有他祝永达和没他祝永达一样的。祝永达当支书和李永达王永达当支书是一样的。"他没有能力改变村子里庄稼人的命运,不能与残害庄稼人的当权者同流合污,就只好出走。

小说在第35章,描写了祝永达的出走。"她调过自行车,跨上去,向松陵村蹬去了。祝永达眼望着赵烈梅的背影消失在薄薄的雾霭中。……祝永达不由得热泪盈眶了。"此时,作为一个惨败英雄,冯积岐对于祝永达的塑造已经基本完成。当这样一个带有悲剧性质的惨败英雄,离开村子,走向陌生而又令他迷茫的城市时,这部小说也就把它自己独立于当代小说之林了。如果说当代小说是块低地的话,《村子》就是一座高原。作家通过主人公祝永达与村子现政权的决裂,将这样一个人物推到了不朽的境界。由此,使这部小说也就进入了杰作的行列。

祝永达出走后,田广荣重新攫取了村子的最高权力。祝永达到了城市里，当过小工，老板不给工钱，他组织农民工向老板讨薪，但农民工们害怕老板，反而抱怨他惹祸，这一次他又失败了。他坐错车到了火葬场。"火葬场"看似随意的一笔，但却具有非常强烈的象征意义，尤其将它与后面的"收容所"相联系，其意义就更加突出了。祝永达被抓进收容所，缴了两百块钱罚款，出来后，拉大板车送煤，与田广荣的养女马秀萍相遇。十多年前，他们心中便有爱的萌芽，异乡相遇，爱的火焰燃烧起来。他们回到村子结婚，婚后的第一夜，马秀萍向他倾诉了一直埋在心里的"一颗炸弹"：她的继父田广荣在她上中学时，占有了她。英雄的惨败在这里达到了顶峰——他阳痿了。田广荣是村子现政权的代表，祝永达这一次败到了骨子里头，他第二次出走。这一次简直就是逃了。狼狈而逃。

一次又一次的惨败，一次接一次的逃离，把祝永达这个人物推到了极致，这个惨败的英雄，使《村子》具有了杰作的品格。

原载《文化艺术报》2008年5月7日

柔韧冷硬的人性之光

禅香雪

见过刀也摸过无数把刀。薄的厚的,轻的重的,长的短的,锋利的愚钝的,不管形状如何,总感觉到冰冷,嗅闻到血腥,甚或目睹到残忍。

拿到冯积岐老师的短篇小说集《刀子》,我艰于呼吸目视。闭上眼睛,漆黑的封底上两个血红的大字森森地晃。"刀"字自左上向右下斜切,"子"字自右上向左下斜切。两个字竖行排列,与黑得无法见一星儿光的底面相叠,仿佛有两个人在黑漆漆的夜晚被同一把刀斜斜切过,鲜血横流,命断南山。

巨大的悬念促使我翻开书,翻到266页。老屠夫马长义磨刀子的声音在我耳边嚓嚓直响。那把柳叶刀磨得我的心口发烫。不知读了多少遍,我方才明白,这个世界,没有比性爱更柔韧更冷硬的东西。"刀"字的斜切暗示一生操刀的老屠夫的死亡,"子"字的斜切暗示生活无凭的女叫花子的死亡。他们都是因刀而死。两个字的颜色形体,冥冥中暗示了主人公极其悲凉的命运。

小说的标题叫《刀子》，作者赋予刀子极为深刻丰富的人生意蕴。这把"刀子"是有形的，也是无形的。剥离有形的杀猪的刀面，你会看到无形的杀人的生理欲求。这把刀是柔韧的也是冷硬的。如果不仔细揣摩，很难准确剥出作品包裹得极为严密的内核。

"刀子"的柔韧。刀为刚性。遇水则柔，遇石则软。水石相加，刀刃便开。开至几何，全在磨刀人手腕的功夫，心里的需求。小说开篇，老屠夫坐在房檐台下磨刀子，坐在春天的太阳底下磨刀子。刀子在老屠夫手中如同面团在巧媳妇的案板上，任由老屠夫打磨。刃的锋利程度完全掌控在老屠夫打磨的分寸中。磨好的柳叶刀在猪的体内体外游走自如。如同庖丁解牛，以无厚之刀刃入有间之骨节，恢恢乎游刃必有余地，因而十九年刀刃若新发于硎。这就是中国哲学意义上的柔韧。老屠夫的刀子柔中有韧，韧中带柔，柔韧相济，故而名声远播，故而赢得女人的芳心。

老屠夫已经有五年不杀猪了，但五年来从没有放弃磨刀子。这是妻子去世后他每日的必修课。一天不磨刀子一天就坐卧不宁。老屠夫磨刀子，其实是在磨自己的心思，磨自己内心积存的思念之火，磨自己身体积聚的欲念之火。老屠夫很爱自己的女人，爱到骨头里，就像爱自己的柳叶刀。女人很爱屠夫马长义，爱他身上的猪肉味儿和凉飕飕的刀子味儿。女人只要见到刀子，就能激情澎湃，就和他融为一体。这是马长义能够排斥外界一切女色诱惑的精神支柱。女人活着时，因为这一点，他能够抵御围观他杀猪的所有女人暧昧的目光，能够遏制客家女主人赤身裸体抚摸他的冲动，甚至在自己的胸脯拉上一刀，都不让自己做出对不起女人的事情。女人死后，马长义视刀子为女人的化身，他寸步不离刀子。他日日保养刀子，如同呵护自己的女人一般呵护着刀子。他关爱过女叫花子，他关注过儿子歌舞厅的漂亮女子，但他从没有丢弃过那把刀子。因为刀子的肉身弥散着女人甜丝丝的气息，一闻到这种气息，老屠夫就会忘记一切。磨着刀子，仿佛摸索着女人激情荡漾的玉体。女人虽然死了，但她依然活在老屠夫的胸口里，在柳叶刀尖跳迷醉的舞蹈。老屠夫对女人的这种感情比手中的柳叶刀更柔韧，有历久不散的魅惑力。作者把这种神圣的挚爱物化成刀子，物化为人性中金闪闪的光点，在字里行间跳跃，有着难以用文字言传的审美效果。这是一种阴柔，一种执著，一种韧性，一种风雨不折的芦苇精神。但文章没有用芦苇做线索，却选择了刀子，更是因为刀子冷硬的品性。

"刀子"的冷硬。一提到刀，我们就会想到杀人的兵器，也会想到行刑的千刀万剐，也会想到切、削、割、剁的行为动作，更会想到阴森森的血流成河。历朝历代，一把把无情的刀刺伤多少无辜的生命？沾染了多少人的鲜血？所以，看到老屠夫手中日日不离的柳叶刀，日日打磨的砍刀，我就想到死人。果不然，小说结尾，女叫花子被刀捅死了，老屠夫被刀割腕流血而死了。这是谁干的？谁害死了他们。我想，作者写这篇小说最想解开的就是这个谜底。但这个谜底隐藏得很深。我们须得拨开文字的外衣细细打量。

女叫花子出现时，老屠夫正在杀猪。老屠夫身上散发的阳刚之气深深感染了女叫花子。请看文中这样一段话："叫花子半张着口，眼睛随着刀子的来回拉动而眨巴，刀子把她的目光拉走了，把她的心拉走了，她似乎有点紧张（不只是出自奇怪），出气声也粗了，一只拳头悄悄地握住了，另一只手抓住了胯部的衣服。"马长义从衣服口袋里掏出来了10块钱，给了叫花子。叫花子说，刀子，你那刀子？马长义瞪了叫花子一眼。他弯腰拾起了柳叶刀，那刀光猛地一闪，雨点似的从叫花子身上打过去，叫花子身子一缩，脸也变白了。马长义说，再不要来了。听见了没有？他说得很躁。叫花子拔腿就走了。马长义盯了几眼女叫花子的背身，女人的腰背很端直，屁股没有塌下去。也没有下坠感。"分析这两段话，作者细致描写叫花子的神情动作身段并不是闲笔。女叫花子长得好看，四十岁上下，缺少男人的爱抚。她虽然生活困窘，但性生理很正常，所以看到马长义才会有身体行为的外显。而马长义在失去女人之后，更有性心理的饥渴。女叫花子给了他不可遏制的诱惑。但他的思想观念很传统，在他看来，睡人家的女人就是罪孽。所以他极力压制自己的生理欲求。偏巧儿子在自家院子开了歌舞厅，偏巧儿子和自己的生活方式完全不同，天天换女孩子，还明目张胆和16个女孩子过性事。鳏居的老屠夫看到了，听到了，压抑的生理欲求如同冷飕飕的刀子在体内翻腾，搅得老屠夫半夜三更起来就着月光磨刀子，磨得月光也跟着一起燃烧，老屠夫的身体也跟着一起燃烧。结果女叫花子死了，是被捅死的。女叫花子死前，老屠夫和她之间到底发生过什么样的事情，作者并没有交代，给我们留下一个极大的悬念，任我们去填补这个空白。也许他们有过性交往，也许他们还是没有走出自己的心里防线，无数个也许，我们都难以给出准确的结论。但有一点不容置疑。老屠夫杀死了女叫花子，然后自杀。老屠夫始终无法从柔韧的爱中跳出来，从固有的传统道德中跳出来，让自己的性欲求在女叫花子那里得到释放。这冷硬的生理需求如同那把锋利无比的柳叶刀，一旦出鞘便击中了老屠夫，结束了他健壮如牛的生命。

奥古斯特·倍倍儿曾说过："在人的所有自然需要中，继饮食的需要之后，最强烈的就是性的需要了。这种需要深深地埋藏在每一个发育正常的人身上。到成年时，满足这种需要是保证人的身体和精神健康的重要条件。"由此看来，性欲和食欲都是人的本性。但人们都明白，一个人不能像吃东西那样，无所顾忌地满足性的欲望，随随便便获得性的内容。人的性爱活动中存在着三个重要因素：一是性的欲望，一是爱情，一是道德。这三个因素互相关联，构成了一个三角形，缺少其中任何一条边，人的性爱活动就不可能是完满的、健全的。老屠夫对死去女人有刻骨铭心的爱恋。即使女人死后，他强烈的性的欲望并没有因此而泯灭。他压抑着，决不允许自己突破这道防线。即使面对还有几分姿色的女叫花子。但是，当他来到儿子的歌舞厅，看到丰乳肥臀的女孩子邀请他跳舞，他压抑多年的性欲望被激活，他的目光不由得去追逐被他惊吓的女孩儿。他看见那女孩儿被一个男人揽住了腰身，又开始跳舞。女孩像被倒进竹筛子里摇动的大豆一样，随着竹筛子的旋转，身上的衣服被筛走了。女孩儿头发蓬乱，腰肢扭动着，塞进马长义眼睛里的是饱满的奶头丰肥的屁股。马长义攥紧了刀把子，刀把子在他手里发出的响声沉闷而明晰。一身白晃晃的肉在马长义眼前乱晃，晃得他头眩目晕。他玩了一辈子刀子，从未害怕过刀子。可是，此时的刀子在他头顶乱舞，使他十分恐惧，他恍然看见，他的身上被砍出了一道又一道血淋淋的口子，他周身疼痛难耐，胸口如针刺一般。"咣当"一声，刀子掉在了地板上。

老屠夫在性爱的三角洲中苦苦挣扎。一会爱情占上风，一会道德占上风。最终崩溃在性欲望里。应该说，女人死后的五年，老屠夫过着性与爱分离的生活。他只能使自己的性处在一种极度压抑和饥渴的状态之中，过着清心寡欲的柏拉图式的爱情生活。刀子是他释放内心情欲的道具，所以当刀子被女孩子青春的气息撞击到地板上时，老屠夫固守的虚幻城堡彻底瓦解，把目标对准了倾心于他的女叫花子。或许女叫花子也在固守一种道德信条，不顺从老屠夫的要求，最后死于非命。老屠夫无法承受良心的谴责，无法排解自己的生理欲求，无法解开一个个死结，最终也走向死亡的深渊。

读到此，恍然大悟。爱，可以滋润人，也可以冷固人。一把刀子，是爱的化身，也是无法消解的性欲和道德理念的化身。精神依恋与生理欲求的拉锯战在老屠夫身上展开，相持，肉搏，使老屠夫的性爱心理畸形发展。当自然属性如同魔鬼般牢牢钳住老屠夫的手脚，这场没有硝烟的战争便以肉体的消亡落下帷幕，让读者唏嘘长叹。

这篇小说的奇特之处便在这个地方。有着鲜明的反传统意识。以前读的小说，总在淡化人的自然属性，特别是把伟大人物的性意识淡化，让他们凌驾于常人之上，仿佛是不食人间烟火的仙子。这篇小说回归人性，回归精神爱恋与生理欲求的高度和协。一个人，如果失去这两者中的任何一个，都不会活得健康舒心。就像小说开头写的，磨刀子的马长义跟刀子一样沉静，面部严峻的神情中透出了一丝压抑着的愉悦。

愉悦,是因为女人的气息游走在他的胸腔里,压抑便是五年来空白的性生活。

这篇小说没有按照传统小说的叙事模式来写。淡化情节、时空交错、魔幻现实手法的运用,与小说表达的主旨密切吻合。小说重点描写人物的内心流程,揭示人性的复苏与毁灭的过程。所以,一开首的情节便不是很紧凑,而是在反复打磨柳叶刀中慢慢剖开人物的内心,让你走进去,读他最隐秘的角落,读他最黯然的神伤,读影响他心理健康身体健康的症结。典型情节很少。抵御客家女主人的诱惑;挚爱女人的死去;儿子的婚外情;歌舞厅女孩子的魅惑;女叫花子的死去;老屠夫的割腕自杀。这些情节没有时间的先后顺序,完全按照老屠夫的内心演变过程行笔。这种手法留白很多,值得思考的空间很大。特别是磨刀时刀子自动在磨刀石上行走的情节,柳叶刀在猪皮上自动滑动的情节,都是超现实的手法,也是人神思错乱时所产生的必然结果。老屠夫在女人去世后,他的意识不正常,他的行为也不正常,所以,他做的事,说的话都不符合常规。这些手法的巧妙运用恰好与人物的命运相切合。内容与形式达到高度完美的统一。

掩卷沉思,冯老师的小说《刀子》意犹未尽。老屠夫死了,女叫花子死了,他们都死在一把刀上。这把刀是柔韧的,也是冷硬的,折射出一束束人性之光,让我们这些苟活者深深反思。活着,要活着,怎样活着?

原载《文化艺术报》2009年9月2日

做一个时代的记录者

贾平凹

冯积岐是我省一个重要作家、优秀作家,因为他的创作在新世纪以来,不但没有衰落,反倒很坚挺。这很不容易,这一现象值得重视和研究。人的因素决定在最后。冯积岐人有厚德,生活有厚积。《村子》是一部厚实沉稳的作品,是今年陕西文学的重要收获。我与冯积岐平日来往甚少,但他的作品我却很关注,我数年前之所以关注,是因为他在陕西作家里是吸收现代小说成分较多的一位,而他又是极传统写作的一位,他的生存状况和经验以及走上文学之路受到的教育都是传统性的,年纪又不小,可以说是形成了自己固有的一套写法的作家。而怎样在吸收现代小说成分,如何在他身上发生化学反应,会反应到何等地步,这是我最关注的。他的个案对我们陕西、对50年代左右的人是有研究价值的。这部作品我花了一两天时间读完了。

我作为同行,读作品不是要对作品要有什么结论。如见到一个人,有人看他的身份,有人看他的容貌,有人看他的气质,有人看他的衣服,有人看身上有没有虱子。我不是评论家,我看同行之作,看哪些是我能写出的,哪些我会怎样写,哪些我写不出来。具体到《村子》,这段生活我也是了解熟悉的,也是我最难把握的,我特别注意的是:1.如何去写这一段历史,怎样使现实生活中的历史事件既写出丰富性又还原成文学,使现实生活营造出虚构的艺术世界,把世俗的真实转化为文学的真实,将无常变成不灭。冯积岐做的怎样,而我又如何去做?2.他所写的人物当然独特,他是如何写出其生动活灵活现后能透出生命的饱满性的?3.他写了人物命运,命运不仅是独特,又如何产生一种命运感?这三点,可以说就是作品的根本,是时代和生活的深刻处。

那么,我读完了《村子》,给我的最深印象是感情特别真挚,思考特别深举,生活特别丰厚,文笔特别优美。让我感动的具体可以这么说:

一是作者是一个对文学虔诚的人,他的写作是用心写的,事关痛痒,当众多人写作带上了职业性毛病,即油滑,写玩乐,乱调侃。他不是这样,他忠于责任,才华内敛,气质阴郁,性情沉稳,依然表现着一个作家的严肃和高贵。

二是作者是一个不断追求的人,写作到了他这个年龄和经历了许多之后,仍在学习,仍在吸纳。他的思维是开放的,意识是先进的,这是一个不原谅、不满足、不欺人也不反欺的作者,他的状况表明着他的潜力和我们对他的期待。

三是他的思考不停止,包括社会思考、艺术思考。我概括一下,即从他的作品中可以看出，他是胆怯而又勇敢地进行着一种探索，他是无奈的又怀有野心的在奋斗着。这是一个作家最重要的素质，这种素质才赢得我们的尊重。

四是他所描写的乡下生活，笔下不做稀释，这些描写可以让别的人写好几部作品，他写了一个村子、一群人，这种小说是最难写的，而有些篇目和章节又写得是那么的精彩。

五是他是有几套笔墨的人，写实写得很到位，人物刻画得细腻动人。议论则有哲理，闪动着泥土一样的智慧，抒情又出乎意料，有诗人气质。

从冯积岐的写作引申开来，我还想说一个问题，这个问题我也没有想通，但我有感觉，也可以说有疑惑和迷惘。概括出来是六个字：苦难、虔诚、辛劳。这六个字是冯积岐的特点，也是陕西作家的特点。这一点对于当前中国作家是十分重要的，也是支撑陕西文学的基石。但是，在保持发扬这六个字的前提下，我们需要审理这六个字，这如同陕西之所以是陕西，是因为它历史悠久，是文化古地，但这又成了我们的一种重负。不妨可以思考：1. 什么是苦难？我们的苦难在哪里？怎样面对苦难？以什么心态对待苦难（如社会的、民族的、我们个人的）？怎样在文学中表现苦难？对待现实，情感要热，要敏感，要有痛感，但又要常怀平静而宽容之心。2. 对文学的虔诚。文学当然神圣，我们应虔诚相待。但文学又是一种放松状态下的活动（如太爱一个人往往做爱不成）。责任重大使我们容易紧张和拘束，进了庙宇我们就不敢胡说，见了领导我们就不能随意。文学史上许多大作家的写作，有的是为了挣钱生存，有的是为了回忆,有的是一种爱好,有的是一种游戏。3.辛劳。写作是辛劳,但是不要太感动自己的辛劳,以为辛劳了就见收获。写作不是世上最辛劳的工作,辛劳也不是写作的唯一结果。

以上这六字,我说不清,因为说不清容易引起误会,但我觉得它确实影响着陕西作家的写作心态,其中的道理我寻不着,准确之词仅仅是一种感觉。把文学的意识变成我们的文学,这总是需要思考,因为生活毕竟不是作品,在寂寞中才能写饱满的作品。我用一句话概括:如果我们的作品都可能是过渡性的、速朽的,我们不妨把作品写成对这个时代的一份记录留给后人。

对于冯积岐的不足,是否我还再说一点呢?我总觉得他身上有几种气在蓬发,这些气都元真淋漓,都清新,都旺勃逼人。但是,我又觉得这几股气融合的不好,他学了许多现代小说的东西,他一心想在写乡下生活题材中做一场革命,这难能可贵,也最有价值,但他骨子里仍是传统的东西。如果写一个短的东西,单独来写都会非常精彩,但在大的作品里,要糅在一起却相互抵制。比如《村子》叙述人是谁,用什么视点?此作的开头是现代的文笔节奏是现代小说的味道,故事一展开,又是写实的,而看了下部,写实的又不怎么细腻和实在了,跳跃太大。而每一章和每一节相互独立,开头又似乎有现代小说的那种味,但每一章节的写作又成了一种套式。

再一点,在所需要阐发自己观点处,往往衬托渲染不够,比如那个政协委员的过寿,比如农村到底是需要田广荣还是祝永达,只仅此作为一个情节,这情节和别的情节一样成分小,它的意义就难以出来。

还有一点,写一种写实性东西,一定要想办法写出一种诗性,这就是怎么写的问题,也就是现代小说之所以是现代小说写法的根本所在,它这些手法的运用是为了让你的力度加大,让作品产生诗性。

最后,再说一个观念,如果这是一个没有大精神,没有大境界也没有大技巧的文学时代,如果我们的作品都可能是过渡性的、速朽的话,那么我们不妨把我们的作品写成这个时代的一份记录而留给历史。这或许是我们的出路,也是我们最大的野心。如果认同我这个观点,我想从这个角度讲,《村子》就是中国农村在1979年至2000年的一份记录。

我很少参加作品研讨会,而研讨会一般听评论家的意见,我们习惯了听评论家的意见,这次让我来,我作为一个写作者,谈谈我的一些感受和感觉,完全是从一个写作同行的角度谈,但限于写作人不是从作品整体上来把握,不是从理论上作分析的,所以,谈的对与不对不说,但我是认真的,谈的不对请冯积岐和各位评论家原谅和批评。我喜欢冯积岐,敬重冯积岐,向他祝贺,我敬重各位评论家;热爱各位评论家,向大家致谢。

原载《三秦都市报》2011年3月26日

一位难得的孤独者
——读《两个冬天,两个女人》致冯积岐的一封信

畅广元

积岐:你好!

读完《两个冬天,两个女人》后,我很是激动了一阵子。我为你发现、创造,并以真实的文笔向人们描绘出的"新人"刘婷感到高兴,这是你获得的新的文学成就。

刘婷很自我,几乎是极端地自我。正是这种极端的自我使她有棱有角地活着。

刘婷很真实,她生活在自己能亲身体验的真实中,而不是谎言中,她的现实不是他者赋予的,是自己创造的;不论是物质的还是精神的现实,都是她人格的外化。

刘婷不靠谱,"谱儿",不管什么"谱儿",这东西不能没有,但也害人,让人模式化。刘婷天生就是反"谱儿"的,有趣的是,她反"谱儿"总在刷新自己得以生存的现实。王萍、达若的生存倒是相当靠"谱儿",

却无力刷新自己的现实。不靠"谱儿"就是一种抗争,一种特殊的叛逆,生活在被人们划入"另类"之中的人是需要相当的勇气的!挂在我们嘴上的所谓"四有"新人,"有纪律"是规范前"三有"的;刘婷也是"四有":有自主、有真爱、有所为、有所弃。靠"谱儿"的人常常厌恶她,她却活得不失自我。

刘婷让人们重新认识"新人"。新人不是观念化的,不是他者限定的,是活生生的、个性鲜明的,其生命中的新因素与其要抗争就难免有某种人性弱点的凸显并存。仔细想想,只要是人,有生命价值追求的人及其创造物(文化),其存在无不是待善状态的,刘婷的待善状态只不过更具鲜明特色而已!宏观地看,刘婷是当代中国人的人性发展迸发新活力的一种标志。

我相信你所创造的刘婷这个人物也可能遭到某些人的非难,因为中国人的精神现实是希望刘婷这样的人不配有好命运的。

捆缚我们精神上的绳索太多了。我能感觉到你在内心的挣扎以及由此而来的精神超越前的痛苦。这种痛苦我也有,而且很深!我常能感觉到时代的鞭子抽得我无地自容!

原载《文化艺术报》2007年5月23日

读冯积岐的《村子》

於可训

中国革命所走的道路是农村包围城市,中国文学所走的道路也是如此。这当然是指新中国成立以后的当代文学。20世纪五六十年代的作家,多半是随着革命前进的步伐,从农村进入城市的自不待说,就是"文革"后的新时期文学,也多半是由从农村改造回城的所谓"五七族",或从农村接受再教育回城的所谓"知青族"创造的。除了这些作家之外,在当代作家队伍中,还有一批从农村进城的作家,就是真正在农村土生土长的作家。先前有赵树理、马烽、西戎等山西作家,后来有路遥、陈忠实、贾平凹,包括本辑档主冯积岐等陕西作家。如果说前述作家是农村的过客的话,那么,这些作家就是真正的土著。我常常开玩笑说,中国当代文学作品,大半是农村来的作家,写给城里的读者看的,所以在农村习以为常、见怪不怪的事,到了城里的读者眼里,就不免大惊小怪,觉得不同寻常。土著的农裔(或农籍)作家因而常常要占着这一点题材的便宜。

这当然只是玩笑话。其实，城里的读者要真正了解中国农村，还得看这些作家的作品。原因是只有这些作家，才真正了解中国农村，才真正熟悉中国农村的现状，才真正参透了中国农村的历史。如果说中国农村是一本打开的书，他们就是书中的字词句。他们的个体生命、个人经历、家族历史、家庭故事，以及他们的内心世界乃至下意识深处，都记录着中国农村的变幻，都刻印着中国农民的影子。用一个蹩脚的比喻，可以说，他们是中国农村历史的微缩景观，是中国农民命运的方寸微雕。冯积岐的长篇小说《村子》，就给了我这样的印象。从这个意义上说，说他们的作品是用自己的人生写就的农村历史，是个人化了的农村史诗，可也。

我没有见过冯积岐，只读过他的部分作品，和介绍他的一些文字资料及本辑的自述、访谈文章，从他的生平事迹看，《村子》无疑留有他的个人经历和个体经验的影子，烙上了他的个人情感和独特思考的印记。像《村子》所写的那些故事，虽然不过是近三十年间发生的，但在人们的记忆中，有许多已被遗忘或改写过了，不复是当初的那个样子。今天的年轻读者，读冯积岐的《村子》，也许会感到陌生，因为在他们所接触到的诸多言论和文本，尤其是在一些主流的话语体系中，近三十年中国农村的变化，从大集体到联产承包，再到农民进城、新农村建设和土地流转，已然由中国社会这个历史家（套用巴尔扎克"法国社会将要作历史家"的说法）认定了一种变化的逻辑，农民由贫困，而温饱，而富裕，由物质而精神的追求，其生活和命运的变化，也进入了这种逻辑的程序，作家的写作，或评论家说的当代农村叙事，只要按照这个逻辑程序，编织相应的故事，塑造相应的人物就行。至于某些特殊个体，如冯积岐笔下的祝永达和马子凯们的遭遇和感受，却可能因为与这个程序的某些理念和规则不合，而难以为这个程序所兼容和接纳。这样，祝永达和马子凯们的遭遇和感受，也就有可能被这种逻辑的铁幕所遮蔽，在这种历史的逻辑中淹没无闻。今天的读者，尤其是年轻的读者，自然也无意在滚滚滔滔、奔腾不息的历史长河中，去打捞这些经验和感受的细节，去收拾这些历史的漂浮物或沉淀物。但问题是，历史毕竟不是一种预设的或后设的逻辑程序，而是无数个体鲜活的生命和感知、经验和意志的集合物。只有这些个体的生命和感知、经验和意志，才是历史的细胞和血肉，才能显示历史的感性存在，才会赋予历史以欲望和激情，才有文学家所说的历史的生命，也才有他们所追寻的活生生的历史。否则，历史就是一页页了无生气的文字，一堆堆水渍虫蛀的故纸。

我说这些话，并非要在这里与读者讨论文学如何表现历史之类的问题，而是想借此说明，一种历史逻辑一旦形成，不管是钦定的还是公认的，就很容易让作家自觉不自觉地进入它的规范，有意无意地按照它设定的程序叙事，以至于落入新的公式化、概念化而不自知。我读许多反映近三十年农村变革的作品，就有这样的感觉。说这些作品千部一腔、千人一面，可能太过，但却大多是用文学的叙事，为近三十年农村变革的历史，作形象的注脚，却是事实。造成这种偏向的原因，可能有种种，但我以为，其中一个很重要的原因，是作者往往注重公共的、大众的、集体的或多数人的经验，而忽视某些个体的独特经历和特殊经验。但恰恰是这些个体的独特经历和特殊经验，不但刻录了历史变化的过程，而且也凝聚了被胡风派称作"原始生命强力"的历史变化的动因和契机。比方说，冯积岐笔下的松陵村的历史，如果没有祝永达长期以来被压抑的欲望，被消解的激情，被扭曲的意志，也就没有祝永达近三十年来改变命运的渴望，追求成功的冲动，和百折不挠的意志与力量。同样，没有田广荣长期以来唯我独尊的地位，极度膨胀的权欲，极端张扬的心性，也就没有田广荣近三十年来所经验的失落感，所施用的心计，所表现出来的奸诈、贪婪和疯狂。凡此种种，松陵村的历史，便是由这些独特个体的欲望和激情、经验和意志纠结而成的。包括一些女性的情欲，也缠绕其中。作家的责任，就在于写出这些欲望和激情、经验和意志，像巴尔扎克所说的那样，"编制恶习和德行的清单，搜集情欲的主要事实、刻画性格、选择社会上主要事件、结合几个性质相同的性格的特点糅成典型人物"，写出一部真正属于当代中国农村的"风俗史"。我无意拿冯积岐的《村子》与巴尔扎克的《人间喜剧》中的作品相比，但就他所设定的创作目标和实际的艺术描写而言，无疑也是对中国农村近三十年历史变迁所作的"风俗研究"。从这个意义上说，冯积岐无意间也做了中国农村社会的一名"书记"。

原载《小说评论》2012年第4期

在边缘处彰显自我
——论冯积岐的小说创作

吴妍妍

读冯积岐的小说,时常会产生无法排遣的忧愁。他笔下有一批"被侮辱与被损害的"底层,他们浸染在苦水里,苦难生活压得他们喘不过气来,冯积岐写得却是非常冷静严肃,他把生活中的丑恶一刀一刀划开来,让人不忍卒看却又不得不看。这与他自身的苦难记忆有一定的关系,他的苦难生活集中在"文革"时期的关中西府,作品也以西府乡村为"背靠点"。"文革"之痛是他创作的根源,这种"疼痛感"纠缠了他的灵魂,使他始终保持清醒的头脑,把自己看作一个被"批判"且与时下格格不入的底层,从《敲门》到《村子》再到《逃离》,无论是高中生丁小春、"地主娃"祝永达还是作家牛天星,这些人物无一例外都偏离主流,用他们独特的对抗方式面对权力,表现出柔弱背后坚强的"力量"。

一、底层立场与权力批判

冯积岐是一位自我意识较为强烈的作家，不是因为他说过"写作是自己的事情"，而是因为他大部分作品都绕不开个人经历。他的人生经历了三个阶段："地主娃"、农民、作家，他的作品也主要采用了两种视角，一是"地主娃"视角；二是文化人视角。两种身份迥然不同，观照对象总离不开底层农民，在对权力与主流的批判上更是一致的。

在以往的文学作品中，"阶级敌人"多为与人民为敌的恶霸。冯积岐笔下的"地主"却有他祖父的影子，从《我的祖父是地主》中就可以看出，他的祖父是一个极度劳苦、节俭得近似吝啬的农民，他用他"布满老茧的大手清清白白地书写了自己的人生史"[1]。这种刻骨的记忆不能被书本的套话所取代，冯积岐也不相信，祖父不能代表一批被错划为"地主"的农民，他要表达这种"不相信"，因此，祖父就成了他笔下地主的模板：克己、仁慈、勤劳、节俭。《我们村的最后一个地主》中的祖父就是靠不停歇的劳作与苦涩的汗水换来一份家业。与这个自律的"老财"相反的是，有老婆的长工广顺利用当地"撑香头"的习俗去睡别的女人。这一对主仆之间，主人勤俭自律，长工放纵享乐，丧失庄稼人的老实本分。因为长工违背了"存天理，灭人欲"的传统道德规范，主人自觉承担了道德监护人的责任，失手打破了长工的额头。类似的行为在《白鹿原》中的白嘉轩身上也发生过，白嘉轩成了"仁义"村的族长，祖父在阶级斗争年代就被广顺划为地主。广顺不是报仇，而是恩将仇报，这比鲁迅先生眼中的奴才更可怕，奴才做了主人，不过是摆架子比他的主人还十足、还可笑而已。广顺不是奴才，他的东家并未压迫他，他成了"主人",不仅摆上了架子,还要"革"东家的命。广顺之所以能生"革命"之心、举"革命"之行,源于他的权力。

在社会学家看来,权力不过是一种能力。但当权力与活命、尊严等联系起来,就产生了威力。对抗权力,保存自我,可能失去尊严甚至生命;迎合权力,保存生命与尊严,却一定丧失自我。遗憾的是,对于某些阶层,你并无选择。《大树底下》中的罗世俊"四清"前是村会计、"社教"领导小组成员,罗家被划为地主他就成了"敌人",一夜之间脸色灰白、身体消瘦、憔悴、麻木。权力不仅让人精神萎靡,而且会让人因精神负担而导致器官残疾。小说中哥哥的视力好坏取决于阶级斗争领导者卫明哲的判断:"你是瞎子",白天哥哥就看不见;"你不是瞎子",哥哥马上恢复了视力。小说的结尾写到,"四类分子"在扫雪,大松树被积雪压垮了,折下来的声音洪亮,他们竟全然不觉。在权力的极度压制下,遭受身心摧残的人们麻木到只剩下躯壳,彻底异化了。

拥有权力自然就拥有生存的保障,为了活命或尊严,一些漂亮女人对权力拥有者自甘付出自己的身体,如《大树底下》中的许芳莲、《村子》中的薛翠芳、《沉默的季节》中的宁巧仙,并非这些女性不自重,只不过在特定年代,男人拥有权力则高大,女人依附有权力的男人则荣耀。与此相反的是,身为政治底层的"地主娃"连最基本的爱的权力都被剥夺,爱情、婚姻对他们来说遥不可及。身为"地主娃"的祝永达只能娶身份相同且患有心脏病的黄菊芬;周雨言则因为妹妹的换亲才得以娶吴小凤,爱自然是没有的,周雨言不过是传宗接代的工具。政治身份被剥夺,社会身份极其卑微,死与疯都是常态,何谈爱情?阶级斗争结束后，曾经被批斗的地主得以平反，恢复了政治身份。"平反"意味着早年阶级划分的错误，但除了一些钱，他们得不到任何补偿，即使是钱又能否补偿青春、健康、生命吗？

与"地主娃"视角一样，"文化人"视角同样观照底层农民的无奈。这里的"文化人"不是具有能"向公众"以及"为公众"来代表、具现、表明、讯息、观点、态度、哲学或意见²的知识分子，并非文化人不能成为知识分子，前提是他们有表达自己观点、态度、意见的语境。冯积岐笔下人物的"文化人"是记者、文人、大学文科教授。从社会身份来说，他们并不卑微，也非社会底层，但无钱无权无势，与权力之间少有平等对话的机会，面对遭受苦难的亲人时，唯有暗自忧伤，精神上备受折磨。《遍地温柔》中历史系教授潘尚峰的农民二弟尚地被卡车撞死，侄女潘爱丽脑部受重伤，肇事者是村干部的亲戚，已逃匿。弟弟尚天申诉无门，情急之下，带着一帮农民去派出所讨个说法，派出所的民警竟开枪将他打死。面对两个弟弟的死与侄女的受伤，潘尚峰无能为力。《我的农民父亲和母亲》中，主人公冯积岐身为作家，虽然他的报告文学在省城得了奖，但父亲被村里人欺负、侄女被误诊致死、兄弟遭村领导报复、姐妹婚姻不幸，他除了心酸，依然毫无办法。《这块土地》中的农民李宝成四亩八分地被村里收回了，省城作家冯秀坤找村干部通融，对方根本不买账。李宝成把村支书牛荣告到乡里、县里，各级官员均相互推诿，官司一拖再拖，最后，李宝成不慎砍了自己的腿，进县医院截肢，牛荣则荣升为凤山县乡镇企业局的副局长。不同的情节，一个故事：卑微者遭难，玩弄权术者得意，这种"善者恶报"的逻辑在冯积岐小说中的世界里被一再书写，并非为发言的冯积岐不明事理，只是现实世界太过残酷，让冯积岐无法回避，唯有直面以呈现"真实"。

阶级斗争年代权力拥有者用权力压制政治底层；改革初期权力拥有者仍然用权力压制社会底层，时代在变，权力对于底层的压制却没有变。《我的农民父亲和母亲》中的农民父母到县城粮站卖玉米，收购员不收，还大骂出口；《村子》中的祝义和到收购站卖猪，收购员见他拿了一包便宜的大雁塔烟，不屑地丢了出去，还拒绝收他的猪；《这块土地》中的李宝成因为与村干部有宿怨，他承包的四亩八分地被村里收了回去，李宝成欲告无门。粮食、牲口是他们生存的物质保障，这些东西的获取或出卖却要受到"人民公仆"的左右，因为后者拥有权力且滥用权力。"为人民服务"本应是工作人员的宗旨，他们却尽可能地操纵权力，榨取农民的血汗，甚至掠夺农民最基本的生存要素。当收购员听说祝义和的儿子是村支书，立刻把祝义和的猪验为一等，猪本身没有任何变化，收购员态度的变化是权力隐形运作的结果。

冯积岐通过两种视角的讲述，呈现"文革"时期到改革时期乡村底层的生存状态，以一种极其冷峻的笔调揭示权力对于底层的压制，同时又以怜悯的姿态描述底层对于权力的迎合，不被认同之后最终保持距离，强化底层的苦难、无奈乃至绝望，实现对于政治权力的批判。

二、身份焦虑与逃离情结

从冯积岐的散文作品中可以强烈地感知到他的忧郁情绪，这一情绪渗透到他笔下的人物身上。这些人物与这个时代没有先天的对抗关系，却始终处于一种游离状态。他们有属于个人的执著追求，以此证明自己，无奈现实太过残酷，尽管伤痕的心灵也曾被爱情填满，比如秋月对周雨言的爱、马秀萍对祝永达的爱都让后者获得了自我，但自由的爱情显然不是他们最大的追求，激情过后，空虚与落寞如潮汐一般席卷而来，精神世界重又陷入困境。他们开始选择逃离，地域上与精神上的逃离，其目的都是渴望摆脱现有的生存状态，从家乡到异地，从都市到乡村，他们并无出路。

冯积岐多次在文章中谈到早年的身份焦虑，这种焦虑也一再出现在他的人物身上。《革命年代里的排练和演出》中，村里组织文艺宣传队，许多"黑五类"和"地主娃"因为能进宣传队极为兴奋，他们无法摆脱现有的身份，唯一渴望的是不被看作另类，毕竟人的价值只有在集体、社会中才能实现，任何个体一旦离开了集体，就像被搁置在孤独的沙滩上，失去了"活着的某种意义"。汉民的父亲被斗死，白天他照料安葬父亲之事，晚上照样排练革命样板戏；贺直家里断了顿，要了两天饭，儿子发高烧，在床上昏迷，回去也没有用，依然在唱戏。生存都无法保障，一批绝望的人还在拉着激扬的调子，这其中透视出政治卑微者摆脱现有身份的渴望。

相对而言，《沉默的季节》中的"狗崽子"周雨言的焦虑更为强烈，因政治身份的卑微带来的自卑感使他在贫农宁巧仙爱的攻击面前极其被动，他既要忍受随女性肉体的诱惑而来的煎熬，还要面对可能被人窥破后将无限延长劳改期的恐惧。意识被"阉割"，他们的需求其实也就停留在肉体上，于是在一次次心灵挣扎后，周雨言终于做了宁巧仙的

"猎物"。周雨言感觉自己胜利了，但当宁巧仙在他刚躺过的炕上接待生产队长六指时，他只有沉默。周雨言并不贪恋女色，他的目的不过是通过玩弄另一个阶级的女人，对这个阶级施行"报复"，以此证实自己、肯定自己、重塑自己的阶级。在周雨言眼中，一对男女的性爱行为也标上了政治符号。但对于宁巧仙来说，周雨言只是她感兴趣的男人。周雨言与宁巧仙对彼此的不同态度，源于他们各自的身份不同，渴望也不同。在周雨言，身份焦虑是他最大的心理障碍，身份问题无法解决，性爱就成了一种寄托。

"地主娃"时期的周雨言最大的焦虑源于卑微的政治身份，"平反"后，他仍然在定位自己的身份，当上乡政府的脱产干部，周雨言感觉自己获得了认同，不久就发现自己的生存甚至思考被乡政府领导操纵，这时候唯一能够让他有成就感的是秋月的爱，秋月的离开让周雨言感觉到彻底的失败，这对他的自我认同是一种打击，周雨言重又陷入困境。"我是谁"这个问题纠缠着周雨言，哥哥周雨人靠"欺骗"而发迹，成了农民企业家，一个疯子竟然能够成功，这是他无法认同的；母亲住院、宁巧仙涉嫌投毒，周雨言为之奔波，得到的是他人的否定，他也感到自己的无力与无能。新时代的周雨言同样面临卑微的社会身份所带来的焦虑，因为害怕被人看见，他选择夜里出走，却并不知道"要去哪里"，"想去哪里"。

周雨言出走表明了"地主娃"面对社会的"逃离"心态，是人物无法正视残酷现实而选择的苍白的对抗方式。实际上，这种苍白的对抗是冯积岐笔下文人面对社会的通用方式。《遍地温柔》中的潘尚峰身为一个大学文科教授，面对潘家祖上血腥的历史，他保持了一个知识分子应有的良知，有拭擦历史尘垢的胆识；但面对乡村基层政权时，他却表现出不该有的怯弱与容忍。并非彼此的矛盾不够尖锐，也并非这个时代失去了阳刚与血性，潘尚峰的三弟潘尚天在二弟潘尚地冤死后还能带着一批农民闯入派出所。同一个人，面对不同的权力对象，竟然有"对抗"与容忍两种姿态，其中不难发现潘尚峰本人的身份焦虑。他认可自己的知识分子身份，还想坚守人文知识分子应有的批判品格，但同时，潘尚峰因为曾经坐过牢，妻子与他分手，对于自身价值的判断也存在不确定性，面对缺乏批判的语境，他表现出与周雨言一样的"怕"，无奈选择另一种背叛——逃离。

与周雨言有所不同的是，潘尚峰还有深山为他的逃离之所，但事实上，深山并不纯洁。《逃离》中的牛天星带着南兰逃离喧嚣污浊的都市，躲进偏远、寂静的桃花山，寂寞的桃花山同样上演着一幕幕都市所有的欲望戏，牛天星也没有因此平静下来，他的内心在爱欲与道德间挣扎，身份在情人与教师间徘徊，爱欲最终战胜了道德，南兰怀上了他的孩子且难产。几个束手无策的桃花山人冒着生命危险一夜跋山涉水把南兰送进了医院，南兰大出血而死。"小隐隐于野，大隐隐于市"，地域上的逃离并不能解决心理问题，牛天星逃离城市，结果是失去了精神上最后的依靠。

从周雨言的"出走"到潘尚峰的"逃往深山"再到牛天星的逃离悲剧，冯积岐笔下的人物经历了逃离的三部曲，最终却是无处逃离，唯有选择精神逃离。"逃离"过程中包含两种心态，一是"怕"；二是"逃"。

"怕"是因为缺乏正视现实的勇气,这其中揭示出知识分子的世俗化与批判意识的弱化,有冯积岐对于知识分子的审视。也隐约可见,他们曾在权力面前承担过责任,有过对抗,却一次次为专制社会所压制,其中的疼痛记忆刻骨铭心。《敲门》中的丁小春考上了大学,因为没有学费只得作罢;弟弟丁小青为了给哥哥挣学费出门打工丢了性命;妈妈和妹妹被人强奸,丁小春一次次将强奸犯告到法庭,结果并不如意。丁小春为此放弃了学业,告状成为他的事业。丁小春之所以如此执著地相信法律能主持公道,因为他是一个"理想主义者","理想主义者就是受苦主义者"。小说结尾是丁小春的老师史曼来看望他,丁小春说要娶史曼为妻,两人紧紧地抱在一起。我想写到这里,故事是很难继续下去的,作者显然非常同情丁小春,也不忍让这个理想主义者因理想破灭而遭受精神折磨,于是安排了一个"好"的结局,但这并不是一个"好"的故事。设想丁小春经过多次失败之后,他还能有当年反抗权力的勇气与信心吗?

"怕"之后,人物选择逃离而非迎合,逃离是在努力坚持自我。周雨言、潘尚峰、冯秀坤、牛天星,他们其实是一类人:文弱、敏感,因无法苟且于世俗,亦无力改变现实,抑郁不得志,他们都是新时期的"多余人",焦虑于自己的身份,对自己缺乏足够的信心,同时并不愿放弃自我,逃离就是必然的。

三、荒诞、暴力及其隐喻

冯积岐的创作从先锋文学起步,或许因为此,他在创作时考虑更多的是"怎么写"的问题。他的小说多从叙事视角、叙事结构等方面做文章，但目的没有停留在写作技巧的花样翻新，而是更深刻地传达出写的内容，即"写什么"。与许多先锋作家一样，他的作品中也有"荒诞叙述"，确切来说是叙述荒诞的故事，以此直刺生冷的现实。

《故乡来了一个陌生人》通过陌生人的出场，写村里三个人残疾的"荒诞"过程。第一个是聋瞎子张三，原先聋而不瞎，因目睹了松陵村两个村官密合，官人说他是瞎子，张三果真瞎了，只看得见那两位官人；第二个是傻子李四，自小聪明过人，八岁那年，县公安局来松陵村抓狗狗，李四说狗狗是好人，公安在李四头上狠拍了一下，李四就逐渐痴呆了；第三个是疯子王五，年轻时曾上山为寇，后被游击队收编，当了游击队中队长，一次政委设陷阱让他枪杀了对自己有救命之恩的拜把兄弟、一个手下以及自己的婆娘，他也被定为土匪，王五愤然离开游击队，两年后被抓获押赴刑场，当了陪杀，王五当即疯了。这是发生在"文革"时期的荒诞故事，三个底层农民均因恐惧权力而致残，官人、公安、政委的威慑力源于他们的权力。

《断指》的写法更为含蓄，"他"的祖宗三代都是贫农，村里召开批判大会，"他"竟主动上台站在"牛鬼蛇神"旁边接受批斗，大队干部要他写检讨，他切断了自己的中指，大队干部的中指也纷纷断了，不久村里成年人的手指也断了一根。批斗的对象他们自己或"祖宗八代"政治上存在"污点"，但这些批斗者自己是否绝对干净？《圣经》中，耶稣曾对那些要用石头打死妓女的人们说，"你们中间谁是没有罪的，就可以先拿石头打她"，结果人们一个一个地都离开了。自身并不干净的人去批判其他"有罪"的人也是一种罪过,"断指"何尝不是一种"惩罚"?

《曾经失明过的唢呐王三》中招了祸的王三失明,只能看见黄铜唢呐,但他并不悲伤,在他看来,即便能看见世界,因为看不清本来面目,其实也如同瞎子。他用感觉在"看"妻儿,恢复视力后,王三对于眼前的一切竟无法接受,于是戳瞎了自己的眼睛,自寻短见。因心理障碍的王三只能看清唢呐,唢呐是他的唯一寄托,他用感觉建构了一个理想世界,却再一次被现实世界刺伤。如果说王三的理想世界是合理的,那么现实世界就是荒诞的。再回到《故乡来了一位陌生人》、《断指》,可见,荒诞的故事隐喻时代的荒诞本质。这个世界被权力主宰,底层无法对抗权力,荒诞的"致残"行为其实也是一种自我保护措施,是人物面对巨大的外力因无法抵抗而产生心理障碍,致使肌体失常。

冯积岐笔下的人物在面对某种压力或冲突时,并非总是选择消极抵抗方式,也有暴力式的反抗,以毁灭他人同时毁灭自己的方式解决矛盾,这类故事多发生在改革时期。暴力叙述在新时期文学作品中不是一个新话题,冯积岐笔下的暴力并不一定是在矛盾双方之间展开的,也就是说,受暴者并非是压力的制造者,因此制造"暴力"也就制造了罪恶。但同时,作者在叙述上又极力铺陈暴力发生的"前因",即施暴者受到极度压抑,如何挣扎在生存底线,由此淡化施暴者的罪恶,制造了一个道德上无法简单判断是非的难题。

《刀子》写的是性欲与暴力,屠夫马长义在妻子过世后非常孤独,性欲极度压抑,儿子开餐馆、舞厅,性生活极度淫乱,这对马长义的性欲是一种挑战,不停玩弄刀子的马长义把一个颇有几分姿色的叫花子杀死，后自杀了。马长义杀死叫花子是一种"性的宣泄"。《舅舅外甥》写的是"报复与暴力"，年轻的舅舅包了五十亩地，年长的外甥给他帮工，舅舅克扣他的报酬，愤怒的外甥便去偷，被舅舅抓住了。第二天外甥带了两个人夜袭了舅舅烤辣椒的烤炉房，杀死了一个工人，外甥也被抓获了。《牵马的女人》写了两种暴力，一是丈夫对紫草随欲望不能满足而来的暴力，乡村被城市文化冲击后，部分农民开始产生享乐观念，紫草的丈夫也不再劳作，而是以赌博为生，输了钱就殴打紫草。二是紫草对丈夫因复仇而产生的暴力。紫草牵马时无意间把游客的腿摔伤了，以为自己闯了大祸，逃回家里，深深谴责于自己的过失，对生活绝望了。当丈夫又一次因赌博输钱要打她时，压抑太久的紫草用刀砍向丈夫，"一直砍到丈夫没脸没头了"，后带着瞎儿子骑马到了山崖，马不肯走，紫草"挥起砍刀，朝马屁股上狠狠地砍下去"，马驮着母子俩跳下悬崖。

改革以来，城市的物质文明侵入乡村，农民不断遭遇外来的诱惑，他们的内心经历一次次震荡，找不到发泄口，又无法漠视诱惑的存在，在冲突面前选择了暴力。可见，他们的内心还很懦弱，面对外力的冲击，他们无法超然物外，又无法改变自我，而是选择毁灭性的对抗。很难与暴力行为联系起来的苦命女人紫草，因摔伤城里的漂亮女孩而认为自己罪孽深重，感受到无法承受的苦难，她杀丈夫的第一刀可以说是正当防卫，后面则是故意杀人，是弱者的施暴，其中也有对于自己人生苦难的发泄。从杀人到跳崖，整个过程她都非常冷静，无法面对生活，却能无畏地走向死亡。这些施暴者平时多是保守而自律的，他们与这个纵欲、金钱至上的时代多少存在着隔膜，他们是时代的弱者，弱者的疯狂是疯狂时代的产物，在这一点，暴力叙述与荒诞叙述异曲同工。从昨天的"荒诞"到今天的"暴力"，上演着一出出丑恶剧的农村陷入困境。

冯积岐曾说他的创作是"把我们身上的疤痕亮出来让大家看个明白以便于治疗"，"为我们的某些缺陷而自责、痛苦乃至羞耻"[3]。他的小说倾向于表现生活中丑陋的一面，呈现人性的弱点。在阅读这些小说时，我们能看到马长义他们怎样一步步实施暴力，遗憾的是无法感知到人物内心的复杂性，他们的角色在转变时，情感是如何推进的，感性与理性有否冲突，道德感又是为何缺失或何时退场的。或许这源于作者对短篇小说创作的认识："只能写一头。要么，只写结果；要么，只写原因，不能两头都写[4]"。这"一头"或许省去了一些让人深思的内容。

冯积岐于自身的记忆中不断挖掘创作资源，他的小说选择"地主娃"与"文化人"的视角建构乡村底层的生存悲剧，审思专制与愚昧，批判权力；通过人物的身份焦虑及其逃离情结折射人类苦难的感情世界；在荒诞与暴力叙述中揭示时代的荒诞本质，展现人性的弱点。这样的乡村世界充满了悲剧与反思的双重氛围，冯积岐努力要为底层寻找出路，又偏偏从农村的现实困境暗示农民的"无出路"，于是悲剧意味力透纸背，这一点决定了冯积岐底层写作的思想高度。

原载《小说评论》2012年第4期

注释：

1. 冯积岐著：《我的祖父是地主》，《中华散文》，2003年第11期。
2. [美]萨义德著：《知识分子论》，单德兴译，三联书店2002年版，第16-17页。
3. 冯积岐著：《自序》，《小说三十篇》，东方出版社1998年版，第3页。
4. 冯积岐著：《关于小说艺术》，《文学演讲录》，太白文艺出版社2011年版，第43页。

我为《一顶草帽》叫好

邰科祥

很久没看到这么过瘾的小说了!近日,读完原载《延河》2008年第5期冯积岐的短篇小说《一顶草帽》委实让我激动了半天。我后悔没早看到这篇小说。不过,有点意外的是,这篇小说已发表了四个年头,竟然未发现有相关的评论特别是好评,我不禁为这篇小说的被忽视感到委屈。优秀的作品理应受到肯定和弘扬,在我看来,《一顶草帽》至少有三点值得推崇。

情节转换自然巧妙。原本是村民田广胜与乡长曹友亮两人之间的心理博弈,完全可以结束在一种心照不宣的游戏状态。比如,曹乡长婉转的对田广胜的"不敬"发出警告,故事也就可以告一段落。但是曹乡长却采取了另一种过激的方式,授意乡政府的三个干部把田广胜教训了一顿。这样一来,旧的误会没有消除反倒激化了新的矛盾。情节的波澜再次掀起。如此处理,读者丝毫觉察不出这是作家精心构思的结果,好像认为这是故事水到渠成的自然转换。

也许是田广胜在村里被压制的时间太长，憋屈久了，他精心选择曹乡长刚上任之机自导自演了一出狐假虎威的短剧，目的无非是借助"虚构的熟人关系"抬高自己在村人面前的威信，没想到这招效果不错，还真把村支书和村长给蒙住了。

他与曹乡长并不相识，他跑到乡长的办公室转了一圈，得到了乡长礼貌性发给他的两根香烟。就用这两根香烟，他给村支书和主任造成一种自己与乡长关系熟稔的假象，从而在一定程度上增加了村支书和主任对他的"忌讳"感，在这里，田广胜所利用的就是国人长期以来形成的等级观念或者说对大小官吏恐惧三分的心理。

曹乡长被田广胜利用，这对乡长本人并无损伤。不过，事后了解真相的曹乡长对田广胜当然有点不大喜欢，他会觉得这个农民虽然有点小聪明但不诚实，是不是对他还有那么一点小不敬。比如说，小曹是他叫的吗？分明把乡长不当干部。如果，只此一回也就罢了，曹乡长最多把这个不满藏在肚里，可是，不巧的是，田广胜的第二次不敬又让乡长听到了，他竟然把乡长比作牛。是可忍孰不可忍，曹乡长于是唤来了乡秘书和两个司法员，把田广胜请回乡政府的后院认真地教训了一回。

在曹乡长的意识里，一个农民竟敢对当官的不敬，还想给他玩心眼，我就让你尝尝权力的厉害。教训田广胜以后，他觉得这下可以安生了。没想到，这才是又一轮冲突的开始。当心理的游戏变成了行为的冲突，一场持久的官民纷争就正式拉开序幕。结局是曹乡长被迫申请调离，另一任乡长亲自向田广胜道歉。表面上，这场民告官的案件以民胜官败而告终，实际上，它更多呈现的是中国乡村政治的悲哀，不该发生的故事竟然纠缠了这么多年。

　　主人公富有磁性。田广胜身上闪烁的独特光芒一下子就能吸引住读者。他智慧、幽默却非常执拗。他的智慧令人钦佩。尽管是一次小小的心理战术，但它迸发于一个农民的脑中并如愿地达到理想的效果，这就不能不让人刮目相看。往碎里说，这是一个小心计；往大里讲，它就是农民天生的智慧展现。别看就这么一个举动，他无疑是田广胜精心谋划的结果。首先，它要选好恰当的时机。早不行，晚也不可。就在曹友亮乡长刚上任的第三天，这时曹乡长还不知田广胜为何许人也，他在乡长办公室的出现就能增加一种神秘感，神秘感会导致乡长对他的尊重，可能给他敬烟，他的直接目的就是为得到乡长的好烟；同时，他要让乡长对自己留下印象，至少知道他的大名。所以，他给乡长介绍自己时，特意一个字一个字地强调：田地的田，广大的广，胜利的胜；乡长记住了自己的名字，就会在村支书、主任证实田广胜是否找过乡长这件事情时得到确认；最后，田广胜一定要给乡长表明，他并无事情麻烦乡长，只是来看看他。如此，才不会被乡长说漏嘴。如此周详的安排显然不是随意的一次举动，而是田广胜自觉设计并实施的以假乱真之计，它的目的无非是为自己织就一张虚拟的保护伞，利用人们投鼠忌器的心理，在一定程度上给自己的生活带来便利，至少没有人会随便欺负他。

　　一个人做什么固然重要，更重要的是他为什么要这样做，也就是他的思想。我们以往看到的农民大多是传统观念或者集体意识的奴隶，基本上没有自己独立的主张。老一辈人怎样做自己就怎样做，大家怎样自己也就怎样。很少人想到主动出击，为改变自己的生存环境而动动脑子，哪怕是歪脑子。田广胜的可贵就在于他想自己掌控自己的生活。而且这个思想是如此的鲜明、周密，这是我们在同时代同类人群中很少看到的品质。不妨称它为农民式的智慧，简单、功利、实用。尽管我们并非完全赞同田广胜的做法，但是只要他不伤大雅，不对别人产生伤害，我们觉得也未尝不可。

田广胜的幽默首先来自于那顶草帽。还没有到需要戴草帽的时候，田广胜就把这顶草帽翻出来，引得他的媳妇骂他是"二凉"，就是农村人说的：不够成数，或者脑子有毛病。我们当然知道他不是神经病，反之，我们觉得他有个性，他不愿与俗俯仰，什么都按部就班。草帽在他眼里不只是遮阳避雨的工具，更是一种个人精神的符号。当然，田广胜恐怕还不会把它与自由挂起钩来，但是他绝对明白。帽子与自尊，与他的情感的关联。他喜欢戴就戴，他愿意什么时候戴就什么时候戴，谁也管不着，谁也不能干涉。他说："这天气不用戴草帽，谁兴的？""各有各的活法，我谁也不看。"如果谁要把他的帽子强行摘下来甚至把它破坏，那就不是一顶帽子的问题，而是对他人格的挑战，是对他尊严的侮辱。农村有句话，"男人头女人脚，只能看不能摸。"男人的头以及头上的所有物什都是应该受到尊重的，就像女人的脚一样。为什么田广胜不惜耗费十年的时间与乡政府打官司？就是为了头上的这顶草帽，或者他的面子、尊严，自由的人格。正因此，当田广胜被三个乡干部围着拳打脚踢时，他声嘶力竭喊出的不是"打人哩！政府打人哩"！这样的呼救和痛苦，而是"草帽！草帽！我的草帽"！

当然，他更直接的幽默就是自家的耕牛路过乡政府的大门时非要往乡政府的院子走，他一边阻拦一边调侃："你进去当乡长呀？得是？你能当上乡长吗？"把乡长与牛联系起来，既讽刺牛的妄想，说明他把乡长看得很高，与此同时，似乎又有一种对乡长的不敬。不过，这句话完全是就势而言，顺口说出，没什么恶意。我们不难发现，这是田广胜一贯说话的风格，是他诙谐风趣的表现。他不愿意使生活变得沉重。具有这种气质的人往往讨人喜欢，但是有时候无意间也会给自己带来灾祸。田广胜就由于这句幽默，被曹乡长误以为对他不敬，这才找手下给了他一顿教训。

实际上，田广胜在这篇小说中最突出的性格是执拗。在一般人眼里，他是一根筋，认死理，不灵活。可是，在我看来，这恰是田广胜的优点或光芒所在。为了自己的尊严，他宁愿舍弃很多物质的利益甚至被村人骂作"二尿"、"死狗"也不改初志。这一方面与他整体的人格完全一致；另一方面说明田广胜是一个具有精神追求的农民。很多人遇到这种事都会选择接受赔偿，特别是加倍的赔偿。因为，这样的结果使他们觉得自己并未吃亏甚至还占了一点小便宜。在他们看来，名誉值几个钱？但是，田广胜不一样，他就是觉得自己的尊严比金钱更重要。他很懂得人活在世界上的意义，尽管他不能用哲学的术语明确地表达出来，但是他通过对"一顶草帽"的固执要求，通过他锲而不舍的上访行为向我们昭示了这一点。为什么他就不能按自己喜欢的方式说话、做事、生活？为什么他没做错什么事就应该遭到政府的侮辱？这就是他坚持乡政府给他道歉，赔他草帽的根本动机。所以，我们与其说他执拗不如说他很清醒,说他死板不如说他独立或高贵。不要以为,他只是一个普通农民,他实际上比现代的一些知识分子更值得尊重。

立意有新的突破。有人会说,这不就是"秋菊打官司"的翻版吗?的确,这两部作品有些相像。田广胜与秋菊一样,都在为了讨个说法或者证明公道永存的真理。但是,我们必须注意到,田广胜还在为自己的生活方式的正义性、自由性而呼唤与战斗。这可是在《秋菊打官司》中所没有的内容。

从表面看,田广胜就是希望乡政府承认打人的真相,向他道歉并赔偿他一顶草帽。他的这个要求毫不过分,也不矫情。我们不要以为,他是希望在这个要求被认可的前提下,企图变本加厉的向乡政府提出更加苛刻的条件。有人说,不是吗?他曾经在医疗费之外提出夫妻两人误工费以及精神损失赔偿费,最后一次竟然算到18万的数字。这明显是讹诈!这一点不假,但这是就事论事,田广胜在十多年间到处上访,花费这么多完全有可能,他只不过是把自己的损失弥补回来而已,并没有过分的索求。话说回来,如果此事最初就按他的要求解决,他也不会积攒这么多票据。关键是,田广胜从本心并非要求过分的物质赔偿。这一点,小说结尾时,田广胜的眼泪就是证明,他也不希望事情会是这样的结果。

我们应该忠诚地相信田广胜只是为了得到乡政府的道歉和一顶帽子的赔偿,这个赔偿完全是象征性的,就像我们经常看到的有人主张的"一元钱"赔偿一样。道歉是根本。

有人说,这有什么意义呢?对田广胜这个农民来说既不实惠也无价值。他又不是名人，精神就这样重要吗？错！如果我们有这种观念，一方面表明我们对农民偏见太深，另一方面，我们也低估了田广胜的人格魅力。农民不全是爱钱不爱尊严的人群，他们中的不少人，特别是像田广胜这样的分子足够让我们肃然起敬了。在田广胜看来，为了尊严（或者说面子）和自由，哪怕让他倾家荡产，被当作神经病，被骂作二屎、无赖，他都在所不惜。这里有两个证据非常具体。

其一，田广胜之所以要求乡政府道歉，最直接的动机是澄清自己没有过错反被侮辱的事实。他感到特别困惑，特别冤枉，特别愤怒。他不明白自己为何被打？而且是被政府的干部所打。因为他觉得自己没有任何过错。如果非要找一点缘由的话，那就只能是因为他对乡长说了几句调皮话，或虚拟与乡长的熟人关系为自己张威。但是，和乡长套个近乎又不犯法，斥责自家的牛不知高低更无不妥，即使有点戏谑乡长的意思，那不过是开个玩笑而已。这能成为自己被打的理由吗？更令他气愤的是，政府打了人还不认错。所以，田广胜自始至终都是为了讨一个简单的公道：我没有错，打人者必须向我认错。所谓借此讹诈政府的说法完全是胡扯。他为什么不计较与村民田三娃的冲突，不愿意向他索赔，其根本就在于他的心痛大于肉苦。

其二，田广胜之所以要证明自己无过错，是为捍卫自己独立的生活方式不受约束。他假托乡长的熟人，狐假虎威，只能证明他有心计，他用牛调侃乡长则显示了他的幽默。他要在天未大热时戴草帽，那是他的与众不同。为什么一个人就不能如此轻松地生活呢？难道被欺压着、机械地苟活着才是普通农民的命运吗？这是谁规定的？因此，我们要从这个意义上认识田广胜的执著。天理不存，世界乱套，自由受限，情趣何在？如果田广胜不能得到乡政府的道歉，他以后的生活就很迷茫，他不知道自己的个性如何得到张扬？他与众不同的小聪明、小情调何以延续，他甚至担心自己从此连一句调皮话都不敢说，试想，人活到这个份上还有什么价值可言？因此，我们绝对不能小觑这场"草帽"的战争，正像小说的最后，田广胜说："草帽是个屁！"看来已不只是草帽和面子的问题，而且涉及到个性的自由和独立。只此一点，这篇小说就超越了同类小说，上升到更高的层次。它已经不是一篇单纯要求公正的作品，而是对人的尊严和个性自由的强烈呼唤！

当然，除此之外，这篇小说还写出了在中国政治文化的背景下，公正实现过程的艰难与曲折，特别是中国乡村政治的严重痼疾。首先，官民对立的习惯思维。假设这件事一开始就简单处理，也就是乡政府向田广胜认错，会有后来的结果吗？答案自然是不会。但是，长期形成的定势思维，却决定了如此简单的事情在中国往往被复杂化。这个可怕的定势思维就是：官员与老百姓好像天然对立，政府永远不能向老百姓低头，政府也绝对不会出错。政府即使有错，也不能承认。政府的形象远远比个人的尊严重要。相应的，老百姓自古就是刁民，不讲理，爱死缠活磨，一旦被粘上就很难摆脱。他们往往会狮子大张口，想讹政府。所以，一直以来，各级政府遇到官民纠纷时总是坚持不让步、不认错的做法。正是这种根深蒂固的偏见，正是这种官僚主义的作风才导致了"一顶草帽"故事的发生。

其次，官员扭曲的自私心理。显然，曹乡长不是无能到连这件小事或纠纷都处理不了，问题在于，在他的为官经验里绝不能按照田广胜的诉求解决。因为，答应了田广胜的条件就等于政府没有了威信，这是自古以来不能开的先例。尤其是，一旦政府认错，就会有后续的无尽麻烦，老百姓就会抓住政府不放。也许，对于曹乡长来说，他遇见的这种事情多了，知道认错的麻烦，所以，他力主不认错，哪怕是经调解，适当地赔偿田广胜的一些损失都可以。还有一种说不出来的隐情，就是他教训田广胜的动机说不到桌面上。一个领导为了一种被愚弄的心理而和自己的群众较劲，说出来不仅有失身份，也太没面子。所以，无论如何，这件事都不能认错。为此，他宁可睁眼说瞎话，也不承认曾经指派手下打人的事实。

其三，人治大于法制的非常环境。"一顶草帽"案件的处理流程如果不是一级级领导的强制命令，这件事恐怕二十年都不能解决。这就导致了群众对政府的误区，他们宁愿相信"青天"而不愿相信政府，于是就有了企求上级干预下级的心理。中国的上访运动由此产生。乡长不行找县长，县长解决不了找市长，市长还不行就找省长以至中央。何以为此？就是在中国，大小官吏没有不怕顶头上司的，他们可以对群众耀武扬威，对上司却唯唯诺诺。

从这些意义说，这篇小说绝对不能视作一个简单的民告官案件的再现，它既是中国农民个性觉醒的礼赞，也是对中国乡村政治痼疾的严厉针砭。

从精神分析视阈解读冯积岐的《刀子》

邢红静

弗洛伊德认为，原始生命力是一把双刃剑，既让人生，也让人死。罗洛·梅则认为，在生命不可捉摸的风云变幻的图景中，必须援引爱情拯救性、拯救死亡、拯救生命里不可避免的焦灼与创伤。但是，作为与生俱来的一种感情，爱并不是唯一的灵丹妙药，相反，爱也有一种趋向死亡的本能，即在明白、体会到所爱的人必将或已然死亡后，爱的强大力量推动生命体谢绝存活在世间的任何理由与诱惑，毅然决然赶赴死神的约会。

本文将以精神分析学说的有关观点，来解读发表于《小说月报》2006年第4期的冯积岐的一篇作品《刀子》，来探讨关于爱与死亡、爱与性、爱与原始生命力的问题。

一、强迫性重复

《刀子》讲述了这样一个故事：年轻时，屠夫马长义有一手用刀子杀猪的绝活，凭着这一手绝活，他盖下五间厦房，娶下一房妻子。从此，黏黏糊糊的猪肉味与刀子的气息伴随着妻子以将刀子从褡裢中抽出来作为性爱的暗示，他们一起度过了三十年激情岁月。年轻的马长义从不磨刀，而在妻子死后，他彻夜难眠，常常在半夜里抓起刀子坐在院子里磨。有一次磨刀时，院子里闯进来了一个年轻的女叫化子，引起了他的注意。他的儿子马建华长大成人，开了一家歌舞厅，并与手下聘请的十几个女孩儿有染，他对此无可奈何。在儿子的鼓动下，他终于进了歌舞厅，那些年轻的肉体和丰乳肥臀使他受到莫大的刺激。经此之后，他先是杀死了那个女叫化子，然后在公安干警丝毫没有对他起疑心的情况下自杀了。

马长义磨刀是思念妻子的一种表达方式。在小说中，他磨刀的场景一共出现了五次：

1.在文章开头，马长义坐在院子里磨刀。"院子里白亮白亮，像刀子一样亮，墙壁、门窗都神采飞扬了。磨刀石上的光线，随着刀子的拉动，光芒四射，薄如丝绢，光线似乎被磨成了水，四处流淌。"这个时候，他磨刀的动作随意自如，心情愉悦平和，而整体气氛轻松温和。随后，他看见了那个年轻的女叫化子，他"盯了几眼女叫化子的背身，女人的腰背很端直，屁股没有塌下去，也没有下坠感"。他的心理上悄悄地起了变化。

2.当偷窥到儿子、儿媳不合，并且儿子与手下十几个聘请的女孩关系暧昧之后,"他又开始磨刀了。将刀磨得十分锋利,然后弄钝,再磨,再钝,再磨,这就是马长义的日常生活"。这个时候的马长义,已经表现出疯狂的征兆,而且,与刀子的关系,也不再是和谐的,而成了一种故意的折磨和对抗,体现出他内心世界的骚动不安,也预示着情节的发展方向。

3. 舞厅开张的那天晚上,马建华亲眼目睹刀子在他父亲手中燃烧的盛宴:"马长义磨得很专注,津津有味似的。月光下的刀子闪动着坚硬的光芒,那光亮有质感,有动感,但不刺目。"这刀子"庞大的气息"让一直苦苦坚守、苦苦挣扎的马长义与歌舞厅的节奏相吻合,却也使其压抑许久的欲望喷薄欲出。

4. 在歌舞厅里与年轻女性交往受挫后,马长义再也忍受不了真实欲念,砍着一棵杨树枝,"他砍得很猛烈,出手像年轻时一样快。他在折磨刀子,刀子也在折磨他"。此时,马长义内心充满着魔念,却只能无助地将欲念借刀子发泄出来。刀子已经在克制他,他也奋力挣脱刀子对他的束缚,可是又陷入刀子对他更疯狂的报复中去。

5. 在女叫化子被杀后,马建华告诉了他爹女叫化子被人杀了时,马长义"给磨刀石上淋了些清水,一心一意地磨刀子"。

以弗洛伊德的观点来说,人本能是趋向唯乐原则的,但人类要向更高级发展,对"本我"的压抑与克制成为必然。"在自我的自我保存本能的影响下,唯实原则取代了唯乐原则。唯实原则最终获得愉快的目的,而是要求和实行暂缓实行这种满足,要放弃许多实现这种满足的可能性,暂时容忍不愉快的存在,以此作为通向获得愉快的漫长而曲折的道路的一个中间步骤。"既然刀子象征着阳物,那马长义的"磨刀"也就理所当然,尤其是,当马长义在妻子面前树立了一个忠贞不二的好丈夫形象,在儿子面前正义凛然时,他的"磨刀"——压抑自己本能欲望便是那样顺理成章了。但是连他自己也没有想到,他的克制却最终导致他的走火入魔。

自我依附在本我的表层,但是"并不与本我明显地分开,它的较低级的部分并入本我",自我的核心是知觉系统,它最突出的特征是理性,因此,理智的马长义除了借反复的"磨刀"来克制自己的欲望外,更时时刻刻携带着刀以提醒自己,因为"一看见刀子,就从刀子里看见了女人的影子"。除了固有的理智外,马长义言传身教的道德规范无形中使他成为"超我":它分化于自我,以道德理智和道德规范为主要内容,主要职责与活动是侦察、监视自身的行为,以及相关的以良心的形式对自身行为予以裁判。可是,本能欲望是如此强大,冲决了他建筑的一切堤坝,弗洛伊德一语中的,"唯乐原则作为性本能的活动方式,长久而固执地存在着,而这些性本能又是极难'驯化'的,结果唯乐原则就是从这些本能出发,或者在自我本身中,经常挫败唯实原则,从总体上给有机体造成损害"。何止自我,性本能更是如同狂风暴雨一般冲决着"超我"。当"本我"冲毁"超我"时,这种来源于死亡本能的行为体现为攻击本能时,因其为社会所不容,更不为自我和超我所认可,惩罚便开始了,迫使马长义死亡。

但是,依照弗洛伊德的观点,性本能更应该是一种生的本能。马长义是有着数十年杀猪经验的屠夫,竟然被死亡本能一击即溃,这必然有着深刻的原因。弗洛伊德说:"爱的本能从生命一产生时便开始作用了。它作为一种'生的本能'来对抗'死的本能',而后者是随着无机物质开始获得生命之时产生的……我们的观点是把这种对立转变成生的本能(爱的本能)和死的本能之间的对立。"由此可以做出推断,马长义表面看似波涛汹涌的性本能,在自我与超我的联合夹击下,对抗死亡本能已经不堪一击;而在生的本能中举足轻重的爱的本能,此刻却处于缺失地位,无力援救被动挨打的性本能,才使得死亡本能以压倒一切的优势地位击败生的本能。

二、爱、原始生命力与死亡

弗洛伊德说:"由于提出了自恋性里比多的假说,由于将里比多概念引申到解释个体细胞,我们就把性本能转变成了爱的本能(Eros),这种爱的本能旨在迫使生物体的各部分趋向一体,并且结合起来。"也就是说,爱的本能以其整合能力给予人类对抗死亡的强大的生命武器,无论在精神上、思想上,还是在肉体上。

女人在世时,马长义生的动力强大无比,而在女人去世后,他只能依附着爱的记忆存活。他温柔而又细心地爱着妻子,而相濡以沫的平静幸福的日子让他无限沉醉与迷恋,但是,极致的爱无疑也是危险的,他必须面对爱人已经死亡的脆弱与恐惧,"在这一意义上,爱乃是一种更大的脆弱感"。"彻底的爱同时即带来彻底毁灭的威胁"。在失去了自己如此和谐的另一半之后,"马长义大病了一场,他觉得房子空旷了院子空旷了整个人世间空旷了。他彻夜难眠,一看见刀子,就从刀子里看见了女人的影子,因此他进门出门总是拿着刀子"。在此,马长义的磨刀、携刀和为刀所伤的行为也便有了另外一层解释的空间:寻找已逝去的爱,寻找往日幸福的时光。他强迫自己磨刀,虽然磨刀必然带来对往事的回忆,但也在重温往事时获得极大的心理满足:"对于某个系统来说的不愉快,同时对于另一个系统来说就是一种满足",在这里,似乎出现了一个悖论:爱的本能是生的本能,马长义磨刀表面是痛苦的,实质却是愉悦与满足的;但是,他为避免痛苦而强迫重复地磨刀,却是倒退的、趋向死亡本能的。最终,爱的本能依旧是死亡本能,即生的本能也趋向于死亡本能。妻子的死使马长义的生活不可避免地形成一块空白地带,用来填放的是他日复一日的寂寞与苍白,以及随着空虚而来的外界诱惑。马长义在妻子的死亡带给他的创痛中,越发需要另一个生命体的呼应与温暖,他关注到年轻的女叫化子,在焦灼与慌乱中杀死了女叫化子,斩断了"魔根","但如果这种依赖感过于强烈,或者,人出于生存的理由而必须压抑这种情感,他就会把这种情感向外投射。于是,那个跟他睡觉的女人就成了邪恶的女人,成了将要阉割他的魔鬼",因为受不了诱惑,更因为要避免这种诱惑,马长义杀死了"魔鬼"。对马长义来说,在情与欲的焦灼与动荡中,他是屠杀者,也是受难者。他的爱,在导他向生时,也导他向死。除此之外,尤为值得注意的是,当马长义与年轻女孩交往失败后,他又磨刀并呵斥刀子:"你这无用的家伙。你还有啥用?"他呵斥的其实是与刀子不离不弃的自己。"无用"表明了原始生命力的衰竭,表明无法对世界、对他人形成影响,表明离"死寂的回归"更近了一步。"原始生命力是一切生命肯定自身、确证自身、持存自身和发展自身的内在动力。当原始生命力占有了一个人的整个自身而无视这一自身的整体性，或者，无视他人的独特性与欲望，无视他人的整合需要时它就会成为一种恶，并因而表现为富于攻击性，充满敌意和残酷。"无疑，原始生命力是强悍的，它可以让生命体在失去伴侣的情况下依存存活，因为它就是一个自足的系统，自己就是自己的围墙与动力；但是，它也是脆弱的，一旦它无法从外界找到理由来支持自身、肯定自身、确认自身，而且连自己都无法控制自己时，它便转化为充满敌意和残酷的攻击性。

马长义原始生命力的变质与他永失所爱有着密切关系。"在正常情况下，原始生命力是一种向对方拓展，依靠性来增强生命力，投入创造和文明的内在动力；它是一种喜悦和狂欢，是一种单纯的保证，即知道自己能够影响他人，塑造他人，能够行使一种有意义的权力。它是一种确证我们自身价值的方式。"因为没有"对方"，没有"喜悦和狂欢"，不能"影响他人，塑造他人"，也不能使权力行使得有意义、有价值，这些他的女人在世时通通可以轻松达到的目标，在她死后变得空空落落、无可着力。在越来越无法控制自我也无力影响他人时，马长义变得焦灼，"焦虑的作用是破坏自我与世界的关系，使个人在时空中失去其指向。而个人只要持续地失去其外在指向，他就会始终停留在焦虑状态中。焦虑之所以能够压倒我们，正是因为我们停留在这种失去外在指向的状态中"。于是，永远向他人迈不出一步的马长义便始终停留在焦虑状态中，他挣扎，但是，"外在指向"在缺乏爱与关怀的人际关系中显得那般稀缺，连儿子都无法与他交流，连他自己都无法弄懂自己的鬼使神差，连追随他几十年的刀子都让他在原始生命力的破坏力量即将爆发时感到害怕，让他备受折磨，那么，他必定要找一个缺口，把这夹杂着焦虑与欲望的原始生命力倾泻出去，生的本能迫使他在面临重大危机时必须采取一切手段来保护自己，于是，他倾泻给了女叫化子——多年以来唯一一个对他的磨刀行为恋慕、使他的个人行为得以呼应的女性，却因为他视她为引诱了他的"魔鬼"，而把他与这个世界微弱的联系最终斩断。

　　屠夫马长义，正是因为他的已逝去的爱，他无可寻求的性，他日益式微的原始生命力，构成他不可避免的焦灼与创伤。他如同一只野兽一般左奔右突，希求能够得到安抚，得以救赎，希望在电闪雷鸣的欲望煎熬中皈依于风平浪静的港口。但是，他无法整合自己的情与欲，在欲望如同山雨欲来之时，他犹能勉强在原始生命力强悍的自信支持下保持着超然与超脱；可是，一旦它如山洪决口，他再也无力控制自己，只能任由原始生命力牵着他走向毁灭。那些年轻而骄傲的肉体给了他前所未有的诱惑，也给了他致命的一击，那些他所渴盼的肉体拒绝了他，等于否决了他数十年苦苦经营的自尊与骄傲。被否定的原始生命力转而进行破坏，摧毁那些被他划归为"魔鬼"的女人，女叫化子成了牺牲品；马长义是一个老派守旧的人，长久以来一直在妻子面前树立一个好丈夫形象，在儿子面前树立正气凛然的好父亲形象，成了一座丰碑。当原始生命力、性本能冲决掉"自我"甚至"超我"建立的堤坝，形成巨大威胁时，"超我"对"本我"进行了残酷的惩罚，逼迫生命体放弃生的本能，只能走向死亡本能。

从某种意义上来讲，马长义的死亡正是因为在性与原始生命力中缺少了"爱"这一最强大的砝码，这一最强大的力量，它既保证"超我"作为人类高级状态的尊严不受侵犯，又保证了原始生命力、性本能的合理、合法地位。缺失爱，生命体的枯萎和灭亡成为必然。

原载《名作欣赏》2008年第18期

参考文献：

1. [奥]西格蒙德·弗洛伊德著，《弗洛伊德后期著作选》，林尘，张唤民等译，上海译文出版社2005年版。
2. [美]罗洛·梅著，《罗洛·梅文集》，冯川译，中国言实出版社1996年版。

冯积岐与红柯
——浅论陕西文学新一代实力派两位代表作家

杨柳岸

冯积岐与红柯，两位现任陕西省作协副主席，恰好都是宝鸡岐山人。一个县同时培养出两位省作协副主席，这看似偶然的现象，是否也与岐山为周秦文化发源地的数千年余脉有关？

冯积岐与红柯两人年龄相差近十岁，仅从年龄上看，他们算是分属两代作家，可他们现在都正值创作旺盛期，他们现阶段的创作成绩都很突出，在陕西省内如双峰并峙，成为抢眼的中青年实力派作家的代表。红柯艺术创作成熟之程度和趋势，似不减当年陈忠实、贾平凹那一代的作家。而冯积岐可以说是大器晚成，正当壮年之时的创作的激情与成就，让人感受到他文学艺术的青春活力，艺术创造力的精神年龄和他的生理年龄相差明显。

简单地，红柯是浪漫主义，而冯积岐是现实主义。红柯有十年生命中最宝贵时期的新疆独特生活体验，西域粗犷雄强的风土人情熏染，所以他的作品中有伊斯兰文化中雄强而张扬的生命性，伊斯兰文化气息很重。而冯积岐在家乡陕西关中农村底层自学成才，相对中庸平和的中国传统儒家文化对他影响很大，结合自己乡村人生体验，对农村普通下层人的命运关注和对苦难的切身体会，加之他对西方现代派文学有过海量的阅读，他的作品也包含有西方欧美的基督教宽容悲悯人道主义情怀。

红柯专心于写作，书斋加学院式的相对安静的生活环境，使他很少分心社会事务，他浪漫而艺术性人格得以在优裕的生活环境中以文字去沉淀。所以他的写作是"向内"的，十年新疆生活体验似乎够他写一辈子了，他只要不断向自己的记忆、自己的内心掘进，总会挖出艺术的清泉。而冯积岐早年就有复杂的底层打拼经历，成名后还常有挂职地方性官员的行为，既参与社会现实生活，又为创作积累素材，即使定居大都市，也不失农民本色，常回乡与农民"把酒话桑麻"，切身体察农民的民生疾苦，农民农村生活和现实生活，可以说是他创作的源泉。加之他也肯多花时间与精力多对年轻作家奖掖提携，参与文化社会活动等，所以相对可以说他的写作是"向外"的，他的写作需要向广阔的外部延伸。

在陕西的小说创作上，冯积岐和红柯二人都有很强的文体意识，他们虽然在长篇小说创作上都有成就，但都仍然重视短篇小说。对于短篇小说，他们二人都有深刻而独特体会。红柯说："短篇写艺术，中篇写人生，长篇写世界。""写短篇就如同写小楷，比拿着大拖把写大字要难很多。"而冯积岐也认为："短篇小说是最不能藏拙的文体。"有成就的一线作家都把精力放在创作长篇小说上，而冯积岐依然很有定力地创作自己的短篇小说，这是一种艺术定力，一种在文体意识上的境界，长短只是外在形式。他说过一段话："对于短篇小说，我还是放不下，像瘾君子上瘾一样。操作短篇，乐此不疲。我尝试用多种手法练习短篇：写实的、虚幻的、荒诞的、象征暗示的、意识流动的，包括多角度叙述多线条叙述，多人称叙述，等等手法我都操练过。我没有把自己固定在一种模式中，也固定不住。我的写作和读书一样，喜新厌旧。我读了川端康成，又去找海明威；读了海明威，又去读福克纳；接受了福克纳之后又爱上了加谬。尤其是乔伊斯、鲁尔夫、厄普代克、波特、卡佛们的短篇常常令我激动、钦佩、向往。"这一段话足见他对短篇小说感情之深。可以说，他把写短篇小说当作长篇小说的训练，同样也可以说，他把写长篇小说当作是为他短篇小说所作的训练，这两种体裁他同等重视。但从作家个性上说，他是那种轻灵活泼的才子型人格，艺术气质决定了他更适合于短篇小说创作，写长篇小说往往带着滞重的使命感也不符他的个性，而写短篇小说让他感到享受，感到游刃有余，艺术构思可以自由驰骋。事实上，冯积岐的短篇小说创作取得了更突出的成绩，他的短篇小说炉火纯青，他本人甚至已经有了"短篇王"之誉。

冯积岐写短篇小说，也与他把太多精力放在关注现实生活上有关，纷乱如一地鸡毛的现实生活，必定要分散消耗他的精力，短篇小说于是就是他对世界化整为零的艺术关注，虽缺乏长篇小说那样的力度，却也有活泼、及时、四两拨千斤以少胜多的优势。相对之下，红柯的学院身份，可以使他有更多整块的时间来从事他的长篇巨制。红柯曾几度入围并取得鲁迅文学奖，也有两届入围茅盾文学奖，而即将举办的最新一届茅盾文学奖他又一次入围，其长篇小说《生命树》已经被有关评论家认为是获奖热门。而冯积岐的长篇小说《沉默的季节》与《村子》，特别是后者，完全具备摘获茅盾文学奖的实力与资格，却由于种种因素而未能得到应有的荣誉。似乎他还很少获全国性文学奖，这与他的文学实绩很不相符。这是我们当前的文学环境所致，但也与文学自身的复杂性不无关系，文学毕竟有见仁见智等不确定性。表面上看，冯积岐与红柯二人相比较，更年轻一点的红柯取得的文学成就更大，这似乎是明显的事实。其中有复杂的客观因素，当前中国复杂的现实有如酱缸，而红柯的小说西域题材避开了复杂的中原文化而剑走偏锋，是艺术对现实的规避，也可以说取巧。这种取巧有其艺术上的客观的"成功捷径"，有其合理性，但也有其主观思想的软弱性。长期依赖于这样的独特题材，它易流于为艺术而艺术，把宽广的文学世界化为一己的精神游戏，逐渐远离现实生活，让文学失去干涉现实生活的强度，真正让文学边缘化。文学属于精神世界，但个体作家的文学精神如果完全脱离本民族而偏求于别样文明，像红柯这样，对伊斯兰文明顶礼膜拜，脱离自身的生存环境，即使他在精神领域取得了一定成绩，也可能只是局限于小众，不是大境界。而根植于本民族文化基础之上的放眼与取法异域文明，可能更为合理。作家要有深刻的宗教意识作为终极信仰支撑，这是应该的，但，这信仰应该以一种"泛宗教"形态出现，而不是把自己捆绑于某种实际宗教之上，把自己的心灵交出。大作家应该有一点创立学说、自成体系的雄心，至少应该是独立知识分子，有自己独立的思考与内心世界。在这个意义上说,较之题材上取巧于异域文明的红柯而言,冯积岐的写作更为坚实。他所欠缺的是坚实之上的一点升华和文学之外环境意义上的"机遇"等。当然,陕西作家中缺少学者型作家,缺少独立知识分子这种较普遍现象,也并没有在他们二人身上有很大改观,他们身上那种常见的立足于现实的情感抒发型创作形态,仍然很重。所以说要比较二人的文学成就,还为时尚早。文学自身的复杂性和无穷神秘性浩瀚感,足以淹没任何浅显的结论。但可以肯定的是,他们二人都在文学探索的路上走了很远,做出了可贵而骄人的文学实践成绩,这一点是有目共睹的,人们也有理由期待他们取得更大的成就。

原载杨柳岸《守望家园》,三秦出版社2012年5月版

人性的深刻剖析
——读冯积岐长篇小说《粉碎》

郑金侠

噼噼啪啪的鞭炮声预示了年的浓烈，增加了年的喜庆气氛。待鞭炮声终于沉寂下来的时候，满地火红的鞭炮皮屑在风中翻滚着，若血色的洪流一般，这也是冯积岐的小说《粉碎》中时间流里面所讲述的一代代炮人身体的粉碎，理想信念的坍塌，感情伦理的虚幻所呈现出来的凝重与凄清。在人性的本能面前，一切的情感选择显得若幻影般失去了真实与信赖。

小说依两条线索展开，20世纪与当下。20世纪炮人的命运无疑是惨烈的，维系这一手工传承作业的是他们坚定的信念与神圣的使命，无论如何不能叫祖辈做炮的牌子砸在自己手里。为此，他们在祖辈做炮的历史丰碑的照耀下，为了祖辈的希望与重托，付出了惨重的代价。现世的做炮人继承的不只是做炮的手艺，还有一代代血泪凝结成的、渗透到骨子里面的一种信仰与崇拜。景解放是20世纪的种子，而叶小娟是当下的花朵，不幸或有幸的是在同一片蓝天下的一种环境里，由于炮坊的爆炸而使主人公景解放与叶小娟发生了纠葛，之后的故事都是围绕景解放这个老板为员工叶小娟治伤看病展开，无奈之下的收养，与养女的爱情，在人世间最难做出选择的情感与伦理的纠缠中，他们最终冲破了伦理的羁绊走到了一起。在当时，他们的做法无疑是勇敢的，几乎可以说是胆大妄为，可是这是在背负着冒天下之大不韪的十字架下的舞蹈，两位舞者的信念在强大的舆论，社会的评判，人们的道德观念的品评下已经薄如蝉翼，稍一碰触即刻灰飞烟灭，这也是景解放心中构建的父爱加情爱的理想王国，是坚不可摧的神圣的爱情，一如他对做炮的执著一样。因为在景解放的意念中，他是顶着家庭的破裂，爱妻的反目，儿子的仇恨乃至世人的唾骂及伦理道德的溃败与养女走到一起，十年的坚守可以证明景解放的人品与善良乃至作为一个男人的责任，他是把叶小娟当作女儿去疼爱的，其间又不乏一个中年男人对女人的渴望与爱欲，可他忍住了，因为伦理道德在他的心中就像做炮人的信念一样永恒。这种力量同时伴随着他压抑着对叶小娟的爱情十年之久，在情与理的矛盾中渗透着的人性的挣扎，似乎这又是人性虚妄的一面。景解放在爱中坚守，而叶小娟在欲中沉沦，继而是她寻求更多更放纵的性爱。如此，人还能相信什么？坚守什么？伦理道德的瓦解，人性善恶的光环散去，还会留下什么？是欲？是性？还是爱？还是极尽所能的肉体享乐？

读罢小说，掩卷沉思。社会这个大环境似乎是一口欲壑难填的井，人人都在追逐的路上，掉进去将是迟早的事。而在此之前，人本身所体现的道义、良知、信仰、追求，或理想信念已经成为虚幻的影像，人几乎就是在灯影中群魔乱舞。作家从人性与伦理这两难选择切入，无疑是对一个社会一个时代的无情拷问，我们还能坚守住什么？传统文化，传统教育的根本又是什么？人性的善恶标准、舔犊之情又体现在哪里？沉思良久，还是觉得，人不能没有根本，人要从自身、从心底找一条温暖的涓涓细流，那种温暖是人与人之间的关爱、理解、相互的体恤、尊重、感激、回报等等以及惊天地、泣鬼神的生死爱情，这条细流最终将汇入江河湖海直至生命的源头。人生而无罪，环境的局限使人在某种境地做出自己的选择，近朱者赤，近墨者黑。但是一个人本身的行为是一个社会的缩影，让我们在每天匆匆的步伐中，在理想的追求、在信念的坚守中找到自己，回归自己。

欣赏作家独到的视野及对人性的深刻剖析。

原载《文化艺术报》2012年2月19日

第二辑 冯看·自述与评论

坚持个性化写作

冯积岐

我从来就认为,写作是自己的事情,是自己的一种生活方式和生存方式。自己的写作和别人没有多少干系,和任何团体、机构关系不是很大。三十年前,当我扛着农具在田地里劳动一整天,晚上躺在只有一间大的土厦房中开始阅读文学书籍的时候,只是想,有朝一日用文学作品把自己想表达的表达出来。后来,我尝试着写作,在消息闭塞而偏远的农村,只是埋下头去写。再后来,有了写作的自觉性,自己的想法依旧很单纯:把自己对人生,对人性,对这个时代的理解用一支笔固定在纸上,把笔下的人物固定在纸上,但愿我死去之后,纸上的人物还活着。那时候,我根本没有想到用手中的笔去获取什么。随之,我不再做农民,成了职业作家,头顶上有了几顶帽子。可是,我认为,我写作的功利还是写作。我对头顶上的微不足道的帽子看的很轻,对那些把因为写作而获得的副产品——荣誉兑换成权利、地位、金钱或美色的写作者的作为不敢苟同。一个作家,留给后世人的只能是作品。坦率地说,我也在体制内,我拿着微薄的工资(作为一级作家,我的工资标准和单位上的司机差不多)。为此,我还是要感谢纳税人的。可是,我时刻保持着警惕,和这个时代保持着距离,不轻易认同,在诸多方面没有达成共识。写作对我来说是一种对抗——对自己的对抗,对这个时代的对抗。认同是简单而容易的。显而易见的,和这个时代握手言和会获取某些利益,得到一定的褒奖,对抗给自己带来的是痛苦、恐惧、战栗。从1983年开始发表第一篇小说,将近三十年了。可以说,我一直在忧郁、不安、自我煎熬和折磨中朝一个目标而奔走。时至今日,留在我心底的是苦涩的绝望和凄凉的惨败感。失败的感触中不乏对我从事的这种劳动能够被承认的盼望。我不由得怀疑自己的选择,怀疑自己对艺术的理解。怀疑之后又是苦行。我依旧坚持勇敢地写作,有勇气地写作。

我多次说过,一个小说家,必须坚持自己的小说美学观,按照自己对小说的理解写出属于自己的小说来。对此,我很固执,很偏执。我觉得,轻易地认同他人或某个团体的规定性动作,就会淹没自己,失去自己。尤其是,当一股风潮汹涌而至的时候,假如不坚守自己的小说美学观,在艺术之路上就会找不到北。小说就是小说。小说是美的符号。这种美,离不开形式的构架。因此,我以为,形式就是内容。一个有个性的写作者必定是在形式上有所创新的追求者。古今中外的小说大师们不只是给我们后代人在艺术长廊中增添了一个又一个使人难以忘却的典型形象,他们在艺术形式上的绚丽多彩、千姿百态,甚至难以理解,使我们后世作家至今为之叹服或无法超越。一个在艺术上没有追求没有创新的作家必定是平庸的写手。

这些年来，我在写作的过程中，不断修正自己对小说的理解，确立自己的小说美学观。我以为，小说就是人物的心灵史。一个好的写作者要善于揭示人物内心很隐秘的那一部分——包括人物自己也没有意识到的龌龊和丑陋。一个好的写作者要有能力窥视到生活背后的生活，有能力剥离"伪生活"，有能力表达边缘的东西。贴近现实固然是一条路子，但一不小心就会被现实迷惑，掉进陷阱。只有把笔伸到人物内心去探究才能得到底蕴。

我觉得，在我们这个圈子内，坚持个性化的写作者不是没有，而是太少。他们中的一些人被这个体制惯坏了，发表、获奖都没有门槛，他们难免骄横、势利、平庸或自以为是。在时代的大合唱中只见他们的身影或口形，而听不到声音。当然，坚持个性化的写作并非易事，而是一个痛苦的过程。坚持个性化写作就要有超前意识，超前就意味着被拒绝接受。毫不脸红地说，我至今没有获得过国内的所谓的任何大奖。一个好的小说家，面对的不只是当下，而是未来；面对的不只是文坛，而是自己。只要自己不倒下去，文学的圣殿就不会坍塌的。对于一个文学圣徒来说，永远在朝拜的路上。尽管，道路坎坷不平，布满荆棘。可是，只要信念不灭，勇气不减，勇敢地走下去，文学的"城堡"是可以企及的，尽管它在远方。

原载《小说评论》2012年第4期

我的孤独

冯积岐

在我的博客中，畅广元老师写给我的信《一位难得的孤独者》的点击率最高。我不知道，网友们为什么喜欢畅老师的这封信。畅老师的信确实对我启示很大。我的孤独是一种内心生活，并非没有被捧红才陷入了孤独的境界。事实是，我的确没有被大陆的评论界看好，几乎没有纳入主流评论家的视野，也没有获得过所谓的什么全国大奖。发表了二百多篇中短篇小说（也有不少被转载或选载），出版了五部长篇小说，作品数量超过四百万字。

可以说，我的每一篇（部）文学作品的问世都比较艰难。大陆的文学批评是"广告批评"，批评家本身是作家的广告词。而杂志社、出版社更看重的是广告，因为有广告做旗幡，一些作家的作品和一些作家更容易走红。因为我没有做广告，所以，不被客户看好也是很自然的。对此，我很明白，也就比较坦然了。林子大了，什么鸟儿都有。没有什么作品的"著名作家"往往红得发紫，他们拥有××协会副主席、××文联副主席的头衔，拥有××文学院院长的头衔，至少也是创作组的领导人。他们常常在主席台就座，常常出没于各种研讨会，或者在某个大学兼职教授，在大学的讲台上手舞足蹈，唾沫星乱溅。这是中国的文学特色之一。汉学家马悦然最近感叹：他弄不懂，为什么中国的批评界对山西的某个作家不关注。其实，答案很明确：他不懂中国的国情。

对我这样只知道闷下头来写作的"闷怂"来说，文学只是一种生存方式和生活方式，我不可能妄想有其他功利，有时候（还是常理），功利是属于投机钻营者、文学政客、流氓恶棍或者只写很臭的作品的"著名作家"的，当上海某大学的文学硕士写作长篇论文论述我的作品的时候，说我是被遮蔽的一个写作者。我认为，就不存在被遮蔽的问题。因为，我不是他们的同类，从某种意义上说，我并不孤独。我比斯大林时期的一些俄罗斯作家幸运多了。用很矫情的话说，我应当感谢生活才是。

但是，不被关注，我不知道这是我的悲哀，还是大陆文学的悲哀，这是我的有幸还是不幸。

也许，这是中国文学的悲哀，中华民族的不幸！我想：大凡不朽之作和伟大的作家，都是这样的命运吧！

原载《文化艺术报》2007年3月6日

作家要有耐心

冯积岐

有一位朋友不无忧伤地对我说，在繁荣的旗帜下，我们的文学已到了使人哭笑不得的地步了。虽是一家之言，却是一针见血。其实，文学的尴尬是我们大家共同培植的，包括一些人不遗余力的炒作。这几年的经验告诉我们，市场上炒得越红的作品越是惨不忍睹的作品，市场上炒得越响的作家越是不可信赖的作家。我们一些作家用炒作愚弄读者，读者就用漫不经心轻蔑文学。恕我妄说，越是好的作品出版商越不愿问津，杂志社越是不屑发表，这也是中国文学的一大特色吧。因此，我们不必寻找许多条歪理责怪瑞典皇家学院的洋老爷们，他们是有眼力的，他们的目光盯着的也许是内地作者抽屉里的作品。难怪，当下的文学不好笑也不好哭。

使我疑惑不解的是，炒作竟然在我们这个时代能够成功。当我们得知，炒得很火的某个品牌酒连酿造厂也没有时，厂家已捞进几十亿的钞票了；当我们发觉一瓶又一瓶的某口服液灌进肠胃里而无任何作用的时候，发了财的商人已收拾了摊子；当我们把炒得很红的作品买回去当做经典来捧读而大上其当的时候，出版商已是眉开眼笑了。也许作者刚从领奖台上下来被一群记者团团围住正在侃侃而谈呢。炒作给炒作者带来的不是良心责备的痛苦，而是一种撕心裂肺般的快感和雪一样晶莹的利益。特别是那些体制内的作家们，一经炒作，好处像银元一样滚滚而来，头衔、职称、职位都有了，非文学手段达到了文学的目的，不炒才是怪事。于是，作家在一夜之间变成了蔬菜批发商，白菜快了卖白菜，萝卜快了卖萝卜。文学批评只是充当了裁判员的角色，黑哨一响，上台领奖。而一些良心丧失殆尽的评论家睁大眼睛非要把那些臭作品说成好作品不可，非要把那些脚底下走起来颠晃颠晃的轻飘飘的作家扶上领奖台不可。文学构成的风景线是各领风骚三五天，你唱罢了我登台。

　　体察历史，人类之所以铸成一些过失或大错，是由于失去了耐心的结果。我们不愿意等待，也不能等待了，于是，我们就匆匆地上阵了。做人需要耐心，做文更需要耐心，耐心地体味人生和社会，耐心地积累生活和人物，耐心地等待机会和神来之笔，耐心地伏案写作，这才有可能写出好作品，这才有可能使文学创作繁荣这个口号有地方搁置。耐心和苦熬是孪生兄弟，我们的作家朋友们经不住苦熬了。苦熬就意味着暂且放弃功利（包括那个什么什么委员，什么什么协会的副主席，什么有突出贡献的专家以及使存款增加的数字）。我们的一些评论家更是推波助澜，火烧火燎，使一些作家本来就单薄如纸的耐心，一戳就透。

时代的语言不厌其烦地奉劝我们,不要忍耐,要抓住时机,抓紧抓牢;人生苦短,忍耐到何时?这种急功近利的鼓动和我们需要的忍耐背道而驰。而广告本身所包容的欺骗性随时在粉碎我们的耐心;我们在享受广告的温暖的时候,应当警惕它的冰冷就在温暖的后面。文学就是文学,把文学的繁荣作品的影响寄托于媒介本身就是一种悲哀。

少一点贪婪心理和政客作风,拿出耐心,拿出理智,一本正经地做文章,才有可能真正地繁荣我们的文学创作,才有可能写出大作品来。

原载散文集《没有留住的》,当代中国出版社2002年8月版

作家的劳动

冯积岐

虽然，我现在生活在城市里，我写作的背靠点是我的故乡，是我在小说中虚构的凤山县南堡乡松陵村。我在故乡度过了美好的童年伤感的少年和青年中最艰难的岁月，感受和体验了我以后未曾感受和体验的人生的多汁多味。我只能在这个背靠点上开掘，它是我精神扎根的土壤，是我写作的源泉。我力图从这个背靠点上透视我们的农民我们的文化我们的民族，至于我做得怎么样，是另外一回事，但这个背靠点不能松动。

一个好的作家还必须有一个牢靠的支点，这就是精神向度。我曾告诫自己，要自觉担荷人类精神的苦难。如果我们当中的每一个，都能像西西弗斯一样担荷苦难充当悲剧角色把巨石一次又一次推上山，胜利就为期不远了。在荒谬的境遇中，我们只能付出，因为我们不只是将石头推上山的那个"愚人"，我们就是石头！况且，付出的过程是愉快的。这就是作家的劳动。

其实，对小说持有什么样的观念，就会写出什么样的小说。坚持写自己喜欢写和愿意写的文章并不是一件容易的事，因为，总是有那么一种声音在诱惑、劝导，甚至胁迫自己，让自己的胸膛装一颗别人的心，写出别人的文章来。所以，坚持写自己喜欢写和愿意写的文章也是自己和自己战斗的过程。

我以为，文化大革命的结束是一段非文学时期的结束，也是文学摆脱权力左右和各种干扰的开始。而目下，当文学同时向权力和金钱跪拜的时候；当文学用另一种手段扮着另一种面孔冠冕堂皇地向非文学的泥潭滑去的时候，坚持写自己喜欢写和愿意写的文章是心灵的吩咐。冷落的不会是文学，而只会是作家；热闹的也不会是文学，也只会是自己。

我说过，我们不必活得太聪明，我们必须活得很清醒。写作既然是我自己的选择，就是我自己的事情；这是我付出了一定的代价后才意识到的。我只能平心静气地对待自己的创作。最悲哀的是良知的丧失激情的泯灭，而不是作品的未被认同。

原载散文集《没有留住的》，当代中国出版社2002年8月版

在自己的地里开挖

冯积岐

在不同的场合里,我给业余作者和大学以及中小学的学生们讲过,创作其实没有任何秘诀可言,要说有秘诀,可以概括为六个字:多读,多想,多写。

首先要过读书这一关,这对搞创作的人来说太重要了,因为,再伟大的作家,也不能网罗全部读者,他的作品是写给喜欢他的读者的。这就有个选择问题,面对浩如烟海的古今中外的作品,读者只能选择和他的爱好、审美情趣、价值取向乃至性格、气质相同或相近的作家的作品。对自己喜爱的作家、喜爱的作品要十遍八遍地解读,拆开读,读作品的构思、读作品的语言、读作品的结构、读作品的思想。这样读下去,就会从中悟出些什么来。取法乎上,得之其中。所以,读书一定要读优秀的作品,读千百年来被筛选下来的作家的作品。仅仅读几本杂志,读几本当代作家的作品,收获是十分有限的。况且,目下的读书市场极其混乱，有些十分低下的作品反而被媒体炒得红红火火，这样，很容易使一些读者上当。自己对自己的定位高了，对每一个作家的作品的选择也就高了，作家是有层次的，作品也是有层次的。我说过，当代大陆的作家有三个层次，一个是视点向上的作家群，他们的目光盯着的是世界文学的最高峰，虽然，喝彩声很小，作品的印数并不多，但他们是最能经得住时间的考验的。一个是视点平行的作家群，他们的目光和大众吻合，大众需要什么就写什么，市场需要什么就操作什么。一个是视点下沉的作家群，他们专写一些庸俗和媚俗的作品，用低级下流去引诱读者。面对这样的作家和作品就必须有自己的取舍。

其次就是多想。生活本身是平板的、琐碎的，当然不乏烦恼和欢悦、痛苦和狂热。生活本身不会提供现成的文学作品，这就需要多思考，看透生活乃至人生的真谛，从中发现真理、真诚、自尊、勇气、人性的美和丑。作家的本领就在于给看似平淡如水的生活赋予一定的意义，这种意义不是简单的社会意义，而应该从人性的深处有所发现，对所处的时代和环境有所警惕和透视。

多写是成功的阶梯。我说过，文章是写出来的，是从笔尖下流出来的。如果说创作有灵感，那灵感往往是笔下飞来的。作家写完一篇文章连自己往往也觉得吃惊，因为那些情节、细节乃至美妙的文字并不是事先想好的。

当然，这些飞来之笔并不是从天而降，而是作者长时期地体察、体验、感受、观察的结果。

你只能感受了什么，体验了什么，才能去写什么。有些中小学生写作文,结尾常常有一句:劳动过后吃饭多么香呀。或是类似的概括语言。劳动过后,吃饭是不是香的?你是否体验到了?我看未必是这样。我的体验是,在繁重的体力劳动过后,端起饭碗,不可下咽,并不是香。因此,所谓建构,不是胡编乱造。

我曾做过多年编辑,从大量的来稿中我发现,一些作品之所以不能发表,是由于作者自己地里埋着金子,却在别人的地里去乱刨。因此,我对他们说,最好的办法是在自己的地里去开挖。

创作本身就是个体化的,是自己的事情。所谓体验生活,就是自己对生活的咀嚼、观察、感受、体味和想象。只要坚持在自己的地里不停地开挖下去,深入地开挖下去,就会挖出闪光的金子的。

原载散文集《没有留住的》,当代中国出版社2002年8月版

从经典中汲取营养

冯积岐

偶然翻开一本杂志,读到一位获全国文学奖的作者的创作谈,稍稍有些吃惊(当今时代,也见怪不怪了)。作者坦诚,他是读国内某本杂志长大的,且得到这本杂志的奖掖。作者对张口闭口就是提起一大串外国作家名字的作者,稍微有些讥讽。读罢此文,我不觉沉思:难怪这样的作者能获奖?每一个写作者都面临着文学师承问题,不论你师承什么样的文学作品和作家,可遵循的规律只有一条:"取法乎上,得之其中。"我不敢妄说,把国内的文学期刊、把当代作家作为"上乘"的人有多少,但我相信,大凡在创作中想有所成就的人,都是以经典以大师作为范本和老师的。汲取经典的乳汁是自己体魄健壮的基础。据我所知,我周围的好多作家都是先读莫泊桑、契诃夫、梅里美这些短篇大师的作品而开始短篇小说的写作的。他们用经典的火把来照亮自己的文学创作之路。当然,这是20世纪80年代前后的文学境况。而近几年,通过读当代的文学期刊也能成名,足以证明文学的"发展"是个硬道理。

我常常给我周围的文学青年说,你们要读福克纳、海明威、菲茨杰拉德,要读卡夫卡、卡尔维洛、乔伊斯,要读马尔克斯、加缪(又是一大串外国人的名字),不是我轻视我们的文学传统(《红楼梦》我至少读过三遍)。我感慨的是,我们的文学传统,为什么没有按照《山海经》、《聊斋志异》、《西游记》的路子走下去?我读小学的时候就不止一次地在故乡的博物馆里目睹过我们那儿出土的西周时期的青铜器,我记住的是青铜器上的纹饰;那些纹饰,大都是夸张变形的,而不是写实的。夸张变形是现代艺术的精髓。也就是说,在两千五六百年前,我们祖先的文化因子中就有了"现代意识",而发展到如今,这些很有现代意味的艺术品怎么就被主流画到圈外去了。敢问有多少文学期刊接受了荒诞不经的作品?接受了夸张变形的小说?

细细追究,现代主义也不是外国作家的专利。秦腔《游西湖》中的《鬼怨》一场将"鬼"表现得活灵活现。《劈山救母》中,人神完美地结合融为一体。《窦娥冤》中,六月炎天,大雪纷飞。这些非现实主义的艺术,我们的老百姓看得津津有味,这些非现实主义的艺术在我们的舞台上活跃了上百年甚至几百年,翻开我们的文学期刊,每年刊发几篇像鲁尔福那样写生死两界的荒诞作品(《佩德罗·巴拉莫》),在我们的获奖作品中有多少篇什具有创新意识——不要说创新了,就是模仿非现实主义的作品也没有。洋人把鲁尔福这样的作品称为魔幻意识。窦娥冤作为"鬼"发出那种凄婉、凄凉的叫声，在老百姓的眼里是人的呼喊和抗争而不是"鬼"。

我们的批评界和文艺官员逢会必讲文学创新。究竟什么是新？我想，只要我们全面继承世界文化的优秀遗产，只要敢于给自己封闭的围墙打开一个豁口，文学创作的气氛就会有所改变，从杂志上学习创作到杂志上发表，然后去某个机构领奖，这种局面就会有所改变。到那时，我们再谈所谓的精品，这样，也许会有文学精品产生。假如用国家意识形态规定的一个视角去衡量我们的文学作品，去写遵命文学，我们留给世人的文学作品只能是唱颂歌的"宣传品"。艺术毕竟是艺术，好的艺术作品是形式和内容的完美统一，是具有思想深度的。

我也不止一次地给年轻的作家们说，你们不要一提起笔就写大部头的长篇，而要从短篇小说开始练笔。据我的经验，要经营好一个短篇，绝不是易事。短篇是不藏拙的文学样式，一篇好的短篇里蕴藏着作者对这个世界、对人生、对人性深刻的理解，蕴藏着作者的艺术功力和聪明才智。在一部长篇或一部中篇中，作者不经意可以塞进去一把稻草一把棉絮，而短篇中，绝不允许有这样的填充物。我虽然已经发表了两百多个短篇，但依旧对短篇乐此不疲，原因是，总觉得自己没有达到一个高峰。假如自己运气好，终究有一天能够写出《纪念爱米丽的玫瑰花》（福克纳）、《印第安营地》（海明威）、《墙上的斑点》（伍尔芙）、《大教堂》（卡佛）、《立体几何》（麦克尤恩）这样的短篇，也就心安理得了。

有人担忧，由于种种原因，中短篇小说的气脉欲绝了。我想，没有这种必要。只要人类不朽,不论什么样的艺术都不会绝种。我相信,文学依然神圣。中短篇小说不会因为种种冲击和读者量的减少而消逝的。艺术作为一种宗教,总会有它的皈依者的。

原载《厦门文学》2010年第12期

一家之言

冯积岐

1. 我说过，虽然我已发表了两百多个短篇小说，但至今喜欢写短篇，并乐此不疲。我觉得，在小说创作的三大体裁中最难经营的是短篇小说和长篇小说。短篇小说是最不藏拙的文学样式，一个好的短篇蕴藏着作者对这个世界、对人生、对人性深刻的理解，蕴藏着作者非凡的艺术功力和聪明才智。因为，在那么短的篇幅里，你要巧妙地传达你的思想意图或塑造一个或几个丰满的人物并非易事；油腔滑调不行，耍花枪不行，干巴巴地讲一个故事更不行；你非要构思精巧不可，非要情感饱满不可，非要思想深邃不可，非要有独到的句式不可。不然，你就被你笔下的词、字把你自己打败了，把你自己消灭了。而经营长篇，更需要高超的艺术驾驭能力，需要丰厚的人物形象积累生活积累情感积累，需要自觉的结构意识和顽强的毅力。如果你给长篇中塞进了稻草或棉絮，明眼人一眼就会看穿的。把字数多的小说叫长篇，那是误读。

2. 我对小说的解释很简单，那就是：给生活增添了意义的生活就叫小说。当然，意义是有层面的，有社会层面、思想层面、心理层面、文化层面、哲理层面等等。改革开放好是不是意义？也是意义，但是，写一篇小说阐述改革开放好，这样的小说绝不是好小说。因为，它只停留在简单的社会层面。好的小说达到了诸多层面，达到了较高的层面。目下，充斥于市场的大多是简单层面的简单小说。简单的小说并非只是一看就懂一目了然的小说，简单的小说是思想苍白、情感干瘪，缺乏艺术感染力的小说。

3. 一个作家，仅仅有生活是不够的。我好多次地给文学青年朋友们说，你们的祖父辈、父亲辈比你们的生活丰富得多，但是，他们成不了作家，即使他们原原本本地把他们的人生经历讲给你们，你们原原本本地记录下来，即使这些生活本身是感人的，也未必就是小说。不论这些生活有多么生动，这些生活经过文字的排列组合还是原来的生活。原因是，这些生活中没有你们自己的体验，没有一种叫做思想的东西。思想是许多写作者听腻味了的一个词汇。我理解的思想是写作者发现了生活中的惊人的东西，是生活背后蕴藏的东西，是对人生、人性、对这个时代有独到见解的东西。福克纳的《纪念爱米丽的玫瑰花》其实是大家都写惯了的情杀故事。然而，福克纳却从中发现了人性中最隐秘的部分。海明威的《大象似的群山》只有三千左右汉字，只是写了一个男青年带着情人去流产的简单的生活，但海明威却在简单的生活背后制造出了使人战栗的"害怕"。这是俗手不可攀登的高峰。

4. 好的短篇小说是动了感情的，是感情饱满的。皮蓝德娄的《西西里柠檬》篇幅也不长，我每读一遍都觉得心痛，我为那个长笛手而悲哀，更为那个时代而愤怒。乔伊斯的《死者》、《阿拉比》，海明威的《乞力马扎罗的雪》无不是情感饱满如籽。一个好的写作者，要学会把自己的真实情感融入小说。首先，自己要为生活而动情，要被生活所触动，不然，在纸上流动的只是内分泌，而不是情感。

　　要学会挖掘自己。自己的地里满是金子，却要掂起镢头在别人的地里乱刨，妄图挖出一块金砖，那是瞎折腾。托尔斯泰靠几十个字的新闻报道而写出了世界名著《安娜·卡列尼娜》，除了作者的天才的想象能力以外，托氏因为把自己的情感和体验写进了小说，才使作品有了经典意义。福楼拜干脆说，包法利夫人就是自己。这句话值得后代人再三玩味的。写作者是需要搜集素材的，但是，背着包儿整天去搜罗别人的故事，落到笔下的字句永远映照的是别人的影子，就像安装了别人的心脏听不到自己的心律一样。

　　5. 要抓住人物写，拎住人物写，按住人物写。一个清醒的写作者始终要明白，他的任务是给人物画廊里增添新的形象，增添典型的形象，增添丰满的形象。如福克纳所说，用一支笔把人物固定在纸上，再过一百年，你笔下的人物形象还是鲜活的饱满的，这才算成功了。写出鲜活的人物不只是现实主义作家的任务，现代主义作家，也是紧贴着人物写，纳博克夫的《洛丽塔》就写活了人物。海明威的《杀人者》通篇是对话，但人物是活的，博尔赫斯《玫瑰街角的汉子》中的人物也是活灵活现的。

　　6. 一个好的写作者必须明白，功夫不应该用在写程度上，而应该用在挖掘深度上。不是说,他写了腐败分子受贿一百万,他就没有你写得高明,因为你写了一个腐败分子受贿一千万。陀斯妥耶夫斯基的《罪与罚》为什么那么震撼人心,因为他写出了大学生拉斯柯尔尼科夫的人性深度,也就是说,写出了他的人性的复杂性。假如,陀氏对大学生杀人之事只停留在简单的道德判断上,大学生再杀两个放高利贷者,这部作品也是难以进入经典行列的。

中国的导演制造的好几部大片在程度上都高于好莱坞的大片,比如色彩,比如场景,比如服饰。但是,中国的大片永远无法和美国获奥斯卡奖的大片比肩。因为美国的大片如《泰坦尼克号》、《拯救大兵瑞恩》都贯穿着一种美国精神,一种叫做思想的东西。中国的大片中缺少的是精神和思想,失之于深度,而不是程度。

显然,一个写作者要给作品弄出深度来,写作者本人要有深邃的思想,深刻的见解,要对这个时代、对人生、对人性有很强的透视能力。

7. 艺术不是长矛、大刀,不是机枪、原子弹。艺术的力量不是搏击而是感染。这个看似简单的概念往往被一些写作者混淆了。艺术没有攻击能力。利用小说反党反社会主义只是一顶帽子。作家固然要有批判意识,但是,作家介入生活的视角和政治家不同。歌功颂德,歌舞升平是一种介入;针砭时弊,伸张正义也是一种介入。美国的30年代陷入了经济大萧条,底层人生活穷困,不堪忍受。美国的几个名作家并没有一窝蜂地去写"底层人的生活"。如福克纳一心营造他的家族小说,海明威一如既往地写他的"硬汉子",菲茨杰拉德沉浸在男女情感小说中,而亨利·米勒自顾自地写《北回归线》那样的白日梦般的自传体小说。只有斯坦贝克从侧面写了美国的现实生活。艺术是有基本规律的,只有按艺术的基本规律办才产生伟大而高贵的艺术家。遵循国家意识形态的规定去写,尽管能获什么大奖,但充其量只不过是个宣传材料;而和国家意志对峙也会陷入误区的,有使艺术沦陷为另一种武器的危险。拉美作家大都有政治介入的热情,但他们没有被政治所淹没,他们的艺术追求和欧美的大师们是一致的。我们的写作者不可能不介入,介入生活、介入政治是必要的。关键是不要脱离艺术规律,要向艺术高峰迈进。

8. 意蕴和隽永是短篇小说的灵魂。好的短篇耐人寻味,蕴藏着使人说不清道不明却感觉强烈的味儿。好的短篇小说是无法归类无法定义的。伍尔芙的《墙上的斑点》、加缪的《来客》、卡夫卡的《煤桶》和《乡村医生》、博尔赫斯的《交叉小径的花园》、辛格的《市场街的斯宾诺莎》和《泰贝利和魔鬼》,就属于这类小说。卡佛的《大教堂》中的那个盲人从来没有见过大教堂,然而,他却用笔画出了一个教堂。作者笔下的教堂既是实在的建筑,更是一个宗教性的向往,意蕴不是硬弄出来的,它是藏在纸背后的东西。

9. 我的短篇小说《一双布鞋》故事很简单:儿子去犁地时不经意地换下了自己的皮鞋,穿上了父亲的布鞋,为了这一双布鞋,父亲鞭打羞辱了儿子,儿子悲愤而自杀。看似为了一双布鞋,实际上是人性的较量。鞋,是女性性器官的象征,在《金瓶梅》中,有一章,一个鞋字出现了106次。二十五岁的儿子从小失去亲生母亲而受父亲的严厉管教,他虽然对后妈不敢有非分之想,但潜意识中对女性有一种渴望。他穿父亲的鞋是无意识的。而父亲的意识中，我的鞋你是不能穿的。这是一个严峻的问题，父亲的潜意识中，那双鞋并非鞋。为什么会发生这样的悲剧，我只做了暗示，而没有挑明。我的短篇《门和窗子都关着》写退休女老师的寡居生活。她自以为她的生活之门，女性之门——玫瑰门一直都关着，自以为她是道德上的完人。但是就是在门关着的情况下，邻居闯进来了，小偷闯进来了。我没有写出来的是，其实，她渴望她的生活之门大开，玫瑰之门大开，渴望有男人进入，然而，当男人闯进来时，她心慌了，甚至做出了害人之举。人有虚伪的一面，人的自身永远在搏斗之中。这些东西，都是暗示出来的。象征、暗示不只是艺术形式，也是内容。作为短篇小说，关键还是要留下空白。

10. 我还是奉劝初学写作者要从经典中汲取营养。因为，熟读经典是一条正道。福克纳因为涉猎了狄更斯、萨克雷、康拉德、麦尔维尔、詹姆斯才写出了《八月之光》、《喧哗与骚动》等名著。马尔克斯熟读了福克纳、海明威才成为大师级作家。麦克尤恩的《只爱陌生人》就起步于托马斯·曼的《死于威尼斯》。那些不读经典而走红的作家要么是天才，要么是流星。我以为，流行的永远是短命的。好的作家是用失败锤炼出来的。那些很快成仙成圣的只是焰火，随着天空的斑斓之后便是死亡，是一片死寂。这些写作者只是给报纸、电视、电台暂且提供了报道的机会，只是把自己名下的钞票数目进了位，他们永远和艺术无关。真正的写作者面对的是失败后的痛苦，是从失败中不断剥离自己总结自己而最终用心血浇灌的文字。

艺术永远是少数人的事情。只有大跃进的1958年一夜之间才产生一万首诗。

市场是有背景的。20世纪的80年代、90年代和当下的文学背景大不一样。所以,市场景观也不一样。当然,好的写作者要勇敢地面对市场。福克纳当年的一些作品只卖了五百册、一千册、两千册。而现在,在全世界的销量恐怕有几千万册了。大江健三郎坦言,他的作品在日本能卖五万册的话,村上春树的作品就能卖一百万册。但是,村上春树和大江健三朗不可同日而语。我相信,每个写作者都渴望自己的作品能畅销。悲哀的是,中国的作家不塑造读者。引领、塑造读者的是媒体,是官方的某些机构,尤其是那些制造文学明星的机构,常常误导了读者。中国作家要靠作品赢得市场真不容易。距离艺术越近,反而距离读者越远。这并非怪现象。

麦克尤恩是世界文坛公认的严肃作家。在当下的英国,他的作品极其畅销,飞机场、地铁站、商店、医院,凡是有人的地方就有麦克尤恩。这是中国的严肃作家必须思考的问题:这是为什么?

11. 写什么、怎么写是折磨写作者一生的问题。按照写作的基本规律,写作者应该写自己体验了的生活,写自己最熟悉的人和事。也就是说,写作者应该写已知世界。可是,世界上的一些经典作家,尤其是20世纪以来的作家们相信,凭借作家的想象和语言的构建,作家一定能够写出未知世界来。我觉得,关于"已知"和"未知"是关于"人"和"事"的问题。《聊斋》中的所有故事都是写未知世界的。但是作者的体验是深刻的。作者对他们虚构的"人"大多是已知的。因为,这些"人""鬼""神"身上大都寄托着自己的想法,传达了作者自己的意图。

一个好的写作者应该写他知道的东西,也应该写他不知道的东西,在已知和未知两个世界探索。尤其是探索人的内心世界,人心的黑暗,这是很难的事情,也是考验写作者能力的事情。

究竟写什么?我在前面已经说过,一个写作者一生所写的是他自己对人生、人性的理解,对他所处的时代的把握。

怎么写,其实是有关形式和内容的问题。我认为,形式不是孤立的东西,形式是内容的一个部分,怎么写比写什么更重要。小说美学主要体现在形式上。美国普林斯顿大学教授浦安迪通过对《红楼梦》、《西游记》、《金瓶梅》、《三国演义》形式的研究,提出了"中国叙事学"的重大问题。传统的中国小说是很讲究叙事形式的,从小说结构、修辞和寓意都有独到之处。而欧美作家从19世纪以来一直在小说形式上作探索,从叙述角度、切入点、时间、空间、结构诸多方面进行了多种实验,他们讲求的是象征、暗喻、暗示,并且采用了意识流、心理分析、反讽、重复、怪诞等艺术手法,使小说这种艺术多彩斑斓,呈现出惊人的美。福克纳《喧哗与骚动》的多角度叙述,《我弥留之际》的多人称叙述,影响了几代作家的写作,近几年获诺贝尔文学奖的土耳其作家帕慕克的《我的名字叫红》,英国作家多丽丝·莱辛的《金色笔记》无不是多角度的多种叙述。略萨的结构现实主义魅力无穷,影响了莫言等作家。而鲁尔福在翻译成中文只有五千多汉字的《那个人》这个短篇中就有两种叙述角度。叙述角度、叙述人称的改变,不仅改变了形式,也使内容有了大的变化。同样是写男女偷情,用一个孩子的目光去窥视和用一个成人的眼睛去看,是大不一样的。

我们的好多写作者，拿起笔来就写，一个角度写到底，一种人称写到底，根本看不出作品的艺术性在哪儿。而目下，充斥于我们的杂志上的大量的中短篇小说，充其量只是一个简单的故事。这些简单的故事且得到了有关机构的褒奖，使读者误以为，会讲一个故事就是小说家。对于那些有内涵、值得再三回味的小说，不仅仅失去了读者，我们的一些编辑也"看不懂"了。许多杂志把好看作为评判小说的唯一标准，一味地买好读者，投靠读者，其内心是商业动机，也就难以达到艺术效果了。

如果你是熟悉世界文学的，你就会发现，我们当下的文学和世界文学的差距越来越大。我们的小说以其苍白而显示特色。原因是多方面的。如果每一个写作者都把追求艺术上的完美作为终生奋斗的目标，这种状况就会有所改变的。

12.我们说，太阳出来了。太阳跃出来的参照是地平线。许多年前，我就质疑过我们的文学评判的标准。什么样的作品是当下的好作品？是那些在国内获了大奖的作品？这些作品又是拿什么做参照的？我以为，好作品的参照只能是经典。

每一个作家艺术都渴望被承认。凡·高最终被承认了，这对凡·高来说是很不幸的事情。对于一个作家艺术家来说，不在于能追求什么，而在于能承受什么。

目标是自己给自己设置的。假如你设置的目标与社会现状之间的距离越大，你的承受力就要越强。

承受的过程就是反抗的过程。

我在写作《成长仪式》的过程中才发觉，十七岁的男孩儿不是为了享受女人的肉体，他用自己的身体进行微弱的有限的反抗。而《重生门》中的女孩儿也是在反抗，可是，她把自己的反抗建立在罪恶的基础上了。经过一番洗礼，她的内心只留下渴望了。伟大的艺术家应该有牛犊顶橡树的精神，伟大的艺术家和他所处的环境保持着紧张关系。

原载《延河》2010年第7期

谈读书

冯积岐

我记得，我从十一二岁时就开始读小说。那时候，读小学四五年级，小说中的不少字词不认识，就越过去，囫囵吞枣地读。小说中的故事我还是能读出来的，那些故事吸引着我，使我恋恋不舍。晚上就着煤油灯，在灯下读，一部《红日》，几个晚上就读完了。对于60年代和50年代出版的那些长篇小说，我几乎全部读过，什么《苦菜花》、《迎春花》、《青春之歌》、《红岩》、《红旗谱》、《苦斗》、《三家巷》、《新儿女英雄传》等等，我读得津津有味。读初中一年级时，上了物理课，读张恨水的《魍魉世界》，被老师发现后，将书收去交给了校长。校长在全校师生大会上点名批评我，说我读的是黄色书籍。

如果说读书是一种病，从少年时期，我就患上了这顽疾。

那时候，和许多农民一样，家里的日子过得很窘迫，就在很艰难的境况下，我一分二分地攒钱买书，幸亏，书很便宜，大多是几毛钱一本。

文化大革命开始之时，我已有几十本书了，我有一本李准的《情节、性格和语言》，有王汶石的《风雪之夜》，有郭小川的诗集，有峻青、方之的短篇小说，有《铁道游击队》、《战火中的青春》等几部长篇。文化大革命开始后，听说红卫兵要来家中抄家，父亲叫我把家中所有的书和祖先的牌位、家谱一起烧掉了。我只留下了一部纸张发黑的《创业史》。

文化大革命十年间，我只读过金敬迈的《欧阳海之歌》和浩然的《艳阳天》和他的一些短篇。连柳青的《创业史》也不敢读了。

1979年春天，大地开始解冻（农村里不再讲家庭成分），我有了一种被解放了的轻松感，渴望读书的旧病随之复发。惋惜的是，没有书可读。邻村的一个朋友在国营523厂工作，这个国有印刷厂在我们岐山县的孝陵公社。而北京的《人民文学》杂志就在523厂印刷。朋友将装订有问题的《人民文学》拿回来，转送给我，我从读这份杂志开始，进入了新的读书阶段。

我读的第一个作家是孙犁。老先生清纯、清爽、清丽的文字很使我感动。1982年11月，我在百花文艺出版社邮购了一套《孙犁文集》，我就反反复复地读孙犁。那年冬天，我们村已经分田到户了，我有了充裕的时间，开始练习写小说。我发表在《延河》杂志上的第一篇小说《续绳》，其句式，完全是孙犁式的、很少修饰的很干净的句子。

对于孙犁，我很快的就不满足了，老先生笔下那种生活和我对农村生活的体验相去甚远，他笔下的人物固然很美，但是单纯、单薄，太理想化，有虚假之感。我觉得，唯独一部《铁木前传》写得很真实。

就在这时候，我喜欢上了外国文学。

1983年春天，我第一次发表小说，第一次去陕西省作家协会《延河》杂志社参加创作座谈会。会议结束时，给参会的每个作者发了一套《美国短篇小说选》、一套《苏联短篇小说选》。回到家，我把那两部短篇集子读完后，就对外国作家的作品特别喜欢了。

也正是在那一年春天，我结识了沈从文。

为了买一本人民文学出版社出版、凌宇先生编选的《沈从文小说选》，我骑上自行车跑到了四十多里以外的凤翔县城。在凤翔县城新华书店，我买到了这本书之后，高兴得蹬着自行车向老家岐山疯跑，快到家时，把自行车的车链子都蹬断了。我最喜欢读的《柏子》、《丈夫》、《萧萧》、《三三》、《三个男人和一个女人》，我不知读了多少遍。后来，我将能买到的沈从文的小说、散文我全部买来读。我觉得，沈从文的作品很合我的口吻，适合我读，于是，我就反复地读他的作品。

读书的过程也是喜新厌旧的过程。

有一段时期，我喜欢上了张爱玲。张爱玲飞奔的想象把我带到一个遥远的地方，使我对人生、对生活充满着渴望。只有张爱玲那样的作家才会从一双鞋子、一只纽扣、一条花边上去摘取生活，发现小说。

再伟大的作家也不能网罗全部读者。读者选择什么样的作家可能和他的经历、体验、好恶，也就是说和他的人生观、价值观诸多因素有关系。我读过那么多外国作家的作品，偏偏不喜欢读巴尔扎克和狄更斯。并不是说，他们不是大师。他们固然是大师，但却不能使我心动。

在中国现代文学史上，我读过巴金的《家》《春》《秋》，读过茅盾的《林家铺子》《子夜》，读过丁玲、沙汀、张天翼等等，但使我常读不厌的只有鲁迅、沈从文、张爱玲和许地山。我一打开许地山的短篇小说《春桃》，一个饱满的女性形象就扑过来了。

外国作家的作品给我的读书打开了天窗。

我老老实实地从读契诃夫、莫泊桑的短篇小说开始阅读外国小说。我曾经给一个业余作者说过，你读契诃夫的短篇就会发觉，他的每一个短篇，开头第一句话，人物就在动作之中，这就是作品的切入点，而小说的结尾大都在意料之外。可以说，契诃夫的短篇，通篇都捂得很严，就是为了砍出结尾那一刀。莫泊桑的中短篇充满了感情，这是他之所长，也是他之所短，不要说《项链》、《羊脂球》这些名篇了，在短篇《月夜》中，当那个老女人听见侄儿和他的女朋友那两句对话，伤心而泣的时候，我的心灵为之一颤。

当然，契诃夫和莫泊桑的中短篇其不足也是显而易见的，契诃夫的一些小说"做"得太过，写得太琐碎，而莫泊桑的作品意蕴不够，缺少深度。

后来，我又读梅里美的中短篇，读欧·亨利的短篇，读爱伦·坡、吉卜林的短篇。当我拿到乔伊斯的《都柏林人》这个短篇集的时候，简直爱不释手，十五个短篇，每篇都有滋有味。读了《都柏林人》我才明白，意象、暗喻、象征在短篇小说中如何才能运用好。《都柏林人》的分量和作者的《尤利西斯》差不多。其中的《阿拉比》、《死者》、《悲痛的往事》等篇章，每读一遍，就会有新的收获。这么好的作品当时投给几十个出版商却无人接受，几经波折，虽然后来被一家出版社接受了，却又压了八年才问世。好的作品总是和时代有一定距离的，是不合时宜的，是超前的。同样，福克纳的名篇《纪念艾米丽的玫瑰花》也曾遭遇过退稿。最惨的是前苏联斯大林时期的作家，不要说《日瓦戈医生》的遭遇了，布尔加科夫的《大师和玛格丽特》成书于30年代，时隔三十多年，到了1966年才由苏联的文学刊物《莫斯科》首次发表。这样的作家在前苏联不止布尔加科夫一个。

海明威、福克纳、斯坦贝克都曾在短篇和长篇两个领域内奋争。尤其是海明威，其短篇的成就不亚于长篇。一篇《印第安营地》读后，使人毛骨悚然，虽然没有听见产妇拼命的呐喊，可是，丈夫割腕后从架子床上滴下来的血却使人不忍目睹。《大象似的群山》不过三千多汉字，其中藏在"冰山"下的那一部分，六千字也叙说不完。但是，海明威是一个不可模仿的作家，一个难以借鉴的作家。用汉语言文学写海明威那样的短篇，会使华语读者不知所云。当然，美国的海明威弟子们、美国的简约派成功的作家也不少，卡佛就是最有影响的一位。卡佛不只是行文上简洁，他的功夫在于能从日常的生活中发现生活的真谛，无非是几枝羽毛，一件马辔头，无非是一只箱子，一根钓鱼竿，卡佛却从中捕捉到了别人不曾也不会发现的"重大"主题。《大教堂》中的那个瞎子为什么能画出一座教堂来，而使读者顿悟：只有瞎子这个残废人，其心灵才接近了上帝。

对我的短篇创作一度造成影响的是菲茨杰拉德和鲁尔福。

只活了四十四岁的菲茨杰拉德给后人留下了一百六十多个短篇，尽管他的长篇小说《了不起的盖茨比》和《夜色温柔》不失为优秀作品，但是，我总认为，他是短篇小说的大师。窗外，是美国的经济大萧条,是社会的动荡不安,而屋内,菲茨杰拉德却在疾书他的爱情故事,其中有酸楚,也有温暖。菲茨杰拉德是从爱情这个视角去品味他所体验感悟到的人生和美国社会的。读菲茨杰拉德,给我留下的感觉极其强烈。作品中令人痛心的地方太多,太多的伤害,太多的不可企及,太多的遗憾。

鲁尔福所有的作品翻译成汉字不足三十万字。他的小说篇篇是精品,他不只是写得客观、冷静。他的作品中的气氛其他作家是很难营造的。这种诡秘之气可以感觉得到,但不好捕捉。他只是在静静地叙述,没有一句评判的话。他的这个优点很像加缪,加缪的《局外人》《来客》等中短篇也是冷感情的叙述,不过加缪对人性的洞察力比鲁尔福深刻多了。鲁尔福善于在叙述中放大细部,善于悄悄地转换叙述视角,善于使用重复句式(这一点,也许得力于海明威);而加缪则是按照他对人性的理解把握作品的。

要说制造气氛,还要数犹太作家辛格。辛格的短篇给人留下的是光怪陆离的感觉,他喜欢写捉摸不定的人物,在《市场街的斯宾诺莎》中,那个博士,虽然人物形象是明朗的,但他究竟是怎么一个人,很难定位。辛格注重的是作品的寓意。他也是在长、短篇两个领域内跋涉,他的短篇比长篇更出色。

中国大陆的老一代作家大都曾受苏联文学的熏陶,而我喜欢的苏联作家只有蒲宁、陀思妥耶夫斯基、帕斯捷尔纳克、肖洛霍夫等几位作家。对于托尔斯泰的作品,只读过他的《复活》和《安娜·卡列尼娜》,我尤其难以接受他的道德说教。《卡拉马佐夫兄弟》中的心理分析那么冗长，我却读得津津有味。陀氏对人性深度的挖掘，使我惊叹。尽管索尔仁尼琴的《古拉格群岛》写得很真实，近乎残酷，但它不是一部完美的小说，更像一部报告文学。而他的《牛犊顶橡树》反而使我感动。索尔仁尼琴是一个硬汉子，他独自和苏联抗衡，他敢于讲真话的勇气使人钦佩。在当代苏联作家中，我喜欢的是拉斯普京和特里丰诺夫。特别是特里丰诺夫的《老人》，我读过两遍，读过《老人》对斯大林时期的现实感到伤心而可怕，作者把历史和现实交织在一起的写法很有借鉴性。《这里的黎明静悄悄》也不失为一部好作品。我觉得，被大陆评论家近几年才关注的《骑兵军》并没有宣传的那么好，作者在艺术上没有新的突破。

就整个世界文学而言，法国作家是最善于创新的，从福楼拜到纪德，从罗布·格里耶到杜拉斯，他们都有自己独创的一面。尤其是当代的年轻作家图尼埃，他的长篇《桤木王》、《礼拜五》和一些短篇，给新小说开创了新路子。在《礼拜五》中，作者将两个当事人置于荒岛之上进行人性考察，有其深度和寓意。法国作家的这种传统，一脉相传。1949年出生的迪昂，以一部《37.2°》而走出法国，作者用反传统的手法塑造了一个"恶之花"式的女性形象。而更年轻的、出生于1969年的女作家玛丽·达里厄塞克以一部《母猪女郎》而风靡全世界。尽管这部小说还有争议，它无疑给中国大陆的读者开了眼界。它不只是写得荒谬和惊世骇俗，作者丰富的想象力给我们的想象能力极其有限的大陆当代作家树立了一个新的标杆。普鲁斯特的《追忆似水年花》尽管写得那么美，我读了几年，还是没有读完，倒是他的《驳圣伯夫》使我着迷，它既是一部文论,又是一部很不错的随笔。不只是作者的感觉独特,论点尖锐,它的文字十分优美,使人非读不可。

在英国作家中,我80年代读的是康拉德,他的《黑暗的心》、《吉姆爷》对人物内心剖析得是那么深刻,作品中所提供的独特的环境使人向往。我总认为,英国作家的作品有点死板、传统,包括哈代和乔治·桑,但是,当我读了《法国中尉的女人》之后,我折服于约翰·福尔斯,只有他才能给一部作品设计几个结尾;而托马斯的《白色旅馆》则是一部极具后现代意味的经典之作。作品分三部,每一部都有新的角度,新的形式。形式就是内容,在《白色旅馆》中得到了印证。

我读书养成了在书上眉批的习惯。当时有什么感受、启示就在书上画出来,或用几句话写出来了。

二十多年前,就在契诃夫的短篇小说《厨娘出嫁》后面用圆珠笔写下了这样的话:"在这篇小说中,格里莎是一个与情节发展无关的人物,可是,假如去掉格里莎,就少了一个独特的观察角度,故事给人的印象将大大减色,后面的点题将无法完成。契诃夫的小说大部分注意在结尾砍一刀,这一刀由谁来砍,这就要选一个特定的角度。"

在辛格的短篇《布朗斯维尔的婚礼》后面批注:"空间里是混乱,是神秘,是清醒和混沌的交织。通篇是人和鬼的共同世界。"在格拉斯的《铁皮鼓》中眉批:"几个动作:吹。咬。鼻孔鼓着。吸着烟。直盯着。狠劲啃。眯缝着眼。咀嚼土豆。作者特别注意细部的描写。""在现代主义作家那里,细节无意义或意义不明确,但作家们却醉心于细节描写。"

在《包法利夫人》中，我写下了这么一句话："包法利的帽子被他的同学抛来抛去，这对刻画包法利有什么作用呢？也许没有作用，但这个细节不可少，因为它是一种暗示。"

一部福克纳的《八月之光》，我不知读了多少遍。每读一遍就画一遍。书中有被黑铅笔画出来的，有红铅笔和蓝铅笔画出来的，有被钢笔画出来的，有签字笔画出来的。笔的颜色有七八种。

这样的批注、圈、点，是强化感觉的过程，特别是那些经典，每读一遍，就有新的感觉，新的发现，新的收获。读书和写作一样，当时能捕捉到的，过后不一定就存留下来，因此，需要记录。因为自己的读书兴趣在变化，涉猎的范围在变化。

有一段时期，特别喜欢川端康成，就把川端康成所有翻译介绍过来的作品找来读，连很少有人读的《山之音》也读了一遍。读过之后才觉得，川端对老年人的性心理把握得太准确了，公公对儿媳的那种感觉并不猥琐，并不恶心。

有一段时期，特别喜欢现代主义作家的作品，就读卡夫卡，读博尔赫斯，读纳博科夫，读卡尔维洛，读贝克特。读过之后发觉，贝克特的优长还是戏剧，他的小说太艰涩，不习惯大陆读者的阅读。卡尔维洛的大多数作品还是很深刻的，比如《分成两半的子爵》、《烟云》、《寒冬夜行人》，而有些作品则过于理性。卡夫卡和博尔赫斯是深谙现代主义精髓的，那就是：用荒谬的目光看这个荒谬的世界。

我读小说，很在乎书中的插图，连插图也读。人民文学出版社1982年出版的四卷本的《静静的顿河》中的插图很不错，读一读第一部中葛利高里砍杀奥地利士兵后从马上下来站在那个士兵前默立的插图，仿佛就能读出葛利高里矛盾的心理，能读出人的兽性和善性在那一刻的搏斗。而第四部中，娜塔莉娅趴在干燥的土地上抽抽搭搭的插图读一遍，使人感到心疼：看不见面目，只看见乌黑的头发隆起的臀部和白皙的小腿的娜塔莉娅已彻底绝望，当她得知葛利高里又和阿克西妮娅搞在一起时，她只能用痛哭回应自己。坐在她身旁的婆婆语言再温暖，也熨不平她心上的伤痕了。

即使一个伟大的作家也不是写出的每部都是精品，当我读了《铁皮鼓》之后，又买来了《猫与鼠》和《狗年月》，对于格拉斯的这两部小说却读不下去。我将大江健三郎的翻译过来的大多数作品都买来了，读来读去，觉得，称得上经典的只有《万延元年的足球队》和《性的人》。无论国内评论界对库切的作品怎么评价，翻译过来他的那么多作品，最好的还是一部《耻》。

无疑，有些作品是要精读的。

每过一段时期，我就读一遍陀思妥耶夫斯基的《罪与罚》，读一遍《包法利夫人》，读一读《红楼梦》，读一读波特的《中午酒》、伍尔夫的《墙上的斑点》、蒲宁的《最后的幽会》、奥茨的《约会》。

对于从事写作的我来说，要泛读，更要精读。精读，就要拆开读，读它的思想内容，它的结构，读它的句式，还有书中的情调，氛围等等都不可忽略。

读了那么多长篇，我才明白，《罪与罚》的结构最自然最精到，独具匠心，不露斧凿。陀氏一开始就很巧妙地将九等文官一家人的故事和大学生拉斯柯尔尼科夫杀死放高利贷的姐妹俩的故事编织在了一起。如果没有九等文官做妓女的儿女和前妻的故事，这部小说分量就轻得多了。

柳青的《创业史》一开始在第一章就点明了梁生宝要去买稻种，作者就此放下不再提，一直到了第五章，才写梁生宝买稻种之事。同样，郭振山扛着一根木椽在路上碰见了去卖鸡蛋的改霞，而改霞见到梁生宝时已在故事进行很长一段时间，作者的伏笔如此之深，是用心结构的结果。

读了美国蒲安迪教授的《中国叙事学》之后，令我钦佩的是，一个外国汉学家对中国的四大名著研究得如此之深，他的见解无疑有偏见，但还是独到的。如他提出的《红楼梦》、《金瓶梅》中的十回结构中的"三四回次结构法"就很独特。

我觉得，20世纪90年代初到2000年初这十年间，对我创作影响最大的是一个作家一部书。一个作家就是福克纳，一部书就是蒲宁的《阿尔谢尼耶夫的一生》。

福克纳是影响了世界几代作家的大师。在马尔克斯、略萨、大江健三郎的作品中我能读出福克纳的影子，就连这几年获诺贝尔文学奖的帕慕克的《红字》和多丽丝·莱辛的《金色笔记》的结构方式也是福克纳多角度叙述结构的变种、变形。

翻译成汉语的福克纳的小说确实是不好读，意识的流动、思维的跳跃，行文的断开，意象、暗示、隐喻的繁多，结构的复杂，语言的艰涩以及诸多复式中套复式的句子，造成了很大的阅读障碍，而福克纳小说醇厚的滋味正在这里,他的小说是破坏中的创造,创造中的破坏,传统的小说做法被他颠覆了,他是一个永远在创造的作家。他不管其他作家在写什么,也不在乎读者需要读什么,他只是一味地写他的家族小说,按照自己对人生的体验和理解写。无论他采取的是什么样的手法,他笔下的人物是活的,一百年过后,读起来依旧是活的。福克纳的高度无人能够达到。他是真正的艺术圣徒,这是我尊敬他,崇拜他的原因。

1985年,我得到了一部《阿尔谢尼耶夫的一生》便如获至宝。我是把《阿尔谢尼耶夫的一生》当作诗当作散文来读的。蒲宁是这样写母亲的:"是她给了我生命,她正是通过苦难使我的心灵为之惊讶,更使我吃惊的是那种爱的力量。她的整个心灵就是由爱组成的,她的心是哀伤的化身。"他是这样写夏天的:"炎热的晌午,白云在蓝蓝的天上飘游,吹过的风时而温和时而在酷热中包含着太阳暑气和庄稼、杂草晒热后的芳香。"他是这样写一个牧童的:"他身上穿的粗麻布衬衫和短短的裤子到处都是大大小小的窟窿,两只脚、两只手以及一张脸被太阳晒得又干又黑,都蜕皮了,嘴唇却发白,因为他一直不是啃发酸的黑麦面包皮,就是嚼那些牛蒡或鸦葱,结果嚼得嘴唇都溃烂了,可是,一双锐利的眼睛贼溜溜地转动着。"蒲宁的感情是真挚的,感觉是独特的,叙述是独有的。如果说,我的小说语言还有些特色,完全得力于《阿尔谢尼耶夫一生》的启示,因为它就不是一部小说,而是一部优美的散文。

鲁尔福的《佩德罗·巴拉莫》是一部现代主义的中篇小说,它除在艺术手法上打破时空观念,把不同时间段的故事放在"同一空间"外,另一个特别就是取消了生死界线,让死人和活人共同生活在一个世界。

批评界有人把它称为魔幻现实主义。如果说，这就是现代主义的艺术，那么，现代主义在中国大陆早就有了。我说过，现代主义艺术就在我的老家岐山县。岐山是周的发祥之地，是青铜器之乡。我七八岁的时候，就在我们县的文化馆看见过不少青铜器，我至今记得，那青铜器上的饰纹，那些饰纹没有一幅是写实的，每幅都是扭曲变形的。和岐山相邻的凤翔县是秦的发祥之地，先秦在凤翔建都294年，从凤翔发掘的秦穆公大墓中的陪葬品中我们可以看到那些兽面人身的泥塑品，造型也不是写实的。还有上千年历史的凤翔木版年画和几百年历史的凤翔泥塑，许多图形都不是写实的，而是夸张变形的。按照当代批评家的说法，也是属于现代主义范畴。因此，我说过，两千五百年以前，在我的故乡就有了现代主义的艺术家，就有了现代主义的作品。

在我们的秦腔舞台上，有一出戏叫做《游西湖》，讲述的是明代奸臣严嵩霸占民女李慧娘的故事，其中有一折叫《鬼怨》，那一折戏就是做了鬼的李慧娘搭救她的情郎裴生。舞台上的鬼，活灵活现，人和鬼同处一个世界。这样的古装戏剧演了几百年，而且观众大都是农民。如果说这是现代主义的艺术，为什么我们的普通老百姓能接受，我们高高在上的艺术殿堂却难以容纳，不予提倡？我们总是在讲贴近生活贴近群众贴近现实，总是讲小说要写得好看。不要说我们的作家写出像《佩德罗·巴拉莫》那样的小说，就是写出像《鬼怨》这样的小说，能被叫好吗？现实主义在中国大陆被有些人歪曲了，以为按照国家意识形态的规定去写，就是现实主义！秦腔戏《窦娥冤》中六月天下大雪，《劈山救母》中，神和人结了婚；《白蛇传》中，蛇和人相爱相亲。对于这些剧情，老百姓看得津津有味，用这些手法搞我们的小说创作，我们的文坛能接受吗？

我反复地读过《聊斋志异》、《西游记》。我思考的一个问题就是，为什么我们小说创作没有继承《聊斋志异》、《西游记》等作品的传统？有人说，南美洲能出马尔克斯的魔幻现实主义是因为他们有文化传统，而我们的传统为什么没有全面地继承下来？

我读了那么多书，得出的结论只有一个，艺术家只能按照艺术规律去办事，只能忠诚于艺术。然而，在艺术的路上走得越远就距离主流越远。

我们不能思索，一思索就心寒，当年的解放区的小说家留下的作品有多少？解放十七年，那么多小说家在辛苦地写作，他们不缺少才华。然而，他们的小说能传下去吗？依我看，再过三十年，我们的后人也许像我们否定文化大革命前十七年一样，把我们的所谓的当代的小说精品踩在了脚下。时间是最公允的。当下的金哨子也抵不住时间的磨砺。

文化大革命开始后，由于家庭出身不好，我回农村当了农民。那时候，还天真地想当一名医生，于是，就找来了《本草纲目》、《中医学概论》、《伤寒论》等医学书籍读，背诵《四物汤》、《四君子汤》等汤头歌。学了两年，自以为能给病人开方治病了。可是，上面有一纸文件，不准"狗崽子"自由行医。大队革委会连赤脚医生也不要我当。因为没有书可读，就读当时出版的《赤脚医生手册》。因此，我从十四五岁就接触了医学知识，一直到了1979年，我当上了大队里的兽医，所学的医学知识才派上了用场。

作为一个小说家，什么样的知识都要具备。读了法国学者格鲁塞的纪实性的《草原帝国》，我为元蒙帝国的缔造者们的杀戮而震惊，他们屠杀无辜者像围猎一样，先诱使普通老百姓或士兵们钻进一个圈套，然后围起来，像打猎似的，一个一个地杀掉。那时候的人还不如一只羊一只鹿。

读《明史》，我的兴趣倒不在宫廷里的明争暗斗，不在于朱元璋和朱棣的残暴以及他的子孙们的荒淫无度。我愤怒的是张献忠竟然将四川省的人几乎杀光，制造了有名的"湖广填四川"。每当我去陕北的米脂，看见立在县城里的张献忠塑像就忿忿不平，这样的嗜杀成瘾、视老百姓为草木的刽子手怎么能成为后人膜拜的英雄？

我虽生在秦地，但对那些把秦始皇抬高为英雄领袖来写的作家心怀不恭，他们不是有意识地去迎合，要么就是故意歪曲。前人公正、全面地评价了"千古一帝"的功与过，我们的后人为了"拿来用"，却要涂脂抹粉，胡说八道，作家的艺术良心何在？

读书要杂。

我不是从《现代化的陷阱》这本书中了解中国的现代化的，但是，读了这本书，我对我们的现代化有了理性的理解。福柯的《性史》不只是把性快感作为艺术来看待，他通过"性"引出了严肃的哲学问题，诸如，犯罪、疯狂和人类所面临的诸多痛苦。斯文·赫定的《亚洲腹地探险八年》读后，使我从另一个方面认识了帝国主义者文化掠夺的面目。哈耶克的《通往奴役之路》如果放在"文革"前，肯定是一本禁书，因为他把社会主义、极权主义和法西斯主义放在了同一天平上。西班牙人门多萨的《中华大帝国史》完全是以一个外国人的视角来看待我们的历史，他和我们的社会主义史学家的历史观大有区别，但也可以视为一种学说。尼采的哲学也读了几本，甚至把海德格尔的《尼采》（上下卷）也读了。但对尼采的存在主义观点，还是不能全部接受。

我当农民时，村里有人就劝我信教，送了我一本《圣经》。我也去教堂里听过神父布道，我终究没有成为圣徒，但《圣经》还是断断续续地读了的。也许，是读了《圣经》的缘故，总觉得，头顶上悬着一把剑，什么事应该做，什么事不应该做，总是要想一想才付诸行为。

手头边也有一部《金刚经》，但很难读进去，毕竟是俗人，很难做到"苦海无边回头是岸"。

活到了五十好几，也可以说渐入老境了，读书兴趣在变，闲暇时，读读里尔克的诗，觉得很有味，有些诗句，写下来，记在本子上琢磨。尤其是这两年，特别喜欢读传记，福克纳的传记《圣殿的情网》和《福克纳传》，两本外国人写的传记，有些章节读了几遍。我还是相信这些传记的真实性的。还有卡夫卡传、加缪传、纳博科夫传，以及伦博朗、凡·高、毕加索、达芬奇等等画家的传记。这些传记读后，我觉得自己搞文学创作也许是一个错误。有那么多大艺术家，给我们留下了那么多艺术精品，我能瞎鼓捣出什么？回顾自己的小说创作，常常觉得悲哀，有一种无法言说的惨败感。

原载《延河》2012年第8期

关于小说家的笔记

冯积岐

福克纳

翻译成中文的福克纳的小说,我大都读过的。按照流行的说法,福克纳最著名的小说是《喧哗与骚动》,在我看来,他最精粹的小说是《八月之光》。用略萨的话说,这是一部永远也读不懂的小说。读小说,关键在于你读什么,《八月之光》是一部能读出意味,读出思想的小说。小说的思想确实埋得很深。我特别看重的是小说的结构,只有福克纳这样的大师,才敢在不足三十万字的小说里采用如此繁复的结构,三条主线上又有几条支线,而且脉络清晰,毫不乱套。《八月之光》依然采取多角度的叙述手法,和《喧哗与骚动》、《押沙龙,押沙龙!》等长篇不同的是,《八月之光》有一个中心情节,就是伯顿小姐被克里斯默斯所杀,小说就是围绕这个情节,展开几条线索进行叙述的。

《八月之光》的空间不算广阔,进行时仅仅只有一个礼拜。人物的命运，故事的进展是在一个礼拜内完成的。同样，《喧哗与骚动》写了一个家族的历史，进行时也只有四天。《我弥留之际》的故事发生在十天之内，用十天时间，福克纳写出了人类忍受能力究竟有多大的重大命题，写活了一个家庭中的几个主要人物。而争议最大的《圣殿》也将时间控制在一个礼拜之内。作为系列长篇的《没有被征服的》、《去吧，摩西》也是把时间紧缩得很短的。

福克纳是一个很技巧的大师：使生活变形扭曲，放大细部，内心独白，心理分析，隐喻暗示，意识流，等等，这些东西是很难学到手的，因为，福克纳是采用自己的语言表达的，他的语言是对规范语言的颠覆和破坏，尽管马尔克斯不承认他的艺术师承是福克纳，在《百年孤独》中，我们还是不难读出福克纳的影子的。

福克纳永远在实验之中，他写完两部小说，就要变换手法，包括结构、氛围、情调、语言都要有所变化，他永远不会满足自己的创造。因此，他就轻视海明威，在他的心目中，海明威不是艺术上的"硬汉子"。

用我们时下的话语来说，福克纳的小说不是好看的小说，他的小说晦涩、艰辛，小说的天空并不晴朗，两句话连接两个空间，两句话拼接两个年代的跳跃，使读者很累。福克纳只为艺术着想而不为读者着想，他的小说很难走向民间，"大众"也不会买账的。正因为他是一个实验性很强的作家，在他获奖的前夜，美国的大多数读者和批评家对他是淡漠的。福克纳就好比开着碾路机在前面碾路的人，道路一旦碾开，后面的人会毫不费力地阔步向前。福克纳在急功近利的文坛是站不住脚的，这和福克纳对艺术所采取的态度是分不开的。就是这样一个福克纳影响了全世界不同民族、持操不同语言的几代作家。他是一个神话创造者。

《喧哗与骚动》的结尾有一句话：他们在苦熬。福克纳教会了我一个准则：作家只有苦熬，只有写作，除此以外，其他东西不必太在意。

乔伊斯

乔伊斯的名字是和《尤利西斯》连在一起的。我觉得，乔伊斯在艺术上的贡献始于他的短篇小说集《都柏林人》，《都柏林人》的贡献不比《尤利西斯》小。

我在好长时间内不理解，为什么后来作为许多大学的教科书的《都柏林人》，当时在二十二个（一说四十个）出版高手里转来转去不被接受，一家出版社最终接受了，一直压了九年才出版。

其实，个中的原因很简单：在当时的批判现实主义时代，《都柏林人》没有流俗，算得上一部"先锋"小说。叫好是和流俗相呼应的。

文坛普遍认为，现代主义是从福楼拜的《包法利夫人》开始的。因为福楼拜第一次采用了客观冷静的叙述，远距离的审视，使《包法利夫人》之前的小说和福楼拜的小说有了很明显的区别。而在短篇领域内，《都柏林人》首先告别了契诃夫、莫泊桑，乔伊斯写出了和现实主义有所区别的"现实主义"小说。乔伊斯和福楼拜是相通的。

现代主义所体现的"客观"，不是只表现外部世界，不是不写人物的内心世界，这里所说的"客观"是指作者隐没了自己，即使剖析人物内心，作者也隐匿不见，《都柏林人》就是这样的"客观"性作品。乔伊斯的"客观"和左拉的自然主义有本质的不同。

乔伊斯那里,《都柏林人》算得上一个系列长篇,十五个短篇由少年、青年和中年三个视觉组成,写了形形色色的都柏林人,创造了一个独特的世界,其内涵是统一的——"一章精神史"。青年乔伊斯写《都柏林人》是深思熟虑的,用他的话说是用"处心积虑的卑琐的文体来描写"的。

在细部、在局部,乔伊斯遵循着严格的现实主义原则,一座房子,一条街道,一个自行车打气筒,一个手势都要进行恰当精细的描写,而在整体上,他在进行着现代主义的探索。短篇《阿拉比》,一开篇乔伊斯就对街道,街道上的房子以及房子的四周和房子里住过的人进行详尽的,甚至是繁琐的描写。读完这个短篇,才会发觉,这里的环境不是契诃夫笔下的舞场,不是莫泊桑笔下的月夜,我所说的不是,是由于"环境"所担当的任务不一样,乔伊斯笔下的环境不再是为了刻画人物性格所设置,不再是情节的需要,而是具有暗示和象征意味。

读《都柏林人》即刻能把读者的情绪调动起来,使读者陷入不安、憎恶、忧郁或同情之中。作者越是漠然,打动读者的力量越是强大。

十五个短篇的篇幅都很小,每一篇都很智慧,比如《阿拉比》、《寄寓》、《悲痛的往事》。《寄寓》不足七千字,写卖肉的穆尼太太发觉女儿和寄寓她家的多伦先生通奸之后,想把女儿嫁给他,而多伦先生却没有这个念头。小说的进行时只有片刻,作者把读者想知道的事件结果——婚嫁与否故意掩饰了,只写了三个人的想法。读完作品,第一感触是,小说中隐藏着悲剧和危机,人物的心态很复杂,每个人情感上的失落无法弥补。乔伊斯的技巧不易察觉,他靠技巧赢得了美感。

我以为,乔伊斯的艺术桥梁是这样搭就的:一头是《都柏林人》,一头是《尤利西斯》,而拱形之梁则是《一个青年艺术家的画像》,乔伊斯踏着《都柏林人》,通过《一个青年艺术家的画像》走向《尤利西斯》。和《尤利西斯》相比,《一个青年艺术家的画像》走得并不远,它虽然有现实主义的"精细"和"真实",可是,它采用的是内心独白或意识流。因此,它是比较"好看"的小说。

加缪

加缪的小说不多。大家谈论最多的是《局外人》和《鼠疫》。

《堕落》不过是个中篇,被叫做《流放与王国》的短篇小说集中也只有六个短篇。加缪其他的一些作品是随笔和戏剧,量也不大。就是仅有的几十万字的作品确定了加缪不可动摇的地位。

加缪首先是一位哲学家、思想家、文体学家。加缪饱含激情用荒谬的笔描绘一个荒谬的世界。

无论批评家怎么解释,无论站在什么样的角度和立场读《局外人》,默尔索内心的冷酷、麻木、漠然是固定在纸上的,加缪本人似乎不同意这样的说法,不喜欢人们使用"无动于衷"这个词汇。正因为默尔索的无动于衷,人们才记住了这个形象。当然,把默尔索阐述成一个充满激情、追求真理、不说假话的英雄,也是有其道理的。加缪的作品是不好解释的,包括他的那几个短篇。有一点是肯定的:"加缪通过日常所见来表现悲剧,通过逻辑来表现荒谬。"

加缪的每一篇作品都要找到相适合的句式和叙述方式。实验是以短篇开始的，六个短篇，六种不同的叙述方式。首篇《不贞的妻子》（一译《淫妇》），采用第三人称，叙述简洁、凝练、平静而优美；在叙述过程中，不断地强调，抓住一个细节，三番五次地描写，使外部世界和内心世界融为一体，通篇有一个大的意象，而结尾处的暗示和隐喻很有美感。《不贞的妻子》是一篇很"好看"的现代主义小说。第二篇《叛教者》从头至尾是内心独白，笔端直指人物内心世界。第三篇《沉默的人们》则是实实在在的现实主义、平民主义作品。第四篇《来客》写得十分冷峻，它是写一个人孤独的精神生活的。小学教师达吕的孤独生活是由目睹一个老警察把阿拉囚犯带来的过程而完成的，这个过程给居住在高原上以寒冷和偏僻为伴的达吕内心带来的是人的不可解救——孤独地活着。由于加缪的笔搭得很远，叙述得很冷静，作品里的全部意味深埋在字里行间。同样，写流亡心态的《不贞的妻子》也是这样，当妻子的肉体和天上的流星相结合时，当整个天穹在妻子雅妮娜身上展开时，女人激荡的内心无法用语言表示了。作品的结尾，女人对丈夫说，"没什么"。这三个字，把人物内心的复杂情感——不仅仅是流亡心态，钉死了。

《局外人》的不一般和天才性以人称指代开始。加缪解释："通常用第一人称叙述便于倾吐内心机密，在《局外人》中第一人称则用来表达客观性。"这是一道难题，加缪却迎刃而解，这和他丰富多彩的写作手法分不开。第一句，人物动起来了："今天，妈妈死了。"即到了第二段，没有沿今天写下去，而是转到了将来时。到了第三段，则由现在时去写过去时。指代和时空的设置似乎很技巧，具有仿效的缺陷，可是，加缪的《局外人》中,只看见人物动作,而难以解释其行为的叙述就不是技巧所能概括得了。大师的作品是不好仿效的,每一部作品都有其内在的东西,充作为思想的东西。

《鼠疫》的整体象征性决定了加缪构思时的处心积虑,尽管他写得很真诚,但缺少《局外人》的魅力。

加缪和卡夫卡的区别在于,加缪写的是平平常常的生活,用写小人物的命运来表现世界的荒谬。而卡夫卡对日常生活的本身进行了变形,让人变成甲虫,这本身就是一个超越。加缪作品中的人物就在我们身边,卡夫卡作品中的人物离我们很远。读卡夫卡的作品会给我们带来紧张感、恐惧感。加缪作品中的人物情感很快会和我们接通,阅读过程并不吃力,也不会有多少沉重感。

帕斯捷尔纳克

对两种翻译版本的《日瓦戈医生》,我分别读过两遍。《日瓦戈医生》是一部速度缓慢、对话冗长、环境描写细致周到,故事比较松散的小说。就是这样一部并不耐读的小说打动了我,使我连读几遍。究竟是什么原因?帕斯捷尔纳克凭什么吸引读者?这是一个值得思考的问题。

帕斯捷尔纳克的伟大在于:他使社会主义的现实主义文学整个翻了个过儿。当然,还有索尔仁尼琴。可是,索尔仁尼琴的作品《古拉格群岛》和《日瓦戈医生》相比,缺少一种美感。这两位大师不同程度地影响过中国大陆"文革"以后的作家,特别是写出了比较优秀的作品的作家。

帕斯捷尔纳克是把自己搁置在祭坛上写《日瓦戈医生》的,这部小说有悲壮之美,悲凉之美;是小说,也是诗。

帕斯捷尔纳克深知现实主义的精髓是真实,而作品真实的核心是真诚。由于他对历史事件真实地描写而不被前苏联当局和社会主义作家接受。几十年后,我读《日瓦戈医生》,读出的是人的正直、胆识、真诚以及与暴虐和邪恶抗争的勇气。

《日瓦戈医生》是恬静而绵长的生活诗篇。帕斯捷尔纳克有捕获人物心灵最隐秘的那个部分的能力,对每个人心中的不快、孤独、恐惧、不安和失控进行了恰如其分地描写。《日瓦戈医生》以历史事件为经线,以人物命运为纬线而进行编织,作品既是人物的心灵史,也是十月革命前后苏联的真实历史的再现。作品写出了人类普遍的同情心、正义感,引起了人们的共振。在当时的环境(帕斯捷尔纳克是1948年动笔写《日瓦戈医生》的)中,帕斯捷尔纳克满怀愤怒谴责和憎恨战争,这本身就是反叛,是社会主义作家应该遵循的原则所不允许的。从帕斯捷尔纳克身上很难看出俄罗斯作家共同具有的浪漫情怀和忧郁气质。他似乎比较接近西方作家的品性。

帕斯捷尔纳克是最矛盾的一个,最痛苦的一个,最坚强的一个。他的随笔体自传《安全通行证》,对作家本人进行了最忠诚地解剖。帕斯捷尔纳克的痛苦情感在《日瓦戈医生》里通过对爱情的描写流露了出来,日瓦戈爱着他的情人拉琳莎,又不放弃对妻子的爱;拉琳莎竭尽全力爱着日瓦戈,又不背叛对丈夫的爱。这种交织着痛苦和欢乐的爱情也是帕斯捷尔纳克本人爱情生活的写照。

鲁尔福

鲁尔福的作品数量极其有限，翻译过来的鲁尔福全集只不过二十六万字。普尔福被国外评论界称为"写农村题材的大师"，鲁尔福的所有作品都是写农村的。他的题材所涉及到的和国内界定的农村题材有一定的差别，他的农村小说没有多少泥土味和乡村气息，农村似乎只是他信手拈来的一个传达思想的载体。

就拉丁美洲作家而言，鲁尔福的声誉远远不及马尔克斯、阿斯图里亚斯等人，但是，他对短篇小说的贡献是不可否认的。

鲁尔福的短篇总体是写实的。国内一些小说家很明显地师承了他的某些艺术手法而被评论界的一些人称为先锋派。其实，这并不奇怪，因为现实主义在鲁尔福那里得到了修正和改造。

鲁尔福的短篇是用细节堆起来的，他对细节进行了主观处理，再用"客观"表现，就使白色的尘土、蓝蓝的天空、狗吠人叫、车奔马跑改变了原有的意义。对人物的动作和对话不断重复和强调是鲁尔福惯用的手法。

鲁尔福在讲述故事的过程中不断地削弱着故事，他不交代事件的前因后果，只是让事件在进行的过程中。即使在进行中，也蓄意砍杀了某些本该引人入胜的情节，而使整个小说只剩下了骨质的东西。他的小说很硬朗，手感很强。

短篇小说中的对话大师当属海明威，鲁尔福的对话和海明威的对话有相近的地方，但又不同。共同的是：洗练、冷静、干脆、平实。不同的是：海明威的对话使人敬畏，对话的背后隐藏的东西太多；鲁尔福的对话使人向往，对话不断重复，对话承担的任务不再是表现人物性格。他的对话减少了情节对文本的压力，使故事明朗化、简单化。

鲁尔福的短篇一般都是块状结构。用块状结构短篇，使空间和时间得到了有效的浓缩，篇幅自然就节制了。在一个很短的短篇内，他可以变换几个叙述角度，形成跌宕，使冷静的叙述有了波澜。

鲁尔福唯一的一个中篇《佩德罗·巴拉莫》是写一个庄园主的，是一部地道的现代主义作品。作者有意识地打破了阳界和阴界，打破了时空，运用了意识流、梦幻、暗示和隐喻等手法，作品自始至终弥漫着一缕鬼气、怨气、冤气和神秘色彩，但有明显的操作痕迹。《佩德罗·巴拉莫》虽然成书早于《百年孤独》，也是魔幻的，但它的魔幻底蕴没有《百年孤独》足。

辛格

80年代初，我第一次接触到辛格的短篇，觉得很有意思，有些篇什，就连续着读。他的长篇，只读过一部，长篇没有短篇烙印得深。

辛格的短篇最著名的是《市场街的斯宾诺莎》。这个短篇不难读，写一个哲学博士的生活，老博士遵循着斯宾诺莎的哲学做人，在他看来，一切都是必然的，他追求的是理性。当生活粉碎了他的理性以后，博士本人也走向了毁灭。辛格的一部分短篇就是写这样的很独特的犹太人。

辛格的另一类小说曲折离奇、怪诞神秘，类似于中国的志怪小说，但没有志怪小说明确的价值观和道德观。读辛格的这类小说可以拓展我们想象的空间,思想可以自由驰骋。当我读过《泰贝利和魔鬼》、《魔鬼的婚礼》等篇什以后,不由得赞叹:小说原来可以这样写!

辛格善于将现实中很深刻、很悲苦乃至很沉重的东西用轻松幽默的笔调写出来。他有驾驭故事的本领而不被故事套住,他讲述故事的语调平稳,进展缓慢,但却吸引人,原因是他善于制造氛围。

辛格的小说有寓言的味道。

辛格所写的人物或者捉摸不定,或者忧恍惚惚,主题有不确定性和多义性,因此,你首先只能感觉,而难以从理性上去把握。辛格之所以能获奖,有一个不可忽略的原因是,不论哪一类小说都是探索人的灵魂的,笔端深入到了人的灵魂里面。

辛格的小说里有一种被称作文化的东西,但他绝不是为表现文化写文化,而是对自己的民族文化表明了明朗的态度,探究了民族文化心理,把文化的表层用笔戳穿了。

川端康成、大江健三郎、村上春树

和许多读者一样,我最初读川端康成的作品是他的短篇《伊豆的歌女》。后来,就将介绍过来的川端的所有作品找来读,包括淡漠如水的《山之音》,我也读过了。川端给我的印象,不是一些评论家所说的那样,可以和中国大陆某个作家相比的,大陆作家的作品无法、也不可能去和川端相比的。川端的作品是印象派的画,其中的线条、色彩、神韵只可琢磨领会,只可用心去感悟,是难以学到手的。因为川端的作品同他本人一起呼吸,你能感觉到作品在呼吸,但你用你的呼吸代替不了他的呼吸，这就是川端作品的绝妙之处。假如我们用汉语模仿川端那样写小说，将会写得枯燥无味，只剩下一个骨架，我们无法像川端那样给作品血肉、脉搏、神经乃至灵魂。我读川端的作品其收益是，从川端那里知道了作家怎么样从细微处体察人，体察人的神态，微妙的心理、异样的感觉和超感觉。比如在《山之音》中，川端写公公对儿媳的性心理，虽然淡得如眉毛一般，但那脉搏一样的"线"却在有力地跳动着。川端的作品中常常有"休息"的地方，比如在《雪园》中，开篇第一句："穿过长长的隧道，过了县界，就是雪国。"接下来，就是短暂的"休息"。这些细微的地方，你只能感觉，却无法得到技巧性的东西。因此，读川端的作品使我失望，有一种总想从作品中抓取什么却难以抓取的遗憾。

我以为，川端的作品是日本民族的，从文本、叙述到内容都是很日本的，和日本好多作家的作品一样是"软"的，作品没有大的冲突，也不结构复杂的故事，看似单纯，实际上很厚重。他的作品是一种风，在轻轻地吹拂，会把读者的心慢慢地吹醒。

有一类作家的作品是写给大多数人看的，有一类作家的作品是写给少数人看的。川端和大江健三郎的共同之处就是，两个人的作品都是写给少数人看的，而村上春树的作品就不一样了，他的作品是写给多数人看的。

川端和大江健三郎又有明显的区别，其区别在于：读大江的作品和读欧美作家作品的感觉是一样的，大江的文本、句式都是西式的，尽管大江也强调要扎根于民族文学的土壤，可是，大江的作品已将日本文学的传统抛弃了五分之四。大江从个人的体验入手，构建人类共同关心的问题，他的作品大量运用了西方现代派的各种艺术手法，如时空倒错、内心独白、心理分析等等，他的句式完全是西方的，句子极尽修饰，给人以强烈的效果感。大江的世界性是以和欧美作家相互沟通的姿态出现的。

村上春树从一开初就宣称，他不读日本的传统文学，他对日本文学没有兴趣，他所钟爱的是美国的当代作家，对菲茨杰拉德的一个短篇他就读过二十多遍。可是，读他的作品并非是那回事。他那卖了四百多万册的长篇《挪威的森林》还是很日本的，从形式到内容都是日本小说。只有到了《舞，舞，舞》、《寻羊冒险记》等作品中，他才抛弃了日本。村上无疑是一个畅销作家，他的作品动辄就卖几百万册，可是他和中国大陆，乃至港台的畅销作家大不一样，有"质"的区别，他的"视点"是上扬的，不像大陆或港台一些作家一样"视点"平行或下沉，以讨好读者的兴味为写作目的，因为村上关注的是现代人的生存处境和灵魂的不安，他用荒诞的手法书写这荒诞的世界。他的成功和他那非凡的、动人且诱人的叙述分不开。他无愧一个叙述的大师。

读这三位作家的作品使我思考的另一个问题是：本土文学和世界文学的关系，传统和现代的关系。我觉得，越是本民族的就越是世界的这个论断值得警惕。所谓文本是中国式的而内核是现代主义的，只不过是一种美妙的构想。现代主义的实质是现代主义的精神，是现代主义的"视点"，不只是现代主义的手法。汉语写作怎么样发展，关键是对现代主义的理解。

现代主义并不是西方固有的艺术形式。比如西周的青铜器上的云纹、人纹、动物纹，哪一个是具象的、写实的？它们都很抽象，都很夸张，极其扭曲，这些图像不是再现，而是表现，具有现代主义的神韵和内核。比如秦公大墓中开挖的"百鸟"，昭陵中开挖的兽面人身，这些艺术品可以说，都是现代主义的。为什么到了几千年以后，我们的艺术越来越具象，越来越现实以至"现世"？文学艺术甚至发展到了违背艺术规律的所谓的社会主义的现实主义？到了新时期，充斥于文学期刊的小说和大量的出版物仍旧是所谓的现实主义，一些人对现代主义鞭打无情，极力排斥，总以为，现代主义是欧美的，只有现实主义才是国人的传统。深入地了解一下我们民族的艺术史，就会发现，我们不仅有章回小说，而且有六朝志怪、聊斋志异，等等。这是我读日本三位作家的作品思考的又一个问题。

海明威

同样，海明威是一个只可学习，不可模仿的作家。如果谁斗胆用海明威那电报式的语言进行汉语写作，不是聪明得过了头，就是傻得过了头。海明威那电报式的语言只能属于海明威。

况且，海明威的成就不仅是语言。汉语言的简练是由于在动词和副词上下功夫，有唐诗宋词作为其源泉。海明威的电报式语言不只是在某个词句上下了功夫的。用理论界的结论，说什么海明威的作品三分在海面，七分在水下，就是所谓的"冰山理论"。我以为，这种"三七"开法本身就误读了海明威。海明威一直躲在纸背后，躲在作品背后，连一分也没露出来，他的短篇大都是这样，包括很著名的《老人与海》。至于说这些作品的背后是什么，作者给了读者什么，他就不管了。他构思的时候，只构思背后的东西；书写的时候，也只书写背后的东西；背后的东西，他写得很深很透，不是写了"七分"或"三分"，而是写了十分。一个年轻人领着自己的女友做流产，坐在路旁的餐饮点，坐下来喝了一杯冷饮，年轻人给他的女友说，眼前的山像一只大象，这就是《大象似的群山》的全部。至于说，作者要告诉读者什么，全部在字里行间。

可以说，海明威的全部短篇都留有一个"窗口"，这个窗不是用来透气的，这个窗口中有风景，从这个窗口中我们读出作者的神思。这就是海明威的"神力"所在。

海明威使我们尊敬、使我们畏怯、使我们惧怕，甚至有些憎恶。他的艺术我们很难学到手，变为我们自己的东西。不被他的阴凉所遮蔽！其实是好事。

海明威的短篇和长篇完全是两回事。

海明威的长篇很注重故事的完整性。他对时间和空间处理得很好，尤其是在《丧钟为谁而鸣》、《放下武器》这样的长篇中，他将作品的进行时压缩得很短，对每一个空间都能充分利用，成功地运用了意识流，使情节变得相对集中。而他的另外一些长篇，如《太阳照常升起》、《过河入林》，未免有些单薄，或失之晦涩。他的长篇远远没有他的短篇那么有魅力。这大概和他的长处——在背后书写，分不开。一个作家的长处恰恰是他的短处，这在海明威身上十分明显。

海明威的明显的缺陷就是作品缺少变化，几乎所有的短篇是一个样式，所有的长篇是一个样式。对此，福克纳对他有微词。和勇于实践、勇于变幻的福克纳相比，两人的区别在于此。和福克纳一样，海明威也是影响了几代作家的大师。

海明威每一部重要的作品都是写自己的，他虽然不是一个实验性很强的作家，他却是一个很注重个体体验的作家，他极力将自己的全部体验写进作品中。

纳博科夫

纳博科夫是以《洛丽塔》而成名的。但《洛丽塔》绝不是一些人所说的，是一部现代主义的经典。按时下的说法，《洛丽塔》是一部很好看的作品，它拥有众多的读者。就《洛丽塔》的内容来说，写一个四十岁的中年人对一个十二岁的小姑娘的疯狂性爱。这种性爱小说并非就能招来读者，它之所以引起非议，是因为它违背了道德，和传统的观念相悖。我以为，《洛丽塔》依然是依故事因果而构思的现实主义作品，情节紧张，叙述沉稳，叙述视角独特，人物个性鲜明，这些都是作品能吸引人的地方。

《洛丽塔》给纳博科夫带来了声誉，但不能由此而说，纳博科夫是一位现实主义的作家。恰恰相反，纳博科夫是一位实验性很强的现代主义作家。在此之前，纳博科夫曾写过《防守》、《绝望》、《蒲宁》等等许多部现代主义作品，这些作品不仅没有给纳氏带来多大的影响，而且发行量很小，很难被出版商接受。有些作品时隔三十多年后才得出版，而纳氏仅仅写了一部《洛丽塔》，就使他名声大震。我以为，《洛丽塔》艺术上的成就远远不及纳氏那些实验性很强的现代主义作品。当然，纳氏本人也很清醒，他在写了《洛丽塔》之后，并没有按照这条路子走下去，他致力于现代主义的耕耘，他在此之后，又写了《斩首的邀请》、《微暗的火》等多部现代主义的作品。

纳博科夫与《洛丽塔》和福克纳与《圣殿》的境遇差不多。可见，文坛和读者对那些一味朝前走的作家并不亲近。那些对艺术上有贡献的作家总是要冒着心灵上的危险去探索去创作的，他们之所以令人尊敬是因为他们总是要做出一些牺牲的，他们的为文为人都很英勇。这和一些取宠于市场和取悦于读者的作家的境界大不一样，他们很少考虑到自己，在写作中，他们把自己置之度外了。

读纳氏的作品要沉下心去读，他的现代主义的作品确实不好看，一部二十万字左右的作品容纳了意象、错觉、直觉、潜意识，等等，视角转换，结构错综，看似小说，又似寓言。比如《微暗的火》，开首是四个篇章的长诗，接下来，就是对这首长诗的某些词语不厌其烦的解释。现实主义的要素在纳氏的这些小说中全被丢弃了。

从纳博科夫身上我得到的启示是，一个小说家如何拿出勇气在小说这个领域内不断去实验。不要力求别人去理解，要不断问自己，你对当代文学的贡献在什么地方。

读一读纳博科夫，会将你形成的固有的小说观念全部粉碎，纳氏给你展示的是一个全新的小说世界。纳博科夫还告诉我：伟大的小说家永远是孤独的，他的世界里只有他一个。

原载散文集《没有留住的》，当代中国出版社2002年8月版

关于小说艺术

冯积岐

1. 时间

小说和诗歌、戏剧一样,其本意都在于传达人生的体验,言说事物的本质。但是,小说不同于诗歌和戏剧的地方在于,小说侧重于在时间流动中展现人生的经验,叙述人生的履历,剖析人物的心理。小说以时间为轴心,尤其注重事件发展的进程,尤其注重在特定的时间内人物怎么做、做什么。这就引入了有关小说的时间问题。

就一部小说而言,小说本身含有两种时间,一种是小说的进行时,一种是作者的叙述时,也就是小说内所涉及到的时间。中国的传统小说沿用古代说书人的方法,大都是顺时序叙述,也就说从清晨叙述到中午,从春天叙述到冬天,从开头叙述到结尾,一丝不乱,有条不紊。作者的叙述时和小说的进行时几乎是同步的。比如《红楼梦》,从荣府、宁府的极盛写到极衰,过了一个中秋节,又过了一个中秋节,一年顺着一年写。时间只是一条线，时间随着空间而流动。比如《金瓶梅》，从西门庆的年轻时写到中年直至死亡。长篇是这样，短篇也是这样，《聊斋志异》中的每一篇都是写某日某时的故事，时间从不颠倒，很少有穿插。

中国的现当代作家大都继承了传统小说关于小说时间的处理方式，顺时序叙述。比如路遥的《平凡的世界》，小说的进行时是"文革"后期和改革开放初期，作者的叙述时几乎和小说的进行时是同步的。陈忠实的《白鹿原》也是这样，作者从白嘉轩、鹿子霖的年轻时一直写到了老，时间跨度很长，中国近代史上的每个时间段的重大历史事件差不多都顺时序地在小说中进行了展示。

这种顺时序的叙述由于采取的是"流水账"式的方法使时间流动，最容易跌入平淡、平板的"危险境地"，最容易使读者的眼球疲惫。所以，顺时序叙述非深厚的功力不可，非动人的情节和惊人的细节不可。

随着欧美小说的引入，小说在叙述中有了插叙和倒叙，小说的叙述时和进行时在两条线上进行。电影中的"闪回"和"闪前"也是这样的处理方法。作者叙述到一定的时间段让故事停下来，插入另一个时间段的故事或细节，这种插入是故事进行的需要，不论插入的是什么年代的事情，都是对进行时的故事的补充。而倒叙干脆从事情的结果说到起因，如果是一天的故事，就从晚上说到清晨。这种叙述大都是利用时间的颠倒来解开一个悬念或谜团。

而在现代主义的小说中，时间的转换非常自如。作家灵活地运用时间的转换，形成了故事的跌宕，同时，打破了顺时序叙述的平板、沉闷，也节省了不必要的交代。进行时和作者的叙述时是两回事。

海明威的《丧钟为谁而鸣》，叙述罗伯特接受任务在西班牙战场上去炸一座桥，进行时只有几天，就在这炸桥的几天之内，海明威叙述了几个主要人物半生半世的人生历程。福克纳的《我弥留之际》叙述一家人将母亲的尸体拉运到另外一个地方去安葬，进行时在路上，也只有几天，作者在这几天之内叙述了父亲和母亲的一生，叙述了儿女们的种种欲望。乔伊斯的《尤利西斯》进行时只有24小时，而小说涉及的时间就有几十年。这些小说艺术大师们将小说的进行时压缩得都很短，不仅自如地调节了小说的节奏，也使小说本身显得很紧凑，避免了拖沓、平淡。

无疑，柳青是现实主义的大作家，可是，他在处理小说时间这个艺术关节上，显示出了现代主义的功力。《创业史》的进行时很短，从谷雨前后写到了初夏，而作者的叙述时长达半个世纪之久。由于柳青采用了"闪回"和"闪前"，使时间自由流动或转换，梁三老汉，富农姚士杰，以及郭世富、郭振山的一生半世或这些人的父辈的人生历程在小说中得到了充分展示，从而深刻地揭示了人物性格的各个侧面。试想，如果柳青采用顺时序的叙述，恐怕要从姚士杰、郭世富的父亲或祖父那一代写起，小说的进行时要长达近百年之久，小说将显得臃肿而松散。

在我自己二十年的创作中，我对小说的时间进行过研究、探索和实践，将时间作为小说艺术中的一个重要环节来处理。长篇小说《沉默的季节》是我探索小说时间的一次尝试。小说开头，主人公周雨言坐在装着棉花的拖拉机上回家，进行时只有一个多小时。在这一个多小时中，叙述时不断地跳跃、转换；从周雨言七八岁到山里去拾牛粪跳跃到十六岁在坡地里犁地，又从十六岁跳跃到十四五岁读中学时的故事，又从十四五岁跳跃到六岁时进了学校接受启蒙教育，又从六七岁跳跃到十八九岁在生产队参加劳动。这种看似无序的跳跃是依周雨言思维活动中的某个触发点为契机的，并非随意而为，这种时间的转换以意识的流动为方式。在时间的转换中展示了人物的人生历程，揭示了人物性格形成的原因。如果不作这样的转换，从周雨言的六七岁写起，不但篇幅要拉长很多，而且将显得平淡无味。因此，将人物放在某一个时间段内，对他的人生履历进行"切割"式处理，是现代主义小说必修的艺术。

在后现代主义那里，小说时间是小说内容的一个重要组成部分。国外有一部小说叫《时间之箭》。故事讲述的是"二战"时的事情，小说倒叙了一个纳粹战犯从死到生的生命历程，作者利用时间不断制造荒诞不经，从而揭示人生的本质和战争的罪恶。国外有一个作家写了一部小说，也是倒着叙述的，作者从一个人的死写到了子宫里的孕育。这些作者并非是玩弄时间，他们把时间视为小说本身，视为艺术本身，所以，他们在处理时间上运用了独到的艺术匠心。处理时间的艺术大师要算普鲁斯特，他的《追忆似水年华》似乎读不出时间流动，他故意"抹杀"了时间，用生命和"时间"抗衡，这大概和他长年躺在布满帷幔的房间的病床上的心态是分不开的。

2. 空间

随着时间而来的就是空间，也就是小说故事发生的场景，是人物活动的场所。空间和时间一样，是小说艺术中的一个重要环节。

中国传统小说的美学原则往往是历史中有小说，小说中有历史，强调三分虚构七分实事，或者七分实事三分虚构。传统小说将虚和实完美地结合起来，这就导致了小说对空间的真实性地强调。尤其是那些艺术大家，有将真事写虚，虚事写真的本事。比如《红楼梦》中的荣府和宁府；《金瓶梅》中的东平府清河县，虽是虚构的空间，由于作者对其中的一草一木，一山一石，一条街道，一座房屋都作了精细的描写，读者读起来仿佛觉得那些场景完全是真实的。而《三国演义》中的葫芦峪、五丈原、长坂坡本来就是实地实写。作者之所以如此处理空间是为了向读者说明小说是真实的，小说中的场景是真实的，人物是真实的，感情是真实的。

小说的舞台不比戏剧的舞台。戏剧的舞台观众一看就知道是搭就的。而小说的舞台虽然也是作者搭就的，但是，由于作者极力营造，极力遮蔽，给每个事物都有一定的位置，都进行了逼真的描写，因此，使小说的舞台显得特别真实，从而增强了小说本身的感染力。

在批判现实主义的作家中，对空间的描写最精到的莫过于巴尔扎克了。巴尔扎克对一个房间、一张桌子、一条凳子、一只茶杯、一面镜子都有很到位的描写，使读者触摸可及，不可非此即彼。在巴尔扎克的笔下，伯爵夫人身上的裙子就是某个裁缝在某个春天给缝制的，它绝不是出自另外一个裁缝之手，它就是它，不可替换。巴尔扎克之所以这样描写，意在说明，他的小说是时代的一面镜子，是巴黎社会的真实写照，是"一个民族的秘史"。

在现代主义小说家那里，空间只是一个载体，空间既是人物活动的场景，又是作者传达自己的内心世界和某个观念的必经之境。比如卡夫卡笔下的《城堡》，既是实实在在的，又是虚无缥缈的。空间往往含有本身以外的寓意、暗示或象征。城堡是主人公要到达的地方，城堡也是K无法到达的地方。卡夫卡用城堡暗示人生有许多东西是难以企及的，就像城堡一样，在眼前，却很难进入。

福克纳笔下的空间全是虚构的。他虚构了一个约克塔法那帕县，为此，他绘制了这个县的地图，标示了县内每个小镇、村庄、街道、商业网点和人的居住地的位置，连每个地方的人口状况他也在地图上点了出来，其精确度不差于美国的地图。读者读约克塔法那帕县的故事往往会身临其境，以为这个县就在美国的南方，其实，在美国的版图上根本就没有这么一个县。用福克纳的话说，他之所以这样做，是为了创造一个王国。他所创造的王国既不是美国现实的再版，又是活生生的美国！福克纳把场景作为小说不可分割的一个部分来进行虚构；他以为，空间就是小说本身，因此，必须进行精心构思精心设置。和巴尔扎克不同的是，福克纳不只是把空间作为人物活动的舞台来处理，不只是为了强调其真实性，而是为了能够给读者提供，他笔下的那些人物"在这样一种社会环境中活动着，其亚热带植物的气味、女士们的香水味、黑人的汗味、骡马的气味甚至立即渗透进斯堪的纳维亚人的温暖舒适的卧室里。他堪称山水画画家，像猎手一样对自己的猎场了如指掌，有地质学者的精确和印象艺术家的敏感"（福克纳获诺贝尔文学奖的授奖词）。

这几年来，我在小说空间的处理上进行了艰苦的探讨。我的短篇小说《去年今日》，就时间而言有两个时间段，一个是去年今日，一个是今年今日。不论是今年今日还是去年今日，人物活动的空间只有一个，那就是周公庙。我既要写去年今日的庙会，也要写今年今日的庙会。按照传统小说的做法，可以将去年今日作为回忆来写今年今日。而我采取了一个空间两个时间段交织的办法，从今年今日写起，在今年中写去年。由于在纸上只固定了一个空间，那就是庙会上的祈子，所以，今年和去年两个时间段的故事即可随意叙述。两句话看似连贯的，看似人物在一个场景中的两个动作。其实，第一句话（第一个动作）是写今年的，第二句话（第二个动作）是写去年的。这种空间和时间的处理是摄影艺术对我的启示。在一张相片上往往可以拼接两个时间段的人物图像。照片的正中央是2004年的半身像，而在照片的右上角可以压上1994年的全身像。这是一种技术处理。这种技术处理，将前后十年放在了同一个空间。用这样的处理办法处理小说的时间和空间，可以避免冗长的不必要的交待，使小说浑然一体。如果我不采取这样的小说艺术，必然要将去年今日的故事拉出来从头到尾写一遍。

马尔克斯的《百年孤独》一开篇就写道："许多年以后，面对行刑队……"这是用将来时开头的一个例子，也是将空间拉得很远的一个例子。加缪的《局外人》也是这样，他用现在时搭笔，很快地进入将来时，又从将来时转入现在时。时间在不停地转换，空间也在不停地转换。这些艺术大师都能自如地调动空间，而且能将空间和时间交织在一起处理，在看似随意性的处理中确切地传达自己的意图。

3. 视点

对于一个小说家来说，采取什么样的视点是一个不可忽视的艺术课题。正确的视点可以使作者顺畅地完成其叙述，而有失偏差的视点可以妨碍作者完成叙述。

中国的四大名著全都是采取全知全能的第三人称叙述的。作者摆出一个讲故事的架势津津有味地讲述贾宝玉挨打，讲述林冲雪夜上梁山，讲述温酒斩华雄，讲述孙悟空大闹天宫。这样的讲述有利于通过人物动作，通过场景描写，通过对话和细节描写来刻画人物。

第三人称的叙述是绝对客观的叙述，这里就牵扯到一个叙述口吻问题，也就是叙述态度问题。客观本身就是一个口吻，客观叙述可以做到冷静冷淡、不动声色，使故事背后的东西多于凸现于字面的东西；客观叙述可以加深作品的深度。但是，中国传统小说中的客观视角不同于法国新小说的"感情零度处理"。"感情零度"处理，完全隐去了作者，使作品失去了倾向性，变得很冷。中国传统小说中的客观叙述往往渗透着作者的主观意识，渗透着作者的感情取向。比如《三国演义》中的贬曹褒刘就很明显；《水浒》和《金瓶梅》中都有强烈的反讽意味。因此，用什么样的态度、姿态、声调、语气、语言进行客观叙述，对于用全知角度叙述的作者来说是十分重要的。

有才能的作者采用的客观方式往往是"拟客观"的。比如《史记》中叙述的韩信受胯下之辱和荆轲刺秦都和司马迁的经历和感情分不开。受了宫刑之耻的司马迁只能借自己笔下的人物宣泄一腔愤懑和世事苍凉，虽然是很客观地叙述，他显然同情韩信和荆轲，而对刘邦的奸诈无赖和秦王的暴政在不言之中。《红楼梦》中,家族的兴衰、宝黛的爱情悲剧和曹雪芹的经历分不开。曹氏在每一章的客观叙述中都传达了自己的感情取向。比如说,傻大姐拾到绣荷包那一节,曹氏叙述得很冷静。这恰恰是曹氏对没落贵族的莫大讽刺。大观园里的性生活十分混乱,而傻大姐拾了那么一个玩意儿却使邢夫人痛哭流涕,大惊小怪,这恰恰说明了生活在荣、宁两府中的太太小姐们的虚伪性。曹氏只叙述事情发生的全过程,对人物的行为不做一句评价。

欧美的作家往往采取第一人称或第二人称的叙述方法。好多日记体小说都是采用第一人称叙述的。这种叙述方法便于解剖人物内心,会使读者如临其境。第一人称的叙述的危险性在于,主人公和作者很难拉开距离,最容易混为一谈,作者如果把握不好,就会站出来替主人公说话。第一第二人称的叙述范围很有限,"我"和"你"以外的其他人物的心理很难表达出来。美国的小说大家菲茨杰拉德的长篇小说《了不起的盖茨比》是第一人称叙述的最好范本,作者虽然采取的是"我"的视点,但是,他不是用"我"来写我的人生经历和体验,而是用"我"来写盖茨比,就像鲁迅用"我"来写祥林嫂一样。要用"我"的视点将一个人物的心理历程和精神风貌写出来,确实不容易。而菲茨杰拉德却调动各种艺术手法将盖茨比写活了。

美国的心理小说大师亨利·詹姆斯有一篇小说叫做《梅西想知道什么》,作品叙述一个男人和一个女人通奸的故事。就故事本身而言是很普遍很平淡的,作者采用了女人的女儿这个视点而使读者有了兴奋点。女人的女儿是个孩子,用女孩子的目光去审视母亲去约会前的一举一动,增加了故事的讽刺性,也使人物心理上的脆弱和虚伪跃然于纸上。

国外的小说大师们非常重视小说的视点问题,他们对小说视点进行艺术化处理,将小说视点作为小说内容的重要部分来对待。诺贝尔文学奖获奖作家君特·格拉斯的《铁皮鼓》采用的是一个侏儒的叙述角度,令人信服的是,这个侏儒是正常的人——能爱能恨,也有性生活;这个侏儒更是一个超人,他无所不能,一声大喊,可以将窗户上的玻璃震碎。由于侏儒是超人,作者的叙述就自由多了灵活多了。而国内也有一部小说,采取的是一个傻瓜的叙述角度。使人不可信服的是,这个傻瓜完全由作者操纵,作者叫他傻时,他就做出了很傻的举动说出了很傻的言语,作者不叫他傻时,他比任何常人都聪明。傻与不傻之间没有使人信服的理由,这个傻瓜完全是由作者操纵的皮影,根本不是一个很好的视点。

现代主义的作家常常采用一种多角度的叙述方法,对此,福克纳尤其娴熟,他的《喧哗与骚动》、《我弥留之际》对此运用得非常好。尤其是《我弥留之际》,一个人一个叙述角度,都是采用了第一人称的视点。一部小说好比一曲大合唱。由于角度不停地转换,主人公各说各的话,人物的心理展示得很深刻。

4. 切入点

一篇或一部小说从什么地方切入,这对小说家的艺术功力是一个考验。假如切入的太近,不利于故事的展开,假如切入的太远,就显得松散、啰嗦。一个成熟的小说家是能够正确地把握小说的切入点的。

就中短篇而言,一般来说,从故事将结束的时候开始切入,短篇距离结束的部分更近一些,而中篇则较远一点。短篇小说的大师契诃夫和莫泊桑的许多短篇,其切入点都把握得很好。海明威的短篇小说的切入点也都很准确,比如海明威的名篇《印第安人营地》,就从两个印第安人等待医生尼克来给女人接生切入,由于切入点距离故事结束很近,所以,小说的速度很快,尼克的到来使小说很快地进入了状态。

现代主义的小说大师卡夫卡和加缪的短篇小说也一样,对切入点把握得很到位。加缪的短篇《来客》,开篇第一句话就是:"小学教师达吕望着两个人朝山上走来,一个骑马,一个步行。"对于达吕以前的生活状况作者只字不提,作者的目光盯着的是达吕所看见的那两个人,小说很快地从达吕和这两个人身上展开了。卡夫卡的《变形记》的开头这样写道:"当格里高·萨姆莎从烦躁不安的梦中醒来时,发现他在床上变成了一个巨大的甲虫。"在未变成甲虫之前,萨姆莎究竟是怎么样一个人,作者不去追问,他只从变成甲虫之后切入,从萨姆莎变成甲虫之后写起。

大凡好的小说作品一开头就让人物在行动之中,在动作之中,比如:"一个戴钢丝边眼镜的老人坐在路旁……"(海明威《桥边的老人》)"K到村子的时候,已经是后半夜了。"(卡夫卡《城堡》)"那天早晨,她把梯彻尔酒倒在我的肚子上,又把它舔干。"(霍蒙德·卡佛《凉亭》)"神童进来了——大厅里变得静悄悄的。"(托马斯·曼《神童》)"一个小小的男孩站在一堆砾石上面,正在为捍卫朗姆巷的荣耀而战斗。"(斯蒂芬·金《街头女郎玛吉》)由于从开首第一句人物就在行动之中,所以,人物很快地进入了场景,各就各位,按照故事的发展而活动。

长篇小说的切入要有利于主要人物出场,比如《金瓶梅》的第一回就是:"西门庆热结十兄弟 武二郎冷遇亲哥嫂。"作者一开篇就让西门庆大摆宴席,引出了月娘、瓶儿、十兄弟、武二郎、潘金莲等主要人物。而《红楼梦》的切入点则在第五回,刘姥姥进了大观园。曹氏通过刘姥姥的一双眼睛将大观园的人物和场景展现给读者,从而展开了故事。

传统的小说是这样,现代主义的小说也是这样。福克纳的长篇《八月之光》,从年轻女人莉娜寻找丈夫开始,展开故事场景:"莉娜坐在路旁,望着马车朝她爬上山来,暗自在想……"一句话,将莉娜过去一个月在路上的故事省略了,直接进入了莉娜的寻夫。凯尔泰斯《无命运的人生》的开篇第一句是:"今天我没有上课。也就是说我去学校了,但只是请班主任允许我回家。"今天以前的我的生活状况如何,作者没有做交代,故事从今天开始,人物从今天出场。

当然,也有一些长篇开始进入得比较慢,比如帕斯捷尔纳克的《日瓦戈医生》、肖洛霍夫的《静静的顿河》。《日瓦戈医生》从日瓦戈家死了个人开始叙述起,《静静的顿河》则从环境描写开始下笔。因为这些小说都是史诗性的结构,所以,需要作者很从容地写起。

究竟从什么地方切入最合适,也要看作者所构思的作品的内容是什么。虽然有规律可循,但并无固定的模式。

5. 概括叙述

在现实主义的小说中，塑造人物不外乎这么几种方法：通过行动写人物，通过对话写人物，通过环境写人物。另外一种方法就是概括叙述。概括叙述不是由行动和对话来写人物，而是由作者或叙述者站出来，叙述人物的性格特点或某个事件。

在巴尔扎克、司汤达、托尔斯泰等大师们的长篇巨著中，随处可见概括叙述，19世纪批判现实主义的作家们将概括叙述运用得非常精到。在这里就不一一举例。概括叙述的优点在于，它具有简洁精炼的美感，它可以概括人物性格上的独特的地方，给人物增加深度和强度，概括叙述可以披露作品的深层意蕴，揭示寓于故事情节中的人生哲理。概括叙述可以是叙述性的、说明性的，也可以通过描写来完成。

概括叙述使故事的速度变慢，缓冲作者在讲述故事中产生的紧张、不安和焦虑。

我们必须看到，概括叙述意味着将叙述中的时间打断，使延续的时间被切割，或者将叙述地点更换。因此，概括叙述要恰当，在小说中不能经常出现，过多的概括叙述就会使故事不能持续展开，同时使节奏变得缓慢、拖沓，读者读起来容易产生疲倦感。

概括叙述具有揭示性、明朗性，它一般应用于长篇巨著中或较长的中篇小说中，对于塑造人物进行补充。短篇小说中，一般不适宜用概括叙述，或者说过多地使用概括叙述就会使捂得比较严的主题和意蕴露了底。因此，在短篇中，要慎用概括叙述，以免使作品显得苍白无力。

斯坦贝克的小说中就有许多恰如其分的概括叙述，比如说，他在长篇小说《伊甸之东》中就这样概括主人公亚当:"小亚当一向是个听话的孩子。他生性惧怕暴力、斗争、紧张,尽管那种紧张寂静无声,却尖厉得能把房子撕裂似的。为了求得所希望的安宁,他从不诉诸暴力和斗争,要做到这一点,他不得不退到隐蔽的地位,因为每一个人身上都有暴力的因素。"

这是对亚当性格一个侧面的说明。如果是短篇小说,只能靠故事情节说话,用情节去表明他的这一性格,不能如此道来。

比如对"恶之花"卡西,斯坦贝克就多次运用了概括叙述。卡西"使别人心碎不安,但又不愿意躲开"。"卡西爱说假话,但方式跟大多数孩子不同。她撒的谎不是不着边际的。她说起假话来活龙活现,像是真有其事。""卡西很小的时候就懂得,性欲及其伴随而来的全部渴望、苦恼、嫉妒和禁忌是最使人们伤脑筋的冲动。"

概括叙述一般是静态叙述,它是一股沉静的河流,会使作品由张扬过渡到沉寂。比如:"这个女人沉默拘谨,像小鸡般的没有幽默感。"(《伊甸之东》)"他心灵手巧,无论铁工、木工、木雕样样在行,用一些木头和金属就能做出各种东西。他从不因循守旧,随时都要出一些新点子,干得比老办法快而好,但他就是不懂得怎么赚钱。"(《伊甸之东》)

这些概括叙述在海明威和福克纳的长篇小说中也随处可见。

马尔克斯的概括叙述不同于他的前辈作家。他的概括叙述不是为了速度变慢,而是加快了速度,他在《百年孤独》这部长篇中,用一页纸可以叙述一场战争。他的概括叙述不是为了塑造人物、交代环境,而是使时间来了一个飞跃,空间来了一个转换。

但是，如果这样的概括叙述使用不得当就会使作品变成了内容提要，因此，要慎之又慎。

作家往往借助概括叙述为小说提供人物风貌、社会风貌和地理环境概况。概括叙述如同戏剧中的道具和布景，当然少不了，尤其在长篇小说中，概括叙述具有综合的力量。

作家在着手组织素材时，必须心中明白，哪里用概括叙述，哪里用行动、动作去展示，其布局必须合理，运用必须得当。不然，会使作品的节奏、氛围都有了不必要的变化。

6. 情节与故事

英国作家、评论家福斯特在《小说面面观》中说："故事是按照时间顺序来叙述事件的……情节也要叙述事件，但特别强调因果关系。国王死了，不久王后也死了，这是故事。国王死了，不久王后也因伤心而死，则是情节。虽然情节中也有时间顺序，但却被因果关系所掩盖。"

在这里，福斯特强调的是，情节是故事，故事由情节构成。但情节是具有严密的因果关系的故事。

我认为，福斯特对故事和情节的区分有一定的道理，但不全对。

故事和情节的区分，不仅仅在因果关系上。

不要说在贝克特、卡尔维洛、约翰·巴思这些现代主义或后现代主义作家那里，情节被弱化，在沃尔夫、博尔赫斯的作品中，也很难用因果关系来界定情节和故事。沃尔夫的短篇小说《墙上的斑点》有什么因果关系？博尔赫斯《交叉小径的花园》又有什么因果关系？海明威的

《大象似的群山》《杀人者》讲述的是情节还是故事？海明威的所有短篇小说，即使有原因，也把原因埋得很深很深，并没有表现"因为忧伤而死"这样的原因。我们不能由此说，海明威讲述的只是故事。

而海明威恰恰看重的不是故事，也可以说，压根儿就不讲故事。

我认为，福克纳的话是对的，作为短篇小说，只能写一头。要么，只写结果；要么，只写原因，不能两头都写。如果写了国王死了，王后因为忧伤也死了，就难以成为一个短篇小说，只是一个苍白无力的故事。

好的短篇小说，只写国王死了，王后也死了，王后因忧伤而死固然要写，但这个情节往往被"埋在下面"，这就是海明威的冰山理论，三分在水面，七分在水下面。

我认为，故事和情节的区别在于：故事只是从生活中随手拈来的一个事件，而情节却由作者给这个随手拈来的事件增加了意义，这个意义改变了事件本身所含有的意义；这个意义是深层次的，它起码建立在社会层面、心理层面、文化层面和哲理层面。

打开我们的文学期刊，翻开我们的出版物，我们读到的作品之所以不满足，其原因不是因为没有故事，而是恰恰只是一篇故事，而不是艺术品，不是小说。其原因是，它的意义只停留在故事层面，说透了，只是一堆素材。故事人人都会编，但小说不是人人都能写的。小说里不仅有作者的人生体验，更有从体验而产生的意义。

当然，我们在写作时，应以精心设计的情节来安排。这个情节不应是顺应因果关系，这个情节应该是符合艺术真实，能够传达作者的意图,也就是说,能够承载作者给予的意义。

在动笔之前,我们要精心构思情节,编织情节。情节的关系可以是显形的,也可以是隐形的。《红楼梦》中,宝玉挨打的情节之所以十分动人,原因是曹雪芹在宝玉挨打之前就准备了好几个情节,用这几个情节表明,宝玉挨打是必然的,不挨打才是怪事。之所以提出情节的因果关系,就是为了避免情节的偶然性。一切偶然的情节都必须是在必然之中。如果宝玉挨打前,没有那么多情节做铺垫,宝玉挨打就只有偶然性,而没有必然性了。在好多作品中,我们更多的读到的是有因果关系的显形的情节,而缺少隐形的情节。

乔伊斯的短篇小说《死者》的情节的因果关系就是隐蔽的。乔伊斯把这样的情节称为"顿悟",其实就是"发现"。《死者》在叙述中,看似轻描淡写:一个年近中年的小学老师和妻子去参加一个舞会,丈夫发现妻子曾经被一个黑眼睛的十七岁的男孩深爱着。原因是舞会上唱的一首歌曲使妻子想起了这个男孩,她给丈夫说,他以前常唱这首歌曲,这个男孩可能死于肺结核,男孩是为她而死的。妻子由此而进了修道院。夫妻的分离,使丈夫觉得,他扮演着可怜的角色,他的妻子一直在心中把他和那个男孩做比较,他觉得,他们就不是朝夕相处的夫妻,他发现自己的境况同那个男孩一样,他也要死去了。天一直下着雪,爱尔兰被埋在大雪之中。造成这样的结果的原因只是妻子一时的"发现",发现那个男孩子在爱着自己。而且,这个情节并不是显形的。这种"顿悟"、"发现",也是情节中的偶然性。这样的偶然,其必然性埋藏得较深,因为作者似乎是漫不经心地叙述的,其实是精心构思的结果。

关于情节的戏剧性和冲突性，不同的作家有不同的说法。戏剧必然有冲突，但是，小说未必全部需要用冲突去构架。情节是不断发展变化的，人物的性格也在发展变化中，呈现着多样性。在发展变化中，往往是戏剧性的东西越少越符合生活的真实，越有力量。

7. 小说的结构

无论对于短、中、长篇小说来说，都存在着一个结构问题。

我在这里主要谈谈长篇小说的结构。

我们常说，长篇小说是结构的艺术，一部好的长篇小说必须有比较理想的完美的结构。

长篇小说的结构往往处在两难之中。过于人为的结构就显出了其斧凿性，不精心结构就会使作品成为一盘散沙。我们读当下的一些长篇，往往感觉到，作者没有结构意识。整部作品像一个赶路人，走到哪里，哪里算，任其情节随意向前发展，作品的随意性很大。说是长篇小说，其实连散文都不如。

阅读大师们的作品，其结构十分明晰，像一座漂亮的房子一样，无可挑剔。

陀思妥耶夫斯基的《罪与罚》就是一部精心结构的作品。就这部作品而言，是几个家庭几个人的故事。大学生拉斯柯尔尼科夫举起斧子砍杀放高利贷的姐妹俩，是作品的主要故事。妓女索尼娅和其一家又是作品的另一部分故事。还有拉斯柯尔尼科夫的同学拉祖米兴，他的妹妹以及妹夫等人的故事，都构成了其中的一个部分。

如果说，陀氏只写大学生杀人这个部分，这部小说将会是另一个面目。恰恰是作家把妓女一家人的故事，拉斯柯尔尼科夫以及妹夫、妹妹等人的故事巧妙地结构在一起，才使大学生的双重性格显得合情合理。陀氏成功地把几个故事糅在一起，编织成为一个故事，这里面就有其精心结构的功力。这样的结构，使小说保持复杂性的同时，保持了统一性。也因为大学生杀人的主要情节有其索尼娅一家人的生活的陪衬，才使小说更丰满。拉斯科尔尼科夫在对待妓女一家人中显示了人性善的一面。

怎么糅，把几个故事怎么扭结在一起，陀氏是费了心机的。作品一开始，拉斯科尔尼科夫就在酒馆里遇到了索尼娅的父亲，一个酒鬼，一个落难的九等文官，这样就引出了索尼娅一家。索尼娅父亲的死，使大学生的双重性格有了展示的机会。

难得的是，陀氏的结构没有明显的雕凿痕迹，故事顺理成章地向前推进，像生活本身一样，使人信服。

福克纳是一个结构大师，他的每一部长篇小说的结构都不一样，都有新意。他创造的多角度叙述影响了世界各国的几代作家。

在《喧哗与骚动》中，福克纳让三个兄弟：班吉、昆丁与杰生把各自的故事讲了一遍，然后，用全知全能的角度，叙述完了剩下的故事。ABCD四条线，时序是颠倒的，分别以CABD排列，把这四条线扭结在一起，构成了一部小说。小说中有1910年的故事，也有1928年4月的故事。在形式上四条线是各自独立的，而内在的联系是很紧密的。

2006年获诺贝尔奖的土耳其作家帕慕克的长篇《我的名字叫红》也

是多角度叙述的结构方法,作者分别以"我是一个死人","我的名字叫黑","我是一条狗"等不同的叙述角度讲述了同一个故事。

多丽丝·莱辛的《金色笔记》也是多角度叙述的变种,作者以黑、红、黄、蓝色四种笔记外加一部"自由女性"的中篇小说构成了一部《金色笔记》。仔细阅读,就会发现,这四种笔记和一部中篇小说讲述的是同一个人的故事。

福克纳的《我弥留之际》讲述的是父亲和几个子女将妻子运到异地去安葬的故事,福克纳采取的是多人称叙述的办法来结构作品,一个人讲述一段自己的心理历程、心理诉求,各讲各的,各自的心理状态活灵活现。而《去吧,摩西》则是用几个线条扭结在一起,结构而成。

我们的传统小说也是非常讲究结构的。

《三国演义》是以吴、蜀、魏三国的政治而结构的。《水浒》一章一回讲述一个主要人物,而将通篇连缀起来,构成了整部小说。《红楼梦》的结构比较复杂。它的结构之"眼"在第五回,刘姥姥进了大观园。然后,展开故事,一是荣府,一是宁府,讲述各自的故事。

美国学者浦安迪研究发现,四大名著是"百回"的定型结构,每十回的末尾都有因果之笔,然后,小说直转急下,进入了证明其"结果"的阶段。也就是说,十回一个单元,十回的末尾是一个高潮或一个跌宕。同时,他还发现,十回的主结构中,第三、四回为次结构,也就是说三、四回是一个小单元。

最便捷的结构方法就是单线条顺时序,这样的结构也是最危险的结构，因为简单便捷，很容易使一部长篇变成流水账。四大名著和国外一些大师们的作品，对于时空是十分讲究的。四大名著虽然都是顺时序结构，但没有平板、枯燥之嫌。时间被精彩的情节所带走，尤其是《红楼梦》《金瓶梅》中的冷热，不仅仅是时间的标志，也是悲喜剧的象征。天气最冷时，场景最热闹；天气最热时，往往发生令人心寒的悲剧。时间，不只是推进了故事的进展，作者给其赋予了其他的意义。

因此，要写好一部长篇，首先要结构好一部长篇，千万不可拿起来就写。

在长篇小说的结构中，我曾进行过多次尝试。我的长篇《沉默的季节》是块状结构，时空跳跃，你、我、他三种人称交叉叙述。《袒露的部分》是多人称多角度叙述。《敲门》的故事在父亲和儿子两条线上叙述，各自讲述各自故事，最后合二而一。《遍地温柔》把三个人物的三个故事扭结在一起，故事在同一时间的三条线上展开。《大树底下》用一个死去的婴儿的角度去讲述一家人的故事。《两个冬天，两个女人》同样用A、B两条线结构。

如我在前面所说，既要匠心结构，又要避免人工斧凿，这是一个难题，要写好长篇，就要解决好这个难题。

原载《文学演讲录》，太白文艺出版社2011年2月版

小说的介入

冯积岐

由于不同的小说家对小说所持的观念不同，因此，对小说的价值取向也就相去甚远。博尔赫斯认为，小说只不过是游戏。卡彭铁尔则鲜明地指出："在拉丁美洲，小说是一种需要。"为了证实自己这个观点的正确性，卡彭铁尔不但从本土谈起，而且旁征博引，从但丁的《地狱》谈到肖洛霍夫的《静静的顿河》，从毕加索的名画谈到前苏联导演爱森斯坦执导的电影，用许多艺术家的创作实践去证明，这些艺术作品无不是介入的产物，是一种需要。

其实，小说介入现实，甚至介入政治，展示全新的现实与问题，这并不是卡彭铁尔的新观点，这也是中国文学的一贯传统。关键在于怎么样介入，在于小说家用什么样的态度去介入。作为一个真正的小说家，他笔下的现实应该是他自己体验了的过滤了的新的现实，是融入了他自己深切感受了真正的现实，是和非艺术家所看到的、所听到的、所感觉到的现实有所区别的现实。遗憾的是，我们读到的大量的介入现实的小说只不过是对现实的搬弄，或者是对现象的照抄，或者只是和现实握手言和，或者只是青睐现实中那些琐碎的、表面的东西。由于作者把现象作为现实的替代，把报纸、电视中的头版头条新闻和普遍的社会问题作为小说而渲染，就使得作品虚假、虚幻、苍白，粉饰或矫情，因而缺少艺术感染力，缺少应有的思想深度。

我们不放弃这样的观念：小说必须介入。可是，小说的介入不是对政策的诠释，不是给现实生活编织饰物，不是对普遍的社会心态的照录。小说家只有担当起参与现实生活的责任，用生命去体验现实生活，审度现实生活，责无旁贷地对人的勇气、自尊、自我牺牲精神等等优秀品质进行肯定，对人的某些丑陋的劣根性进行揭示和鞭挞，使人们看到人类的希望，为人类本身的缺陷而紧迫而羞耻，并不断修正自己，这样，才能写出比较准确地介入现实的小说。当然，这是和作者的艺术观、审美情趣、价值观以及自身的修养等等因素分不开的。

小说的介入是对小说所处的一种态度，这种态度是和游戏小说，消解观念的小说态度相悖的。我以为，凡是能够真正面对现实的作家，应该勇敢地介入，写出无愧于这个时代，无愧于自己的好小说来。

小说是不会枯竭的。

原载散文集《没有留住的》，当代中国出版社2002年版

读菲茨杰拉尔德

冯积岐

接触菲茨杰拉尔德的作品比较晚,他的长篇《夜色温柔》我是硬着头皮读下去的,读一读,放一放,读了半年多。后来读了《了不起的盖茨比》,我被他的作品吸引住了。伟大的作家,伟大的作品,迟早会征服读者的。《夜色温柔》中支离破碎的情节和一时难以理清的结构恰恰是吸引我的地方,我以为,这不是作者的失误,而恰恰是作者的心智所在。一个作家不能太理智,不能像当代人装修自己的房间一样对自己的作品进行不必要的设计打扮,作家毕竟不是理论家。菲茨杰拉尔德之所以如此结构作品是和他当时的心境分不开的,情节的破碎,结构的混乱也是当时美国社会的生动写照。菲茨杰拉尔德很清醒,他知道,他的作品是写自己的,是表现自己的,无论选择什么样的题材,无论写什么样的生活,只要把自己的意识、情感、心理全部融入作品就够了。菲茨杰拉尔德的全部作品是自己心灵的映现,借每一个人物,每一个情节和细节把自己的话讲出来。读菲茨杰拉尔德使我悟出了一个道理：艺术创作是本能的事情。

　　读了菲茨杰拉尔德的短篇以后，我对这位作家就十分崇敬了。他的短篇场景转换自然而突兀，往往给人一个难以预料的结局，每一篇都是感情饱满，文采飞扬。结构虽是块状，但有一根内在的线串在一起。我想，后现代主义的巴塞尔姆、现代主义的卡尔维洛等人采用的碎片结构大概是这位现实主义的大师那里受到启示的。菲茨杰拉尔德的短篇中充满了诗意，即使很忧伤的故事也被他编织得很美丽，他不仅仅靠动作和对话刻画人物，还特别擅长制造氛围，把读者很快地引进一个"场"。他的笔触往往伸进人物的心灵深处，把人物心中十分微妙的情感写得十分透彻，毫不留情地亮出了人物心中的暗角。他把自己融入作品，写活的却是美国当时社会的一侧面。他对美国文学的贡献是文本上的，也是内容上的，他准确地写出了战后美国年轻人的不安、焦虑、迷惘、不安和挣扎。

　　和菲茨杰拉尔德同时代的作家有海明威、福克纳、斯坦贝克、考德维尔等。在二三十年代，菲茨杰拉尔德登上文坛，名声就直追同时代的作家，甚至比海明威、福克纳还响亮，这是和他艺术上所取得的成就分不开的。读菲茨杰拉尔德使我思考的是，菲茨杰拉尔德和他同时代的作家所处的大环境是一样的，可以说在同一个"现实"之中生活，他们所接触的题材、人物大相径庭。他们的共同点是，都没有去写重大题材，都未曾把自己融入美国的主流文化，都处在边缘，除过斯坦贝克和考德维尔以外，都没有直接地去写美国的现实生活。他们和现实保持的是一种不和谐，甚至对抗。究竟哪一位大师所写的是美国当时的真实？我想，无论是福克纳笔下那邮票大小的家乡小镇，无论是海明威笔下的斗牛士，无论是考德维尔笔下的农夫，还是斯坦贝克笔下的市民和工人以及菲茨杰拉尔德所写的中产阶级和小人物，这些都是美国社会的真实。只要写活了一个人或一群人，就写活了一个时代。写现实生活的最好途径是"离开"现实，不追求时髦，不顺应潮流，按自己的方式去追求去探索，这种悖时的写作可能不讨好，不能得到捧场，和获奖与喝彩无缘，可真正的文学大师就是从这样的路上走过来的。

原载散文集《没有留住的》，当代中国出版社2002年版

面对福克纳

冯积岐

大凡有点文学常识的人都知道,获得诺贝尔文学奖的美国作家福克纳是影响了世界文坛几代作家的大师。文学师承本来是平平淡淡的问题,而有些作家却死不承认他曾受过某个大师的影响。马尔克斯就羞羞答答,不肯一口承认他受过福克纳的影响,倒是略萨很坦白,他承认,他外出时,口袋里只装一本书,那就是福克纳的《八月之光》。在中国文坛也有马尔克斯这种嗜好的作家,明明他的行文中就有福克纳的影子,他却说没有完整地读过福克纳的一本书。我真不知道,他们为什么不敢面对福克纳,或者说,他们为什么要欺哄读者。

我不知道,我的作品是否受过福克纳的影响,是因为,我的作品大都没有进入主流批评家的视野,也没有哪一个批评家有这种说法。可是,我必须坦诚,我最崇拜的文学大师就是福克纳,我从20世纪80年代初刚翻译过来的《喧哗与骚动》读起,一直到后来出版的《去吧,摩西》、《我弥留之际》、《圣殿》、《福克纳短篇小说集》、《押沙龙,押沙龙!》、《八月之光》等等,大凡翻译成中文的福克纳的小说我都读过,一本《八月之光》不知读了多少遍,封皮都被翻烂了。我觉得,我每天都要面对福克纳。

我读的第一本福克纳的传记是美国人写的《圣殿中的情网》,对大师的人生历程和创作轨迹有了比较清晰的了解。最近,读了福克纳的第二本传记《福克纳传》,我的感触可以用四个字概括:心惊肉颤。我很感激美国作家杰·帕里尼给世界读者提供的这本好书。

我之所以将福克纳尊为导师,是因为二十多年来,我一直倾听他的吩咐,只有在他那里,我才能领悟到什么是艺术的本质。福克纳一生的写作和主流不沾边,一生没有以国家意识形态规定的视角去写作。福克纳用他的作品给中国内地批评界出了一个难题,使喜欢概括、归类的中国内地批评界对他难以概括,不可归类。这不只是由于他在艺术上是瞬息万变而造成的。福克纳自己使自己处于十分孤独的境地,然而,这并不影响他勇敢地写作。写了几十年,福克纳回头一看,自己的身后一大堆作品还没有人出版没有人发表,就是在他获奖的前三五年,美国主流还是不承认他。这是福克纳的悲哀,这是美国文坛的悲哀。福克纳不是鲁迅,他没有舔舐伤口去战斗,他忧郁,他悲愤,他痛苦,他以酗酒对付自己,喝得人事不省,喝得天昏地暗,直到把自己喝进医院为止。他渴望艳遇,渴望身边有一个很年轻的女人。大师没有绝望,但心中的痛是无法抚平的。可是,他相信,"人是不朽的"、"因为人有灵魂,能够怜悯,有牺牲和耐劳精神"。所以,他"提醒人们记住勇气、荣誉、希望、自豪、同情、怜悯之心和牺牲精神"。

凡·高以画为生存，福克纳为写而活着。在福克纳的作品中大量可见的是死亡与暴力，是淫荡好笑的场景，是亵渎的哥特式情节，是不可理喻的性和乱伦。福克纳让人的丑恶的灵魂赤裸了，用他的话说，他把疮疤血淋淋地亮出来，不是为了展示，而是为了医治。我以为，福克纳才是真正的破坏式的写作，他不仅无视主流的规定和规矩，他将常规的句式也破坏了，他的复式句子和复式中的复式句子使编辑们头痛。他将美蕴藏在苦涩的外壳中，使读者品味了再品味才知其中之味。

要拜福克纳为师并非易事。要掌握时间与空间的巧妙安排，要对付复杂的心理活动，要捕捉意识的流程，要领略断开又拾起来叙述的技巧等等，就是这些技术性的活儿，不是一年两年就能学到手的。而且，福克纳的精神内核、艺术内核并非在此。要明白，福克纳一生都在对抗，和他所处的时代对抗，和美国主流对抗。没有对抗就没有福克纳。要将他说的艺术内核、精神内核灌注于自己的灵魂就更难了。这是他的门徒最害怕之处。

美国的主流是势利的。当福克纳获得了诺贝尔文学大奖之后，美国政府将他作为文化大使派出去访问，将美国文学的最高奖项颁发给他最差的作品。福克纳将这一切视为枷锁，虽然，他也是一副笑模笑样的面孔，可是，他是清醒的，这种清醒一直保持到他离开世界的那一天，这是他的品质所致。

大师就是大师，这是没有办法的事。

原载《西南军事文学》2010年第1期

两个人的战争
——读托马斯·马伦的《人世间的死亡小镇》

冯积岐

托马斯·马伦的长篇小说《人世间的死亡小镇》以第一次世界大战为背景,据作者在后记中说,大约在20世纪90年代初,他在一本杂志上看到传染病专家的一篇文章,"简单提到了1918年的流感传染病,那篇文章还提到了美国西部有些没有被流感蔓延到的镇子,吓得将所有通往镇子的道路封锁,并派荷枪实弹的哨兵把守,禁止任何人出入的事实。我立即把文章中描绘的这一情节变成小说题材:两个哨兵与一个陷入饥寒交迫困境的外乡人寻求避难发生的冲突。"作者虚构的小镇叫做康芒威尔思镇,两个哨兵一个叫菲力浦,一个叫格雷厄姆。小说的空间仅仅局限于康芒威尔思,小说的进行时间很短,仅仅只有几个礼拜。故事是从菲力浦和格雷厄姆开枪打死一个外逃的士兵开始的。

康芒威尔思镇位于美国西部的一个大森林深处,全镇男女老少不足500人,小镇的创始人叫查尔斯,查尔斯经营着一个木材厂,镇上的青壮年全都从事木材加工生产。1918年，流感开始蔓延后，查尔斯召开全体居民大会提出：关闭镇子，保卫镇子。虽然，查尔斯的妻子丽贝卡极力反对这样做，查尔斯的提议还是被大家通过了。镇的入口处竖着牌子：隔离区，严禁入内。菲力浦只有十六岁，他是查尔斯收养的儿子，他和二十五岁的格雷厄姆是好朋友。这一天，菲力浦和格雷厄姆奉命去入口处站岗。一个从战场上逃出来的士兵要求进入康芒威尔思，菲力浦和格雷厄姆坚决阻止，这个士兵一意孤行，格雷厄姆和菲力浦几乎同时开枪，射杀了这个士兵。

年轻的菲力浦是第一次开枪杀人。当他打死士兵之后，陷入了恐惧之中，心灵深处在震颤，对自己有一种难以原谅的追悔。

没多久，轮到一个叫毛的年轻人和菲力浦一同站岗，又有一个士兵要进入康芒威尔思。这个从战场上逃出来的带着手枪的士兵并没有开枪，菲力浦也没有开枪。菲力浦做出了出乎意料的举动，将这个士兵藏匿于地下室。没几天，事情败露。为了全镇人的生命安全，在贝恩斯医生的提议下，菲力浦被隔离了，他和那个士兵一同被关在距离镇子不远的地下室。两个礼拜后，菲力浦逃出地下室。就在这时候，流感迅速在康芒威尔思镇蔓延，镇上的人一个接一个地死去。在格雷厄姆看来，流感是那个士兵带来的，他就是罪魁祸首。格雷厄姆为了挽救全镇人的性命，闯进了地下室将那个士兵刺死，并掩埋了尸体。

当已经染上流感的菲力浦知道格雷厄姆杀死了一个无辜者之后，他怒不可遏，找到了格雷厄姆要和他算账。

流感还在肆虐，全镇已有56人死亡。

这时候，县治安官来康芒威尔思镇进行征兵大搜捕，抓走了没有服兵役的两卡车年轻人，其中包括格雷厄姆。菲力浦为救格雷厄姆开枪打死了警察。两个朋友合力赶走了大搜捕的人，解救了被抓去的两卡车居民。

流感得到了控制。菲力浦和格雷厄姆离开了康芒威尔思。

这部小说的情节并不复杂，采用的是顺时序叙述，没有惊心动魄的场面，没有跌宕起伏的故事。小说的情节大都围绕菲力浦和格雷厄姆展开。虽然，没有用大量的笔墨去揭示菲力浦和格雷厄姆之间的矛盾，其实，小说展示的是菲力浦和格雷厄姆的内心冲突，是两个人之间的战争——心理上的搏斗。

菲力浦和格雷厄姆的性格有很大的差异。菲力浦小时候在一场车祸中失去了父母，自己因此被截肢，装了半截假腿。因为童年的不幸，菲力浦变得怯懦、胆小、内向、腼腆，他的性格又有正直、勇敢的一面。格雷厄姆虽然不能说崇尚暴力，但他从小就无视秩序，做过乞丐，在街头流浪过，他的初恋女友在和他一同回西雅图的途中被打死，他由此而变成了一个很愤怒的青年，暴躁、勇敢、正直，但也染上了些许流氓习气。菲力浦喜欢他性格中刚毅、坦诚、真实的那一面，将他作为生活中的偶像，两个人成为有了年龄差距的朋友。

菲力浦第一次开枪打死了人。虽然查尔斯认为他做对了，丽贝卡鼓励他不要害怕，可是，菲力浦的恐惧似乎比流感还可怕，他在和杂货店老板娘梅茨格及女友埃尔西的交谈中竟然不承认他自己开了枪。由于他意识到"把自己的生命价值凌驾在死者的痛苦之上是错误的"，所以，他一直处在不安、彷徨、恐惧和痛苦之中。所以,他才有了将第二个外逃士兵弗兰克藏于地下室的举动。而格雷厄姆就不一样了,在他看来,他开枪打死人是一种使命一种责任,他没有内疚感,也不自责,他觉得,他是在捍卫康芒威尔思镇,为了全镇人的生命安全,开枪打死人是天经地义的,并不存在把自己的生命凌驾于死者的痛苦之上这样的忏悔。

两个朋友之间的冲突显而易见。两个人之间的战争悄然进行。

当菲力浦被监禁之后,菲力浦在地下室经历了非常痛苦的生命历程,特别是当弗兰克讲述了他在"一战"训练营用笤帚把当作刺刀训练的故事,讲述了他杀死了虐待指挥官的恶棍的故事,讲述了他的爱情故事和逃亡历程之后,他对弗兰克有了肃然起敬之感,并承诺,要救弗兰克从地下室逃走。地下室生活是非人的,但对菲力浦来说,是人生的一次大历练。

菲力浦被监禁之后,丽贝卡力劝丈夫释放菲力浦,查尔斯出于对全镇人的负责,没有采纳妻子的意见,丽贝卡为此很伤心。菲力浦的女友埃尔西也感到不安。菲力浦从妹妹口中得知,学校的学生们并不责怪他,他才感到些许安慰。为了个体的生命,好多人希望把菲力浦永远监禁起来。他的朋友格雷厄姆对菲力浦的监禁反应冷漠,他默认了查尔斯的做法。他丝毫没有去救菲力浦的想法,足以说明,他也以为菲力浦和弗兰克一样是给全镇带来灾难的人。作者没有正面渲染两个人之间的冲突,他在小说中感叹道:"流感把每一种平淡无奇和枯燥乏味的行为都承载了新的意义,也就是邪恶的意义。"

在此,作者着力渲染了小镇秩序混乱,商店被抢,居民的茶园被抢，面对死亡，人们惶恐不安。作者虽然没有指责格雷厄姆，但是，无声地将他的行为归入"邪恶"。在保卫小镇的旗帜下，格雷厄姆背叛朋友，冷漠自私，内心深处却是对死亡的恐惧。

格雷厄姆杀死弗兰克后极大地激怒了菲力浦，特别是当他在地下室看到弗兰克的女友米歇尔的照片以后，菲力浦伤心透了。他发誓，不能和格雷厄姆就此罢休，这笔账他一定要清算。

然而，作者的笔锋没有搭在菲力浦和格雷厄姆的斗争上。冲突始终来自内心，两个人之间的战争看不见硝烟。接下来，作者设置了大搜捕的情节。人性的拷问被推向了高潮。菲力浦该怎么办？他勇敢地面对几个气势汹汹的治安官，他把自己的生命置之度外去营救格雷厄姆。在灾难面前，菲力浦所表现的大无畏的精神把他的人生境界推向了最高点。作者并没有拉开批判的架势指责格雷厄姆。在菲力浦逐渐康复，准备离开小镇时，作者写道："格雷厄姆和菲力浦互相对视，生硬地点点头，重重地在菲力浦的肩膀上拍了一把。"

两个人之间的战争画上了句号。

如福楼拜所言，好的小说留给读者的是思索。

一次世界大战期间流感死亡人数超过了一亿，这数字是惊人的，也是可怕的。读罢《人世间的死亡小镇》掩卷而思，更可怕的不是流感，而是人性的邪恶。因为根治人性的邪恶比控制流感更困难！

《人世间的死亡小镇》是一部描写人的心理过程，在人的内心深处开掘的心理小说，不过作者写得客观冷静而又有节制罢了。

原载《当代声屏》2010年第3期

夭折的欲望
——读乔伊斯·卡罗尔·奥茨的《约会》

冯积岐

乔伊斯·卡罗尔·奥茨是当代美国很有影响的女作家。20世纪60年代初,她从创作短篇小说开始,步入美国文坛。四十多年间,她写了不少令人难以忘怀的短篇小说,比如《站起来了的奴隶》、《天路历程》等。由翻译家孔保尔翻译的《约会》(刊自《译林》杂志2009年第2期)是颇能代表奥茨风格的优秀短篇小说。

《约会》的故事始于秋天。窗外,一片萧杀的景象。秋风略带寒意,街道上黄叶飘零,这样的季节,未免使人伤感。作者一开篇就给这篇《约会》确定了冷色的调子,给约会的结尾做了有意识的暗示。

《约会》的视角是一个叫做莱丁格·约翰的中年男人。约翰有一个十一岁的女儿,有一个咄咄逼人的妻子。约翰靠欲望支撑,为欲望而活着,他常常苦闷、厌烦、不安、彷徨。人生对他来说"度日如年"。同时,他矛盾重重,既渴望和情人在一起,又留恋"妻子躯体的温暖、扑鼻的香水味和熟悉的依偎";既"想到不如早早离开人间,避开嘈杂的尘世",又牵挂"诱人的肉欲和善美的东西","而这个世界本身也使他陶醉了"。约翰的内心世界是一代美国人内心世界的缩写:他们试图逃脱繁杂的公务,精神无所归依,于苦闷之中在肉欲里寻求安慰,结果,要付出沉重的代价的。

约翰和一个名叫安妮,绰号称为拉吉迪·安的姑娘在秋天里约会之后,陷入了情网,他自打爱上安妮之后,就没有爱过其他姑娘。他十分想念她,以至于日不思食,夜不成寐。而安妮却对他若即若离,在约翰看来,安妮是一个很冷酷的女人,她缺乏持重,懒惰,"庸俗不堪,装腔作势。"就是这样一个女人,使约翰十分迷恋。可是"不知是由于什么原因,在圣诞节的时候,他们互相失去了联系,就这样,日子一天天过去了"。十分孤寂的约翰被思念所折磨,他熬过了漫长的冬日。除夕之夜,他参加一个晚会,竟然把另外一个姑娘误认为是安妮,"他对她胡思乱想,想入非非。"约翰背上了爱的沉重的包袱。

到了第二年,"三月初,他又见到了她。"约翰和安妮一块儿吃了饭。约翰渴望的是幽会,而安妮却一反常态,冷漠地说:"我不想再看见你。"约翰的心情"不是滋味"。

"初夏的一天,他去和她约会。"整篇《约会》,这是笔墨最多的一节,也是这篇小说最精彩的地方。约翰开上车,将安妮"带到十五年前他买下的一座殖民时期式样的大红砖房子里",在卧室里,他亲吻了她,两个人喝了酒,显示了男女之间的浪漫风情。当他再一次吻她的时候,她却做了一个令人尴尬的甩头动作——这使约翰大为难堪,有口难言。

这是《约会》里的一个很精彩的幽默情节，着墨不多，但令人意想不到。人们在生活中也可能发生这样的事情，然而，奥茨将这一情节写进《约会》中，显示了奥茨笔调细腻的写作手法。安妮一件接着一件地讲述她的往事，而约翰在酒精的作用下却睡着了，由于潜意识的不安宁，他在睡梦中梦见的是妻子对他的斥责。"他猛然惊醒了，坐起身来。""安妮呢？"安妮不见了。他还误以为安妮偷了东西逃跑了。到了洗澡间一看，安妮满身血污，她用刀砍伤了自己的手指头，幸亏没有生命危险。在惊慌中，约翰替安妮包扎了伤口，将她塞进了出租车——一场约会就这样结束了。

约会夭折了，欲望的翅膀刚开始扇动就被折断了。在这篇小说里，男女主人公进行了几次约会，但却以女主人公残忍的自残行为收场，男主人公在惊慌、尴尬、气愤和无可奈何之下将女主人公用出租车送走结束，奥茨以现实主义、超现实主义和暴力现实主义的写作手法为读者揭示了美国人的一种病态心理。

约翰追求爱情，在婚外寻找自己的幸福生活，寻求感官的刺激。他付出的代价是沉重的，"他惊呆了"，送走安妮后，他自言自语，而且必须自言自语，"但是，他说了些什么，都是些什么话。他一无所知。"奥茨以冷峻的笔调写出了人被肉欲所支配而做出的努力是徒劳的。作者没有用道德的尺度去评价约翰和安妮。安妮前去赴约，为什么以自残对付自己对付约翰，虽然，作者只字未提，但她借约翰的口喊叫："你疯了！""你神经病！"可以说这一男一女都有一种病态心理，约翰精神空虚陷入肉欲的泥淖不能自拔，而安妮则是一个漫不经心的女孩儿，爱情在这样的女孩儿心中根本就没有扎下根,她很随意地处置自己处置生活。她用莫名其妙的暴力和血腥败坏了自己,也败坏了别人,这正是缺乏责任感,随心所欲,不计后果的美国女孩儿的做派。作者在这里探讨的是年龄层次不同的美国男女的心理问题和美国的社会问题。

奥茨深谙短篇之章法。好的短篇只能写一头:或结果,或原因。作者用尽心力写"结果",从这年秋天开始的"约会"是为了铺垫来年夏天"约会"的"结果"。至于说约翰和安妮那种做派的原因是什么,作者有意识地留下了空白,让读者去思索。这也是这个短篇小说的精彩之处。

奥茨的笔法犀利,叙述冷峻。小说节奏分明,速度较快。全篇只是用几个短镜头和长镜头相组合,把人物活生生地展现给了读者。奥茨的作品继承了福克纳、海明威等大师的传统,注重挖掘人物内心的活动,恰当地应用了内心独白和意识流等手法,《约会》有很大的跳跃性,进行时并不长,但涉及到的时间跨度较长,可是,并没有造成很大的阅读障碍,《约会》读起来颇感顺畅,这也和孔保尔先生对原文的理解程度和翻译功底有着极大的关系。

原载《西安电视》2010年第3期

第三辑 交流·对话与访谈

麦田守望者
——访著名作家冯积岐

若 星

农村和农民是中国文学的"母地"和"高地",其中蕴涵着无穷的创作灵感和素材。一直以来,农村题材创作在中国作家的创作中占据了一个相当重要的位置,从鲁迅的《风波》、《祝福》,茅盾的《春蚕》,叶圣陶的《多收了三五斗》,沈从文的《边城》,柳青的《创业史》,到当代陈忠实的《白鹿原》,路遥《平凡的世界》等,都是从中国农村的沃野上所孕育出的时代巨著、丰美之果。近年来,陕西省作家协会专业作家冯积岐,以其对农村题材的坚守,引起了广大读者的关注,成为描写当代中国农村的作家中的佼佼者。这位土生土长的西北汉子,多年来默默地扎根于乡野,与农村、农民结下了不解之缘。然而,当下农村题材作品的创作却不容乐观,近年来少有这方面的力作问世,其中最重要的原因就在于作家们对正在发生着翻天覆地变革的新农村缺乏了解。2005年,冯积岐赴宝鸡市凤翔县挂职，担任县委副书记。在深入基层的生活中，他认识到，时下文艺作品市场冷清的一个主要原因就是有很多作品把农村生活简单化、粗俗化、概念化、商品化了，和现实生活严重脱节。"一个作家不仅要把发生在农村的点点滴滴真实地记录下来，而且还要全身心地投入到农村生活之中，将自己的情感融入作品，这样才会得到老百姓的欢迎和喜爱。基层锻炼就是一个很好的机会！"日前，记者专访了著名作家冯积岐。

若星：冯老师您好，从您的处女作《续绳》，到您的第一部长篇小说《大树底下》、散文《人的证明》，再到刚出版的长篇小说《村子》，您的所有作品都是描写农村生活的，请您谈谈您的创作经历。

冯积岐：我上小学的时候就喜欢读书。当时有一部叫《空印盒》的明清小说给我留下了深刻的印象，作者是谁现在都忘了。故事的大体内容是描写县衙大印被盗后放在一个盒子里，以及其后所发生的离奇故事。因为喜欢读书，同学们给我起了个外号叫"文学家"，其实那时候我的作文并不好，不按规矩来写。记得我有一篇描写农村老年人的作文里面这样写着：老汉的胡子和刺猬毛一样硬。老师看了后问我见过刺猬吗？我说没有。老师便说，其实刺猬毛如同钢针一样。老汉的胡子和钢针一样硬吗？

因为家庭出身不好，"文革"刚开始我就回村务农了，当时只有十四岁，初中还没毕业。"文革"期间和书便没有了什么缘分。那时农村没吃的，印象最深的就是饿肚子。我家靠山，一次去山里砍柴时太饿了，就跑到附近窑洞里去要吃的。我把一个年轻轻的女人叫了一声姨姨（其实她年龄和我也差不多），她随手就把案上的搅团给我掰了一块。当时也没有什么调料，就狼吞虎咽地吃光了。后来这段悲惨的生活在我的小说中得到了充分的反映。

1982年开始动笔写作，一年内我写了三篇小说，其中《续绳》发表在1983年《延河》杂志的第5期上。如果那篇稿子没有发表，也许以后我也就不写了。后来我进县广播站做编辑，每天就在宿舍里写小说。1988年我考进了西北大学作家班。离开的时候，才发现靠桌子的墙根下有一大堆土，能拉一架子车。那是因为冬天冷，晚上写作的时候我把脚在墙上蹬而蹬出的，结果把墙蹬了一个大洞，墙壁都快穿透了。

后来从作家班进了《延河》杂志编辑部，一边上班，一边在学校上课，一边还得作务家里的责任田，三头跑。当时爱人和孩子都在家，孩子还小。1989年春节后，编辑部要腾房子，没地方住了，徐岳主编就让我去南郊住，我骑着自行车去了一看，什么都没有，只有一个办公桌，还有我带的一床被子。那天晚上我拉肚子，厕所比较远，一晚上就跑了十几次厕所，第二天一早又继续去上课。

从1994年开始，我的作品开始在全国许多杂志上发表。从量上来说，我发表的作品在全省是第一，有短篇小说一百七十多篇、中篇小说三十多篇，出版了五部长篇小说，好几百篇散文，作品也经常被转载。《延河》杂志的执行主编常智奇说我："你是一个用生命写作的人。"我确实是在用生命写作。2003年我写长篇小说《王者风度》，早上8点前准时到西安南郊朋友开的宾馆里写，中午吃完饭后继续写（我从来没养成过中午休息的习惯）。十八万字的作品终于写完了。回家的路上，看着街道上熙熙攘攘的人群幸福地享受着都市生活，我失声痛哭。当时心里就想，我是世界上最不幸福的人。长时间的辛苦写作使得我经常生病。写作对我来说虽不具有什么功利性，但我已经上瘾了，不写就难受。

若星：您作品的风格受什么影响比较大？

冯积岐：河南南阳有一个读者写信给我说："你的小说我不敢躺下看，读着读着就流眼泪了。"评论家邢小利说我的作品艺术上很有追求，就是说我把艺术本身看的很重。我所有长篇小说的结构、人物、情节等都有所不同。在写作中，我不断地变换着艺术风格，这也许是因为我读的外国文学作品较多，受其熏陶比较大的缘故。中国传统小说的模式是章回小说，而外国小说的哲理味道较浓，手法比较独特。我对很多人说，读了外国小说以后，我发现现代主义在中国，中国的现代主义在西府，西府的现代主义在岐山。岐山是青铜器之乡，我很小的时候就经常去离家3公里外的岐山县博物馆游览，里面所展示的青铜器上的花纹、人物图案等都很夸张，给我留下了很深刻的印象。

若星：从《挂职日记》中可以看出，在您担任凤翔县县委副书记的日子里，几乎走遍了当地的村镇，大部分时间都是在基层度过的，农村给您留下的最深印象是什么？

冯积岐：2005年刚去凤翔县挂职后，我便走访了许多山村，当地一些农村和半个世纪以前或者100年前的生活差不多，仍是点着煤油灯，仍是牛犁地,一代一代地延续着,与我们城市的生活差距太大了。只是近年来,这种状态才在逐渐地发生着变化。

若星:有读者提出,您小说中(《敲门》、《大树底下》)人物的命运浓缩了中国农村当前的矛盾,这是您当初动笔的初衷吗?

冯积岐:举个例子说吧,我有一篇小说是描写青年生活的,里面的许多人物都是在现实生活中积累起来的,有很多亲历的影子,都有生活中的原型。《大树底下》对我的刺激比较大,因为我们村子里确实有一个人死了。一个作家要千方百计把自己生命的体验写出来,不能跟着潮流走,这点要坚定不移。

若星:读您的小说,我们都感觉到里面有一种默默的坚守,一方面是对传统文化的坚守,还有一方面是对乡村的坚守,您将来是否还会继续这种坚守?在这种坚守中您有没有感觉到一种艰难?

冯积岐:从1983年发表第一篇小说算起,二十多年过去了。可以说,我一直在忧郁、不安、痛苦、自我煎熬和折磨中朝着一个目标而奔走,时至今日,留在我心底的是苦涩的绝望和凄凉的惨败感。失败的感触中不乏我对世俗意义上的成功的渴望,对我所从事的这种劳动能够被承认的盼望。我不由得怀疑自己,怀疑自己的才华,怀疑自己的能力。怀疑之后又是苦行。

我虽在农村生活了二十多年,但随后的城市生活和长期的写作已使我身体的调适性变得很脆弱,在县上分管的事务和经常性的失眠让我疲惫不堪。即便如此,在近两年的挂职期间,我还是发表了《挂职日记》和一些短篇小说。挂职期间我得到的创作素材非常丰富,获取的鲜活人物形象、故事都非常精彩，这令我对自身所驻足的乡村心存感激，而忘却身体的病痛。自己是农民的儿子，近年来虽身居都市，在精神上却游离于其边缘，这注定自己要在农村题材上继续做文章。

但是，我觉得我们无法把现代主义手法变成一种技术层面的东西，所以还要坚守传统。对农村来说，传统的东西非常普遍。我认为一个作家必须是理想主义者，文学也是神圣的，作品让人读了要有圣洁感，要有美好的感觉；作品还要让人看到希望，揭这个伤疤是为了把这个伤治好，不是为了展示。如80后一些作家，他们对文学的理解和我们这一代作家截然不同，他们不担当，我觉得一个作家首先要担当，毫不担当的作家是靠不住的。我现在只订两本杂志——《外国文艺》和《世界文学》。外国作家的小说和咱们的不一样，他们的小说以一种很认真、很严肃的态度揭示当代人在生活上的困惑。如当代日本文学和韩国文学就不乏严肃之作，它们揭示的是当代人对生存的困惑，对人类未来的担忧、命运的忧虑，对人性的剖析。然而城市越来越复杂，人活的却越来越简单，我们把好多东西都简化了，历史简化成博物馆、大自然简化成旅游，这种简化是可怕的。

若星：有评论家这样说，您历时八年完成的长篇小说《沉默的季节》，在沉默中展示了一个民族的集体记忆，今天回过头看，您觉得现在的年轻一代应该了解这些经历吗？

冯积岐：现在很多年轻人都在回避过去这些苦难的历史，年轻人还是要补这一课的。

若星：您的这种风格和坚守会不会受到城市生活的影响？

冯积岐： 我觉得我现在是个城市的局外人，还没有融入到这个城市里，和城市有一定的距离感。

若星： 冯老师，走在繁华的都市大街上，我们经常会看到一些默默地步行着的农民，背着用来盛放随身物品的化肥袋子，累了就坐在地上靠着袋子休息一会儿，有些天色近晚却还没有找到归宿。您看到这些心里有什么样的感受？

冯积岐： 每年过完年，农民们外出打工时都是带着化肥袋子，他们在外面打工，建设城市，但又没有经济力量在城市居住，在精神上、人格上失去了很多。他们建设城市却不享受城市！他们身上的许多珍贵的、传统的东西在城市中不得已地丢失了。现在的农村是个空壳子，是空荡荡的，娃们宁愿去偷去抢也不愿意回到农村，这种状况有待在社会主义新农村的建设中去改变。

若星： 您能介绍一下您刚刚出版的长篇小说《村子》的情况吗？

冯积岐：《村子》是我下功夫最大，也是最写实的一部小说。1979年至1999年间，农村人的生产方式、观念伦理等发生了多层面的、复杂微妙的变化，这些变化是以村子为舞台展开的。村子是农民祖辈生活的地方，也是他们文化心理的依托之所在。小说时间跨度比较长，人物比较多、性格比较复杂。而这段生活在文学上比较空白，目前文坛上还没有这样像编年史一样写实的作品。我多年来一直很关注欧美文学，也从中吸取了很多创作手法和理念。希望用村子的变化来象征农民精神的变化，所以在《村子》里我强调的不是故事性，而注重揭示人物的心理冲突和文化冲突，也试图找到农村的文化传统受到冲击后的文化支撑之所在。

在这部长篇中，我触摸到的是一个"变"字，社会在变革、农民的生活方式、情感方式、价值观和世界观都在变化着。最显著的变化就是分田到户，一些农民开始接受不了这一变化，就闹事。然而，最终还是顺应了。顺应的结果并非仅仅是粮食的大丰收，不仅仅是衣食无忧。生活使他们明白：分田到户并不是百病可治的良药。他们无奈、痛苦、挣扎以至失态；他们难以容忍自尊和尊严的被剥夺，于是，就反抗。

我对村子里的农民有难以割断的情感，我不仅触摸的是农民的兴奋点和痛点，也是自己的兴奋点和痛点。我知道，村子里的农民日子过得很艰辛，但是，有祝义和、赵烈梅、马志敬这样的善良而能干的农民的支撑，农民的生活不会垮掉的。令我最痛心的是村子里的"下一代"，像马林科兄弟俩这些年轻农民，面对欲望，他们将各自经受更多的磨难。

若星： 综观当今文坛，许多文学作品都以农村农民为题材，这其中有客观的描述，也有片面夸大，您怎样看待这些？对哪些观点您比较赞同？

冯积岐： 我觉得这是一个需要自己去把握的问题。对于"客观"和"片面"，关键是看站在什么角度。我比较赞成客观的，因为有强烈的感性认识，就必须有理性的把握。当然，把握是否到位，这就是修养的问题了。

这次去凤翔县以后我发现，农村的变化令人欣喜而担忧。村子里的宗祠文化和伦理文化已受到很大冲击，文化也成为快餐性的东西，一切都简单化了。而好作家是用荒诞的眼睛来看这个荒诞的世界的,但是有些人看不到。

若星: 贾平凹在作品中定位自己为农民,您也会这样定位自己吗?

冯积岐: 贾平凹不是农民,我才是农民。我当农民的时间有二十多年,有农民情感、农民情结,我的父辈、我的兄妹依然在故乡那块黄土地上为了生计而劳作。作为农民,他们的那一双手从不停歇,除非病倒爬不起来了。劳动对他们来说是一种需要,也是一种安慰。在这一点上,我和他们是相通的,因为,我是他们其中的一个。如今,我依旧在安安静静地写作,就像做农民一样,每天扛着锄头或镢头去上地,并不因为来年薄收或无收成而停止了这种劳动。一个作家,对人类同情怜悯这种大的关怀必须具有。

若星: 您能描绘一下您心中的社会主义新农村是什么样的景象?

冯积岐: 建设社会主义新农村首先要发展生产力,要有支柱产业,要让农民的生活富裕,不光是表面上房子盖得好,街道干净整齐就行了。我认为社会主义新农村的最终目的是要把农村建设得更好,让农民回到自己的和谐家园。

原载《文化艺术报》2007年3月7日

面对文学　面对自己
——《草原》杂志访谈

娟　子

他是一位很晚才开始写作的作家，这么多年来，他也是一位高产的作家，辛苦和努力是这样一步一步靠着血汗换来的。文学于他，是命运里丰厚的给予。谦卑者最懂得生命的内蕴，因为他始终站在最接近土地的地方。

娟子：首先祝贺冯老师的最新力作《逃离》出版上架，作为这次由陕西省省委宣传部、省新闻出版局、省作协、省出版集团联合主办推出的"西风烈——陕西百名作家集体出征"活动之中的重头作品。冯老师能不能先给我们介绍一下这部新作。

冯积岐：《逃离》是我1996年就动笔写的一部小说。时隔十四年，总算出版了。从时间上说，它是我写的第二部长篇。写这部小说的时候，特别绝望。我相信我的老师威廉·福克纳的话：人类是不朽的。可是对人的劣根坏点,我看得很清,总是渴望纯洁,期盼美好。现实生活一次又一次地粉碎了我。于是,就只能选择逃离,正如杨乐生教授所说:人生中,有些东西是无法逃离的。你无法逃离你的肉身,无法逃离人性的局限,无法逃离环境长时期的潜移默化。

《逃离》在艺术手法上改变了我的第一部长篇小说《沉默的季节》的写法,采取了多角度、多人称叙述的方法,将人物的内心世界呈现在读者面前。笔力不逮的作者,常常书写的是表层,好的作家把笔触能深入到人物的内心深处。而《逃离》中那种内心独白、意识流动就更容易揭示人物的内心生活。

娟子:冯老师在几年前说自己在不断地反思自己,随着创作的深入,越发对文学产生了一种敬畏之情,想写却犹豫不决,要很好地表现丰富多彩的生活还需要过程,需要时间再沉淀,所以暂时不会再写长篇小说了。那么创作《逃离》,又是一种怎样的心态?

冯积岐:我力求每一部长篇从内容到形式都有所变化。有时候之所以犹豫,是因为没有找到变化的因素。《逃离》是我在户县的太平峪那个秦岭北麓的一个招待所写的,去的当天没有动笔。站在一渠水旁边,看着对面山上的松柏,心中突然涌动着一种可以称作灵感的东西,于是,我明白了,应该从哪儿下笔。

娟子:记得冯老师说过自己一直醉心于文学创作"试验",渴望变化,不希望重复自己。那么您觉得您的新作,较之以前的作品,有什么特别之处?比如:内容、表现手法等方面。

冯积岐:将近三十年来,我确实在不断地"实验",尤其是发表的两百多篇短篇小说,可以说是变化多端,有现实主义、表现主义、荒诞的、魔幻的,等等。我早就说过,一个作家,不能过早的把自己固定在一种模式上,而形成所谓的风格。我赞同吴冠中老先生的话:风格是艺术的背影。

当然,变化是要付出代价的,也许,变化的结果是评论家不买账,读者不认可。如果满地是荆棘,走在前面,你就要挥汗如雨地开路。在创作上,我不是一个安分守己的人。变化,也是我的性格使然。

《逃离》不算是新作,它探讨的是人的内心世界。

娟子: 嗯。"文学总应该承载一些东西,作家的责任感不能丢,我希望自己的每篇作品都能有所提高。"这是冯老师以前说过的一句话,那么您觉得,这么长时间的创作,您是不是每篇作品都在提高,又是以一种什么样的方式在不断地提升自己?

冯积岐: 要提升自己没有诀窍,只能在写中读,在读中写。还是要读经典。混迹于文坛的那些所谓的走红作家,读了几本文学期刊,读了几本所谓的大陆著名作家的作品,居然成名了?这就是"中国特色"吧。我每写几篇,就觉得无路可走了,就要补充自己,就要读书。福克纳的《八月之光》,我也不知道读了几遍。我几乎每年都要读一读福楼拜和陀思妥耶夫斯基的作品,对于当代欧美作家的优秀作品,我更是穷追不舍。读一读大师的作品,你才会知道,自己写出来的东西确实是微不足道的。你才会明白,中国大陆的文学作品和世界文学的差距至少有一百年。

娟子: 都说冯老师是一位多产的作家,二十多年来先后发表短篇小说两百多篇,中篇小说多部,最主要的是有几部很重头的长篇小说。这么多年来,是什么让您保持这么旺盛的精力来创作?

冯积岐:因为我看见,我前面的山有多高,水有多长。也许,由于我过多地阅读了大量的古今中外的经典,内心有了相当高的标尺,我总觉得,自己没有达到所要企及的目标,对自己的作品总是不满意,所以,我不停地写。

娟子:在冯老师的小说之中,在各个方面来讲,对您的创作和文学生活起着举足轻重的一部作品是什么?

冯积岐:我觉得,我写的最好的作品还是长篇小说《沉默的季节》。陈忠实老师在十年前就说过,《沉默的季节》有些章节很经典。作家寇挥也说,它是一部经典。我最满意的还是我的短篇小说,比如《短暂失明的唢呐王三》、《刀子》、《逃》等等。两百多篇短篇中,起码有十篇被读者记住了,现在重读,有些细节和语言简直是神来之笔。

娟子:《沉默的季节》是一部很独特优秀的作品,除此之外,您的长篇小说《村子》也是备受关注的一部,这部小说写作长达五年时间,可以说是您写得很苦的一部小说,从头到尾写了三遍,修修补补,总共改动了十六次之多。这样浩大的工程,可见辛苦程度,那么您对自己的这部作品做如何评价?

冯积岐:《村子》概括了二十年间农民的心理历程。这是我下功夫最大、花时间最长的作品。对于《村子》中所写的那一段生活,我最熟悉。我本身就是村子里的一个农民,因此,对农民的心理状态把握比较准确。我是以一颗真诚的心来写《村子》里的农民的。《村子》里的农民精神上历经的磨难,我的父母历经过,我自己也历经过,老作家邵燕祥老师、陈忠实老师、贾平凹文兄对于我的《村子》给予了很高的评价。

当然《村子》是一部反映农村现实的小说,但我依旧运用了现代主义的好多技法,有些读者注意到了,批评界依旧漠然,我觉得遗憾。

娟子:我在上大学期间就读过冯老师的《村子》,最近又认真地读了一遍。这部描写关中西部农村故事的小说,从1979年早春写起,写到了1999年。这二十年间,是农村的剧烈变化时期,作为一个对这种变化有着切身体会的作家,能不能谈谈您当时是出于一种怎样的想法,想表达什么而创作的这部小说。

冯积岐:作家所表达的意图和批评家以及读者所理解的有一定的差距的,这是很正常的。其实,我写《村子》是写惨败。回顾我的创作,总有一种惨败感。也许,是没有得到官方或权力机关认可的缘故,总觉得自己是个失败者,我明白,这是世俗意义上的成功与失败对自己的折磨。有时候,也告诫自己,批评自己,一番痛心之后,又开始了读与写。我把祝永达当作自己来写,当作一个失败者来写,于是,就有了《村子》。

娟子:陈忠实说《村子》是"自公社体制解体到农民个体经营二十多年来,中国乡村社会生活演变的一部深刻而又真实的小说读本"。变革时期的农村,虽然不见刀光剑影,也没有你死我活的斗争,但是,农民的心里激荡的厉害,农村的变化是多层面的,既复杂又微妙,因此,要理性地把握这一变化,要理性地把握笔下的每一个人物,并把他们用笔形象地固定在纸上,即使过了若干年,那些人物读起来依旧是活的,确实并非易事。在处理人物形象上,您是怎么把握的?

冯积岐:我以为,《村子》最成功之处就是给农村的人物画廊中增添了几个新的形象,这几个形象,是其他写作者没有勾画的,比如田广荣、马秀萍、祝永达。尤其是田广荣,是一个我很满意的人物形象。我在凤翔挂职县委副书记期间,有四五个乡党委书记给我说,田广荣就在他们的乡镇。横水镇的党委书记还把我领到一个村子里,让我见识了"田广荣"。可见,田广荣既有典型性,又有普遍性。

在处理人物形象上,我主要捕获了他们的内心世界,写出了人物内心的矛盾和痛苦。同时,写出了人物性格上的复杂性,不从道德意义上简单地评判人物。你能说田广荣是个坏人?但你也不能说他是好人。有两个细心的读者给我打电话说,田广荣睡马秀萍时,我只写了一个细节,那就是:马秀萍不由得在田广荣腰上一搂。这一搂,写出了马秀萍的人性。

娟子:很多人把《村子》和柳青的《创业史》相比较。只不过《创业史》描写了发生于20世纪50年代,对中国社会历史进程以巨大影响的农业合作化运动;《村子》反映的则是70年代以来,土地责任承包制,农民生活命运的迁延变化以及思想情感、文化心态的内在变动,这两个阶段当然是有历史承续性的,而且同样都是触动了农民灵魂的社会变革。从对农村社会的历史变革的诗性记录这一点来讲,您觉得《村子》有着怎样的历史价值意义?

冯积岐:我觉得,《村子》和《创业史》无可比之处。《创业史》确实把人物写活了,也反映了当时的现实。要命的是,《创业史》是遵命文章,在价值判断上有些失误。历史证明,合作化运动是中国农民的一场灾难,柳青的失误不只是历史的局限,而是柳青遵照国家意识形态的要求而写出了《创业史》,所以,许多地方是虚假的。我觉得,《村子》比较真实地写出了农村二十年间的变化。真实,是《村子》的看点和价值。

娟子:"在结构上采用顺时序按编年推进的方式,在叙述上采用节奏较快的钉子式的短句式,并以关中方言来突出小说的地域特性;在写作手法上以写实为主,强化故事的同时,又吸收了西方小说创作中放大西部的手法。"这是冯老师自己对于《村子》所做的一个描述,我注意到一点,近年来冯老师在大量阅读西方,尤其是欧美的小说,您能不能说说自己比较钟情的小说作品和比较欣赏的叙事和写法?

冯积岐:对国外作家的作品,我在《读书》那篇随笔中已经说得很多了。比如写人物,我们的四大名著,我们的传统,无非是这么几种手法:一、通过动作写人物。二、通过对话写人物。三、通过环境描写人物。四、通过心理活动写人物。而欧美作家的表现手法就丰富得多了,比如:心理分析、内心独白、意识流动、象征暗示等等。我们的传统小说在处理时间和空间上一般是顺时序大空间。而欧美小说则时空颠倒,变幻无穷,或者在很短的时间内展示很大的空间,这方面技巧性的东西太多了,我就不一一叙说了。

我以为,关键的不是小说技法问题,而是对小说这种艺术持一种什么态度的问题。一个好的作家,必须有自己独特的小说观,必须有创新的勇气和能力。我不止一次地说过,距离艺术越近,距离读者就越远,距离评奖委员会越远。这是中国的创作环境所决定的。

娟子：这一点我特别认可，只有根植于生活才能创作出好的作品。《村子》这部小说的创作手法不同于《沉默的季节》的心理结构方式，《裸露的部分》的多角度叙事，亦不同于《敲门》的不关联双线索叙述，更不同于《大树底下》象征、暗示、隐喻等多种手法的应用。那么在自己的创作手法中，冯老师是如何不断融入新鲜的血液的？

冯积岐：这个问题，前面我已经回答过了。需要补充的是，一个好的作家，要勇敢地写作，所谓勇敢，就是要勇敢面对文学本身，面对未来，中国的严肃作家没有能力培育市场，培养读者。中国的严肃作家只能跟着市场走，顺应读者，这是中国严肃作家的最大不幸。麦克尤恩的小说在英国的地摊上也可以卖出去，可以卖上百万册或者几百万册，中国的小说摆在伦敦的地铁恐怕一本也卖不出去，国情不同，文化氛围不同，读者的素养不同，在这种严酷的事实面前，大陆作家受着严峻考验。我是一条道走到黑的性格：不断吸收国内外小说的艺术精华，力争写出好的作品。

娟子：您觉得，农村题材的写作如何用一种先锋的实验性的手法表现出来？

冯积岐：我觉得，题材只是一个载体。什么样的题材都可以用现代的手法来写，南美洲作家鲁尔福的所有题材都是写农村的，但所有小说都是具有现代主义品格的。

关键是在于写作者具备或不具备现代主义写作的才华和能力。

娟子：陕西的作家，创作都有很强烈的独特性，从柳青到陈忠实，再到贾平凹,写作总是带着地域和农村的印记,有人说我们陕西作家最擅长的就是写农民题材的作品,这是我们的优势,您对于这点是如何看待的?

冯积岐:有什么样的体验就写什么样的作品,陈忠实、贾平凹只能按照自己的体验去写,这是常态,他们也有能力涉足未知世界。陕西比较优秀的作家都是从农村走出来的,写他们最熟悉的农民是一种必然,题材并不完全决定作品的高下。今年获得诺贝尔奖的略萨的作品大都是写自己经历的。

娟子:陈忠实之于白鹿原,贾平凹之于商州,这样地域的印记在一个人的写作中有着不可替代的作用,这是作家的精神地理,在您看来,一个地区对于一个作家的影响在什么地方?

冯积岐:每个作家必须有自己的根,有自己写作的背靠点,没有背靠点,等于没有根。陈忠实和贾平凹的背靠点分别在关中和商州。对于那些背着包儿,拿上采访本整天去搜集素材的写作者,我并不看好。福克纳大半生在指甲盖大的小镇上生活,写出了那么多优秀的经典作品。博尔赫斯大半生在图书馆,依旧创造了自己的小说王国。

没有自己的背靠点是绝对不行的。

娟子:身为传统作家,您对于网络文学是怎样看待的?对于一些当红的80后年轻作家的作品是否看过,做如何评价?

冯积岐:今年春天,我和陈忠实、白烨、陈村等人在西安参加了上海盛大文学网的一个活动,充当嘉宾,接触了一些80后作家。随后,80后作家步非烟将她的小说寄来,我读了一些。读后,略略吃惊,我钦佩

80后作家，他（她）们想象力丰富，思维活跃，有一定的表达能力。我不可能苛求他（她）们非要走我们走过的路，他（她）们有他（她）们的优势和不足，我对他（她）们还是充满了期待。

娟子：那么，冯老师，对于热爱文学的年轻人，您有着怎样的关注和期待？

冯积岐：希望年轻作家们一定要走在一条正路上，所谓正路就是一条皈依文学的路，就是要读经典，学习先人，从经典起步，所写的作品应该是从心里流淌出来的，而不是内分泌。年轻作家们要看清楚自己的有幸和不幸。特别是要自觉抵制来自各方面的诱惑。我们的不幸就是：目下的文学创作环境并不理想，对此，要有所醒悟。

娟子："作家应具备两种能力——发现生活和表现生活，对时代、人生有深入的认识与理解，并不断进行沉淀，这也是这个职业与其他职业的区别所在。"这是冯老师说过的话中我记忆尤为深刻的一句，也是感触很深的一句，您能不能谈谈您对整个陕西文坛更多的期待。

冯积岐：陕西的作家各自有各自的个性，这已很难得，我在前几天的一次诗歌创作座谈会上说过：我没有任何理由去教导或是引导年轻作家怎么去做。这不仅仅因为我不是世俗意义上的成功者，不仅仅是因为我没有得过所谓的全国性大奖。这是因为，我本身就是一个惨败者（不是谦虚之词），这是我内心生活的真实写照。

要叫我说实话：我对当代大陆文学信心不足。有什么样的政治经济，就有什么样的文化。中国足协的腐败，是当代中国文化腐败的缩写，是中国文学创作的一面镜子。说中国文学创作到了最好时期只是一面之词，我不敢苟同。文学的腐败和中国足协的腐败有什么区别呢？在此，我不叙说了。我只是希望自己和陕西有志于文学的作家保持清醒的头脑，写出不违背自己良知的作品来。

娟子： 感谢冯老师。

原载《草原》2010年第10期

好作家要能表达边缘的东西
——冯积岐访谈录

邰科祥

2010年12月6日下午两点半,在陕西省作协办公楼二层的一间办公室,我与冯积岐先生就其创作的特点和走向展开了一次对话,现就整理的文字记录于后。

邰科祥: 你有一种深厚的"文革"情结,总是叙说不尽,是"文革"给你留下的创痛无法抚平还是想对这段历史进行多层反思?

冯积岐: 的确,我有一种深厚的"文革"情结。因为"文革"伊始,我就被迫辍学。这不是指大多数人的那种因搞运动而停学,而是我个人由于家庭成分是地主,不让读书。这个打击对一个初中刚毕业的少年来说实在是太沉重了。我眼前一片茫然,不知道从此以后自己人生的路将会怎样走。一下子由一个未成年的学生马上就要转化成一个农民,我在心理上接受不了。更不用说在整个"文革"时期经常陪斗、被训话,人格受到凌辱，又连续两次目睹家产被抄，我的尊严遭到无情的践踏。而且这个时候正是一个人记忆深刻的阶段，所谓成长的年代，所以这一切给我留下难忘的印象就很自然。

我为什么要在作品中反思这段历史，还有一个原因就是我觉得目前中国大陆的文学作品对"文革"这段历史记录有所偏差，特别需要从人性的角度进行反思。如果我们这一代人集体失忆，是对民族的不负责。

邰科祥：山子、达诺这两个人物在你的作品中多次出现，似乎有你本人的很多影子，他们的有些事迹是以你的经历为原型吗？

冯积岐：这两个人在很多小说中出现，自然是有自己的个人体验的。不能说全部以自己为原型，但一部分有自己的影子无疑。我的少年生活与大山分不开。在写作上，追逐的是获"诺奖"的作家。

邰科祥：你的家庭是否地主出身？你的祖母对你影响很大，对吗？你和父母的关系如何？

冯积岐：我祖父是地主分子。但我父亲其实应该是老革命。他1949年参加工作，1958年遭遇干部上山下乡运动，也是由于家庭的成分问题被迫回乡，也是在二十四五岁左右开始当农民，这对他的打击之大可想而知。后来与他同时参加革命的人不少都当上了处级干部。我的祖母对我影响非同一般，以至于我在小说中表现出一种"恋母情结"。我从出生的婴儿时期一直到我结婚的前一天晚上，都是和祖母在一个炕上睡觉的，就是结婚的当天晚上，我都不愿意和祖母分开，硬是在她的劝说下才进了新房。我祖母之所以要从小带着我，一是我母亲生我的时候年龄小，十七八岁，不会带娃；另一方面是祖母当时年龄也不大，四十多岁，她是我祖父的第二个老婆,祖父去世的早,她年轻轻的守寡,心理上和生理上都很孤独,我又是长孙,所以她喜欢我,我就一直陪伴着她。

我对父亲不是不爱,我爱父亲。但是,在文学作品中,我的视角是"审父"的。父亲性格有缺陷,他固执、偏激、自尊而又自以为是;而祖母宽厚、仁义、勤劳、忍让而且能干,用农村话说,礼廉得很;我母亲最大的一个特点是能忍耐,把很多痛苦放在自己心里从不往外说。我举几件小事,你就能看出来。我父亲要借邻居一个东西,他常常自己不去非要我母亲出面。在他看来自己以前当过干部而且是正科级,咋能低着头向人借农具。在这种情况下,我母亲从来没有说过不,丢人就丢人,她认了;还有,就是在我七岁左右,我母亲当时大概二十四五岁,带着我去磨面,那时村里没有电磨,只有邻村的祝家巷有一个水磨,它的速度比牛拉石磨能稍快一点,要磨一斗麦子得整整一天时间,母亲一个人既要倒面还要箩面,那个活儿是需要非常的耐心和韧劲的。我记得自己在面柜上都睡了一觉,醒来后发现母亲还在忙个不停;1976年夏天,正是生产队搭镰收割的大忙时节,我和父亲、妻子都去地里割麦子了,等到中午吃饭回家时,却发现找不见母亲,母亲本来是留在家里为大家做饭的,现在是饭未见做,人也不见了。我们只好又累又乏地坐着等,过了很长时间,母亲回来了,原来她是去别人家讨要面去了,我们已经到了揭不开锅的地步,可是我母亲从来不给人说,我父亲也从来不管,一切都是她默默地在扛着。我母亲说起来真是命苦,一辈子没享过什么福而且活得年龄也不大,六十一岁就过世了。我从母亲身上看到了忍耐、学会了坚韧,不管生活多么艰难我都能坚持。这都来自母亲的影响。我父亲做不到，他脾气暴躁，还经常训斥我母亲。

邰科祥：你是哪一年参加工作的？是招工还是完全依靠自己写作的本事转干的？

冯积岐：我参加工作应该是在我的家庭成分被改正以后，评论家李建军写过一篇文章《压迫与解放》其中说到这件事。大概是1983年，当时我已经发表小说，我的写作才能受到了乡领导的重视，把我推荐到岐山县北郭乡广播站当通讯员，所谓乡镇的"八大员"之一。其实不是正式干部，是半脱产，身份还是农民。1988年，我考上西北大学的作家班，1990年毕业，开始在《延河》杂志编辑部帮忙，一直帮到1994年，陕西省人事厅采取特招的政策办理了我的干部转正手续。

邰科祥：你的做人比较低调，不愿去凑文坛的热闹，坚信"将灵魂铸成文字"的目标，你一直在为此努力，一点都不受名利的影响？

冯积岐：你说我一点不受名利影响吧，也不符合事实。人在名利场不可能逃避。不过随着年龄的增大，作品愈来愈多，对名利慢慢就看得淡了。其实名利是不可强求的，写作水平到一定程度，名利自然就来了。我崇尚老作家孙犁的观点："背对文坛，面对文学。"作家离文坛近，就必然离文学远，离读者远。所以，成功者不一定成名，成名也不等于成功，有些暂时成名的作品不一定能长久地留下来。

中国文坛的某些作者疯狂追逐名利的做派以及对作家和作品不公正评判的现象是由多种因素构成的，一是某些作家素质较低；二是当代作家不塑造读者；三是杂志社、出版社完全以发行量和挣钱为目的，文学成了他们牟利的一个载体和手段。

作家要取得成功首先要与本国的主流文学保持距离。主流所推崇的、赞赏的并不是优秀的、伟大的。主流按照他们的审美情趣和意识形态的需要选择作品、选择作家,并不是站在世界文学的高度去筛选作品和作家。世界文学史早已证明,越是想追逐本国主流的作家和作品越是距离文学本身越远,如近些年诺贝尔文学奖的获得者略萨、库切、大江健三郎等,更不用说布尔加科夫、索尔仁尼琴、帕斯捷尔纳克等,他们都不是本国主流的宠儿。作家的责任是批判现实。20世纪三四十年代,鲁迅不是国民党政府的主流,主流是张恨水等人,但鲁迅留下来了。

我希望自己名至实归,但种种因素不可能实现。我崇尚凡·高、毕加索、达利等艺术家。但我不希望做凡·高,不希望活着的时候穷愁潦倒,取得身后名,我希望像毕加索、达利一样在生前得到承认、肯定,可是,这只是一厢情愿的事情。有些艺术家注定生前不被人重视,作家和作品都有其命运的。尤其是前苏联斯大林专制时期,不少优秀的作家被枪杀或监禁,作品被禁止出版、发行。这种事情也曾在非社会主义国家中发生。福克纳生前就不曾被美国看重,直至获诺奖前三年,作品在美国出版也不畅销。略萨的作品也曾遭到当局的禁止出版。帕慕克也曾在本国遭此厄运。所以,我觉得,我的骨子里还是有世俗的想法的。要想出大作品就必须和世俗的想法分手。

我有时感到很凄凉,有一种惨败感,就像匈牙利获诺贝尔奖的作家凯尔泰斯所说:这是一种"无法选择的命运"。我渴望世俗意义上的成功但做不到。我的作品读者面广,但为权力机关和官方机构所不接受。坦诚地说,我的作品是写给未来的,不是现在。

邰科祥：你对文学的认识是"一个好作家描写的不是人的内分泌而是人的灵魂，作家应该用作品说话"。这固然都不错，但是能否具体一下，写灵魂的哪些方面？

冯积岐：一个作家的优秀作品应该都是写人的灵魂而不是内分泌，内分泌只是本能，而灵魂是指人精神中最隐秘的地方、看不见的地方。比方说，人性的阴暗，这些内容是最难表达的。我最近写的一个短篇《一双布鞋》就是写一个二十多岁的青年对继母的复杂情感：既有渴望又不能表现，所谓母爱和性爱交错。我觉得比较完美地表现出了这种"隐秘的真实"。好作家要能表达边缘的东西，表达人的最复杂的心理和情感，那些不能用道德去廓清的东西。小说的境界有很多层面，最深的层面是心理、文化和哲学层面。社会、历史层面容易抵达。我国当代某些小说的失误就是仅仅停留在社会层面，批评话语也一样采取这个标准，比如对《三国演义》的研究就多注意社会层面而忽略了人物心理的研究。

邰科祥：你有两个所谓点的提法，一是"背靠点"；一是"支点"。背靠点其实就是我们以往说的作家的根据地，你的根据地是松陵村，你说这是"我精神的土壤，是我写作的源泉，我力图从这个背靠点上透视我们的农民我们的文化我们的民族"。这个想法不错，每个作家都应该有自己切入生活的角度和自己素材的仓库，由此而推广放大，方能揭示生活的深度本质，但是这里有一个融合的问题，如果拘泥于这个点则会放不开、挖不深，你有这个感觉没有？

你对支点的解释是作家精神的向度，所谓"自觉担荷人类精神的苦难",大意我能够理解,能不能具体谈一下?这种苦难的担当是指作家要善于体察人类的苦难,还是要指点人民脱离苦海的道路,还是思索人类的终极关怀?

冯积岐:"背靠点"和"支点"用冠冕堂皇的话说就是指作家的"生活来源和思想来源"。其实作家不需要体验生活,我想,在华语世界之外恐怕没有"体验生活"这个词。因为我们每天都在生活之中,还需要体验吗?一个作家的生活经验在童年和少年时起就已经基本形成了,成年以后的经验只不过是童年和少年的补充,童年、少年时期是一个人的世界观、人生观塑形的时期。

每个作家,特别是成功的作家都有自己的背靠点或生活的地方,如福克纳的杰佛逊镇、乌尔克斯的马孔多,我的背靠点就是松陵村,这里的生活体验,我永远也写不完。我认为一个作家整天背着背包到处去搜集素材是很可笑的,也是写不好的,就是写出来也是应景文章,或者只是符合国家主流的意识形态,只是内分泌,不是来自灵魂深处的文字。沈从文的湘西和鲁迅的鲁镇的乡村生活是他们的"背靠点"。

担荷人类精神的苦难就是对人类的一种终极关怀。作家的使命不是只对某个政党和团体负责,主要是为大写的人而写。要有悲天悯人的大情怀,要为人类服务。如果只是为政党和团体服务,那样写出来的就是遵命文学,大作家一般都不会有这个思想。

邰科祥:你说"坚持写自己喜欢写和愿意写的文章并不是一件容易的事",因为"坚持写自己喜欢写和愿意写的文章是心灵对自己的吩咐"。你的意思是，这是内心的真实愿望或者兴趣而不是外在的功利需要，对吗？

冯积岐： 现在对作家诱惑的东西太多，名利权色，很多人为此坚守不住了，当然就不写自己愿意写的东西。不过，顺从名利的诱惑就可能大红大紫。

说什么文学为人民服务、为社会主义服务，实在荒谬。曹雪芹、托尔斯泰都没有想到为谁服务，但却成为了世界文学大师。面对如此多的诱惑能坚守住自己实在不容易。文学的规律是只能写自己体验最深刻的东西，而诱惑的东西往往有自己的框框，你照着做就能实现。可是要成功却要面对文学、面对未来。台湾一位作家说大陆作家太注重未来。大陆作家恰恰不注重未来，不面对自己，因而就难写出好作品。我觉得现在真正好的作品可能不在出版社的编辑手里而在作家的抽屉里。我们生活在一个充满谎言的世界里，按说作家有责任去戳破这个谎言，但是很多作家做不到，不但做不到，反而成为谎言的维护者。优秀的作家首先要有说真话、敢于说真话的勇气。我的长篇小说《村子》为什么能被邵燕祥、陈忠实等作家所推崇，就是因为说了真话。

邰科祥： 你笔下写得最成功的人物多是"变态或心理扭曲"的性格，这一种类型在中国当代文学画廊中还不多见，那么，为什么正面的人物没有成为你用力的所在呢？

冯积岐： 我笔下大多是被扭曲的形象，这点是对的。面对人的劣根性，当代作家不能逃避，他应该把创伤揭示出来以便治疗。心理变态、人格扭曲的现象不能遮掩。也许写人性的美好是另外一些作家的目标,但我更愿意写这些阴暗。这与我的性格和体验有关,就像福楼拜说:"包法利夫人就是我。"我们要敢于正视我们自己,我们自己每天在面临着异化,但要正视,遮掩就失去了作家的良知。不是我看不到美的东西。美是客观的也是主观的。我主观上也喜欢美。但总体说来,我写人的缺陷为多。为什么要用正面人物或反面人物这个道德评价去简单地诠释人物呢?

邰科祥:"政治成分论"或"狗崽子"的屈辱与你的出身或体验一定有很密切的关系,但是总是不能摆脱"文革"的这种阴影可能在一定程度上限制了你的视野或领域,你有无这种感觉?

冯积岐:"'文革'的阴影限制了我的描写视域"这可能有。再伟大的作者都不能网罗所有的读者,作家都有自己的局限性。有些局限,批评家说多了,我也就克服了。随着年龄的增长,体验越多,也许以后能写出一些性格上有闪光点的人物。不过,一个作家不能对世界的所有东西都去表现,只能从一个侧面进入。

邰科祥:在你的几部作品中都曾写到主人公的突然失明(《大树底下》《曾经失明的唢呐王三》),这种失明似乎只有心理学的依据,但却缺乏生理学的支持,请问这样写真实吗?这样写有什么用意?

冯积岐:"突然失明"的意象是为了表现这个世界的荒谬、荒诞。荒诞的东西不能用理性解释。我们已进入一个非理性的时代,非理性到处存在,就像"六月飘雪、冬暖花开",生活中这种非常的现象愈来愈多,我很奇怪,为什么生活在荒谬的时代就不能表现这种现象?我只是正视了而已。

邰科祥：史曼的形象是曾经深刻影响过你的一位中学老师吗？在几部小说中都出现过。但是，《敲门》中的师生恋是否有些离谱？类似的这种不伦之恋在你的小说中反复出现，比如与姑姑、后母、祖母等的故事都是为了展示一种青年的性觉醒还是有其他用意？

冯积岐：史曼的形象完全是虚构的。师生恋在生活中也很普遍。我这两年的小说中是出现了一种乱伦情结。这可能与我童年生活在祖母的怀抱中有关，在我对祖母的爱中也许包含着性爱。这种情结在福克纳和米勒那里也都有。人的情感是很复杂的。作家的任务是探究其复杂性。人的心理层面、道德层面是很多作家不敢触及的雷区，很多人以为这只是外国人才有，其实中国人也有。中西文化有很多不同之处，中国神话中的人就是神，西方神话中神具有人的性格。中西文化也有相通之处，比如对爱情的追求。纳博科夫的《洛丽塔》不也是写乱伦吗？

邰科祥：在你的小说中，把周原大地上的女性处理得都很淫荡，并且以周公庙会的"野合"传说为根据，似乎不大符合周礼文化诞生地域的民俗，怎么看这个问题？

冯积岐：写"野合"为了写百姓的民俗文化，揭示关中西府文化的虚伪性。西府人爱面子到了虚伪的程度，明明只有半斤肉，非要把肉切得薄薄的苫在菜上面给人一种肉很多的感觉。周公庙是个神圣的地方，但是有人在这个地方干虚伪的事。这不是西府普遍的风俗，只是少数人的一种陋习。读一读我的短篇小说《去年今日》，就会有一种透彻的理解的。

邰科祥：你的小说更多的在宣泄一种情绪，甚至是个人家族的怨恨，这似乎有点不大合适，小说是传达一种普适性的情感或心理。

冯积岐：你说这是我个人的情绪也对，但它更是具有典型性和普遍性的情绪。1949年后，阶级斗争成为毛泽东的政治工具，"文革"不只是给少数人，而是给上千万人造成了一种压力。所以这种描写就不完全是个体的行为，至少代表着一个阶层，在人数上大概有中国当时的十分之一差不多吧，这么一个巨大的人群就不能说是我个人的情绪了。当然，我的文字中可能流露着狭隘，表现一种个人怨恨的情绪也是事实。你说让这些经历了十多年精神凌辱的人对那个时代唱赞歌恐怕不可能，也不真实。这种仇恨是理性的、是有原因的。"文革"总体来说是一种恶的表演，坏人唱主角的时候多。

邰科祥：对基层干部的描写是你的擅长和成功所在，特别是写出乡镇干部的霸道和盘根错节的官官相护的腐败政治，很耐人寻味。

冯积岐：乡镇干部都很复杂，不能简单的用好坏来界定。仔细分析，乡镇干部的"坏"是腐败的体制所造成的。如果我在那个环境可能也与他们一样。比如说，大家晚上要去喝酒，你不去就马上成了另类、就会被孤立。这样一来，大家所具有的毛病你也必须具备。如果不从众，别说得罪领导，生存都难以保障。

邰科祥：普通百姓的被欺侮、无助感写得尤其准确，但是没有正面的、专意的去铺陈，这是非常遗憾的，包括知识分子的轻飘和无能都很真实，但就是没有展开。

冯积岐：我的很多东西都是虚构的。我的想象和虚构能力比较好。我在《村子》中塑造了不下六七十个人物，但从来没有一个人被对号入座。我实际上是一个体验型作家，在已知世界可以游刃有余，但在未知世界却常常漏洞百出。但国外的大作家几乎同时能在已知和未知两个领域都有作为。而且对未知世界的描写更能体现一个作家的能力，《西游记》的作者就很了不起，他写的是未知世界。

当很多故事在深层面不能展开时，只能在想象中完成。然而，当我进入未知世界，我又感到笔力不逮。所以作家的长处恰恰是他的短处。我很佩服80后作家，他们能写出玄幻小说，主要是他们的想象能力好，很飞跃，与60前的作家截然不同。80后使用想象弥补体验不到的东西，所以不能简单地否定他们。

邰科祥：你对农村的描写似乎很在意"历史的记忆"对人性格的影响，比如农村人的"复仇"意识，但这种"历史记忆"往往比较短暂，缺乏一种悠久的文化感，同时，你的目光更多地集中在有限的历史区间中，即民国以后到1990年左右，把人物性格的根源也放置在这个背景中去解释，这固然不错，但忽略了周原大地几千年悠久的文化传统，不知你对此如何解释？

冯积岐：周原文化几千年很悠久。我也写过20世纪30—40年代的故事，但写的不透。要写好这些就必须查资料，我不愿意做。自己的地里有金子却硬要扛着锄头在别人的地里去挖，没有必要。我觉得我的地里还有很多金子没有挖掘完，现实的生活我都没有写完写尽，我不必要向历史开凿。

我现在困惑的是如何把人的灵魂描写与社会层面的展示有机地融合在一起，很困难。但国外很多大作家都做到了，如司汤达、福楼拜等，他们既写出了心灵的世界，也写出了当时的社会历史。陀思妥耶夫斯基影响和成全了福克纳这一代作家，福克纳又影响和成全了大江健三郎、略萨这一代作家。现代主义是从现实主义中诞生的。

邰科祥：我觉得在文化传统的问题上，你的理解与我的原意有很大的偏差。我说的文化传统是指你生长的环境，即周文化的诞生地岐山一带绵延千年的礼仪传统，就像你前面所说的"爱面子"就是其中之一。我的意思，你的小说在文化背景上缺乏这种传统的浸润，也就是说，你的小说虽然从外在的标志上是描写关中西府，特别是你的家乡岐山一代的百姓生活，但是却让读者从内在的骨子里感觉不到这个地面上深厚、普遍的文化传承。我们可以说，你目前小说的故事发生地点在任何一个三秦大地上的其他地方都能找到。

这也许是你过于关注人物心理的结果，其实社会环境、文化传统对人的影响应该在你的作品中得到充分的体现。这样一来你的作品将是另一番景象。衷心祝愿你早点实现"达到诺奖"的宏愿。

原载《宝鸡文理学院学报》（社会科学版）2011年第4期

《逃离》——一部剖析人性的力作

——冯积岐访谈

《文化艺术报》

记者：首先祝贺冯老师新作《逃离》出版上架。冯老师，结合您之前出的一系列作品如长篇小说《村子》、《沉默的季节》、《大树底下》等以及很多中短篇小说，您在读者心目中的形象是一位不断创作又不断创新的，兼属多产派与实力派的作家，您是怎么看待这一形象定位的？

冯积岐：关于我的创作，陈忠实老师在给中国作家协会《长篇小说选刊》写的评论《村子》的评论中，有一段话是这么说的："他在闷着头又是义无反顾地进行着自己独特的艺术体验的实践，既不轻易吹牛式地表态，更不向任何时兴的流派靠拢，而是执意要创造出自己艺术理想里的长篇小说景观。《村子》是一部确凿令我感受到心灵震撼的长篇小说，震撼来自于作品丝毫不见矫饰的巨大的真实感。我尤其看重冯积岐在这部作品里面对生活和社会的姿态：直面。"

贾平凹在我的作品研讨会上说："冯积岐是我省一个重要作家、优秀作家，因为他的创作在新世纪以来，不但没有衰落，反倒很坚挺。他在陕西作家里是吸收现代小说成分较多的一位，而他又是极传统写作的一位，他的写作是用心写的，事关痛痒。他是一个不断追求的人，他的思考不停止，包括社会思考、艺术思考。他是具有几套笔墨的人，写实写得很到位，人物刻画得很细腻动人；议论则有哲理，闪烁着泥土一样的智慧；抒情又出乎意料，有诗人气质。"

我从1983年开始在《延河》杂志发表短篇小说，将近三十年来，我已在《人民文学》《当代》《北京文学》《作家》《山花》《小说界》等数十种杂志发表短篇小说两百多篇，中篇小说三十多部。小说多次被《小说月报》《小说选刊》等杂志转载，多次被选入各种年选。就中短篇小说发表的数量来说，我在全国文坛据估计也是前几名。2010年，我就发表了十七篇短篇，《小说选刊》选载了一篇，中国作协2010年的年选本中选入了一篇。有读者撰文说，我是真正的"短篇王"。我不敢称王的。按照官方的评价标准，我没有获得鲁迅文学奖，没有进入"优秀"的行列，怎敢为"王"？我的短篇小说《我们村里的最后一个地主》入围第四届鲁迅文学奖，后来，他们要出一本《鲁迅文学奖获奖作品集》，要把我的作品选进去。我先是拒绝了，最后想了想还是答应了。我知道，我的小说在读者中享有一定的声誉。作家寇挥说，我在2010年发表的《今年她才四十岁》就是经典。青年作家高涛、宁可等人读后大加赞赏。短篇小说《一双布鞋》评论家李星给了高度评价。

我发表了两百多篇短篇，这些短篇小说要有不同的面目，谈何容易？可以说，在中短篇领域，我进行了多次探索，尝试着用"几套笔墨"

去写：现实主义的，现代主义的，后现代主义的，荒诞的，意识流的，魔幻等等。毫不谦虚地说，我已创造了自己中短篇小说的景观。惋惜的是，评论界研究、评论我的专家没有几个。然而，民间的小人物的评论不断。残疾人评论家杨柳岸就曾经给我写过几篇评论。上海大学中文系一个研究生的硕士论文就是研究我的。我自信，我不会永远被埋没。但我常常觉得悲哀，十分悲哀。当然，我不能把自己的价值建立在别人的判断上。如果艺术家的心态是那样的脆弱，艺术史上就不会出现凡·高、布尔加科夫等等大师。我甚至觉得，写作是自己的事情，和别人无干。别人怎么评价都是无所谓的。至关重要的是，自己写出了好作品没有。

十多年前，在我的长篇小说《沉默的季节》的研讨会上，作家朱鸿就说过，我的小说无论怎么说，放在书架上都是一部艺术品。评论家李建军也曾说，我是走在正路上的作家。所谓正路，就是艺术之路。我虽然熟读了中国的四大名著，熟读了鲁迅和沈从文，可是，我的艺术是师承福克纳、卡夫卡、卡尔维洛等人。因此，我形成了自己顽固的小说观。按照自己的理解去操作小说。我不管外面的风浪有多大，依旧"独钓寒江雪"，真诚、执著，甚至十分顽固。我的艺术资源有三部分：一是青少年时期的苦难；二是故乡的民间文化；三是大量的欧美小说和哲学、心理学的书籍。

从90年代初，我开始了长篇小说创作，至今已出版了《沉默的季节》、《村子》、《大树底下》、《逃离》等七部。像我这样的"老"作家，大都不写中短篇了，但是，我至今没有放弃短篇写作。在长篇和短篇两条道上跋涉。因为，短篇最见作者的艺术功底和洞察力，而长篇则是力气活儿，是艰苦的劳动。

我希望有人从思想、艺术方面对我的作品进行研究，并不需要吹牛式的"宣传"。我觉得，有人称我为"实力派"是对我的安慰，其实，这很虚伪，没有这种必要。我相信读者，不仅相信当代读者，也相信未来的读者。

记者： 我相信上面这段话能让读者们更深切地了解您对写作、对生活的姿态：直面。您提到，您是一位不断探索，不断尝试用不同笔墨去写作的，那么与之前的几部长篇小说相比，您觉得《逃离》有哪些新的探索和创新呢？

冯积岐： 我赞同陈忠实老师的观点，作家不需要刻意去解释自己的作品。至于《逃离》写了什么，读者是能够读出来的，不需要作者多嘴多舌。在这里需要陈述的是，这部篇幅并不很长的长篇小说，动笔于1996年11月间，构思于90年代初。当时，心中的残败感已经萌生，觉得自己的人生自己的写作失败得一塌糊涂。这种感触催生了这部小说。写了三稿，拿出了九万字，在1999年的《当代作家》杂志上发表了。事隔十四年才得以全文出版。一部长篇搁置这么长的时间，依旧有读者喜欢，真是我的幸运。我的小说不会速朽的。

我尽量做到，每一部长篇在内容、结构、思想艺术等方面有所不同。《沉默的季节》是强烈的个人体验，你、我、他三种人称交叉，时间、空间打乱了，是一部现代文本；《村子》则很写实，结构上是多线条。《逃离》采用了多角度、多人称叙述，采用了内心独白和心理分析。我对每个人的心理把握尽量地做到准确无误。比如田登科,这个憨厚、老实的农民,在抬着南兰去县医院的途中表现得很豪爽,但他关心的是他的牲口,是他脚上的那一双解放鞋。危在旦夕的南兰被抬到医院,他还关心着自己丢失的那双解放牌胶鞋——这就是农民田登科当时的心理状态。十年以后的田登科变得势利而奸诈了。

我尽量做到在整体上夸张、变形,而在细节上、情节上精细、周到、写实。将现实主义和现代主义糅合在一起。

在这部小说中,我用暗示的手法,特别强调了时间,把1989年,1990年和1999年三个不同年代发生的故事连接在一起,放置在同一空间,使故事读起来感觉是一个整体。而且,对时间的确定很具体,具体到某月某日。对于作品中的空间,也是有意识地安排的。

记者:我初读了这部小说,能感受到作品对人物内心善与恶的交锋的展现以及对人性的反思。您小说中这种对人性的揭露是有意而为的还是一种不自觉的显露?

冯积岐:我以为,中国大陆当代作家的长篇小说依旧以追求史诗和传奇为目标。这是19世纪和20世纪初欧美作家的追求,同时也出现了几座丰碑,比如《堂吉诃德》、《九三年》、《静静的顿河》等等。中国的四大名著算得上最好的传奇故事。我注意到,当代欧美的大师已经不这样做小说了,无论是多丽丝·莱辛、麦克尤恩,还是菲利普·罗斯,他们不再致力于编一部美丽动人的故事,而是把精力全部放在对于人性的解剖上。对于情节的发展、故事的因果关系已经不太在乎,在乎的是人物的内心世界,他们对于人物内心的剖析用了大量的笔墨——就像上了手术台的医生,只关注刀下的病灶。这就是中西小说的差别。我们当下的大多数长篇使人觉得陈旧、老套,小说家还是以讲故事为支撑,以空间的转换、时间的推进为代价,而欧美小说以探索人的精神层面为目的。小说中不是没有故事,故事虽然讲得很好,但只是一个载体。欧美小说向深度进军,我们的小说则在广度上停留。中国的小说家大都在功利、时尚、国家意识形态的包围之中,所以,难得出好作品。即使那些成功者,也将荣誉兑换成权力,不再纯粹了。一副媚态、俗态。

《逃离》是探索人性的。我觉得,小说家的任务不只是写真善美,一个有勇气的小说家,一个真正的小说家,要把笔触深入到人物内心去,探究连人物自己也没有觉察到的最隐秘的部分。要做到这一点很难,但这是我的目标。《逃离》中写出了人性中险恶的那一部分。当然,这是作者的小说观所决定的。如鲁迅所说:亮出伤疤,是为了治疗。

记者:《逃离》这部小说的大背景是城市文化向农村文化向山区文化的渗透,你对这一现象持怎样的看法呢?

冯积岐:牛天星总以为山里是纯净的,是干净的,所以,他逃离的方向是山区。结果呢?农民也守不住一方净土了。我笔下的山区和城市是一种比照。其实,通讯的发达,交通的发展,现代化的进程使山区和城市有了共通的地方。城市文化还在向山区渗透,农村和山区最终将被一种文化形态所代替,这是很可悲的事情。我们所搞的现代化,其实是技术化。大城市里的建筑和小城市的建筑,和农村的建筑有什么区别呢?全国人的价值观都趋于功利了。对于个体来说,如果不"修身",就是逃到井里去,也会被污染,也会一身伤痕的。

记者：从一个创作者的角度来看，《逃离》最想告诉读者的或者说是最想向读者展示的是什么？

冯积岐：《逃离》究竟向读者展示了什么？也许，一百个读者会有一百个理解。我想要说的是，我数易其稿，之所以在背景和时间上下工夫，是为了叫读者明白，故事发生在什么境况下。牛天星为什么选择逃离，逃离是出路吗？那么，出路在哪里？读者会思考的。

记者：畅广元老师说您是"一位难得的'孤独者'"，写作与孤独，您是怎么看的呢？

冯积岐：畅老师摸准了我的精神脉络。他所说的孤独，不是一般意义上的普遍意义上的孤独；不是寂寞难耐，而是精神上的不合时宜。因为我的写作脱离了文坛的大合唱，我的作品大都是揭示人性的弱点的。对于人，我很悲观。我的老师威廉·福克纳就是走的这条路。不被评价，不被认可，发表出版都有困难。有些年轻的作家不止一次地说，我是被遮蔽了的一个，他们为我而叹息。我只能一笑了之。几十年来，我忍受了，我按照自己对艺术的理解去追求，去探索，义无反顾地向前走。我已这般年纪了，还奢望什么呢？"前不见古人，后不见来者，念天地之悠悠，独怆然而泪下。"可以说，陈子昂的这首诗，是我的心境的写照。

记者：感谢冯老师在辛勤写作的间隙接受我们的采访，相信我们今天的采访能让更多的读者更加深入地了解您的作品、您的写作姿态以及您本人的心境。期待您下一部新作早日出版，我们会一直关注的。

原载《文化艺术报》2011年4月27日

复杂人性的探询和文学生命的建构
——关于冯积岐小说创作的对话

李继凯

李继凯：近期我一直比较集中地关注着你的文学创作，看到你像"秦川牛"一样辛勤地在秦地耕耘不止，从最初发表作品至今，已经过去了三十个春秋，你的坚韧和努力使你取得了斐然的业绩，已经引起了文学界较多的关注，网络上也有很多关于你的信息。但到目前为止，学术界或评论界的相关探讨还很不充分，对你的创作特色、美学追求和文学成就等仍揭示不足或评价未能到位。我在20世纪90年代所著的《秦地小说与"三秦文化"》中也只是触及到你的短篇小说。为了能够给现在和未来更多的读者和学者提供更为丰富的可靠材料，尤其是能够提供一些具有启发性的思路，在尽量不重复已有相关论文和访谈内容的情况下，希望你能就我提出的一些问题，进行一番从容、深入的对话和讨论，虽不必也不可能面面俱到，但尽量能够给出深思熟虑而又无所保留的对答。我所提出的问题及其内容时或有所交叉，但主要涉及你的人生体验与创作甘苦、对复杂人性的深入探询与精细书写、自我文学生命的积极建构及反思等内容，其间可能也会涉及若干较为敏感却也很实在的话题，你看这样可以吗？

冯积岐：好的，咱们就这样对话吧。我会尽量回应你的问题。你是陕西省乃至全国最早关注我的评论家之一，也是最全面最深入地研究我的创作和作品的学者之一。你花费了很多时间，投入了很大精力研究我的创作和作品，我感到很欣慰。关于对我的作品的研究、评价问题，你说的很对。2012年3月5日，陈忠实老师在《陕西日报》答记者问中就说，冯积岐"没有获得与其成就相称的评价和声誉"。北京和外省也有人发出类似的声音。通过咱俩的这次交谈，也许可以使更多的读者、学者和批评家关注我。为此，我也很感激你。其实，你高看我了，我的写作是一种逃避。我和笔下的人物在一起，才能忘却生存的痛苦。

一、人生体验和创作甘苦

李继凯：显然，你的人生体验、生活积累与你的创作，包括题材、人物、情节、情感、倾向、风格等等都有密切的关系，读你的小说，如小说集《我的农民父亲和母亲》，长篇《村子》、《粉碎》以及短篇《逃》等等，还会感到有比较明显的"自叙传"色彩。你对此可否细细说明一下？同时，我和许多读者一样也关心这样的问题：你的情感体验和深度思考包括大欢喜、大悲哀及大彻大悟对你的文学生涯、创作实践产生了哪些影响？与此密切相关，我很想探寻一些比较敏感的问题，希望能够更多地了解你的真实情况，这对认识和深入研究你和你的作品肯定会有所帮助。一是你的爱情、婚姻经历和体验，包括初恋、别恋等，这方面不少作家都有意回避，我希望你能给读者多介绍一些相关情况，最好能多谈点在苦难岁月中的恋爱、婚姻及其对创作产生的具体影响；二是你的生死观，特别是你在遭遇严重挫折和人生苦难时，是否陷入过绝望乃至想要自杀？我知道陕西著名作家中就有这样的人，如柳青和贾平凹等，都曾想自杀，但幸而自杀未遂。这类绝境体验对作家也会成为精神财富和创作的材料来源。三是你的物质生活。尤其是你在经济困难或市场大潮兴起时是如何坚持创作的？

冯积岐： 1992年的初冬，我从西安回到老家岐山，在县城街道上碰见了舅舅。舅舅告诉我，他在县城粮站晒玉米，晒了好多天，还是验收不上。我问他，晚上怎么办？他说，晚上盖着麻袋就睡在粮站的晒场上。天气已经很冷，舅舅那么大年龄了，依旧要夜宿露天，我心里刹那间有一种凄凉感。但是，我发觉，舅舅说得很坦然，一点儿也不觉得苦。到了1993年，我就写出了《我的农民父亲和母亲》。作品发表后，我收到大量的读者来信，《小说月报》杂志在一本获奖作品选集的后记中说，我的这篇小说得票最多，却没有获奖。《村子》中的那一段历史，我是亲历者。1982年分田到户时，我是村干部之一，参与了这一历史变革。使我感到有意思的是，柳青在《创业史》中为合作化、把土地收归集体而欢呼，而不到三十年，我却为把集体的土地分给农民而奔走。引起我思考的是，土地分给农民后，随之而来的是精神的裂变。我的创作动念由此被触发，2001年动笔写《村子》，持续数年并多次修改才完成。《粉碎》的A章故事来自一段新闻，B章部分是我在凤翔挂职时听来的故事。

其中的生活描写包括爱情故事自然离不开我的体验。

我没有初恋。我的妻子是媒人介绍的。和妻见面三次后就结婚了。我是早婚。1971年，我和我们村的知识青年去太白县修战备公路，县剧团来慰问，晚上去剧院看戏，一个女知青突然拉住了我的手，我害怕极了，赶紧抽出来了——那时候，我们县上因破坏知青上山下乡的罪名被枪毙的也有，我对女知青根本不敢动心。我不会和女人相处，因为我不会哄女人。我像对待艺术一样对待女人，要求真诚，追求完美。女人是容不下我这愚人的。别恋之事没有什么可谈的。

在文化大革命中，我们村和我年龄相仿的地主"狗崽子"有三个自杀了。我也曾自杀过——用两颗钉子系着一根绳子去上吊，结果，钉子抽脱了，自己跌在了地上。这是我今天第一次向你披露，我当时觉得，老天不叫我死，我就得活下去。

我曾经三次陷入死亡的边缘。第一次是在七八岁的时候，跟着父母去地里给生产队拔萝卜，一脚踏进田地里的一口七八丈深的井里，幸亏，井里的水不深，没及膝盖，不然，就没命了，那一次，我痛彻地体验了害怕是怎么回事——向下跌的过程太恐惧了。第二次是在1974年，在生产大队的广播室，一个少年朋友端起猎枪朝着我扣动了扳机——他以为枪膛里没有弹药，我和朋友相距不及一尺远。一声枪响，我头顶上的墙被打了有碗口那么大的半尺深的洞。如果不是朋友把枪口抬高一点，我的头会被打得无踪无影。第三次是在1980年，我爬到几十米高的低压电线杆上去给生产大队安装大喇叭，电工在不知情的情况下合上了闸刀，我在间距不到一尺的裸露的低压线中间穿来穿去地工作了两个小时竟然没有触电——我上电杆时是拉下了闸刀的。三次历险，给了我人生的暗示：生死在一瞬间。我觉得，对每个人来说，死亡都是恐惧的。求生是人的本能。

我的生活虽不富裕，但我对金钱看的很淡，我的祖父那时候有二百多亩土地，据说，家里的银元用手推车推。到头来，还不是落了一个穷光蛋——到了1964年农村社会主义教育运动时，我们家连住的房子都没有。历经了富贵和贫穷后，我对钱财之事看淡了。我觉得，只有文字能留下来，其他东西都是暂时的。当然，我的文学创作与个人生存体验有着内在的联系，我也由衷希望我的部分文字能够留存后世。

李继凯：在生活中，作家是人而非神，也应该有自己长久的爱好或兴趣乃至嗜好，这对作家创作也肯定会产生不可忽视的影响，你这方面的情况怎样？俗语云"人贵有自知之明"，你能否自我分析一下你的性格、习惯或癖好及其对创作的潜在影响？

冯积岐：我是一个生活很乏味，很枯燥的人，不会唱歌、不会跳舞、不会体育运动，不善交际，没有夜生活，和琴、棋、书、画无缘。除了读就是写，除了写就是读。从案头起来就到医院打吊针，从医院回来，又到了案头。今年腊月二十九（除夕）午夜在办公室写到初一下午一点起来时，一头栽倒了，住进医院，正月十四，才出了院。年轻的时候每天写作到凌晨两三点，每天抽一包烟，现在，晚上不写一个字，白天写作，抽烟也少了。

这种性格决定了我对生活的需求很简单：一天两块馍、一碗稀饭、一碗面条，晚上三尺宽的床。我的生活就是写作，我的写作就是生活。

我的性格很固执，固执到偏执的地步，因此，一旦追求什么，就不放弃。我的基本性格是忧郁。我也很敏感，容易激动，有时大发雷霆，脾气暴烈；没有城府，不会运作什么。我的性格是一盆清水，清澈见底。我觉得，我这种性格天生就是搞创作的。

李继凯：诚可谓"创作即存在，忘我亦境界"。恰恰由于你"天生就是搞创作的"，加之数十年如一日地坚持、再坚持，使你的创作量很大，超过了很多成名作家。从短篇小说、中篇小说到长篇小说，以及散文、报告文学和短评等，迄今总字数估计已近千万了，尽管水平不一，但总体看量大质优。仅短篇小说就有260篇左右（有的叙事散文也颇似小说），蔚为大观。我曾在1997年前后涉猎过你的短篇小说，那时候认为你的短篇小说很有特点，很见功力，质朴而又坚实，颇有深度也颇有意味，且感觉到了你的发展潜力巨大。从90年代到现在，又经过十多年的努力，你在短篇小说创作上虽然仍旧继续努力，但你的主攻方向明显变化了：你对长篇小说更加重视更用心力，于是多部长篇小说接踵而来，引起了文坛的关注。如《沉默的季节》、《村子》、《粉碎》、《遍地温柔》、《大树底下》、《逃离》、《敲门》、《两个冬天，两个女人》等，可以说创作方法多样，各有风姿妙味，堪称步步为营，部部都相当精彩，取得了令人刮目相看的成就。显然，在熟悉的题材领域，你对生活与历史已经进行了相当充分的书写。你能集中谈谈你在长篇小说方面的创作情况吗？在构思或表达方面有没有内在的关联？如何避免题材、内容、形式等方面的自我重复？

冯积岐：我是1992年9月2日动笔写第一部长篇小说《沉默的季

节》的，从头至尾写了三稿，历时四年多。完成后，走了四家出版社，将近五年没有出版。小说被长江文艺出版社看中后，一字未改地出版了，并和阎连科、张一弓等人一起获得了"九头鸟长篇小说奖"。我认为，我写的最好的长篇小说是《沉默的季节》，它是中国大陆文坛具有明显的现代派风格的小说文本，是一本现代现实主义的作品。同样是写"文革"的小说，我不是简单地记录那一段历史，而是把笔深入到人性深处，探讨人性是怎么被扭曲的，探讨中国文化中优秀的部分是怎么被毁灭的。在写法上，整体是现代主义的，细部是写实的，尤其是在对时间和空间的处理上，跳跃、对接十分自如。把两个不同时间段的故事对接在一个空间中，使长篇的篇幅减少了一半。在《沉默的季节》的研讨会上，当时有人就说，作品很经典。《逃离》是我1996年就动笔写的一部长篇，时隔十四年，2010年才出版。对这部篇幅不长的长篇，我很自信，即使它永远得不到出版，我也自信：它是一部好书。我知道，我写了什么。有眼力的评论家和读者也能看得出，我写了什么。在这部长篇中，用象征和暗示传达我的创作意图。我至今出版了八部长篇小说，如果用"历史"这条线串起来，排在最前边的应该是写1964年农村社会主义教育运动的《大树底下》，下来应该是《沉默的季节》、《敲门》，再下来是《村子》、《粉碎》等。

　　在长篇小说的创作上，我力求一部和一部不一样，无论在写法上、内容上都力求保持各自的特色，避免重复自己。这八部长篇共同的特点，如你所说，是对"复杂人性的探询"和对历史的拷问，以及对中国文化的某些思考。比如说《村子》，一些读者关注的更多的是社会层面的问题，而我当时更多的思考的是人性的复杂性，像田广荣那样的村支书是不能用"好"和"坏"的道德标准来评价的；而马秀萍的性心理更复杂，当田广荣第一次趴上她的身体的时候，我只写了一句话：她的手臂在他的腰上轻轻地一搂。

在结构上，《沉默的季节》是块状结构，不靠时间推进故事，而是靠意识流动。你、我、他三种人称交叉叙述。《逃离》把主要故事浓缩在三四天之内，采用多角度、多人称叙述。《遍地温柔》用三条线索把三个不相干的主要人物的故事拧在了一起。《大树底下》采用一个死去的婴儿的角度进行叙述，使人鬼世界融为一体。《两个冬天，两个女人》用两条线结构，独自叙述，但又有关联。《粉碎》也是两条线叙述，但是，一条是历史的线索，一条则叙述当下，把几个家庭和个人的历史很清晰地放置在两个空间。如果说，我的长篇小说有内在关联，那就是，我试图给我虚构的松陵村构建一部历史，把松陵村的各色人等用笔固定在纸上，几十年后或一百年后，读起来也是活的。我以为，小说不只是写什么的问题，更重要的是怎么写的问题，在怎么写上我是下了功夫的，所以我的八部长篇的面目各不一样。

李继凯：你确实是一位特别肯下功夫、多创变的作家。这功夫以及创变能力无疑与作家的修养有关。而修养则离不开读书。对于作家而言，读书有益于创作，更多更广的阅读对开阔视野，提升思想境界肯定多有裨益；读书也是"生活的一部分"，对于作家的成长、作家的修养和创作的启示等都有非常重要的作用。你的读书生活与你的文学生涯紧密相伴，你也素来非常重视读书，辅导年轻作者也总是不厌其烦地强调需要读书、如何读书。那么，你本人的读书生活是怎样的？文学类的书籍之外，哪些书能够引起你的兴趣并对你的创作产生过重要的影响？读外国作家的书是否仅仅借助译文？应该说，原文与译文的区别有时还是很大的，也可以说是不同的文本，翻译文本是独特的一种文本，借鉴原文文本和借鉴翻译文本是有区别的，你对此是否了解？接触外国作家作品的具体情况如何，有哪些看法？

冯积岐：我从十岁就开始囫囵吞枣地读小说，读的第一本小说叫《空印盒》，已记不得作者是谁，一些字不认识，大概意思知道，那是一本写县官丢了县印的故事。十三岁上了初中，读张恨水的《魍魉世界》，当时老师感到很吃惊，我竟然读这样的大"毒草"？书被没收了，我在全校师生会上被点名批评。

我是1982年开始学习写作的。大量地阅读是写作以后，我喜爱的第一个作家是孙犁。吸引我的是孙犁那优美的文字，是用汉字排列组合的不可磨灭的景象。1989年，我从百花文艺出版社邮购了第一版的《孙犁文集》。《铁木前传》我读了好多遍。有人误以为，我是外国文学迷，只读外国文学，其实不是那样的。《红楼梦》我读了四遍，《金瓶梅》也读了两遍。《金瓶梅》有一章写西门庆和他的女人在假山后面做爱之后，一个"鞋"字出现了106次，兰陵笑笑生为什么不厌其烦地写"鞋"？读出了其中的暗喻后，我为之惊叹。我尤其喜欢沈从文、鲁迅、张爱玲。为得到一本《沈从文小说选》，我从岐山老家到凤翔县城去购买，来回步行八十多里路。

我确实是外国文学迷，可以说，对于外国许多作家作品我是通读了，从塞万提斯、歌德、契诃夫、莫泊桑、福楼拜、陀思妥耶夫斯基、托尔斯泰、屠格涅夫、梅里美、康拉德，读到福克纳、海明威、斯坦贝克、菲茨杰拉德、辛格、鲁尔福、马尔克斯、川岛由纪夫、川端康成等等，一直到略萨、大江健三郎、托马斯·曼，对于英国的当代作家麦克尤恩和被各国读者叫好的美国的菲力普·罗斯的小说，翻译成汉语的我都读过。对于很年轻的爱尔兰女作家吉根的短篇小说，我也很喜欢，尤其是现代主义的卡夫卡、博尔赫斯、罗布·格里耶、加缪、贝克特的作品我认真阅读过。如果把我书架上读过的外国作家的作品开列出来，恐怕要说半天，也就有了卖弄之嫌。

我也喜欢读传记作品，读历史，读哲学。每当我绝望之时，就读《福克纳传》、《海明威传》、《毕加索传》、《凡·高传》。这些传记都闪烁着强者之光。读普鲁斯特的《驳圣伯夫》，福柯的《性史》，读弗雷德里希·奥古斯特·哈耶克的《通往奴隶之路》和亨廷顿的《文明冲突论》等，使我对时代、对生活、对人性有了理性的认识和把握。我从大师们的创作谈和访谈中往往捕捉住一两句话，就会使我眼前一亮，豁然开朗，对自己的创作有很大的启示。我觉得，对我创作影响最大的是福克纳，翻译成中文的福克纳的作品，我几乎全部读过，一本《八月之光》，我已将书翻烂了。我每年都要读一遍福楼拜的《包法利夫人》和陀思妥耶夫斯基的《罪与罚》。翻译过来的陀氏的作品，我全部读过。我惋惜的是不能读原版书。我接触过一个翻译家之后，才知道读原版书和翻译版本，感觉大不一样。我很羡慕能读原版书，有相当外语水平的作家。我在阅读中也发觉，翻译水平的高下决定了翻译作品的质量，我的书架上有三个不同版本的《包法利夫人》，其翻译质量是有区别的。当然，各国的文学大师很多也都是靠读翻译作品补充营养的，福克纳读的巴尔扎克的是翻译作品，大江健三郎要读福克纳、巴尔扎克，也要读翻译作品。

还有，再伟大的作家也不能网罗全部读者，纳博科夫就不喜欢福克纳和加缪。

帕慕克说过：现代小说，除了史诗的形式以外，本质上是非东方的东西。帕慕克的话有一定的道理，因此，学习外国文学中的优秀东西是必须的。

李继凯： 近些年来海外华文文学（如高行健、严歌苓等）越来越引人关注，你是否有所了解？

冯积岐： 我最早接触的海外华人的作品是白先勇的短篇小说，我觉得白先勇的白描功夫很深，语言表达能力极强，但遵循的是再现现实的老路。严歌苓的小说读过几篇，觉得严歌苓有很好的文学修养。高行健的作品我很喜欢，我先读的是他的《灵山》；之后又读了《一个人的圣经》，再读了他的戏剧和其他小说。高行健的《一个人的圣经》同样写大陆的政治运动，不是用批判的眼光去写，他触及的是人物的内心世界，写出了人的脆弱和恐惧，读他的作品，读者会跟着他一起去战栗。他是直面现实的，他笔下的现实真实、真切。当然，读外国的翻译作品对自己的创作影响太大了。一不小心，自己的作品会越走越远，和当下文坛的审美格格不入。

二、复杂人性与精细书写

李继凯： 外国优秀文学以及海外华文文学大多对人性都特别关注，也值得认真借鉴。我注意到，复杂人性在历史漩涡中的艺术呈示，个中况味、各种色调使你的小说具有了丰富性和复杂性，这种志在对复杂人性进行深入探索、叩询的努力，如你所说，既借鉴了传统小说的典型书写特征，也显示了某种现代主义小说或先锋小说的特征。由此可以看出，你在综合创新方面确实已经达到了非常自觉的层面，在挖掘人性和精细书写方面不遗余力。请你谈谈相应的创作体会和观念，并特别希望你能结合自己的具体创作，回顾和总结一下这方面的经验教训。

冯积岐： 这个问题只能从作品中的具体人物谈起。《沉默的季节》中的周雨言就是一个具有复杂人性的人。他对宁巧仙的情感多汁多味，难以廓清；他既喜欢宁巧仙丰满的肉体、泼辣坦率的性格，又憎恨她的贫农的阶级地位；他和宁巧仙做爱时怀着报复宁巧仙的丈夫和"贫农"阶级的心理，将做爱视为一场肉体搏斗，其心理之乐大于肉体之乐。祖母去世之后，为得到一块墓地，他几乎是含着眼泪和宁巧仙在砖窑里做爱的，那种悲哀，那种委屈，只有他自己知道。对他来说，这种肉体交换是十分寒心的，但他又不能不那样做。而周雨言对宁巧仙的女儿夏秋月的爱，是真诚的，是比较纯粹的一种情感，可是，他既被乱伦的罪恶感所煎熬，又被独占秋月的情感所困惑，因此，他对夏秋月的爱中有强烈的仇恨，这种恨，不是对宁巧仙的那种"阶级恨"，而是接近内分泌和情感之间的那种难以言说的复杂的东西。要表达这种东西是非常困难的，更是需要拿出勇气的。《村子》中的田广荣在老百姓的生活极其困难时，为了给老百姓筹集粮食，挺身而出，无所畏惧。可是农民的孩子掉进他的石灰池中被呛死的时候他却十分冷漠。他对马秀萍的父爱没有任何杂质，十分纯洁，作为养父，当他占有了马秀萍之后，他的精神就陷入了深渊，他在肉体之乐中自我煎熬，享乐原则和道德伦理发生了强烈的冲突。当马秀萍戳了他一剪刀之后，他的第一个动作是用脚蹬上院门，把丑陋关在院内。这些举动，都是他复杂人性的表现。

19世纪20年代，年仅二十六岁的德国哲学家魏宁格，通过研究雌性和雄性花卉、研究雌性和雄性动物，得出结论：女人只有母亲型和妓女型两类。福克纳小说中的女人也只有圣母型和妓女型两类。这是对人的基本把握，人性的复杂性离不开基本性，离不开社会性和人的本能。这两方面都不能偏废。"文革"前十七年的文学作品只强调了人的社会性阶级性。改革开放以来的某些作品过多地强调了人的本能，使人失去了复杂的面目。所以，一个好的作家要对人性有比较全面的把握。

我以为，凡是用方块汉字写出来的小说都是汉语言小说。我觉得，我的一些小说还没有走出追求史诗和编排一个好故事的框架，而西方作家早不这样写了。

李继凯： 不管如何写，都是为了更好地"写人"，包括揭示人性中的丑恶、美好以及被遮蔽的一切。文学是人类一种伟大的精神现象，从价值论而言，作家们大抵都会有自己的文学价值观，这对作家的影响至关紧要；文学创作和价值追求紧密相连，文学本质上是一种与道德完善、人性解放和精神拯救密切相关的伦理现象。因此，各类各派文学，即使是借文学来自言自语、释放力比多或影射或娱乐，也都与社会伦理、文学伦理密切相关（仅有正负值的区分及其比例的不同而已），所以真善美的话题永远不会消失。因此，献身于文学的人实际也是在献身于一种神圣的事业，增益和救赎，为人亦为己。据此，有学者认为小说是为了与他者交流才被创造出来的对话文体，是展示生活图景和传递人生经验的伟大手段。从人化美化或人类文明发展的角度讲，这就要求小说家必须努力摆脱自恋和狭隘的心理倾向，摆脱对梦游症式的个人体验的迷恋，以一种客观的态度、恢廓的胸襟和开阔的视界面对外部世界和他者的生活。我读你的作品便常常感动于你在苦难中在遥深处仍对真善美的一往情深，无论怎样蹉跎依然对人性中美好品质给予认同、赞美和坚守。问题是，伴随全球化、现代化乃至后现代的步伐，多元化的文化观、审美观已经形成，你如何面对这样的社会人生以及分裂或分化的读者群呢？在文化价值包括小说伦理方面，你的主要观点如何？这对你的文学创作会产生怎样的影响？你的文学价值观及精神追求是怎样的？对你的文学创作最深切的影响是什么？

冯积岐：这是几个很值得探讨的问题。2012年8月7日，有一个叫做"万物生还"的网友在网上给我留言："不是所有的人都愿意去读您的小说，不是所有的人都能读懂您的小说，也不是所有人都有资格读您的小说。您的小说有它的命运。我相信，您用血泪、汗水和灵魂拧出来的文字在好多年以后绝不是垃圾筐里的填充物。"这位网友是读懂了我的小说的。自己的小说只能属于自己的读者。我的小说是写给我的读者的。在当下，我以为，距离艺术越近，距离大众读者越远。我多年前就说过，文学不是大众化的，而是"化"大众的。我在写作的时候首先想到的不是读者，也不屈从读者，更不屈从某些既定的规则。一个有勇气有胆识的作家应当义无反顾地朝前走，朝艺术的巅峰走。我明白，这样做的结果会使自己疏离于大众。越是超前，越不叫好叫座，因此，我是抱定把石头一次又一次推上山的决心进行探索的。

艺术个性就是独创性。好的作家应当自觉地而不是刻意地用作品把自己和其他作家区别开来。压抑欲望，让本该流在床上的流在纸上，让自己的生命能量毫不浪费地变成文字，这是不是一种精神追求？什么名誉呀，地位呀利益呀等等世俗的东西在影响着我，要挣脱这些东西就需要很痛苦的超越。作家写到后来，不只是拼才华，而是拼你的思想境界和精神境界。

李继凯： 在不少中国东部作家和评论家眼里，陕西有一批坚实真实忠实老实憨实的秦地作家，你当是其中成就相当突出的一位代表。你孜孜不倦，笔耕不止，顽强地坚持着"个性化写作"，努力书写"边缘化"的东西。你从事写作，就像农民作务农活一样，特别肯下苦，有韧劲，更有一股狠劲。我想知道，你在体现陕西作家某些"共性"的同时，是如何努力建构和体现你本人的创作个性的？而作家的个性形成有其内在的规律，你对自己的艺术个性有着怎样的认识？

冯积岐： 你说的很对，我确实和陕西的任何作家都不一样。给你说两件有趣的事，我参加一个全国性的会议，湖南一个有点名气的作家见了我的面说，我读过你的不少作品，以为你是一个华裔外籍作家。另一次全国性创作会议上，又有一个我没见过面的作家说，读你的作品，以为你是60后或70后，原来是50后！其实，这两位作家的话概括了我的艺术个性的一个侧面。

我觉得，一个作家的艺术个性的形成离不开这几个因素：一、自己的人生经历和人生体验。二、个体的性格。三、艺术师承和艺术追求。我在西北大学中文系作家班毕业时所写的论文叫做《论现代现实主义的创作》。柳青固然是一个杰出的现实主义作家，但是，陕西只能有一个柳青，况且，那种老现实主义的路子不能再走了。而先锋文学只流于形式只玩语言，也不灵了，所以，我选择的是我自己定义的现代现实主义这条路，既直面现实，又坚持现代主义的元素。

李继凯：对现代现实主义的关注和思考，在20世纪80年代也曾引起一些作家、学者一时的注意，但你能持之以恒，化成一种"文本的自觉"。大概这也是维系你创作热情和文学生命的一个内因吧。很明显，你的创作个性和创作方法对揭示人性的复杂大有裨益。其实，搞创作就是要仔细琢磨人和社会的复杂性啊，而小说家对人际关系的复杂尤其敏感。出于对人生和学术的体察及思考，我曾在"人际关系"和"性关系"之间创造了一个新的中介概念——"性际关系"，并将这一概念作为建构"文艺性学"和评论某些作品的一个关键词，在借用来评论鲁迅、茅盾、张爱玲等现代著名作家时也颇为实用，还曾论及当代小说家孙惠芬的《歇马山庄》，短文在《小说评论》上发表后还曾引起"别有用心"的异议。在读你的长篇小说时，感觉也可以引入这一概念来进行相关的解读。你对农村中男男女女的复杂关系非常关注也非常熟悉，写来得心应手、风生水起、跌宕起伏、委婉曲折和扣人心弦，从而凸显了"性际关系"描写，揭示了人物的"潜意识"（如跨龄生成的恋母情结、恋少情结等），同时适当淡化了"性关系"及性行为描写，取得了很好的艺术效果，避免了被视为"性爱小说"或"色情描写"的讥评。你能否谈谈你的相关思考和创作体会？

冯积岐：我在农村生活了二十年，对农民生活农村生活很熟悉的。我本身就是农民一个。我目睹了我们村农民朋友的婚外情，令我惊讶的是，一些农民把性关系变成了亲情——丈夫明明知道，妻子是某个人的情人，丈夫非但不责备妻子，反而和妻子的情人一家相处得格外好，相互帮助，耕作、收获。这种"性际关系"引起了我的思考，我觉得，农村人的性爱有其纯粹的部分，比如赵烈梅对祝永达的爱是那么执著、真诚，即使没有回报，也不让爱退却。爱的全部功利就是爱。包括田广荣与马秀萍的"性际关系"也不能说只是一种淫欲。《村子》之所以非常真实，是我没有回避这些复杂的情感。

我觉得，对于一个作家来说，"性际关系"是一个很好的视角，一个透视人性和时代的切入点。关键是要从中写出人性的复杂性、深刻性，不能写俗了。从性行为上看，"情"和"欲"没有什么区别。"情"在性活动中有心和脑的参与，有男女对彼比的美好想象。"欲"没有这些东西。"欲"只是性行为的表达，完成的只是享乐。

李继凯：你的作品，无论是短篇、中篇还是长篇小说，都很关注人物的内心世界，从而力求充分展示人性的复杂微妙，形成了你的一个重要的文学特色。而评论家还很关注你的创作心理，包括创作动机以及与创作相关的情感世界和潜意识、情结等。请你谈谈这方面的情况好吗？

冯积岐：我认为，文学作品就是要揭示人物内心最隐秘的部分乃至最龌龊的东西，要亮出伤疤叫人看，这样，才以便治疗。文学不是武器，不是歌功颂德的工具，也不能用来只是抨击什么。我以为，好的作家要直面人生。对人性和他所处的时代应该有独到的、不同于常人的见解和把握。

我的所有的作品的问世首先来自生活的"刺激"，由"刺激"而思考人性问题。二十多年前，我单身在西安，和一个朋友共同住在省作协的一间房子里编一本杂志，两张行军床，两张办公桌，两个人几乎没有私人空间。那年冬天，我的老家的一个女孩儿来作家协会看望我，她在西安读大一，是我在老家时认识的。那天晚上，恰巧，我的朋友回家了，房间里空出来一张床。我和那女孩儿吃毕晚饭说话到九点多，她不想走，我就留宿。于是，我们两个分别睡在两张床上。我从她的言谈中，从她的眼神里以及身体上的每一个器官上能感觉到，十八九岁的女孩儿渴望发生点什么。可是，什么也没发生。在我的潜意识里，我渴望得到她。我最终压抑了欲望。后来，我写出了短篇小说《一夜未了情》。第二天早晨起来，女孩儿邀我一起和她去安康（她说她的父亲在安康工作）。我拒绝了。我明白，她还想继续那"一夜未了情"。因为我的拒绝，她从此不再和我联系。我曾拷问自己：那天晚上没有和她上床，你是做对了，还是做错了？这不是一个道德命题。这是对人性的检验。我的潜意识里有一种"恋母情结"。读《沉默的季节》就能感觉到。

在和女性的交往中，我很受伤，心里很痛。由于这些"刺激"，我的笔下才有了叶小娟、刘婷这些"恶之花"，我才渴望人世间有赵烈梅那样的对爱情很"痴"的女性。赵烈梅是一种道德标杆。好的作品必须高扬道德的旗帜。

李继凯： 文心静气写悲凉，健笔着意尽苍茫。你的"文心"确乎可以"雕龙"，且可以引起群人的围观。你的长篇小说《村子》在你的所有作品中反响最热烈。有数十位作家、评论家以不同的方式公开发表过评论，如果认真整理、完善一下，是可以出版一本评论专集的。其中的一些名家点评也很耐人寻味，如陈忠实说："震撼来自于作品丝毫不见矫饰的巨大的真实感。我尤其看重冯积岐在作品里对生活和社会的姿态：直面。"直面惨淡的人生，直面异化的甚至包括畸恋的人生，带着奇特的同情、理解和无奈，这种直面人生的书写在2012年初问世的长篇小说《粉碎》中，还在"松陵村"故事里继续着。在这里，"粉碎"的人生图景具有典型和象征、警示和反思的意味，小说中的景家人（景满仓、景解放）在情不自禁陷入畸恋时，都体会到了鞭炮炸飞般的毁灭感，而作家将人间性际关系的复杂和身心俱灭的消亡尽情诉诸笔端，写成了堪称是中国农村的新版《毁灭》，令人读来感慨不已。连小说中的人物鲍银花也如此感慨："爱一个人不是轻而易举的事情，不论是男人还是女人，是不能随便示爱的，不然，就会毁了自己，也会毁了别人的。"（《粉碎》P156）而那位被拯救、被异化的叶小娟，不仅其"灵魂先于肉体粉碎"了，而且还毁灭了拯救她的男人。在书写"三重粉碎"即粉碎的鞭炮（物质解体）、粉碎的人生（生命消逝）和粉碎的心灵（精神泯灭）过程中，呈现出了中国人的"悲惨世界"，读来有种令人心碎的感觉。也许在一定意义上讲，可以把《粉碎》看成《村子》的续篇吧？

冯积岐：可以把《粉碎》看成《村子》的续篇的。因为，《村子》和《粉碎》都属于松陵村的故事系列。《村子》中的祝永达、马秀萍面临着被生活粉碎的危机，而《粉碎》中的解放、叶小娟已被生活粉碎了。我们所处的这个时代，每个人都面临着精神或人格被粉碎的可能，一不小心，就没有自己了。卡夫卡绝望到将人变成了甲虫。我觉得，我对人的绝望心态和卡夫卡是一样的。当下的人被欲望糟蹋得面目全非。我常常问自己：人的希望在哪里？

李继凯：你的这种经常性的追问也许就是在反抗绝望吧！探寻未来，往往要回到历史。而再次进入历史，尤其是悲苦的历史情境，可以给人反思民族苦难史的契机，在重新体验和品读中反省和提升，从而在浑浑噩噩的现实中保有难得的几分清醒，为创造人与社会发展的良机提供可能，历史与文学由此也诠释了"文史不分家"的共同使命！而你的呕心沥血之作，尤其是《村子》、《沉默的季节》、《粉碎》等长篇小说，足可以在这些方面给人们留下难忘的印象和恒久的启示。那么，你对历史记忆与文学的关系是如何看待的？尤其明显的是，"文革"情结及相应的诅咒情绪在你的一些作品的字里行间都有深刻渗透，也由此引进了深入反思"文革"的人性化书写，这使得你的作品趋向于深刻，走向了批判现实主义的领域，这也不免有得有失吧？

冯积岐：关于文学和历史记忆的关系，我曾作过深入的思考。究竟《钢铁是怎样炼成的》描写的苏联那个时候的历史是真实的？还是《日瓦戈医生》、《古拉格群岛》中描写的历史是真实的？究竟黄世仁那样的地主是真实的？还是白嘉轩那样的地主是真实的？余英时在他的访谈录中谈到,他少年时期回到农村,发现他们那里的佃户和地主的关系很和谐,因此,他们头脑里从小没有打下"阶级"的烙印。

我注意到,近几年来,史学界对历史的反思比文学界更深刻,原因是,有良知的史学家千方百计向人民呈现历史的真实。我觉得,作为一个作家,首先不能遮蔽历史的真实,不能给读者提供伪历史。尽管,历史只是作家书写作品的一个载体,但是这个载体的稳固性就在于接近真实或者比较真实。我觉得,我的长篇小说中的历史是比较真实的历史。一百年以后,一旦有人读我的小说,他们会说,那个时代的人们是那样的生活着。

你也注意到了,我在写《沉默的季节》的时候,进入了一种全新的艺术探索阶段,进入了现代现实主义创作。可是,到了《村子》,又老老实实地写实了,当然,其中也有很多现代主义的手法,但整体上还是回归了。说心里话,在艺术上走得越远,自己越害怕。自己常常处在两难之中,矛盾之中,这就是得失吧。

三、自我反省和文坛反思

李继凯: 你说你"常常处在两难之中",恐怕不只体现在创作方法的选择上吧?你在适应现今文学生产、传播方式等方面也许还有为难之处。在当今之世,文学生命是与现代传播方式息息相关的。特别是进入了全球化的电子时代之后,网络传播成为文化传播乃至各种宣传最重要的途径之一。我从网上可以找到许多关于你的信息,如通过百度搜索,就有数千条关于你的小说、文学活动等消息。从网络世界也可以看出你的长篇小说《村子》受欢迎的程度特别高，在凤凰卫视网上的点击阅读就很多，点击率明显超过了许多热门作家，不少评论家也格外推重这部长篇，将其视为你的代表作，相关言论或论文通过"知网"、"读秀"等数据库也大都可以查到。请问你对作家与电脑、与网络的关系是怎样理解的？你对《村子》这部小说的网上传播是否满意？当然，网上的信息往往又很零散，比如，你2010年6月开通了博客，但内容不多，为什么？

冯积岐：我基本不会使用电脑，不会打字，所以，几乎不写博文。我2005年去凤翔县委挂职任县委副书记时，别人给我建了一个博客，博客上的小说散文都是发表过的。通过实践，我发觉，网上的传播是惊人的。我的《村子》挂在凤凰网上才一年多，点击量接近五千万，而且读者中的美国、新加坡的读者不少。我也希望我的其他作品也能像《村子》一样广泛传播。我已意识到，网络同样是严肃作家传播作品的有效途径。

李继凯：深刻反思是优秀作家的宝贵品质，驱霾去蔽是杰出作家的重要使命，批判思维是文学大家的必备能力，更是其进入历史、现实生活的主要运思方式，这在你的代表作《村子》、《沉默的季节》、《粉碎》等小说中均有充分的体现。但你的发表在几种主流期刊上的某些报告文学，如《正气之歌》、《高原火炬》、《我们的书记》、《一切为了老百姓》、《呼唤第三代市场》等，却明显表现出另一面或某种异于小说的取向，为什么？

冯积岐：时至今日，对你坦率地说，写这些东西是为了挣钱，为了养家糊口。当我写这些遵命文章的时候常常用福克纳安慰自己。福克纳当年为了挣钱，不止一次地去好莱坞写电影脚本。当然，自己心里明白，自己写的这些东西和文学创作无关。当然，这种妥协是痛苦的。

李继凯：的确，作家也是人，一要生存，二要温饱，三要发展。从创作生涯而言，作家的辛劳和收获应该是成正比例的，但不一定是"同步"的，作家沉潜既久，创作伟大的作品也往往需要付出毕生的心血，这方面的例子在古今中外的文学史上都有很多。杰出作家的现世感受往往是寂寞的，知音寥寥，于是有的作家感到孤苦难耐，有的作家却能享受孤独，还有的作家则是挥霍才情，随波逐流……在如今繁闹纷纭却又处在边缘寂寥的文坛之上，有人也会有"吟之斐然，以寄孤愤"（唐代刘禹锡《秋声赋》序）的冲动。你的真切感受如何？作家需要超越的精神，但又往往难以免俗，因此，我所关切的问题是：对于作家与声誉的关系，乃至作家的现实生活待遇等问题，你是如何面对的？如何思考的？

冯积岐：三十年来，我一直在孤独和寂寞之中，在不安、痛苦、自我煎熬和折磨中左冲右突，不时地陷入精神的苦难。如一位朋友所说，我是一位沉默的苦行者。我没有获得过所谓的全国大奖，关注我的主流评论家也不多。我认为，好的作家是属于未来的。属于当下的作家未必属于未来。按理说，写出了好作品，应该得到应有的声誉，但往往事与愿违。不要说索尔仁尼琴、帕斯捷尔纳克、布尔加科夫等伟大作家当时被前苏联封锁。福克纳早在20世纪20年代就写出了《喧哗与骚动》，在他1949年获诺贝尔奖前依旧不被美国主流看好。近几年获诺奖的莱辛、略萨、帕慕克等等更被本国主流排斥在外。人有人的命运,作品有作品的命运。我祈祷,我死后,我的作品却依旧在读者心中。作为国家一级作家,我的工资和单位上的司机差不多。我的稿费收入没有当红作家的万分之一。我觉得,我和依旧在田地里劳作的故乡的父老兄弟相比,生活得已经很好了。写作是我的追求,是我个人的事情,和别人无干,和政党、某些团体无干。我每月拿着纳税人的钱来写作,已很奢侈了。

孤独已成了我的生活内容,我没有加入任何圈子门派。我觉得,享受孤独是很幸福的事情。我的性格决定了我和热闹无缘。如果有人起哄,我还真受不了呢。

李继凯: 生活中有喜怒哀乐、得意失意,文坛上不免也是如此,你对文学界存在的官场气和评论界的江湖气多少也有感受吧,你一向坚持宁静致远、抱朴怀素,不愿意曲意逢迎,或凑场面上的热闹,但你是否有时也会有古来"文人失意"那样的感受?你对文坛与官场、文学与市场等话题有何感慨或看法?

冯积岐: 我在回答一次记者问时说,陈子昂的"前不见古人,后不见来者,念天地之悠悠,独怆然而涕下"就是我的心情写照。我觉得目下的创作环境不尽人意之处在于:文坛变成了江湖,一些作家协会变成了官场,文坛聚集了一些"精致的机会主义者"(钱理群语),聚集了一些政客、奸商、流氓、混混子。当然,这一切,对于"面对文学,背对文坛"的作家来说,没有什么影响。我主张,作家应该走向市场,让读者去检验作品。

我对自己的要求是少一些媚俗,多一点超脱,尽量地做纯粹的作家。我希望，当下的大陆作家把作家还给作家，把小说还给小说，把诗歌还给诗歌。

李继凯：说得好！大概只有"纯粹的作家"才会时时刻刻琢磨文学的艺术特性，这是当今文坛比较欠缺的，年轻的"书写者"大多如此。可以说，你的小说大都是很讲究叙事艺术的，从语言的精心到文体的经营，从时空的交织到形象的塑造，从你笔下的"松陵村"描写到你憧憬的"地球村"境界，你的广泛借鉴为你的叙事话语及表达方式带来了丰富的启示，也提供了创新的资源和动力。你能否就这方面深入介绍一下你的经验和看法？

冯积岐：中国的古典小说写人物一直坚持从外向内写，而外国小说则从内向外写，抓住人物的内心生活不放。这个区别很重要。我不是在英语、法语或俄语的语境中长大的，我是通过读翻译小说来吸收外国小说的精华的。当然，中国小说和外国小说相比较，有一个形式和内容的问题，也有技巧问题。中国小说的表现手法比较单一，而国外小说的表现手法多彩多姿，比如说，意识流、内心独白、心理分析、象征、暗示等等。然而，这不仅仅是技巧的借鉴。从我读到的诸多国家的经典作品、优秀作品中，我获取了一个共同"点"，那就是：这些作家的心灵是自由的，精神向度较高，对于他们来说，艺术就是艺术，小说就是小说。他们对艺术的理解和当代大陆作家对艺术的理解差别太大了，我们给艺术赋予了艺术难以负载的许多东西。

无可置疑，我们要学习外国作家客观冷静的叙述和丰富的艺术表达方式。至关重要的是，我们要充分理解外国作家对艺术的态度和追求；至关重要的是，要把外国作家优秀的东西吸收之后变成我们自己的东西，使我们的汉语写作更丰富更精彩；至关重要的是，我们要能够按照自己心灵的吩咐去写，按照自己对生活对时代对人性的理解去写。

李继凯：这样的话，就能进入自由创作的境界了。除了创作环境问题，其实作家主体也会存在问题。近期你在一次访谈中曾对陕西文学进行过反思，说陕西的作家"并不缺生活，整天在生活中泡着；也不缺体验，体验是深刻的；更不缺艺术实践，就是缺真诚，缺勇气，缺艺术良知和艺术修养，缺深刻的思想。"说这话的时候是否结合了自我的创作实践？能否结合自己的经验教训给予具体的解释？另外，你与前辈作家柳青、王汶石等有交往吗？受到过他们的何种影响？作家各有各的"文学生态"，陕西是文学大省，这里的文学环境对你产生了怎么的影响？

冯积岐：在当下，有些人并不是倾听心灵的吩咐去写，而是按照规定性的动作去写，按照世俗的路子去写。文坛的怪象就在于，越是媚俗的作品越被鼓吹得厉害，越是媚俗的作者越能走红。还和他们谈什么艺术良知？深刻的思想来自挫折和失败，来自冷静、深入的思考。这些作家飘浮在空中，哪里有什么深刻思想可言？

我没见过柳青。王汶石老先生在世时也没和他交谈过文学创作。这些前辈作家的作品我都认真拜读过，他们的过人之处在于：几句话就把人物写活了。

我觉得文学生态不只是地域生态，完全在于个人的心态，只要是文学圣徒，只要内心是安静的，一支笔和几本稿纸就够了，写作在哪里都能进行。20世纪的20年代海明威、斯泰因、庞德、毕加索、莫奈等人聚集到巴黎搞艺术，说明当时的巴黎有很好的艺术氛围。陕西是出文学大家的地方，陕西的文学环境比较温暖。

李继凯：读你的小说和散文，往往会感觉到意蕴深远、余韵悠悠，且能虚实相生、疏密相间，文笔颇为老辣、有味，甚至还体会到可以参照阅读、互相验证的趣味。你是怎么把握这两种文体的书写的？

冯积岐：我给业余作者讲过，小说和散文的区别用一个病案来比喻，小说是写牙痛的全过程，而散文是写牙痛的痛"点"。我往往会把一篇同样题材的散文写成小说。这不是对自己的重复，因为散文是很直接的人生体验，而小说则是把体验融入故事；小说用典型的人物形象说话，散文是作者的内心倾诉，这是不一样的。小说会改变了散文所揭示的主题的。小说和散文应该有两套笔墨。我不会用写小说的句式去写散文的。

李继凯：进行文学创作，自然离不开借鉴，既要借鉴国外文学，也要借鉴本国文学，多来点古今中外的借鉴和融汇，并与个人创造性发挥紧密结合起来，方能达到创作创新的层面。你在这方面也做出了长期的艰苦的努力，你也谈过你对诺贝尔文学奖系列作品及外国著名作家的跟踪关注，对诺奖获得者的经历及作品很熟悉，提起来"如数家珍"，这在国内作家中似乎很少见，你甚至在《小说评论》上发表过专门谈论外国小说特别是"诺奖"小说家及其创作经验的论文。我读《给诺贝尔一个理由》等书亦深受启发，并在主笔的《20世纪中国文学的文化创造》一书中曾专门讨论过诺贝尔文学奖与中国现当代作家的关系，自然会论及"诺贝尔情结"之类的话题。通过你的言说以及你笔下屡次出现的人物形象（如"达诺"），都表明你是具有"诺贝尔情结"的作家。在中国，能够公开承认有此情结的作家很少见，尽管有不少作家实际有此情结而表面上矢口否认，而你则是能够坦诚表白自己是具有诺贝尔情结的一位作家，由此仅仅表达了你"师法其上"的文学志向，还是确有追求获得诺贝尔文学奖的想法？如果是后者，那就要有意无意地适应西方文学价值体系，在内地是否获奖也无关紧要了，从目前情况来看，也许内地大奖对争取"诺奖"还有不利的一面。你说呢？你可否较为细致地谈谈相关情况，包括中外作家对你产生的重要影响？此外，你对人类的"基因"说和文化的"影因"说及其对作家研究产生的影响是否关注？

冯积岐：按理说，任何奖项都是对作家这种劳动的承认和肯定。我希望获奖。但没有获奖丝毫不影响我的写作。我不是为获奖而写作的。

我认为获"诺奖"的作家堪称大师。我渴望自己的作品能够"达诺"，达到获得"诺奖"的作家作品的境界。我不奢望在内地能获什么奖。读中国的经典作品使我明白，我的根必须深深地扎在脚下的土地上，不能飘走。中国古典作品中那种内敛的、含蓄的美对我的写作有很大的影响。读外国作家的作品使我明白，一个优秀的作家的笔触必须伸向人性深处。对于西方文学中的价值我是认同的，比如，对情欲的尊重，对肉身的尊重；对自由、民主的尊重等等。

"基因"说、文化的"影因"说是有其道理的。如果脱离了"基因"和"影因"人就成为飘浮物了。

李继凯：随着中国和平崛起，随着中国文化综合实力的提升，汉语文学在世界文学中的地位也会不断上升，这种情况下的汉语也会像英语那样散发出越来越大的魅力，获得诺贝尔文学奖的机会也许因此而增加吧？文学是语言的艺术，你在这方面可谓下足了功夫，你对文学语言的考察包括方言的运用颇为引人注意，你的文体与语言、语言与风格的结合也展示了别致的文学景观，你在这方面是否获得了"文学自觉"，请结合你的创作谈点你的"文学语言观"。

冯积岐：我不太关注汉语写作者谁能获诺奖。我认为，汉语言本身是很美的。我一接触到汉语言就兴奋，觉得笔下的文字能嗅、能吃、能看、能摸、能把玩。我对语言的要求特别苛刻。我觉得，语言就是作家本人。语言不只是技巧，不只是排列组合汉字的能力问题，语言是作家的个性、性格，以及精神面貌和道德取向的体现。一个对语言把握不住的作家能写出好作品吗？鬼才相信。我追求的不仅是语言本身的美和力度，我更追求语言背后的魅力。

李继凯：你认为你的创作特色主要是什么？你对评论界的相关评论是否关注？我近期收集了一下，已经可以编一本专题论文集或《冯积岐研究资料》了，其中有教授名家的论文，也有年轻人包括研究生的专论，还有各种著作或综论中的片断，对此你肯定已多有了解，对各种评论包括网上的诸多跟帖，你有哪些看法？你与文学评论的关系如何？你对自己文学生涯是否有过比较系统、深入的回顾和总结？

冯积岐：我觉得，我的创作特色主要是：追求作品的深刻性；追求人性的复杂性和可变性；追求作品的意蕴和味道，营造文字背后的东西；追求形式上的创新和完美；追求文本和语言的独特性。

作家离不开评论家的解读和关注。我觉得，作为一个手艺人，作家是做活儿的，评论家是鉴赏活儿的。我相信有眼力的评论家对作家的创作是有很大帮助的。我感到遗憾的是，关注我的评论家并不多。现在，我还来不及总结自己，只顾埋头写。和你的交谈，也是一种总结和反思吧。

李继凯：好的，我们不妨从西部人的角度继续总结一下。请你谈谈你对西部文学的理解，以及对民间文化、民间文学的态度，还有你的信仰，你对宗教文化的看法以及对创作与宗教关系的把握，如果还能谈谈你对钱穆、余英时等代表的新儒学的认识，那就更好了。

冯积岐：我说过，中国的现代主义在西部，在民间。在八九岁的时候，我去我们县里的博物馆看青铜器——我的故乡岐山是"青铜器之乡"。我记得，青铜器上的饰纹是夸张变形的，不是写实的，具有现代主义元素。从秦朝的秦公大墓中，我看到了人面兽身的陪葬物，这些东西也不是写实的。使我纳闷的是，这些现代主义的艺术为什么没有传承下来？还有凤翔的木版年画、剪纸、泥塑都很夸张，都不是写实的。这些民间艺术对我的小说创作给了很大启示。

我没有宗教情结，但是，我总需要信仰一些什么，比如说，我接受佛学中的因果报应说。我是宿命论者。我觉得，谁也逃不脱命运。文学就是一种宗教。我是有"神"论者，觉得头顶有"天"，地上有"道"，有敬畏感。

我是2004年读到四卷本《余英时文集》的，因为很感兴趣，又读了老先生的其他一些书。从《余英时文集》中知道钱穆是他的老师，才读了钱穆的著作。对于做学问和做人来说，新儒学还是有启示的，但是，要有所警惕。李慎之老先生在他的文集中就对中国的传统提出了质疑，他认为，传统中既没有科学也没有民主。而余英时则认为，中国传统文化中有诸多现代主义的元素。钱穆老先生无疑是大师，他的《国史大纲》不仅仅是历史著作，而且是一部见解独到、思想深邃的学术著作。从《中国文化精神》、《民族与文化》等著作中，我能读出来老先生对传统文化的挚爱，但他对西方文化的不屑是令人惊讶的。他晚年的著作《晚学盲言》已不是学问专著了，而是一部思考历史、文化和有关做人的随笔。

李继凯：儒家崇尚和谐，心态由此平和。而鲁迅则明显与此不同。在20世纪初期，鲁迅致力于新文学的创作，当时就有"一箭之入大海"、"如入无物之阵"的极大困惑，甚至陷入了绝望的境地，但鲁迅也怀疑这种感受是"境由心造"，并要执著于"反抗绝望"及"过客精神"，从而笔耕不止，树立了不朽的文学丰碑。从现代心理学来看，被压抑被损害的感觉容易通向颓废忧郁，这是负面的心理情绪，需要及时的化解和超越，在你笔下的人物描写中，你是如何把握那些人生失败者（如祝永达们）的？有一篇学位论文值得注意，题目就叫做《聚焦被压抑的世界——论冯积岐的松陵村》，现在也许我们需要聚焦一下被压抑的冯积岐本人了？你多次说过你"常常有一种惨败感"，对此我还有些不解，如果不是生活层面的而是创作层面的，是否说明你本身还不够自信？或对"世俗意义上的成功"还是非常期待？

冯积岐：在《村子》中，我是把祝永达作为失败者来写的。失败，是因为祝永达没有达到他追求的目标，这种失败是他个人的失败，也是一个时代的败笔。因为《村子》和祝永达所处的整个大环境中的人们合力把他向失败的境地推。比如，农民工欠薪，祝永达帮助大家讨要，不论手段如何，但其初衷是好的，然而，那些被奴役的农民反而跟着工头说好话，祝永达能不寒心吗？他不觉得"失败"才是怪事。

我常常在追求中怀疑自己，因此，缺少自信。当然，我也希望获得世俗上的成功，但是，当一次次被挫败之后，我明白了，我和这个时代格格不入，我的"失败"是必然的，这也和我的性格分不开。我也明白，这个时代只看结果，不择手段。因此，我对这个时代保持着高度警惕。命运的力量太强大了，我无可奈何。所以，我常常有一种很悲凉的感觉。文学作品是压抑欲望的结果，欲望膨胀的人和文学无缘。

李继凯：因为近期沉浸于你的作品及相关材料中，生成了许多问题，原本还想再询问和讨论艺术文化包括书画、影视对你的生活与创作的影响以及你的下一步创作计划等，但我们已经谈得够长了，就此打住吧。谢谢你了！

原载《文艺研究》2012年第12期

写作是一种生存方式
——冯积岐访谈录

吴妍妍

吴妍妍：读您的小说，感觉您是一个有强烈批判意识的作家，您的短篇给我极深的印象，如《曾经失明过的唢呐王三》、《故乡来了一位陌生人》，在这些作品中，您通过巧妙的写作技巧强化批判力度，触及权力与体制，这种批判力度在中国当下作家身上是不可多见的，您曾经在《读小说笔记》中写到，布尔加科夫冒着被杀头的危险，写他自己想写的作品，他是一个负有历史责任感的作家，他不愿意加入到虚伪、虚假的大合唱里去，他只能用"曲笔"、用荒诞构架自己的理想。我觉得在这一点上您和他并无多大分别。在知识分子世俗化的今天，是什么让您坚守了知识分子的批判立场？

冯积岐：首先谈谈我对小说的理解。我个人将小说命名为"第四版本"。什么叫"第四版本"？比方说，西安市建国路昨天晚上发生了一起凶杀案，新闻记者于第一时间报道了这起凶杀案，他们强调的是什么时间、什么地点、什么事情、什么结果,这是第一版本。出现在政府官员案头的文件中的这起凶杀案明显带着官方观点,这是第二版本。而民间,也就是说"野史"所传递的有关这起凶杀案,绘声绘色,添油加醋,带着民间意识,这是第三版本。而作家将凶杀案作为素材所写出的小说,有作家对这件事私人化的判断,有作家对这事件独到的理解,融入了作家的体验,这是"第四版本",这就是小说。我以为,一个好的作家要对文学本身负责,要对历史负责。要对个人负责,要敢于说出真相,要像素尔仁尼琴、略萨、库切他们一样,拿出牛犊顶橡树的勇气来从事文学创作。尤其是在一个被扭曲的时代,尤其是当浊流滚滚而来的时候,有良知的作家要明白自己手中的那支笔的分量有多重,要向前辈作家鲁迅、沈从文、巴金学习,不被洪流所卷走,坚守人民立场,坚守艺术立场,坚守批判立场,这是一个好的作家最起码要遵循的原则。教训是深刻的。"文革"前的十七年中,很多作家可以说是才华横溢,也写了不少作品。可是,他们的作品很难留下来,一条不可忽视的原因是,他们把自己变成了工具,他们唱出的最强音其实只是那个时代的肥皂泡,他们误导了读者,歪曲了历史,并没有净化人民的心灵。一个清醒的作家必须和时代保持距离,用批判的眼光去审视,这是最低的起点。

吴妍妍: 你有多部作品的主人公都是文化人,记者、作家、大学教授,这些人文知识分子在面对乡村权力、面对受难的亲人时,却是无能为力的,他们像是新时期的一群"多余人",文弱、敏感、无法苟且于世俗,逃离是他们面对世界的唯一方式,这种设置,是基于什么样的考虑?

冯积岐：这和我的经历分不开，这和我的情感分不开，这和我面对的这个世界分不开，这和我对艺术的理解分不开。在我十多岁的时候，文化大革命开始了，我的脸上被刻上了"红字"。最使我痛苦的是，我被剥夺了继续读书的权利，一个"狗崽子"的艰难人生我就不细说了。我开始了不是人的人生。我的生活状态如同卡夫卡的短篇小说《地洞》中的老鼠，即使在地洞中也是惴惴不安。在以后的青年和中年的前半期，我左冲右突，总是冲不出心理上的圈圈。巴尔扎克自信地以为，他的手杖上写着：他粉碎了生活。而卡夫卡很悲哀地说，他的手杖上写着的是：生活粉碎了他。如果我有一根手杖，手杖上应该写着：我每天每时都被生活粉碎着。我一直认为，我是一个惨败者，这和我渴望世俗意义上的成功心理分不开。但是，我没有成功。我虽然没有屈服主流或世俗的定性，但主流或世俗确实没有承认我。大半生来，在强权面前，我从心理上在反抗，在蔑视，在嘲笑。可是，行动上只能逃离。当然，牛天星、潘尚峰他们的逃离有他们的时代背景，这也和他们的人生经历、情感历程和世界观分不开。逃离是消极的。但是，他们的逃离是一种反抗形式，最起码，他们不同流合污，不说假话，不做帮凶。一个不争的事实是，当下的许多知识分子是脆弱的。而最悲哀的、最可怕的是断了脊梁。中国文化的灾难，这个民族的灾难，和断了脊梁的知识分子是脱不了干系的。逃离不是最佳出路，但也算是一种有智慧的出路。

吴妍妍：您的散文集《人的证明》中有一篇《人的解放》，提到您1979年被纠正成分之后积极工作，不久加入共产党组织，为自己挽回了人的尊严，随后又投入创作，当时您还是一个农民，并且如您自己所说的"从1968年到1978年，十年间，和书本没有任何关系"，是什么动力激发您的创作热情与勇气，是个人解放之后渴望证明自己吗？

冯积岐：在文化大革命中，祖母把她保存了十几年的一张粉红色的"选民证"拿出来叫我看。那是1953年第一次全国"普选"时的"选民证"。祖母为了证明她是人民不是地主分子。一个人把自己的"证明"建立在他人的肯定和承认之上是很痛苦的事情。从此以后，"证明"这两个汉字就楔入了我的脑海中了。文化大革命的结束，无疑是历史的一大进步，是对我和我有着共同遭遇的一大批人的"解放"，同时，也给我提供了我"证明"自己的机会。我从十多岁就喜欢上了文学，读小学三四年级，晚上点着煤油灯读小说，囫囵吞枣地读。那时候，父亲喜欢读书，家里有一些藏书。起初的写作是和自己强烈的爱好分不开，并没有其他功利。开初的写作也不是为了向世人"证明"自己能干什么、干不成什么。写作就像自己需要吃饭、睡觉一样。后来，写作成了我的生活，我的生活就是写作。一天不读书或写作就难受的不行，成为一种煎熬。正如我的一个同学所说，你生来就是写小说的，其他任何事都干不好。我之所以激情不减，总是觉得，自己没有达到自己所理想的高峰，总觉得，前面有一个很响亮、耀眼的目标在吸引着我。我不可能像我的祖母一样，把自己在文学上的创造和价值建立在当代的某些人的认同或褒奖上。我顽固地相信，只有时间才是最好的证明。当然，这是要付出沉重的代价的。

吴妍妍：您的作品主要有两类，一是选择"地主娃"视角，揭示阶级斗争年代的历史真实；二是选择"文化人"视角，揭示改革开放以来底层农民真实的生存状态。这两种视角的选择与您的经历是有关系的，我想知道，在"地主娃"与"文化人"这两种截然不同的视角中，存在着怎样的逻辑关系。

冯积岐：这和我的人生历程分不开。我当过十几年的"地主娃"，做了二十年的农民。三十五岁之前生活在农村，三十五岁之后生活在省城西安。两种时代背景，两种生存环境，两种体验截然不同。对农村生活我十分熟悉，我以"地主娃"视角所写的小说，都饱含着我的体验，如菲力普·罗斯所说："我的生活就是从我生活的真实情节里伪造自传，虚构历史，捏造一个亦真亦幻的存在。"长时期的写作使我意识到，我可以是农民出身的作家，但不能是作家中的农民。作为一个有追求的作家，他的笔触应当在两个领域内：一是已知世界，二是未知世界。我后来所写的那些文化人可以说是把笔伸到了未知世界，因为我没有做教授、当学者的直接体验。可是，随着阅历的增加，对这个时代，对人性，我的体验越来越明朗。因此，我只能把自己的体验构架在知识分子、文化人身上。这两种视角是一种对一种的铺垫，一种对一种的补充。其目的都是为了传达自己对这个世界的认识，对人生对人性的理解。

吴妍妍：您在小说中建构了一个"松陵村"世界，它是您创作的"背靠点"，体现了您创作的个性，但是很奇怪的是，您抓住这个"背靠点"，揭示的却是民族历史发展的一些共性问题，您更在意的是"真实性"问题，而不是彰显地域特色的"松陵村"文化，这也是有研究者提出的，您的小说对于周文化的忽略，以至于这个松陵村的地域性并不明显,它可以在关中的任何一个地方。您自己怎么看?

冯积岐:我的小说中的几乎所有故事都发生在一个叫做凤山县松陵村的地方。显然,这是我虚构的一个空间。这和威·福克纳笔下虚构的美国南方的一个叫约克纳帕塔法县的一个小镇是一模一样的。福克纳为了求得"真实",还给那个县绘制了地图,标明某个镇某个村在什么方位。我以为,作家虚构的世界就是真实的艺术世界。福克纳长年生活在美国南方的一个小镇上,自己还开着拖拉机翻犁过土地,他自称是"农民"。可是,他不只是美国南方的作家,他是影响了、还在继续影响着全世界几代作家的大师。我以为,一个好的作家应该像福克纳一样关注人类共同关心的问题,你可以写一个小镇一个乡村,你可以写农民、工人、妓女、小偷。但是,您的视点要向上,要在人生、人性这个大课题上做文章。我笔下的人物在松陵村,可是,他们面临的是人类共同面临的焦虑、困惑、不安和迷茫。坦率地说,我卑视那些把所谓的文化充塞在小说中的小说家。因为,那不是创造。把婚、丧、嫁、娶像填充物一样填充于小说之中,是小说家的无奈和悲哀。小说家的任务是给人物画廊中增添新的典型,是解剖时代和人性。在《红楼梦》中,曹雪芹开药方,写吃喝并不是点睛之笔。在陀斯思耶夫斯基、福克纳、海明威这些大师级的作家的作品中永远找不到这些文化充塞物。在当代的世界名作家麦克尤思、菲力普·罗斯、莱辛的作品中更找不到所谓的地域性的文化产物。我以为,关键不在于你的小说空间构架在什么地方,而在于你笔下的人物既有典型性又有普遍性。阿Q不是鲁镇人,而是全民族的写照,在中国大陆无论在哪里都有阿Q。我怀疑,"越是民族的越是世界的"这句话。

吴妍妍：您的作品中评价最高的是《村子》，参评了第八届茅盾文学奖，这是您目前为止最有分量的作品吗？

冯积岐：我以为，我最有分量的作品是《沉默的季节》。

吴妍妍：这说明读者与作者之间可能需要进一步交流。那能否谈谈您创作这部小说的前期准备？你眼中的乡村是一种什么样的形象？

冯积岐：《村子》从1979年写到了1999年。这二十年间，我大部分时间生活在农村。我是1988年进城的，而举家进城已到了1996年。1995年，我依旧耕种着几亩责任田。这二十年间农村发生的许多事，我都参与过，经历过。我的头脑里储存着田广荣、祝永达、马秀萍、赵烈梅等等形象。我不用搜集资料，在生活中就已经完成了形象积累这个过程。关键是要给这些生活给予更深刻的意义，这就考验着自己透视这个时代的能力。我也读过其他作者写这一时期农村生活的小说，他们写的"变化"是表层的。我给自己的要求是，不仅写时代的变迁史，主要写人物的心灵史，写出人性的复杂性、变化性；写人的文化心理。要完成从生活真实到艺术真实这一个过程，力求客观冷静，控制个人情感。前期准备时间并不长，只是在写的过程中改了好多遍，力争使每个人物都有各自的面目，有各自的心理历程。20世纪的最后二十年间，乡村发生了深刻的裂变。分田到户激发了农民的热情，个人主义、自私自利，唯利是图等等原来归属于"资本主义"的胚芽开始在农民心中形成、生长。儒家文化中的绅士文化、伦理文化受到了严重冲击。乡村的和谐局面自然而然被打破了，穷富差别拉大了，农民的经济地位在变化，心理在变化。特别是，强权使解决了温饱问题的农民陷入了心理灾难。乡村向城镇逼近的同时，原来的比较和谐的农村受到了冲击。住上了大瓦房的农民精神上走向贫困。我所渴望的青少年时期的贫穷而温馨的乡村形象不会复而再现了。我眼中的乡村已不伦不类了。

吴妍妍：《村子》结尾的设置有些意思，马秀萍成了老板，祝永达回松陵村当村支书，您的用意是？

冯积岐：《村子》的结尾是一种暗示：祝永达和马秀萍的心里冲突在加深，不是减弱。祝永达所固守的古典式的从一而终的爱情观、贞节观受到了冲击，他们的婚姻是个变数。而马秀萍接受了商品时代自我发展的某些观念，试图在积累财富中寻找自我价值。祝永达秉承了父亲的"利他"主义的性格因子，还想为大家办些事，而马秀萍一心在自我发展中寻求出路。这种文化心理冲突其实也是当代中国的许多人所面临的冲突。

吴妍妍：您20世纪80年代写的多为先锋小说，90年代转变为现实主义，还保留了现代派的写作技巧，这一资源是来自于国外文学经典吗？

冯积岐：其实，你说的是有关艺术师承的问题。"取法乎上，得之其中。"一个好的作家必须从经典作品中汲取营养。再伟大的作家也不能网罗全部读者。读书，要读自己喜欢的作家，要读和自己性格、心理相合拍的作家，要读把自己彻底征服了的作家，要读被世界文学史证实了的经典作家。在80年代，我和大多数写作者一样，先从现实主义大师的作品读起，诸如契诃夫、莫泊桑、福楼拜、司汤达、托尔斯泰、梅里美、纪德、康拉德等等。当我读了福克纳的《喧哗与骚动》之后,对他的作品喜欢的不得了,凡是大陆翻译过来的他的作品我都找来读。一本《八月之光》读了五篇,一本《我弥留之际》读了三遍。从此,喜欢上了现代主义,什么,海明威、辛格、吉卜林、卡夫卡、博尔赫斯、卡尔维洛、马尔克斯、加缪、贝克特、吴尔芙、波特、大江健三郎、川端康成等等,读了好多好多。有一段时期,我又迷上了陀思妥耶夫斯基,凡是翻译过来的他的作品我都细读,包括研究他的作品,我特别有兴趣,我甚至觉得没有陀氏就没有后来的现代主义。我理解的现代主义是用荒谬的目光看待荒诞的世界。我觉得,现实主义的再现原则不能传达我对这个世界的理解。我开始用先锋的手法写小说,写了一段之后,我又觉得,我这样写作拒绝了许多读者。于是,我开始践行我所谓的"现代现实主义"。我汲取了诸多现代主义的优秀东西。我以为,这不只是形式问题。在我看来,形式是内容的一个部分。现代主义的精髓是夸张变形。我的故乡岐山是西周的发祥之地,青铜器之乡。一个农民在地里随便一镢头下去就是一件西周的青铜器。我在七八岁的时候去县文化馆见到的青铜器上的饰纹就不是写实的,而是变形的。可见,现代主义并不是欧美作家的专利。而我们的小说家为什么要固守着"写实"呢?令我遗憾的是,当代小说在"好看"的旗帜下已变成了"故事大全",没有什么艺术可言,也不讲究文体。大作家都是文体家。鲁迅、沈从文、张爱玲他们的文体意识很强烈。拿来他们的作品,抹去作者的名字,读几句就知道是谁的作品,决不会混淆。

  要我具体地说受到哪个作家哪部作品的影响,我还说不清。

吴妍妍：许多陕籍作家都受柳青的影响，把文学看得极其神圣，甚至"为文学卖命"，请谈谈您的文学态度。

冯积岐：对于柳青的小说，我暂且不谈。我觉得，柳青对文学的态度是我的榜样。我以为，文学依然神圣。只要人类不灭绝，文学就不会死亡。我写的很苦，整天从家到办公室，从办公室到医院——一直到写得趴下起不来去医院打吊针为止。我说过，文学是我的一种生存方式。文学的功利还是文学，对我来说。当然，我很绝望。但是，绝望并不等于放弃。我恰恰在绝望中产生激情。对我来说，不写作就等于没有活着。我已渐入老境，朋友和家人都劝我不要再写了。我只好说，菲力普·罗斯的好作品是六十岁以后才写出来的。写作是我的癌症，是我的"病"。

吴妍妍：有研究者说你是一位孤独者，您自己怎么看？

冯积岐：关于孤独，有好多理解。有人说孤独是可耻的；有人说，孤独是可悲的。这位研究者对我的孤独的理解是独到的，深刻的。在我近几年的写作中，我常常有一种前不见古人，后不见来者的孤独感。我的思维方式，写作方式不合时宜，不顺应潮流，不按某些规定性动作去做。这是我的自我选择，说白了，是我自找的。我觉得，到了我这把年纪，只能按自己对文学的理解去写，写自己愿意写的作品。这样做的结果是，发表、出版都不顺畅。长篇小说《逃离》动笔于1996年，出版于2010年，中间历时十五个年头——人的一生有几个十五年？我的好多作品出版、发表后，都如沉大海，发言者寥寥无几。有时候未免产生一种悲怆感，觉得陈子昂的"念天地之悠悠，独怆然而涕下"就是写给我的。自己在孤寂地奋争，很难找到一位知己。不过，令我欣慰的是，喜欢我的作品的读者不少。《村子》在凤凰网上挂上去八个月，点击量将近三千万。《两个冬天，两个女人》有海外读者给了好评。

有位素昧平生的德高望重的北京老作家给我写信说，只要你的作品能出版，能发表就是胜利。究竟是废纸一堆还是优秀作品，历史会做出回答的。其实，我也不指望什么。

孤独并未给我带来痛苦。因此，要我说，孤独是孤独者的乐章。

原载《小说评论》2012年第4期

用汗水和灵魂铸成文字
——冯积岐文学创作三十年访谈

张　立

张立：冯积岐先生，您好！今年是您文学创作三十年，请您谈谈三十年来的文学创作和取得的成就。

冯积岐：我是1982年，我们那里的农村分田到户以后才开始文学创作的。在此之前，我是一个地地道道的农民。从1967年春天做农民，和农具和土地打交道十五年了。一天干三晌，早晚加两班，和当时的许多农民一样，除过雨雪天，一年四季，常常是两头不见鸡，挥动锄头镢头，扶着犁把在田地里劳作，不要说写作了，就是连读一本小说的时间也没有。1982年，我们一家四口人分了七亩六分责任田。秋天里，种上麦子之后，我有了闲暇时间，趴在土炕上练习写小说。我是1983年5月在陕西省作家协会的《延河》文学月刊上发表第一篇短篇小说《续绳》的。当时，我写了三个短篇，有一篇就发表了，这给了我很大的鼓舞，也使我有了写下去的自信。于是，边读边写，边写边读，可以说，我已经过了三十年的文学生活,身心紧贴在文学上,把灵魂也投进去了。有评论家说,我是用生命进行写作的。对此,我不否认。连省作家协会看大门和扫院子的师傅也说,我是写作的"老黄牛"。因为,我的日历中没有节假日,星期天也守在写作间。我常常把自己从案头写到医院里的病床上才罢休。去年除夕那天,由于写作时间太长,从案头起来时就栽倒在墙壁上,幸亏没有倒地。当天晚上,住进了医院,一直到今年正月十四日下午才出了院。回首自己三十年的文学创作,无论成就大小,自己觉得从心灵上皈依了文学,是文学的忠实信徒,为文学付出了牛马般的劳动。按理说,命运不会亏待为它付出代价的人。我像农民一样辛辛苦苦地耕作了三十年,身后有了将近八百万字的文学作品,出版了八部长篇小说,在《当代》《人民文学》《北京文学》《上海文学》等数十种杂志和报纸副刊上,发表了二百五十部中短篇小说和五百多篇散文,作品多次被《小说选刊》《小说月报》等杂志选载,多次选入年度优秀小说选和各种优秀选本。就数量而言,完全用"可观"可以形容。当然,文学创作的成就不仅仅是量化的。我觉得,这三十年来,在小说创作中,我进行了诸多有意义的探索,在借鉴、吸收、运用世界文学大师的艺术精华的同时,创造和形成了属于自己的独特的文学景观。在我的长篇小说《沉默的季节》《逃离》《村子》,短篇小说《曾经失明的唢呐王三》《刀子》等作品中有许多值得研究、探讨的思想和艺术内涵。使我感到惋惜的是,对于我的作品,批评界的声音十分微弱。而使我欣慰的是,省城里一些大学的学者、教授已开始研究我的作品,并打算将其成果结集成书。

张立：您的做人比较低调，不愿意去凑文坛的热闹，坚信"将灵魂铸成文字"的目标，您一直为此而努力，您为文学付出了三十年的心血，请问您是否是一个成功者？

冯积岐：恰恰相反，我常常有一种惨败感，尤其是今年以来，这种感觉被三十年的时光揩擦得如同玻璃一样明亮。我希望自己名至实归，但因为种种因素不可能实现。我崇尚、尊敬凡·高、毕加索、达利等伟大的艺术家，可我不愿意做凡·高，不希望活着的时候被曲解被淹没，乃至穷愁潦倒而取得身后名，我希望像毕加索、达利一样在生前得到承认、肯定。可是，这只是一厢情愿的事情，就像匈亚利获诺贝尔文学奖的作家凯尔泰斯所说，我面对的是一种"无法选择的命运"。我只能认命了。坦率地说，我没有获得所谓的国家大奖，没有取得世俗意义上的成功，有时候未免觉得无奈和悲哀。有时候，我又想，既然文学创作是我的生活方式和生命方式，也就无所谓成败。一位德高望重的大师级的文学老前辈从北京给我写信说，你的作品只要能出版能发表就是胜利，就是成功。作品好坏与否，留给后人去评说吧，时间会证明一切的。不过，我对我的作品还是有足够的自信的。我的长篇小说《村子》帖在凤凰网上半年多，点击量超过三千万，时至今日，每天的点击量都在榜首。《村子》在陕西电台的两个台播放了三次，听众还要求再播放。今年的3月23日，我在回答听众提问时，有的听众说，他每天中午12点什么活儿也不干，守在收音机跟前听《村子》；一个女性听众说，冯作家，你的小说写得太好了，太真实了，你对农村生活咋那么熟悉？我说，我本身就是农民，我有农民的情感，农民的生活。我不是矫情，我确实做了二十六年农民,1994年才解决了干部身份。我是农民出身的作家,但是,我不是作家中的农民。听众大都是普通的老百姓,他们牢牢地记住了《村子》中的人物祝永达、马秀萍、马子凯、赵烈梅、田广荣,记住了小说中的情节和细节。我的中篇小说《我的农民父亲和母亲》发表后,读者来信从江南江北、黄河两岸飞来了,有的读者说,你的小说,我不敢躺下读,而是端端正正地坐下来读;有的读者说,他流着眼泪读了我的作品之后,又流着眼泪读给他的妻子听。就是这样的小说,也没有进入评论家的视野。当然,我不会把我的成败建立在几个或十几个人组成的评奖委员会上的。我更不会把我用心血换来的稿费塞进某些人的手中而换取个什么奖项,不是我不舍得花钱,而是我弯不下腰。我有我的自尊和尊严。

张立:您的小说中建构了一个"松陵村"世界,它是您创作的"背靠点",揭示的却是民族历史发展的一些共性问题,您更在意的是"真实性"问题,而不是彰显地域特色的"松陵村"文化,这也是有研究者提出的,您的小说对于周文化的忽略,以至于这个"松陵村"的地域性并不明确,它可以在关中的任何一个地方,您自己怎么看?

冯积岐:不错,我的小说中,几乎所有的故事都发生在一个叫凤山县松陵村的地方。显然,这是我虚构的一个空间,这和马尔克斯笔下的马贡多小镇,这和福克纳虚构的美国南方的一个叫做约克纳帕塔法县的杰弗逊小镇是一模一样的。福克纳为了求得"真实"还给那个虚构的县绘制了地图,标明某个镇某个村在什么方位。我以为,作家虚构的世界就是他的艺术世界。福克纳自称是"农民",也确实开着拖拉机犁过地，作务过庄稼。可是，他不只是美国南方的作家，他是影响了、继续在影响着全世界几代作家的大师。他虚构的那个小镇不是为了彰显美国南方文化。沈从文笔下的湘西固然地域特色很鲜明，但他的小说指向也不只是在地域文化层面。对于一部小说而言，地域文化层面只是其中的一个层面，好的小说有心理层面、哲学层面，思想层面等等。马尔克斯笔下的马贡多和福克纳虚构的杰弗逊小镇，并非为了展示地域文化。依我看，马贡多和杰弗逊可以是南美洲和美国南方的任何一个地方。这两个小镇只是人物活动的舞台，不是地域文化的载体。我以为，一个好的作家应该像福克纳、马尔克斯一样关注人类共同关心的问题。你可以写一个小镇一个乡村，你可以写农民、工人、士兵甚至流氓、小偷，但是，你的视点要向上，要在人生、人性这个大课题上做文章。我笔下的人物确实生活在"松陵村"，他们面临的是人类共同面临的焦虑、困惑、不安和迷茫。固然，我的故乡在周的发祥之地，故乡的人们受周文化熏陶，周文化的根脉没有断。作为一个有思想的小说家，一个有创造意识的小说家，我的意愿不是彰显周文化，而是用一支笔把鲜活的人物固定在纸上，一百年过后，读起来也是活的。当然，这些人物是生活在周文化浸染下的"松陵村"而不是在别处。在曹雪芹的《红楼梦》中，最能让人记住的是贾宝玉、林黛玉、刘姥姥、贾政、贾琏这些形象鲜活的人物，而不是曹雪芹开出的药方和大观园里的那座漂亮的假山和风格别致的亭榭楼台。

张立：您提出"背靠点"以外，还提到一个作家要有"支点"，你所说的"支点"是指什么？

冯积岐：我所说的"支点"就是作家的精神向度的问题。一个作家精神向度的高下决定作品质量的高下。一个好的作家，要自觉担荷人类精神的苦难，也就是说，对人类有一种终极关怀。要有悲天悯人的大情怀。要有责任感，对自己的作品负责，对读者负责，对未来负责。优秀的作品应该是写人的灵魂而不是内分泌。内分泌只是本能，而灵魂是指人的精神内核，是人的精神中最隐秘的，最难体察的部分。同时，"支点"也是思想来源。

张立：您说过，坚持写自己喜欢和愿意写的作品并不是一件容易的事。"坚持写自己喜欢写和愿意写的作品是心灵对自己的吩咐。"您的意思是，写作是自己的兴趣或真实愿望，而不是外在的功利？假如您没有取得与作品相称的评价和声誉，您将怎么看待这个问题？

冯积岐：现在，对作家来说，诱惑的东西太多：名利、权、色，等等。一些作家为此而坚守不住，也就不能按照自己的心愿去写，而是依眼前的功利为唯一的价值取向。面对如此多的诱惑，能坚守住自己实在不容易。文学创作的规律本应该是，写自己体验最深的东西。而诱惑作家的东西往往很炫目，可是，那不是艺术。所以，我多次说过，要勇敢的写作。一个好的作家要有勇气面对现实，面对未来，面对自己，面对文学本身。二十多年前，在西北大学中文系作家班毕业时，我就说过："如果是作家，说话的应该是作品。"因为坚信这一点，我才能日复一日，年复一年默默地写下去，像农民种地一样，艰苦地写了三十年。

我的作品没有得到应有的评价，我也没有获取得应该得到的声誉，对此，我很明白，也忿忿不平过。我心里明白，我从事的职业注定要和政客、奸商、流氓、骗子甚至混混子为伍。我必须以平静的心态对待社会生活的不正常，对待文坛的丑恶现象和腐败行为。就像我故乡的那条石头河，沉静的石头永远蹲在河床上，而那些脏物、浮萍总是在河面上喧嚣。中国文学史和世界文学史告诉我，一时的大红大紫七八成是靠不住的。曹雪芹不是时代的宠儿，《红楼梦》只是手抄本，却传世了。福克纳在获诺贝尔文学奖的前几年，美国文坛还不承认他，他的名声远不如菲茨杰拉德。后来，他成为世界文学大师。19世纪初，沙皇俄国的作家数以万计，留下来的也不过只有陀思妥耶夫斯基、托尔斯泰、屠格涅夫等几个人。陀思妥耶夫斯基的名声只有托尔斯泰的十分之一，他悲哀地说，我挣的稿费没有托尔斯泰的十分之一多。可是，陀思妥耶夫斯基所取得的成就和对世界文学的贡献并不比托尔斯泰小，如今，陀氏的声誉在世界范围内日渐上升。多年前，我就说过，也许真正的好作品没有在书店里的书架上或编辑手里，而是在作者的抽屉里；也许，真正的好作家没在获奖名单上或主席台上，而是在深山里的一间草房里苦读或城市的某个角落里蜗居。

张立：您在20世纪80年代写的多为先锋小说，尤其是在短篇小说中，做过多方面的尝试和探索，有媒体称您为"短篇王"。90年代转变为现实主义，保留了现代派的写作技巧。这一资源来自外国文学经典吗？

冯积岐：一个好的作家必须从世界经典中吸取营养。在20世纪80年代的初学写作阶段，我先从现实主义大师的作品读起，后来，喜欢上了现代主义作家的作品，我吸取了许多现代主义的优秀东西。在写作中，开始践行我所谓的"现代现实主义"。我认为，艺术形式就是内容，是内容的一部分。现代主义的精髓是夸张变形。我说过，现代主义不只是在欧美，也在我的家乡岐山。我的家乡是青铜器之乡。我七八岁的时候在县文化的青铜器上读到的饰纹就不是写实的，而是夸张变形的，具有现代主义的色彩和元素。在我小时候就看到的秦腔《游西湖》中，李慧娘作为一个"鬼"可以声讨贾似道，拔掉他的胡子，可以和裴郎共处一个舞台。人鬼同演人间悲喜剧。这种艺术表现方式，在国外现代主义作家的小说中常常出现。所以说，我的现代主义资源不只来自世界经典，也有民族文化艺术的影响。令我遗憾的是，当代小说在"好看"的旗帜下变成了"故事大全"，在艺术上没有什么追求了。一部作品只是一堆素材。

张立：新时期以来，陕西涌现出了一批好作家和好作品，陕西作家为我国的文学事业做出了一定的贡献，陕西也成为全国文学重镇。陕西文学要有新的突破，您认为，缺什么？

冯积岐：陕西的作家和陕西的文学事业在全国有相当的地位，这是每一个陕西作家的荣耀和自豪。我也仔细地想过，我们的作家并不缺生活，整天在生活中泡着；也不缺体验，体验是深刻的；更不缺艺术实践，作品出了一部又一部，就是没有大作品问世。究竟缺什么呢？如果说欠缺，就是缺真诚，缺勇气，缺艺术良知和艺术修养，缺深刻的思想。有的作者没有读几本书，拿起笔就写大部头的长篇。中国文学史和世界史的高峰在哪里？世界文学发展到了什么地步？他们一无所知。有些作者，把生活混同于艺术，把听来的故事挪到纸上，认为就是小说。艺术美学在哪里体现？思想内涵是什么？作者自己也许没有廓清。不要急功近利,老老实实地锤炼自己的艺术功力和对生活的洞察力,老老实实地写作才是唯一出路。

更不能把一切过失都归于体制,不是体制要求我们去做什么处级作家厅级作家。不是水浊,而是我们不自清。我们的骨子里散发出的是俗气、污浊之气。有什么样的人格就有什么样的作品。人格修养不能或缺。

张立:今年是《在延安文艺座谈会上的讲话》发表七十周年。不知您对《讲话》精神是否有新的理解?

冯积岐:七十年来,在《讲话》精神的指引下,一代又一代的作家写出了思想深刻、内容丰富、具有艺术感染力的作品,尤其是新时期以来,老中青三代作家解放思想,开阔视野,为繁荣社会主义文学艺术而不懈努力,成绩显著,有目共睹。我以为,当代作家们要充分地、全面地、正确地理解《讲话》,吸取《讲话》的精神力量,埋头写作。比如《讲话》所谈到的艺术资源问题,艺术和生活的关系问题依旧很经典。2005年至2007年,我挂职担任凤翔县委副书记,2011年,我到岐山县去"定点深入生活",这是陕西省委宣传部和中国作家协会贯彻《讲话》精神的举措。我的实践证明,作家只有到生活第一线去,把自己摆在老百姓的位置上,才能真正体察到老百姓的生活状况和生存状态,才能触摸到生活的底蕴,才能获取"真"生活,摒弃"伪"生活。坐在舒适的写作间胡编乱造不行。真诚的生活体验乃至深刻的生命体验,是写出大作品的必要前提。《讲话》是作家的必读之物,常读常新。

原载《陕西日报》2012年4月22日

恰当而完美地表达和揭示
——冯积岐文学创作三十年

《延河》杂志社

《延河》杂志社编辑（以下简称《延河》）：冯老师，您好！今年是您文学创作三十年，请您谈谈您这三十年来的文学创作成就。

冯积岐：我是1982年秋天拿起笔写作的。当我趴在故乡那一间大的厦房里的土炕上开始在白纸上写下第一句话的时候，路遥的成名作《人生》已经问世了，这是我一年以后才知道的。那一年，我已快到而立之年了，也就是说，我的写作较晚。我的第一篇短篇小说《续绳》发表在1983年的第5期《延河》杂志上。三十年来，在我发表的二百多部中短篇小说中，《延河》杂志刊发的大概不少于十五篇。所以说，我是吃《延河》水长大的。这句话听起来有点媚俗，实际情况就是这样。

三十年来，我的中短篇小说从东北的《北方文学》、《作家》到西南的《边疆文学》、《广西文学》，从西北的《绿洲》、《中国西部文学》到华南华东的《作品》、《上海文学》，从《人民文学》到《当代》，走遍了全国的绝大多数文学杂志，也获得过奖励。当然，我在所谓的大杂志上发表的数量相对少一些。我以为，不是说大杂志就发大作品，小杂志就发小作品。有记者就问伟大的小说家卡佛在美国的《纽约客》上发表过作品没有？卡佛坦率地说，没有。他说他的作品都发表在美国的小杂志上。三十年来，我边读边写，现在，小结自己的创作，身后竟然有了这么多的中短篇小说，连我自己也觉得吃惊。最近，我结集出版了一部《冯积岐短篇小说自选集》，编选了发表过的六十篇短篇小说。读过的朋友可能会觉得开首的第一篇《拴在一根绳子上的孕妇和勋章》和中间的《如画》以及结尾的《戴帽子的杉树》好像是三个作者写的。三十年来，我的短篇小说的写作一直在变化中，这不只是技巧上的变化，主要是思维方式的变化和表达方式的变化。在我看来，写作，就是作家的恰当而完美地表达。如果没有变化就谈不上完美。福克纳的十多部长篇小说，没有两部结构相同，一部和一部的结构不一样，要做到这一点谈何容易？我之所以写的那么多，是因为，在不断地变化中寻找新的出路。写作如同登山，顶峰在云端。

1992年秋天，我开始动笔写第一部长篇小说《沉默的季节》，历时五个年头完成了，直至2000年才出版。这五年间，这部作品走了五家出版社，一家也不接受，我坚持一句话也不改，最终由长江文艺出版社一个字也没动而出版，获得了"九头鸟"长篇小说奖和湖北省读书奖提名奖。后来，又出版了《村子》、《逃离》等八部长篇小说。这中间，还结集出版了三部散文集和几部中短篇小说集。

《延河》：您确实取得了令人钦佩的文学成就，但是，我们注意到，您在2012年4月22日《陕西日报》上做的访谈中谈到,回顾三十年来的创作,你有一种惨败感,这话从何而谈起?

冯积岐:这是我的真实感受,不是自谦之词。匈亚利获诺贝尔文学奖的作家凯尔泰斯写出了伟大的杰作《无形的命运》之后,没有出版商愿意出版,几经周折,终于出版了,但读者寥寥。后来,凯尔泰斯在书店里的角落里看到落满尘土的自己的作品后,买了200本拿回了家。接下来不久,就写了一部有关一个作家在写作中惨败的故事。读凯尔泰斯的作品引起了我的共鸣。我的惨败是全方位的。我没有获得过所谓的全国大奖。没有得到大多数主流批评家的关注。我的作品出版和发表都不是很顺畅。我没有取得应有的声誉。我所说的惨败是世俗意义上的。也许,我还不超脱。我渴望着世俗意义上的成功的想法并不过分吧。当然,我的惨败感并没有淹没我的成就。我毫不脸红地说,我已经写出了足以使我在这个文坛站得住脚的作品,足以使后世人还能念起我的作品。作家最终要用作品说话。我坚信,我为未来而写作,我的作品不会速朽的。几十年后,我死了,我的作品还活着。我一直很低调,但不乏这样的自信。

《延河》:您以为您最好的作品都有哪些?

冯积岐:短篇小说《曾经失明的唢呐王三》、《刀子》、《故乡来了一位陌生人》、《逃》等等,这些发表了十几年或几十年的作品至今被读者阅读并评论,冠以"经典"。前几天有读者谈起我的小说《我的农民父亲和母亲》还不停地咂嘴、感叹。我的长篇小说《村子》在凤凰网上的点击超过三千万,每天都名列榜首。陕西人民电台两个台连播三次。我和读者在电台对话，读者还要求再播，要求拍成电影和电视。我引以为自豪的是，我有几千万读者。遗憾的是，一些批评家和掌握话语权的人并没有把我纳入视野。

我自以为，我最好的作品是长篇小说《沉默的季节》，它是从我的心灵中流淌出来的，书中值得探讨、深究的东西很多。用几个作家朋友的话说，很经典。另外，长篇小说《逃离》也是我用心写出来的。这部长篇动笔于1996年，2010年才出版，其间，搁置十四年，我多次进行修改。《逃离》不只是语言干净，句子优美，结构新颖，它是有内涵的。有评论家认为，它是我最好的作品。在长篇小说《逃离》中，我用时间的强调暗示情节中包含的内容以及用多人称多角度叙述揭示人物内心世界。在《沉默的季节》中，周雨言在祖母坟地里的那一段，前后看似连贯的两句话，时间跨度跳跃了几年，我用意识流传达了周雨言的情绪波动。这些艺术上的探索，也值得探讨。

《延河》：您多次在媒体上说过，一个好的作家要勇于担当。今天，您说，一个好的作家要恰当而完美地表达和揭示，这是不是两种对立的说法？

冯积岐：我所说的担当就是责任感问题。不论身处什么样的国度的优秀的作家都是勇于担当的作家。不论热衷于政治的略萨、昆德拉，还是避而不谈政治的亨利·米勒、罗伯·格里耶，他们都有担当精神。这种担当是不同意义上的担当，这种担当不只是道德话题，意识形态话题。这种担当包括人文关怀，包括担当人类精神的苦难，包括对自己的艺术创作的负责。当然，作家担当不起这个世界，也没有能力改变什么——这也不是作家所能担当的。但是,优秀的作家都是向善的,秉承正义、正直,都不轻易充当一个团体、政党的代言人,都有自己独立的人格品性。我们的一些读者和作家本人未必对"担当"有确切的定位。如果一味地认为自己有责任提升民族素养,改造国民性中的劣根坏点,这样,弄出来的作品反而很虚假。因为作家不是遵从自己的体验,而是遵从概念,或所谓的"责任"。这样,就距离艺术本身越来越远了。这里,我举一个例子。世界公认的国学大师、思想家、史学家余英时老先生在一次访谈中说,1937年,抗战开始后,他被迫回到了老家安徽农村。他目睹了地主和佃农之间的和谐关系。因此,他从小没有体验到"阶级斗争",他后来,就写不出"阶级斗争"的著述。有什么体验就写什么,这是搞艺术的基本规律。我所说的表达,是表达自己体验的,是从自己的直觉出发,从自己的体验着手,表达自己对人生、对时代、对人性独特的见解的。而揭示则是要揭示生活背后的生活,放弃"伪生活",揭示被遮蔽的生活。

"遵命"不同于"担当"。表达自己不是放弃"担当"。揭示则等于尽可能亮出生活真实的那一面。

《延河》:请您再深入地谈一谈"伪生活"和"遮蔽的生活"这个问题?

冯积岐:我是一个善于思考人。在写作中,一些问题常常迫使我思考,比如说,关于"现实生活"。读了《钢铁是怎样炼成的》和《日瓦哥医生》以后,我在想,《钢铁是怎样炼成的》中所描写的十月革命是真实的,还是《日瓦哥医生》中描写的十月革命是真实的。我们不能说,两部作品中的描写都是真实的。后来,我读了《古拉格群岛》《大师与玛格丽格》《铁骑兵》等小说之后,我觉得《钢铁是怎样炼成的》中的一部分生活是"伪生活",而帕斯捷尔纳克在《日瓦哥医生》中展示的生活恰恰是被"遮蔽了的生活",是接近真实的生活。在我小时候接受的教育中,地主就是黄世仁、南霸天这样的恶魔、坏蛋。而《白鹿原》中的地主白嘉轩是一个仁厚的庄稼人,是道德的楷模。最近,我在汉阴县采访,一个年过七十的白发苍苍的老教师给我说,他家是地主成分,他父亲当年是教书匠,后来被戴上了地主分子的帽子。据老人说,他家的土地全部佃出去了,他父亲对待佃农很好。首先,夏天不收租,因为经过青黄不接的春季,有些佃农到了夏收时节已是迫不及待,没有一粒粮食了。到了秋天的收租时节,如果有些佃农交不起就免了,第二年不再追要。他们和佃农相处得很和谐。还有一个大户人家的后代(已是年过八十岁了)告诉我,他的祖上发家之后,在山口设一个棺材厂,长年有三个木匠做棺材,做好的棺材免费送给买不起棺材的穷人。有一年遭灾,他们的祖上一次捐了65石稻谷(大约两万斤)。我觉得,《白鹿原》揭示了被遮蔽的生活,它之所以是杰作,是伟大的作品,也是由于作家还原了生活的真实,放弃了"伪生活"。

柳青的《创业史》固然是一部有价值的作品,我也读过好多遍,得到不少教益。但是,由于时代的局限等原因,《创业史》中的一部分生活也是"伪生活",主人公梁生宝的心理活动也是"伪心理",因为梁生宝心理一不是当时的一个年轻人应该具有的,而是柳青按照共产党员梁生宝所设计的心理。所以,不真实。包括富农姚士杰,也是概念化的

"敌人"。

能否摒弃"伪生活",能否揭示被"遮蔽了的生活",是作家洞察力的反映,是作家艺术良知艺术水准的反映,也是作家能否有勇气地写作的选择。

《延河》:在你写第一篇小说之前有什么准备?

冯积岐:我从读小学四五年级的时候就喜欢读文学作品,囫囵吞枣地读。那时候,我的父亲有一些小说书籍,都是60年代出版的那些长篇,如《铁道游击队》、《苦菜花》、《红日》。60年代出版的所有长篇小说我几乎都读过。读到初中,上了数学、物理课,也偷偷地读小说,不知道从哪里得到了一本当时被认为是毒草的张恨水的长篇小说《魍魉世界》,上物理课,偷着读,被老师收缴了,在全校师生大会上点名批评。文化大革命开始后,回家当了农民,将近十年没有书读。70年代初,我的一位小学同学被推荐上了陕西师范大学,他从学校图书馆借来了一书包书,其中有陀思妥耶夫斯基的《罪与罚》、托尔斯泰的《复活》、契诃夫的短篇小说等等。那时候,一天干三晌早晚加两班。读书,要掌灯熬夜。

改革开放以后,我第一个读的是孙犁。1980年,我从百花文艺出版社邮购了一套《孙犁文集》,如获至宝。后来,读沈从文。为一本《沈从文短篇小说选》步行五十里到凤翔县城去购买。

我当了二十年农民,不缺乏体验,加之读了一些书,第一篇小说写的很容易,发表也容易。后来,大量地接触到了外国文学。所以说,我的写作有几个"背靠点",一是童年、少年的苦难;二是关中西部的文化积淀；三是海量的阅读获得的知识积累。

《延河》： 您多次称福克纳为您的老师，他对您的创作有什么影响？他使您着迷的是什么？

冯积岐： 福克纳是影响了世界几代大师的大师。马尔克斯尊福克纳为师，略萨出门时谁的书也不带，只带福克纳的一本《八月之光》。大陆中国的福克纳迷不少，得益的作家也不少。也有对福克纳所不齿的作家，纳博科夫就对福克纳大有微词，诟病他的作家还可开列出几个。所以，再伟大的作家不能网罗全部读者。我读的福克纳的第一部小说是1984年上海译文出版社出版的《喧哗与骚动》。小说中的第一句话就把我吸引住了："透过栅栏，穿过攀绕的花枝的空当，我看见他们在打球。"接下来，我的阅读欲望被挑动了。而昆丁自杀前的那几段内心独白，我读了好多遍。有人说，福克纳的《喧哗与骚动》跳跃很大，很难读。而他的这种跳跃，这种叙述恰恰和我的内心活动相吻合，因此，我读起来很舒服。我从福克纳那里学会了如何窥探人物内心，正确地把握人物内心，把笔触深入到人物内心去。我一拿起《纪念爱米丽的玫瑰花》就能嗅见街道上的臭味，就能看见枕头上的头发。大师的作品触摸可及，能进入人的血液。在《圣殿》中几次写到用玉米棒强奸女孩儿谭波儿，却没有一段写强奸过程的词语。只有福克纳能做到这一点。他是令人心颤的作家，从他那里可以知道什么是文学艺术。但是，他不可模仿，更不能复制。现在，尽管大陆作家中也有人得了所谓的国家大奖，但是，他们的作品不是艺术品。福克纳令我着迷的是他的艺术创造性。他毫无顾忌，不知疲倦地创造艺术，那种坚定性令人钦佩。

《延河》：在世界文学史上，对你的创作有影响的作家还有哪些？你最喜欢的是哪几个？

冯积岐：可以开列一大串，说的多了，未免有卖弄之嫌，简略地谈一谈，我还是从契诃夫、莫泊桑、皮蓝德娄、梅里美、康拉德读起。后来，越读越多，海明威、辛格、乔伊斯、卡夫卡、卡尔维洛等等。我读的最多的是福楼拜的《包法利夫人》，每隔几年要读一次。福楼拜在看似很客观、冷峻的态势中展示了其主观意识，所以他说，包法利夫人就是他。福克纳在展示世界中恰当而完善地传达了自己。如果要在托尔斯泰和陀思妥耶夫斯基之间选择，我会首选陀思妥耶夫斯基。《卡拉马佐夫兄弟》、《群魔》、《死屋手记》等，我都喜欢。他的《罪与罚》我读过好几遍。当拉斯尼尔尼科夫一斧头向放高利贷的老女人砍下去的时候，他感觉到的是女人"脑门和脸都皱起来，抽得变了样"。对死去的一个人的这种感觉只有陀思妥耶夫斯基才能写出来。对当代欧美作家和日本、韩国作家的作品我也很喜欢，菲力普·罗斯翻译过来的作品我几乎全读过，麦克尤恩的作品我一部也没放过。爱尔兰女作家吉根的作品我特别喜欢。国外的年轻作家走的是一条继承经典的路子，我就弄不明白，为什么我们的一些80后，90后不读经典，也不按经典的路子走下去。我看不出，我们的文学希望在哪里。

《延河》：您是怎么看待当代作家和当代作家的作品的？

冯积岐：80年代初，我开始练习写作的时候，认真阅读当代作家的作品。后来，接触了古今中外大量的经典，我对当代作家的作品读的少了，有那么多经典堆放在案头，读也读不完，我没有时间阅读当代作家。所以，不敢妄加评论。我很尊重每一个同行的辛勤劳作和取得的成就，他们当中，优秀的不少。比如陈忠实、莫言等作家令我尊敬。在我有限的阅读中，我感觉到，中国当代作家的作品普遍很脆弱。我说过，就当代作家作品的思想性和艺术水准而言，和欧美作家相差几十年。尽管，厄普代克的短篇小说有形而下的缺憾。我们评了那么多获全国短篇小说奖的作家，有哪一个能和厄普代克比肩？尽管，卡佛的短篇小说有琐碎之嫌，但他对生活的概括能力和透视能力，我们的作家哪一个能达到？当然，文学创作不可以这样类比。但是，我们能拿得出手的作品确实不多，被国外读者叫好的作品更是少得可怜。我们不必责备诺奖评委，而要检讨自己。

有人说，当代文学到了最好时期。我觉得，这是政治家的言词，不应该出自作家和评论家之口。眼下的创作环境比"文革"期间和"文革"以前宽松多了，这是无可争辩的事实。对于一个好的作家来说，没有最好和最不好的说法。我反而觉得，眼下的诱惑和"文革"期间的禁锢一样的可怕。一些所谓的作家急于把名誉兑换成权力、金钱、美色，功夫用在了写作以外。即是优秀的作家不得不和政客、奸商、骗子、流氓、混混子为伍。尽管，有人在极力回避这个行当的腐败，但腐败的丑行我们不能不面对。一些没有艺术良知的人一拥而上，非要把那些坏作品说成好作品，非要把平庸的写手推上领奖台。特别是那些被惯坏了的、宠坏了的作家们，出版、发表没有门槛，获奖受益没有门槛。这个行当，成为个别投机钻营者大显身手的场所。靠这些人能出大作品吗？因此，今年4月份，《陕西日报》社的编辑采访我的时候，我说过，好作家没有在获奖名单上或主席台上，好作家在某个山沟里正在辛勤耕耘或在城市的角落里蜗居。好作品没有在书店里的书架上或编辑的手里，好作品压在作者的抽屉里。

我们的当代作家和当代文学还是留给后世人去评说吧。时间会证明一切的。

《延河》：还是说说艺术本身，您多次强调，一个好的作家要坚守自己的小说美学观。您的小说美学观是什么？

冯积岐：我以为，这个问题至关重要。有些人写了几十年。他们或者没有自己的小说美学观，或者只遵循从教科书上得到的小说美学观。他们的作品只是一堆素材，抑或听来的"故事"，从他们的作品中读不出"艺术"这两个字。我说，小说就是揭示人物内心最隐秘的部分。有人就说，小说是社会生活的反映。他们非要把人物内心和社会生活对立起来。我说，形式是内容的一部分，艺术其实就是形式。有人就说，思想性是小说的内核。福克纳是最讲究艺术形式的，罗布·格里耶、贝克特创造了自己独有的艺术新天地新形式，你能说《八月之光》《橡皮》《等待戈多》没有思想性？陀思妥耶夫斯基在作品中不谈思想，他的作品中的哲学思想让后世人研究了一百多年。

小说和其他艺术一样，最初来于直觉和灵感。一个迟顿的人、麻木的人、漠然的人、懵懂的人和小说艺术无缘。和一个人一样，小说有其自己的自尊和尊严。一个好的小说家必须自觉捍卫其自尊和尊严，不要叫小说沦为某种工具。

我坚守的是现代现实主义的小说美学观，我曾经为这个命题而写过一篇论文。我这里所说的现实不是伪现实，不是被遮蔽了的现实，而是作家用一支笔擦亮了的现实。而现代主义不只是技术问题，而是坚守现代主义的立场的问题。这就需要作家拿出勇气来写作，敢于和世俗抗衡，拒绝媚俗。能否发表、出版、获奖和写出好作品是两回事。如果没有加缪《西西弗神话》中的那个"疯子"一次又一次把石头推上山的胆识和力量，勇气和信心，如果耐不了那种寂寞和煎熬，如果没有自己一如既往地坚守，就很难出大作品的。一个好的作家不必发宣言，树旗帜，作品就是自己的标榜。

《延河》： 您写了三十年了，您对作家这种工作有什么见解？

冯积岐： 我赞赏路遥的话，作家应该像牛一样劳作，像土地一样奉献。三十年前，我开始写作以后，在我工作的那间房子里的墙上就贴着自己写的一个条幅：寂寞为乐。一个好的作家必须心静下来，面对艺术。如果内心不沉静，你就是蹲到井里去也是枉然。海明威的话是对的，作家写到后来，越写越孤独。他没有精力和时间上蹿下跳，出没于社交场所，没有精力和时间逢场作戏，凑热闹，甚至对于朋友、老师、家人、同事也疏远了。作家面对的只是自己笔下的人物，只是一本稿纸一支笔。好的作家在案头，而不是在沙龙中，好的作家只和自己对话，而不是寻找异性派对。

当代作家很累，不只是累于名利、金钱，也累于交往，他们的欲望每时每刻面临着被挑逗。况且，社会评价体系变了，价值观变了。每逢遇到排座次分果果，要看你获了什么级别的奖，要看你是处级作家还是厅级作家。因此，很多"著名作家"没有知名作品。要问他写了什么，读者目瞪口呆。要命的是，作家并不觉得这是对自己灵魂的阉割，反而沾沾自喜。当代作家背负的东西太多，难以出大作品，这也是原因之一。

《延河》： 最终使您三十年笔耕不辍，坚持写下去的原因是什么？

冯积岐： 爱好。喜欢文学艺术是主要原因。这种爱，似乎是癌症，一旦患上就很难根治。如海明威所说："一旦写作成为你的主要毛病和极大快乐，只有死亡才能止住它。"小学五六年级的时候。同学们就起了一个绰号给我：文学家。到了初中，这个绰号越叫越响。其实，那时候，我的作文写得并不好，一点儿当作家的念头都没有。二十多年后，同学们聚会，有同学说，我当作家，是他们叫出来的，我只能笑笑而已。

我觉得，童年和少年的不幸注定了我必须怎么写和写什么。

我的性格是愈挫愈勇。尽管，我被惨败感所困扰，但没有后退过。我甚至以为，用一支笔恰当而完善地表达自己和社会认同是两回事。

我读了那么多经典，很明白，山有多高，水有多长。我的文学参照很高，所以常常觉得自己太低。批评界缺少的就是参照系，他们把一米作为高个子来参照，那么，五六十厘米就不是侏儒了。这是很悲哀的。有好多东西需要我去尝试、去探索，因此，我不断地否定自己，在小说创作中左冲右突，寻找自己的出路。我这样写，也那样写，不可能停下来。人生要有目标，艺术也要有目标，我一直朝着我所追求的目标奔突。

《延河》： 可以说说您的写作习惯吗？

冯积岐： 可以。1983年，我发表第一篇小说不久被朋友推荐到岐山县广播站搞通讯报道。那时候，我们这些人被称为"八大员"。我的工作很繁忙。不仅要写新闻稿件，还要给乡党委乡政府写材料。白天，属于我支配的时间连一分钟也没有。因此，每天晚饭后，八点钟准时坐在桌子跟前，一直写到凌晨一两点，有时候凌晨三四点才停笔，天天如此，白天不睡午觉。我记得，有一年秋天的一个晚上，秋雨刷刷地下着，我写到了凌晨四点，肚子饿得不行，去叫灶夫的门。灶夫回家了。没办法，我戴着一顶旧草帽出了乡政府大门，回到了三里以外的家，把妻子从睡梦中叫起来了。妻子吓得不轻，以为出了什么事。我到厨房里去吃了一块蒸馍，喝了半碗开水，又回到了乡政府，只睡了一个多小时又爬起来上班。后来，我每天晚上写作时，准备一块蒸馍，放在桌子上。蒸馍不知什么时候被老鼠叼走了，我毫无察觉。

1988年进了西安。我白天写，晚上也写。一直到了90年代后期，我晚上不写一个字，坚持白天写。早上八点开始写，一直到下午三点左右。

三十年来，我写得很苦。有人说，我是用生命写作。对此，我不否认，因为文学是我的生命方式和生存方式。我常常把自己从案头写到医院才停笔。有人问我为什么要这样？我说，我不写作难受得不行。这是实话。

三十年来，我一直用钢笔写作。现在写好之后，请人打印，打印好，自己再校对。不是我学不会电脑，而是我抵制它。坐在电脑前，我的思维就停顿了。在稿纸上写，听钢笔落在纸上的声音，仿佛把自己的一颗心正在朝土地里播种，心情特别舒畅，那种声音也极具诱惑，像我的情人一样。有些语句仿佛从天外而来,写完之后,读着这些"飞来之笔",连自己都吃惊。有一段时间,我对稿纸也挑剔,一定要一页300格的。

写作本身是很愉悦的,如果说,写小说苦不堪言,有几个人会从事这项工作呢?

原载《延河》2012年第9期

好的作家要有坚守和操守
——答《西部时报》记者问

《西部时报》

《西部时报》：问候冯老师！今年3月份，您出版了长篇小说《粉碎》，题材依然是围绕陕西农村的常人常事，但它深刻地传达了人在肉体粉碎的同时，其精神和道德也不复存在的理念。目前这部作品的反响如何？

冯积岐：《粉碎》出版后，得到了读者的好评和关爱，许多读者打电话或者写信给我，给予了这部作品好评。作家郑金侠和评论家吴妍妍分别在报纸上写评论文章，对这部作品进行了分析探讨。《长篇小说选刊》杂志在2012年第3期，对《粉碎》进行了推介。也有读者认为，这部作品的结尾应该写得更细腻一些。我对这部作品是比较满意的，作品中灌注了我对人生和人性的深刻体验。作品在发排时，该书的责任编辑乐渭琦先生打电话说，作品在他们出版社反响很好。他说，这部作品应该获奖才对。对此，我不抱奢望，作品究竟写得怎么样，只能让时间来验证。

《西部时报》：在此之前，您的所有作品几乎都带有浓郁的"土味"，如《村子》、《我的农民父亲和母亲》等，这似乎更符合"艺术来源于生活"的观点。是什么促使您三十年如一日地为秦川而歌、为秦人而唱？

冯积岐：我曾经说过，我的写作有三个"背靠点"，其中之一，就是我的乡村生活。我初中毕业之后，在农村生活了二十多年，也就是说，当了二十多年的农民，对农民的生活我有很痛彻的体验。我认为，支撑这个民族、这个国家的还是农民，还是大地。农民的命运，就是这个民族的命运。我的父辈，我的兄弟姐妹还有好多乡亲，现在依旧生活在我生活过的土地上。他们与这个民族一样多灾多难，面对生活中的各种挫折，他们勇敢地活下来了。生活之火，在他们心中永远不会熄灭。尽管，他们的肉体受尽折磨，灵魂受尽煎熬，甚至可以说，有时候活得就不像是人，可是，他们从不沮丧，从不后退，把生活挑在肩上，朝前走。尤其是，每当我想起早逝的父母，就想大哭一场，父母的一生艰难困苦，愉快的日子屈指可数，可是，他们给儿女们留下了宝贵的财富，那就是做人的准则。我从父母身上学到了人的坚韧、忍耐、宽容、善良、勤劳和利他主义的品质。我的许多作品其实是为父母而歌的，特别是母亲。

我的书写不只是出自某种责任和义务，而是来自内心的吩咐，来自灵魂的吩咐。

钱穆先生曾说："所谓的传统文化，就是中国人。"钱穆先生所说的"中国人"的绝大多数是指中国的农民。中国农民就是中华民族的传统文化，他们身上的美德不仅是传统文化的一部分，也是这个民族最闪光之处。这种美德体现在我的父辈和我的乡亲们身上，我对他们的书写，也是对传统文化中最优秀的部分的肯定。

《西部时报》:每个作家都期望建立属于自己的"乌托邦",您成功地塑造了"松陵村",它不仅仅是个小地方,更是中国乡村历史和民族精神的隐形载体。

冯积岐:你说得很对。我笔下的"松陵村"和福克纳所虚构的美国南部的那个小镇意义是一样的。它是小说意义上的空间,也是我传达对人生、对人性、对这个时代的理解的载体。我认为,这块"邮票大"的地方,是整个中国乡村的缩影。读"松陵村"就等于读关中西部农村,读中国的任何一个农村。这个民族的所有不幸和有幸,这个民族的灾难和狂欢,这个民族的笑颜和眼泪,我全部浓缩在了松陵村。我构建的松陵村有高大、伟岸、挺拔的白皮松,有古老的帝王陵,有占领和被占领,有杀戮和反抗,有古典式的爱情和乱伦、放纵,有汗水和功名,有奋斗和失败,有天灾和人祸。总之,这个民族经历过的,松陵村都经历过。

松陵村不只是以一个地名而存在的,它是活的,有血有肉,有灵魂。它固然是我虚构的,它已活在故乡人的心中,活在千千万万个读者心中。

一名好作家,如果心中没有这么一个"邮票大"的地方,他的"背靠点"就坍塌了。

《西部时报》:去年底,您的作品《村子》入围第八届茅盾文学奖,但遗憾的是未笑到最后。您如何看待中国文坛的评奖?

冯积岐:《村子》未获"茅奖"不只是我个人的遗憾。我毫不脸红地说,这是读者的遗憾,是当下大陆文坛的遗憾,也是这个文坛的悲哀。《村子》是2011年6月份被凤凰网连载的，仅仅1年2个月，点击量就超过了4000万。近几年来的任何一部严肃文学作品都没有达到这个数字，而那些"茅奖"获奖作品，点击量只有几万、几十万。《村子》在陕西省人民广播电台的两个频道播出了3次，我曾经在电台与听众做过交流，那些听众大都是农民，他们说我笔下的田广荣、祝永达、马秀萍就在他们村子里。他们宁肯推迟吃饭，也不耽误听广播《村子》。他们问我，《村子》为什么不拍电影、电视剧？我无言以对。听众对《村子》的喜爱出乎我的意料。最近，北京一个与我素昧平生的资深评论家在陕西说，《村子》很震撼，《村子》是他读过的最好的当代小说。今年4月，陈忠实老师在一次访谈中为《村子》没有得到应有的评价和声誉为我而鸣不平。

我觉得，不公正的评奖是对作者的不尊重、欺负甚至侮辱。足坛有谢亚龙、南勇等败类，文坛未必没有。我渴望得到公正的评价，但是我不是为获奖而写作的。我记得邵燕祥老师对我说过的一句话：时间会证明一切的。我也相信，随着社会的进步和民主化的推进，中国文坛的评奖机制会更加健全。

《西部时报》：随着作家马原携带《牛鬼蛇神》"复出"，先锋文学再次被人忆及，曾经对先锋小说有所探索的您，如何看待被过度阐释的当代文坛？

冯积岐：现在看来，理论界当时对"先锋文学"的定位未必确切。过来人都知道，当年，随着改革开放的深入，欧美文学如海潮一样涌进中国文坛，一批有勇气的作家们开始了有勇气的探索和实践，这是中国文学的一大进步。在20世纪的90年代初,我大量地阅读了欧美文学以后,也进行了一些实验和探索。这些探索不是对中国传统文学的否定和颠覆,恰恰相反,是如何吸收欧美文学的精华,并将其与本土文学传统相融合。只有解决好这个问题,才不至于使先锋文学落在一个词汇上。先锋文学不是技巧问题,我至今依然认为,当代中国的小说家,还是要向欧美的经典作品学习,勇敢地进行探索和实践。我曾说过,当代中国的小说水平和欧美小说的水平相差五十年甚至一百年。

作家固然不需要像谭嗣同那样以血醒世,但作家需要有勇于创新的精神。讨论什么是汉语写作本来就很无聊。我认为,凡是用方块字写出来的小说,就是汉语写作。

一个好的作家必须有自己的坚守,不要轻易认同。

要马原再回到当年的"先锋"状态是无稽之谈。当下的文学环境已彻底改观。当下的文学在堕落中发展和进步。

《西部时报》:当下网络文学兴盛,是否对传统文学和以传统的方式进行创作的作家来说是一种冲击?

冯积岐:不是冲击,恰恰相反。这种说法把网络读者群和纸质读者群对立了,把传统与网络对立了。似乎是,在网上写作的必定是三流四流作家,从事纸质写作的就是一流作家,不是这样的。民间有高手。被主流认可的未必能留存于文学史。经典作品精英能接受,平民也能接受。网络是每个写作者的舞台,只要你写出好作品,在网上更能赢得大量读者。决不能说,网上就不传统。这与传统没关系。

《西部时报》：挂职算是另一种方式的文学探索吗？您对中国文学有哪些期待？

冯积岐：挂职有多层意义。官方有官方的解释，挂职者有挂职者的需求。陕西省的老作家柳青、王汶石等人，在20世纪的50年代就挂过职，这不是新鲜事。是否有收获，因人而异。关于中国文学，我在接受《陕西日报》记者采访时说过，好作品没有在获奖名单上，没有在书店书架上，好作品在作者的抽屉里压着。"文革"前十七年，文学只受政治一层压迫；现在，文学受政治和经济的双重压迫。在各个领域，政客、流氓、奸商、混混不少，文坛也一样。钱理群教授说："我们的学校从孩子很小的时候就培养精致的机会主义者。"在文坛，机会主义者更容易得手。当然，我不是环境决定论者，斯大林时期，苏联照样出帕斯捷尔纳克、索尔仁尼琴、布尔加科夫等大作家。对于当代文学，我的担忧多于自信，如果说有问题，更多的问题在于作家自身。作家不仅要有坚守，更要有操守。

《西部时报》：相比整个中国文坛，陕西作家给人务实的印象最大，这似乎也是文坛陕军爆发力的源泉。正因为如此，坚持回归本土对创作的意义就显得更为重要了。

冯积岐：陕西作家的创作，路遥曾经一言以蔽之：像牛马一样劳作，像土地一样奉献。秦人的全部优点和缺点就是：诚实、能干。有人曾给我下定义：用生命进行写作。

我曾经给青年作家说过，自己的地里满是金子，为什么要扛着镢头在人家的地里去乱刨？牢牢地贴紧自己的"背靠点"，在自己脚下的土地上去挖掘,就会写出好作品。我这里所说的,可能与批评家在理论上核定的"回归"有点不一样。批评家所说的"回归"有指指点点的意思。其实,作家的路数很简单:有什么体验就写什么,不存在"回归"的问题。

原载《西部时报》2012年7月24日

附录一 印象记

积岐小记

刘 谦

许多日子的黄昏，我总看见积岐一个人把自己的身影瘦消而孤独地悬于都市之喧哗上，痛苦地冥想。每次看见这个情景，我总感到心中隐隐有锥刺之痛，有无限悲凉。我无法猜破他当时的心态，亦无法直译那只属于上帝的人生奥秘。但黄昏中，都市里，一个孤独痛苦的单身男人之宁静和安详所传导出的人生信息，总让我深深不安和愧疚。

一切怎么说呢？

我认识积岐整整五年。那时，我刚从学校毕业走上社会没几天，对待生活没有今天这么多的疲累和心酸，对待朋友一腔赤诚，也没像今天这样感到常常被人误解和贬斥。当时，他在周塬上的一个乡政府里，认真地为广播站编稿件。广播站那间衰败的瓦房空旷而阴潮，终年没有暖色。他的床上，桌子上落满了尘埃和大雁塔烟蒂。他就囚在那里一夜一夜地填格子。每当疲累之时，他便出门走在燥热裸露的田野上，回家去吃饭。在他踽踽走动的背后,暴响的阳光滋生出潮涨般的热浪。一股一股全民皆商的大潮,在他身后滚涌,在古老的周塬大地上响动。

积岐是那种忧郁得让人一见便想大哭的男人。他的忧郁痛苦,使人一见他便会生出些许宗教般的情愫。一个男人,一个需要养家糊口的农民,在那样的时候,却又坚守着心底的圣地,表现出那样的宁静与超然,他内心的意志力当是多么的坚强!他在痛苦地挣脱着一切俗世的虚华,在一片厚重的黄土之中寻觅一种属于上帝的、达于茫茫彼岸的途径。他就像他们村头那棵百年老树,静静地面对着喧哗的生活,偶然清幽地淡笑。那淡笑洗尽了全部痛苦与欢乐的乳色汁液,成色纯净平泊。

积岐的家住在周公庙旁的一个小村子里。简单的院舍,寒碜的房屋。没有梧桐树,也没有金凤凰和夜来香。每当薄暮吞蚀一切人间消息的最后时刻,他偏偏相信自己听见远天之上似乎有一只神鸟飞翔的音响。

或许,他所见的真实的应当是瓦楞上青草的音响。但他却坚信那是一种民间故事里描绘过的鸟的飞翔。甚至,他想把这一切告诉给别人。

信不信由你。不信你也没办法。

人的实际遭际是一面残酷的镜子,特别是在一些残酷的历史时代里。人类总无法逃避这些,因此才拼命追寻自由。因此,才有了各种各样的奇怪行止。因此,才派生出各种各样的选择与结果。

积岐比我大十岁,这便决定了他那惨不忍睹的童年。他的家在周公庙旁,村子也叫一个令人感伤的名字:陵头。村子背靠一座大山,面对着那片被历史浸得湿乎乎的黄土布幔。当一个小小年纪的少年，硬被生活自学校里挤出来，走在这黄土地上时，他能怎么样呢？他甚至于乞讨过。要饭吃的日子砍杀着他的自尊。繁重的劳动压在他的薄肩上面，他吃不消，撑不下去了。他想当一名记工员，然而，奇怪的历史逻辑却粉碎了他这一世俗的梦想。他学演戏，学兽医。他干。他为人的高贵用生命用青春作代价，结果总不好。他常常有各种各样世俗的幻想，总是常常被世俗击碎。他为之痛苦，为之不平。

太阳依旧升上来，而且温暖得沁人。积岐挑着一担山柴站在北山上。他站着，努力想把腰挺直，可是沉重的担子总压得他弯着腰。尽管他的脸上身上衣衫破烂，血痕缕缕，他仍然想挺直腰，轻快地走过这段狭窄崎岖的路。那时他十七呢，还是十八？

我不知道。

同任何一个理智正常的年轻人一样，他也想活得像个人样。可人样到底是个什么样子？他开始观察自己身边的人，村子里的人，自己视野里的人。他觉得这一切，似乎都没有自己无数次在梦里依稀见到过的那种让人激动痴迷的人样。他惶惑了。于是他又搜寻书籍。书箱里无边黑暗。什么也看不见。一切都静悄悄，跟这死寂的现实一样。他在心里为自己设计了无数次蓝图。他只觉得心里的血淌得更快，憋得更难受。最终，他在想这样一个问题：怎样才能活得像个人样？

积岐1983年5月在《延河》第一次发表《续绳》。从此，开始了他小说创作的第一个阶段。这一时期的主要作品是《续绳》和《拆房》。(《拆房》发表于《个旧文艺》)

《续绳》明显带有契诃夫式的印痕。成功地运用聚光原理，把两个人物琐屑漫长岁月里所呈现出的世态、心态汇聚于捞桶这样小小的事件中。构思极简单：苗杰和武三是一对患难与共以捞桶为生的兄弟。随着社会变动，苗杰当了权。因之他们的友谊发生了迂回曲折的变化。作者简洁的选取不同历史背景下三次捞桶的具体情节，生动传神地刻画了苗杰当上队长后，逐步鄙视厌恶自己与武三之间结成的友谊。生产责任制后，苗杰从幻象中落到大地上，他复又怀恋自己失去的纯真友谊。把封建宗法制生活留在农民心底的集体无意识状态（等级观念！可怕可怜的等级！）刻画得颇为精巧。让人们从苗杰的亲手续上一个永久的"麦头穗"上读出一点人格的力量和批判意味来。虽说这在1983年的文坛上对于作者来说是一个精练的短什，但也许正因为作者的局限（本人是农民），文化的程度诸原因他没有看到新而深的东西。没有挖掘出什么深刻的厚重的东西来，更谈不上在历史文化背景上的批判了。

1983年—1985年，积岐的创作处于学步阶段。中国农村社会在这期间正发生着四十年里最深刻、最急促的动荡与变化。自身的现实逼迫着这个为人之尊贵七突八围的青年农民从根本上改变自己。能够看到，他的痛苦是深广而无奈。这一阶段，他写的不多，准备不少。

1986年，积岐因《舅舅外甥》而引人注目。1986年—1987年，是积岐创作的发韧阶段。这一阶段的主要作品是《舅舅外甥》、《豹子下山》，还有发表于1988年《中国西部文学》的中篇《地下水》。其中《舅舅外甥》最有代表性。

《舅舅外甥》在文坛上赢得喝彩争鸣是自然的。肖云儒先生说："它给我的印象是朴朴实实、挺耐嚼,挺有味道,而且不是那种三言两语不好说清的味道。"这话是中肯的。

其实,这不意味它是只苦涩的青果。我感觉它恰是一支田园牧歌,带着中国黄土味的宗教般的现实牧歌。背景是黄土中的秋景:裸露的黄土地起伏不定,脸有菜色的农人睁着困惑的眼睛,弯着腰给雇主家整地。背景前活动的是几亿年人类共同俗世当中亘古不变的戏剧:所谓道德与生命本能的冲突。尽管如此,还是有清风吟玉之声自那画面上飘逸而来。积岐对故土的热爱、困惑与愤恨,使画面斑驳凝重。凝滞得几近死板。以至自黄土夹缝里透出的历史文明递进的消息,险些被他掐死。这也是作者历史眼光的局限所致。因为他之批判,往往只凭情感(或许是贫民情感)而不凭理智和教训。这里,结构、布局,一切纯技巧都退到二线。整个贯通的是炽烈的故土之爱。这种生命情愫泅进历史进化的消息里,飘荡出人向生命、现实向历史必然回归的灵性。这个作品的耐嚼效果恰恰在于:历史的必然与传统无意识之间,伦理批判与现代人际关系之间的冲突。当一切都被置于历史的链条上去看时,沉重的飞翔发出缕缕血吟之声,必然的步调回荡在历史天幕上。回旋与吟咏便是必然。

积岐的明显受俄罗斯文学影响的这种社会—伦理层面的作品,还有编在"陕西文学新军三十三人小说展览"中的《豹子下山》。构思的角度与创作时的心理机制完全一致。并不是历史与道德的龃龉,而是作者中国农民式人格的痛苦嬗变。小说中痛苦的道德沦落,很大部分是封建道德的变种。小说中困惑的血亲关系的扭曲,很明显不符合历史时代的特性。虽然，这个中间有另一方面的问题，但问题的核心还是封建农业文明留下的。站在中国农业文明向工业文明过渡时期的今天，这一切不应该值得好好思索吗？这样处理与认识，只能使人们更清醒地意识到封建宗法制的农业文明对今天多么有害。假设换一位非农民出身作家写这个东西，他恐怕决不会这样处置。积岐隐忍宽容了自身与历史阶级的局限。这样的作品，对积岐至迟延伸到《地下水》。

这一阶段，积岐的创作一直在闷热的夏季。灵与肉都处于煎熬之中：痛苦而燥热。作品主要以人与社会的关系为框架。炽热的情感中化解着他对社会现实的关注，对历史生活的认识。作品具有较高的社会审美品格。这时，积岐在生活和创作中都带有极强的世俗功利目标。所以，自本质上看离艺术还有一层"隔"。作品没有宁静与智慧，缺少思想和精神品质。他内心的极度痛苦表现在作品中缺乏从容练达的艺术品位。

也许是感觉到人与社会型艺术创造的局限，无法深切的宣泄真正的人对生命的情愫。积岐开始追求人与文本上的艺术效果。《日子》、《在那个夏天里》、《年间》、《夏天到秋天》，便是明证。

与《舅舅外甥》式的作品比较，后面的几篇作品让我这个普通读者更容易认同。自《日子》开始，我突然像走进牧歌里的绣像世界。天幕湛蓝，浅月鹅黄。原野沉寂。繁星满天。三五点蛙声犬吠，两三只鸡鸭鸣叫。浓郁的生命世界舒展开来。这情感是一种人对于自身的感悟，对社会世界最终操纵机制的猜想与发现。这时，积岐焕发出机智。他尽量采用平淡的叙述，让漫漫黄土的具象世界透出高远的神的旨意。《日子》

里的农家小景，浓烈而燎人。《在那个夏天里》的人生经验，真切传神。《午间》对情感世界的回味，生动伤感。《夏天到秋天》对生存的两难状态，体味独到。他保持了自己一贯的优势——生活熟悉味浓气足。传统的审美价值依然占据着主导地位。

这时，他一切从本色出发，写得拙朴浑圆，透渗出极强的自我努力的倾向。积岐通过简单琐屑的对话和白描，用生活的原汁原汤象征写意，榨干主观冷峻的审视灵魂，努力把玩自己，体会艺术三昧。

这一阶段，积岐承受着巨大的人生落差，在落差的跌宕间苦苦寻觅着一种回归田园的宗教般的明澈与清纯。他这时，似乎已看出了自己身上固有的缺憾。他也从生活的历练里体会到了现实历史进步的情形。看清了传统价值观念的落后，也明了了还不完备的新价值观所带有的阴暗与罪恶。这一切，使他的作品中时常把激情、气韵、思想等要素显露出来，活像寒霜淫月之夜，猝然遇见悄自绽放的六瓣梅花，韵致独特，引人深思。这一切生活；对于积岐来日熔铸自己的大气魄、大雄心、大严谨的艺术追求是大有好处的。尽管他目下并没多大声势。但如李星同志在一篇谈论陕西作家的文章中所指出的一样："笔者认为，晚起的一些青年作家，如杨争光、王观胜、高建群、冯积岐、爱琴海等人的小说值得引起人们足够的注意。他们的出现，给稳定的陕西文坛，注入了一种新的因素。"

积岐的写小说，其实就是一场挣脱自己的血腥突围。他在这场突围中杀得昏天黑地，痛苦不堪。杀得艰苦卓绝，代价惨重。他在作品中留下了自己真诚的足迹。刚开始是人与社会，社会与伦理，然后是超越了这些以达予人本。他始终在给读者一个脉络清晰而伤感痛苦的人生形态。他关心人的灵魂而非现象。因此,他在小说中总向往着柔和、平静、丰富辉煌和尊贵的华章。

原载《小说评论》1991年第1期

冯积岐印象

徐 岳

作家冯积岐，丢下手头的农活儿已有三十余载。但我一想起他，依然会想起金黄的包谷和那个丰收的季节。

三十年前，即1982年的秋季，那是土地承包到户后迎来的第一个金秋，农民冯积岐独自种植的秋庄稼也成熟了，一家大小正火天火地地掰包谷。当时，在《延河》当编辑的我去看他，听说他很能写，不过都是些广播稿子。我下乡组稿，是有枣没枣都要打三竿子的，便拜访了他。头一回给我的印象是：人很瘦弱，面相有点冷，性格沉稳，不是那种见了编辑就火辣辣的汉子。令我永远不能忘记的是他家院子又窄又长，两绺儿房子东西对开，一间紧挨一间，全挂了白门帘，好像进了县上的小旅馆。属于冯积岐的那一间是关中农村常见的厦房，倒满了包谷棒。我是踩着包谷棒上了炕，真的与他席地而谈。新包谷的奶香味直掺和到我们的话里。谈话，当然离不了写作。他的一摞翻译书籍沉默在炕头，使我明白主人阅读范围涉猎很广，最爱的是俄罗斯、法国名家的小说。夜深了，他终于赧羞地拿出他的三个短篇。我挑了一个，叫《捞桶》，写分田到户后人与人关系的新变化。这篇处女作发表在1983年5月的《延河》上，题目改为具有作品中人物重续关系意味的两个字：《续绳》。当月召开的全省新作者座谈会上，传开的文学新人里，就有冯积岐的名字。会后，受了鼓舞的冯积岐，长了新的勇气，隔三差五给我投稿，前后共投了七八篇，结果遭到的是一封封倒霉的退稿信。但他没有因我的打击转投他人，或者不写小说。后来他说，他认定的事情不会放弃，他会固执到偏执的地步。有一天，我读了他寄来的稿件后，激动得不能自已，感情奔放，至今还记得我给他信的第一句话："祝贺你写出了这么好的小说！"这篇小说叫《舅舅外甥》。《小说月报》转载后，上海"五角丛书"和一些小说选本又纷纷选载。他的创作起点很高，这是大家都知道的。此后不到几年，冯积岐的人生命运出现了重大转折，他被陕西省作协特招为编辑，再转为专业作家。这是我省作协历史上仅有的一次。冯积岐进步更快，作品年年飞跃，常有小说在北京、上海、天津的文学期刊上发表或转载，有时还传来获奖的好消息。这位由农民成长起来的作家的作品，却少了"土气"，较好地吸收了国外小说中被他理解，并能使用的表现手法，于是其作品产生了一种少有的鲜活气。他的写作随笔可以说明他为此做了如何艰辛的努力。他的作品不只令人记下了一些典型人物的名字，还令许多读者和研究者记下了他小说中一个不变的村落名字："松陵村"，由此也惹来了几多神秘，几多咨询。

冯积岐给询问者称他作品中的"松陵村",是"小说意义上的空间"。其实我去过那个"空间"的,他虚构得很实在。我第一次去冯积岐家,就从那棵高大无比的白皮松树下走过,听了松涛阵阵轰鸣,看了白鹭双双起舞。由此走不多时,就到了冯积岐所在的陵头村。再向北走上一里路程,便是周朝大人物的墓群。帝王墓者为之陵。也许是在一个晚上,冯积岐正在倾听着心灵的吩咐写小说,"松"和"陵"激动得走到了一起,来到了他的笔下。于是,高大雄伟有了,历史悠久也有了,属于冯积岐的"松陵村"诞生了。他把人物,人性,情节和故事放在这个载体上演示。他说,"这个民族经历过的,松陵村都经历过"。"这个民族的所有不幸和有幸,这个民族的灾难和狂欢,这个民族的笑颜和眼泪,我全部浓缩在了松陵村。"冯积岐创造的"松陵村"活在了读者的心里。这个"邮票大"的地方也著名了。

记得是在一个晚上,我给冯积岐讲了一个小故事:我听乡党说,他村有个地主分子,过去挨批斗挨扎哩,可他今年九十岁了,和村里上年纪的人一样享受高龄补贴,一个月九十元钱。我问乡党,地主分子过去挨斗受气,怎么能活九十岁?他说,他两个老婆,小老婆对他特别好,一听说晚上要上批斗会,就给老汉做工作,要想开些!老汉开完批斗会一回来,她双手接给一碗荷包蛋,叫老汉又吃又喝;再给说些宽心的话,所以批斗没少挨,岁数没少活,看那精神劲儿,说不尽能活到一百岁呢!这就是我当时讲的故事的全部内容。没过几月,我从《延河》2005年第6期上读到了冯积岐的短篇《我们村的最后一个地主》(当年《小说月报》第9期转载)。我的故事短平快,他的故事"马拉松"。因为他有他得天独厚的创作、想象的"背靠点",即农村和他进作协之前二十多年的农民生活以及他独有的生命体验。我问起他这篇小说的构思成因,他说他的小说做法大致有三类,一是先有个想法,调动生活积累来完成;二是得到一个小说素材,变通之后,谋篇布局;三是从生活中一个典型人物写起。《我们村的最后一个地主》根本就不是我讲的故事了,他的所谓"变通"就是予以典型化,使其作品就更有时代感,更有深刻意蕴了。其实,要具体做起来就很不容易了。要不,冯积岐谈起他写小说,不止一次地说,"前不见古人,后不见来者,念天地之悠悠,独怆然而泣下。就是我的心情写照。"他还说,写作是他的"癌症",是他的"病"。这意思正好回应了海明威的一句话:"一旦写作成为你的主要毛病和极大快乐,那么只有死才能止住它。"冯积岐不止一次地把自己从创作室写到医院的病床上。病没好利索,面容憔悴的他又爬上写字台,爬格子了。他孤独地爬着,他相信孤独把他照得通体透亮的时候,时间裁判会站出来例行它的权利了。人家怎么说,那是人家的话语权了。但冯积岐相信,无论他说什么都会是客观公正的。

如今他没有独自种植的堆积如山的包谷棒子,却有了他自己写的小说近千万字:中短篇两百五十部,长篇十部。他悉心创作的长篇《村子》,被凤凰网连载一年多,点击量超过四千万人次。这三十年,对冯积岐来说,是一个大丰收;对历史来说虽然只是一个瞬间,但这个瞬间也是丰收!

原载《教师报》2013年3月8日

一个用生命写作的人

郑金侠

我与作家冯积岐老师是2010年夏天在县文学创作学会举办的"卷阿风"诗会上相识的。那天,冯老师为我们这些文学爱好者做了一场精彩而又生动的文学讲座,举座皆为之感慨,叫好。他的讲话从头到尾几乎全部是岐山话,他说,岐山话在周朝就是标准的京腔,字正腔圆,岐山早在三千年前就是西周的首都。所以他说他走到哪里都说岐山话,哪怕是面对外地的大学生,即使人家听不懂,没办法,他还是改变不了那一口地道的"京腔"。在西安已经生活二十多年的他愣是掉不过舌头,改不了口音,说不了普通话。那天的文学讲座,冯老师分析了文学的前景与当前的现状,鼓励我辈要坚守梦想,坚持为文之道。他说,一个写作者要从自己身边的生活出发,在自己的地里挖金子,这样就一定会有更大的收获。我辈虽处浮华世事,心中却不能被俗世所淹没,坚定自己的文学梦想,只要有梦想就有希望,而且只有奋斗才有出路。在当前就业多元化的形势下，奋斗也许是唯一出路。他还说到自己几年前在凤翔县挂职的事情，以及后来他的"挂职日记"在《宝鸡日报》连载等等。记得当年我们将"挂职日记"广为阅读，相互传诵。当说到秦文化与周文化之不同，话语中冯老师对农民的那份深切的关怀、体恤，那种无法割舍又给予无限期望的情怀深入骨髓，使人动容。这一点使我想到鲁迅曾经对千百万劳苦大众"怒其不争，哀其不鸣"的感情。时代虽不同，但作家悲天悯人的情怀却始终如一。冯老师虽历经了从农民到作家的华丽转身，但他的身上却还是保留了农民的朴实、厚道、善良。他睿智的视觉，独到的见解很快拉近了与我们这些初学写作者的距离。他说，写作没有捷径，只有六个字：多读，多想，多写。他通过自己走过的路告诉我们写作之路并非坦途，也不是能够一蹴而就的。

冯老师顽固地坚守自己的艺术美学原则，义无反顾地按照自己对文学的理解潜心创作，没有加入到所谓的文坛大合唱中去。以他的秉性，是决不会匍匐在世俗评价体系的定性下的。他人的褒或贬、在乎或不在乎都不会影响他的心态，他永远是一副淡然、坦然的样子。他也是一个有个性，有铮铮铁骨的硬汉。他羸弱的身体，一副病态的样子，谁也无法将他与"硬朗"联系起来。但他三十年来孜孜不倦地伏案写作，让我看到了他骨子里的坚守。同时，我也担心他的身体，偶尔的电话总是听到他在医院的信息。为写作，他几乎没有正常的生活，总是写到要晕倒的情况下才不得已离开书桌，然后爬上床休息片刻，或直接上了病床挂上吊瓶。就是在这样身体极度透支的情境下，他还是坚持写作，写作成为他活着的一个理由。

在2011年中国作协组织的"定点深入生活"的活动中，冯老师作为全国"定点深入生活"的24位作家之一，他选择了他的家乡周文化的发源地——岐山县作为他的深入生活的根据地。半年的下乡生活，他不是下村采访就是伏案记录点滴收获，手边还在进行着另外一部长篇手稿的写作。他给自己的任务是，一天至少五千字的写作目标。无论如何，他是不能不完成自己定下的任务的。他经常慨叹，自己是从农民奋斗出来的作家，如果没有对文学的热爱，没有牺牲一切的坚持与执著，他就不会有今天的成就。既然文学是他的生命，他整天就生活在文学中，好像不读书不写作不思考，他就会窒息、血液就不流动了一样。只有在写作状态中，他才是思维活跃，充满睿智和激情高涨的。冯老师为写作而活着，写作成为他的生活方式和生存方式。在一边埋头写作的间隙，来自全国各地业余作者的稿件他都会认真地阅读，提出中肯的修改意见，然后再回寄给作者。他总是说，当他看到一篇出彩的好文章的时候，他比任何时候都高兴。当年他在《延河》编辑部的时候，看到投寄来的好文章，他会亲自拿出去自掏腰包帮其打印，然后推荐给主编或一些杂志。就这样，一些业余作者在他的鼓励下，从一个个门外汉渐渐入行，从平庸走向成功，所以大家都习惯称呼他冯老师，而不是冯主席。他的为文和为人堪称老师中的典范。

至今，冯老师出版、发表了近千万字的中短篇小说和散文随笔。他是一个多产的作家，首先是因为他是一个勤奋的作家。他说他一天不写心里就难受，他得上了顽固的文学病。但是文学没有带给他更多的掌声、荣誉和金钱。与别人相比，他只是一个默默的耕耘者、文学的守望者、一个纯粹的文人。就像他在多次访谈中所说的，他永远是面对文学，背对文坛的。是的，他就像"秦川牛"一样一年年地耕种，收获的是内心的平静与读者的点击率，他的长篇小说《村子》在凤凰网上短短的一年多时间内，点击率竟达到五千多万，而且一直居高不下，这是一个不争的事实。

生活是泥沙俱下的滚滚洪流，最终沉淀下来的还是金子。就像冯老师经常说的，虔诚不是皈依文学的唯一出路，但是作为一名文学圣徒首先要的是虔诚。至于什么是好作家，谁是好作家，时间会做出回答的。如今，冯老师仍然在自己的文学之路上苦苦求索。我想，终有一天，他的作品会成为后人评说的经典之作。

原载《文化艺术报》2012年8月15日

附录二 冯积岐简历及作品年表

冯积岐简历

冯积岐，1953年生，陕西岐山人，西北大学中文系作家班毕业，一级作家，陕西省作家协会副主席，中国作家协会会员。自1983年发表作品，迄今出版长篇小说《沉默的季节》、《逃离》、《敲门》、《村子》、《粉碎》等八部，在《人民文学》、《当代》、《北京文学》等数十种文学杂志发表中短篇小说《曾经失明过的唢呐王三》、《舅舅外甥》、《我的农民父亲和母亲》、《这块土地》等近二百六十篇，散文五百多篇，曾获"九头鸟"长篇小说奖、第二届柳青文学奖等多次。其生平主要经历列示如次：

1953年生于陕西省岐山县农村。

1959—1964年在岐山县北郭乡陵头小学读书。

1965—1968年在岐山县周公庙中学读书。

1968—1988年在农村当农民。

1988—1990年在西北大学中文系作家班读书。

1988—2000年在陕西省作家协会杂志任编辑、小说组组长。

2001年至今任陕西省作家协会专业作家、作协创作组组长。

2001—2007年挂职任凤翔县县委副书记。

1983年开始在《延河》杂志发表小说。

1994年加入中国作家协会。

1997年在陕西省第五次作代会上当选为省作协副主席。

冯积岐作品年表

(一)中短篇小说

1983年

《续绳》　　　　　　　　《延河》5期

1986年

《舅舅外甥》　　　　　　《延河》1期

　　　　　　　　　　　　《作品与争鸣》4期转载

1987年

《豹子下山》　　　　　　《延河》6期

1988年

《日子》　　　　　　　　《延河》1期

《在那个夏天里》　　　　　《中国西部文学》5 期

《地下水》（中篇小说）　　《中国西部文学》6 期

1989 年

《午间》　　　　　　　　　《中国西部文学》1 期

《夏天到秋天》　　　　　　《延河》11 期

《木头坡》　　　　　　　　《秦都》6 期

1990 年

《丈夫》　　　　　　　　　《清明》6 期

《乡政府人物》　　　　　　《中国西部文学》5 期

1991 年

《妻子她》　　　　　　　　《延河》1 期

《戏子》　　　　　　　　　《岁月》1 期

《一夜无月光》　　　　　　《山花》6 期

《黑洞》　　　　　　　　　《秦岭文学》1 期

1993 年

《雨雨》　　　　　　　　　《北方文学》4 期

《想起那一天颤悠悠》　　　《五月》4 期

《不动感情》　　　　　　　《延河》3 期

《烟尘》(中篇小说) 《天津文学》7期

1994年

《烟》 《延河》1期

《断指》 《延河》1期

《一种生活》 《延河》1期

《红拖鞋》 《朔方》1期

《那天晌午》 《朔方》1期

《狼狗》 《朔方》1期

《玉米地》 《朔方》4期

《没有屋顶的房子》 《天津文学》7期

《土崖遮出的阴影》 《天津文学》7期

《我的农民父亲和母亲》(中篇小说) 《朔方》10期

《小说月报》1995年1期转载

《乡村干部》(中篇小说) 《鸭绿江》10期

《走进神话》 《西安日报》4月3日

《人生舞台》 《西安日报》11月10日

《那个寒冷的早上》 《西安日报》2月27日

《小飞和画家》 《朔方》12期

1995年

《拴在一根绳子上的孕妇和勋章》 《延河》1期

《星期天和星期一早晨》　　　　《清明》5期

《最后一个木匠》　　　　　　　《飞天》6期

《寻找父亲》(中篇小说)　　　　《延河》6期

《干旱的九月》(中篇小说)　　　《朔方》6期

《杂姓》(中篇小说)　　　　　　《芒种》6期

《我们在山里活人》(中篇小说)　《秦岭文学》4期

《银元》　　　　　　　　　　　《税收与社会》11期

《月明，月明》　　　　　　　　《华山文学》3期

1996年

《露水草》(中篇小说)　　　　　《中国西部文学》3期

《眼镜》　　　　　　　　　　　《青海湖》7期

《祖母或我们村里的那棵松树》　《牡丹》4期

《革命年代里的排练和
演出》(中篇小说)　　　　　　《朔方》4期

《结局》　　　　　　　　　　　《作品》9期

《我的岳父和两个
岳母》(中篇小说)　　　　　　《山丹》9期

1997年

《这块土地》(中篇小说)　　　　《当代》1期

《短暂的军帽》　　　　　　　　《珠海》1期

《曾经失明过的唢呐王三》　　　　《人民文学》2期

《小说选刊》1997年4期转载

《有关两个头颅》　　　　　　　　《牡丹》3期

《蛋形花坛》　　　　　　　　　　《中国西部文学》1期

《林的故事》　　　　　　　　　　《青海湖》5期

《一炷香》　　　　　　　　　　　《芒种》9期

《在边缘》（中篇小说）　　　　　《牡丹》5期

《武惠兰打井》　　　　　　　　　《绿洲》5期

《想起了老黄》　　　　　　　　　《北方文学》9期

《中华文学选刊》6期转载

《城堡的短暂迷失》　　　　　　　《珠海》6期

1998年

《寻找》　　　　　　　　　　　　《作品》2期

《老黑》　　　　　　　　　　　　《青海湖》2期

《不能责怪父亲的年代》　　　　　《太阳》1-2期

《在公园》　　　　　　　　　　　《绿洲》2期

《村办歌舞厅》（中篇小说）　　　《绿洲》2期

《祖父之死》（中篇小说）　　　　《天津文学》4期

《小说选刊》7期选

《硬币》　　　　　　　　　　　　《税收与社会》2期

《去年今日》　　　　　　　　　　《延河》7期

《手》	《延河》7期
《树上的眼睛》	《延河》7期
《黄土》	《青年文学家》6期
《种瓜得豆》(中篇小说)	《芳草》7期
《目睹过的或未了却的事情》	《山花》7期
《炮人》(中篇小说)	《小说》4期
《跟踪》	《武汉晚报》5月30日
《杀人者》(中篇小说)	《牡丹》5期
《母与子》	《北方文学》10期
《我等着你回答》	《佛山文学》10期
《潇洒》	《山东文学》11期
《我和前妻》	《武汉晚报》2月7日

1999年

《下场》(中篇小说)	《章回小说》2期
《朋友》	《朔方》7期
《别有洞天》	《绿洲》3期
《塌坍的房屋》	《作品》1期
《谁之错》(中篇小说)	《章回小说》11期
《结交小曼》	《作品》10期
《家事如烟》(中篇小说)	《百花洲》2期
《雪过天晴》	《当代小说》8期

《护士邹月仙》（中篇小说）　　《山东文学》9期

《画家》　　《长江文艺》11期

《留下来的》　　《芳草》7期

《夜走他乡》　　《福建文学》1期

《玩蛇的女孩》　　《鸭绿江》1期

《袒露的部分》（长篇小说）　　《当代作家》1期

《误入歧途》（中篇小说）　　《佛山文艺》8期

《在伞下》（中篇小说）　　《百花洲》6期

《打开窗户》　　《湖南文学》2期

《与靓女同行》　　《佛山文艺》12期

2000年

《皮匠》　　《鸭绿江》1期

《房子》　　《西北军事文学》1期

《盼》　　《税收与社会》1期

《渭河滩》（中篇小说）　　《绿洲》1期

《沉默的粮食》（中篇小说，获武汉市文联《芳草》小说奖）　　《芳草》5期

《带小狗的女人》　　《作品》5期

《成熟》　　《山花》6期

《如画》　　《滇池》6期

《流鼻血的少年》　　《青春阅读》7期

《农民某一天的生活》　　　　　　《朔方》8期

《后墙上的窗口》　　　　　　　　《山东文学》9期

《在树下》(中篇小说)　　　　　　《作品》10期

《舅父的一生》　　　　　　　　　《青海湖》8期

《故乡来了一位陌生人》　　　　　《北京文学》12期

《王者后裔》　　　　　　　　　　《北方文学》12期

2001年

《老人》　　　　　　　　　　　　《西北军事文学》1期

《没事》　　　　　　　　　　　　《滇池》1期

《毁灭》　　　　　　　　　　　　《青春阅读》2期

《黄芩》　　　　　　　　　　　　《鸭绿江》4期

《人生暗角》　　　　　　　　　　《福建文学》5期

《村桩》(获吐鲁番文联小说奖)　　《芳草》5期

　　　　　　　　　　　　　　　　《小说精选》12期转载

《夏天里的几种可能》　　　　　　《牡丹》5期

《西部警察》(中篇小说)　　　　　《芳草》12期

《九月之月》(中篇小说)　　　　　《延安文学》5期

《影子》　　　　　　　　　　　　《长江文艺》12期

《惊恐不安》　　　　　　　　　　《税收与社会》4期

《青龙镇》　　　　　　　　　　　《税收与社会》12期

2002年

《那年他十七岁》　　　　　《青春阅读》1期

《母亲》　　　　　　　　　《青海湖》2期

《棉花》　　　　　　　　　《山东文学》3期

《一束亮光》　　　　　　　《牡丹》2期

《农事诗》(短篇二题)　　　《西南军事文学》1期

《盗窃》　　　　　　　　　《鸭绿江》3期

《摇晃不定的深秋》　　　　《朔方》9期

《梅草的婚姻》　　　　　　《福建文学》7期

《秀发缠身》　　　　　　　《滇池》5期

《葡萄园》　　　　　　　　《芳草》10期

《关于那个怪人》　　　　　《芒种》11期

《又是一年麦黄时》　　　　《时代文学》6期

《遭遇城市》　　　　　　　《青海湖》12期

《出走》　　　　　　　　　《北方文学》4期

《晌午的阳光》　　　　　　《青春阅读》12期

2003年

《苹果王》　　　　　　　　《青海湖》3期

《演戏》　　　　　　　　　《芒种》7期

《半夜敲门》　　　　　　　《山东文学》6期

《刻石碑的老人》　　　　　《西北军事文学》3期

《汉中姑娘》　　　　　　　　　《芒种》12期

2004年

《兽医站手记》　　　　　　　《青海湖》2—3期

《我是汉中姑娘》　　　　　　《佛山文艺》1期（上）

《痛痛快快哭一场》　　　　　《佛山文艺》3期（上）

《画家之死》　　　　　　　　《福建文学》4期

《扫院子的女人》　　　　　　《清明》4期

《死去也好看》　　　　　　　《西湖》9期

《走来走去的女人》　　　　　《青春阅读》10期

《小说精选》12期转载

《到孤岛去》　　　　　　　　《佛山文艺》11期（下）

2005年

《麦地里的玉佩》　　　　　　《福建文学》1期

《逃》（获青海省作协　　　　《青海湖》1期

《青海湖》小说奖）　　　　　《小说精选》6期转载

《两个少年一天的愉快生活》　《山东文学》4期

《这个叫麦叶的女人》　　　　《佛山文艺》4期（下）

《我们村的最后一个地主》　　《延河》6期

《小说月报》8期转载

《电话机》（中篇小说）　　　《长城》6期

《摧毁》　　　　　　　　　　《青春阅读》12期

2006年

《刀子》　　　　　　　　　　《延河》2期

　　　　　　　　　　　　　　《小说月报》4期转载

《王妮睡着了》　　　　　　　《青海湖》3期

《一个人的爱情》　　　　　　《作品》11期

《我和我的朋友夫妇》　　　　《山东文学》7期

《会飞的奶牛》　　　　　　　《青海湖》9期

2007年

《村里发大水》　　　　　　　《绿洲》1期

《气味》　　　　　　　　　　《青海湖》3期

《一个女人和两辆轮椅》　　　《佛山文艺》4期

《艳遇》　　　　　　　　　　《佛山文艺》7期

《女县长》　　　　　　　　　《青春阅读》7期

《此情绵绵》　　　　　　　　《山东文学》7期

《两个太阳》　　　　　　　　《牡丹》5期

《一幅画》　　　　　　　　　《滇池》9期

《风吹草不动》　　　　　　　《福建文学》11期

《皮影、或局长之死》　　　　《绿洲》6期

2008年

《一顶草帽》	《延河》5期
《牵马的女人》	《牡丹》3期
	《小说选刊》4期转载
《似梦非梦》	《红豆》10期
《草叶的戏剧人生》	《佛山文学》7期
《黑牡丹》	《芙蓉》1期
《野猪闹山》	《绿洲》12期
《周旋》	《山东文学》5期
《你是个叛徒》	《天津文学》7期
《雪夜走山》	《福建文学》11期
《两个冬天，两个女人》（长篇小说）	《长篇小说·安徽文学》10期

2009年

《捉奸》	《佛山文学》6期
	《短篇小说》8期转载
《月亮》	《佛山文学》1期
《四百九十八棵洋槐树》	《小说月报·原创版》1期
《窑沟人的生活》（之一）	《牡丹》1期
《最后的铁匠》	《朔方》8期
《捉奸》	《北京文学》6期
《农妇祁红霞》	《延河》10期

《老教授和黑玫瑰》	《绿洲》11期
《拿住》	《绿洲》11期
《片断》	《边疆文学》11期
《六叔之死》	《星火》5期
《苗珍的故事》	《延河》12期
《乡长流泪了》	《雨花》5期
《空落落的村庄》	《山东文学》8期
《心愿》	《西南军事文学》6期
《与禽兽同眠的日子》	《佛山文艺》11期
《抱花盆的女人》	《佛山文艺》11期
《田三告状》	《牡丹》11期
《井》	《牡丹》11期
《宝剑》	《牡丹》11期

2010年

《成人仪式》	《延河》11期
《重生门》	《延河》11期
《最后一课》	《西南军事文学》6期
《人生难料》	《绿洲》5期
《一双布鞋》	《红豆》6期
《西安办事处》	《回族文学》6期
《黑有娃和白雪龙》	《草原》4期

《突然心慌》	《佛山文艺》11期
	《小说选刊》12期转载
《妈妈,你不能那样》	《天津文学》4期
《镜子》	《福建文学》5期
《谁是真正的元凶》	《边疆文学》7期
《西瓜地》	《朔方》7期
《黑衣女人》	《山花》5期
《戴帽子的杉树》	《边疆文学》12期
	《厦门文学》12期
《今年她才四十岁》	《山花》12期

2011年

《两厢亏欠》	《佛山文艺》6期
《八月,八月》	《天津文学》2期
	《厦门文学》7期
《扫街道的女人》	《牡丹》1期
《预演》	《滇池》10期
《故乡和那个男孩儿》	《作家》2期
《等待二十年》	《边疆文学》5期
《门和窗子都开着》	《小说月报·原创版》1期
《离婚》	《小说月报·原创版》1期
《习惯没有你的日子》	《小说界》2期

《一夜未了情》　　　　　　《山花》9期

《各怀心事》　　　　　　　《芙蓉》3期

《预演》　　　　　　　　　《上海文学》10期

　　　　　　　　　　　　　《作品与争鸣》12期转载

《二爸，我的二爸》　　　　《天津文学》11期

《一桩凶杀案》　　　　　　《鸭绿江》12期

《远去的故乡》　　　　　　《延河》11期

（二）中短篇小说集

《小说三十篇》　　　　　　东方出版社1998年8月

《我的农民父亲和母亲》　　燕山出版社1999年2月

《刀子》　　　　　　　　　作家出版社2006年7月

《冯积岐短篇小说自选集》　陕西人民出版社2012年3月

（三）散文集

《凤鸣医魂》　　　　　　　陕西人民出版社1992年8月

《将人生诉说给自己听》　　陕西人民教育出版社1993年7月

《人的证明》　　　　　　　太白文艺出版社1998年1月

《没有留住的》　　　　　　当代中国出版社1998年8月

《挂职日记》　　　　　　　新华出版社2006年3月

(四)长篇小说

《沉默的季节》	长江文艺出版社2000年12月第一版
	2001年12月第二版
《大树底下》	太白文艺出版社2005年1月第一版
	2007年1月第二版
《敲门》	山东文艺出版社2005年1月
《村子》	太白文艺出版社2007年1月第一版
	2011年10月第二版
《遍地温柔》	中国社会出版社2008年10月
《沉默的年代》	中国社会出版社2008年10月
《逃离》	太白文艺出版社2010年10月
《两个冬天,两个女人》	文汇出版社2010年3月
《粉碎》	文汇出版社2012年1月
《非常时期》	文化艺术出版社2013年1月

后 记

由于各种原因，鄙人原以为冯积岐也如钱锺书先生曾经经历的那样，在文坛上基本是"默存"状态的。

然而忽一日方宁先生从北京驾临西安，说起冯积岐及其小说如何如何很值得关注，便唤起了我本人多年前曾从事"秦地小说"研究的记忆，并开始了新的接触和了解，还认真对话一番并发表在《文艺研究》上。特别是当我从学术文化的角度细细涉猎一番之后，发现迄今已经有了不少认真而又贴切的言说，只是在这个信息爆炸时代，在众声喧哗中被有所遮蔽或有意忽视了。于是便很想将这些曾有的或相关的言说有意识地"彰显"一下，便和几位朋友相商，由此也便有了这本评论集子的诞生。

借用张爱玲研究中的"看张"与"张看"之说，本书也出现了两个主要单元："看冯"与"冯看"。这并不是编者说要故意引导某种作家比较，甚至推出"女有张爱玲，男有冯积岐"之类的新论，而只是一种自由联想式的随机的借用而已,别无微言大义焉。

其实,这"看来看去"本身也是一种生活,尤其对作家和评论家而言,基本就是在"看来看去"、"写东写西"中建构自己的文学生命或打发时光。作家创作无疑是需要评论者关注、阅读和评说的,而评论者也需要作家的关注、理解和重视,二者原本是相依为命的。不仅如此,无论是作家还是评论者,大抵都需要更多读者的深切关注,都非常需要更大范围、更为深入的沟通,从文学发展及学术文化建设的角度看,尤其需要二者的亲密接触和积极互动。尽管人们不可能都有机会像高行健、莫言与著名汉学家、"诺奖"评委马悦然那样去沟通和互动,但尽力而为,去赢得更多的读者甚至是增加若干"知音",则是可以期待和追求的。

在此,很想强调的是,他者对作家冯积岐的评说固然构成了本评论集最突出的部分,但设独立的一个单元收集了冯氏自己的部分评论文字,也意在显示本论集一个"特色",即无论是言说自己还是评骘他人他作他事,可以说冯积岐都体现了一位优秀作家的深厚素养,其中对外国文学以及小说艺术的关注和思考,卓有见地、体察入微,尤其具有不俗不凡的品位,迄今在同时代国内作家群体中还是颇为罕见的。

我们处在一个传媒空前发达的时代,借助媒体的交流确实很有必要。而在这样的时空中,更需要心灵的对话和诚恳的沟通以及媒体的及时"宣传",作为作家和思想者的冯积岐近年来显然也意识到需要如此适度进入"媒体社会",于是从孤寂的书斋中走出,与记者、朋友有了多次的对话及访谈,并由此构成了本评论集的第三辑内容。

此外,为了进一步充实本书,为文学爱好者及研究者提供更为丰富、翔实的材料及线索,增加了两个附录。但要特别说明的是,由于篇幅限制,一些文章未能编入,个别论文进行了节选,敬祈作者谅解。编辑过程中,为忠实史料,基本都是原文照录,但对一些误置的字词及注释进行了必要的修订。

挥别2012年,在2013年1月1日"元旦"的夜晚,编者首先要衷心感谢评论集每一篇文章的作者,没有他们的劳作,就不会有这部评论集;其次要衷心感谢《文艺研究》主编方宁先生,没有他的指教、提示和赐序,也不会有这么一次精神的相遇和凝聚;要衷心感谢《小说评论》主编李国平先生,没有他的具体帮助和指点,也不会有这么一本评论集的诞生;当然更要感谢作家冯积岐先生本人,没有他的辛勤书写、提供资料和慷慨俯允及积极配合、联系和支持,更不会酝酿出版这样一本评论集。最后还要特别感谢文化艺术出版社领导,在明察秋毫之末而不见舆薪即明知无利可图的情况下,仍能决定出版此书,令人感念不已!要感谢负责本书出版的陶玮等编辑同志,为此书的出版花费了许多心力!期待此书能为传播文学、弘扬作家创造精神起到些微的作用。

感谢陕西师范大学有关领导的支持,我的博士研究生、西安财经学院教师苏敏为编辑此书,从资料搜集到编辑成稿,花费了数月的时间精力,在此要特别加以说明;冯超等研究生为校对本书也花费了一些工夫,在此表示感谢。

李继凯

2013年1月1日于西安,2月28日略改